流转

王清平◎著

作家出版社

诸行因果相继不断性，是谓流转。

——《瑜伽师地论》卷五二

目　录

第一章　包工头

1

马大成抱着一摞题解书走上教学楼时，回头向楼下的高考倒计时电子显示屏上瞥了一眼，"距离高考还有二十五天"，顿时心里一紧。从前门走进静谧的教室，满眼都是一座座书山，就像高山林立的微缩景观。紧张备考的同学们一个个埋头于一座座书山脚下，用青春和智慧向着人生第一次公平竞争的顶峰攀登，谁也顾不上抬头看他一眼。马大成的那座书山坐落在教室的最后一排边上，而且身后就是后门。因为他人高马大，虽然做着汴水中学的学生会主席兼文学社社长，但是成绩却始终处于中游，没等到有意见的同学反映他遮挡视线，他就自觉把自己居中靠前的课桌搬到了最后一排。这样他从后门进出就方便多了。既不影响同学，也不耽误随时参加学校团委和文学社的各种活动。互不干扰，自我感觉挺好。就在距离高考还有二十五天的这天一早，已经埋头在书山脚下早自习的马大成开始心猿意马了，脑海里熊熊燃烧着一团欲火。这团欲火烧得他眼前教科书上的文字变成一堆乱爬的蚂蚁，烧得他屁股下面仿佛顶出无数根芒刺，甚至像坐在火山口上。终于，他昂头看了看端坐在讲台上一边备课一边监督早自习的班主任，悄悄站起，又一次从后门溜出教室。其实，班主任早发现他的异常，只是早就弃之不管罢了。与以往一样，马大成一路狂奔下楼，教学楼内罕见地听到他一阵急促而沉重的脚步声。但这一次马大成不是去参加学校和文学社的活动，而是一路奔出校园，奔进了学校大门对面的一家鲜花店。

不一会儿，马大成平静地捧着一大束鲜艳的红玫瑰走出花店。闻着玫瑰的香味，看着玫瑰花间缠绕的几朵洁白的牵牛花，还有隐藏在花间的那张小小的橙色祝福卡片，马大成有一种独具匠心的满足感。走过汴水中学大门口时，他还向校园里望了一眼，隐隐看见那块高考倒计时的显示器上的"二十五天"字样，居然像过客一样让人感到陌生和新鲜。

伴随着校园里早自习结束的铃声响起，马大成却就近跳上了一辆开往乡下老家柳集乡的公交车。在高考逼近的节骨眼上手捧一束鲜花逃离校园，马大成一反常态，奋不顾身，没有请假，究竟因何而去？

原来，今天是他在牛铃山戴帽小学（小学建制增加一轨初中的偏远乡村学校俗称）的女同学牛艳红结婚大喜的日子。

三天前，同族兄弟兼同班同学的马大强给他手机打了个电话，看似无意又像有意地向他透露了牛艳红结婚的消息。哦，全班大部分同学还没有手机，马大成就向爸爸要钱买了一部手机。他成了全班唯一可以带着手机上课的学生。平时顶多趴在桌上刷刷微信，也没有干扰到谁。谁也不能拿他怎么样。接完马大强电话，马大成就再也吃不香、睡不好，更看不进书，满脑子都是牛艳红的身影，睡梦中飘忽着牛艳红的眼神，耳畔似乎还听到牛艳红银铃般的笑声。牛艳红冲破孟石头和马大强围追堵截，翻山越岭似的跑到他桌前向他请教时的样子；牛艳红和他一起跑到校门口的小店里合买一个笔记本，共同签名送给考上运东市政府办当秘书的老师王道远时的样子；毕业前牛艳红在牛铃山上欢快地接过他采撷的牵牛花，向他询问牵牛花花语的害羞样子……他还不止一次地想象穿着校服外出打工的牛艳红在省城街头与孟石头牵手的样子。当然，还有牛艳红披着婚纱依偎在孟石头瘦小肩头的样子。甜蜜和痛苦交织，憧憬和失败相随，失恋和矛盾缠绕。他曾无数次地想牵一牵牛艳红的手，但从来没有触碰过她的手。他曾无数次梦见亲吻牛艳红的光洁额头甚至丰厚红唇，但醒来一切都消失得无影无踪。他曾在心底一次次尝试着大胆向牛艳红表白"我爱你"，但都因为担心自毁前程而从未说出口。自从进入汴水中学读高中，除了从马大强等初中同学那里听到牛艳红一鳞半爪的打工或回家过年消息，马大成并没有真正见到一次牛艳红，甚至连牛艳红的手机号码都没有，这令他非常奇怪。难道他与牛艳红真的无缘吗？怎么一次邂逅都没有呢？但为什么他的心里却一直装着一个牛艳红？燃烧的激情促使马大成决定铤而走险出现在牛艳红的婚礼现场。而这个决定距离高考只有二十五天。

本来半个小时的车程，马大成坐的公交车却在县城左转右绕，临近中午才开往柳集。他在公交车上坐一会儿，站一气，眼睛张望着窗外。看到一队披红车队驶过，他的目光就跟着远去。在柳集街头下了公交车，他又招手坐上一辆三轮车去了牛角庄。牛铃山下的乡村婚嫁习俗，新娘必须在正午前赶到新郎家。会不会扑空，错过见到牛艳红？马大成心急如焚。他知道自己这样做非常冒险，距离高考仅有二十五天，心无旁骛都未必能考上大学，何况他如此奋不顾身去参加牛艳红的婚礼！不是自毁前程又是什么？假如让爸爸和姑妈知道了，免不掉一顿揍和训。但他顾不了那么多了。他只有一个信念，必须在牛艳红的婚礼上出现，并且真诚地送上自己的祝福，此外没有其他意思。一束鲜艳的红玫瑰代表着爱情，还有那几朵洁白的牵牛花，只有他和牛艳红知道它的花语。但这无疑会泄露马大成内心的秘密，同学怎么看他？孟石头会怎么想？马大成同样顾不了那么多，他只要一个人知道自己的心意就心满意足了。

接下来将会发生什么，马大成连想都没想。

从村头走向牛艳红家门口的时候，马大成看到门前停着一辆披红挂花的红色轿车，悬着的心顿时落了地。他想，孟石头家也许真的有钱，两家距离不到三里路，居然租用一辆婚车来接新娘。牛艳红要的，还是这些年结婚标配？马大成的脚步越走越慢，因为他看到里里外外的亲友齐刷刷的目光射向他。有好奇，有怀疑，有愤怒，有兴奋。因为此时他作为牛艳红婚礼的一个插曲太让乡下人浮想联翩，仿佛大快朵颐时一下嚼到了一颗沙子，硌心；又像是一锅沸油里泼进了一碗冰水，炸锅了。

只有在影视剧中才看到的一幕突然出现在牛角庄的农家里，不仅让人浮想联翩，而且让人大开眼界了。人群中似乎有人说了句："嘿，有好戏看喽！"

人群中分明有马大成的同学，有男有女，但他们都没有主动上前与马大成打招呼，而是与其他人一起为马大成闪开一条通向堂屋的路。他们从这个不速之客疲倦仓皇的表情上早已看出来了，穿着汴水中学夏季校服的马大成只为新娘一人而来，势不可挡。牛铃山脚下几个村，哪家风吹草动都瞒不住人的。马大成与牛艳红情窦初开时的那点纯洁友谊早被家乡人当作青葱爱情传得沸沸扬扬。人们普遍认为，马大成从牛铃山戴帽小学考上县中就拉开了他与牛艳红的差距，牛艳红嫁给孟石头，算她脑袋清醒，免得马大成甩她。马大成的突然出现一下激发起乡下人的好奇心。

马大成在大门外的婚车旁站住了。因为他从闪开的人墙之间看到在堂屋门口，孟石头背着牛艳红正好走出来，身子前倾，两腿打晃，双手兜住牛艳红的屁股，粉面油头就只能低下去，宽大的眼镜随时都可能掉在地上。伏在孟石头背上的牛艳红满头花团锦簇，却满脸泪痕，无疑刚刚哭嫁过。哭嫁是一个风俗。但马大成心里一阵揪痛，以为牛艳红哭红了眼睛是对婚姻的不满意。

哭红眼睛的牛艳红趴在孟石头背上，抬眼看到婚车旁的马大成，突然变得喜出望外、六神无主、惊慌失措了。她收回搂住孟石头脖子的双臂，屈肘抵住孟石头的双肩，身子向下打着秃噜。孟石头双手一滑，牛艳红从他的背上滑下地，提着拖地的婚纱长裙跑到马大成跟前：要死，你来干什么？

我来祝你新婚快乐！这里有牵牛花。

马大成送上那束缠绕着牵牛花的红玫瑰，表情尴尬难堪。他目光直视着牛艳红的眼睛，但再也逮不住牛艳红那飘忽不定的惊悚眼神。他的话只有他俩能懂，但是，此时此地，此情此景，他欲言又止，恍如隔世。他自己终生不忘的牵牛花，他认为牛艳红也会终生不忘。但是，看牛艳红的反应，似乎一句都没听懂。

早去哪儿了？！牛艳红满脸通红接过那束玫瑰花，掷在地上，转身拉开婚车车门，侧身消失在车里。

砰——，留下一声惊雷般的响声。

跟在后面的孟石头看到马大成，掏出一包喜烟，递给马大成一支，说，噢，你来了？谢谢你。中午你在这儿喝喜酒，还是去我家喝喜酒？你是我们两口子的同学，应当随一个扁担礼哟！

哦，我随同学一起。马大成一阵慌张，摆手拒绝吸烟后，赶快逮住孟石头的手抓起来抖着说，恭喜你们成为一家人！

孟石头此时却显得非常大度，转头对几个同学说，帮我给马大成留下来啊，咱们想请还请不来的大学生。说完从另一侧上了车。

婚车发动，带动着人群拉开。突然，鞭炮齐鸣，震耳欲聋。几个初中同学一起拥着马大成跟在婚车后面向着孟石头家走去。

新郎新娘两家只隔着一条小河，平时走路也不过十几二十分钟，之所以租一辆婚车，完全是孟石头要给牛艳红留下终生难忘的记忆。因此，婚车开得很慢，慢得差不多让后面的客人追上了。即将开上石桥，婚车被一个早就等在那里的小戏班和几个同学拦住，其中小戏班由马大强领头。本来，马大强带着一个小戏班在孟石头家的门前搭了一个戏台，吹拉弹唱，一刻不停。孟石头找到马大强时说，最好的本事全掏出来，晚上有十八摸脱衣舞表演另外加钱。马大强说，你别把咱们小戏班想歪了，咱们早就不干地痞流氓那一套了。但咱们亲兄弟，明算账，同学归同学，我该怎么吹还怎么吹。一天一夜你供三顿饭，给一千块钱，包你满意。一贯抠门的孟石头大方答应。但孟石头没想到，马大强带着小戏班吹拉弹唱在石桥桥头上等他们哩！几个同学在堵在桥上看热门。大树是我栽，大路是我开，要想从此过，留下买路财！马大强顶在婚车前面，鼓起腮帮，举起扬天唢呐，摇头晃脑吹着。

此时天气正热，阳光正烈，坐在车里的孟石头和牛艳红心里很烦。但哭不得，笑不得，更恼不得。迎亲大宾从后面赶到，急忙拿出几条烟来塞给马大强，快放行吧，过午进不了洞房不吉利。不行，几条烟就想打发咱们，不行。马大强还想再敲诈下去，抬眼看到站在不远处的马大成，立即挥手放行。婚车突然加速，没用两分钟就驶进了孟石头家院子。

哥，你来喝他们喜酒，大伯知道吗？马大强手提唢呐，故意留步等到问马大成。

没告诉我爸。马大成如实回答。

马大强拉住他，严肃地说，你别去。前村后邻沾亲带故的都有往来。我印象中大伯跟孟石头死掉的爸爸有交往，我看到他坐在喜棚里打牌哩！

他归他，我归我，我和孟石头牛艳红都是同学，跟他是两码事。马大成继续跟着人群往前走。

不能这么说，哪有一家随双份礼的？你又没有单门立户。马大强拦住马大成说，哥，马上高考了，我感觉你还是赶快回学校去吧！大伯那脾气上来，我怕你受不了！

马大成迟疑了片刻说，事已至此，也只好随他去了。

果真，到了孟石头家，马大成看到了坐在喜棚里打牌的爸爸马万里，心里一阵慌张。万幸，马大强带的小戏班音响喧天哗地，根本听不见谁说了什么，而且马万里背对着他坐着，并没有发现他。他随着闹房的年轻人们很快挤进了新房。

牛艳红在伴娘的陪伴下冲破把门的表亲阻拦拉扯，此时已经平静地坐在婚床上，大大方方，喜气洋洋，与伴娘们不知说着什么，笑得咯咯咯的。除了蜂拥在床下的闹房人言语挑逗，再也没有人敢动手动脚，因为她的周围有几个厉害的伴娘。

马大成向新房里张望一眼，看到牛艳红渴望而又躲避的眼神，迅速退出了堂屋。

几个同学和马大成他们被大支安排到偏房里的一桌坐下。这一桌与门口喜棚里的酒席不同，相当于酒店里的包间。因为都是少壮派，不能像喜棚里的亲友那样按时上菜，他们喝到什么时候都不好说。早已融入乡村生活的初中同学与马大成保持着距离。难怪，他们满嘴荤话腥话，马大成听了脸红，根本插不上嘴。而他想告诉同学的关于高考或者学生会又或者文学社的事情，同学们一点儿没有兴趣。马大成冷冷清清坐在热热闹闹的酒桌上，很不自在。

马大强最后一个赶来，挤坐在马大成身边，手捂着嘴对着马大成的耳朵小声说，大伯听说你回来，摔下扑克牌就走了，一句气话没说，只说，踩代了，回家准备料子盖楼。我还担心他会揍你一顿，没想到他到底顾全大局，给你留着面子。

噢，马大成听了心里一沉。踩代是他爸经常挂在嘴边的话。他爸一叶知秋地断定他踩代了，对他失望了。他爸最怕他踩代。踩代是本地俗语，就是像踩着上代人的脚印一样沿袭着上代人的命运和活法。马大成在县中读高中，不出意外，妥妥的大学生一个，怎么会踩代呢？牛铃山脚下谁都不相信他会踩代。但当他出现在同学婚礼现场，爸爸马万里却给他下了踩代的断言。而马大成对踩代不踩代几乎没什么切肤感受。

端起酒杯，马大成湿了湿嘴唇，辣得舌尖都麻了。其他同学却一杯一杯喝干。同学中有的在外打工，有的在家种地，有的在县城做生意，各有各的活路，只有马大成还在念书，靠着家人养活。但初中同学都非常羡慕他，说他有希望，自带光环。马大成自谦说，我羡慕你们自食其力。没有同学劝马大成喝酒，坐在身边的马大强甚至阻止马大成喝酒，但是，马大成今天却不仅喝了酒，而且还主动要酒喝。

哥，别喝了！你不像咱们，喝坏了，回家睡觉。马上高考了，你喝坏了，没人担当得起啊！马大强劝说马大成。

没事，今天同学结婚，我开一次戒，喝坏了又能怎样？我高兴！是吧，你不高兴吗？大家都高兴，是不是？我今天特别高兴，对，特别高兴！马大成舌头发麻发硬，说话不利索了。

散席了，马大成肚子里翻江倒海，浑身直淌凉汗，眼前一黑，站立不住，不是马大强扶住，险些栽倒。马大强喊住往外走的同学回来架着马大成。

出来送行的牛艳红一看马大成喝得烂醉，责怪同学，你们怎么把他灌成这样？

是他自己把自己灌成这样的！

牛艳红嘱咐马大强，还不赶快把他送回家去。

马大成扛不住自己的脑袋说，我不回家，我回学校。

牛艳红说，那赶快让婚车送他去学校。

孟石头在后边说，不行，哪个同学用摩托车送他吧！

牛艳红说，不行，摩托车上坐不住，轿车里能躺着，说完就提着婚纱找到婚车司机说，把这位同学送到汴水中学，加钱。司机答应。

马大成坐上牛艳红的婚车回到学校宿舍，倒头睡了整整一天一夜，醒来形容憔悴、神情恍惚，那天擅自跑回老家参加牛艳红婚礼的事情，仿佛一个梦。

2

高考一结束，同学们纷纷把复习资料抛向天空，楼下空地上落雪一般。结束拼搏奋斗的中学生涯，即将各奔东西了，但他们并没有初中毕业时那样难舍难分。学历越高，人情越淡。这让马大成有点寒心。马大成与其他同学不同。其他同学三年下来也许连任课老师都叫不上名字，而他三年下来学校师生哪个不认识他？别人顾着冲刺高考，不愿干学生会主席、文学社长，他愿意干，而且捡到狗头金子似的拼命干。他在学校团委的直接领导下，经常组织活动，抛头露面。高中生可以入党。他成了县中发展的第一个党员。别人高考结束，回家等通知就完了。他还要转组织关系，还要向学校领导、老师一一辞别。领导老师都知道他上大学无望，但都鼓励他，条条大路通罗马，你比其他同学早点踏上社会，说不定就比别人吃得开、混得好。他最后一个离开了宿舍，拖着姑妈给他买的迷彩行李箱，坐上城乡一体化的公交车赶回牛铃山下的马蹄庄。当然，此时他头上的学生会主席和文学社社长光环也自行消失。除了汴水中学高中毕业生和年轻党员，大概就只有回乡青年农民这个身份了。

马大成的家在牛铃山脚下马蹄庄。牛铃山，顾名思义，形如牛铃，海拔不足八十米，很不起眼，但它却是清平湖西岸湖滩平原上海拔最高的山。马大成小时候就听过牛铃山的传说。相传太上老君骑着青牛路过此地，青牛脖子上的牛铃遗落下来，落地成山。成年后的马大成曾想，它是不是对岸的老子山的余脉呢，似乎不像。因为余脉应当连绵起伏而来，而牛铃山与老子山中间却隔着上百里宽的清平湖。牛铃山方圆不过三四平方公里，更像是湖滩平原上隆起的一个土丘，既不雄奇，也不突兀。说是土丘，土层下面却分明又全是石头，北山坡上早年还有一个集体采石厂，开采出一个大石坑，蓄了一汪碧水。二十多年前牛铃山禁采，马蹄庄人想挖自家山地里的一块石头都不容许。西山腰上却又天生一个山涧，流水潺潺，长年不涸，名字神秘而漂亮——白龙涧。传说是东海龙王的一根出气的龙须。牛铃山的山顶上露出一整块大石头，平整如一盘巨磨。大石头上建有一座破旧的小庙，没有前厅后殿，只是光秃秃的三间石屋，与山脚下的马蹄庄村民家的石屋几乎没有区别，但小庙当门正中端坐一尊披金泥菩萨。马大成听说有山就有了小庙，但小庙里的菩萨却几经毁坏。马大成亲眼见到的这一尊大概是二十年前马蹄庄村民请来的。小庙何名，众说不一。何年何人所建，不得而知。庙里从来没住过和尚。撮土为香，立地成佛，是人总是要立一尊菩萨在心里，不然大概活得不踏实。因此，附近村民祛病除灾都会给菩萨送香，最喜欢送香的当数马大成的姑妈马万芳。

近乡情更怯，马大成对考上大学没有任何把握，心里忐忑。远远看见他家的石屋突然长高了，变成了一座正在建设中的楼房。爸爸果真在为他踩代提前做着准备，盖楼娶媳妇，传宗接代。

正巧今天上梁。上梁就是众人合力把一根又粗又圆的好木架在屋脊两端，那根好木称为大梁。立得住，不会折，能久远，才能堪为大梁。上梁预示着盖房即将竣工，是大喜的日子。马大成抬眼望去，三叔马万年正骑在高高的楼顶屋脊大梁上，怀里抱着一个小笆斗。马大成赶上自家楼房上梁大喜。

马万年远远看见马大成便大声叫嚷，大学生回来喽！

马大成头皮一麻，对三叔夹带讥讽的话顿生讨厌。但同时心生奇怪。自从读了高中，家里的许多事情似乎就与他无关，他除了在牛艳红的婚礼上听马大强说爸爸回家备料子盖楼，其他什么消息都不知道。平时寒暑假回家，爸妈不仅不告诉他家里发生什么事情，而且连担水劈柴的体力活都不让他干。自以为自己已经成人，甚至在县中组织协调能力出众，称得上是个风云人物，但在家里爸妈还拿他当孩子。盖楼这样的大事居然也不让他知道，他多少有点失落。转念一想，爸妈为自己专心念书，怕自己分心，不让自己知道家里的事情，也完全在情理之中。还好，他赶上了爸爸积攒大半辈子垒起一座石楼的欢庆盛况。放眼望去，他家的石楼还是马蹄庄第一座楼房哩。

听到马万年在梁上说大学生，别人还没摸着头脑，马大成姑妈马万芳就闻声从偏房里跑出来，急忙抓起腰里系的围裙擦干湿手，迎了上去。马大成看到姑妈比上次见到又发福了，满脸红光，眼睛格外明亮，眉眼全是笑，叫了一声姑妈，问，玉芹呢？姑妈一手接下侄儿的行李箱，一手推了一把侄儿，快放鞭炮了，快去抢糖果小馒头，玉芹跟她爸都在那儿等着哩！

马大成早就看到楼下站着许多乡亲，以老人和孩子居多。其中还有姑父蔡传喜，姑父身旁站着瘦瘦小小的表妹蔡玉芹。他们纷纷手搭凉棚遮着阳光，仰着笑脸，等着骑坐在梁上的马万年撒糖果小馒头。马大成先靠近姑父蔡传喜，问声姑父好。蔡传喜高个子，壮壮实实的，转脸看了马大成一眼，举起粗壮的大手在自己与马大成的额头之间来回平扫了几下，看了一下马大成的身高，转而拍了拍他的肩膀说，大成回来了，蹿得比我还高。又变掌为拳轻轻捣了马大成胸口一拳说，你看我给你家设计盖的石楼怎么样？马大成站得稳稳的，给蔡传喜竖起一个大拇指说，好！姑父的手艺绝对喽！蔡传喜拉了一把马大成，手指一处墙角说，你看那墙角吗？全是我的手艺，没人会包得那么齐整。马大成跟上前去，目光沿着姑父的手指望去，墙角的石块果真严丝合缝，点了点头。他又回头靠近表妹蔡玉芹。

几个月不见，表妹蔡玉芹虽然还像个稚气的孩子，看上去单薄了点，但分明水灵了不少。眉目清秀，头脸干净，俏灵灵的，两根短辫子又粗又黑，辫子梢上扎着两只红蝴蝶，红蝴蝶像活的一样。马大成清楚，表妹是姑妈心中的小公主，吃的、穿的，哪个方面都不会输给别人家的孩子。姑父有一身建房盖楼的好手艺，家里就这一个宝贝千金，更是富养闺女。玉芹要一颗星星，他能摘下月亮给她。就像爸爸马万里说的，玉芹生来就在蜜罐里长大的。

你也放假了吗？马大成用胳膊碰了一下表妹，没话找话。

蔡玉芹抿嘴笑了笑，点点头，向爸爸身边挤了挤，依然仰头望着她三舅。

马万年一手插进笆斗里迟迟不拿出来，下面的人好不容易盼着他拿出手，眼看他手里满满抓了一把糖果，不料他却塞进自己的口袋，接着连续抓了几把，直到把自己的左右口袋塞得鼓鼓的。楼下的亲戚邻居们议论纷纷，说马万年不给自己兄弟脸上要好看，光天化日之下拿着兄弟家的东西中饱私囊。马万年在大梁上听到了，笑哈哈地大喊，鞭炮还没放，我怎么撒啊？

原来，站在楼下不远处抱着一大盘鞭炮的是马大强，嘴里同样叼一根香烟，眯眼仰望着高高在上的爸爸，一直等着爸爸发出指示。父子俩配合非常默契。

马大成看不下去了。自己不在家，爸妈又不能做撒糖果这种事，委托三叔父子。三叔父子就这样明目张胆侵吞他家的财物。计较了，不好。不计较，也不能凉了人心。他拔腿跑到马大强面前，伸手去夺马大强手里那盘鞭炮，来，赶快点火吧！

马大强不给，腚一拧，撒腿就跑到楼后的山脚下，就地一滚，鞭炮延展开来，像一条长长的红蛇。马大强蹲下，吐出嘴里的烟头，手拿烟头点了火。噼噼啪啪，牛铃山下又响起了一阵鞭炮声。

马万年开始往下撒一把花花绿绿的糖果，又撒一把染得通红通红的花生，再撒一把点了红心的小馒头。撒一把，说一句吉利话。有鞭炮声响着，马万年说什么吉利话，没有人听得清。

天上降下的食品预示着丰衣足食，楼下的人们在一片狼藉的建筑工地上抢拾着。一片欢声笑语。马万里夫妇早看到自己儿子回来了，但光顾着忙，根本没来得及与儿子打招呼。更主要的，马万里心里对儿子窝着一团火，不愿因为看到儿子破坏今天的好心情。他们站在一旁看着眼前的场景，笑得合不拢嘴。

自家盖楼上梁，不该与大家一起去抢三叔撒下的糖果小馒头。马大成当然知道这个规矩。他只在跑来跑去的人群里站着，也笑得合不拢嘴。但是，难得他个子高，加上三叔偏向他站着的地方多撒几把，因此，他从空中却接住了不少糖果小馒头。当他发现人群中的表妹的可爱身影时，他的目光就专注在蔡玉芹身上了。

蔡玉芹本来站在她爸身边的。她三舅一撒糖果，蔡传喜身强力壮，手脚麻利，横冲直撞去抢拾糖果小馒头，根本没顾上闺女。在一片混乱中，父女俩跑散了。其实也没散到天涯海角，就在石楼的周围。蔡玉芹胆子小，看到一个小馒头落下，刚一弯腰，让别人抢去了。转脸去拾一颗掉进石头缝里的花生，又让一个老婆子抢先得了手。看着眼前混乱场面，蔡玉芹吓得干脆站着不抢了。

热闹就那么一阵子。随着鞭炮声结束，马万年从大梁上爬下来。庆祝活动进入下一个阶段，喝上梁喜酒。但人们还在兴奋之中，纷纷比着谁抢的糖果小馒头多。马大成心疼表妹，当着爸妈的面把自己的糖果小馒头全部送给蔡玉芹。

蔡玉芹摆手不要，而且说了句，我不吃那些东西！

这些都是我在空中接住的，没掉在地上的。马大成知道表妹爱干净，不吃不干净东西。

蔡玉芹早跑到妈妈身边不理表哥了。

直到马大成参与到招呼客人入席，跑来跑去，几次与爸爸擦肩而过，甚至喊了几声爸爸，马万里依然对高考后回家的儿子问都没问，该怎么忙还怎么忙，根本就没正眼看一眼儿子。马大成立即感到，这个家，他有点多余。就为他高考前出现在孟石头和牛艳红的婚礼上那件事情，爸爸居然不理他了。

接下来石楼的扫尾工作还得继续几天，但没有多少技术含量，自家人完全可以打发。前来祝贺的亲戚在上梁宴上吃饱喝足后纷纷离去。有人还拿马大成说事，看，大成哪像踩代的样子，你这石楼我看白起了。马万里只摇头苦笑，不反驳，也不赞成。送走远客，马万里催促妹夫蔡传喜说，起楼多亏了他姑父，耽误他姑父少挣半个月钱，你也抓紧去县城工地上吧！蔡传喜说，一家人不说两家话。你待万芳一百成的，我才帮你多少？现在大成也回来了，既然这里也没我多少事情了，那我就早点去工地干活了。说完就独自骑上摩托车走了。

马万芳带着女儿蔡玉芹还迟迟没有离开，她把哥哥家的事情始终当成自己家的事情。兄妹俩从没红过脸。马万芳出嫁后就没再重新分地，承包地一直在马蹄庄，由哥哥马万里种着。承包地是农民的饭碗。有，地不欺人，丢下种子就有收成，吃喝不愁。没有，即使有钱买粮，吃喝也不愁，但心里往往不踏实。嫁出去的女子，承包地不能随嫁带走，丢在娘家，是个念想。最终落到兄弟手里，普遍而且正常。但是，承包地就像女子对娘家亲人的馈赠，值得兄弟感激。遗憾的是，兄弟姐妹一场，有人惦记着这份馈赠，起码一年稻麦两季不忘送些米面给出门的姐妹。有人却忘了这份馈赠，甚至反目成仇，兄弟姐妹之间别说回馈些许米面，根本就老死不相往来。一个说，我的承包地无偿给你家种这么多年，哪天见过你家一粒米一把面的？一个说，现在种地光赔钱，不如不种，你要抱亏咬屈，你当初可以不嫁，要不你就把你那几亩承包地搬走。土地哪能搬走？话顶话，没好话。为地结仇的亲人多了去了。好在马万里和马万芳兄妹这么多年互帮互谅，马万里没少贴补妹妹。马万芳日子过得富足，虽然不在乎自己承包地里的收成，但始终念着哥哥的好，得空就帮着哥哥做事，从来不提她那份承包地的事。哥哥家盖楼这样的大事，马万芳当仁不让地忙到了最后。正好玉芹放着暑假，丈夫在县城打工，娘俩就当在家一样。

马万芳直到把眼前的活都忙完了才拉着马大成坐下来。她对着哥嫂说，哥，这几天我看出来了，大成回来了，你总是脸不脸、腔不腔的。大成长大了，你不能这样待他。你看他这几天表现，眼里有活，嘴里有话，招眼行事，彬彬有礼，哪点不给你争脸？你总不爱听我话，我说你盖这楼今后没用的。你看大成考上大学，还能再踩代回到马蹄庄吗？还有，我在家里也跟蔡传喜说了，现在哪家有钱不去县城买房子，再在村里盖房盖楼，说不定哪天扒掉多可惜啊！现在女孩子找婆家就看城里有没有房子。哪家不盼着进城买房啊！

马万里咂嘴说，啧，他越那样勤快能干，我越生气。乡下这些活他干得那么卖力，干得那么好，只能说明他就是一块干活的料，不是一块大学生的料。我巴不得他是一个书呆子！上梁那天，万年骑在大梁上看到他说，大学生回来喽！你知道吗？我听了心尖像针扎一样。你说的话我不是不听，我有我的小九九。你让大成自己说，这高中三年他都干了些什么？你问他，能考多少分？能十拿九稳考上大学吗？

馒头不吃隔食病，你心里不就窝着牛得草大闺女那口气吗？马万芳又转脸问侄儿，你估计能考多少分？

我也不知道。马大成的回答真实，但令姑妈失望。

马万里长长叹了一口气说，我和你嫂子光顾忙着在外打工挣钱，三岁起就是万芳你一手带大他的，他最听你的话。我和他妈的话他还不爱听。他的小学班主任是我同学，说他成绩不稳定，只有一次期中考试冒了尖。一问原因，他说是牛得草的大闺女考前要抄他的卷子，他才用心答题。你说这是什么下流坯子？有一次我教训他，不好好念书将来踩代给人打工。你猜他怎么回答我的？他说，我打工也不会把儿子的胞衣埋在千里之外。这话挖了我的脑子啊！不错，我和他妈东莞打工时生了他。我不想回来生他吗？一来一回又要花多少钱啊！大热天的，我不想把他的胞衣送回老家埋在屋后树根下面吗？但能做到吗？医生说胞衣是一味药，叫什么紫河车，家里要是不能处理，可以卖钱。我还想卖了几百块钱给他妈补身子。是他妈哭喊着说那是儿子的命根子，只能埋掉，不能卖钱，我才把他的胞衣埋在了东莞一棵树下。没想到，这事居然成为他拿捏我的把柄了。他现在大了，又是高中生。我说一句，他有一万句等着我。我不好揍他，也不愿说他了。万芳，他考上高中那时我多高兴啊，因为考上大学就不踩代当农民了，不高兴我能摆那几桌酒席吗？后来，他翅膀硬了，一个人在县中念书，抓不到他的小辫梢子。我只当不缺他穿，不缺他吃，吃饱穿暖好好念书就遂我心了。我真的指望他一碗芝麻一碗油的，他可没把咱们的盼头当回事。你让他自己说，别人上高中考大学，他在学校里当什么屁社长，当什么会主席。一心不能二用，他的心早散了！不到一个月前，他瞒着咱们和老师跑回牛角庄参加牛得草大闺女婚礼，还喝得烂醉。他姑妈，你说我不盖楼预备着他回家种地打工娶媳妇，还有什么指望？万年在那年他的升学宴上说得好，考上高中未必考上大学，考上大学未必不去打工，瞎花冤枉钱，不如早点摘回来，给他说个媳妇结婚踩代完事。当初我要是听万年的话，现在孙子都几岁喽！

听完马万里这一大段数落，马万芳连连摇头，拉过侄儿说，大成，你这几年真没好好念书啊？小时候多听话多懂事的孩子，现在怎么变成这样？我真没想到啊！要是像哥说的那样踩代，那你太让你爸妈和我失望了。说完，拉起蔡玉芹回家去了。临走还没忘嘱咐一句，表达她的美好愿景：大成接到大学录取通知书时，我再回来喝喜酒。

没想到，自己没做什么亏心事，只不过遵从自己的内心，努力做一个正直善良的人，就因为成绩一般，居然让爸妈和姑妈如此失望，如此评价自己，马大成心里非常委屈和难过。难道自己真像姑妈说的那样变了吗？

一连几天，马大成帮着家里粉刷楼房，马万里成天成天不理他，只在支派他干活时才跟他说话，而且不是命令就是训斥。对儿子高考，一碗清水看到底似的，根本不抱任何希望。马大成忍着。

但妈妈一直心疼他，背地里夸他，考上考不上大学都是我的好儿子。妈妈还悄悄告诉他，二楼上那间大房间留着给你结婚用，暂时什么都不放。

马大成笑了笑。

一直请来帮忙的马万年三番五次哪壶不开提哪壶问，大成，打算上北京大学还是南京大学？

你知道北京和南京有多少大学？！马大成反问三叔。

什么？不就是一座北京大学、一座南京大学吗？

马大成忍不住想笑，哼，三叔这是要干什么？难道只想看自家侄儿的笑话？

漫长的等待特别煎熬，即将到来的成功或失败只能用一颗平常心对待。暑期前期，马大成顶起了家里的半边天。干活从不惜力气，更不会躲奸卖滑。开着手扶拖拉机耕地，卷起裤腿下地耥秧，背上喷雾器喷药治虫，弯腰挥镰砍草，样样拿得起，放得下。很快就接替了爸妈，包下全家农活。渐渐地，爸爸对他和气不少。

家里有三口人的承包地。爸妈和姑妈三人的。马大成出生晚，没赶上分承包地，因此他是无地的农民。三口人的承包地，爸妈干起来都双手别在裤腰带上轻松。马大成一人忙起来就根本用不着爸妈上手，顶多也就让他们打打下手。

一时农闲无聊，马大强过来拉马大成进了小戏班，顶替生病的耍狮小生角色，走村串户，耍了几回狮子，跑了几趟花挑旱船，过了几把乡村小戏班演员的瘾。因为马大成身材高大，面相英俊，很受村民的喜欢。有人指指戳戳，看看，大学生就是不一样！就只这么一回，马大成就再也不去耍狮跑旱船了，安心摆弄自家的农田，等着高考成绩下来。

但每当从自家农田里直起腰来环顾四周时，马大成都会心生焦虑。家乡的农田里除了零星的老人和孩子，几乎找不到像他这样的年轻人身影了。二十岁左右的年轻人成了无地的农民，绝大多数工作生活在城市。远方的城市像巨大的磁铁吸去了农村的年轻人，马大成又怎么会拒绝吸引呢？他思考着，憧憬着。父亲进城打工还不是照样回到老家度过他们的风烛残年？但人生能有几回搏？不闯怎么会有新天地？马大成心里憋着一股劲，假如考不上大学，再也不想窝在家里做一个落伍青年，决心出去闯荡闯荡。

高考成绩终于下来了，毫无悬念，马大成落榜。

马大成重蹈并沿袭父母第二代农民工的命运传承，斩断代际传承的使命没有完成，马大成背负不来如此重任，他只不过始终想做一个正直善良的普通人。马大成一天也不想再在家里待下去了。这两天，三叔马万年在门前的散言碎语像苍蝇一样回响在他的耳际。冒失鬼马大强更是离谱，让爸爸挡在门外还大喊大叫说，大成哥，世上考上大学是少数，没考上大学是多数，少数服从多数。你就跟我一样是大多数。别睡出病来，跟我去小戏班学戏耍狮去，保证吃香喝辣的，还一年收入三五万的。爸爸嗔他，大成跟你学什么下三滥！有多远滚多远去！马大成再不离开家，不说踩代了，说不定就掉进泥淖里去了。复习不是没条件，也不是不可以，问题是他根本不想复习。想起离校时有的老师鼓励他早点踏入社会，不无道理。上大学是机遇，四年后还得进入社会，与其晚进，不如早进。早进社会同样有机遇。但毫无疑问，进入社会的首选还是与父辈一样，外出打工。别无选择。

马大成做了打工攻略，更在做着外出准备。先是把县中开出的组织关系交给村支部。本来是两手打算的，考上大学就把组织关系带进大学，考不上大学再交给村支部。现在只有一个选择了。他骑车去了一趟姑妈所在的蔡庄，因为村支书蔡风就是蔡庄人。

蔡风个头不高，黑黑胖胖的，T恤衫勒在裤子里，肚子上像卡了一只瓷盆。看上去营养有点过剩。嘴上叼着烟，眯着细细的眼睛看了看马大成，知道他是本庄蔡传喜的内侄。先从嘴里取出香烟夹在右手上，又用右手的无名指和小拇指夹过马大成的组织关系介绍信，反复看了又看，似乎不相信马大成在中学里入了党，脸上似笑非笑说，你这么年轻就入了党，牛铃山村的塘子估计太小，怕养不了你这条大鱼。

马大成听出了他的言外之意，不想接受他，有点害怕。马大成早听爸爸说，牛铃山村几十年来活下来的党员总共只有十几个，不是七老八十，就是村支两委干部，多少年都没有发展新党员了。蔡风把持着，发现有点抱负和前途的青年人就像看到拱出地皮的嫩芽，不是一脚踢断，就是踩上去拧蔫，反正不能让嫩芽茁壮成长。突然年少的自己空降下来，蔡风肯定不无担心。但马大成装作没明白蔡风这话什么意思说，需要我参加组织生活我会回来的，我也会按时缴纳党费。蔡风勉强收下了他的组织关系介绍信。

马大成又顺道看望了姑妈马万芳。马万芳还劝侄儿复习说，你爸不给你钱，我给。马大成执意不再复习，气得姑妈不高兴了。

打算去哪儿打工？临走的前一晚上，马万里一下苍老了许多，没有阻拦儿子，也没有希望儿子复习再考，而是关心儿子去哪儿打工。

去运东。

就那么一点出息，运东能有什么挣钱路子？

我想找我的老师王道远。

既然有这层关系，马万里也就没的说。师生关系，能顶什么用？天上飘过一片云，哪知会不会下雨。父子相对无言。牛铃山下的石楼一时沉寂。

一阵电话铃声响起，妈妈接完电话突然大喊大叫起来，快，快，他姑妈打电话来了，他姑父在县城盖楼从脚手架上摔下来，摔折了腰，在汴水医院抢救了，快去看看。

马大成骑上摩托车，带着爸爸，摸黑向县城飞奔……

3

马大成初二那年，遇上班主任王道远。乡村戴帽小学，青年教师不多，王道远像校园一道风景。学校有他一间宿舍，但他不是雨雪天不住校，总是骑一辆摩托车呜呜往返于县城与学校之间，像个飞来飞去的侠客。第一天上课点名，王道远在课堂上就说马大成，噢，你就是那个胞衣丢在东莞的孩子，你就是那个姑妈带大的马大成，啧，你很有意思！

马大成听出王道远对他的异常兴趣，大概是他的身世和一些表现经常在教师办公室被提起并讨论吧，但也不该在全班同学面前这样说出来呀！他当时无地自容，他感到自卑，但也更感到自尊心大受伤害，不知哪来的勇气，他突然站起来反问王道远，王老师，你在嘲笑我吗？

没有，没有，王道远急忙摆手，我不是嘲笑你，我是同情你，也是欣赏你。据说你很能干，而且乐于助人。作文写得也不错，朗读比你说话流畅，我喜欢你。

马大成当时愤愤不平，甚至对王道远有点厌恶。但不久就发现王道远果真对自己很好，就是有点口无遮拦。第一堂课结束，宣布班委，居然任命马大成为班长。班长就是班主任的执行官，不仅不能跟班主任有二心，而且还要处处为班主任分忧。马大成很给力，全班被他管得服服帖帖的。扫地扫黑板，轮上谁，谁都别想躲懒不扫。课间操时间，统统给我跑向操场，谁也别想拉在教室里。有马大成，王道远不知省了多少心。有时想早点进城，马大成代替他看管学生自习，没出过任何差池。

不久班上就传开了，王道远是一名作家。马大成将信将疑，乡村帽中怎么可能出作家？作家怎么会落到乡村帽中里？课本上介绍的作家多么神奇啊！王道远不修边幅，口头散漫，哪像一个作家？直到王道远在课堂上手捧杂志朗读了他发表的一篇名叫《眼睛，心的湖》的小说，马大成才眼前一亮，原来王老师果真是个作家。跟着作家学语文，与小学语文课一比，别有一番风景。

马大成特别喜欢王道远的每周两节作文课。等着，盼着，等到王道远抱着一摞作文本走上讲台，放在最上头的几个作文本是优秀作文，经常会有马大成的作文，有时也会有牛艳红的作文，因此，没到一学期，马大成和牛艳红就成了王道远口中的红人，经常挂在嘴上。王道远不管学生有什么反映，反正哪个作文好就表扬哪个、就喜欢哪个，具有作家的率性和感情。因此，马大成从开始的厌恶到后来特别崇敬王道远，就是发现王道远与其他老师相比有一种魔力。

初二暑假前，王老师又一次走上课堂，脸色凝重，久久不语，转脸在黑板上写下四个字：最后一课。马大成转脸看了牛艳红一眼，一脸茫然。初一课本上有一篇《最后一课》，早就学过了啊！怎么又来最后一课？王老师终于开口说话了。同学们，这是我给你们上的最后一课，因为明天我就要到运东市政府办公室上班了。运东市公开招考文秘干部，我考上了。大家为我庆贺吧！

王老师自己带头鼓掌，全班掌声雷动。马大强还拍起了桌子，唧的一声吹起了口哨。王老师满眼含泪，沉浸在幸福之中，目光从同学们的脸上一一扫过，双手向下连续摁了几下，示意大家安静，说，同学们，你们还小，我不知道怎么对你们说出我的心情。做一名教师，特别是做一名乡村教师，一辈子跟你们这些质朴的乡下孩子打交道，说真的，我非常幸福，也非常快乐，但是又心有不甘。我对自己的职业有着自己的规划和目标。现在我们差距不大，还有共同语言，等我到了四十岁五十岁，但下面坐着的还是你们这么大年龄的学生，有的可能就是你们的后代，我成了祖师爷了，你们想想是不是我人生很悲哀啊？少年心事当拿云，直挂云帆济沧海。一个有理想有抱负的人选择教书育人固然很好，但如果能达则兼济天下岂不更让自己的人生大放异彩！

对！马大成大喊一声，举起拳头表达对王道远的支持。

王道远一怔，中断了慷慨激昂的致辞，转而低声慢语说，当然，你们现在不懂，长大成人就会懂了。仕途崎岖凶险，弄不好就可能翻船。但只要心怀天下，直道而行，就不惧风浪，勇往直前。你们祝福我吧！

全班乡下孩子对王老师这段告白似懂非懂，但分明听出了风萧萧兮易水寒的悲壮，也听出了王老师对他们的恋恋不舍。由于没有听懂，因此缺乏互动，几乎没有学生对王老师表示祝福。

牛艳红蹭了蹭马大成说，你是班长，你上去说几句。

马大成站起来说，王老师，我们舍不得你走！还想说什么，喉咙早已堵住了，哇——，哭了。

于是，全班哭成一片。

王老师拱手说，大家安静，你们虽然是一群乡下留守少年，但是我感觉你们都是父母的好孩子，都是祖国的花朵，也是民族的未来。你们将来有人会考上高中考上大学，有人可能会接过父母的接力棒，回家种地或者外出打工，但不管干什么，我都奉劝你们堂堂正正做人，踏踏实实做事。假如有人还能想起我，到运东来找我，我一定非常欢迎。

下课了，马大成狂奔到停车棚，骑车飞出学校，直奔回家。他想利用下课十分钟做成第一件自己迫切想做的事情，这个事情在他的心中刚刚冒芽。对，十分钟，骑车来回根本不够。但是，不要紧，从来没有迟到早退更没有旷课过的他想好了，要完成这个心愿，他肯定会耽误半节课。下一节是数学课，而且数学老师今天要讲新课，耽误半节课可能就听不懂下面的课了。而马大成顾不了那么多了，再犹豫下去，王老师就要离开学校，今后也许就再也见不到王老师了。而王老师对自己像小弟弟那样呵护着，自己绝不能对他没有表示，哪怕是根本挑不起王老师眼皮子的一点表示。是的，马大成在还没有想好给即将离校的王老师送什么礼物表达感恩之心时就迫切想送礼物，更可笑的是，在他想送王老师礼物的时候其实他手里连一分钱都没有。因此，他必须一路飞驰回家，伸手向爸爸要钱。有了钱才能购买礼物，才能表达心意。这是他第一次伸手向爸爸要钱。村头和学校门口都有小店超市，放学后许多学生都会跑超市买零嘴吃，马大成从来不吃零嘴。姑妈常常会塞给他几个零花钱，他坚持不要。爸妈回来持家后嘴上也说过千万别让别的孩子瞧不起咱们儿子，咱们儿子脑门上也没贴着一个孬字。但其实爸爸说归说，从来没给过马大成零花钱。马大成也从来不要钱。但这一次专程中途逃学跑回家向爸爸伸手要钱，不能不引起马万里的高度警觉，问，要钱干什么？

王老师调走了，他对我太好了，我想买个礼物送他。马大成直截了当说出自己的想法。

嘿嘿，你什么时候挣钱存在我手里的？马万里幽默一下儿子，但马上又说，老师调走，学生送什么礼物，再说，你送什么礼物能挑起他的眼皮？

算你借给我的，我长大了挣钱加倍还你。马大成说，我想买个笔记本送他。

马万里说，借也没钱，你有钱你就去买。你怕是这辈子还不清爸妈的债喽！

家里连买一个笔记本的钱都没有吗？马大成气得流下眼泪。

没有，不信你问你妈，连一块钱都没有。马万里怕儿子不信，把自己的全身口袋翻个底朝天，然后说，想要钱，我逮只鸡你去柳集卖钱去。

远水不解近渴，马大成还说什么呢？上课铃声传来，他转身骑车回到学校，赶上数学课上半节课。数学老师说了什么，马大成趴在桌子上始终没抬头，根本没听进去。他真生爸爸的气了，平时一分钱零嘴都不吃，关键时刻要几块钱买个笔记本送给老师，居然比要他肩上的人头还难。难道家里真的一分钱抠不出来了吗？下课了，马大成还趴在桌子上。

哎，外面有人找你！牛艳红用脚踢了一下他的脚，径直走出教室。

马大成起身跑出教室，东张西望，没发现有人找他。转过教室墙角，看到牛艳红在另一个墙角向他招了一下手，一闪就不见了。他迅速跑过去，发现牛艳红躲在另一面墙下等他。

你跑哪去的，迟到了半节课？牛艳红问。

马大成低头说，我想回家要钱给王老师买个笔记本，家里没钱。

牛艳红说，我也有这个想法，走，咱们到门口超市买去。

我没钱，马大成不动。

买一本笔记本的钱还是有的，走吧。

时间紧迫，马大成跟在牛艳红身后跑步到了门口的超市，他们五年级时的班主任在帮着家属卖东西，一看马大成牛艳红进屋了，眼睛一亮，隔着几个小学生就喊，你俩买什么？

有好的笔记本买一本。

马大成接过一个硬塑笔记本，厚实实的，沉甸甸的，也大气，就这个了。

牛艳红送上十块钱，老师从她手里接过钱，找了一块钱给学生。师生之间的买卖交易居然没有一点违和感。这是他们上一代师生难以想象的。

马大成把笔记本塞给牛艳红，你花钱的，你送给王老师吧！

哎，是你要送的，你写上祝福的话送给王老师。

那就算咱俩送他的，咱俩签名。马大成执意不想占别人便宜。

也行。

写什么？

一身正气，两袖清风，怎样？马大成征求牛艳红意见，我发现王老师配得上这两句话。得到牛艳红认可后，马大成工工整整写上这两个成语，落款写上他俩的名字。

送到王老师的宿舍，王老师正准备离开，马大成把背后的笔记本取出来，双手递给王老师。王老师很激动，嘴里反复念叨着，一身正气，两袖清风，好，太好了。我一定做到。咱们后会有期，希望你们努力学习，考上大学，做国家的栋梁。

从此，马大成再也没遇到王道远那样的老师，因此他特别想念王道远。但他和牛艳红合买一个笔记本赠送给王老师，却又成了那所乡村帽中的笑话，有人背后指指戳戳嚼舌头，说他俩许许多多闲话。特别是马大强和孟石头闹得最起劲，吐舌头，扮鬼脸，推一把，撞一下，说话酸溜溜的。

马大成拖着姑妈送他的迷彩行李箱走出运东长途汽车站，茫然打量了一下停满了轿车、电动车的站前广场，掏出手机导航，市政府大楼居然离车站不足两千米。

运东市是他所在汴水县的地级市，建市快十八年了。马大成选择到运东打工，除了运东有他的老师王道远，还有他对运东的一个判断：新兴城市机会多。运东尽管离他的家乡牛铃山只有不到两百里路，但他从没来到过运东市区。一点也不奇怪，人的活动非常有限。马大成拐过一个路口，沿着富民大道直向北走去。他迫切想找到他崇敬的王道远老师聊一聊，听一听老师对他的人生忠告。

马大成快步跑过富民大道与清平湖路形成的丁字路口红绿灯，走上茂密丛林间的空旷市政府广场，绕过一个奇怪的大拇指雕塑，仰望独自矗立在萧瑟秋风里的市政府大楼时，几个流动警察迎上前去盘查他，你找谁？

我找王道远。马大成站住，沉着应答，似乎王道远比书记市长都出名。

巡逻警察互相看了看，看上去不认识王道远，但也不容许马大成再越过镌刻着"为人民服务"的市直机关办公大楼前的大门。巡逻警察把他交给了门卫值班警察后离开，值班警察问明他的来意后拨打了王道远的班上电话，响了十来声却没人接。

马大成坐在值班室的长椅上边玩手机边等待。他没想到要见到王道远会如此艰难，近在咫尺却如隔天涯。他与王道远的距离不仅是值班室到大楼这不足三百米的空间距离，也不是六年没有见过面的漫长时间距离，可能还有公务员与乡野农民的身份和地位的距离，更有社会阶层落差带来的心灵距离。如果说王道远曾经在牛铃山戴帽小学课堂上某一次表扬或者对他作文的期待，长期埋藏在他的心底，并鼓舞着他，那么，时隔数年王道远还会记得他在课堂上给乡野孩子心中种下的种子吗？还会抛却繁重的文案工作和纷繁的人际关系而记得曾有一个叫马大成的学生吗？马大成念兹在兹的文学之类的闲话还能引起早已浸染官场风俗的王道远的兴趣吗？不谈青春、梦想和文学又能与王道远谈什么共同话题呢？没有。那么，我要找王道远干吗？求他帮忙找一份体面的工作？凭着自己的学历和身份，怎么可能？难道只为了诉说一下自己对他的崇敬和思念？未免有点寒碜！

想到这，马大成一阵心慌，而且感到可怕，便拖上迷彩行李箱默默离开了值班室，朝着一片丛林般的塔吊走去。

运东的城市建设到处需要人才，更需要人力。马大成在那个建筑工地上声称找活，很快就被一个腋下夹着皮包的小个子包工头相中，往他头上扣一顶红色安全帽，扔一把铁铲和一只塑料桶给他，去，干活去吧。马大成恍惚，找一份工作就是这么简单？劳务市场，劳务合同，都不需要吗？他想说出自己的困惑，又感觉未免有点多余。高考落榜生，不再是学生，而是一个自食其力的打工仔了。靠力气挣钱吃饭，不能再有学生的娘娘腔了。

马大成像所有农民工一样悄然潜入运东这座新兴城市，用时间和汗水煮出他的工钱，借以维持着自己的生命和对父辈的孝敬。很快，马大成脱胎换骨成一个独特农民工，并且很快在工友间出了名。

开始，马大成在建筑工地上拌浆提小桶，后来拿瓦刀垒墙。盖楼那点活，技术含量不高。有高中学历，又能吃苦耐劳，提瓦刀盖楼难不倒马大成。马大成不仅技术过硬，而且脑子管用。学生会主席不是白当的，多少懂得笼络人心。加上长得人高马大，眉清目秀，高鼻大嘴，为人仗义，身手不凡，特别爱打抱不平，很受工友们喜爱。工友们有什么想法，向马大成一透露，马大成只要认为公正的，就会替工友们到包工头面前据理力争，讨个说法。因此，包工头认为马大成是个生葫芦，有点怵着马大成，但是还离不开马大成。比如包工头拖欠工友工资，马大成跟包工头急眼，抡拳要揍包工头，逼得包工头乖乖掏钱。

留住马大成的小个子包工头叫曾家胜，三块豆腐的个子，像俄罗斯套娃一样装进马大成肚子里摇起来还会乱响。但是，人矮鬼大，眼一眨就是一个主意，天天腋下夹个小包，开着私家车到处乱窜。他往车里一坐，提着脖子才能看到前面的路况，开车像是无人驾驶。这人本事不小，项目一个接一个拿下来，马大成和一帮工友跟着他有干不完的活。马大成不是欺软怕硬的人，他只抡拳吓唬吓唬曾家胜，但从来没真正拎起来揍过他。

马大成也不是只帮工友穷兄弟，替工友出气，有时也犯蛮劲，对工友横鼻竖眼。他特看不起那些在城里直不起腰杆的乡下人，怕啥？城里人是人，乡下人也是人！我还生在东莞哩，运东城里人有什么了不起？钱多。钱多就大三辈吗？扪心问问，那么多钱是怎么挣得的？干净吗？马大成弄得工友很糊涂，你到底站在哪一头啊？马大成拍着胸脯说，我站在真理一头，站在人民一头。工友嘲笑他大言不惭。你以为你是谁呀？你就这个！有人冲他竖起小拇指。

有一次，马大成为救包工头曾家胜就揍了工友。

当时，一个外地工友借酒发疯，揪住曾家胜衣领推来搡去。曾家胜身体单薄，在那个工友推搡下像一只沙袋东倒西歪，腋下的公文包甩了出去。那个工友抢过公文包，拉开拉链，取出包里的一沓现金。正巧让马大成撞上了。马大成上前一把抓住那个工友的手脖子问，这钱是你的吗？工友吞吞吐吐说，他差我工钱。马大成说，你这是抢劫，知道吗？工友歪鼻斜眼抡拳要揍马大成，马大成只把工友的手腕一扳，工友哎哟一声倒地，松了那沓钞票。马大成一脚上前踩住钞票，命令说，拾起来，还给人家。工友叫嚷，他给了你什么好处？马大成说，没给任何好处，做人不能像你这样不要脸，我们不容易，包工头也不容易，有本事你跑来项目看看！没项目咱们都得喝西北风！站在一旁的曾家胜接过那个工友还回的钱和公文包，连一声感谢的话都没说就走了。

一场冷空气过后，马大成站在脚手架上干活被冻得青头紫脸。工地上突然来了一群人，个个衣着考究，头戴安全帽，在楼下指指点点说着什么。马大成根本听不清，发现这群人虽然戴着安全帽，但肯定不是干活的人。不一会儿转脸再看，人群已经消失。而欣赏他的曾家胜喊他下楼，快去洗个澡，跟我去开会。

马大成一听说开会，本来已经下楼了，却又掉头就走。拿我开涮，什么会轮到我去开呀？

曾家胜跑上来拽住马大成，开会，还有酒喝。

喝酒？哼，包工头请喝酒？马大成感觉蹊跷。平时爬高下低的，一天下来累得浑身骨头都散了架，工友们聚在铁皮工棚里打平伙，今晚你一瓶，明晚他一瓶，天天没少喝酒。马大成仗着年轻身体壮，从没喝醉过。喝不醉的马大成已经在建筑工地上传开了。但是，怎么？包工头抓他开会，原来还有酒喝？哪有这等好事？马大成不想被别人当枪使，执意不去，我的活还没做完呢，不能去开会喝酒，扣我工钱谁给？

曾家胜允诺，开会喝酒照发工资，醉了加倍发你工资。

还有这等好事？马大成就回到工棚里冲澡，换了一身干净衣服出来，完全换了一个人，一个膀大腰圆的后浪帅哥，坐上曾家胜的轿车去了市政府东边的运东国际饭店。

旋转门把马大成带进了金碧辉煌的大堂，跟着包工头挤进电梯，一看电梯只有三层，啊，三层楼还要坐电梯上去，马大成感觉浪费和多余。右转走进一间灯光璀璨的会议室，马大成眼睛一阵刺痛，大白天还拉上厚厚的窗帘开着大灯。迎宾小姐问清了他的姓名后把他引到了最后一排边上，原来他的名字做成了席卡早已摆放在那里。他对席卡并不陌生，高二时参加汴水县文化馆文艺家读书班时就获得过一张席卡，只是没有运东国际饭店这一张豪华大气。往下一坐，看到坐在对面的曾家胜，遥远得只能手语点头，一出声就怕破坏了会场凝固的静谧。不一会儿，陆续进来一些人，对号入座，像潮水淹没了沙滩一般，将一个空空的回字形会议室很快填满了。

这时，侧门被打开，鱼贯走入几个人，分列坐在主席台上。马大成一个都不认识。就在主持人把面前横着的话筒扳直对准自己嘴巴的时候，马大成身旁的另一侧门迅速闪进一个人，三步并作两步坐到马大成前面的椅子上。那里并没有任何席卡，却放着一把椅子。

马大成激动不已，叫了一声，王老师！

刚刚坐下的王道远回头冲着马大成笑了笑，握笔的手冲着他连忙摆了摆，叫他不要声张，很快端坐回去。

没想到在这种场合邂逅王道远老师，马大成真想上前一步跟他握手聊天。但会议已经开始，他只能从一直呈现给他的后背观察王道远的变化，默默地记在心里。王道远已经发福了，不再是那所乡村戴帽小学身材单薄、不修边幅的文艺青年，而是西装革履、油头粉面的机关干部。马大成听出来了，原来春节将至，市长对拖欠农民工工资进行检查会办，听取各相关单位汇报。能参加这样高规格的会议，马大成兴奋不已。

是谁安排自己一个青年农民工参会的？难道只是自己的包工头？马大成还在思考这个问题时，前面的王道远突然站起身来，顺手拍了拍他的肩膀，径直向外走去。马大成会意，迅速跟着王道远出门。王道远停在门外的走廊里等着他，一手握住他的手，一手推开对面的贵宾休息室的门。王道远坐到沙发里同时示意马大成坐到他身边的沙发上，说，大成长高了，我一看报上来的名字就想，会不会是我的学生马大成呢？刚才一见，果真是你，人高马大的，但模样一点没变！

马大成侧身趴在真皮沙发上说，报告王老师，我辜负了你的希望，没能考上大学。但我一直铭记你的教诲。

世上的路很多，未必要在一棵树上吊死，没考上大学的不是你一个人。只要自食其力，做个有用的人就好。王道远说，什么时候到运东来打工的？

有一年多了，选择到运东来就是奔着你王老师来的。不瞒你说，我认为，打工奔着大城市去，城市再大，没有亲人熟人，对我来讲都是空的。你知道的，我的胞衣丢在东莞，我能到东莞吗？除了我的同学牛艳红在省城打工，此外省城跟我还有什么关系呢？对牛艳红你还有印象吗？就是你临走时陪我送你笔记本的那个女同学。

噢，没印象。

我记得清楚，我送你的笔记本上写了两句话八个字：一身正气，两袖清风。

噢，这个有印象。

太好了！我高考落榜，要外出打工，我首先想到运东。因为运东有你王老师在这儿，我有靠头。马大成说得非常激动，几乎语无伦次。

王道远几次想打断学生的话都没能如愿，只是见缝插针地笑着纠正学生的错误观点：大成不能这么想，到哪儿打工，无论做什么，都要靠自己。有没有亲人熟人，只要自己本本分分做人，踏踏实实做事，就没有亏吃。

马大成突然问，王老师，你还创作吗？

什么创作？

哦，我是说，教我们的时候你在写小说，课堂上你读你发表的那篇小说至今我还记得名字，叫《眼睛，心的湖》，写少男少女初恋的，真美。

王道远哈哈大笑说，你说的是什么话，我怎么没有一点印象。

马大成奇怪了，王道远当初把文学和作家讲得那么神圣，怎么现在居然连自己发表过的小说也不承认了呢？这不等于记不得曾经十月怀胎生下的孩子吗？作为一个母亲，哪怕自己的孩子夭折了也应当能清晰记住一辈子啊！为了唤醒王道远的记忆，马大成又说，我在高二时给你寄了一篇作文，你推荐到《运东晚报》给发表了。

王道远恍如隔世地说，似乎有这么回事，我还是有些记不起来了。但有一点我是确定的，你，马大成，是我的嫡系学生，其他你说的什么我都没印象了。

马大成有点难过，他庆幸那天从值班室逃跑，不然尴尬死了。直到王道远确认他是自己学生的此刻，马大成心里还恍恍惚惚，甚至怀疑面前这位油头粉面的中年人是不是自己的老师。

王道远掏出手机说，这样，你扫我手机微信，我现在整天忙得焦头烂额。大成，不多说了，今晚我请人吃饭，就在国际饭店这里，你这样，过一会儿市长会问你情况，你要如实回答。走吧，王道远翻出手机二维码送给学生，听到唧的一声后，站起来就走。

马大成把老师的"任重道远"微信名改为"王老师"，去了一趟旁边的卫生间，然后回到会议室自己的席卡旁坐下。

没多会儿，市长果真问，农民工代表说说，你的工资发到位了没有？

都按月发到位了。

马大成站起来回答。作为农民工代表，马大成仅仅只说了这一句话，他似乎还有许多话想说，但有这句话就够在场记者用的了，而且王道远向后伸出一个大拇指给他点赞哩！

市长满意地点了点头，挥手示意他坐下。马大成只好坐下，听到手机振动声音，看了一下，发现坐在面前的王道远给他发了今晚吃饭的餐厅名字。

市长开始讲话。王道远埋头记录着。一阵掌声响起，马大成惊讶地发现，市长讲完会议就结束了。主持人宣布散会的同时，王道远叮嘱马大成一句，你到餐厅等我，便立即跑向主席台，拎起市长的公文包，拿起市长的茶杯，跟在市长身后离开会场。

王道远一套动作悄无声响，干净利落，行云流水。马大成看傻了。

走进餐厅，马大成发现偌大的餐厅里还没有别人，当门一架巨大的古色镂花屏风后面依稀可见一张大圆桌，圆桌中心是一盆铺开的鲜花，散发的香味弥漫在整个餐厅里。门内左右两边是休息厅，一边是一组沙发，一边是一张棋牌桌和四把椅子。马大成在沙发上坐了没多会儿，陆续上人了。但没一个是他认识的人。来人互相之间都很熟悉，不是局长，就是老板，只有他是农民工。地位悬殊，身份不同，马大成一时感到很不自在，只想逃跑。

哈哈，我来晚了，各位就座吧！稍后赶到的王道远进门就拍着巴掌招呼大家落座。

但酒桌座次不可造次，推来让去，王道远拉出一个老板往主宾位置上摁下去，自己往主人位置上一坐。一桌定盘星敲定，王道远示意大家随便坐。马大成不懂接待规矩，但历来做事稳当，很快也找准了自己的下席位置坐下了。扫了一圈，居然没有发现他的老板曾家胜。口口声声开会有酒喝的曾家胜怎么不在？马大成哪里知道，他的包工头根本上不了这个台面，在楼下自助餐厅里夹几样菜品或刨一碗面条坐等着结账。不是沾着他是王道远学生的光，马大成叨陪末席也根本不可能。

王道远先逐一介绍了客人。

这位帅哥是我的学生马总。

马总？而且率先被介绍？马大成突然红了脸，慌忙站起来向在场的各位弓腰点头致敬说，王老师高抬我了，我就是一个打工的农民工。

哎，现在帽子底下有个人都叫老总。王处长说你是马总，你就是马总。现在不是，以后肯定是。你是打工的，我们大家都是打工的。

是不是啊？！哈哈！上席的老板纠正马大成。于是，桌上人要么不和他搭话，搭话就都称他马总。

马大成的眼睛一直没离开坐在上席的那个中年老板，中等身材，脸皮白白净净的，头顶败顶，右侧一缕长发整整齐齐横披在额头，上下看像只鸟窝，平视则像留着分头。西装领带的，戴副秀朗眼镜，很斯文，很儒雅。

这是我市著名企业家、慈善家吴立仁董事长。王道远最后隆重介绍那位中年人，并带头举起双手鼓掌。

马大成眼睛一亮，跟着大家一起鼓掌。一听是吴立仁，他顿时兴奋起来，赶忙站起来跑过去握住吴立仁的手说，吴老板，认识你太高兴了！你是咱们家乡的骄傲啊！我是听着你的故事长大的。当他感觉自己有点唐突时又迅速跑回自己的座位上，但目光始终还落在吴立仁身上。

吴立仁淡然一笑说，哦，你也是清平湖边的人？

是，我是牛铃山下马蹄庄的。

哦，牛铃山？我知道，那可是我的灵山福地啊！山上是不是有一座小庙？吴立仁眼睛泛光盯着马大成打量。

是。庙里供着一尊菩萨。

十八年前的冬天，听说运东建市了，我带着老婆想到运东撞大运。天降大雪，路过牛铃山下，又饿又累。碰到了一个姑娘带着一个小孩子在雪地里堆雪人。我想去山顶的小庙里烧一炷香，祈求菩萨保佑我发财，但是我当时两手空空。那个姑娘听到我和老婆的嘀咕，就跑进屋里让那个孩子送了一炷香给我，我终生难忘啊！自从烧了那炷香，我到运东就财源滚滚了！吴立仁慢条斯理回忆着，眼角湿润，取下眼镜擦了擦又戴上。

王道远说，哦，早知道我也去烧一炷香，我在牛铃山下的那所戴帽小学教了几年书，经常跑步锻炼跑到牛铃山脚下，但还一直没登过牛铃山。

吴立仁还沉浸在遥远而又痛苦的回忆中说，人到走投无路的时候，有人送你一炷香，足够你记一辈子的。

吴总，我依稀记得三岁时做过这件事。你说的那个姑娘是我姑妈。当时我和姑妈在堆雪人，看到两个路人手扣手，咯吱咯吱踩着厚雪从远处走来，经过我家屋外时停了下来。姑妈让我送给两个路人一炷香。不过，那大概不是你。后来你又去那座小庙里烧过香没有？马大成跟着陷入回忆后问。

去过，我去还愿了！吴立仁端详了一会儿马大成说，嗯，你肯定就是给我送香的那个孩子，模样我想起来了，圆脸，大眼，憨乎乎的，只是现在又高又壮了。来，你年龄虽小，但算是我生命中的贵人了，我敬你。吴立仁一反酒席规矩，先跟马大成喝了起来。

马大成激动不已，端起酒杯站起来，一饮而尽。

那咱们是正宗的老乡，我可是吴快刀啊！

年轻的马大成一时无语。有幸认识吴立仁，并且获得了吴立仁的好感，他对自己的前途充满信心。一个没文化没本钱的乡下人都能创业成功，他马大成有文化有能力有思想相信也一定能成功，尽管时代不同。至今他都记得，家乡人嘴里的吴立仁的确外号"吴快刀"，至于吴立仁夫妇的发迹史更是充满传奇，特别励志。

十八年前，吴立仁夫妇刚来运东闯荡时赤手空拳，连个熟人都没有。在运东升格为地级市的那年冬天，吴立仁手牵着老婆郑秋花从运东长途汽车站走出，在站前广场上徘徊了半天，耳语了半天，始终没有走出车站广场。到了晚上，在候车大厅里打个地铺，蜷缩过夜。在被窝里盘算好好的，天一亮就去找活干。但到了白天，走出车站，到哪儿都看不到活，也没人找他们干活。郑秋花看到车上掉下一根树枝，刚要弯腰去捡，不知从哪里伸出一只手提前把树枝抓了去。郑秋花说了句，人要倒霉，喝水都塞牙。吴立仁安慰老婆，不怕，胆大赢钱，不会没有活路的。夫妻俩遛进一家菜场。菜场很大，有顶棚，摊位整齐，一看就是新盖的。在菜场转了一圈，问了几个卖菜摊主，摊位费不低。吴立仁想做点小买卖，但身上的盘缠少得可怜，再找不到活干，怕是连嘴都糊不上了，哪有钱投资买卖？巧了，迎面走来一个干部模样的人，怀里抱着一个纸箱，纸箱像是魔术师手里的宝盒，里面藏着什么活物，摇摇晃晃的。走到吴立仁面前时，纸箱里突然蹿出一只黑红公鸡，差点扑到吴立仁脸上。那人丢下纸箱，想捉那只黑红公鸡，纸箱里却又扑棱出几只大公鸡。说时迟，那时快，吴立仁一时兴奋，一把逮住那只即将跑掉的黑红公鸡，把两只鸡翅膀一交叉，往地上一扔，黑红公鸡瘫在地上直叫唤。那个干部模样的人捂住纸箱，说了声谢谢。吴立仁蹲下去，帮他把几只公鸡都掏出来，一只一只别起双翅，再塞进纸箱里。这样它们想跑也跑不掉了。干部模样的人解释并央求说，快过年了，乡下亲戚送来几只草公鸡，自己不敢杀，新菜场居然没人杀鸡。你要是帮我杀了这几只鸡，鸡杂给你，还给你加工费，怎样？好啊，杀鸡我最拿手了。吴立仁眼前一亮，看到商机，交给我吧，两小时后你再来取，噢，不，我给你送回家去。你家在哪儿？那人说就在旁边的小区某幢某单元，说完就走了。吴立仁和郑秋花看着那人的背影，愣怔了半天，然后相视笑了。这不生意就来了吗，你看好，我去买家伙。现买刀具，现烧开水，把第一笔生意做下来。没到两小时，给干部模样的人送去几只肥美干净的大公鸡，鸡杂分别塞在鸡肚子里，一点没留。那人居然是建设局长，支持吴立仁在新菜场杀鸡杀鸭。一来二去，建设局长就成了吴立仁的恩人贵人。从此，吴立仁在那家菜场架炉烧水，开店杀鸡杀鸭。累，脏，还有恶臭味。但吴立仁夫妇干得欢实。因为挣钱越来越多。先是来禽加工，后是收购生禽连卖带杀。生意越来越红火。吴立仁杀家禽，熟练程度堪比庖丁解牛，眼睛不看，嘴巴在跟客人聊天，手上却三下五除二把一只鸡或鸭打理干净了。建设局长买菜路过他的小店面时，吴立仁眼活，总会无巧不巧地有杀好的鸡鸭或鸽子塞一两只给建设局长。建设局长夸他，你真是一把快刀啊！吴立仁说，哎，托局长大人的吉言，我的小店有名字了，就叫"吴快刀"活禽店。很快，运东城里都知道外地来了一个"吴快刀"，发财了。又过了几年，那家菜场里的"吴快刀"活禽店消失了，吴立仁居然倒卖钢材，倒地皮，一路噌噌发达起来。没到十五年工夫，摇身一变成为运东市的房地产大亨，进而影响甚至左右了许多人的命运。

酒桌上，马大成始终放不下吴立仁自嘲那句话，我可是快刀。一个人敢于自我揭短，需要非凡勇气和智慧。在单独给吴立仁敬酒时，马大成说，吴老板，人嘴两面皮，说什么的都有。但是，我是非常敬佩吴老板的。赤手空拳来到运东，如今有了自己的辉煌事业。不管别人如何评价，我认为成功就说明了一切。

吴立仁说，嗯，英雄所见略同。这么多年我很少回家乡，就怕家乡不接纳我。我马马虎虎算个成功人士吧，但是说句人人都不爱听的话，我无法热爱家乡，因为家乡留给我的回忆不是痛苦就是悲惨。我可是不招人待见的穷小子！你想我童年和青年过的是什么日子？！不过，今天见到你这个小老乡，我非常高兴。来，我再敬你一杯酒。

马大成赶紧端杯站起来，我敬我敬爱的前辈！

吴立仁突然说，我不会喝酒。不骗你，我这杯里是水。

原来吴立仁频频举杯，只是做做样子，始终没有喝酒。即使喝下去的，也只是白开水。但吴立仁越是谦和诚实，别人越是不好说他什么。马大成奇怪，家产数亿的大老板如此淡定和自律，既不抽烟，也不喝酒，活得寡淡，令人佩服。马大成说，不管你喝的是什么，反正我喝干。

马大成就地又敬崇敬的王老师，王道远举杯同时对马大成说，吴老板海量，他在谦虚，马大成你别上他的当。

马大成说，我不管，我今天算是开眼界了，谢谢王老师。哪怕你和吴老板一滴不喝，你们叫我喝多少，我就喝多少。马大成简直无法表达自己的心情，只想在王老师和吴立仁面前喝醉。

吴立仁说，我在运东混这么多年，你问问我欺负过谁？我在马总这年龄时，什么一瓶两瓶白酒，扔进肚子里，小菜一碟。现在年龄大了，酒量下来了。这样吧，我也不叫你白喝。你敬我酒时，你四我两。我敬你酒时，我一你两。

这不是一个账吗？马大成转了转眼珠子，发现吴立仁说的这账翻来覆去是一回事。

吴立仁说，不一样。倍数一样，但次数不一样，结果就不一样。

马大成想想也是。于是同意吴立仁提议，一连喝了好几个来回。幸亏马大成身强力壮，喝了那么多酒下去，没事。坐到自己位置上正准备夹菜，抬眼看到王道远又在向他招手。他急忙又跑向上席位置。

吴老板，我的学生马大成现在你的项目工地上打工，没想到还是你的命中贵人啊！他高中毕业，又有这副身板、这个头脑，你怎么也得帮他一把吧！王道远拉过吴立仁说。

王处长的学生，错不了。马总，你要是听你老师的话，你就先从老家带些人来，自己当头，我给你活干。怎么样？吴立仁说得痛快。

有活干就有钱挣，马大成一手抢过王道远的手，一手抢过吴立仁的手说，谢谢王老师，谢谢吴老板。

很快，在运东市政府办公室王道远处长和房地产老板吴立仁的扶持下，马大成自己拉一支队伍做了包工头，注册成立了以自己名字命名的大成建筑公司。

4

与所有包工头一样，马大成的队伍清一色是乡里乡亲，打断骨头连着筋。其中，三叔马万年被马大成拉在身边干活兼监工。连庄上的泼皮马猴子都让马大成带出来了。

这帮农民工跟着马大成到运东市打工，有活干，有钱挣，有饭吃，还有酒喝。但也给马大成惹了不少麻烦，添了不少乱子。马大成不光管着他们的吃喝拉撒和生命安全，而且还经常替他们擦屁股，甚至顶屎盆子。马大成整天提心吊胆，不知哪天有人给他捅出个窟窿。

做了包工头马大成才知道，管理手下的农民工还不是最头疼的事。平时立了规矩，谁坏了规矩，处分谁，一点情面不留。干活按工种分组，拧钢筋的，砌砖的，浇筑混凝土的，一组一组，他只抓小组长。如果有人捅出窟窿，大不了开除走人。但是，马大成最头疼的事情是外务工作。要保证自己的公司活下去，保证跟他干的乡亲们活下去，他身上的压力不小。最难的是跟方方面面的人打交道。吴立仁出钱买地建楼，他带着农民工出力盖楼，中间的建筑材料、脚手架、机械可都得包工头去买去租去赊。有人没钱，买不来。有钱没关系，赊不来。睁开眼就盘算着这些事情。请客送礼跑关系，借钱赊账堵窟窿，马大成尝遍了酸甜苦辣的同时，渐渐平衡了各方关系，越来越滋润了。

熬过艰难的头两年，马大成的公司在运东站住了脚。挣了钱，马大成先买了一辆轿车。不算豪华，新款帕萨特，但也不跌份儿。本来没想在运东买房，不仅因为马蹄庄家里的石楼才盖好没几年，而且还因为至今一人吃饱全家不饿，哪有闲钱买房啊！这辈子还想在运东扎根吗？但是，嘿，吴立仁硬塞给马大成一套，成本价给你，抵你的工程款。怎么样？还不乐意？瞧那点见识，等着吧，用不了一年，保证让你把嘴笑歪喽！果真，当时马大成难为七死八活，等米下锅要付工友的工钱，还要还借七姑八姨的高利贷利息，一套房子砸在手上却变不了现。马大成只好拆了东墙补西墙，好不容易度过了一年。当初又气又恨吴立仁，斗大的沙子往他眼里揉的，明明是拿楼房顶替真金白银，偏说他赚了。嘿，没想到没到一年，他的那套房子市场价格翻了一倍，而且他也度过了最艰难时光，眼前一片锦绣。心里感激吴立仁。姜还是老的辣，别看他没什么文化，但头脑够用。难怪运东建市二十多年，大多数人都活得紧巴巴的，只有为数不多的吴立仁几个人大发了。下面是不是该轮到马大成了呢？

在运东有房有车，马大成算不算成功？他高考落榜，却比不少考上大学的同学提前有房有车，在他的家乡牛铃山传为佳话。有的同学大学还没毕业，说不定还要读硕读博，十年八年后出来将会怎么样，难说。有人说，马大成有贵人相助。有人说，马大成能力很强。还是三叔马万年会吹牛，瞧着吧，多少年前我就说过，我这个侄儿仁义，能成大事！幸亏没人拿他在马大成考上高中时升学宴上的话来堵他。他那时劝哥哥马万里不要给侄儿上高中，就是考上大学又能怎样，还不如早给他娶了媳妇，早抱孙子。这话谁说的？

有钱就算成功？马大成并不认可现在人们普遍的价值观，有时陪着三叔等人喝酒聊天时会亮明他的观点。

这话问得马万年愣住了，这孩子，有钱不算成功，那还怎么叫成功？成功的人有几个是穷光蛋的？

马大成说，做人成功才是成功。怎么叫做人成功？怀揣一颗善心，对人有用，对社会有用，就算成功。钱多钱少无所谓。比如你们说我马大成有钱，其实我没钱。我顶多算是一个过路财神。把乡亲们的闲钱积攒起来去拿项目赊材料，然后再拿老板的钱还给你们。这是不是对大家有用？

妈的，大成喝的墨水比咱们多，想法就是跟咱们不一样。绕来绕去的，你说的还是钱的事，没钱西北风都喝不上！马万年说得非常直接。

日复一日，马大成带着他的乡亲融入了运东。运东的大街小巷，锅大碗小，他们都能摸得到、说得清了。有人看到马大成的房子噌噌涨价，居然动了在运东买房的心思，但一时手头发紧，迟迟不敢下手。更多的人还是就近图个方便，跟在马大成后面打工，挣多挣少，心里踏实。离汴水老家又近，家里有什么事情用不上半天就能回到家。而马大成则更是把运东当成自己的家了。

有房才有家。马大成在运东有房。那套房子在高楼顶层，坐落在古黄河边上，推窗就能看到逶迤的京杭大运河和古黄河，遇上晴天还能看到远处的清清黄运湖，也算是湖景房。马大成的房子不是用来炒的，是用来住的。到手不久他就动用手下工友装修了。往里面添置了家具家电，还从花鸟市场搬了一些绿植。好样的一套房子。可惜，没有女主人，一百多平方米的房子成了马大成的单身公寓。但马大成主张，一个人的家也打扮得温馨舒适，用以安放骚动的心灵。因此，房子里几乎一尘不染。

最值得一提的是，马大成装了一个书房，面积十多平方米，一个书桌，三面书橱。替别人盖楼时他心中就画好了自己书房的模样。但是，书房装修好了，却没有几本像样的书放进书橱，因此，书橱大多还是空的。书房承载灵魂，不是摆设。马大成有空就跑书店，哪趟都一摞一摞地往回买书。有钱买书，却又没多少时间看，但有书摆在书橱里心里踏实。书同样更不能成为摆设，早晚有一天会静坐在书房里品茗读书的。只要有空，马大成喜欢一个人俯仰在书房里的感觉。

夜深人静的时候，马大成看书疲倦了，还会翻看手机里的微信朋友圈。他发现朋友圈越来越大，但居然许多真正的亲戚好友却并不在微信朋友圈里，奇怪。人们怎么会舍近求远地与那些哪怕只有一面之缘的人掏心掏肺，而不愿与至亲好友交流一下呢？当他发现自己的手机里既没有牛艳红的手机号码，更没有牛艳红的微信时，他开始审视自己的内心，初恋时的美好回忆终因未能结合而变得遗憾，但恰恰因为留下遗憾而变得更加美好了。

牛艳红现在哪里？她过得还好吗？她和孟石头结婚后又去省城打工了吗？他们俩该有自己的孩子了吧？

回答这些问题其实一点都不难。如果刻意想找到牛艳红，马大成有很多办法，根本无需大费周章。在微信朋友圈吼一声，自然有人接招。即使不想招摇，那也能从马大强或别的同学那里打听到牛艳红的下落和联系方式，悄然与牛艳红接头联系。但是，这明显不是马大成的做派。他可以忍受命运的捉弄，忍受生活的艰辛，甚至可以委屈自己，但他从来不愿放弃自己的追求和尊严，更不愿破坏人性美好的回忆。马大成虽然身为包工头，却自觉做一个对社会有用的人。儿女私情便也越来越淡了。

马大成设想过，假如有一天见到牛艳红，他该说些什么？想来想去，马大成最想问牛艳红，我送你的牵牛花还在吗？牵牛花语还记得吗？转念一想，我这又是何必呢。多大年龄了，还惦记着那些花花草草的事？浪漫吗？自认为不成熟。

其实，正像马大成与王道远在运东国际饭店第一次见面忘乎所以地表达那样，一座城市因为一个人而鲜活。亲人们牵挂着一座城市，往往是因为牵挂着那座城市里的某一个或几个亲人。假如没有亲人在那里，那里发生的任何事情又与自己有什么关系呢？马大成每次回家探望爸妈和姑妈，都会听到他们对运东的关注。运东也生产娃哈哈了，运东也有肯德基了，在运东城中穿过的运河上一年建成了九座大桥，那不等于给运河两岸钉了九个排扣吗？听说一个房地产女老板跑到加拿大去了，弄得市财政局一个副局长勒死了他的情人，而他的情人正是他孩子的舅妈。因为那个财政局副局长把情人的钱投给了房地产女老板，结果钱飞掉了。听说那个卖了运东所有学校和医院的"能人"也抓起来了？如此等等，说得有鼻子有眼的。马大成非常吃惊。原来从不知道运东是在汴水南面还是北面的妈妈和姑妈居然天天打开电视就看运东台，特别喜欢看楚风夜话栏目，全是运东的家长里短，甚至都能说出运东的几个地名了。尽管大多是道听途说、捕风捉影的事情，但马大成听了还是很受用的。因为他在运东，亲人才关心运东的新闻和天气预报。刮风了，下雨了，降温了，都牵扯着亲人的心。这不全因为马大成在运东吗！当然，牛铃山下的亲人也始终成为马大成的牵挂，他时刻担心会出什么意外。这种城乡之间牵挂是一种亲情，是一种无奈，也会导致猜疑和裂痕。终结这种牵挂似乎一时还不可能，但作为时代的烙印，马大成切身感受到了现实对亲情的割裂。

眼看又快过年了，马大成手下的农民工在运东熬不住了，纷纷向马大成讨要工钱回家过年。马大成正为钱不凑手犯愁哩，但还是满口答应，我就是砸锅卖铁也不会拖欠你们的工钱。当时他在工地上检查工程进度，见着一个老乡工友就承诺一次。

快到中午，有人喊话，马总，有人找你。他从脚手架上下来一看，居然是姑妈马万芳瑟瑟地站在寒风里等他。

马万芳身上没有棉袄棉裤，只穿着几层褂子和裤子，里面的裤子褂子长了，露出衣襟袖角，而且颜色也浅，因此，露出的部分特别扎眼。最外面的一层最新最整洁，颜色也深，但又明显短了。这种混搭的穿着加上满脸的沧桑，让马大成第一眼看到就心里好痛好痛。但马万芳见到侄儿却笑得非常开心，眼泪都快流出来了。

姑妈，来之前给我打个电话，我开车去车站接你去。马大成感觉姑妈来得突然，肯定有事，但同时又感觉愧对姑妈，话里有点责怪姑妈的意思。

马万芳说，不是不想给你打电话让接我，你爸要打电话给你，我都没让他打，是怕你忙得走不开。

到吃饭的时候了，我带你吃午饭去。马大成把姑妈带到工地旁一家小饭店。自己一手拉扯大的侄儿，马万芳一点都不存外心，一切都听马大成安排，跟在侄儿身后进了饭店。

马大成点了几个硬菜，运东特产黑牛猪头肉，肥而不腻，上过著名的纪录片《舌尖上的中国》；黄运湖白刺鱼一条，焦嫩喷鲜，白刺鱼一样长的盘子端上来就占了半边桌子，吓得马万芳瞪大眼睛惊呼，这盘子跟着鱼长的吗？清平湖里可没见这么漂亮的大白刺鱼吧！大成啊，别太浪费！

马大成笑了，姑妈第一次来运东看我，我怎么能小气呢！他跑到楼下吧台上拿了一瓶洋河天之蓝酒。他知道姑妈跟爸爸一样能喝酒，据说年轻时没喝醉过。

马万芳先是双手合十默默祷告了一小会儿，然后端起酒杯，见马大成面前没酒杯，就把自己的酒杯放下了，你不陪姑妈喝两杯？

马大成本来想，车子还在工地上，下午还有事，喝酒就动不了车了，但姑妈一存外心，他突然意识到不陪姑妈喝两杯不行。于是，姑侄俩边喝边吃边聊。

马万芳喝一口酒，叹一口气，筷子伸向猪头肉，又转向白刺鱼，都只做了一个动作，最后夹一片凉菜牛肉片嚼了半天还不往肚里咽。

马大成知道姑妈心地善良，特爱面子，几乎从不求人，如今独自一人坐车一百多里跑来找晚辈，有话怎么好张得开嘴、说得出口？毫无疑问，姑妈在为瘫痪的姑父犯愁。人穷，年难过。但还得年年过。眼下快过年了，姑妈家还能像从前那样过一个富足年吗？姑妈此行的目的他已经猜到八九分。但还是想让姑妈马万芳吃好喝好，一看姑妈舍不得夹菜，他不停给姑妈夹菜的同时，自己也不好意思猛吃猛喝了。

姑侄俩喝下半瓶洋河后，马大成才问，姑妈，大老远跑来找我一定有事吧？

马万芳张了几遍嘴才说出口，大成啊，自从你姑父卧床，姑妈让钱快憋死了！你姑父要吃药打针，玉芹念书还得要钱，我靠家里那几亩地，不生意、不买卖的，哪儿去弄钱去啊！不是怕丢下玉芹在世上受罪，我都想拔根头发吊死算了！唉，你爸你妈经常接济我，可我家现在成了无底洞了，填不满啊！除非我和你姑父都死了。我知道他俩年纪越来越大了，又哪儿来的积蓄，还不是你孝敬他们的嘛。前天你爸去看我，咱们兄妹俩背着你姑父流了半天眼泪。你爸出个主意，叫我来运东找你借点钱，再托人给你姑父办个低保，也许能缓解缓解咱家的饥荒。你在运东混得有头有脸了，认识人多，你给你姑父办个低保吧。

马大成一听姑妈张嘴求他这个晚辈，眼泪哗哗流进碗里，和着米饭扒进嘴里，却再也咽不下去，哽咽了半天才说，姑妈，我知道你不憋到没路可走不会来运东找我，你什么要求我都答应你。然后腾出手来从口袋里掏出一摞钱来，这是三千块钱，姑妈拿着，不用还。要说还，我一辈子也还不清姑妈的恩情。托人给姑父办低保的事，我记着。可姑父瘫痪在床，该享受低保啊！用不着求哥拜姐呀！

马万芳抹泪收下侄儿的钱，揣进最里一层的褂子口袋里，然后叹息一声说，全村人都能吃上低保，你姑父也吃不上啊！现在村支书蔡风是你姑父同姓同宗的侄儿，只不过祖上是个地主，做过保长。后来两代人在村里都抬不起头。还在生产队时，你姑父的爸爸结下的子孙仇啊！你姑父的爸爸喜欢窝里斗。一次，他和支书的爷爷一块去偷生产队里的玉米棒子。等支书爷爷钻进玉米地里，他退回来喊队长从背后摁倒支书爷爷，押到社屋里捆绑起来吊到大梁上，第二天召开社员大会批斗，结果支书爷爷一恼二气就喝敌敌畏死了。临死前一再嘱告支书他爸，哪代孩子有出息了，非把狗日的那门子灭掉不可，灭不掉也要踩进泥里让他永世不得翻身！这话在你姑父这辈子身上应验了！

马大成听姑妈扯得有点远了，什么地主崽子，什么社员穷人，这都哪对哪呀？听都没听说过。但是他心里有数了，估计姑妈在村里乡里都找过了，实在没办法才跑运东当面求他的。他看姑妈喝得脸颊泛红，眼睛发眯，便不再劝姑妈喝酒了。悄悄下楼结完账，以为姑妈跟着下楼了，到处瞅了瞅，没找到。回头奔上楼，发现姑妈还坐在桌边发愣，伸手去搀姑妈下楼。

马万芳坠着身体不起身，对着桌上的剩菜又是双手合十，双唇翕动，双眼微闭，然后突然睁开眼睛，直直地瞅着桌上的剩菜，双手依然合在胸前，自言自语说，这菜能让我带回去给你姑父吃吗？你姑父这辈子没吃过这样的好菜！

马大成心如刀绞，立即喊来服务员把所有剩菜分别打包给姑妈带走。

马万芳临走又把半瓶洋河天之蓝酒搂进怀里，菩萨保佑，你姑父这辈子也没喝过这好酒，我也带回去给他尝尝。

送姑妈上车后，马大成给老师王道远打电话，请他托关系给姑父办理低保。在运东，马大成跟王道远走得近，彼此值得信赖，值得托付。王道远家里电灯坏了，下水道堵了，给马大成打个电话，马大成迅速派出手下水电工上门维修。家里养花弄草，马大成也没少帮干活。在运东遇上难处，包括老家亲戚遇上什么事情，马大成第一个想到的就是找王道远，从不客气。王道远认他这个学生，也非常乐意帮他。能办到的，不能办到的，王道远都会尽力。马大成不忘感恩，逢年过节会给王道远捎点清平湖的土特产，算不上行贿。这一次，他瞒下姑父与牛铃山村村支书蔡风的世代恩怨，又把难为送给了王道远。

这事我来办，听完学生介绍后王道远满口答应。因为只要符合低保条件，王道远给汴水县分管负责人说一声，不算难事。

第二章　美容师

5

一岁的女儿梅子终于能戒奶了。牛艳红耐住性子熬过一年，担心婆婆不周到，赶紧把梅子送到牛角庄自己的爸妈那里戒奶去。牛艳红心一横，忍着呼呼淌的涨奶疼痛和对女儿的恋恋不舍，回到自己家里度过一个难熬的夜晚。夜风里，总是听到梅子在喊妈妈。牛艳红忍住，忍住了。在家忍了两天，终于忍不住给娘家的妈妈打手机，想在视频里看看梅子。一看到视频里的闺女脸上挂着泪痕在笑，自己眼泪夺眶而出。急忙喊，妈，快关了视频吧！

狠心给闺女戒奶，牛艳红决定就近到运东市打工。不仅可以彻底戒掉梅子的奶瘾，而且又可以打工挣钱了，来回还近。这两年多时间，快把她憋疯了。从十月怀胎，到生产哺育，家里的吃喝开支，全指望孟石头在省城做下活挣的钱。不能说杯水车薪，起码可以说是等米下锅，紧紧张张。所谓下活，就是给人洗足捏脚，说得好听一点叫足疗。开始他俩一起在省城一家足浴中心做下活，白天睡觉，傍晚上班，熬得脸色跟白菜帮子似的，一点血丝没有。孟石头眼镜后面的眼眶深陷，一副斯文扫地的样子。结婚以后，牛艳红发现婆婆手里并没有什么钱，死去的公公那点赔偿款早就被孟石头在省城为把她哄到手给嘬瑟光了。

今天逛老子庙，明天去德基广场。吃烤鸭，喝鸭血粉丝汤。一会儿送她一条金项链，一会儿送她一个金耳环，还说钻石戒指等到跪在她裙下求婚时再送，出手大方着哩！但从她回家坐月子就能看出来了，要不是娘家的爸妈不时送点鱼肉过来发奶，她的奶水都不够梅子吃的。好不容易熬到梅子戒奶了，牛艳红决定再一次外出打工挣钱。钱，爸有娘有，到手还得过一道手。指望丈夫养活，想当全职太太，比登天都难。婆婆待她不错，一年四季，要紧要忙的，再紧不紧儿媳，再忙不忙儿媳，地里的活一点都不让牛艳红上手。人心都是肉做的，凭良心说，除了过分心疼宠着儿子孟石头，把儿子宠成了妈宝男，牛艳红挑不出婆婆任何毛病。这一次，她再也不去省城做下活了，因为路途遥远，来回不便。她想到运东去找一个体面的工作。

你一走，我们闺女失去母爱了，怎么办？孟石头在省城给老婆打电话，并不支持牛艳红抛开不到一岁的女儿外出打工。

牛艳红说，我也想天天陪着梅子，给梅子全部母爱，但你能有钱养活你妈、我、梅子咱们三个女人吗？

孟石头咕哝了半天说，不能，但你就忍心把咱们的梅子交给我妈吗？她除了下地干活，什么都不懂啊！

上辈传下辈，咱们的爸妈都曾抛下咱们外出打工的。想不踩代，行啊！你做老板，挣大钱，在城里买房子，我在家做全职太太，保证把你女儿调教成一个公主。

那你告诉我，就算同意你出来打工挣钱，上海、省城、苏州，哪个城市不比运东名气大，哪个城市不比运东挣钱多？你为什么一定要选择去运东呢？孟石头在电话里松了口，但似乎对牛艳红的打工地特别介意。

牛艳红准备好一大筐理由等着丈夫，大城市虽好，离家太远了。现在我不是跟你谈恋爱的时候了。丢下梅子跑那么远，心挂两肠的，回家看她一趟都不容易。运东离家近，家里有事打个电话就回来了。运东发展快，挣钱的门路不比大城市少。运东人说话听得懂，心直口快，好处。说到这，她突然意识到了什么，话锋一转问，哎，你怕我到运东打工干吗？那你说我为什么选择去运东？

我看你是去找马大成的吧！孟石头终于把自己的心病说出来了。

牛艳红突然在电话里骂开了，瞧你那点出息，自从马大成在婚礼上给我送花，喝醉酒我派婚车送他回汴水中学，你就开始疑神疑鬼了。翻我微信，查我号码，什么龌龊的事都做得出来了。哎，马大成是我的同学，不也是你的同学吗？咱们同班那么多年，他是什么人，我清楚，你也清楚。你爸打工出车祸死的时候，马大成带着咱们全班去你家奔丧，安慰你，陪你哭。你都忘了？他考上高中，你没说，但我知道你嫉妒他。你总说数学成绩比他好。听说他没考上大学，你在省城又笑话他，意思是他白念了高中，最后还不是混成一个打工仔。听说他在运东当了包工头，有房有车，你现在连个屁都不放了。噢，你的意思，我去运东打工就是去跟马大成约会呀？你要是怕我见到马大成，有种从省城回来，咱们一起去运东发展。

你以为我没这个想法？天天夫妻两地，弄得过去异地双职工似的。人不人、鬼不鬼的，这种日子我早过够了。你等着，我回家陪你一起到运东去。孟石头顺水推舟。其实他早就不想在省城做下活了。幸亏省城没亲人熟人瞧见，要不他早丢不起那张脸。

为免讨闲气，牛艳红等着丈夫孟石头从省城回来。

孟石头在一个傍晚回到家。两人在家亲热盘桓了几天，跟梅子玩了几天捉迷藏。牛艳红一抱起梅子，发现梅子的小手还会往她的怀里摸，她唬闺女说，哒，怀里有猫咬手，有辣椒辣嘴。梅子忘了奶瘾，只好抱着奶瓶叫妈妈。梅子戒奶成功，孟石头牛艳红才背上行囊来到运东打工。孟石头在一家洗浴中心继续做起了老本行，牛艳红在运东市区一家名叫牡丹花的养生美容院做美容。因为身材苗条、脸蛋娇美、性格温柔、手法娴熟，牛艳红很快就成为牡丹花养生美容院的头牌技师和形象代言人。每一个顾客都渴望拥有牛艳红那样的美丽，在做美容的同时都会向牛艳红讨教养生护肤秘籍。牡丹花养生美容院的老板是一个雍容华贵、社交能力很强的中年妇女，手下雇用了近百号美容技师，把牡丹花养生美容院运作成运东市内最具影响力的美容院。因此保证了源源不绝的中产阶层消费群体。运东市区爱美的女人包包里几乎都有牡丹花养生美容院的贵宾卡。她们会定期或不定期到牡丹花养生美容院保养自己的眼睛、脸蛋、指甲、身材甚至卵巢，似乎身上的任何一个部位都像汽车的部件需要到 4S 店保养或拆换一样。而她们中许多人会事先预约牛艳红为她们保养。她们几乎一致向老板反馈，牛艳红品行端正，手法到位，不惜力气，从不躲奸卖滑克扣上钟时间，应当加薪。因此，牡丹花养生美容院的老板特别器重牛艳红，除了正常工钱，年底还会塞一个大红包给牛艳红。

牛艳红做美容，孟石头做足疗，一月收入七八千块钱，牛艳红感觉挺好。但不久孟石头却又心里发毛受不了了，说他们哪还像一对夫妻，简直就是太阳和月亮，你升我落，我升你落，初一十五打个照面，还隔着千山万水的。牛艳红美容，白天干活，晚上睡觉。孟石头足疗，晚上干活，白天睡觉。白天不懂夜的黑，夜晚不懂白天的亮。牛艳红没有什么感觉，但孟石头忍受不住，就因为男女睡觉那么一点事情跟妻子三天两头叮叮当当的。孟石头怀疑自己晚上工作的时候老婆偷偷跟马大成约会，但想不睡觉盯老婆的梢又忍不住犯困。几次吵完，牛艳红撵他回家，滚！别在运东碍事绊脚的。

孟石头一恼二气，辞职又跑到省城当起外卖小哥，决心不做下活了。

不料，距离产生美。孟石头耍起小心眼来，比苍蝇蚊子在眼前飞来绕去还难受。但孟石头丢掉自己的小心眼，又特别会服软做小。刚滚出运东时，牛艳红赌气不搭理他。架不住他一天成百个微信地发，几十个电话地打。做美容时，微信不回，电话不接，牛艳红忍得住；回到出租房后，再不回微信不接电话，牛艳红做不到。梅子哭了，梅子咳嗽了，梅子冲他喊爸爸了。有一个闺女夹在中间，牛艳红能跟孟石头赌气几天？没几天，小两口居然像异地恋似的天天有工夫在手机里视频聊天。孟石头没算过账，忍不了颠倒的白天黑夜，却能忍得了遥远的距离。牛艳红在手机里问他脑子是不是进水了，他说虽然见不上面歹能跟你保持同步了。牛艳红笑他这算的是哪家账，我看你就是不跟别人吃一棵葱，只打自己的小九九罢了。

牛艳红独自一人在运东做美容师，脸上平静如水，内心汹涌澎湃。

冬天的一个早晨，牛艳红早起去美容院上班，拐过一个街角，看到一个小伙子穿得单衣薄衫跑步，吸引了过往行人的目光。小伙子上身的运动服扯起两只袖管系在腰上，跑得气喘吁吁，张着大嘴巴，嘴巴里呼出一团一团热气。马大成，牛艳红一眼就认出是她的同学，大喊一声。

马大成一听有人喊自己的名字，刹住脚步，回头看着对方。牛艳红摘下口罩，露出通红的圆脸，扬手向后抹去戴在头上的羽绒服帽子，摇头甩了甩油亮的披肩长发，一个成熟性感的少妇出现在马大成面前。马大成兴奋地叫了起来，上前一步，抓住牛艳红戴着手套的手抖个不停，是你啊，牛艳红！我想死你了！你也在运东市里工作呀，我在运东几年怎么一次也没遇上你？你在哪个地方上班？你这是要到哪儿去啊？！

牛艳红不好意思地向周围打量了一眼，从马大成手里抽出自己的手，不料，自己的手抽出来了，手套却还攥在马大成手里。她不好意思地又伸手把手套拿回自己手里。她笑着说，你一口气问这么多问题，我都不知道怎么回答你了。我早知道你现在是大老板了，怎么还会想初中老同学？你出门开车，我出门走路，你哪能遇上我？结过婚，我们又去省城打工了。家里发生什么事情，我们一点也不知道。生了孩子，再到远方的大城市去打工，家里有点什么事很不方便，前年我就到运东来了。我没你那么高文化，在牡丹花养生美容院里打工，我现在就是去上班的。

马大成双手空空荡荡，无处安放，不停跺着脚，搓着双手说，咱们都是打工的，打拼这么多年，就没打算自己开一家美容院？

牛艳红大笑说，哪个不想？没钱。我还想在运东扎根哩！还是没钱。

有想法就好，怕就怕没想法。有想法，总会有办法。马大成话锋一转问，你家孟石头呢？

牛艳红躲开马大成的目光回答，他在省城做外卖小哥。

马大成突然大笑说，哈哈，两地分居！就不怕自己老婆跟人家跑了！

牛艳红瞅老同学一眼说，是那种女人，男人天天拴在裤腰带上都拴不住。孟石头对我放心。哪个对我歪鼻斜眼的，我都会啐他一脸唾沫！

马大成点头，掏出自己手机说，哎，加个微信吧，今后有什么事好联系，同学加老乡，有事互相帮，抱团取暖，比一人单打独斗高强。哎，你有闲钱可以借给我，比银行利息高一点，我到处融资垫付工程款。

我一人挣钱养孩子，哪有闲钱借给你。等有节余再找你投资吧。牛艳红警惕性很高，拒绝马大成的同时，平静地掏出自己的手机，打开微信二维码，亮给马大成。

马大成打开扫一扫功能，对准牛艳红的二维码，唧，一声响过，手机屏幕上出现一个新朋友名字，牵牛花！

牵牛花，马大成念叨了几遍，一边添加微信，一边嘴里报出自己的微信名，我叫牛铃山马，同时还给牛艳红发去几朵玫瑰花，突然问，你还喜欢牵牛花吗？

喜欢，牛艳红说，啊，你也喜欢家乡的牛铃山啊！好，不影响你上班了，保持联系吧！

马大成垫步后退，扬手与牛艳红再见。

刚走了几步的牛艳红突然转过身来喊，哎，马大成，我问你一件事。

马大成跑向她，看着她的眼睛问，什么事？

牛艳红说，算了吧，你去忙吧。

马大成说，哎，你什么时候喜欢说半截话了。有什么话，老同学就直说，我受得住。

牛艳红说，你没考上大学是因为参加我们的婚礼喝醉酒吗？

谁说的？马大成板起脸说，我是学生会主席，又是文学社社长，每周组织文娱活动，耽误了学习，成绩一直不好，早就被班主任打进另册了。但我一点都不后悔。没考上大学跟你们八竿子打不着。怎么，有人说你什么？你受委屈了吗？没影子的事情，你可千万别往心里去啊！

哎，听你这么一说，我心里才好受一点。牛艳红慢慢转过身，快步离开。

从此，两个失联多年的同学又有了联系，但仅仅是在微信中早晚问候一下，很少在线下见面。

美好，原来如此短暂而又脆弱，需要小心翼翼去呵护吗？牛艳红想起了初中毕业后第一次外出打工巧遇孟石头的情景。

第一次外出打工的时候，牛艳红跟上学时没什么两样。依然穿着一身校服，背着一个双肩背书包。校服的上身是一件纯白色的短袖衫，左胸前印着她读的那所乡村帽中的名字，字迹因为反复洗涤变得模糊了。下身是一条天蓝色的短裙，看上去并不时髦，但走起路来裙裾波浪起伏，洋溢着青春气息。双肩背书包曾经沉甸甸地装满了书，但现在已经掏空了书，鼓鼓囊囊地塞满了她的换身衣服和日用品，也可以说是她的全部家当。当然，包里还揣着妈妈塞给她的五百块钱。

你们回去吧，我自己能照顾好自己的，放心吧！牛艳红挥手向站在村头目送她的妈妈和妹妹大声说道，看到妈妈扯起衣襟抹泪的同时自己也情不自禁流下眼泪。她连退几步后看见妈妈和妹妹还站着没走，便迅速转身义无反顾地踏上外出打工之旅。

离家开始的这一段路程就是她曾经上学的路，向左一拐就通往她念过小学和初中的那所乡村帽中。其实，在村头也能等到私人中巴车去汴水县城，村村通的水泥路已经把各个自然村串在了一起，城乡一体化的公交体系已经覆盖了所有乡村。但是，中巴车会在乡村之间绕来绕去，直到装满了人才从柳集街头直接驶向县城，因此，牛艳红宁愿选择多跑几里路到柳集街头坐车。至于她的目的地是哪里，她内心早有盘算，那就是省城。

省城有什么人在等着她吗？根本没有。初次打工的目的地都是打工者憧憬的地方，就像童话里的城堡一样迷人，根本用不着投亲靠友。当然，也没有亲友可投可靠。

如果不是暑期，别人一定以为牛艳红又去上学了，而眼下牛艳红已经彻底告别学生时代，开始了她独自外出谋生的未知旅程。等待她的将是什么样的世界和命运安排呢？谁也不知道。

牛艳红走到柳集街上，匆匆穿过空荡荡的街道，来到街头，解下背包，放在地上，焦急地等候乘车。街头横着一条通往汴水县城的公路，形成了丁字路口，路口插着一个斜着的站牌，已经有几个人在那里等车。有的聊天，有的张望，一个中年人低头在玩手机。牛艳红家里安装了电话，却还没有手机。尽管牛艳红很羡慕有手机的人，但学校不准学生使用手机，因此也就没感觉矮人一截。可现在离家外出，听到人家玩着手机，牛艳红心里有点痒痒。听到一声彩铃响，牛艳红一惊，是那个中年人的手机响了，接着听到他在大声告诉对方自己的位置。牛艳红心想，等到了省城下车再找个公共电话亭给家里打电话，就像用家里电话一样。这是妈妈告诉她的。她大概还不知道城市的公共电话亭早已消失了。

外面的世界，一切对牛艳红都是新奇的。她虽然曾经跟着在上海打工的爸爸到过上海，但她没有去过省城。她知道省城有老子庙，有汉洪河，还有朱雀湖无忧湖，她还能熟背刘禹锡的那首诗《乌衣巷》：朱雀桥边野草花，乌衣巷口夕阳斜。旧时王谢堂前燕，飞入寻常百姓家。因此，对六朝古都省城充满向往。但是，牛艳红除了欲望，几乎一无所有。世间将赐给她什么？她能获得世间多少馈赠？牛艳红听到别人接打手机便生出一些自卑，悄悄走到离站牌远一点的地方独自站着，扭头望着路的尽头。当看到一辆公交车拖着一路扬尘开来，牛艳红手提背包向着站牌靠近。在公交车停下的那一刻，站牌下形成了短暂而又激烈的拥挤。牛艳红莫名其妙地被挤到最后上了车。

牛艳红！

公交车后排一个小伙子从座位上突然站起来，大声喊着牛艳红的大名，同时小声对即将坐在他身边座位上的那个玩手机的中年人说，这里有人。那个玩手机的中年人一挪屁股坐到了另一个座位上去了。正在埋头上车的牛艳红抬头循声望去，一眼看见正在向她招手那个小伙子，喜出望外地叫了一声小伙子的名字：孟石头！她挤过几个正在寻找座位的旅客来到孟石头身边坐下，气喘吁吁，看着几个在她前面上车却没有座位的站客，转脸对孟石头说，谢谢！

孟石头看到牛艳红满脸是汗，校服的前胸也洇出汗来，弯腰从脚旁一个不大的旅行箱里抽出一个折叠纸扇，右手一拧，呼的一声打开纸扇，朝着牛艳红扇起来。伴着一阵阵凉风，纸扇散发出一股香味，沁人心脾。

牛艳红小声说，我不热，你扇吧！

孟石头不听，继续为牛艳红打扇。

有人在一旁打扇，加上公交车开着车窗，牛艳红很快止住出汗，心情也平静了下来。她眼睛的余光不时打量着孟石头，发现不到一个暑假没见，同班同学孟石头变化很大。本来就瘦的个头似乎又高了不少，刀条脸上依然架着那副眼镜，穿着一件长袖白衬衫，衬衫领子留有发黄的汗渍，衬衫下摆折在裤子里，脖子上系着一条雪青色领带，领带有点斜，腰间扎着一条皮带，把身子束得像一个火把。年纪不大，但眼角却已经长出了两条细细的鱼尾纹，眼睛似笑非笑，还带着在校时的调皮模样。

你这是去县城上高中吗？

不是。牛艳红否定后突然问孟石头，你不知道我没考上高中吗？你笑话我？

不不不，我知道你跟我一样没考上高中。那所学校能考上马大成一个，不光头就算不错了。我是说，那你怎么还穿这身校服，校服你还没穿够啊？！

牛艳红无言以对，脸更红了。决定外出打工时，牛艳红翻遍了所有衣服，没有一件满意的。妈妈在塞给她五百块钱时还嘱咐她，到了省城买几件衣服吧，人是衣裳马是鞍，身上无衣被人欺。穿着校服外出打工，牛艳红正难为情哩。她怕孟石头笑话她出门连一身像样的衣服都没有，但嘴上还说，这身校服挺好的，我喜欢。

人家一看就知道你刚毕业，而且是乡村初中毕业，又不是什么名校。我毕业那天就把校服扔了。到哪我就说我大学毕业，谁知道，谁查去？

牛艳红捂嘴笑了笑，没接孟石头的话茬。她转脸看看周围的乘客，开始替孟石头捏一把汗，但没人在意她和孟石头的对话。

孟石头有点没趣，折起纸扇，从裤子口袋里掏出一个手机问，你的手机号码多少？

我没有手机。牛艳红眼睛盯着孟石头手里的手机回答。

孟石头说，一放暑假，我就知道我考不上高中。考上考不上无所谓，反正我的成绩没你好。我妈就给我买了这部手机。

你家真有钱。哎，有人说你爸出了车祸，车主全责，赔了几十万，真的吗？牛艳红求证长期积压在心里的疑问。

孟石头说，我也不知道多少，妈不告诉我，反正她说够给我成家用的。

你这是要去哪儿？

省城。

牛艳红说，我也去省城。

那咱俩有缘，同学，同路，同城工作，哎，在家里没什么，在学校也没什么，大不了是庄邻和同学。到了省城，咱俩那可就是亲亲同学了，别装作不认识我啊！

越说越下道了，牛艳红嗔怪孟石头一句，然后向后一躺，闭上眼睛，不理孟石头了。

在县城下车，牛艳红一时失去方向感，不知长途汽车站在哪。孟石头抢过她的双肩包拎在手上挎在肩上，一手拎着自己小旅行箱，说，走吧，幸亏遇上老同学，不然让人拐卖掉了还帮人数钱哩！

在售票大厅，牛艳红还在瞅着电子显示器的票价，孟石头抢先替牛艳红买了去省城的车票。下午发车，不急。孟石头对着牛艳红亮了两张车票，向站内一个闪着霓虹头门牌的饭馆里走去。安顿牛艳红坐下，看好行李，我去点菜，请你吃饭。

一向很有主见的牛艳红突然变得受了孟石头支派，心里有点憋屈的同时，不觉有点难过。但此时此地，她也默认了。

孟石头出手大方，点了两菜一汤，一盘红烧肉，一盘烧杂鱼，一份西红柿蛋汤。菜一上桌，牛艳红吃惊地问，点这么多，你吃得了吗？

孟石头说，第一次请你吃饭，两人两个菜，不多。要不，我再买瓶酒来，你喝不喝？

牛艳红急忙摆手，不喝不喝。怎么，你学会喝酒啦？

孟石头一手攥着筷子，一手从裤子口袋里摸出一包烟放在桌上，说，嘿嘿，我爸没死的时候顿顿没酒吃不下饭，非逼着我陪他喝酒，还说，酒盅是大印，烟是介绍信，男人在世上混事，不喝酒不抽烟等于白来世上跑一趟。你要不喝，我也不喝。

牛艳红说，喝酒抽烟我都不喜欢。

孟石头抓起那包还没拆口的香烟装了起来，说，那我就不喝酒不抽烟，陪你吃饭。

牛艳红端起米饭吃起来，还没夹菜，孟石头早夹了鱼的中段放到她的碗里，牛艳红迟疑一下说，我自己来。孟石头又夹一块红烧肉塞到牛艳红碗里，牛艳红急了，你再这样我不吃了。孟石头连忙说，好，你爱吃什么自己夹吧！

牛艳红吃完了一碗米饭和孟石头夹给她的菜，放下碗，打开双肩包，伸手摸到夹层里的五百块钱，抽出一张一百元来，站起来要去付钱。

孟石头嘴里正嚼着一块红烧肉，嘴角冒油，一把抓住牛艳红的校服袖子，把牛艳红拉坐回原位，嗡嗡说，说好我请客的，你别管了。

牛艳红把一百块钱塞给孟石头说，那不行，车票和饭菜钱，一人一半，我从不占人便宜。

孟石头不接。

牛艳红就把一百块钱放在桌上，拎起双肩包往外走。

孟石头慌忙把红烧肉汁倒进饭碗里刨掉，拿起桌上的一百块钱去结账。结完账出来，走到正在排队的牛艳红身旁说，你呀，跟人家不吃一棵葱。现在好了，我欠你的，变成你给我买车票请我吃饭了。

牛艳红说，别人欠我的，我不心疼；我欠别人的，我心里难受。

孟石头一时无话，跟在牛艳红后面上了车。

车一发动，孟石头把刚才吃饭时的不快抛到脑后，逗着牛艳红说话。牛艳红兴致也很高，和孟石头回顾初中三年的点点滴滴，一路上有说有笑。车出县境，车上有人耐不住大声说了句，能不能让人睡一会儿？！孟石头吐了一下舌头，身子一缩，闭上眼睛。

情绪一落，牛艳红也昏昏沉沉起来，伴随着公交车晃晃悠悠，眼睛迷离，瞌睡虫爬满脑海，头一歪，倒在孟石头的肩膀上睡着了。

6

2018 年，春节临近，运东市里到处是节日气氛。沿街的路灯杆上挂起当地一家名酒企业赞助的大红灯笼，一到夜晚，夜空都映得红通通的。提前打烊关门的店面早早贴上了各式各样的春联。幸福中路和宝龙广场上人流如织，人声鼎沸。位于楚街一头的牡丹花养生美容院迎来旺季。新老客户预约不上，直接赶到院里排队，只为打扮得漂漂亮亮、精精神神地过节。

你什么时候回家？发个位置给我，我开车接你。

牛艳红收到马大成一条微信，心头一热，心存感激。但她立即删除了马大成微信，而且始终没有回复。自从路上邂逅一次，除了问候，不给马大成任何机会。不错，牛艳红知道马大成憨厚公道，没有龌龊之心。但能遮住别人的眼睛，封住别人的嘴吗？人言可畏。不留口实，何来人言？牛艳红也想坐上老同学的轿车回家，既快，又安全。但她宁愿去挤大巴，也不能坐马大成的车呀。

自从进入牡丹花养生美容院当学徒，一路走来当上了头牌美容技师，牛艳红的心中一直有一个小小的目标，开办一家自己当老板的美容院。只是这个梦想是一个秘密埋藏在她的心底，直到偶遇马大成时被他点燃。然而，当她在牡丹花养生美容院大红大紫时，她突然向老板坦陈，自己年底打算辞职。老板知道牛艳红轻易不向她提出任何要求，但凡决定了的事情肯定是经过深思熟虑的，因此稍加挽留后便同意牛艳红辞职。不过，老板说，艳红，咱们两年相处得如同姐妹一般，你这人如果不在美容业界发展真是可惜了。我不怕你抢走我的生意，我劝你过年回来自己单独开一家美容院。我这里的道道坎坎你都门儿清，你的顾客你也可以带过去。既然老板如此开明，牛艳红也就答应老板，我哪有你的魄力做这么大的事业，我能在运东买一套房子，够养家糊口就心满意足了。老板给她打气，你一定能！牛艳红一直忙到腊月二十九，才含泪告别了牡丹花养生美容院的仁慈老板，回到自己的出租屋里收拾收拾，带着自己的小目标回家过春节。

　　进城挣钱，回乡过年。马大成和牛艳红与他们的第一代农民工父辈一样，这些年一直在城乡之间流转往返。城乡之间早已没有了墙，进出自由，甚至乡下人也纷纷住进城里，但是，逢年过节时，乡下人基因里总忘不掉埋在家乡的祖辈和自己的胞衣，鲑鱼洄游般地回到家乡。而牛艳红当时还不知道，他们的老家正疯传着土地流转和集中居住哩！

　　从县城转坐上开往乡村的公交车，牛艳红本来可以在一个小时以后到家，可那辆私人承包线路的公交车在县城里兜兜转转，总想着能像平时那样塞满一车人再走，急得牛艳红几乎要哭。但临近春节，县城里急于赶回乡下的人已经很少了。临近傍晚，那辆公交车终于不得不只拉上几个外地回家过年的男女上路了。牛艳红心急火燎，不时在手机里向在家焦急等待的孟石头和女儿更正到家的时间。她听到女儿梅子在手机里的一次次哭喊，就一次次笑着哄着女儿，其实心如刀绞。

　　牛艳红在柳集街的东头下了公交车。柳集街是柳集乡政府所在地，也是方圆数十里内农民赶集的集市。集市像一个小小的神经中枢，在时间的长流中源源不断吸引着周围的农民沿着神经末梢般的田间小路聚集到这里购物、交易、获取信息。但随着农民外出打工，集市近几十年来渐渐失去它曾经的集日繁华，变得冷冷清清。腊月二十九的集市更是像扫过一样干净。牛艳红招手转坐上一辆私人运客三轮车赶回家。

正值傍晚，天气越来越冷。牛艳红一直奇怪，自从到了运东打工，无论她如何焦急赶路，她总是只能在傍晚抵达老家。

在村头的水泥路下了车，远远看见婆婆抱着梅子站在寒风中等待，牛艳红把大包小包塞给跑上来接她的孟石头，双手提着裹腿的橘红色长款羽绒大衣一路狂奔过去，嘴里连续喊着，梅子，妈回来了！气喘吁吁地跑到女儿面前，拍着巴掌想抱过女儿。

在手机里一直喊着要妈妈的刚满三岁的女儿却不认她，趴在奶奶怀里，紧紧搂着奶奶的脖子，无论牛艳红怎么喊她她都不理。

婆婆说，去吧，天天找妈妈，她就是你妈妈！

牛艳红的心让针戳了一下，眼泪哗地涌出眼眶，喉咙堵得难受，双手从婆婆怀里硬抢过女儿说，梅子，我是妈妈。妈妈天天想你，天天跟你视频，听你喊我妈妈，怎么妈妈回来你又不认识啦！

女儿在她怀里大哭，还想扑向她奶奶。

婆婆背过脸去说了句，刚戒奶就出去打工，梅子早就只叫奶瓶是妈妈。说完抬起袖子抹泪。

牛艳红泪眼婆娑，不停亲着女儿红红的脸蛋，又把早已含在嘴里的一块只剩余下米粒大小的糖块挑在舌尖上，渡进了女儿小嘴里，甜蜜才暂时止住了梅子啼哭，但她还不时委屈地抽泣一下。牛艳红紧紧抱着女儿，心里油煎一般难受，不停对女儿说，梅子，妈妈错了，妈妈不该丢下你去打工，妈妈再也不离开你了，你是妈妈的心尖肉，妈妈离不开你！

站在身后的孟石头叹口气，不打工，怎么养活她？

自从抱到女儿，牛艳红就一刻也不愿放下女儿。到底母女连心，米粒大小的糖块在女儿嘴里化开的同时，天地一般永恒的母爱也包裹着女儿。很快，女儿就认了妈妈，黏了妈妈。但女儿偶尔还会浑身一抖地惊悚，像是受了很大的委屈。牛艳红解开长款羽绒大衣胸前的一个扣子，抓住女儿的小手送进自己温暖的胸口，让她抚摸自己的乳房暖手。女儿调皮，想把头也钻进妈妈的大衣里吮奶。牛艳红不许。

一家祖孙三代四口人终于在春节期间得以团聚了！

牛艳红享受着难得的幸福和温存。

在省城跑外卖的孟石头只比牛艳红早到家一天，但赶上了柳集街今年最后一个光蛋集日，因此家里的年货都备齐了。平时几乎天天在手机视频里完成着天地间的对话，三地的空间距离在线上短暂拉近了，但在线下依然忍受着亲人分离的长久煎熬。当他们在春节这个特殊的日子又一次回到乡下，看到卧室墙上贴满大红双喜和床头挂着新郎新娘大幅飞翔彩妆照，他们久旱逢甘霖般的重聚消弭了彼此的隔阂，抛却了梦想和烦恼，化作泪流满面的拥抱和热吻。

城里恋爱，乡下成家。与第一代农民工的乡下成家、城里挣钱养家不同，牛艳红和孟石头这一对第二代农民工在省城打工时度过了一段浪漫的恋爱时光。明城墙上散过步，老子庙里看过灯，朱雀湖里划过船，一八九七里喝过酒，那种乡下青年男女的城市爱情充满灯红酒绿的陶醉和花前月下的柔情，但也充满城市过客的焦虑和惆怅。因为城市里没有他们安身立命的家，他们土拨鼠一般寄居在高楼下的二层地下室里，要想完成结婚这样的终身大事依然必须流转到乡下老家。当他们带着在省城风景名胜拍下的婚纱照回到老家的新房里，完全按照乡下婚俗接受亲戚乡邻们的祝福时，他们幸福无比，同时又很快跌入农村世俗的泥淖。

牛艳红既现实又富有想象，总是对生活有着无限的规划和憧憬，孟石头则完全陷入了狭隘逼仄的日常生活。他们就是这样往来于城乡之间。城里没家，却偏偏要在城里工作。乡下有家，却偏偏难得回家。城里有梦，乡下有家。梦何时能够回家？当他们的父辈在城乡之间奔波到年老体弱不得不回到乡下守家后，他们又压茬儿上演着又一代农民工的城乡之间的流转生活。何其相似的命运会在牛艳红的手里得到稍稍改变吗？牛艳红忍着打工的艰辛和青春的骚动，目的就是试图改变这种代际传承的命运。

小别胜新婚的恩爱过后，牛艳红离开丈夫的怀抱，搂着女儿梅子睡觉。已经习惯抱着奶瓶吮着奶嘴睡觉的女儿，难得获得一次妈妈的温暖怀抱，睡得很香。半夜习惯性地醒来，咯叽咯叽饿了。按照婆婆对女儿的照料规律，该给梅子熬米粥搭配着吃牛奶了。牛艳红披衣坐了起来，伸手摁亮电灯，喊了一声婆婆，妈，梅子饿了。

已经端着半碗米粥等在门外的婆婆应声来到儿子儿媳床边，侧身坐在床沿上，拿起汤勺要给孙女喂粥。但梅子抿嘴摇头，有了母亲陪伴怎么也不要奶奶喂她了。

牛艳红接过婆婆手里的粥碗，把女儿扶坐起来，围好被子，让女儿自己喝粥。

其实，梅子完全可以自己吃饭了。但祖孙俩在家，婆婆宠着梅子。

婆婆开玩笑说，白眼狼，喂你一年也赶不上你妈一晚上。

牛艳红听了受用，但心里愧疚。梅子一把屎一把尿由婆婆拉扯这么大了，她做妈妈的很少在夜晚熬粥加餐。母女连心的天性回归唤醒了她的母爱同时，她也在为自己与骨肉聚少离多而难过。很长时间，这个春节母女村头见面时的那一幕深深烙在她的心上，一想起来心尖就像针挑一般疼痛。

7

第二天就是大年三十，清平湖畔的乡村习惯是中午过年，做一桌丰盛大餐犒劳家人和自己。牛艳红和婆婆一起下厨做菜，孟石头里里外外贴着春联。农家小院里洋溢着春节的喜庆。人口不多，平时饭菜没什么讲究，但过年却要图个吉利，饭菜马虎不得。鸡鱼肉蛋，一样缺不掉。其中鱼必须是红鲤鱼，讨个年年有余、红运当头的彩头。牛艳红上得厅堂，下得厨房，忙得麻麻利利，煎炒烹炸，有条不紊。明知连梅子才四口人吃饭，偏偏做了七碟八碗，满满摆了一桌。当然，一家难得团圆，更不能缺酒。孟石头早已把一瓶双沟酒放在桌上了。

饭桌上，婆婆喝了两杯酒，仗着酒兴对儿子儿媳说，你们一年才回家一趟，家里大大小小多少事情，让你们高兴的事情，我在手机里都跟你们说了；你们听了不高兴的事情，我哪里能说，说了给你们分心，让你们担心。在家千日好，出门一日难。我和他爸打工的时候，也是心挂两肠的。如今轮到你们了。可咱们那时候孟石头比梅子大，丢在家里放心。加上他爸在世时什么都他领了去，什么事从不用我操心。如今家里遇上不高兴的事，我没文化，石头一根筋，艳红你可得拿个主意啊！

牛艳红问，妈，家里有什么不高兴的事？

婆婆叹口气说，听说咱村要拆，地要流转到大户手里去种。有钱人家都在镇上或是县城买房。咱们没钱，好歹现在还有个窝蹲着。三间瓦房，两间偏房，挡风避雨的，还有几亩地摆弄，好歹吃饭不用花钱。要是真把窝端了，把地收了，梅子大了上学，我一人在家就撒把了，这今后的日子还怎么过呀？！我都愁死喽！

牛艳红听完想了想说，妈，这是好事啊！拆房赔钱，进城住高楼，收地给租金，你年纪越来越大，身体又不好，那几亩不种也罢。

婆婆一听撂下脸子，她愁得睡不着的事情，儿媳妇听了居然开心，于是又犯了一贯讲整话的老毛病，说，农民不种地，喝西北风啊！

牛艳红噎住，知道呛着婆婆了，瞥了一眼婆婆，小声嘀咕道，城里人脚不沾地，没饿死一个！

孟石头一听婆媳俩话不投机，在一旁大声说，妈，你烧的鸡呢？

婆婆赶紧去锅屋里端鸡，免得大过年的闹不愉快。

这一家人不像大户人家，锅碗瓢盆，不是碗碰碟子，就是碟子碰碗的。牛艳红嫁过来，过起小户人家的日子，平时磕磕碰碰的不多，偶尔有点言语不合，就像铁匠锤下溅出的火星，一闪就灭掉了。从来没有大风大浪。因此，日子过得似乎有点寡淡。好在丈夫孟石头脾气杂毛，但人还老实，许多事情都听牛艳红的。而老实人都很倔强认死理，要么不发火，哪天发起火来就能烧了屋顶。婆婆心眼多点，好在不会挑三窝四。嫁给孟石头这样的小户人家，牛艳红的日子过得小心翼翼、心事重重的。

晚上包饺子看春晚。饺馅婆婆拌好，牛艳红和面。干面烂饺子，婆婆夸她面和得正好。坐在沙发上，一边包一边看电视。没等春晚看完，梅子早在牛艳红怀里睡着了。婆婆喝了酒，包饺子时眼皮也撑不住直打架。牛艳红和丈夫看得津津有味，没有一点困意。零点没到，春晚电视里的演员们正在扯起嗓门大喊，十、九、八、七、六、五……外面的夜空里就早已此起彼伏地响起迎新的鞭炮声。

孟石头也早做好了准备，捧着一盘大红鞭炮到门外点燃。一时间，门前响声大作，火花四溅。远远近近的鞭炮声响起一片，引来一阵阵狗吠，甚至还夹杂着几声鸡鸣。天地之间弥漫着浓浓的烟火味道，昭示着世间人们对美好生活的祈愿。

牛艳红赶紧拍了拍手上的面粉，拿过手机，做好给亲人和朋友拜年的准备。第一个当然是给娘家的爸妈拜年，但她刚找出爸妈的手机号码，却让娘家妹妹牛艳丽抢了先。手机视频里看到彼此的笑脸，却只听得见鞭炮声和春晚的声音，彼此祝福的话怎么也听不清楚，但心情都非常高兴。一时间，手机信号接二连三，有发文字的，有发表情的，有发小视频的，牛艳红一一回复过去。辞旧迎新，每一声信号都是亲友间的美好祝福，牛艳红感受到人情温暖同时，更要向亲友表达自己的感恩。她主动给美容院的老板发去新春祝福。她给同学马大成发去一条微信，新年快乐，早日吃上你的喜糖！转眼收到马大成回复的新年快乐和一个笑脸表情。此时，看来千家万户甚至十四亿中国人都沉浸在祝福之中。

坐在沙发另一头的孟石头同样在手机上给他的亲友们拜年祝福。但他的亲友不多，手机很快就归于寂静。他听到妻子手机还在不停响起，看到妻子背对着他发着微信，不由自主地凑了过去，正好看到马大成给妻子的回复，忙问，牛铃山马是谁？

你老同学。

哪个老同学，我怎么没有他的微信？

马大成，我的老同学，不是你的老同学吗？

他啊，你俩终于联系上了？

有屁就放，有话就说！

哼哼，孟石头笑了笑说，你不是说你没他的手机号码吗？你不是说从来不跟他联系的吗？不怪我多心吧，我们在省城打工好几年，没听你提马大成一个字。怎么你去运东打工两三年就联系上了。

牛艳红嗤之以鼻，哼，瞧那点出息。一想起迎春大喜的时刻，牛艳红又把话咽回去了。

孟石头却还不依不饶，我就纳闷了，他叫牛铃山马，你叫牵牛花，你姓牛，叫牵牛花，他姓马，怎么叫牛铃山马，不叫系马桩呢？

你脑子是不是又进水了？他家住在牛铃山下马蹄庄，微信名叫牛铃山马，有错吗？

噢，明白了。孟石头趔到一边去，再吵下去就把节日的心情毁得稀烂。好歹图个吉利，天塌下来，此时也得顶着。

外面远处又有几声鞭炮声响起，那是有人没能抢在零点准时接天地的。随着鞭炮声消失，天地间回归平静。其实，除了人们的心情欢天喜地，不愿在这个期间不愉快，春节与平日没什么两样。牛艳红预感到丈夫意识到了什么，但她不怕。她抱起梅子去睡觉了。

初一早上，牛艳红收拾收拾从运东带回家的东西，准备走娘家。有给爸爸买的治腰腿疼的膏药，有给婆婆同时也给妈妈准备的护肤品。在美容院做技师，看多了城里中年妇女对容颜的保养，牛艳红也想让婆婆和妈妈享受享受城里女人的待遇。有的护肤品还是从美容院里挖瓶底一点一点攒起来的。

还没动身，爸妈用牛艳丽手机跟她通话，就急着要看看外孙女。牛艳红用手机视频直播了正在熟睡的梅子。爸妈争着看，在视频里大呼小叫呼唤外孙女，手里摇晃着早已包好的压岁红包，喊着快去给他们磕头领压岁钱。

按照风俗，春节一过，娘家人都会接嫁出去的姑娘回家。牛艳红结婚第一年，爸爸牛得草讲究礼数，衣冠整齐地跨过小河石桥，来接牛艳红回家。先跟亲家拉着家常，然后中午在女婿陪伴下喝了酒，才带上女儿回家。距离虽近，但第一次接闺女就得给亲家一次招待机会。第二年，牛艳红说不用接了，一天来回能跑几趟，到时我们自己过去。牛得草也不再坚持。因此，一条小河隔着的两个亲家见面很少。牛艳红坐在丈夫的摩托车后面，赶在饭点前回家，坐下就吃。从两人到三人，这回娘家的路也越走越平常了。今年也一样，早上吃完饺子就动身了。丢下婆婆一人守家，一家三口一辆摩托车走了。

　　回到娘家，爸妈抢着抱外孙女。牛艳红和牛艳丽到锅屋里一起忙菜，说说笑笑。牛艳红没出嫁前，姐妹俩就没红过脸。牛艳红处处护着妹妹，有时还替妹妹做主。穿什么衣服漂亮，留什么发型俏丽，用什么化妆品养肤，牛艳红都能说出一套一套的。牛艳丽对姐姐佩服得不得了。牛艳丽盯着姐姐的脸庞看着说，姐，你今年比去年更漂亮了，脸皮又白又嫩，水生生的，发型也洋气，看上去真像城里人了！牛艳红又告诉妹妹今年改用了什么化妆品，还给妹妹透露说，等会儿，我有一个小目标告诉你。

　　什么小目标？无忧无虑的牛艳丽急着想知道。

　　牛艳红说，等过完年，我带你去运东做美容，合伙挣钱，又学手艺。你毕业回家半年多了，还在家过着爸妈的胳肢窝日子，这怎么能行？爸妈老了怎么办？今后你成家领门过日子怎么办？我在运东做美容快三年了，认识很多有钱的女人。那些女人都是画家，一辈子只画一张画，那就是自己的脸。那些女人只要漂亮，不怕花钱。美容院那些所谓的产品，看不上眼一套一两千块钱，那些追求漂亮的女人掏钱数票子，或者扫二维码，眼都不眨一下。客人都喜欢要我做美容，因为我手柔，心细，嘴甜，活精。但我的工资并不高，累死累活的，替鬼忙食。其实，美容院里没什么道道，我都摸得一清二楚了。我想单独开一家自己的美容院。如今，我手里攒了点钱，想从爸妈手里再借点，先租间房子从头做起。自冒出这个想法我激动得一夜没睡好觉，但没敢告诉孟石头，怕他打我的拦头坝。艳丽，过完年跟我到运东去，咱姐妹俩自己开一家美容院，怎样？

牛艳丽对姐姐的小目标缺乏认知，甚至说毫无兴趣。她喜欢追星，崇拜英雄，比如影视剧中的小鲜肉、电视中的跑男等，她都能跟着明星大呼小叫，笑得前仰后合的。笑点很低，同时泪点也很低。一看到英雄事迹，心头一颤，脸上一麻，眼泪哗哗就流下来了。在家窝了半年，没有外出打工，只在家里替替妈妈手脚。不是手持遥控器抱着电视看，就是低头抱着手机玩。她还想搞直播哩。尝试了两次，没几个人关注。算了。姐姐突然说了那么多，她都没反应过来，当然不能给姐姐一个明确的答复了。

孟石头从外面听到了，伸头探脑说了句，你还想在城里打万年桩呀！

牛艳红脸一寒说，去，这里没你什么事！但牛艳红叹了一口气对妹妹说，你姐夫这话算是一拳捣到我心窝里去了。我这几年一直在想，咱们爸妈开始进城打工，候鸟一样在城市和家乡来回奔走。后来他们奔走不动了，便留在家乡等着老去。再后来轮到咱们进城打工，还是候鸟一般来回奔走。只是比爸妈来回的次数少点。他们哪年都得来回四五次，逢年过节往家奔，收种时节往家奔。我们不需要。家里收种都有爸妈在忙，根本不用我们操心，一年只在春节回家团圆一次。一个人时这样打工还行，一旦有了家庭，这日子就难过了。你看，就像我，进城打了几年工，中间回家结婚生梅子，生完梅子刚断了奶就又去城里打工。有了梅子，我就心挂两肠，哪里还能专心打工呢？要我放弃城里工作？没钱养家。我不愿意。要我回到家乡种地？母女团圆，可谁来挣钱养家？一家吃喝拉撒，人情来往，哪样不花钱？眼看梅子快上幼儿园了，在哪里上幼儿园？简直给我愁死了。我不信咱们乡下人就是打工的命，老来非得再回到乡下来熬着等死不可。要是真的能办起美容院，在城里就有了落脚的地方，就算有了根基，难说不能在城里扎下根来。

孟石头冲她伸舌头，心高命不强，别睡地摸天说那些大话，我看咱们就是属鸡的，刨一爪，吃一爪的。既然托生成农村人，这辈子想不踩代，想剥了农民这张皮，除非太阳从西边出来。

牛艳红听了孟石头这话就烦，你那脑子还没眼屎多，刨刨城里三代祖宗，我敢保证没一个是城里人。都是乡下人进城扎根的。你看人家马大成，是不是农民？踩没踩代？可人家现在呢，在运东有车有房子，你呢？

孟石头听老婆这话更烦，少在我面前提马大成马大成的，马大成是你什么人，整天挂在你嘴上？

牛艳红大声说，马大成是我同学，也是你同学，前后村扳着指头数数，谁有他本事大。你没本事，别秃子护头瞎子护眼的好不好。

挖人墙脚、背后捅刀子的有几个不是同学朋友的？孟石头嘀咕。

每次话到这里再说下去又要吵架了。牛艳红瞪大眼睛看着丈夫，说不出话来。她有一肚子话怒撑丈夫，但既是大新年，又在自己的娘家，这次她忍了。

孟石头也软下来，他马大成再有钱也还不是根在农村呢，想逃离牛铃山，难。他哪年不回家过节？

牛艳丽也说，姐，做你帮手，我没意见。可我毕业这半年也在想，你们跟城里候鸟似的，逢年过节，呼啦回家了。过完节，呼啦又飞走了。飞来飞去，等将来飞不动怎么办？还不如在家窝着不出门，帮着爸妈刨几亩地哩！现在种地很轻快的。

牛艳红说，飞不动就在城里安个窝，不飞了。

牛艳丽摇头，我感觉姐夫说得有道理。咱们的根还在乡下，飞得再高再远都是要回来的。

牛艳红说，那你是不想跟我去喽。

牛艳丽说，我去，我肯定去。

牛艳红冒出的想法，打破了平静。整整一天，一家人没有绕出不愿踩代当农民、在城里扎根这个话题。出于亲情，谁都赞成牛艳红的想法。但出于现实考虑，谁都不支持牛艳红的想法。反对最激烈的是孟石头。话不投机，傍晚，孟石头一声不吭，骑上摩托车回家去了，留下老婆和女儿。

一直没说话的牛得草看着女婿孟石头一头犟筋地走了，大声送给闺女牛艳红一句话，少跟马万里家那个小子来往！

为什么？牛艳红非常奇怪，爸，你这话从何说起啊？是不是孟石头向你告状的？

牛得草摆手说，这话你别赖孟石头，他在我面前没吐露过马大成一个字。是我猜想的。艳红，你没去运东打工，没听说你有什么小目标。你去运东没三年，心怎么这么大了呢？不会是马大成给你撑腰的吧？

爸，你说什么话！马大成凭什么给我撑腰，我行端走正的要谁撑腰！牛艳红气得鼻子发酸，眼泪团团转。

艳红啊，咱得长记性啊！牛得草居然蹦到大闺女的面前，低头双手扒开花白的头发伸给牛艳红看，你看见我头发里的伤疤吗？

看到了，一块鸡蛋大地方没长头发。牛艳红从来没发现爸爸头顶秃了一块，但这与马大成又有什么关系？

有什么关系？马万里一块石头砸出来的，一块头皮连着一绺头毛粘在他手里的石头上，差点砸碎了你爸的脑壳。

他会那么野，那么毒？牛艳红吓得浑身一颤，他为什么要砸你，爸？

为什么？牛得草苦笑了一声说，你们当时还小，他带着儿子从东莞回来上户口，我去找他媳妇去柳集医院妇检，就是检查有没有怀孕。他两口子结过婚就跑到东莞打工，在东莞生了马大成，把儿子的胞衣丢在东莞了，该遭雷劈啊！从来没回来参加过一次妇检。这怎么得了。乡里计生助理听说他两口子回来，头天晚上通知我去弄他媳妇去妇检。我一早就去催他媳妇参加妇检。刚到他家门口，看到他媳妇从堂屋里出来，我说，跟我到乡里去一趟。我没注意，马万里从屋后蹿出来，手拿一块石头向我头上砸来。要不是我头一偏，非把我的脑浆砸出来不可。我当时就不省人事，被抬到乡医院抢救，拾回一条命。马万里不仅不向我赔礼道歉，而且还扬言说我一大早上门调戏他媳妇。后来我才回想起来，我事先告诉马万年了，马万年是马万里家下叔伯兄弟，肯定是他指使马万里砸我的。他一直说我克扣他的村民小组计划生育罚款。好好好，惹不起，还躲不起吗？但是，马善被人骑，人善被人欺。马万里听说马上取消农业税了，村里干部要拿工资了，他急眼了，想挤进村两委领导班子。两委班子一个萝卜一个坑，哪个是软柿子？别人都有背景后台，就我没有。他正拿我这只软柿子用劲捏哩！他当上村干部后，我包的小河道他给没收了，我家长得好好的稻子让他拔了栽上了树。原先咱们过的是什么日子，后来过的什么日子，你不知道吗？都是他给祸害的啊！

牛艳红听了爸爸这番话，心里翻江倒海，马大成那么老实厚道，怎么摊上这么一个蛮横无理的爸爸呢？看上去风平浪静的乡村社会原来如此明争暗斗，甚至你死我活。她虽然生长在农村，但对农村复杂的社会矛盾一无所知。那些隐藏在美丽乡村下因土地、权力、生育等问题而积累的人际矛盾，过去父母不会在她和妹妹面前公开说出来，现在却经常向她灌输一些恩怨甚至仇恨。她的脑海里渐渐复原出上辈人点点滴滴的恩恩怨怨，但无论如何也激发不起她对马大成的仇恨来，更斩断不了她对马大成的思念和想象，她甚至怀疑起父母的用意，怀疑过分强调对立的人际关系是不是狭隘的人格表现。当然，她也痛苦地意识到，难舍的亲情时常消解着冰冷的利益冲突，给予她温暖和呵护。

当晚，牛得草想起自己的坎坷人生，想起祖上留下的家训，想起大闺女两口子鸡吵狗叫，心中郁闷，喝起了闷酒。大新年的，孟石头气回了家，没人陪着喝酒。牛得草独自喝起来，没劲。又想起膝下无儿，喝着酒，叹着气，一下把新年欢乐气氛压得令人喘不过气来。

牛艳红和妹妹牛艳丽正常吃饭，并没有十分在意。

牛艳丽少心没肺的，见爸爸一杯接一杯喝酒，既不吃菜，也不说话，就伸手上去没收了爸爸的酒杯说，爸，你喝多了！

牛得草脸一苦，扯出一把皱纹，伸手夺下酒杯说，爸爸想醉一回。

牛艳红这才留意到爸爸与平时喝完三两杯吃饭的习惯不同，一瓶柔和双沟酒已经喝下去一半了，就说，醉酒伤身，爸，少喝点。

妈妈却说，让他醉吧，醉死了就不难受了。你爸今天出门拜年肯定又听到谁嘲笑他绝后焦尾巴了。

绝后，成了牛家最深的隐痛。这一点，牛艳红早就知道。她夺下妹妹手里的酒杯，替她爸爸倒上酒说，再喝这一杯，不能再喝了。

牛得草得意地说，嗯，喝上闺女倒的酒，舒坦！人说闺女是酒坛子，我有两个酒坛子，这辈子不缺酒喝！好，今天一醉方休！

本来想收起酒瓶的牛艳红居然流着泪继续给爸爸倒酒，倒得快，牛得草喝得快，倒得慢，牛得草喝得慢，一瓶酒倒完了，扑通，牛得草一头磕到桌上，呼呼睡着了。娘仨把他架到屋里床上睡去。

8

初二一早，牛家还没开门，孟石头又让妈妈撵了回来。他真是个妈宝男，什么话都听妈的。见他晚上抛妻别女赌气回家，他妈说，一赌气你就走，你傻不傻，不正好让人家钻空子吗？孟石头左思右想，妈说得不无道理，掉头再想返回，妈又说，傻啊，明早再去。孟石头守着空床睡了一夜，一早就赶回来与妻女团聚。

听到动静的牛得草给他开门，他还赌气，没叫一声爸，就径直推着摩托车扎在院子里，噘着的嘴巴快能拴住一头叫驴了。牛艳红一边梳头一边走出来打趣丈夫，我以为不回来了呢？

孟石头低头走进堂屋，一眼瞥见小姨子牛艳丽正搂着梅子睡觉，转头出来，半天才咕哝说，牛艳红，我决定今年不去省城当外卖小哥了，我还去运东打工。

不用问，牛艳红已经猜到了，妈宝男昨晚回家听了妈妈的话。牛艳红一听丈夫要再次回到运东打工，心里高兴，但不知道丈夫打的是什么算盘，说，你怎么吃狗肉喝凉水又回过味来，一百八十度大转弯了？

我们再也不分开。孟石头说得非常恳切。

好啊，我开美容店，你还去那家洗浴中心做足疗去。

孟石头斩钉截铁说，不，我去跟马大成干。

噢，你吃得消那份苦？

吃得消。

好啊，还不知道马大成愿不愿意带上你。牛艳红想起丈夫爱飘，一直想吃浮食，不肯下力气，又说，马大成手下的乡亲们哪个都是吃苦耐劳，个个顶事顶活的，不会养着闲人，也不会养着心活手懒的人。

他不带同学带谁？有你跟他打个招呼，他肯定带我。孟石头求人的话说得硬硬实实的，似乎给牛艳红和马大成不小面子。

牛艳红说，关系固然重要，能力更重要。

孟石头自信满满，别人能干，我孟石头不缺胳膊不少腿的，一样能干。

那我就瞅个机会请他带上你。

孟石头居然撂下这么一句，我要看看你跟他都做什么鬼事！

呸，嗑瓜子咯嘣就嗑出一个臭虫！你的心眼还没老鼠屎大！你把人家都当成你？你昨晚回家一趟又跑回来，原来就是当着我爸我妈的面侮辱我是不是？你也太龌龊了吧，孟石头！牛艳红气得直哭。

大新年的，吵什么吵！滚回自己家吵去！牛艳丽在堂屋里推开窗子在吼，一下怔住院子里的孟石头，吓得梅子哇哇直哭。

牛艳红冲进屋里抱住闺女，哄了几声，哄好梅子。

妈妈喊吃早饭。初二的早餐很简单，蒸了馒头，烧锅米粥。吃完早饭，既不能拈针线，又不能下地干活，只能耍玩。这是风俗。牛得草的酒早醒了，不想看着女儿女婿别扭，拿过两副扑克牌，先冲门坐到桌子旁，掏出一沓钞票放在桌上，说，来来来，大过年的，咱们一家打牌玩吧！

牛得草这些年日子过得清汤寡水。自从村干部没干，捞不到什么油水，外出打工没人要了，又不想安安分分种地，就在家混着小日子。好在家里两个闺女，除了嫁了大闺女，没遇上什么大事。但凡遇上什么风浪，风平浪静的小日子就可能变得暴风骤雨，风雨飘摇。牛艳红婚前外出打工时日子最艰难，不艰难也不能穿着校服外出打工了。几年过来，牛得草手头也稍微活泛了一点。虽然依然满脑子乡村政治，喜欢翻腾前村后庄家家祖宗八代的皇历，但是，更不想破了自家日益向好的日子。

石头，艳红，你们小两口对门，我跟你妈老两口对门，看谁能把我这些钱赢去!

牛艳红抱着梅子坐下来打牌。平时牛艳红没有工夫打牌，因此牌技一般。孟石头打牌算计，但几把下来总是不赢。孟石头着急，嘴里嘟嘟哝哝，意思是牛艳红拖了他的后腿。牛艳红说，爸妈陪咱们打牌，不过为了消磨时间的，你当真要赢爸妈的钱啊?!

孟石头说，咱们输了，爸妈也不照样赢咱们的钱吗?

牛艳红说，你孝敬我爸妈几个钱啊?

有你孝敬还不行吗?

夫妻拌嘴一用反问句说话，哪还能心平气和?但有爸妈在一旁不停拉场，他们还不至于吵起来。就这么叮叮当当的，锅碰勺子，筷子碰碗，谁也占不了上风。牛艳红几次喊牛艳丽接替她打牌，牛艳丽只顾着刷朋友圈、玩抖音，拒绝打牌。牛艳红提醒妈妈，能烧饭了。妈妈说，不急，过年什么都是现成的，上锅一热就吃。牛艳红感觉打牌受罪。

牛得草一边打牌一边开始说话了，小两口拌嘴磨牙很正常，哪个都从这上面过来的，但不要出语伤人，伤着对方的心不好。人怕伤心，树怕剥皮。我听出来了，你俩吵架的焦点在马大成身上。石头，作为长辈，又是大新年的，我不该批评你，但我忍不住还是要说你几句。咱家艳红哪里配不上你?在牛铃山戴帽小学念书的时候，你和马大成都对艳红有意思，对不对，结果怎么样?艳红还是选择了你。为什么?你是小户人家，娘们过日子，走不了大步子。马大成呢?家族大，有个浑蛋爸爸马万里，跟我争权夺利，不共戴天，我能同意艳红跟他好吗?艳红为这事挨我骂过，哭过多少回啊!不是我逼她，她肯嫁给你？！

爸，能不能少说几句？牛艳红实在听不下去了，再听下去非哭得稀里哗啦不可，忍不住打断牛得草的话，担心爸爸言多必失。

牛得草从此闭嘴。

接近中午，咚咚锵，咚咚锵，村头突然响起一阵锣鼓声。

牛艳红扔下扑克牌，抱上梅子就往村头跑。牛艳丽跟着也跑了出去。留下孟石头在后面起身喊，要饭的，有什么好看的！

锣鼓声给平静的清平湖畔乡村增添了许多喜庆。从城里打工回家过节，闷在各家屋里的人们纷纷奔跑在门前一条水泥路上，在村头的一片空地上聚拢成一个圆圈。圆圈中间是一个小戏班子。一群红男绿女浓妆艳抹，敲打着锣鼓，在准备表演。

牛艳红、牛艳丽姐妹挤进人群，把梅子推到自己面前，双手扶着刚站稳，正赶上戏班子一只单人狮子打圆场。吧唧吧唧的大嘴冲着人群拜年。人群纷纷后退。场子就越来越大，越来越圆。那只单人狮子蹦跳到牛艳红、牛艳丽面前，张着大嘴冲梅子吧唧吧唧几下。梅子吓得抱住妈妈的腿，哇哇大叫。牛艳红急忙蹲下搂着闺女，嘴上说着别怕别怕，眼睛却看着狮子。她从狮子大嘴里看到一张熟悉的脸。牛艳红眼睛一亮，叫了一声——

马大成！

单人狮子也许没听见牛艳红的叫喊，又继续跳跃着给围观的其他人拜年。牛艳红的目光一直追着那头单人狮子。当那只欢蹦乱跳的狮子奔跑几圈，在牛艳红对面敲锣打鼓的一群人中站了起来，牛艳红情不自禁用手指着耍狮男子，然后捂住嘴大笑。

脱下狮衣的马大成远远向牛艳红挥了一下手，又迅速投入演出。一转眼，他头扎一条白毛巾，腰扎一根红丝带，一手持一根竹竿，一手摇一把鹅毛扇，嘴唇上粘上一缕长长的白胡子扮演起撑旱船的快乐老头，踩着鼓点撑着旱船上场了。旱船里的女子踮着莲花碎步，走两步，退三步。马大成冲着旱船里的女子扮着鬼脸，时而撑，时而拉，时而推，时而扛。撑不动，拉不走，推不动，用肩一扛，旱船却一下冲出很远。马大成一下摔个嘴啃泥。

场上笑浪翻天。

孟石头从人群后面拱进来，挤到牛艳红身后，小声说，老一套，有什么好看的，还不如回家看电视呢。

牛艳红没理丈夫。孟石头伸手去拉梅子，梅子更不走。孟石头只好自己挤出人群。牛艳红想跟马大成搭腔，但一直没有机会。

演出结束，人群哄然散去。牛艳红带上梅子走到戏班子里找马大成。她问马大成，哎，你怎么耍戏了？

一脸油彩的马大成说，从前耍过一回，感觉没什么意思，决心不耍了。这次回家过年，大强偏要拉我凑个热闹，说再不耍一耍，今后可再没这个机会了。嘿，我就来了。

牛艳红又问，你听说你们村要拆吗？

今后没机会耍了就是这个意思。拆了好，不拆也空着，只剩下老人和孩子了。不是我们这些人回来过节，撂棍打不着一个人。哪还有咱们小时候那么稠的人烟。不过，咱们马蹄庄全是石屋石楼，拆了可惜了。你们村也拆吗？

牛艳红叹一口气回答，听说也拆，愁死人了。话锋一转又问马大成，你什么时候回运东？

初六就走，你呢？

我想明天就走。不过，你要初六走，那我跟你一道走。能搭你的车走吗？

马大成犹豫了一下说，又有一批人要跟我去干，我打算包一辆中巴车送他们。那你就坐我的车吧。

牛艳红说，你工程队里活多，我想让石头跟你干。

他愿意？

愿意。

马大成咂嘴，石头那身子骨怕吃不了那份苦，盖楼房爬高下低的，钱是挣得不少，可吃苦更多。

牛艳红说，别人能吃的苦，他就能吃，他又不是太子，没那么娇气。说着转脸去找丈夫，孟石头却早已伴着散去的人群回家去了。

马大成笑笑，答应着，同时，收拾完行装又跟戏班子出发了。

站在牛艳红身边的牛艳丽一直没说话。看着姐姐目送马大成，拉了拉牛艳红的衣角，他就是马大成呀！

伴着渐行渐远的锣鼓声，马大成他们消失在清平湖畔寒风里。

第三章　返乡

9

还在腊月二十三祭灶这天，马大成给手下农民工们结完工钱就开车返乡过年了。与牛艳红回家过年不同，马大成的车上还带着几十万元的现金。那是为还乡亲们的债准备的。自从马大成做了包工头，几乎年年如此。给手下农民工结完工钱放了假，马大成从银行提了大量现金，顺捎了银行的几副春联，又到大润发超市买了一些年货。边买边跟妈妈视频，在妈妈的指导下选购了几样稀罕的年货。没忘给爸爸买两箱双沟酒，给姑妈买点礼物。有钱没钱，回家过年。马大成可是满载而归啊！

年前正好一场小雪下过，平平展展的清平湖畔仿佛一条洁白的巨大哈达，而牛铃山就像头顶着巨幅哈达的一个蒙面姑娘，静静矗立在清平湖畔。马大成开上他那辆新款帕萨特，驶下新扬高速汴水县城南出口，从清平湖大堤上驶过，又在牛铃山脚下的环山公路上绕了半圈，来到马蹄庄的家门口停下，打开后备厢取出年货，走进自家石头篱笆石头墙的家院。

爸，妈，我回来了！

马万里夫妇早已并排站在石楼的二楼阳台上眺望着哩！看到儿子

的轿车停到家门口，他们已经咧嘴笑豁了牙。但马万里看到儿子安全到家，却悄然钻进了楼上自己的房间。大成妈则抢先走下楼，边走边说，有车多快，咱们赶一趟柳集都走上半天，早饭时大成打的电话，刚刷完锅就到家了。

马大成放下手里的年货，又连续跑了两趟，搬下双沟酒。妈妈喜得不知如何是好，像个孩子跟着儿子进进出出。等儿子停下来，妈妈眼睛一直盯着儿子的脸说，大成，是不是哪里不舒服啊？

马大成摸摸自己的脸说，没有啊！

妈妈眼泪汪汪地说，我看你比上次来家更黑更瘦了，是不是累着了？

马大成笑说，没累，就是年底为工钱的事费了点心，放心吧，没事的。妈！

妈妈抄起儿子一只手攥在自己手心里，说，冰天雪地的，你穿那么少，你看这手就冻得冰块似的。

车上一直打着空调，不冷，到家感觉真冷啊！马大成打一个寒噤，从妈妈手里抽出自己的手，转身跑出去，从车子副驾驶位置取出羽绒服穿上。走回院子陪着又出来迎的妈妈来到楼下客厅，妈妈先坐到沙发上，拍着身边的沙发央儿子也坐。

马大成感觉蹊跷，挨着妈妈坐下问，妈，有事吗？

妈妈笑说，你姑妈前几天上山烧过香走这儿问，你什么时候回家。一来想让你给玉芹找个工作，毕业在家快半年了，一直吵着要外出打工，减轻家里负担。你姑妈就是不放心，允口说等你带上玉芹。二来说她那头本家有个女孩子，大学毕业刚回来，考在乡里中学教书，带什么编制的。我也不懂。你姑妈感觉你们俩挺般配，想给你牵个线。我和你爸都说，儿子大了，我们当不了他的家。你姑妈说，要不等哪天大成回来问问他，要是愿意，正好年关口见个面，有缘就成全一家，没缘再想办法。我说问问可以，决定权在大成自己。大成啊，你看庄上半大的年轻人都成家了。大强的媳妇都腆着大肚子了。咱家楼上那间大卧室留给你当新房多少年了。我跟你爸年纪越来越大，你也该考虑一下自己成家的事了！

妈，不急！马大成一句话把妈妈的嘴堵上了，根本没说见面的事，但他又叹一口气说，又好久没看到姑妈了。姑妈轻易不张嘴求人。前年大冬天去运东找我，瞅着桌上什么都舍不得扔，要带回家给姑父尝尝。我心里一直难受了好多天。妈，这次给玉芹找工作的事，我会尽力的。只是玉芹老实，不爱说话，她能做什么呢？

妈妈嗫嚅了两句，也叹一口气说，许多人都是先苦后甜，你姑妈是先甜后苦。她家好日子过前头去了。蔡传喜能行能动的时候，对你姑妈多好啊！见天二三百的工钱都一分不少放到你姑妈手里。你姑妈又能攥得住钱，该花就花，不该花的钱一分错钱都不花。精心寡意侍候你姑父。指望他挣钱哩！精心寡意调教玉芹，玉芹那孩子吃的比人好，穿的比人好。哪家的日子过得如他家？自打你姑父从脚手架上摔废了，他家的日子就一天不如一天，现在越来越难了，你能帮她就别惜力气，别忘了你姑妈早年对咱家的贴补，你三岁从东莞回来就一直跟着你姑妈的！

嗯，马大成眼泪涔涔，点头答应。

妈妈站起来说，想吃点什么，妈去给你做去。

马大成起身说，妈做什么就吃什么，我去把三叔的工钱送给三婶，还有几家借钱的利息，我都给算清楚了。估计他们都等急了。

妈妈说，你三叔那人干活是把好手，可就是说话有点酸，见酒走不动路。没跟你去运东干活时，村上哪家有事请客，他总是在人家门前转来转去，央他吧，酒不够他一人喝的；不央他吧，他又是个长辈，还当过小组长。实在看你眼皮耷拉着，他自己就找个理由挤上桌喝酒。你说丢不丢人啊！后面跟着一个开银行的也不够他喝的呀！

马大成说，三叔人不坏，就是好喝两杯，喝完酒睡觉，从不给我惹事。我的话他也爱听，还帮我挡了不少事。我跟他明说，三婶让我截留你大半工钱，他没敢龇牙。他早回来了，我当着他的面给三婶送去。

娘俩说话都让马万里听到了似的，马大成刚走出楼门，马万里就站在外面楼梯上，手扶着栏杆问，大成啊，你到处借钱还利息，一年到头能挣多少啊？

不多，反正不赔。

白赚吃喝啊？我跟你妈天天替你愁得睡不着觉啊。马万里一直反对儿子的做法，听到儿子回答又揪起心来。他怎么也想不通，借钱买藕吃，窟窿套窟窿，怎么会有钱赚呢？

钱是死的，人是活的。只要钱能转得过来，就有钱可赚，你们就别操心了！

不操心，也不放心啊！

爸，你就放心吧！马大成说完走出家门，从车上拎下一个手提包。拉开拉链看了一眼，包里的本子和现金都在。本子上记着账，丢不得。现金是还款，更不能少。

马大成在运东承包工程，时不时需要垫资，手头紧张，银行贷不到款，只好从乡亲们手上拿钱。成千上万，要。三五百，也要。利息虽比银行高，但手续简单。有人说他是非法吸储，但双方非亲即故，自觉自愿，加上数额不是很大，捡芝麻凑斗，也就没人追究。几年下来，马大成信誉很好。自己赚了，按时兑现利息。自己亏了，也还按时兑现利息。至于本钱，马大成承诺，什么时候要，什么时候还。无非拆东墙补西墙呗。庄上有一大半人跟在他后面打工挣钱不算，还把打工的工钱攒着投给马大成。马大成既是他们的老板，又是他们的最大债务人。马大成与乡亲们的关系既有沾亲带故复杂的社会关系，更有雇佣和借贷的经济关系。这在许多年前的农村是无法想象的。这几年一到年底，村上许多人家都指望着马大成的利息还款办一两件大事哩。所以，马蹄庄不少人家巴望着马大成早点回家过年。难怪他爸马万里想不通。

庄上到处是忙年的气氛。杀猪宰羊的，剁馅蒸包子的，打酒买菜的，扎堆闲谈的……仿佛又回到了从前的烟火乡村景象。但每个人心里都清楚，热闹是暂时的，只有年前年后这几天。等过了正月初六，顶多过完正月十五，马蹄庄又会变成一个石屋和石楼的空壳，只有老人和孩子。而今年又与往年不同,一个消息在返乡的村民间悄悄传开了,村民集中居住,土地集中流转。他们从微信上、从亲戚朋友那里获得零星的消息证实,邻近乡镇已经开始拆迁了。这个消息令人振奋,更令人担忧。

马大成在庄子里兜兜转转,不时与在外地打工回来的乡亲们打着招呼。所到之处,不时有人问他土地流转、房屋拆迁的事情。因为他来自运东,从行政隶属关系上说,马蹄庄属于柳集乡,柳集乡属于汴水县,汴水县属于运东市。中间省略,马蹄庄直接属于运东。因此,几个在外省打工的乡亲就以为在运东做包工头的马大成最了解真实情况。但事实上,马大成听说过这一政策,却并没有给予多大的关注。他也有想法,但从不对上面的政策说三道四。他更务实也更踏实地只想做好自己。对完账,结完利息,债主纷纷留饭或承诺哪天请他喝酒。马大成一一婉言谢绝,说,妈妈在家做好吃的等着,不回家吃饭,妈妈要伤心了。听上去马大成虽然是乡亲们心目中的大老板,但更是一个孝顺的没有成家的大男孩,诚实靠谱,让人特别踏实。

马大成在庄子里转了半天,回家路上才拐进三叔马万年家院子。他要当着三叔的面把钱交到三婶手里。三婶是个大胖子,笑面菩萨似的,但一直神神道道的,勾了庄上的不少妇女在家做礼拜。据说有个头疼脑热的,祷告祷告舒服多了。渐渐地,三婶成了马蹄庄的"教头子",在一群做礼拜的妇女中说话顶用。马大成开始向乡亲们借钱时许多人不借,推说没钱。说动三婶一招呼,这才纷纷有人把家底投给了马大成。三婶说话管用,背后帮了他不少忙。马大成哪年回来,都会把三婶沉甸甸地放在心上,一进三叔家院就喊,三婶!

瘦高个子马万年正在院子里劈柴,热得把棉袄扔在一边地上。马大成跟他打了一声招呼,马万年在运东打工天天见着侄儿,此时却眼皮都没抬一下。马大成又喊了一声三婶。

哎,三婶脆生生地答应一声,笑着从锅屋撩起围裙擦手出来。

马大成问,三婶蒸包子呢吧?

三婶说,是的,刚上锅,等一会儿出锅给你一个包子尝尝。

不啦，等有空再尝三婶的手艺。马大成说着就把截留的马万年工钱交给三婶，转脸问马万年，没错吧，三叔？

没有昧心就不会错。

马大成又翻开笔记本，给三婶的借款结息。三婶手抓一大把百元钞票，笑得合不拢嘴说，大成像个财神，年年给三婶送钱。

马万年听了鼻子齉着说，什么脑子！羊毛出在羊身上，哪个好心送你钱，那可都是咱们自己的血汗钱！

三婶脸子一撂说，你的血汗钱呢？不是大成帮我截着攒着，怕是全让你喝掉了。

马大成不想掺和三叔三婶的夫妻矛盾，顺便岔开话题问一句，大强呢？

三婶说，卖给村里了，他媳妇都抓不住他的小辫梢。

马大成回到家，马万里已经摆好了酒，父子俩端了几杯。马大成问，爸，大强当村委会主任能压得住吗？

除了压不住我，有我在，哪个还敢龇牙！马万里说的是实话，马大强主任能做得稳，多亏大伯马万里撑腰。马万里又说，妈的，别看大强磨小不压麸，好歹他是我一个房头的。肥水不流外人田。古代还有怀抱的皇帝哩！

马大成伸手收了马万里面前的空杯说，爸，年纪大了，别操心村上那些事情，养好身体，比什么都强。少喝两杯吧！

马万里这才端碗吃饭。

晚上，马大成看了一会儿电视，发了几个微信。妈妈给楼下一间卧室的床上铺上新被褥，留给儿子春节期间睡觉，嘴里念叨，楼上的大卧室留着做新房的，你什么时候结婚，什么时候才能去楼上睡。

10

一大早，爸妈还没起床，睡在楼下的马大成已经起床跑步。晨练是他多年养成的习惯，春夏秋冬，风雨无阻。跑出家门，跑上牛铃山。晨风凛冽，空气清新。融化后的小雪还残留在背阴处，斑斑点点，花朵一般点缀着牛铃山。马大成依稀还能辨认出位于山坡上的自家山地和祖坟。牛铃山虽然禁采，但山坡地还是分到了一家一户，长不出庄稼，却长出成片的树林。年年春节清明他都会回来给先人烧纸送钱，今年春节也不例外。很快，马大成沿着弯弯曲曲的山路，绕过水雾迷漫的白龙涧，一路跑到了山顶。

山顶上的小庙无人住护，敞着柴门，神秘寂静。马大成向里瞥了一眼，当门坐着的菩萨慈眉善目，似乎在冲他微笑。听妈妈说姑妈至今只要有机会还会到山上来烧香，又想起从小跟着姑妈给菩萨烧香磕头遇上姑父蔡传喜的情景，多么美好，结果姑妈家的日子却因姑父摔残陷入困顿。马大成意欲合十的双手突然又放了下来，迅速走过庙门。转身远眺，烟波浩渺的清平湖与凌晨的湛湛蓝天相接，茫茫苍苍，横无际涯。不远处，仿佛有人挥笔留下一条浓淡相宜的墨线，划分出地与天、土与水的界限，原来那是卧龙一般苍茫的清平湖大堤。大堤内的广阔湖滩平原上，一个个岛屿般的村庄笼罩在寒气氤氲的晨曦中，纵横交错的阡陌网状布满了田野。阡陌上偶尔飞驰过一两辆摩托车，多像静景中的动景。马大成清晰分辨出哪个是姑妈家所在的蔡庄，哪个是牛艳红家所在牛角庄，此时她们都在那些村庄里的某一间屋子里安卧着哩！而为什么在一望无际的湖滩平原上会突然隆起这座牛铃山？难道脚下大地有一种无形的力量左右着什么？联想起小时候听到的青牛落铃的传说，马大成突然感觉到了牛铃山的神秘。

山顶风大，马大成浑身一悚，迅速跑下山回家。正赶上妈妈起来烧饭。妈妈看到他单衣薄衫的，浑身冒着热气，急忙跑出来，抓起马万里的一件黄大衣给儿子披上，小祖宗，这大冬天的，小心感冒。马大成说，没事，习惯了。

大成哥回来了！

伴着一声叫唤，牛铃山村村委会主任马大强出现在马大成家门口。马大强上身裹着一件黑糊糊的老棉袄，对襟，没扣，双手抓住对襟掩着。下身穿着一件毛线裤，紧紧箍在两腿上，红红绿绿的，没罩外裤。毛线裤还是他妈十多年前给他织的。马大强像一只火鸡在院子里蹦蹦跳跳的，一刻也不老实。全村人都知道马大成回来了，他却刚发现似的说，我看门口停着簇新轿车哩，肯定是大成哥回家过年来了。

披着黄大衣正在刷牙的马大成嗡嗡跟他打了招呼，急忙漱口擦嘴，迎上前去说，大强啊，昨天去你家怎么没见着你啊？

我听我妈说你到我家去了。县里开会晚了，我在县城住了一晚上。说完像一只小陀螺，嘴里说着话，身子却在不停地旋转。

马大成说，三婶说你媳妇都抓不住你小辫梢，这可不行啊！蒙你媳妇可以，蒙我难了。县里早就不开三级干部会议了，现在什么会议开到你这一级，而且还在年关时连天带夜的？做人实在一点好不好！县城里是不是有相好的，打野去了？

嘿嘿，哪有那事，我就是找几个文化人喝酒的。马大强又在原地转了一圈，以此掩饰撒谎时内心的不安。

别拿自己不当干部，村头小吃铺喝不够你，乡里饭店还喝不足你？难怪爸爸老说你磨小不压麸，管不住自己。管住别人，先得管住自己。你能接触到什么文化人，还不是你那一帮狐朋狗友。马大成说得一本正经。

马大强说，大成哥见面就训我，我真没做什么坏事。

不做坏事，也不能做烂事。能训才训的，我怎么不训别人？一大早上门，找我有事吗？

马大强越来越有点怵着兄弟加同学马大成。但他脸皮厚，变脸快，刚才矜持得像个受罪鬼，转眼扑向马大成，松开抱在胸前的双臂，突然蹿上去搂住马大成的腰说，没什么事，我想请你中午到我家喝年酒。

年酒年后喝的，还没过年喝什么年酒啊！马大成挣脱马大强搂抱，差点甩掉了黄大衣。

马大强规矩了，但还是鬼鬼祟祟说，你就给我一个面子吧。自家兄弟不说外话。我不是单独请你的。我想请一个贵客，人家不给面子。你到场了，他就不好意思不到场了。

马大成走进楼里，马大强跟进楼里。马大成换上自己的黑色马甲，围上米色围巾，外穿一件风衣，非常洋气。相形见绌，马大强说，嘿，大成哥像个华侨。马大成笑了，你别油嘴滑舌的，你是村委会主任，哪敢不给你面子？好吧，成人之美的事情我爱做。我不怕你拿我当枪头使。我答应中午去你家喝年酒。说吧，哪个贵客不给你面子的？

好，我这就去请他。马大强诡谲一笑，转身跑出楼门，噔噔上楼去喊，大伯，今天中午我请大成哥喝酒，请你到场替我压个阵。

不去。马万里回答得斩钉截铁。

我爸说你喝不过他。

你爸只认酒，不认人。没酒品，量大没用。

几个兄弟好久没跟大成哥在一起喝酒了，今天想给他喝倒。

我去。

马大强噔噔跑下楼说，大伯答应了。怎么样，你给面子，我才能请动大伯。你让大妈一起到我家帮我妈蒸包子。我让我妈今年和的面多，你家今年过年就不用再蒸包子了。

小鬼头！喝酒能保证不哭吗？马大成爽快答应，但还存着担心。

保证！马大强脆生答应，回家准备去了。

马蹄庄人人都知道的，马万年贪酒，喝醉了，睡觉。他儿子马大强虽不贪酒，但十喝九醉。酒多了，别的本事没有，只爱哭。哭得昏天黑地，伤心欲绝。不了解他的人第一次都会被他吓到。喝酒是快乐的事情，怎么会哭？许多人难以理解。因此，马大强酒后一哭，没人同情，反而会当笑话评说，有时还会撩拨他，哭不哭，不哭就不喝了。

马大成心里明镜似的。马蹄庄虽然多数姓马，但也充满着矛盾。既有家族之间的矛盾，更有社会矛盾。爸爸马万里近十来年在村里做事，一直想挤进三大员（支书、村主任和会计），最后只挤下了牛艳红的爸爸牛得草，做到计划生育村主任兼民兵营长，盖石楼那阵子做了短暂的村委会主任，可乡里不认。后来就再也上不去了。但马万里不甘心，村里大小事情，不经他同意，休想做成。即使马万里眼皮耷拉不吭声，事情做起来也总是磕磕绊绊的。他不是胡搅蛮缠，而是敢于挺直腰杆替村民说话。马大强虽然是村里三大员，但马万里有不顺眼的地方照样对马大强吹胡子瞪眼，有时还抡胳膊撩腿要揍马大强。大伯，你干不稳三大员知道什么原因吗？就是别人拿你当枪头使，你还逞英雄！马大强当面这样奚落他，他到处追着侄儿打，我让你没老没少的，我那是当枪头吗？我那是一马当先。我不出头，没人出头。妈的，我一辈子没干稳三大员，你长本事了，能不喊我大伯？！叔侄俩在村上叮叮当当的，虽没撕破脸皮闹翻，但总有点别别扭扭的。平时马大强请大伯喝酒，大伯从不给他面子。尿不到一个壶里，喝什么酒！马大成哪次逢年过节回来，马大强都要拉上马大成喝酒。请到马大成，才能请到大伯。父因子荣。爸爸乐意看到儿子受人尊重的样子。

临近中午，马大成接到马大强的微信语音，带上爸妈来到三叔家。当然，爸爸可以甩着袖子到弟弟家喝酒，妈妈和马大成却不好意思。妈妈从箱底翻出一条红围巾捎给马大强媳妇，红围巾还是儿子去年参加开发商老板的年会上发的，长长的，喜庆。马大强媳妇当即就挂在脖子上，两头拖到了膝盖下面，把脸映得红彤彤的。后来一直挂了一个年季，走哪儿炫到哪儿。马大成更不能空手，虽然昨天给三婶送来了截留的三叔工钱，还有三叔家投资的利息，但桥归桥，路归路，他还是把本来买给妈妈吃的两盒蜂蜜慷慨捎给了三婶。三婶笑说，谢谢大成，大强还没孝敬过我这么好的蜂蜜哩！同祖同宗一家的节前见面充满了温暖和睦。

八仙桌摆在堂屋正中，马大强招呼坐下喝酒。但推来搡去，谁也不好落座。马大强把马万里扶坐在上席，大伯，你是定盘星，你一坐好了，大家才好坐。又把自己爸爸马万年安排坐在大伯身边，你们老兄弟稳稳坐这儿，准备接受敬酒。

马大成虽然知道今天喝酒以自己为主，但有爸爸和三叔在场岂敢造次，还是抢先坐到下首。辈分晚，而且没有成家，尊重归尊重，但没人把马大成揎掇去上席坐。这样马大成就感觉舒服自在了。

上菜喝酒，菜还没上，酒先倒进杯子里了。满屋酒香。倒酒的是晚辈年轻人，先给马万里面前的杯子倒满。马万里正襟危坐，长辈的牌子立得直直的。后给马万年面前杯子倒满。马万年本来跟马万里一样直立着的，闻到酒香，鼻翼鼓息了几下，立即弯腰，撮嘴，哂，吸了一口，啊——。半杯酒没了。年轻人又给他倒满。哼，马大强寒脸咳嗽了一声，他爸爸才又坐直了。

酒喝起来了。马大成当然又是中心。开始按规矩喝酒，说话也都正常。别人敬过他爸和三叔，就等着敬他。他爸和三叔，那是长辈，神仙一样供着，必须先敬。但敬过长辈，目标就转移到了马大成身上。马大成早就看出苗头，几个自家兄弟事先约好要对付他。他也不傻。他先声夺人，以攻为守说，桌上除了我爸和三叔随意喝，晚辈没说话权，咱们都是一般重的平辈，先平端两碗再分头敬酒。

有人拍手，有人苦脸低头。

马大强说，不行，平端两碗我受不了。

啪，话音未落，马万里举起筷子摔向桌子说，怎么不行，就这么喝！

马大强点头说，好好，大伯说了，就这么喝！

两碗酒下肚，各人的话就都多了起来。说着说着，话题聚焦到一件事情上。开始似乎谁也不愿说起这事，酒桌上不说闹心的事，但又感觉堵在心口不吐不快。当然是马大强狗肚搁不下四两油先开的头。因为他有两碗酒在肚，估计又快要哭了。但今天自家请客，而且答应马大成不哭的，马大强忍住没哭，只是非常沮丧。唉，大成哥，你在运东听说了吧，乡下要搞集中居住，土地流转了。今后咱们这些农村人到哪儿去啊?!

听说了。好事啊。你愁什么? 到城里居住多好啊! 马大成说。

你在运东有房有车，大伯大妈跟你去就行了，咱们村上哪有你家那样的条件。一个家下年长一点的兄弟插话。

马大强挤挤眼睛，撇了撇嘴，还是要哭的样子。都搬到城里去住，那我这村委会主任也就自动免了吧?

马大成噗地大笑起来，原来你害怕丢了乌纱帽啊! 没有村了，哪还要你这个村委会主任? 肯定自动免了。

城里也应当有居委会呀，村民们进城集中居住，那我就做居委会主任。马大强当真担心自己当不了村委会主任。

马大成又仰头大笑说，你做梦吧！

一桌人都笑马大强睡地摸天，不知天高地厚。马大强自己也笑自己没脑子。马万年醉眼迷离说，别听风就是雨，千家万户的事情，早着哩！哪天轮到马蹄庄再说。

马万里也撂下一句，种地人没地种，进城两眼望天，喝西北风啊！

两位长辈一开口，晚辈们连忙岔开话题。马万年拍了拍马万里的大腿，醉眼迷离，起身去了里屋，倒床就打起鼾来。

马大强端起半碗酒站起来，对马万里说，大伯，乡里考虑到我在乡文化站干过，要我今年再搭一个戏班子，配合乡里中心工作宣传宣传，估计有土地流转的政策。戏班子里还差个耍狮撑旱船的帅哥。大成哥几年前耍过，现在回家过节没事，我想请他给我架架势，再耍一次。大伯，行吗？

马万里瞅侄儿一眼说，我就知道你小子不会没来由请酒的。这事别问我。

马大成说，年年都是老一套，要饭似的，我感觉没意思。

怎么没意思？年关给谁拜年，谁都会意思意思。一个年季下来少说也能弄个三两千的。马大强喝下半碗酒，把碗底亮给马万里看说，大伯答应了，大成哥千万别打拦头坝子。

马大成说，回家没事，找点乐子，可以。要说拜年搂份子钱，我不参加。现在哪家缺吃缺穿的？

马大强咂嘴说，给钱，你不乐意干；不给钱，别人不乐意干。你难为我了！

别人我不管，反正我给你撑场子，但不要你钱。也许这是最后一次在乡下拜年。今后清平湖畔一个村庄都没了，估计连坟头都找不到哭的了，还给谁拜年？！马大成说得伤感动情，鼻子发酸。

突然，马大强仰脸号啕大哭，如丧考妣。

鬼精灵，晦气！马万里骂了一句，拂袖离席。马大成搀上爸爸。酒场随即散了。

此后的腊月底，马大成开车去了位于蔡庄庄头的村支两委办公楼，在一楼的一间办公室里找到了村支书蔡风。蔡风正在和一位女子说话。蔡风脸朝外，女子脸朝里。蔡风逮眼看见马大成推门进去，咽下半截话，直直瞪着马大成。女子还在盯着蔡风的眼睛说，我不同意。马大成当然听不懂他们说了什么。因为他不在其位，不谋其政，何况自己长期在外做包工头，并不深入了解家乡情况。他只是为了缴纳党费而来。看到蔡风直直的目光，女子转头发现马大成，立即站了起来，红着脸说，哟，大成表哥回来了。马大成一下怔住了，眨巴眨巴眼睛，想不起女子是什么人。女子上前几步，眼看快傍上马大成。马大成后撤一步，保持安全距离问，请问贵姓？女子哈哈大笑说，你看，在运东当大老板就不认识我了，我是蔡玉芬啊！我舅舅跟你在运东干活。马大成一拍脑门想起来了，哦，你是猴叔外甥女。蔡风站起来说，对，她妈是马猴子姐姐。马大成说声对不起。蔡玉芬说，有机会去运东找你玩，你找蔡书记有事是吧？说完就绕过马大成走出去，身后留下一股香水味道。马大成单独面对蔡风说，我来缴纳党费，把明年全年的党费一起缴了。蔡风拉开抽屉，取出党费收据，收下马大成的两年党费说，你的组织关系最后能转到运东市农民工党员流动支部去。马大成说，我们公司没有建立党支部，还是放在村里吧。蔡风咂了咂嘴，似乎很为难。马大成想起他阻挠姑父吃低保的事，心有不快，话不投机，匆匆离开村部。他茫然看了看姑妈家低矮的三间瓦房，盘算着春节过后还要来接姑妈，便开车离开蔡庄。

马大成后在马大强家排练了一两天。大年三十休息一天，一早起床贴春联，上午跟着爸爸去后山祖坟上烧了纸钱，晚上陪着爸妈包饺子看春晚。几乎和每一户农家一样，马大成在这平淡无奇的春节里略感寂寞和无聊。

初一一大早，马大成就跟着马大强的小戏班子走村串户拜年，蹦蹦跳跳，说说笑笑，才感到春节与平常日子的不同。

清平湖畔，牛铃山脚下，开始回荡着一阵阵欢天喜地的锣鼓声和凄凉婉转的唢呐声。

11

初二三，接姑妈。天塌下来，明天你也要去接你姑妈。初三这天，马大成接到爸爸的死令，不得不从小戏班告假半天。

牛铃山脚下的乡村风俗，春节一过，家家接出嫁的姑娘回来。也许娘家的父母早已过世，但娘家的兄弟都还会一如既往地接回姐姐妹妹，或者侄儿侄女接回姑妈。这是一份人间真情，对一个女人来说更是一份割舍不断的温暖亲情。湖畔村民就在这样的传统中一代踩着一代地延续着亲情，温暖着他们的心灵。而马大成与姑妈更有着一份特殊的亲情。

马大成与马蹄庄许多同龄人在祖父祖母抚养下长大不同，他是在姑妈马万芳呵护下一天一天长大的。祖父祖母他没见过。爸妈一直在外打工，把家全扔给了姑妈。白天，姑妈下地锄草打药，马大成就在地头田埂上看蚂蚁搬家，偶尔也会捉蚂蚱，但不能跑出姑妈的视线，更不能到水渠沟塘里玩水。等到姑妈收工，再跟着姑妈回家。晚上，石屋里外没人，马大成抓住姑妈衣角，寸步不离。姑妈在锅屋烧饭涮锅，马大成就跟着姑妈在锅台周围转悠。姑妈走到堂屋，马大成非要跑在姑妈两腿前面走到堂屋。等到姑妈坐到沙发上看电视，马大成才放心和姑妈并排坐到沙发上看电视。姑妈看什么节目，他就看什么节目，从来不抢姑妈手里的遥控器，撵着动画节目看。姑妈喜欢看电视连续剧，追着剧情笑，跟着剧中人物哭。马大成就很奇怪，没人逗，没人惹，姑妈干吗哭哭笑笑的？如果没有好的电视连续剧，或者剧中插播广告时，姑妈也会换台调出少儿频道或动画节目给侄儿看。马大成喜欢《大风车》里的鞠萍姐姐和金龟子，一看到少儿频道或动画节目就不打盹了，不然，跟着姑妈看成人电视连续剧看着看着就睡着了。

一觉醒来就是第二天早上，睁眼发现自己是睡在姑妈的床上。姑妈的床头有个电话，跟爸妈的床头电话连线。电话成了马大成的念想，常常盯着电话发呆，天天盼着电话铃声响起。马大成非常懂事，只要听到电话铃声响起，他都会异常兴奋，蹦跳着叫喊姑妈，因为电话也会有他爸妈打过来的，姑妈会在电话里告诉爸妈自己的一些情况，头疼脑热了，调皮捣蛋了，不肯吃饭了，总之，什么事情都能让姑妈说得眉飞色舞。有时还会喊马大成与爸妈对话，爸妈在电话里嘱咐最多的一句话就是，要听姑妈的话。但只要不是爸妈的电话，马大成便会悄悄走出门去，几岁的孩子，谁愿意掺和大人那些事情？

马大成上二年级的时候，不年不节的，爸妈突然从打工地省城赶回家来。放倒了石屋后面埋着爸爸和姑妈胞衣的老梧桐树，打成了一屋子家具。一天，家里陆续来了很多亲戚庄邻，但姑妈却不见了。马大成发现哪里不对劲，迟迟疑疑，磨磨蹭蹭，在爸妈之间来回走动，老是问，姑妈呢？我要姑妈。妈妈告诉他，姑妈骑车去县城化妆哩！爸爸说，家里没你什么事，你赶快去上学去。马大成听话，就骑上爸妈刚带回来的好孩子童车上学了。刚出门，迎到化妆回来刚转过墙角的姑妈。马大成一下怔住没敢认。姑妈鲜艳夺目，花团锦簇，唇红齿白，香气袭人，扎下车子，扑向马大成，搂住侄儿说，大成，赶快上学去，好好念书啊！嗯，马大成闻到了久违的那股香味，断定姑妈化妆后又到牛铃山顶的小庙里烧了头香，含泪答应一声，此时学校的预备铃声响起，他飞快奔向学校。中午，马大成回到家，看到家门口遍地红红绿绿的鞭炮纸屑，到处寻找姑妈，姑妈住的房间还保留着原样，但哪里还有姑妈的影子？爸爸脸上挂着泪痕告诉他，今天起，你姑妈是蔡家人了。三天后，姑妈回门，牵着姑父蔡传喜。马大成一看就认出来了，姑父正是在牛铃山顶小庙并排跟姑妈拜菩萨的那个男人，高高壮壮，脸庞棱角分明，眼睛特别有神。第二年春节过后，姑妈戴着棉帽，头箍手绢，怀里抱着一个包被卷儿，手里拿一根桃树枝儿，一路摆动着桃树枝儿驱邪除秽地回来。马大成非常新奇，踮起脚尖扒开姑妈怀里的包被，看到一个豌豆般小鼻子小眼的小姑娘，粉嫩粉嫩的，两只小手攥得紧紧的，阿嚏，突然打了一个小小的喷嚏，吓得马大成一跳。大成，她是你表妹哟！她叫什么？姑妈说，小名叫玉芹，大名叫蔡玉芹。此后多年，春节过后的清平湖畔湖滩平原上都会出现这样的一幕，这一幕一直烙在马大成脑海里：爸爸顶着穿红戴花的外甥女蔡玉芹走在前面，姑妈拎着包袱跟在后边，一路回到马蹄庄。姑嫂一起说话，一起做饭，一家人一样。爸爸该干什么干什么，回家往饭桌前一坐，端起酒杯陪姑妈喝两杯再吃饭。马大成则带着表妹在马蹄庄到处拜年或捉迷藏，庄上家家都认识小仙女蔡玉芹。蔡玉芹长得俊，胆子小，就是不爱说话。过完初五，姑妈搀上蔡玉芹回家，马大成都会失落一阵子。

但是，转眼这些情景都成了美好记忆。如今，一想起姑妈独自跑到运东向他借钱，马大成就鼻子发酸，泪湿眼眶。

姑妈家的蔡庄在牛铃山脚下的一片湖滩上，离马蹄庄顶多三四里路。和马蹄庄一样，都是牛铃山村的一个村民小组。过去有田间土路连着，绕来绕去，走上半个多小时，感觉很远。现在是一条乡村水泥路连着，也还绕来绕去的，但开车两三分钟就到了。其实，马大成一直想，打个电话就能请姑妈回来。但马大成又知道，那与上门去接完全是两码事情。现代科技代替不了亲情。爸妈也绝不会同意。马大成不会辜负别人，更不会辜负爸妈和姑妈。现在他家的日子跟姑妈家的日子正好颠倒过来了。越是日子好了，越要上门去接姑妈。因为姑妈特别要面子。

吃过早饭，马大成开车带上从运东买的礼物，到牛铃山那边的湖滩上接姑妈。晴天，太阳回暖，大地回春。融雪后的麦苗满眼碧绿。远远看去，蔡庄像田野中的一个孤岛，而位于村外的姑妈家又像是一个岛礁。曾是村上第一户的三间瓦房如今在一幢幢小楼外显得是那么陈旧和寒酸。在离姑妈家还有一里多路的岔路口，马大成先开车绕道到乡里街上，买了水果牛奶搭上礼物才返回去姑妈家。

自从外出打工，每次看望姑妈，马大成都没有空过手。在运东做了包工头，手头宽裕了，还不忘塞给姑妈一两千块钱。自从姑父打工摔伤不能干活，姑妈家的日子一落千丈。姑妈也很少回到马蹄庄，即使去接，姑妈也说家里有人卧床，哪儿也去不了。其实，爸妈和马大成都清楚，姑妈要脸，家境如此，是感觉没脸见人，尤其是不愿在娘家人面前愁眉苦脸。每次看望姑妈以后，马大成一想起曾经日子富足的姑妈对他家的扶持，都会悄然流泪，感喟人生无常。有时甚至怕见姑妈了。

马大成把车开到姑妈家门前的一片空地上，那片空地是一个晒场，如今却满是衰草，了无生气。嘭的一声关上车门，马大成随手从车上拎下礼物，心情沉重却又激动地走进了姑妈家。

大白天，姑妈家的堂屋里却亮着灯，开着电视。电视里的声音很小，变来变去的画面把屋里的光线变得忽明忽暗。冲门的家堂柜上供着一尊半人高的陶瓷观音菩萨，与牛铃山顶上小庙里的菩萨一模一样，只是尺寸小了许多。自从出嫁，马万芳再去牛铃山上的小庙里烧香拜佛，路远了点，不能常去，转而在家里供奉着观音菩萨。菩萨面前的香炉里冒出袅袅香烟，檀香味道混合着一股非常难闻的臭味，马大成一脚踏进门就头脑嗡的一声，差点晕过去。他马上意识到这是姑父长期卧床留下的味道。他张了张嘴，有心喊一声姑妈，又怕惊吓着卧床的姑父。轻手轻脚迈进屋，一股臭味直冲脑壳，让他喘不过气来。

哪个？玉芹吗？快来搭把手。马万芳正吃力地从丈夫身底往外抽出脏垫子，听到外面脚步声，没顾得上回头看人，就喘着粗气央求来人帮她。

姑妈，是大成我啊！马大成急忙放下手里的礼物，快步上前帮助姑妈一手扶起姑父蔡传喜，一手从他身下抽出垫子。蔡传喜的口味浓重，还带着大蒜和洋葱的恶味。蔡传喜已经没有什么重量，但马万芳更是单薄无力。在马大成的记忆里，姑父高大结实，浑身都是劲，就是脾气倔一点。又才有一年不见，姑父枯槁得像纸糊似的。两腮深陷，两眼深陷，原先浑圆的脸盘子现在瘦得像一尊骷髅。一种不祥的预感袭上马大成的心头，眼泪夺眶而出。蔡传喜忽然瞪大了眼睛看着马大成，却没有说话。马大成心里一悚，问，姑妈这是要干吗？

马万芳说，外面有太阳了，你姑父想出去晒晒太阳，正好我也想把他身底的垫子刷一刷，可我一人拖不动他。

马大成说，我来抱姑父出去晒太阳吧！

那你还不得把我再抱回床上。蔡传喜说话不讨人喜欢，但脑子似乎比马万芳灵光。

马大成说，行啊，临走时我再把你抱回床上。说完，一胳膊搂腰，一胳膊托着腿，用力一托，居然劲头用过了，他轻松就把蔡传喜抱到门外的墙根下的破藤椅上。想起姑父曾经高高壮壮的身材，马大成心里一惊。

蔡传喜灰白的脸色经阳光一照是蜡黄的，眼眶是乌黑的，嘴唇是煞白的，看了让马大成揪心。马万芳把一床被胎叠好塞进藤椅下面，蔡传喜半躺起来，头倚着墙，半闭着眼睛，面无表情。

马大成找到一只三条腿的小板凳坐到蔡传喜身旁，一时找不到话说，只好掏出手机看朋友圈。

马万芳里里外外忙着，一会儿到不远处的压水井上压水，一会儿进屋取垫子，嘴里不停地跟侄儿说话。马大成听出来了，姑妈对姑父百依百顺，一句话都不愿逆着姑父。不一会儿，姑父就开始说话了，像是跟姑妈搭话，更像是自言自语。姑父的脾气到死也改不掉，还是骂骂咧咧的，一会儿骂村支书蔡风不得好死，一会儿骂包工头不得好死。不是风碍他事，就是雨碍他事，哪哪都不如意。

马大成心里清楚，谁得罪过姑父，姑父都会一辈子诅咒他。村支书蔡风阻拦不给姑父吃低保，姑父不骂村干部骂谁？跟包工头干活摔残了，本来可以手术治疗，结果家里钱花光了，手术没钱。而且包工头只赔姑父医药费，姑父打官司告状，拿不出劳动合同，结果包工头被判只给一点精神损失费，弄得姑父后半生穷困潦倒。姑父不骂包工头又骂谁？但马大成想不通，姑父行将就木的人了，还哪儿来那么大的怨气呢？存着那口气多活几年不好吗？马大成心里这么想着，嘴上却没敢说出口。

除了我这辈子瞎了眼欠你的，别世上谁都欠你似的！过去的事情就让它过去，天天怄在心里不会怄出病来吗！包工头也有好的，不是都该死的，大成还是包工头呢！马万芳在井台上刷着垫子接过蔡传喜的话头。

蔡传喜这才想起身边坐着一个包工头，而且是晚辈，翻眼看了看马大成说，大成，我不是骂你的。

马大成笑了笑说，我知道。姑父，包工头其实也不容易啊！别说一不留神有个摔伤了，就是平时百十号人管理都忙不过来。抽烟的，喝酒的，打架的，斗殴的，赌钱的，嫖娼的，什么人没有？这几年我带着乡亲们在运东跟着吴老板干工程，真算见识了，别看都是前村后邻的乡亲，一离家进城打工就现原形了。我经常会说，城里人看不起咱们乡下人，咱们乡下人也要争口气，别让城里人笑话，活得有点尊严好不好！

蔡传喜感叹，人穷志短啊！

马大成说，现在哪还有真正的穷人？家家住瓦房，人人有摩托车，比我小时候的日子不知强多少倍。我看他们就是没有理想没有追求。

蔡传喜接不了内侄儿的话，耷拉下眼皮打盹。

马万芳把刷完的垫子扔在门前的晾绳上晒着，擦了擦手，解开围裙，来到侄儿面前站着，看着丈夫脸色说，大成，你看你姑父脸色是不是红润了点？

马大成站起来，顺势把坐过的小板凳递给姑妈，转脸端详一下阳光下的姑父。嗯，姑父脸色比刚才是好看了，姑妈，没事多让姑父到外面来晒晒太阳。

马万芳接过小板凳还给侄儿说，天天都想弄他出来晒太阳，他那个杂毛脾气你是知道的，属顺毛驴的，高兴了答应出来，我费了吃奶的劲把他搬出来，他见门前走过一个人没理他，他就吵着要回屋里躺着。你说人家路过你家门口，你不跟人家打招呼，人家怎么好跟你打招呼。他硬说人家眼里没他这个人了——你坐吧，我再去屋里拿。

马大成笑了，姑父，你把身体保养好，其他什么心都别去烦它。

蔡传喜说，只要还有一口气，我就看不得脸色，听不得话头。狗娘养的，我家都穷成这样了，还说我家不够吃低保条件，全村还有比我更穷的吗？

是不是还有别的原因？按理，现在脱贫攻坚，彻底消灭贫困，姑父应当够吃低保的了。马大成记得那次姑妈单独跑到运东求他托人给蔡传喜办低保的原因，故意提醒蔡传喜。没有得到回应，马大成又说，我托我的老师王道远帮忙了，王老师在市政府办公室工作，按理这事对他来说不算什么大事。但他说他打电话给乡里书记，乡里书记说村里不报。我也不知道是驴不走还是磨不转的。姑父这样了，村里为什么不报啊？

马万芳叹口气说，指望村里上报，除非太阳从西边出来！你姑父这辈就让人家踩泥里了，哪里还有翻身的那一天哟！

马大成愤愤不平说，多大点出息，当个村支书有什么了不起！

大成也知道了？妈的，等我能站起来，我非杀了他全家不可！蔡传喜咬牙切齿。

别说大话，使小钱。马万芳从屋里又拿来一个小板凳，责怪完丈夫后，又央着马大成一起坐下说，大成，就你姑父这脾气能活得久吗？现在他虽然不能干活，但他还是个活人。我日子还有奔头。他要是哪天死了，我这日子还怎么过啊！

蔡传喜嘀咕一句，你巴不得我死！

马大成急忙说，姑妈，当着姑父的面别说那话。

马万芳拉起侄儿走到堂屋里，突然撒开马大成，转脸冲着家堂柜上的菩萨拜了两拜，才回过头来小声说，大成啊，你妈跟你说了吧？你表妹玉芹本来念书成绩很好的，这几年受你姑父牵累滑下来了。毕业半年多了，没事干。她是个懂事的孩子，要挣钱养活我和你姑父。我想，她是没嘴的茶壶，到哪儿打工我也不放心。我把她交给你带到运东去找份工作，早早晚晚你能照看她一些。

马大成回答，我妈说了，我想玉芹不要吃青春饭，最好学点手艺。有手艺才长远，才能挣大钱。正好，我有一个同学在运东做美容，我让她带着玉芹。姑妈看怎么样？

这个，怕远水不解近渴，马万芳迟疑一下，突然又说，反正交给你，我就放心。另外，你妈还告诉你别的事吗？

噢，说了，给我介绍一个对象的事吧。姑妈你就别为我操心了，还怕你侄儿这辈子打光棍吗？

马万芳笑了，菩萨保佑，方圆几十里考上大学的哪个有我侄儿那么有本事，怎么会打光棍呢！

马大成把姑妈又拉出堂屋，重新陪着姑父坐在墙下，不想让姑妈再多说什么。

这时，蔡玉芹出现在院门口。大概是看到门口停了一辆轿车，稀罕，像走进别人家院里似的，先是探出半个身子，看到表哥马大成，脸上一笑，然后才走进院子，还是在笑，没有话。

马万芳说，玉芹，见到你表哥怎么连个称呼都没有啊？！

马大成看到蔡玉芹，眼前一亮。蔡玉芹出落得越来越漂亮了。脸皮薄嫩，乌发披肩，明眸皓齿，穿一身新的羽绒衣，一点也不像受穷的样子。他站起来说，玉芹，跟姑妈到我家去，我爸我妈给你的压岁钱都包好了。

蔡玉芹看着她的妈妈说，我想去给舅舅舅妈磕头拜年。

马万芳说，去年大成来接没去。今年我还是没空去看哥哥嫂子，玉芹想去就跟你表哥去给你舅舅舅妈拜年吧！

马大成说，姑妈你看这样，我打算初六就回运东了，玉芹是不是带上行李到我家过两天就跟我走？

蔡传喜插话，玉芹哪儿去？

我跟表哥去打工。蔡玉芹说完跑进屋去收拾自己的东西。

大成，把我抱回屋里吧！蔡传喜承受不了女儿独自外出，有话憋在心里，但还没忘刚才的要求。

马大成当然会兑现自己的承诺，俯下身子把姑父抱进屋里床上躺下，替姑父擦去眼角的泪水眼屎，又安慰姑父几句，走了出来。深深吸了一口气，差点憋坏了。

在门外，马大成掏出事先预备好的两千块钱塞到姑妈手里，害怕姑妈不收，紧紧攥住姑妈的手不放，一直攥到自己车子旁边才松手。马万芳一直含着眼泪，坚持不要侄儿的钱，但也没有坚决推掉。

早已站在车边的蔡玉芹的手搭在车的把手上，一时拉不开，不知道如何上车。马大成掏出遥控钥匙摁了一下，又伸手替表妹打开车门，等蔡玉芹上了车，再关上车门。

马万芳眼泪汪汪地嘱告自己女儿，到运东，什么都听你大成哥的。

马大成发动车子，摁下车窗玻璃，挥手告别姑妈。

12

今年，马大成没接到姑妈，只接到表妹，美中不足，但也算是尽心了。外甥是舅家的狗，前门打，后门走。外甥女呢，那无疑就是舅家的猫，锅台蹲，桌上淘。蔡玉芹的到来同样会给马大成的三口之家带来喜悦。

小时候，蔡玉芹跟着妈妈走舅舅，不是妈妈抱着就是搀着，一路蹦蹦跳跳的，两个羊角小辫子甩来甩去的，一点也不像个木讷的孩子。春节后走舅舅，花枝招展地猴在舅舅的肩头，两只小手拼命揪住舅舅的头发，却又看出是一个胆小的孩子。后来上了学，到舅舅家次数越来越少。差不多只有春节过后才会跟着妈妈或被舅舅单独接到家，但过不了三两天就会拖拽妈妈闹着要回家。说不出什么理由，而且无论舅舅和舅妈怎么劝，更不管表哥怎么哄她，她都执意要回家。闹得马万芳只好依着她，打破原先的计划提前回去。弄得舅妈经常念叨，这孩子，是不是舅妈哪里亏待你了，这么别着扭着要回家？玉芹从来不给一个爽快的回答，怎么问都是一个劲地摇头否定。舅舅有时会生气，这孩子，长嘴只留着吃饭的吗？玉芹会很委屈地撒开拖拽妈妈的手，蹲到地上哭起来。哭，也是一种武器。蔡玉芹一哭，妈妈就没办法不依着她。最近几年，蔡玉芹长大了，懂事了，这种事情就没有了。特别是蔡传喜瘫痪以后，舅舅家也很少见到蔡玉芹，春节后接过来，顶多也只过一两天就回自己家里。舅舅和舅妈知道玉芹的脾气，从不过分挽留玉芹。

今年接回蔡玉芹，马万里夫妇见到她依然非常高兴。早早等在石楼的门前，看到玉芹下车，眉眼里全是慈祥。舅妈上前拉住玉芹，夸玉芹越来越漂亮。玉芹像林黛玉一样抿嘴笑了笑，轻声叫了一声舅妈，脚下却不敢往前多走一步。舅妈拥着她走进院子，马大成父子俩跟在后面。

舅妈说，这石楼上梁的时候，玉芹还抢糖果来的。

马大成在后面接话说，对，她没抢到，我从空中接住几颗糖果，给玉芹吃，玉芹嫌脏没吃。

我怎么不记得了，蔡玉芹说话了，吓得舅妈和表哥一怔。

走进客厅，马万里不声不响，抢先坐到沙发上，看似平常，其实另有深意。舅妈转眼看见老头子坐到沙发上，也放开玉芹，屁股一扭，与马万里并排坐到沙发上去。

玉芹，快给你舅舅舅妈磕头，领压岁钱啊！马大成看到玉芹站在客厅中央发愣，提醒玉芹给自己的爸妈拜年。

此时已是初三，但还在新正月里，磕头拜年还不算晚。马万里抢先坐到沙发上，就是想接受外甥女磕头拜年的。还在昨晚上，他就安排老伴为玉芹包了两个大红包。每个红包里装着八百块钱，图个吉利。跟城里有钱人家比，八百也许不算多，但在乡下马蹄庄，给孩子的压岁钱，八百块钱算是大红包了。老伴知道自己老头子的心思，给玉芹多少压岁钱都舍得的，越多越好。何况有儿子马大成在运东做包工头，手头一直宽裕，不在乎这一千六百块钱。现在，玉芹就站在舅舅和舅妈面前，舅妈连忙拿出两个红包，放在面前的茶几上，只等着外甥女蔡玉芹给他们磕头拜年。

蔡玉芹站着不动。

这孩子小时候可喜欢磕头了，怎么越大越馊了。舅妈站起来，伸手去拉外甥女，玉芹，给你舅舅磕头要压岁钱！

蔡玉芹挣脱舅妈，向着马大成住的楼下卧室看了一眼，然后转脸问马大成，表哥，我晚上住哪儿？

住楼上，妈妈早就给你收拾好一个房间，铺的、盖的，全是新的。马大成说，你先给舅舅磕头吧，领了压岁钱，我带你上楼。你看茶几上两个大红包，多喜庆。你再不磕，我就要给爸妈磕头领红包了。

我先上楼看看。蔡玉芹执意要上楼。

马万里失望地从沙发上站起来，挥手说，大成，带上去看看再下来磕头。

马大成把蔡玉芹领到楼上一间早已收拾好的卧室里，放下行李。放心了吧，有空调，保证冻不到你。然后转身下楼，一步一回头地回望着楼上喊，玉芹，下楼吧。居然迟迟看不到蔡玉芹下楼。

这孩子，变了？！马万里问了一句，不知像谁。

女大十八变，该变。可怎么变成这样，还是个念书人呢！回答他的当然是他老伴，因为只有老伴能揣摩到他的心思。

马大成听到爸妈在楼下的议论，担心让表妹听到，急忙跑过去，双手搂过父母，小声说，爸，妈，别计较那些旧风俗。你们想她原先过的是什么日子，现在过的是什么日子，能不变吗？她怕磕头，其实就怕丢了尊严。

马万里说，给舅舅舅妈磕头，天经地义，又不是认输服软，更不丢人，怕什么？！

马大成拿起茶几上的两个红包，跑上楼，走进蔡玉芹的房间。蔡玉芹正在整理自己的小东西，听见马大成进屋，迅速把小东西塞进包里。马大成趁着玉芹还没拉上包的拉链，上前一步把两个红包塞进了她的包里，顺手帮她拉上了拉链。蔡玉芹还想执意不要压岁钱，马大成攥住她抓包的手说，玉芹，别见外，舅舅舅妈一直都是当闺女疼你的。走，跟我下楼去。

再一次回到楼下客厅，蔡玉芹坐到沙发上盯着电视看。马大成一家人该忙什么就忙什么，似乎家里没来客人一样。吃饭时，蔡玉芹只顾低头吃饭，舅舅舅妈和表哥都不停往她碗里夹菜，她又一块一块夹还给舅舅舅妈和表哥。

马大成说，玉芹，有事别闷在心里，闷久了会闷出病来。

蔡玉芹说，我心里没事。

马大成说，走上社会可不能这样啊！

蔡玉芹嗯了一声。

第二天早上，马大成跑完步回来，洗漱完，仰脸冲着楼上喊蔡玉芹吃饭，一连喊了好几声，没人答应。马大成慌了，妈，快去上楼看看，玉芹怎么睡懒觉睡得这么沉啊？！

妈妈上楼一看，蔡玉芹不在房间里。一家人慌了。家前院后找个遍，没找着。马大成又跑上牛铃山一趟，站在山顶上四周望去，还是没见蔡玉芹的人影。他掏出手机拨通了姑妈家的电话，着急问，玉芹回家了没有？

玉芹回来了，怎么没跟你们说一声？这孩子就是没嘴的茶壶。她舅舅舅妈给她的磕头钱，她送回家给我了，说是攒着留给她爸手术。她心里时时惦记着她爸手术站起来。她怕明天你就带她去运东，来不及。我说你留在手里到运东用，她说不用。你看这孩子，我流了半夜的眼泪！姑妈在电话里说。

噢——马大成长长噢了一声，含着眼泪下山回家。到家把姑妈的话一学，一家人默默流了一阵眼泪。

爸爸说，大成，玉芹懂事，你可得保护好表妹啊！

马大成点头答应爸爸，再次开车去把蔡玉芹接回来。蔡玉芹还是木木的，不说话，也不叫人，看了令人心疼。一家人都小心翼翼呵护着蔡玉芹，不敢有一句言高语低的。

即将返城复工了，马大成开始忙活起来。他联系一个跑乡村公交的同学，租他半天的面包车。然后在微信群里一个一个通知跟他在运东打工的乡亲，明天下午到村头集合上车。有答应集合跟车的，也有说家里有事耽误两天自己买票坐车去运东的，也有表示从此不跟马大成打工的。总之，一个春节过去，想重新收拾起自己的队伍，马大成没少费心。一人一个脾气，各人有各人的好，各人也有各人的不好，谁是左膀右臂，谁是不省油的灯，想踢掉的，不走，想留下的，偏偏走了。马大成心里十分清楚。但一个萝卜一个坑，缺一扣的链条就卡顿。马大成不得不又招一批乡亲充实自己的队伍。扳着指头算算，加上老同学孟石头入伙，他的队伍又能算是满编了。

临走前一天晚上，马万里单独留在楼下儿子房间没走。

爸，有事吗？马大成记不得有几次单独与爸爸面对面了，突然享受父子交流的机会，多少有点不自在。

马万里同样不自在，但他今晚硬着头皮想把自己的心事说给儿子，并且语气超乎寻常地温和平静。大成啊，你这些年不在家，家里发生的许多事情你还是要多留点心啊！最近有一件事我想跟你商量商量。种地人就讲种地话。我外出打工那会儿，因为种地不划算，在外多少挣点钱都够买到那几亩收的粮食了。咱家只有我和你妈还有你姑妈三口人的承包地，你没赶上分地。现在的地种起来划算了。听说土地马上要流转了，怎么个流转我也不懂。但我只懂一条，土地才是咱农民的命根子。什么东西不是土地里长出来的？古代为官作宦的、有权有钱的，哪个都会回老家置地。有地心里就踏实了。

马大成打断爸爸的话，爸，绕来绕去你到底想跟我商量什么？！你是不是以为我有钱了，也应当回家置地？

马万里早就没了火暴脾气了，笑了笑，耐着性子对儿子说，本来我没有这个想法。我和你爷爷两代人都在土里刨食，将就只够糊嘴的。因此，我这辈子最大梦想就是不踩代，当兵提干，做一个城里人。但是我的梦破灭了。我把希望寄托在你身上，指望你考上大学做个城里人。

爸，什么踩代不踩代的，乡下人脑门上又没写个孬字，哪里就低人一等了？马大成听了有点烦。

马万里说，你没经历过那个年代，当然不懂。你没考上大学也没踩代，如今也成运东城里人了，圆了我的梦。不过，这几年，人似乎不分城里乡下了，只要有本事，到哪儿都活得体面。如今土地要流转了，我想置地。但也得经你的同意啊！大强最近鬼鬼祟祟的，跑到外面勾结有钱人回来租种土地，我估计有他的股子。

爸，马大成打断马万里的话，你年纪大了，家里那几亩地我都打算流转出去，你还想种地？这辈子还没累够啊！

大成，现在政策变了，种地不赖，不仅不缴钱，国家还一亩地补贴七八百块钱。一翻一覆，你看着吧，这土地马上就比唐僧肉吃香了，谁都想尝一口。拿到地就等于拿到钱。不置地就是傻子！我的意思，土地流转时，别人能租，咱们也能租。一百亩不嫌少，一千亩不嫌多，韩信点兵，多多益善。噢，拿到地，你别怕，不要你种，你该在运东干什么就干什么，全由我种。马万里对自己的算盘充满信心。

踩没踩代，我没想那么多。一个人有一个人的活法，一代人有一代人的活法。你想置地，可我暂时没有打算回乡种地。马大成对爸爸说的道理不以为然，婉拒了爸爸的要求。

话不投机，父子俩有点不欢而散。马大成上床睡觉，马万里甩手离开长叹道，等你回过味来就晚了！

夜深人静的时候，马大成给牛艳红留下语音，明天下午走牛角庄头路口带老同学。很快收到牛艳红的回复，谢谢！

离开马蹄庄的那个夜晚，马大成回想着爸爸置地的话，一夜辗转难眠。

第四章　进城

13

春节期间，牛铃山脚下的村庄像一个个叽叽喳喳的鸟巢，装满了亲情和温暖。春节一过，陆续走出一群一群打工者，就像飞出一群一群翅膀硬了的觅食小鸟。有的鸟巢里还留下一只两只亲鸟或嗷嗷待哺的幼鸟，有的鸟巢则变成了空巢。翅膀硬了就要飞，飞不动了就归巢，守着空巢直到老。这种乡下人的踩代宿命，有几人能够逃脱？

美容师牛艳红一直想挣脱这种在城乡之间奔波往返直至返乡终老的宿命。她凭什么？她能做到吗？

观察地图便会发现，城市就像一棵棵大树，而村庄就像大树枝条上的叶子，通过光合作用源源不断地向粗壮的树干提供营养。而世代生活在村庄上的男男女女无不怀揣着对城市的向往，但都无法挣脱土地的羁绊，一代踩着一代沿袭下来，前人被后人陆续埋进了村庄周围的土地里。因为城市更像一个个庞大的飞轮，拒绝他们的靠近，无情地甩掉了他们。而离开土地他们便无法生存。直到二十世纪八九十年代，一座座城市才仿佛一下变成了巨大的吸盘，通过蜘蛛网般的毛细血管，把散落在村庄的农民纷纷吸附进城打工挣钱，养家糊口。从那时起，中国农民逐渐变成城市底层民众，游走于城乡之间。城市的价值观涤荡着他们的认知，瓦解着他们的亲缘关系，甚至让他们失守了传统农民的本分。牛铃山脚下的马蹄庄、牛角庄、蔡庄也不例外。当这里的农民像马万里一样纷纷奔向远方的城市以后，马蹄庄、牛角庄、蔡庄和它们背靠的牛铃山逐渐被抛弃在清平湖畔，仿佛一个寓言或一段故事留在历史的风尘里。如今，重复上演的是牛艳红这一代青年农民的悲欢离合。

三六九，往外走。初六这天，外出打工的人们纷纷走出家门，来到村头的水泥路上，等着公交车。一窝一窝，三三两两，有说有笑的。他们各有各的去向。有的长年在外早已有了稳定的工作和收入，一个萝卜一个坑地急于回城复工；有的则像寒号鸟一样漫无目标地奔向城市，准备蹲在路边等待猎头抓去干活挣钱；更多的是依附于像马大成这样的乡村能人带进城里，还是跟那一帮乡亲窝窝圆圆地吃住在一起，身在城市却拒城市于千里之外。总之，此时此刻，离乡成了他们的共同追求目标。否则，如果是像马大强那样的村干部留在村里瞎晃悠，那他们不会饿死也会憋死。在他们有人看来，只有无能的年轻人才会在老家瞎晃悠，当什么村干部。

初六下午，在孟石头家的庄头水泥路上，站着的牛艳红这一窝都是自家人。牛艳红抱着梅子，和丈夫孟石头并排站在一起。临走前抱抱闺女，不时撮起嘴唇亲亲梅子的脸蛋，嘱咐梅子在家里要听奶奶的话。牛艳红身后躲着婆婆，等着牛艳红一上车就带回孙女，赔着笑脸。这种温馨而又略带辛酸的别离虽然没有生离死别的痛苦，但也在每一个人心中留下深深的记忆。

妹妹牛艳丽站在不远处，不停摆弄手机发微信。牛艳丽听从姐姐的安排，跟随姐姐到运东学美容。她说不清是高兴还是不高兴，反正天塌下来有高个子顶着，她只活在自己的小天地里。村里数她衣服穿得最漂亮，短短的羽绒衫，瘦瘦的仿皮裤，显得苗苗条条的，披着长发，额前是齐齐的刘海。此时虽然梅子不时会要小姨抱抱她，但牛艳丽依然装作没听见。她与姐姐一家保持一定距离，甚至可以说她有点讨厌姐夫孟石头那副嘴脸。

艳丽，给马大成打个电话，问什么时候能到，急死人了。牛艳红把女儿换到另一条胳膊抱着对妹妹说，喘气明显有点累了，但还是舍不得放下梅子。

牛艳丽说，我没他的手机号码。

牛艳红流利地背出马大成的手机号码，还是不愿腾出手来自己拨打。

牛艳丽听着姐姐说出的数字，嘟嘟拨打着马大成的手机。转过脸去接听，别人还没听到她说什么，她却立即又挂掉电话，然后学话说，他说马上就到。

牛艳红这才把梅子放下，捹了捹羽绒服衣角，抿抿被风吹乱的黑发，然后搂着梅子交到婆婆手里，并交代婆婆，别尽惯着宠着梅子，她不听话就打。低头嘱咐女儿，梅子，听奶奶话，等过完夏天我带你到运东上幼儿园。

凑上来的孟石头在一旁撇嘴，别在孩子面前瞎许愿，你过完夏天就能带她去运东上幼儿园？运东幼儿园是为乡下人孩子开的？

牛艳红没话回答丈夫。因为她一不小心说出自己的打算不仅遭到丈夫的反复反对，而且有时自己想一想都感到不切实际。做人不能太实际，太实际就没有趣味。但也不能太虚空，太虚空便会发飘。其实，美容师牛艳红实际得很，但她始终怀揣着斩断代际传承做个城里人的虚空小目标，因此注定会与身边人特别是丈夫孟石头发生摩擦。这是牛艳红一直最为痛苦的事情。

婆婆笑着说，要是能把梅子带成运东城里人，那咱睡着也笑醒喽。说完抱着梅子快步回家。

梅子这次只哭没闹，还回头大声喊，妈妈，你快回来呀。

牛艳红看着趴在婆婆肩头上哭泣的女儿，眼泪吧嗒吧嗒落下，很快模糊了视线，心里久久作痛。

自从梅子断奶进城打工，牛艳红每年只能逢年过节回家。开始梅子不敢认她，她很伤心。等梅子黏她时，她又要离开了。梅子舍不得妈妈走，一刻也不离开她。她说是外出挣钱给梅子买好吃的，梅子说不吃，说买花衣服穿，梅子说不穿，说买芭比娃娃好玩的，梅子说不玩，只要妈妈，别的什么都不要。牛艳红鼻子酸酸的，眼泪涔涔的，一次次地决绝走开，一次次地回头再抱抱女儿，实在舍不得看到梅子委屈伤心地哭闹。有一两次跟梅子玩捉迷藏，躲到婆婆身后，一会儿从左边闪过去逗梅子，一会儿从右边闪过去逗梅子，逗得梅子小脸蛋上挂着泪珠咯咯直笑。然后狠心从婆婆身后突然溜开，只听梅子在身后没找到自己又哇的一声大哭起来。牛艳红的心彻底碎了，决心下一次一定要带着女儿进城。聚少离多，漫长的骨肉分离阶段又开始了。牛艳红不知道这样的日子会持续多久，但她暗下了决心，再也不能因为打工挣钱让女儿失去母爱。

同样难过的丈夫孟石头上前安慰她，家家都这样，都是为了孩子。

牛艳红带着哭腔说，为了孩子，怎么还忍心骨肉分离！我们是不是太自私了？除了抛弃骨肉外出打工，难道就没有别的活路了吗？

孟石头接不住妻子的问话，往一旁站了站，焦急地朝着路的尽头望去。马大成的车子还没影子。

来了，牛艳丽喊了一声，大家一起扭头看去。

远远看见一辆帕萨特开过来，后面跟着一辆中巴车。马大成绕道来接他老同学了。

牛艳红他们站成一排迎接着。

马大成在牛艳红面前跳下车，一看三个人，脸有难色，我车上还有一个人，你们谁坐后面中巴车？

牛艳红递个眼色给丈夫孟石头。孟石头拎上自己的行李到后面中巴车上去了。牛艳红和牛艳丽把行李放到小车的后备厢里，坐上车。车上果真已经坐着一个人。

蔡玉芹，牛艳丽拉开车门，一眼认出她的同学，抢着坐到了后排，又搂又抱蔡玉芹，亲热得不得了。蔡玉芹像个木头人，面无表情。

牛艳红只好坐到前排副驾驶的位置上了。

马大成提醒一句，坐好，走了。摁一声喇叭，提示一下后面的面包车，脚下一踩油门，车子开走了。一车上四个无地的青年农民驶离家乡。牛铃山在他们的左侧渐渐消失。

路上，牛艳红很长时间没有扭头去看马大成，担心他开车分神。但马大成已经是老司机了，不停地逗她说话。问她美容业的行情如何，问她美容院产品与女子平时的美容产品有什么不同，等等。牛艳红一直很紧张，既怕影响马大成开车注意力，又怕后面的两个女孩发现他们眉来眼去。后面两个女孩都知道她和马大成的初恋啊！突然，牛艳红从后视镜里看着马大成，一阵兴奋。马大成一脸专注和温和地出现在后视镜里，偶尔也会瞥一眼后视镜里的她。牛艳红就专注看着面前侧方的后视镜，心安了许多。

哎，马总，路边的树怎么都往后倒下去呀！牛艳丽突然问了一个奇怪的问题。

马大成说，那应当是人的视觉错误吧！树是静止的，车速一快，你感觉树就向后倒下去了。其实，树在原地没动。

牛艳丽又问，我怎么感觉有点晕啊？

啊，你晕车吗？想吐吗？马大成有点紧张了。

不想吐，就是晕晕乎乎的。牛艳丽两手紧紧抓住马大成座椅后背。

牛艳红扭头说，艳丽，闭上眼，别说话，一会儿就到了。

牛艳丽消停了。

一个多小时以后，马大成带着他的乡亲们驶进了运东。恰逢傍晚，运东市里大街小巷的路灯差不多同一时间亮了起来。华灯初上的运东渐渐变得温暖而亲切，就像专门欢迎远方乡村的农民工们一样。轻车熟路，马大成他们又一次悄然融入了生机勃勃的新兴城市运东。

这群来自牛铃山脚下的农民工中除了牛艳丽和蔡玉芹，其他人都在运东市里打工多年，早已对运东的大街小巷非常熟悉，甚至有点熟视无睹了。

轿车上的牛艳丽上车以后还规规矩矩的，一路听着马大成和姐姐的交流，渐渐放肆起来，后来有点晕车，但时间不长，进了运东市区就更有点忘乎所以了，她异常兴奋，不时左右张望，听牛艳红小声告诉她们这是哪里、那是什么。牛艳丽大呼小叫，少见多怪，一会儿吐舌头，一会儿拍巴掌，一会儿上蹦下跳，闹得安静的蔡玉芹抱紧双臂，缩成一团，掉进陷阱里一般。

马大成笑说，哎，刚才说晕车，我还担心别吐了。转眼神气活现的。她真有意思。

我不是装的，那一阵子是难受，可现在我又好了。

牛艳红说，在家没一点老实气，出来还是吃了猴子肉似的，别一惊一乍的。

牛艳丽沉静了一会儿。突然，牛艳丽看到一幢通体透明的高楼，激动得往上一蹦，咚的一声，一头顶到了轿车天窗，吓得牛艳红和蔡玉芹受惊地大喊了一声。

马大成举手摁开天窗说，你看把我的车子顶出一个大窟窿，你说赔我多少钱吧！

牛艳丽顾着护头，一阵冷风灌进来，抬头一看，果真头顶上露出一个洞口，吓得抱住蔡玉芹说，啊，真让我顶出一个大洞啊？

牛艳红扭头说，你以为马总的轿车是纸糊的，你能顶出洞来？那是天窗。

马大成问牛艳丽，想不想站起来看看大运东夜景？

想，牛艳丽说着就从后排座位上站起来，头和身子居然从天窗慢慢探了出去，啊，运东，我来啦！牛艳丽豪情万丈对着运东的夜空喊了一声。流光溢彩的运东夜景从她身边飞过，但寒风也把她的脸吹得渐渐麻木了。她还把双手伸出去，张开双臂，做出一个像泰坦尼克号上女主角那样迎风飞翔的姿势。

马大成问，小风一吹，挺凉快吧？！

牛艳红喊，快下来，你不嫌冷，都快把我和玉芹冻死了。

过了一个十字路口，牛艳丽才从天窗外缩回身子，浑身早已冻透了，但她一点也不觉得冷。马大成关上天窗，车内气温渐渐回暖。蔡玉芹一连打了三个喷嚏。马大成关切地问，玉芹感冒了吗？

蔡玉芹说，没有。

都是艳丽闹腾的，牛艳红责备妹妹，今后做什么事都要考虑别人感受，不能只顾自己疯。

牛艳丽这才又消停了点。

此时，坐在面包车上的孟石头眼睛也不够使，不是对路旁的高楼一惊一乍的，他在省城打工时多高的楼没见过？大惊小怪的原因是他完全失去了方向感，不知身在何处。其实他完全不必大惊小怪，他曾经在运东做过足疗。之所以如此惊讶，完全是表达对运东变化之大的感慨。面包车上有人就开孟石头的玩笑说，你再过几年不来，运东都快不认识你喽！石头还嘴尖刻，你们认识运东有什么用，运东关你蛋疼，哪个灯光是你家的？！

这群乡下男女带着各自的性格和欲望来了。

14

运东，古称下相，西楚霸王项羽的故乡，地处苏北，京杭大运河和古黄河穿境而过，是一座正在崛起的新兴三线城市。京杭大运河在运东市区西面几十公里外潜入黄运湖，自西向东穿过市区，经过运东市区后突然拐了一个九十度弯，调头向南流去，留下一个漂亮的运河湾。这段一百二十多公里长的京杭大运河史上称为中运河。几乎与京杭大运河平行的古黄河只不过是黄河夺淮时不择地势冲刷出的水道遗迹，但经过历代百姓的疏浚整理，如今也变成了既有灌溉之利又有风景之美的河流了。从空中俯视，京杭大运河与古黄河宛如双臂挽起运东市，又如彩带串联起一南一北的清平湖和黄运湖。自从 1996 年运东市由一个县级市一夜之间升格为地级市，这座城市就茁壮成长，迅猛膨胀，像一张大饼越烙越大。很快从大运河与古黄河之间的狭长丘陵上蔓延过两河，拥抱了浩渺的黄运湖。一个五六万人的小县城在不到三十年间发展成近百万人的中等城市。原先县城周围的农民们怎么也想不到，他们的农田间穿过了一条条纵横交错的水泥马路。白天，他们满脚泥水从农田里一步就跨上了水泥路面，再也没有泥泞。夜晚，一排排路灯在农田间睁眼到天亮，村庄里的孩子们在路灯下嬉戏打闹，男男女女的中老年人彻夜在路灯下畅谈欢笑。很快，他们的村庄被征用拆迁了。他们天女散花般地被撒到城市的各个楼宇里，开始了崭新的市民生活。但他们依然带上煎饼、咸黄豆和白开水在城市的角角落落里种花薅草，茫然打量着从大楼里进进出出的机关干部们，回忆着某幢楼下自家的老宅故事。逢年过节还会在巍峨的高楼下面或者漂亮的草坪上肆无忌惮地燃起一堆纸钱，以纪念未能及时迁坟而游荡在楼宇间无家可归的亲人灵魂。无疑，城市在不断侵蚀周围农村农田的同时，也改变着农民的命运。数十万农民变成了市民，不少家庭因拆致富，出现了在城市晃荡的罕见的"拆二代"。城市像一个巨大的吸盘，还在源源不断地吸附远近农民投身她的怀抱。在集聚着各类城市生产生活要素的同时，也尽情释放着各色人等的人性欲望。

开车行驶在运东的大街上，马大成却没有牛艳丽和蔡玉芹那么单纯，更没有孟石头那么计较。他思考着如何开工，如何分配工作，如何保质保量完成工程。同时，他还思考如何处理好各种人际关系。自从做了包工头，马大成深刻感受到，承揽工程很难，请客送礼，垫钱预付，讨要工钱，甚至打官司告状，什么酸甜苦辣都尝遍了。但再难也没有处理好人际关系难。人们从人际关系中收获利益，更收获慰藉，找到存在感和价值，但同时也深受人际关系的困扰甚至伤害。特别像马大成这样的包工头，走钢丝一般游走在各阶层人物之间，活得很累。在上层人际中，他偶尔会像从底层乘风直上的游客，夹着皮包混迹其中，笼络人脉。一旦酒席散场，马大成迅速跌回下层，焦虑而踏实地做好自己的事情。但他始终感觉肩上扛着沉甸甸的责任。几十号乡亲跟着自己干活，哪个有点闪失，他都担不起啊！看上去，这群乡亲是来跟着他打工挣钱的，离他活不了。实际上，这群乡亲和他马大成有着千丝万缕的关系。几乎都能叙成七拐八弯的亲戚，更在经济上有扯不清的关系。马大成找活给他们干，他们凭着体力干活挣着马大成的钱。但为了拿工程，马大成又借了他们的钱。他们又是马大成最大的债主。因此，马大成哄着他们。他们中有长辈，有平辈，有晚辈，有年长的，有同龄人，甚至还有孩子。一人一个脾气，一人一个性格，一人一个思想，哪有包治百病的良药？按理，马大成就是家长，但谁会真正听他的？对有些人吹胡子瞪眼，可以。有些人必须捏住他的三寸。绝大多数还是哄着。弄不好，撂挑子走人，马大成抓瞎。又不能什么事情都自己上手去干。

照例，进城第一天，工地食堂还没起火，马大成把乡亲们带到工地附近一个饭店喝一顿。今年也不例外。但马大成心里有事，酒宴照样安排，酒却不能陪喝。经常光顾这家饭店，呼啦进来那么多的回头客，饭店老板喜死了，屁颠屁颠招呼上楼坐下。别看这帮农民工嘻嘻哈哈的，一落座满满三桌，放眼望去，全有亲疏远近之分。每人心里都有一本谱系。

马大成在楼下点菜。点孬了，别人诮评，不怕，就怕三叔诮评。马大成心里基本有谱，依着三叔马万年的喜好点菜，错不了。点少了，不够抢的，敲着碟子吆喝，那才丢人。虽然刚过了春节，人人肚子里油水足实，但好不容易逮着一顿免费晚餐，相信没人会藏量的。红烧肉，地锅鸡，瓦块鱼，每个菜都点三份，分量要足。

点完菜上楼，马大成三个包间走了一遍。先看到牛艳红一家和蔡玉芹几个一桌，正中正好空着没有人坐，就把钱包放在那个座位上。绕了一圈才进屋坐下了。

石头，你这次来运东，牛艳红就放心了！

孟石头皮笑肉不笑说，我想你也放心了。

马大成听出了孟石头话里的意味，孟石头那点小心眼还够他猜的吗？但马大成忍了，只当没听出来。他开玩笑说，石头，我真佩服你，你说咱们班男男女女四十多个学生，有几对成为夫妻的？也就只有你把牛艳红弄到手了。

牛艳红听了丈夫的话担心马大成撂脸子，没想到马大成开起玩笑，一看石头取下眼镜擦来擦去，就接话说，马总这话不假。全班就成了我们这一对。不是我外出打工，巧了跟他一车去了省城。要不是我在省城举目无亲，任他死缠烂打，我才不跟他哩！早知道他那么小心眼，我死活也不答应嫁给他。

孟石头嗓子卡住什么似的咳嗽了两声，嘴巴对着眼镜片呵气，又擦了几遍镜片才戴上。镜片一遮，刚才深陷的眼窝居然显得像个知识分子。

马大成说，牛艳红，你这话戳了老同学的心了。你说你俩一车去了省城，事先没约好吗？

孟石头说，没约好！

马大成噢了一声说，哪有这么巧的事情！到了省城你又举目无亲，当然只有石头最亲。现在回头看看，石头追你，追到你了，这说明什么？说明你俩有缘。天下夫妻都是有缘的，没缘走不到一起。你说当时你要是考上高中了，或者石头考上高中了，哪有你俩今天什么事。结果你俩都没考上高中，又一起外出打工，他乡遇故知，孤男寡女，干柴烈火，不擦出爱情火花，那还算人吗？是不是，石头？

孟石头心里酸溜溜地说，我要是考上高中，说不定早考上大学了。

牛艳红一听这话是笑话马大成虽然考上高中却没能考上大学，白了一眼丈夫说，你那狗屁成绩还能考上大学！做梦去吧！

饭菜上来，准备吃饭。但隔壁三叔马万年桌子上的人吵着要喝酒。马大成听到了，急着喊服务员，去，拿酒来。

转眼搬来一箱双沟酒，打开酒瓶，满屋弥漫着酒香。

马大成举起水杯说，没过正月十五还算年，今晚让大家喝个痛快。但我有言在先，我过会儿还要开车去拜访吴老板，滴酒不沾。我只能以水代酒。

这就算开喝了。

马大成给默默坐在桌边的表妹蔡玉芹面前的盘子里夹菜，玉芹，饿了吧？别馁，爱吃什么吃什么！

蔡玉芹这才拿起面前的筷子去夹表哥送给她的菜吃起来。正埋头吃了几口，牛艳红又给她夹了一口菜，蔡玉芹突然搁下筷子说，我吃不了这么多。

吃不了我吃，牛艳丽说着就伸筷子去夹蔡玉芹盘子里的菜，姐姐牛艳红急忙虎脸哎了一声，牛艳丽缩回筷子说，我逗玉芹玩的。

别搞你那些小恶作剧，有人受不了的。

牛艳丽冲着姐姐吐一下舌头，做一个鬼脸，居然放下筷子抽泣起来。

怎么回事？马大成慌了，紧张地看着牛艳红问。

牛艳红说，别管她，哭哭笑笑是她的常态，怎么得了！你看，她转眼就笑了。

果真，噗，牛艳丽脸上还挂着泪水，却憋不住一下又喷出笑声来。

哈哈哈，有意思，马大成举杯碰了一下牛艳丽的饮料杯子说，刚才你差点吓着我了，我还以为我哪里得罪了你呢！听你姐这么一说，我就放心了。不过，哭哭笑笑的人都是直肠子，我喜欢。

是吗，你也哭哭笑笑的吗？牛艳丽突然双手举杯站起来，昂头喝干了半杯饮料。

去，马总像你那样疯疯傻傻的还做什么工程。哎，你怎么一口喝完了？牛艳红看着马大成大笑说，你看艳丽，什么规矩都不懂。

做人简单一点好，马大成笑着说，心事太重，累。

啪啪啪，牛艳丽一下跃起来鼓掌，太精辟了，我支持！

坐下，别一惊一乍的。牛艳红命令妹妹坐下。一个说我喜欢，一个说我支持。牛艳红惊心了。喜欢没心没肺的？支持成功的马大成？这都哪对哪呀！牛艳红有了点小心思。

也许因为马大成的话触动了某些人的神经，桌上一下安静了下来。

孟石头在桌上一直没有说话，但他的目光一直在自己老婆和马大成的脸上扫来扫去，似乎在寻找着什么。

自从与马大成搭上了话，牛艳丽的眼睛一直盯着马大成的一举一动。由于她那长长的睫毛遮住了秋水般的明眸，因此她的目光难以被人发现。

好了，你们吃好喝好，我去拜访吴老板了。

15

马大成一走，群龙无首。隔壁一桌又在吵酒，要吃要喝。牛艳红心里有点煎熬，带头起席，对牛艳丽说，去，告诉那两桌人，下楼了。

牛艳丽听话，推开另外两个包间的门大喊，快快快，散席走了。牛艳丽一搅和，那两桌的男人们扫了兴，吃饭散席。

走出饭店，外面已是黑夜。到处灯火辉煌。

孟石头一下楼就转了向。东张张，西望望，分不清东南西北。在人群里寻找自己的老婆，没看到牛艳红的身影。明明牛艳红在他前头出门的，怎么转眼就没了呢？

牛艳红没有走远，只不过出门就拉上牛艳丽和蔡玉芹去了一次洗手间，然后三人结伴下楼。发现别人都上了面包车，孟石头却还在饭店门口徘徊，牛艳红在孟石头身后问，你怎么还不上车？

孟石头转身反问，你们三人怎么走？

牛艳红说，这个你别管，你走你的，我们自有办法。

孟石头敏感，马大成会来接你们吗？

牛艳红反感，我带艳丽玉芹打的到我租的房子去住，不用哪个来接我们。

孟石头梗着脖子又问，那我住哪儿？

牛艳红手指面包车说，你跟他们一起干活，当然跟他们一起住到工地上去。

孟石头以为妻子没听懂他的话，我要去你租的地方住。

牛艳红拉了孟石头的脖子一下，向另一个方向走了几步，见孟石头一人跟了上来，才说，你去住，艳丽玉芹怎么住？你去工地上住，委屈几天，等我安顿好了你再搬过来一起住，好吗？

孟石头的目光跟着路上奔驰的车辆飘向远方，没有作答。

已经发动的面包车呼呼在响，孟石头却还在车外迟疑。司机跳下车喊，孟石头，你是走还是不走啊？要走就赶紧上车，要不走咱们就走了。

牛艳红推了孟石头一把，赶快上车去吧！

孟石头很不情愿上了面包车。上车就被那帮男人奚落，怎么让老婆给甩了？有本事跟牛艳红去呀！看看，一个城市里打工，两口子还分居，受这份罪，何苦哟！有的话更歪了心眼，刚才孟石头哪是放不下自己老婆，那是看小姨子来了，明明是怕肥水流进外人田的。你一言，我一语，没一句话能剩得下来，也没一句中听的好话。

隐隐听着面包车上的污言秽语，牛艳红又恼又气，没等面包车开走，她就带着牛艳丽和蔡玉芹向着面包车相反的方向走去，在路边招停了一辆出租车，打的去了自己的租住地。

牛艳红在运东的租住地是城郊接合部，一处居民自建的平房，一看就知道是单独为外来打工者出租的房屋。因为这里拐过墙角的路上不远处有一个公交站台，进城非常方便。所以尽管房东每年都涨租金，但牛艳红还是忍了。

房间虽小，收拾得却很干净。锅碗瓢盆煤气灶，烧火做饭好样的。一张板床，铺盖很整齐，不算大，但挤得下三人。自己亲妹牛艳丽不用说，过意不去的是蔡玉芹。牛艳红感觉蔡玉芹内向，心事重，一路上拿眼风溜了蔡玉芹几次，只见她手托腮，扭头望着窗外，一个姿势保持到了运东，几乎没听她说过几句话。要不是牛艳丽叽叽喳喳地逗蔡玉芹说话，蔡玉芹也许一直装哑巴。牛艳红没往心里去，知道蔡玉芹家里有瘫痪的父亲，日子过得艰难，应当是个懂事的女孩，因此尽量照顾着蔡玉芹，主动关心着蔡玉芹。牛艳丽要什么，牛艳红让她自己找去。蔡玉芹的嘴巴金贵，牛艳红反而什么都替她想着。洗了脸，牛艳红打开自己的爽肤水给蔡玉芹扑脸，蔡玉芹没用过爽肤水，不要。洗完脚，牛艳红把自己的擦脚毛巾递给蔡玉芹。反正，牛艳红感觉，千万别亏了蔡玉芹。

上床后，牛艳红一人睡一头，牛艳丽和蔡玉芹两人睡一头。牛艳丽便没完没了地问蔡玉芹，马大成是你表哥，你家那么困难，他帮你们吗？

蔡玉芹回答，帮，哪次看我妈都给钱。

牛艳丽又问，马大成跟我姐同学，你看我姐家的梅子都三岁了，他怎么还打着光棍啊？

蔡玉芹回答，我也不知道。

牛艳红说，艳丽你胡思乱想什么，还不睡觉！

牛艳丽沉默了一会儿，又把想睡的蔡玉芹推醒了，聊起她们在学校里的那些人和事，笑得咯咯的。

牛艳红也没睡着，一直侧卧看手机。她先是给婆婆发去了一条语音，交代婆婆早上煮一个鸡蛋给梅子吃，晚上给梅子喝一瓶酸奶，一天也别落下。本来想视频看看梅子的，又怕刚刚分离的梅子受不了，还是自己忍几天再视频看女儿吧！

然后给马大成发了一条微信，让他不要喝酒，因为他要开车。假如喝了酒，就千万别开车。要么找个代驾，要么把车扔在吴立仁家。喝酒不开车，开车不喝酒，尽管谁都知道，但牛艳红还是担心马大成把持不住会喝酒。

牛艳红和同学马大成同在运东打工，但好几年彼此都没见过面，甚至连手机号码和微信都没有。那年冬天的早晨他们邂逅以后，牛艳红经常收到马大成的微信，一早一晚，不多不少，两条。没别的内容，全是问候。早上，早安，或早上好；晚上，晚上好，或晚安。没有文字，全是表情。虽然简单，而且重复居多，但牛艳红每次收到心里都一阵温暖。

牛艳红有时会给马大成发一些养生保健的视频或文字，只要感觉对他有用，她就转发给他。马大成看没看，看得是否仔细，牛艳红不清楚，但每次都能收到马大成的回复，当然还是表情。这样有一搭没一搭地保持着微信联系，别有一番滋味，但说不上是什么感情。

躺在自己的出租屋里，听着妹妹细细均匀的鼾声和蔡玉芹一声声沉闷的叹息声，牛艳红没有一点困意。没有收到马大成任何回复，她就边看小视频边等。

睡了吗？牛艳红却等来了一条孟石头的微信。她没有回复。

艳红，我从来没住过工地上的铁皮工棚，八面透风，冻死我了。孟石头的微信速度越来越快，一句话分成几条发，而且没有标点符号。

手机嘟嘟直响。牛艳红担心惊醒了妹妹和蔡玉芹，不得不把微信调成振动，给丈夫回复道，别人能住，你就能住，冻不死！

你还没睡？你怎么还没睡？孟石头在微信里刚说了一句"别人身底铺有稻草而我没有"突然转为责问牛艳红。

牛艳红回复他，没睡，等你消息哩！

很快收到孟石头一个打呼的萌猪表情，再没下文。

夜深了，远处的运河上响起一声悠扬的汽笛声，不远处有一列火车疾速驶过，牛艳红都听得清清楚楚。她怎么也睡不着了。明天就要着手租房开办自己的美容院。

她不是一个人在奋斗了，一下多了丈夫孟石头、妹妹牛艳丽和马大成表妹蔡玉芹三个人，她能把他们团结起来共同奋斗吗？

16

这次返城复工，马大成早就盘算好的，带上家乡的土特产去看吴立仁。感谢贵人是一个因素，其实，更重要的原因是马大成不找吴立仁不行，非找不可。吴立仁承诺得好好的，工程款节前到账一半，结果到现在还一分钱没有。马大成拖着一屁股债，到处借钱，赊料子，拆东墙，补西墙，公司的家底全砸进去了，才让跟在他屁股后面打工的乡亲们回家过个幸福年，他也才得以过上一个安稳年。如果吴立仁再不付工程款，那工程就只能停下来了。

包工头难当啊！

马大成进城就给吴立仁微信留语音，初六晚上登门给他拜个晚年。接下来就盼着吴立仁回复，左等右等，很久没听到吴立仁回复。马大成心里发毛。他清楚得很。吴立仁外表风光，到处做慈善，捞荣誉，其实也到处是窟窿，说大话，使小钱。手机不接，微信不回，玩失踪是常有的事情。春节前后更是躲猫猫，得拖就拖，得赖就赖。十次有一两次能给马大成回复就算谢天谢地了。终于等到手机一声响，一看是吴立仁语音回复。吴立仁没文化，回复常常用语音。马大成急着点开一听，居然是吴立仁老婆郑秋花的声音。

郑秋花在语音留言笑得母鸡刚下完蛋似的说，大成啊，你年年想着老吴，老吴是茶壶装饺子有货倒不出来的，他心里一肚子数，这年头就你懂得感恩，对他百分百地贴心。其他人都是人精，有好处整天围着他转，没钱见他像躲瘟神似的。你看你年年早早给他拜年，还带老家的特产送给我们。这些年山珍海味吃腻了，还是老家的东西好吃。老吴说了，你大新年上门，留你一起吃饭，你们爷俩好好喝一顿，老吴还有几瓶好酒哩！

马大成听了开始有点别扭，怎么吴立仁的手机会在老婆手里呢？这以后还怎么跟吴立仁交流？但马大成还是留下一句语音，谢谢郑姨！

马大成也知道郑秋花当家，常常把吴立仁当枪头挑在前头。有利的事，有情的事，想做的事，郑秋花抢着表态。不利的事，没情分的事，不想做的事，郑秋花都推给吴立仁。动不动就说，咱家老吴不同意。其实是她不同意。在跟吴立仁交往过程中，郑秋花对马大成格外偏爱。如果马大成喜欢走夫人外交路线，讨郑秋花的欢心非常简单，给她几个好脸，她就能跟马大成姓了，但是，马大成总觉得郑秋花像慈禧太后挟持着吴立仁，因此他跟郑秋花保持距离。有事就找吴立仁，没事也不想跟郑秋花多掺和。

请问郑姨，你们今年又在哪个小区过年的？马大成多了一个心眼。吴立仁在运东的房产有多少套，没人说得清。不仅自己的房地产项目有房，而且还在别人开发的房地产项目里炒房。因为运东市的房价一路看涨，低买高卖，炒房赚钱。当然，他看好的小区更会装修好一套房子供自己享用。狡兔三窟。吴立仁怕有百窟。要想找到他们的老巢，太难。不问明白了，马大成又要扑空。

郑秋花回话，湖滨别墅。

湖滨别墅是一个高档住宅项目，位于运东市郊的黄运湖畔，风景如画。二百多套红顶白墙的独幢别墅仿佛一朵朵硕大的蘑菇盛开在黄运湖岸边。只是距离市区较远，尚未有多少业主入住。按照郑秋花给的楼号，马大成开车来到吴立仁家的湖滨别墅门口。院内灯火通明。正准备拍门，院里突然响起一串狗叫声，猛地蹿出一条狼狗，扑向大门。吓得马大成连连后退。其实，狼狗拴在院墙一角的铁链上，扑不到人的。

虎子，别叫！郑秋花在二楼上看见马大成的车，大声制止狼狗。狼狗果然不叫了。郑秋花下楼打开大门迎了出来。她身穿猩红色皮草，浑身滚圆，脖子上围着银狐围脖，团头团脑。银狐围脖下拉出一条手头粗的黄金项链闪闪发光。栽种的柳叶眉因时间过长，疏淡得有点猩红，肥厚的嘴唇涂上的口红因为嘴里不停嗑瓜子而变得斑斑驳驳。打开大门却没有走上前来，只倚在大门口的石狮身上，嘴里嗑着瓜子看着马大成打开后备厢。

马大成从后备厢里提出一篓螃蟹、一扇羊肉、四条风鳊鱼、一袋金针菜、一箱双沟天绣生态苏酒，转身走进大门大声问，吴总在家吗？

吴立仁在二楼上答应着，上来喝茶。

马大成把礼物放在一楼储物间，沿着室内楼梯上去，走进二楼的书房。吴立仁夫妻识字不多，但与马大成给自己那套房里装了间书房一样，吴立仁装修别墅时也做了一间书房，买了一面墙的书摆着，但全是匣式精装本，其中大部分还是线装本。书房当中摆了一套老板桌椅，一角摆了一套茶几茶具。吴立仁喜欢在书房里会客聊天谈项目。但除非他用得着的贵宾，一般不对外。马大成第一次走进吴立仁书房，一眼看见穿着一身棉睡衣的吴立仁坐在茶几旁的沙发上，心里不禁好笑。一个文盲老板坐在书房里，也太有点黄鼠狼钻磨道——冒充大尾巴驴了吧。但吴立仁的书房比他的书房大多了，拥有这么大的书房可一直是马大成的梦想，多少又有点羡慕吴立仁。

哇呀，吴总的书房真大。

嘿嘿，我的祖上可是读书的大户人家，只是到了我这辈变成大老粗的。吴立仁招手让他坐到对面，端起茶壶给他沏茶。

马大成端起茶盏呷了一口，放下说，吴总，你看我的工程款是不是该——

打住。大新年别说那些闹心的事。吴立仁没等马大成说完，就伸手制止说。

马大成一下噎住，半截话像一个饭疙瘩，端起茶盏又呷了一口才咽下去，顺过气来。

吴立仁岔开话题，听说老家土地流转，我想回去种地。

马大成心下一惊，想起昨晚爸爸单独找他聊的话题，果真有人动了土地的脑筋。他还耐着性子说，你去种地，城里这么大家业你舍得丢下？

吴立仁说，我哪有什么家业，全是玩银行的钱啊。银行一抽血，我就成瘪皮虱子了。你入行有几年了，还不懂得这个！

马大成有点发慌。堂堂一个著名企业家慈善家在他一个包工头面前哭穷，如果不是欺骗，那肯定是实情。凭这些年与房地产老板接触的经验，马大成断定吴立仁说的是实情。正像许多外表光鲜的企业家那样，身家数亿的吴立仁也只不过是在玩银行的钱，银行的钱又都是老百姓的血汗钱。马大成不免担心吴立仁这棵大树有一天会轰然倒下。既然得不到满意答复，又不愿撕破脸皮对簿公堂，那马大成就只好再咬牙坚持一阵子，独自消化工程建筑中的欠债赊款问题。

他站起来走到吴立仁背后的书柜下，仰头观望吴立仁的藏书。二十四史一排，鲁迅全集一排，一百本必读的世界名著三排，中国古代四大医书一排，企业管理和企业家传一排，《官鉴》《厚黑学》《易经》又一排。藏书品位不低啊。马大成伸手去拿一本鲁迅的《呐喊》，因为他记忆中的《呐喊》只是薄薄的一本，根本没有吴立仁书柜上线装本这么厚，这是怎么回事？没想到拿出的居然是一个空盒。又抽出一本《史记》，居然还是一个空盒。哈哈，原来一面墙书柜里摆放的全是假书啊！马大成差点笑出声来，悄悄把印有《呐喊》和《史记》字样的盒子放回原处。

这时，楼下传来郑秋花的声音，老吴，下楼来边喝酒边聊吧！

原来，郑秋花听说马大成送礼，早早准备下饭菜招待马大成。马大成跟着吴立仁来到餐厅。好家伙，马大成眼前一亮，豪华宽敞的餐厅里，正中是一张大圆桌，能坐得下十几个人吃饭喝酒。圆桌上方吊着一簇花团般的吊灯，灯光柔和，餐具锃亮。这么大的餐厅餐桌大概只能在家请客用，可眼下只有他们三个人，坐下就感觉彼此非常遥远。

马大成推说自己开车，不能喝酒。吴立仁同意他以水代酒。但郑秋花不同意。

郑秋花特别能喝酒，举起酒杯说，大成嫌老吴的酒孬啊，开车不喝酒，行。喝酒不开车，不也行吗？招待你的，你不喝，那我们哪天不能喝？喝！

既然郑姨盛情，那我就喝。马大成做好代驾准备。

席间，郑秋花的话多，吴立仁的话少。吴立仁的话稍不投机，郑秋花就骂一句，小婆子养的，小窟窿爬不出大螃蟹。似乎吴立仁挣下这么大的家业是她的功劳。马大成听了脸上都有点挂不住，怎么叫小婆子养的？马大成的疑问目光让吴立仁捕了去。吴立仁笑着解释说，马总听不懂，我祖父霸占了长工家的女儿做小老婆生下我父亲，这事就成了她的话把子，这辈子就拿这话拿捏我。郑秋花说，你祖上不造孽，怎么会让你断子绝孙！吴立仁咣当撂下脸子。马大成知道这是吴立仁最大的痛点，急忙说，郑姨，树怕剥皮，人怕伤心，吴总是脸朝外的人，不能总剥他的脸皮。郑秋花居然变本加厉奚落丈夫。吴立仁居然真的连一个屁都不放。

过了一会儿，郑秋花看一眼吴立仁说，大成啊，你看咱们住这么大一个别墅，里里外外也没一个人，老吴一人在外忙得皮猴子似的，我一人在家，我跟老吴商量，想从老家找个体面老实的女孩子帮我一起收拾收拾家务，你能帮我找一个吗？

马大成早听说了，吴立仁虽然富甲一方，但膝下无儿无女，后继乏人，无人踩代。郑秋花大概不会想找一个干女儿吧？马大成想了想说，郑姨，吴总挣下这么大家业，哪里还用得着你家务事亲力亲为？你们家里早该有管家保姆用人了。现在，找个保姆并不难，但想找个女孩子估计难，年轻人哪个想做保姆呀，宁愿吃苦受累去工厂打工也不愿当保姆。你是知道的，老家人都爱面子，当保姆多没面子！

吴立仁说，找不到就算，别放在心上。来来，喝酒！

郑秋花说，打工能挣几个钱，来我这里做保姆，吃住都不花钱，我吃什么，她吃什么，活又不重，浇浇花，抹抹地，择择菜，做做饭，我能亏待了她？这个工作到哪儿找去。不是考虑生活习惯相同、方言相同，我还不打算找老家人哩！

马大成说，你肯给高待遇，那你为什么不让你们吴家郑家的侄女们来服侍你呢？自家人不是更贴心吗？

郑秋花说，我和老吴要是有这样的侄女还要你张罗？！就是没有才求你给找一个的。

马大成又想了想说，刚好我的一个表妹这次跟我来运东打工了，我想让她跟我一个同学学美容，看她那意思有点不情愿，我问她愿不愿给你家做保姆。

郑秋花端起酒杯说，是你表妹就更踏实了，来，我先感谢你，喝！

吴立仁说，别耽误人家的前程。

马大成说，我姑父卧床几年了，家里太难，我表妹念书成绩好得不得了，又非常懂事，现在想打工挣钱养家，要是一月有个三四千块钱，我估计姑父吃药打针就够了。

郑秋花急着说，什么时候带来给我看看，捡到拾到东西还得看看哩，别说是个人了。你表妹还老实吧？

老实。就是话不多。不急，我还不知道她愿不愿意，等我去做她的思想工作。马大成话锋一转说，吴老板，年前答应的工程款看是不是结给我，不然我一分钱垫不出来了。

这个……吴立仁转脸看着老婆。

啪，郑秋花把筷子往桌上一拍说，老吴，大成这么倾心对你，你怎么还拖他的工程款呢？大成，郑姨给你撑腰，这钱不出十天，一分不少给你打账上去。老吴，听到了吗？

吴立仁嬉皮笑脸说，听到了，照办！

马大成笑说，郑姨一拍板，我这心里就敞亮了。来，我敬郑姨一杯！

当晚，马大成找个代驾回到自己住地。

第五章　租房创业

17

牛艳红惦记着自己梦中的美容院，一夜没睡好，脑海里频闪美容院的各种场景。按照她自己正常上班时间起床，同时就把牛艳丽、蔡玉芹也搅和起来。

牛艳丽和蔡玉芹昨晚说了大半夜的话，当然是牛艳丽的话多，蔡玉芹的话少。早上正在觉头上呢。牛艳红一喊，都揉揉眼起来。牛艳丽和蔡玉芹虽说都是乡下姑娘，可在家也都是父母的掌上明珠，过惯胳肢窝日子，自由自在惯了，哪天过过紧张日子？但牛艳红不一样。牛艳红自觉性强，自我要求严，根本容不得睡懒觉。她唠叨说起了糙话，早起的鸟儿有虫吃，像你们这样懒得屁眼掏蛆，张嘴等屎吃都等不到热屎。

蔡玉芹没说什么，悄悄洗漱去了。

牛艳丽却不饶姐姐，也用一连串的家乡土话反击姐姐，早起的虫子被鸟吃。蛤蟆坐地挨，有食自己来。青蛙蹦一丈，有食还赶不上。勤奋说不定就是劳碌命。

牛艳红剜妹妹一眼。妹妹大气不出了。姐妹俩，一个要强，一个认命，注定会擦出火花。但大护小，小怵大，血肉亲情难以割舍。现在牛艳红对妹妹只是有点看不惯，觉得她疯疯傻傻，没心没肺，哭哭笑笑的，今后妹妹还会给她制造什么麻烦，她还是有点悬心的。

三人洗漱完出门，在一家粥铺里吃了早饭。坐上公交车，向着牛艳红早已侦察好的城区进发。

开一家自己的美容院，牛艳红急于把自己的梦想变成现实。但这个梦想也许植入了牛艳红的血脉，却没在牛艳丽的内心发芽，更没在蔡玉芹的心里落地。蔡玉芹的心里不仅对美容和美容院毫无兴趣，甚至一听"美容"二字就心生反感。吃饱了撑的，当她从表哥马大成那里听到安排她跟着牛艳红学美容时，她的潜意识里产生了抵触情绪。但她又不知道自己能干什么，甚至连想干什么都不清楚，只能听从别人的安排。因此，当听牛艳红要开自己的美容院时，蔡玉芹只是事不关己，跟着走而已。

她们在一个小区门口下了公交车。小区周围都是一间一间门面房，门头上是统一规格的招牌，有商店，有美发店，有饭店，应有尽有。但就是没看到一家美容院。

牛艳红领着牛艳丽、蔡玉芹一家一家看过去，看各家店里的生意，看小区前的人流，看走过自己身边女人的穿戴和脸皮，这一切都可能会对她开美容院的生意产生影响。她还不失时机地向身旁两位姑娘灌输，这叫市场调研，懂吗？别看一切都风平浪静的，其实暗藏着许多商机。抓住了，挣钱。抓不住，赔钱。钱在别人口袋里，想装进自己的口袋，容易吗？一不小心就被别人掏去了。

牛艳丽蔡玉芹根本不懂什么市场调研，更没发现任何商机。她俩只担心牛艳红手里的钱不凑手。

姐，你有那么多钱开美容院吗？牛艳丽替姐姐分忧，但听来却轻描淡写，似乎更希望牛艳红开不了美容院。

牛艳红信心十足，有。没有我敢瞎想吗？我这些年手头攒些钱，交房租、置东西我估计够了。

跨过一条街，进入另一个街区。这个街区依然以住宅小区为主。与下车时那个小区不同的是，这个小区面积更大，楼房更多，而且四周是高层，中间是几十幢别墅。住在这个小区里的人不会是拆迁户，也很少是乡下有钱人，大概不是机关干部，就是有钱老板。牛艳红依稀记得自己的几个老客户就住在这个小区。不看别的，就看大门口的保安吧，年轻帅气的小伙子仪容整洁。比刚才小区坐在门口椅子上打盹的老头肯定多拿不少钱。这年头，雇得起年轻人当保安，小区的物业费不会低。几个进入小区的人都凭门禁进去的。如此严格管理的小区，档次不会低。

牛艳红认定就在这个小区边上开办自己的美容院。她在这个小区大门旁边的一家锁门的店面前停下脚步。店门玻璃门，里面一片狼藉。玻璃门上写着四字，吉房出租。下面留着一个手机号码。牛艳红从这家店门走下去，向路边走去，目光先追着车流人流而去，发现不远处有一个停车场，心里暗暗记下了。然后回过头左右打量一下，左边是工商银行的营业厅，右边是一家饭店。牛艳红心里有底了，这里人流量不错。她照着玻璃门上的手机号码打过去。一个男人接了电话。牛艳红问，你家房子出租是吗？多少钱一月？

房主报个价。

牛艳红说，太离谱了，没有这么高的。

房主又问，你打算做什么的？

做美容。

做乱七八糟的，我们不租。房主态度坚决。

牛艳红说，你想歪了，我正儿八经做美容，而且只做女子美容，非常时尚的护肤养颜产品，没有乱七八糟东西。

你说多少钱？房主又松口了。

牛艳红在他报价上砍掉一半。

房主说，你不诚心想租，算了。

牛艳红说，我是诚心的，我现在就在你家房子门口。你要是能接受这个价格，咱们就面谈签协议，不接受就算。

房主说，那我过去跟你谈谈吧。

牛艳红挂了手机，茫然看着前面路上奔跑着的车流。不一会儿，车流里溜出一辆米黄色轿车，从右手饭店门前拐进来，开到牛艳红她们面前。一个男子手拿车子钥匙走下来，走向牛艳红。牛艳红认定他是房主，主动上前搭讪。房主是个保养得很好的中年人，一看不是机关公务员就是从事某种脑力劳动的中产阶层。他彬彬有礼地请牛艳红到右手边的饭店里坐下谈。

饭店大厅里有个茶吧。每个茶座由一个圆桌和四把藤椅组成，像一朵朵盛开的莲花。房主在一个茶座上拉把椅子坐下。牛艳红跟着坐到他的对面。谈判开始。

坐在旁边的牛艳丽蔡玉芹插不上嘴。她们几乎什么都不懂，只能在一旁听着。

房主有诚意，但还想多要点房租。咱们各让一步，你再多添点钱，你给那点钱还不够我付房子贷款的。

牛艳红说，一分也不能加，这人流量，我还不知道能不能做起美容呢。

房主站起来，走到窗口，撩开纱窗，背着牛艳红给人打电话。牛艳红一听口气，肯定是给他老婆打的，唯唯诺诺的。知道这个男人不能当全部的家。

就在这时，牛艳红的手机也响了，一看显示是马大成的手机号码。过去马大成很少直接给她打电话，今天怎么不谨慎了？本来自己也害怕与马大成联系的，自从孟石头挑明了要跟来运东盯着她和马大成出什么鬼，她反而渐渐放胆与马大成联系了。结果怎么样？云淡风轻，正常的同学关系。要是再披着藏着，怕那才真的有鬼哩。

你们在哪儿？马大成在手机里问。

你们？哦，牛艳红明白了，马大成之所以明目张胆给她打手机，是因为他断定牛艳红现在不可能再是一个人活动了，很有可能是关心他的表妹蔡玉芹的。牛艳红告诉自己所处的位置。并说，马上给你发个定位，我正在租房子，方便过来帮我砍砍价。

马大成说，我找你们还有别的事情，你先别急着签协议，租房开店有讲究，你们不懂。我马上赶过去。

18

看到牛艳红发来的定位，马大成一下就乐了。

原来牛艳红看好的那个地方名叫淮北明珠广场，因在五岔路口的转盘花园内矗立一座淮北明珠雕塑而得名，原是县级运东市的西大门。运东升格为地级市以后，淮北明珠广场成为新区的又一个商业中心。地下是几万平方米的人防工程，广场周围全是高楼。扩建广场时，运东人熟悉的淮北明珠雕塑一夜之间消失了，曾经成为运东市民网议的热门话题。但人们口口相传仍然把那一片区域称作淮北明珠广场。吴立仁早年开发的第一个商业综合体和高层小区，就处于淮北明珠广场的五岔路口的一角。马大成拽着吴立仁的大褂襟子也在淮北明珠广场掘得了第一桶金，其中有两幢楼盘是马大成承建的。时隔几年，那个小区的售楼部还留下扫着尾盘，而吴立仁早已开发别的小区了。

马大成轻车熟路赶到那家饭店。

牛艳红还在跟房主谈判。有马大成在手机里说的话兜底，牛艳红腰杆硬实不少。虽说她也在运东打工几年了，但毕竟视野没马大成开阔。隔行如隔山。房地产业的水很深。租房也一样。马大成说不上见多识广，起码比她要懂得多。因此，在等马大成到来时，牛艳红跟房主的谈判口气明显有了变化。她借口说自己只不过是替老板租房，说话并不算数。等一会儿老板来了由他一锤定音。

牛艳丽听说马大成要来，拖上蔡玉芹跑到饭店门口等着。她俩都没见过什么大世面，听牛艳红跟房主讨价还价，心里害怕得直抖，不知如何帮腔说话。牛艳丽还好，反正天塌下来有姐姐顶着，租金多少跟自己没关系似的。

蔡玉芹就更不行了，本来胆小怯生，一下置身一场针锋相对的谈判，虽然不是亲自上阵，但始终搂着牛艳丽的胳膊，大气都不敢喘，甚至都不敢抬眼看房主一眼。

看到马大成从车上下来，牛艳丽推开蔡玉芹吊着的胳膊，蹦蹦跳跳扑了上去说，大成哥，这么快就到了。看来运东的大街小巷你都跑过喽。

马大成再跨一步就撞上牛艳丽了，而牛艳丽挺着胸脯逼近他，没有丝毫让步的意思，他只好向旁一躲，想起昨晚吃饭时哭哭笑笑的牛艳丽，忍不住冲牛艳丽笑笑说，眼瞎着也能摸对哪儿到哪儿，运东不就巴掌大一点地方嘛。

牛艳丽紧紧追着马大成向饭店里走，一听马大成的话，吐了吐舌头，运东那么大呀，我哪儿都找不到。你怎么说它才巴掌大一点呢？

马大成说，等你心大了，运东就变小了。

牛艳丽一下愣在门口。跟在她身后的蔡玉芹差点撞上她。

马大成回头看一眼表妹蔡玉芹问，昨晚睡得还好吧？

还好，蔡玉芹避开表哥目光低下头回答。

牛艳丽突然跑到马大成前头，像个跑堂领班，把马大成引到姐姐和房主面前。

马大成先跟房主握手，然后坐下来，掏出名片盒，递给房主一张名片。

这样的老派交流方式，让房主一时还不适应。现在见面都兴加微信的。房主盯着名片看一下，歉意地笑了笑，哦，对不起，马总，我的名片没带。

站在一边的牛艳丽一展眼，居然伸手向马大成也要一张名片。

马大成忍住笑，给了牛艳丽一张名片。坐下招呼吧台小姐，上茶。穿旗袍的小姐款款走过来，报了几个茶名。马大成说，天冷，来一壶普洱吧。

房主再次歉意地说，我来请客。

马大成说，谁请都一样，不在乎一壶茶钱。于是话锋一转说，最近我想进军美容业，找个地方让她们几个亲戚搞搞美容。她们不懂行情，居然看好淮北明珠广场这个地段的房子。我不知道你们谈到什么程度了。如果还没定下来，对不起，我想到别的地方再看看去。

房主一听急了，马总，你别急着走。你有眼光，这地段确实还不成熟，人气不旺。实话不瞒你，我房子买下几年了，房租还不够还贷款利息的。房价涨得慢了。我再不租出去，老砸在自己手里割肉哪行啊！租金可以再商量，再商量。

马大成转脸问牛艳红，你们谈多少？

一年五万，水电费自理，一次性交清。牛艳红如实报告。

马大成喝口茶水，站起来，走吧，这地方是吴总开发的，小区里有两幢楼是我建的。我再清楚不过了。在这儿开美容院，你还想挣钱，喝西北风去吧。美容的人都是什么人？富婆款姐。周围没住有钱人，谁会臭美？走，去找个富人区租房去。

房主给马大成的话说蒙了，一把拉住马大成，哎，坐坐再谈谈。你是嫌房租贵呀还是嫌地势贱呀？

马大成又坐了下来，论起运东的房租，这钱不贵。但关键看放在哪里。放在这个地段，三万都不值。放在宝龙广场或者老区幸福中路那里十万也不租哩。从做生意角度看，宁愿去租那十万的，也不租你这三万一年的。

房主说，这样吧，你给四万五一年吧，再少真的就不租了。

马大成说，三万。一分钱都不多给。就这，我还只能分批给你。签了合同给一万，年底再给两万。

房主脸上拧得下一盆苦水，龇牙咧嘴说，三万五。

马大成二话没说，拍屁股走人。

牛艳红站起来，但没走。她一直在听着马大成砍价，心里啪啪的。马大成真行，一刀砍下去两万，砍得房东都快哭了。就是三万五，牛艳红都感觉非常便宜了。结果马大成还在拿劲。牛艳红担心马大成这次一走，房主再不让步，那就把自己给坑了。她轻声叫了一声，马总。

马大成脚下一点没有迟疑，继续向外走，一直走到自己的车旁，掏出车钥匙在手上转悠，一圈，两圈，越转越快。

房主大声喊，马总，咱们再商量商量。

马大成回到饭店大厅里说，三万，不让，咱们就走了，那边还等着我去拍板哩!

房主说，你等一下。然后又走到窗口，撩开纱窗给人打电话。

马大成在那里徘徊，手里依旧摇着车子钥匙。牛艳红递给他一个眼色，冲他竖一下大拇指。马大成不动声色。此时无声胜有声。

房主向马大成招手。

马大成走过去。坐下喊小姐买单。

牛艳红抢着要付茶钱。

马大成唬她说，这钱我付。

房主只客气两声，并没动身，更没掏口袋。大概他口袋里根本掏不出钱来吧。

马大成结完账说，就这么定了，三万，合同签完了给一万，年底再给两万。你们去跟他签合同，我还有点事，先走了。

牛艳红把马大成送到车子跟前，心存感激，但此时此地，却无法表达感激之情。

牛艳丽手里一直握着马大成的名片，不时低头看着上面的公司名称、地址和电话号码，当然，最吸引她目光的还是名片上的董事长兼总经理头衔。

蔡玉芹本来站在饭店门口的，一看马大成走了，似乎有话想说，突然跑向马大成。等到了车旁，她又抿嘴笑着，一句话没有。

马大成坐进车里，打开另一侧车窗对牛艳红说，你签了合同，先去办注册等各种手续，同时把房子设计一下，我派人来装修粉刷。转脸对另一侧的蔡玉芹说，帮着她们忙一阵子，你找我一下，我有事跟你商量。

很快，牛艳红与房主签了合同，预付一万给房主，拿到了租房钥匙。离自己的小目标越来越近，心里憧憬着，兴奋着，但万事开头难，第一步虽然迈出来了，下一步该做什么，牛艳红却并不清楚。马大成虽然硬核挺她创业，但对兴办个体服务企业的流程也不是门儿清。牛艳红只好跟她做技师的牡丹花养生美容院老板联系请教。果然令她感动，那位老大姐一般的老板信守承诺，在手机视频里耐心给牛艳红解答，企业名称，工商注册，注册资金，经营场所卫生许可，业主资质，从业人员健康证，等等。事非经过不知难。牛艳红听得头都快爆炸了。天呀，原来要跑那么多手续啊？！那位老板鼓励她，没事，你能跑下来，加油！

看着懵懂的牛艳丽和蔡玉芹，牛艳红想了想说，你俩刚来运东，房子没装修，眼下没你们什么事，你们出去转转看看，等美容院一开业，就没时间出门了。

牛艳丽听了姐姐的话高兴，拉上蔡玉芹就要走。

蔡玉芹却有点不情愿，脚下迟疑。嘴上没说什么，但心事很重。

牛艳红发现蔡玉芹一直不爱说话，脸上很少见到笑容，就像别人借她大米还她黑豆似的，就问，玉芹，你有什么心事说出来，别老闷在肚子里。时间长了会生病的。

蔡玉芹低下头说，什么时候能干活挣到钱呀？

牛艳红心里咯噔一下，美容院开张少说也要十天半个月。开张了生意还不知道怎么样。你要缺钱用，姐先借给你，怎么样？

蔡玉芹拧过身子说，我不借你钱。我想，大成哥说要我找他，不知道是什么事。我想给他打个电话问问。

牛艳丽说，准是好事。那你就问问他。

蔡玉芹难为情，觍脸向牛艳丽借手机用。差点吓着牛艳丽。

啊，你没手机？噢，真没见过你用手机。现在还有谁没手机啊！我存着马总的号码，我打，你接。牛艳丽说着翻出马大成的手机号码拨打出去，听到马大成问哪个，立即把手机送到蔡玉芹耳朵旁。

蔡玉芹心慌说，表哥，你说要我找你，是什么事啊？

马大成在手机里沉默了一会儿说，有人找了一份工作，我当时感觉你挺适合，现在想想，你还年轻，学点手艺更好。你还是跟着牛艳红学美容更好。就当没这回事吧！

蔡玉芹长长地噢了一声说，谢谢表哥！

牛艳丽掐了手机问，马总怎么做起半吊子事，前说话，后摆手，上午还让玉芹去找他，怎么下午过去就变卦了，说就当没那回事了，他葫芦里卖的是什么药啊？！

牛艳红拍了拍蔡玉芹的肩膀说，想必是为玉芹着想的，既然不合适，那也就不要勉强。跟我干吧，等我的美容院生意起来了，会有钱挣的。

可我家里急等着用钱哩！蔡玉芹嘀咕一句，转身跟着牛艳丽去逛街去了。

19

牛艳丽和蔡玉芹这两个乡下女孩离开牛艳红，就近挤上一辆公交车。她们没有方向，没有目的地，完全把自己扔给这座城市，目的只想看看热闹。蔡玉芹对热闹不怎么有兴趣，但经不住牛艳丽热情感染。牛艳丽激情四射，像一团火一路点燃着蔡玉芹。开始她们并排站着，面朝一个方向。牛艳丽发现两双眼睛搜索一个方向是一种浪费，小声嘱咐蔡玉芹，你转身看那边，我看这边，哪里人多热闹，咱们就从哪里下车。蔡玉芹转过身去。于是，一个人眼瞅着左边窗外，一个人眼瞅着右边窗外，两双眼睛似乎还不够使。所不同的是，牛艳丽看到什么新鲜东西，一栋新颖别致的高楼、一幅夸张浪漫的广告招贴画、一个浓妆艳抹的穿高筒马靴的女子，都能让她兴奋不已，大呼小叫的。而蔡玉芹看到这些却无动于衷。她的心似乎是一坨冰，能被牛艳丽这团火融化吗？

公交车驶进一条车水马龙的古街道，路牌上写的是幸福中路。牛艳丽断定这是运东最古老最繁华的地方。这正是她想要来的地方。下车，她下着指令的同时推着蔡玉芹下车。她们在路边站住，东张西望了一会儿，顺着人流往前走去。依然没有任何目的，只是茫无目标地徜徉闲逛。逛街，牛艳丽非常开心。

但是，对于蔡玉芹来说，在一个陌生城市里的人海中徜徉，就像在大海里泅渡，既看不到岸边，又看不到船帆，虽然没有濒死的绝望，但飘浮的心却始终找不到一个宁静的港湾停靠。徜徉在熙熙攘攘的人群里，不时有时髦女郎迎面走过或从她身旁同向擦身而过，总有一阵奇异的香水味飘过，令她恶心。偶尔会有结伴成群走过的女子说说笑笑迎面而来，吓得她不得不赶紧推着牛艳丽躲到一边去。

牛艳丽挽着蔡玉芹拐进一家商场，大白天居然开着电灯，灯光虽然把一个个玻璃里的金银珠宝首饰映照得闪闪发光，熠熠生辉，蔡玉芹的眼睛却一下被刺得生疼。当她从一个柜台前走过时，看到柜台里的女售货员正对着镜子描眉，蔡玉芹居然拽着牛艳丽迅速退了出来，险些撞上一个快步跨进商场的男子。

重新走上大街，牛艳丽突然感觉蔡玉芹是个累赘，自己想停下脚步看的热闹，蔡玉芹没有兴趣。自己看好的头饰，正要砍价，蔡玉芹拉扯她离开。自己闻着路边烤羊肉串小摊飘过的香味，买两串，一人一串，蔡玉芹却死活不吃，还说那肯定是用死老鼠肉烤的。牛艳丽把两串都吃下去，心里果真有点恶心。牛艳丽说，玉芹，没想到你竟然是这样的人，你哪像个年轻人！

我能跟你比吗？你净找开心，你知道我想什么吗？我想我躺在病床上的爸，我想我拖着病歪歪的身子下地干活的妈。一想起他们，我哪还有理由开心？陪你在这里闲逛，我都感到是在犯罪啊！什么时候我才能替爸妈分忧啊！蔡玉芹要么不开口，一开口居然说得让人接不住话，当然，她也把自己的眼睛都说红了。

牛艳丽连忙说，对不起玉芹，我不知道你想得那么多。你别难过，世上没有过不去的坎。等大姐的美容院开张了，咱们就有钱挣了。

蔡玉芹低下头说，美容院猴年马月才能开张啊？！

牛艳丽接不住蔡玉芹的问话，挽着蔡玉芹慢慢逛去。她们在人流如织的大街上徘徊了一阵子，终于推开一家肯德基的弹簧门。门里门外简直是两个世界。牛艳丽一手推开弹簧门，侧身让蔡玉芹先走进去。蔡玉芹踌躇片刻，一脚跨进去，浑身顿感温暖。暖气中混合着扑鼻的香味诱发蔡玉芹鼻子一酸，赶忙抬手捂住口鼻，但还是忍不住打了一个喷嚏。牛艳丽紧紧跟在蔡玉芹身后，看到蔡玉芹不知所措，便像一个向导，半推半拥着蔡玉芹朝里面走去。一个穿着红色马甲的男生迎上来，笑着把她们引到一个临街窗口的双人座位上坐下。

蔡玉芹侧脸看着窗外阳光下熙熙攘攘的街道。她刚从那里走过，换个角度看却突然又觉陌生起来。陌生的城市，陌生的人流，陌生的口音，蔡玉芹恐惧不安。饥饿和疲乏已经占据了她的身体，恐惧和不安更控制着她的头脑。尽管有牛艳丽在身旁，但蔡玉芹时刻意识到自己的孤单。她想融入陌生的城市，但她必须拒绝巨大的诱惑。而好奇心又驱使她对无知世界的不断探寻。比如，她只听说过肯德基，却从来没有吃过。她的老家乡镇甚至县城里从来看不到肯德基。她还以为肯德基是一种鸡哩，怎么招牌上写着基础的基呢？如今她就要吃到肯德基了，伴着恐惧和不安居然还有点满足虚荣心的小小兴奋。但是，如果不是牛艳丽要吃肯德基，她才不会如此奢侈。

安顿好蔡玉芹的牛艳丽起身去吧台点餐。蔡玉芹起身要一起去，牛艳丽把她摁在座位上，今天我请客，你坐好！点完餐回到蔡玉芹对面坐下，顺着蔡玉芹的目光望出去，窗外没有什么新奇可看，转而盯着蔡玉芹的脸看，看得出了神。蔡玉芹像一尊雕塑，一手捂着腹部，一手托着腮帮，忧郁的目光漫无目的地看着窗外，任由窗外的时光和人流从眼前流过。束在脑后的乌黑长发有点散乱，刘海自然贴在额头上，恰好衬托出白皙的脸庞轮廓分明，两片忽闪的长睫毛，如同青山绿树掩映下的两潭泉水一样的。看着蔡玉芹的模样，牛艳丽突然笑了。

蔡玉芹敏感地问，你笑什么？

我要是男生就追你，你是美人坯子，要是脸上有笑容就更美了。牛艳丽拿出手机，打开拍摄功能，对着蔡玉芹要拍。眼睛盯着手机屏幕对着蔡玉芹说，摆个 pose，摆个 pose。

蔡玉芹一阵高兴，拉开随身携带的小包，取出一个小圆镜，斜靠在桌上，圆镜不听话，滑在桌面上躺着。蔡玉芹抠起圆镜，反复斜靠了几次才靠稳。蔡玉芹看着圆镜里的自己，双手捋了捋额头的乱发，顺手从额头向后捋去，在脑后把束发的橡皮筋捋下，送到嘴里衔着，双手不停地把长发拢到脑后，紧紧攥在左手里，右手从嘴里取出橡皮筋，五指撑开，送到脑后套住左手里的长发，捋到发根，摇摇头，乌亮的长发飞舞起来。拽了拽衣襟，挺直了身板，侧身看着牛艳丽。这样可以吗？

啪，只听很小的一声响，牛艳丽轻轻点了一下拍摄图标，手机里立即定格了蔡玉芹的漂亮半身照片。没等蔡玉芹要看，牛艳丽挪到蔡玉芹身边挤坐在一张椅子上，一手侧举着手机，一手搂过蔡玉芹，手机里立即出现两个乡下女孩子同框模样。牛艳丽欢天喜地，蔡玉芹一脸忧郁。你笑一笑呀？蔡玉芹蚕豆开花一般咧嘴笑了一笑。啪，牛艳丽用拿手机的拇指轻轻一摁。两个乡下女孩同框照片保存在手机里。

一个穿着红马甲的男生托着一盘肯德基简餐放在她们面前。薯条、汉堡、鸡腿、饮料，统统两份。闻到诱人的香味，蔡玉芹肚子更饿了。牛艳丽麻利地把两份分开，递一份给蔡玉芹。蔡玉芹没吃过肯德基，看着牛艳丽吃什么，她就吃什么。牛艳丽先吃薯条，一根一根吃。蔡玉芹也吃薯条，开始也一根一根吃，吃了两根感觉不当饭，抓出几根同时送进嘴里咀嚼，果真满嘴软糯生香。牛艳丽又喝可乐，蔡玉芹却拿起汉堡大口吃起来。不多一会儿，蔡玉芹就把自己的那份肯德基扫个精光，这才喝了可乐。

蔡玉芹长叹一口气，目光转向窗外。

怎么又不开心，想什么呢？

蔡玉芹说，表哥说话从来都是算话的，不知怎么这次做了半吊子事，是不是怕我成了他的累赘？

牛艳丽拿过手机，说，对，帮人帮到底，马大成怎么这么做事，我打手机问问他！

马总，我问你，你答应给玉芹找工作，是行，还是不行？是脏活，还是轻快活？怎么不给玉芹个响话？玉芹眼巴巴等着哩，这一天她吃不好、睡不好的，心里放不下。你把玉芹带到运东来，你不能就这么把她扔给我姐和我！我听玉芹说了，你读书时家里穷，多亏你姑妈帮你。你想想这样做你对得起你表妹吗，对得起你姑妈吗？对，我就是女侠！

20

马大成站在工棚的大门口，看着陆续收工的乡亲们。马猴子歪戴着安全帽，手拿筷子咚咚敲着饭盒去工地食堂吃饭。马大成拦下他说，咱们能不能文明一点？运东是全国文明城市，在外打工不是在家乡挖河。马猴子斜昂着头，不睬马大成，嘴里嘀咕道，吃河水，管得宽。萝卜偏不要屎浇！头一拧，没走几步，又敲起饭盒。马大成气得跺脚。

只要有空，马大成都会在工棚门口检查进出的工友，见到不文明的行为总是及时纠正。按理，跟他干活的乡亲道德养成与他无关，保证他们安全不出事他就应当烧高香了。但是，马大成总觉得有一种责任，那就是带好自己的队伍，千万别让城里人笑话。因此，触霉头的事情经常发生在他身上。

正巧，孟石头从工地上走过来，看到马大成站在大门口，往墙根趔了趔，不想搭理马大成。好像也不是不想搭理马大成，就是感觉人与人之间的差距怎么那么大，一个老师教出来的同学，一个当老板了，一个给老板打工。打工的，干活挣钱，不见老板，井水不犯河水，心里还舒坦。一见老板，心里就难受。至于再听老板的话头，即使不是训斥，也够同学无地自容了。加上自己老婆与老板曾经有过那么一段不清不楚的恋情，孟石头硬着头皮在马大成手下打工，简直比把心扔在油锅里炸还难熬。

马大成面带微笑地向孟石头招手说，石头，我给你说个事。

孟石头站住，目光却无处安放。

马大成走近孟石头小声说，你家牛艳红要开美容院，刚刚租下一处房子。知道吗？

孟石头睁大眼睛看着马大成回答，知道。你问这话是什么意思？

马大成说，你明天就去帮她设计设计，把房子装修装修。需要什么料子，先从我这工地上拿。需要瓦工木工，你说一声，我从工地上抽人去帮你。你看怎么样？

孟石头没有任何感动，却敏感地反问，租房我知道，装修我怎么没听说？

马大成说，她们三个女子找了半天，相中了淮北明珠广场附近的一处房子，租金一年五万。她们又不会跟房主砍价，还是我开车去砍下两万块钱，三万一年租下来了，挺划算的。省下两万装修置办设备也是好的。

哦，孟石头脸色难看，那我得感谢你了！

马大成大大咧咧拍了拍孟石头肩膀说，都是老同学，出门在外，谁还遇不上一点困难，互相帮忙，不用客气。好，就这么说，快去吃饭吧！说完推了一把孟石头。

孟石头却钉子一般站在那里，歪着头问马大成，给她们装修美容院，工钱怎么算？

马大成一怔，赶忙回答，噢，瓦工木工的工钱跟在工地上干活一样。你，自家人，还能要我出工钱吗？

孟石头脸红脖子粗说，我是你派去的，凭什么不给工钱？

马大成一下堵得差点晕了过去，手点着孟石头的脑门说，啧，老同学，你讲不讲理啊！你家媳妇要装修美容院，我答应给她派人，我派谁？你不在我这里干活，我派别人；你在我这里干活，我当然派你。你去比任何人都合适。自家人干自家活，不怕你出工不出力。你倒好，还跟我要工钱，亏你张得开嘴！

孟石头躲着马大成的手指说，我问你，我不去，你派别人去，给不给工钱？

给。马大成斩钉截铁回答。

那我就不去。孟石头扭头就走。

马大成冲着孟石头背影说，爱去不去！不信牛艳红治不了你。就凭这副德行，还想怎样怎样，我看你是枉披了一张人皮！

三叔，你站住，马大成又叫住了马万年说，你带上一个水电工、一个泥瓦匠，然后把孟石头拖着去给牛艳红装修房子，她租房想开一间美容院，咱得帮她。啧，哪来那么多碎嘴？其他话别说，你们把活干好就行。记住，千万把孟石头拉上，绑也要绑上他。这家伙，给老婆干活，要我开工资，丧心病狂！

马万年扯出一脸皱纹大笑说，哈哈，吃屎的东西，肯定怀疑你不怀好意了。大成，我可提醒你，牛艳红那孩子有点水水歪歪的，少沾她，别让孟石头黑摸了你啊！

三叔想哪儿去了！当着马万年的面，马大成给牛艳红打了电话，我让三叔和你家孟石头去给你装修美容院。

此时同城的牛艳红听了感激不尽。

自从拿到钥匙，支派走了妹妹和蔡玉芹，她一刻也没离开租房的地方。没到一天，已经开了关，关了开，几次出入租的房子了。临街的一个门面房，原先只看到玻璃门，原来门头上方还藏着落地卷帘门，一把地锁锁着。算是有了双保险。房东交钥匙的时候，拉下卷帘门，锁了地锁。牛艳红一天几次蹲下打开地锁，用力掀起卷帘门，然后推开玻璃门，抱着胳膊在房子里上下端详着。哪里隔断，哪里放美容床，哪里放沙发，哪里砌个小吧台，心里在一一盘算着。一个开间的房子，不足三十平方米，起码要隔成两到三个空间，顶多放得下三张美容床，想做多么大的生意，一时半会儿怕是挺难。想想她和牛艳丽蔡玉芹今后还得以美容院为家，在哪里吃？在哪里住？都是问题。牛艳红把目光投向空中。如果吊顶变成阁楼，那就能解决问题了。牛艳红为自己冒出的想法激动着。

这时，牛艳红的手机响了，一看是丈夫孟石头打的。你租的房子在哪里？马总派我们去给你装修房子，你发个位置给我。

牛艳红在手机里说，好找，淮北明珠广场。

孟石头根本没有方向感，在手机里着急干吼，淮北明珠广场在哪儿？你以为我是马大成呀，运东的大街小巷都熟悉？你不知道我是出门转天河的人啊！

牛艳红知道马大成再善良也就像一泡狗屎堆在丈夫脑子里了，以至于什么事情都扯上马大成。她想撇清与马大成的关系似乎都不可能。

与其让丈夫疑神疑鬼，还不如向丈夫挑明，我跟马大成就是清清白白的同学关系，没有任何你想的肮脏关系。但处于创业阶段，牛艳红不想因为感情有纠葛影响自己的好心情，更不想搅黄了自己既定的小目标。她只好给他发了定位，由他们按图索骥去。挂了手机，赶快跑到隔壁超市买了一包烟。虽然说是马大成派的工，都是乡里乡亲的，但毕竟这里还有人情。中午晚上必须留下他们吃饭，晚上最好买两瓶双沟酒给他们解解乏。牛艳红做事不会落话给人说的。

不多会儿，孟石头带着几个乡亲赶到。牛艳红笑脸迎接出去，一看都是前庄后邻的，虽然喊不出名字，但都还眼熟。一个年长的瘦子手持瓦刀，是马大成三叔，牛艳红认识。一个胖小伙子肩扛铁锹，一个矮个子拎着水桶。两人牛艳红都不认识。几人个个身上都不干净，脸上更不怎么开心。只一两天没见，孟石头因为负责刷墙，浑身上下像个花斑狗，春节前才买的棉袄就脏得不成样子了。

三叔，各位乡亲，感谢大家帮忙。等我的美容院装修好了，没事都过来坐坐喝茶。牛艳红说完把那包烟递给丈夫孟石头说，散烟给他们抽，感谢大家帮忙。

你们抽烟吗？噢，没人抽烟。孟石头把整包烟拿在手里冲着几个乡亲让了让。

三叔摆摆手说，先干活。

拎桶的矮个子躲了躲，转过脸去。

扛铁锹的胖小伙伸出手来要接烟。

孟石头居然骂了他一句，妈的，就你特殊！你瞎冒烟什么东西。然后把那包烟揣进自己口袋里了。

胖小伙子吐出舌头羞孟石头，咦，小气鬼，连根烟都舍不得！

牛艳红从孟石头口袋里掏出那包烟拆开，笑着散给三个人抽。三人一人接下一根。

胖小伙子把第一根别在耳朵上，伸手又向牛艳红要了一根说，孟石头，你做事连女人都不如哟！给你家干活，你还向马总要工钱，怎么张开嘴的？！

牛艳红一听瞪大眼睛看着孟石头，有这事？

孟石头红脸回答，我跟马总开玩笑的。

牛艳红说，这个玩笑伤人，知道吗？人家帮咱是情分，不帮咱是本分，怎么还能问马总要工钱呢？你要是这么做事，今后可没人理你！我现在就给马总打电话，问问是怎么回事。

孟石头上前抢过妻子手机，我还要问问你，咱家的事情，马大成怎么比我还知道底细，比我还在心？我都不知道你在哪儿租的房、什么时候装修，他居然派人来装修了。这算是怎么回事？

牛艳红一把夺回手机，瞪着丈夫一步一步逼上前去，说，合着你今天不是来给我装修的，是来找我碴儿的是不是？自从我想在运东市里做美容，你哪天支持过我？过年回城租房，你说你找不到东西南北，更不知道哪里适合做美容。我费了九牛二虎之力找到这里，多亏马大成帮着砍价，才拿下这间房子。你倒好，我的生意八字还没一撇，你就跟我拧上了。想拆台是不是？不想过安稳日子是不是？

孟石头步步后退，却气得浑身发抖，眼睛泼血一般红了，似乎要对牛艳红动手。

抽烟的马万年上前一步，站到牛艳红面前，转脸推开孟石头，你少说几句，咱们是来干活的，不是听你两口子吵架的。你们要吵，那咱们就走了。

牛艳红伸手拉住年长的马万年说，对不起，三叔。请你们开始干活吧。

现场气氛紧张。谁也不说话。默默干了一会儿，马大成派车送来了砖头沙子水泥，装修正式开始。干自家的活儿，孟石头一点不惜力气。但在许多问题上与老婆产生分歧，弄得马万年他们几个不好直接下手。

牛艳红正忙着搬砖头，身后出现逛街回来的牛艳丽和蔡玉芹。

牛艳丽问，马大成来了吗？

牛艳红直起腰，看着妹妹，一脸茫然，不知道妹妹怎么突然问起马大成的。

正在门前搅水泥的孟石头说，你姐妹俩离了马大成就不能活了还是怎的，这里有马大成什么事？

牛艳红瞅了丈夫一眼，没有发火。大半天下来，牛艳红都没理睬丈夫，心里憋着一口气。牛艳红对其他两个帮工说些好话，孟石头听了醋意大发，鼻子里吭吭有声。牛艳红给帮工拧劲上螺丝，孟石头偏在后面破劲松螺丝。中午在隔壁饭店里吃饭，牛艳红买一瓶酒给帮工喝，结果一贯不喝酒的孟石头咕噜咕噜灌了半瓶，生怕便宜了人家。怠慢人家就算了，牛艳红忍了。酒足饭饱再上工时，孟石头居然借酒发疯，说起风凉话来。当着外人的面，牛艳红只说一句，你要不干就死一边睡去！孟石头得了这话，丢下手里的活，往墙脚的太阳光下一躺，呼呼睡着了。日头偏西了，牛艳红怕他再睡受凉感冒，就喊他起来干活。刚抄起铁锹搅水泥，牛艳丽和蔡玉芹赶回来了。孟石头逮住牛艳丽的问话又给牛艳红添堵。牛艳红说，狗嘴里吐不出象牙！转脸问妹妹，马大成说到这里来的吗？

是啊，他说好让我和蔡玉芹到你这里来等他的。

你等他什么事？

牛艳丽说，我问他给蔡玉芹找工作的事，他不给个准话，半吊子，我要当面问他。

牛艳红还不知道蔡玉芹想离开自己，一听就拉过蔡玉芹说，大姐这几天忙得没顾上照顾你，你别难过。等我的美容院开业了，你在我这里一边学手艺，我还会发你工资，可能不是太多，但肯定够你自己花的，这几天没活干，你看到的，万事开头难，这不还在装修吗？

蔡玉芹被牛艳红说得脸红了，但她也没话为自己辩解。

牛艳丽在一旁替蔡玉芹说，大姐，远水不解近渴，你别难为蔡玉芹了，她家情况特殊，指望跟你学手艺挣大钱，等不及了。她想挣大钱，挣快钱，给她爸手术。

牛艳红说，天底下哪有那么多钱好挣的，除非走歪门邪道。蔡玉芹啊，你想怎么着？

蔡玉芹说，我也不清楚。我听表哥安排。

正说着，马大成来了。

牛艳红擦擦手，撩了撩乱掉的头发，迎了上去说，感谢你，马总，今天装修大头着地了，明天粉刷粉刷就打算开张。

马大成边走边问，营业执照卫生许可证健康证都办了吗？

牛艳红说，营业执照还没办，我有健康证，还得给牛艳丽蔡玉芹办两张健康证。

牛艳丽迎上来，向马大成打招呼。马大成眼睛没看牛艳丽，径直走到房间里看看。牛艳丽杵在门外。

一大间的门面房做美容，麻雀虽小，五脏俱全，但还是有点螺蛳壳里做道场，顶多算是一个美容作坊。当门一个半圆形吧台，吧台后面是一堵隔断，遮挡住绝大部分空间，吧台和隔断都还是毛坯，有形没样，更没风采。马大成绕过隔断，里面便是留作做美容的开阔空间。跟在身后的牛艳红介绍着各个功能区的功能，描绘着她心目中的美容院的样子。吧台兼收银，里面放一把高转椅，打算让牛艳丽坐台，隔断的墙上有美容院的标识，同时展示各类美容产品。马大成听了一一点头。抬头看了看头顶上的天棚横梁问，做天棚打算干什么？

牛艳红不好意思地笑了，留着住人，做美容的，没日没夜的，再花钱租房住，没必要了。今后，美容院就当家了。

马大成担心，会不会影响生意？

牛艳红打开门，比画着说，这里放一架挂梯，顶上装一块活板，平时看不出来，上面也没人，打烊后才上去睡个觉，应当不会影响生意。

创业难啊，你想得周到。马大成走出房间，转身对牛艳红说，玉芹想离开这里，你看怎么样？

刚才我听艳丽说了，我是舍不得她走。不知道你给她找的是什么工作？

马大成咂嘴说，唢，其实也没什么正式工作，就是节后进城那个晚上，我去吴立仁家，他家郑姨要我帮他们物色一个保姆，我就想到了玉芹。答应过我又后悔了。答应玉芹跟你学美容，给你替替手脚的，怎么能出尔反尔呢？

牛艳红说，不要紧。吴立仁家那么有钱，去他家当保姆，收入肯定不低，估计也不会太累。听艳丽说玉芹家困难，急着挣钱给她爸手术治病，我同意她去。再说，你这个表哥还能把表妹往火坑里推吗？不过，我提醒你，你最好还是给你姑妈打个电话，问问她有什么想法。

马大成想了想，感觉牛艳红的话在理，用手机拨通了姑妈家的座机电话，把介绍玉芹去一个有钱人家当保姆的事说了，姑妈说，只要玉芹愿意，我和你姑父同意。我把玉芹交给你你还能把玉芹往火坑里推吗！马大成奇怪姑妈怎么与牛艳红说相同的话，挂了手机，转身向蔡玉芹招手，玉芹，过来，你愿意去做保姆吗？

蔡玉芹看到正在装修的美容院，心想，这哪天才能开业挣钱，何况自己对美容一窍不通。她有点心灰意冷。刚才听了表哥给妈妈打的电话，心里却又悄悄拿定了主意，一口咬定回答，我不愿意。

马大成听了一怔，定定地看着表妹，不知道说什么好了。蔡玉芹低头回避着表哥的目光。牛艳红也很诧异，搂过蔡玉芹肩膀说，你不是一直听你表哥的吗？你表哥给你找去富人家当保姆，你怎么不愿意呢？蔡玉芹说，我就是不愿意，保姆能挣几个钱！牛艳红看了看马大成，不言语了。

马大成走出门给郑姨打电话说，对不起，表妹想学手艺，去不了你家当保姆了。

第六章　牛铃山群

21

牛艳红的美容院开张了。

小小的美容院有个好听的名字——牵牛花。百花丛中，牵牛花最不起眼，正像身处城市里的农民工。

牵牛花美容院门头招牌上是两位清纯的乡村姑娘，穿着洁白的工作服，满面春风地冲着过往行人在笑。一看就是从电脑里选的美女，但看上去却有点像是牛艳红牛艳丽姐妹俩。她们站在山水田园之间，身后是一脉青山，身前的脚下田野上开满了牵牛花，有紫的，有红的，有白的，有粉的，姹紫嫣红，画面洋溢着一派乡村田园气息。

门头下面的卷帘门卷了上去，露出两扇洁净的玻璃门，玻璃门上两边贴着对称的两行字，一边是"女子美容"，一边是"男士止步"。是广告，也是警告，但令人想入非非。门两边对称摆放着庆典花篮。花篮上的玫瑰鲜红，菊花艳黄，康乃馨雪白，在碧绿的美人蕉衬托下花朵锦簇，一派喜庆。花篮除了牡丹花养生美容院的老板送来一个外，全是马大成从花店定做，派人送来的。

美容院开张，马大成带着工地上的乡亲们前来祝贺。下车一看门头招牌，心里一惊。啊，牵牛花，他心目中平凡而圣洁的花，也许也是牛艳红心目中平凡而圣洁的花。但牛艳红给自己美容院起名字时怎么没征求一下自己的意见呢？如果征求自己的意见，自己大概也只能替她起牵牛花这个名字。

怎么把牵牛花当作名字？有人在门前端详后问。

老婆姓牛，微信名就叫牵牛花，没有别的意思。站在门前招呼乡亲们的孟石头脱口回答。他今天收拾得头脸干净。

并排站在门口的牛艳红看一眼马大成附和说，对，我的微信名字就叫牵牛花，要说有意思，就是牵牛花在咱们牛铃山上到处都有，好看，还不娇气，什么地方都能长。

马大成说，牛艳红这个名字起得好，虽然牵牛花花期短，早上开，晚上蔫，但就像在城里的咱们乡下人，到处都是，虽不能顶天立地，也能自吐芳香。

招牌上那两个美女怎么看怎么像牛艳红牛艳丽，有人仰脸看着门头招牌大笑说。

你是什么眼神？那是电脑里选的美女。马总，你看门头招牌上两个美女像我和我姐吗？从美容院里跑出来的牛艳丽拉过马大成让他看。

马大成笑了，刚才我就看像你们姐妹俩，只是他说出来了。你们都像牵牛花一样娇艳不好吗？

牛艳丽红着脸跑进美容院里，回身关门时大声说，男士止步，你们千万别进来啊！转身喊出躲在美容院里的蔡玉芹，快来堵住门。蔡玉芹抿嘴在笑，只叉手站在她的身后。

这孩子，哪有给客人晾在外面站着的，起码请咱们进屋参观参观吧！马万年上前推门。牛艳丽放他进去，但他只探身向里面张望一眼，除了吧台和吧台后面展示的漂亮化妆品，还闻到浓郁的香味。他迅速后退出来。

马猴子哪里热闹就往哪里凑，看到有人缩身退出美容院，他乘势从一侧往门里挤，刚把头伸进去，让牛艳丽把门一合，夹住了脖子，哎哟哎哟叫唤起来，不是牛艳丽放门及时，非卡死不可。

还有几个在门前张望的年轻人一看马猴子被夹，好奇心受挫，立即散在门前站着。

退出来的马万年当着大家的面掏出二百块钱塞给牛艳红，说，按照在老家规矩，哪家有喜事都随礼凑份子，咱们在老家就往来，你在运东开店，这样的大事能不讨杯酒喝吗？

马万年手头一直很紧。马大成下决心一分钱不给他，人一没钱，就像断了血。马万年馋酒馋得可怜，马大成心一软，又背着三婶开了口子，一月给他三五百块钱，但笔笔记账从工钱上扣除，一点都不含糊。马万年年长，一看前来祝贺的乡亲没人出头，他主动带头随了礼。

牛艳红推让半天，马万年硬是要给，只好把二百块钱接在手上，打算随时再塞给马万年。

马大成在一旁说，对，按照规矩，牛艳红是该请大家喝酒庆贺。说完也掏出五百块钱来递给孟石头。

孟石头伸手接了下来。

马猴子跑到牛艳红面前说，等我领到工钱也随一份礼，今天先赊着。

哪有随礼赊账的，我长这把年纪第一回听说。马万年抓住马猴子的衣领往外推，不随礼就滚吧！

牛艳红赶紧拉场，来的都是客，随礼不随礼都有酒喝。

有马万年和马大成带头，一时随礼成了大势。不管是情愿的，还是随大流的，又或是捏鼻子吃苦瓜的，反正，一起过来的十来个乡亲纷纷掏钱随礼凑份子。有塞给牛艳红的，有塞给孟石头的。牛艳红还推让客气，孟石头差点上前去抢夺了。毕竟都还随得起这份礼，何况又是凑份子喝酒呢？权当打平伙的。

牛艳红一听马大成的话，心里顿时压力减轻了不少，夺过孟石头手里的礼钱，赶紧跑到隔壁饭店订了一桌。然后回来招呼大家去餐厅里坐着。既然美容院里有不知好歹的牛艳丽把持，也合牛艳红的心意，那就赶快把客人领到餐厅里打牌喝酒。别把崭新的美容院弄得乌烟瘴气的。难得放下手里的活，有人想打牌玩，也有人一看时间还早，想到淮北明珠广场附近转悠转悠。牛艳红看一时没法把人拢到一起，就眼看着马大成说，马总，都是你带来的人，你看怎么着吧！

马大成说，走，去打牌喝酒，谁也别走。

马大成招呼别人去饭店，自己却没去。他向表妹招了招手，转身返回到自己停在路边的车旁。等蔡玉芹跟过去，他打开车门，从副驾驶座位上拿出一个手机盒说，玉芹，送你一部手机。现在进入5G网络时代了，你连手机都没有，太落伍了。你看，华为的。边说边撕开塑封，取出手机和充电器，递给蔡玉芹。

蔡玉芹接下了，但迅速又把手机和充电器塞进盒子里，连同盒子一起塞给马大成，我不要。用手机不得花钱呀！没手机用也习惯了。我在这里用不着。

马大成板脸说，就是犟！怎么用不着？信息时代，年轻人没有手机等于聋子哑巴。快拿着，你带上自己的身份证，去移动公司或者电信公司办一张卡，把卡号告诉姑妈告诉我，有什么事好联系。

牛艳丽一直在美容院里看着，突然跑上来，夺过马大成手里的手机盒，递给蔡玉芹说，拿着，你再不拿我拿。有手机，打电话，刷视频，玩游戏，买东西，万能。下午我陪你去办卡。

蔡玉芹接过手机盒说，谢谢表哥！

马大成说，不要为手机费犯愁，我帮你充。走，一起去饭店吃饭吧！

牛艳丽搂着蔡玉芹去了饭店。

牛艳红扯住走在最后的孟石头说，你去照应一下。

有随礼的钱请客，孟石头开心照应张罗。最后一个走进饭店，双手背在身后在点菜区前来回走了几趟，一副财大气粗的样子。手捧菜单的服务员怔怔看着孟石头。孟石头一时无从选择，不时向点菜的服务员问，什么菜最贵，什么菜最便宜，哪些菜下饭，哪些菜下酒，如此等等。点菜服务员被问得不耐烦说，你到底想点什么样菜？孟石头说，就是花钱少、能吃好的那些菜。点菜服务员问，你想一桌花多少钱的，我让厨师长给你配菜。孟石头说，十二个人，五百块钱。点菜服务员寒碜他说，多上几个汤喝吧！孟石头还想争取。

这时，牛艳红正巧赶到说，你上楼去吧，我来点菜。孟石头悻悻离开，临走还不忘嘱咐自己老婆，少点几个硬菜啊！牛艳红没理他，很快就点好了菜，有凉菜，有热菜，有炒的，有烧的，有炖的。心里想的就是不能寒碜，点完了问点菜服务员，这些菜够吃吗？点菜服务员数了数菜单上的菜名说，足够，我去下单了？牛艳红点头，然后转身上楼，悄悄站在别人身后，看马大成他们打牌。

凉菜上来了，牛艳红问马大成，喝酒吧？马大成扔下牌，招呼孟石头，老同学，你家的事情，你做东。

孟石头馁起来，没见过什么世面，却以为马大成在涮他，说，你是老板，你做东。

马大成看着牛艳红笑，石头谦虚，那让牛艳红坐主陪位子吧！

牛艳红说，咱们两口子委托马总替咱们主持，你一手托两家，咱们是你老同学，来贺的都是你的手下，你主持最合适。

马大成说，这话在理，我替你们主持，但我开车，不能喝酒。

大家一致同意他不喝酒。

酒桌上，有马大成在场，喝酒喝得彬彬有礼，吃菜也吃得不声不响。马万年稳坐上席，又是随了礼的，酒喝得理直气壮，杯杯见底。孟石头倒多少，他喝多少。马大成看着三叔馋酒，光顾着喝酒，没怎么吃菜，心疼地说，三叔，得酒就菜，你吃口菜再喝。马万年这才伸筷子夹菜。

马猴子在桌上最为活跃。因为他坐在菜口，上菜从他面前经过。不管什么菜上来，他先伸筷子去夹。

坐在他对面的马万年连喝了几杯酒，肚里有货了，直直看着马猴子说，吃骗食、喝骗酒的人比咱们还硬实，能不能要点脸皮子？

马猴子说，脸皮子值什么钱，填饱肚皮子才要紧！

正巧，服务员端上一海碗狮子头，四个大肉丸在大海碗的清汤里滚来滚去，马猴子慌忙把一个大肉丸夹到自己面前盘子里。

马万年忍不住又说，你看那碗里几个肉丸？四个。咱们一桌几个人？马猴子居然真的一一数起来，十二人。能讲点分寸吧，马万年说完拧过头去，气得连酒也喝不下去了。此时海碗已经转到另一边去了，马猴子夹起自己盘子里的那个大肉丸子放回海碗，不料在半途中落在一碗汤菜里，喷出的菜汤溅到几个人的脸上。

马大成早就看出来了，虽然大家各自压抑自己，但还是觉得自己随了礼，吃喝是自己的钱，有点理直气壮，吃相还是有点难看。马大成借着马猴子不懂规矩的做法说，不是要扫大家的兴啊，三叔说得对，咱们在城里打工生活也不是一年两年了，但咱们怎么就不能融入城市生活呢？说话粗声大气的，吃饭狼吞虎咽的，喝酒大呼小叫的，能不能文明一点？我再说一遍，运东现在是全国文明城市，咱们说话做事得讲点分寸，别让城里人笑话！

一直紧挨着坐的牛艳丽和蔡玉芹似乎与桌上发生的事情没有任何关系。开始，牛艳丽伸手要蔡玉芹的手机看看，蔡玉芹捂住口袋不给。牛艳丽不勉强，就自己边吃边玩手机。

蔡玉芹谁说话看谁，自己却不说话。根本不像牛艳丽罩进锅里也要说话。蔡玉芹吃得也少，猫似的，什么都吃一点点。牛艳红注意到心事重重的她，隔着两人夹菜送到蔡玉芹面前。蔡玉芹说了一句令人难过的话，我没随礼，吃了骗食。她三舅马万年说，这孩子，你这个年纪用不着随礼。马猴子才吃的是骗食，你吃的不是。牛艳红说，三叔说得对，玉芹，别存心，该吃吃，该喝喝。

马大成听了表妹的话，脸上一阵麻木，不知该说什么好。担心表妹太敏感必然太脆弱，手指着牛艳丽说，玉芹，你该多向你身边的牛艳丽学习，天塌下来有地等着。

说我什么坏话？正在玩手机游戏的牛艳丽没等有人回答她，她却又突然提议，马总，我有一个想法，咱们在运东的乡亲们建一个微信群吧。

好啊，牛艳丽这个想法好，咱们早该有自己的微信群了。在老家，咱们鸡打鸭吵的，到了运东，哪儿还有比咱们再亲的吗？今后谁有事，在群里吼一声，咱们帮不上大忙，能帮上小忙，帮不上钱场，帮个人场也是好的。

得到马大成赞成，牛艳丽兴奋，举着自己手机，打开扫一扫，就要加马大成微信。马大成点开二维码，给牛艳丽扫了一下。牛艳丽手上把牛铃山马微信名改为马大成人名，嘴上急着问，谁当群主？

谁建群谁当群主，就你吧！马大成脱口而出。

牛艳丽说，我不行，我没有组织能力。

那就你姐当群主。

牛艳红连忙摆手，美容院开张了，忙着生意，我哪有工夫去当群主，我看马总最合适当群主，那么多人在你手下干活，指望你养家糊口，你最有号召力，还是请马总当群主，大家同意不同意？

同意，大家纷纷拿起手机，但绝大多数不知道怎么进群。牛艳丽提出面对面建群快，大家更是一头雾水。什么面对面建群？连马大成都不懂如何面对面建群。牛艳丽夺下马大成手机说，既然你是群主，你的手机给我，我帮你面对面建群。在牛艳丽的指导下，很快十多个乡亲建立起一个微信群。

给群起个名字吧？牛艳丽提议。

孟石头说，就叫运东打工群。

没人响应。

马万年扯起一脸皱纹笑着说，叫牵牛花群，好听，还美。

牛艳红灵机一动，看着马大成说，不行不行。牵牛花太小太柔，那么多大老爷们儿在群里，叫牵牛花群不合适。马总，我看就叫牛铃山群，怎么样？

好！有意义！咱们有马蹄庄的，有牛角庄的，有石庄的，有蔡庄的，但不管哪个庄的，都是牛铃山村的。叫牛铃山群，准确。不过，我的微信名叫牛铃山马，这要逼着我改名吗？马大成赞成，但有顾虑。

牛艳丽很快把群名改成了牛铃山群，还说，没事，群名归群名，你的微信还叫你的牛铃山马。

转眼大家看到群名改成了牛铃山群。牛艳丽把马大成手机放在马大成面前桌上，自己回坐到自己位置。在她建群的很短时间里，牛艳丽看到姐姐早就是马大成的好友，而且看到了最近的聊天记录。坐下以后目光就在姐姐和马大成两个人的脸上平扫，听到会心处抿嘴一笑，有时还会蛇吐芯子一般吐一下舌头，做个鬼脸。

有人提出要经常聚一聚，最好到牵牛花美容院来。

牛艳红没说什么，牛艳丽却不乐意了，说你当美容院是你家堂屋，你没看见玻璃门上的字吗？男士止步。别说你们天天一身臭汗熏人了，就是像马总这样干干净净地进去，也会把客人熏跑的。

孟石头听了，说起难听话，噢，我家花钱租的房子，我是男人，难道连我也不能进牵牛花美容院了？

牛艳红抢着替妹妹回答，我们专做女人美容，什么男人都不给进。

我不信，我看有没有男人进去，孟石头撂下话威胁牛艳红。

马大成拉场说，牛艳红，什么事情都不能太绝对，选择女士美容，专挣女人的钱，对的。男人挣钱女人花，女人的钱更好挣。但也要分个时间段，工作时间，严禁男人入内。关门打烊了，孟石头回来，难道也不给进？

牛艳红脸红说，你们男人说话尽下套给人钻，哪个不是说工作时间不让男人进的。

马大成站起来说，吃饱喝足了，咱们起吧！

大家跟着站起来，纷纷向外走。

牛艳丽突然拉起蔡玉芹去移动公司办手机卡。

22

开门大吉，但牵牛花美容院开了门，却没有客人光顾。第一天，牛艳红先是坐在吧台里面望着门外，透过玻璃门，清楚看见门前走过的行人，还看见车水马龙的街道对面的小区。有人扭头好奇地看一眼玻璃门上的"女士美容、男士止步"，但没等牛艳红送上笑容就脚不停步地离开了。大约等了几个小时，牛艳红只好让蔡玉芹躺在美容床上，

149

蔡玉芹紧张，不愿躺下做美容。牛艳丽拉开蔡玉芹说，我来享受牡丹花美容院头牌美容师手艺，说完往其中一张美容床上一躺，接受姐姐美容服务。蔡玉芹站在一旁观看。牛艳红边做边给妹妹介绍美容流程和要点。从怎么给客人洗脸，指法怎么运用，到怎么招呼客人，怎么介绍产品，都毫无保留教给妹妹和蔡玉芹。

牛艳丽一时还不习惯，直挺挺躺在美容床上，任由姐姐在自己脸上按摩。

牛艳红说，做美容，首先自己要美，自己脸上坑坑洼洼，没有好气色，给客人做美容，客人也不会相信。道理很简单，就像算命先生算命，他说客人这命那命，客人会想，你都知道别人命运好坏，你怎么还在给人算命？做美容，只有自己美，客人才相信你。世上没有人不喜欢美，特别是女人。不美，女人就白在世上活了。即使活着，也没有意义。因此，女人一辈子都把自己的脸当作一张画布在创作。早上化妆，光彩夺目，把最美的形象展示给世人。晚上卸了妆，露出庐山真面目，素面朝天地面对家人。乡下女人有的一辈子不懂得化妆，顶多做新娘子那天化妆，城里女人可是要天天化妆的啊！你看城里有钱的女人，一个个天仙似的，从哪儿来的？天生丽质？其实大部分是化妆的效果。

牛艳丽聪明，很快就掌握了美容的基本套路，但牛艳丽直爽，对姐姐介绍的美容潜规则表示不满，比如高价推销产品。牛艳红告诉她，美容挣不到大钱，只有产品利润大。

早在春节前，牛艳红决定出来单干，就悄悄退出了原先那家美容院的微信群，自己建了一个微信群，把她做美容这些年攒下的优质客户全拉进了群，自己做起群主。牵牛花美容院开张这天，趁着门口摆放着花篮，她拍了自己美容院的门头招牌、院内崭新的设施，还有新产品，发到群里。群里立即就有献花的、鼓掌的、放鞭炮的，各种表情图案，看了喜人。牛艳红趁热打铁，往群里发了一个位置，欢迎新老客户光顾牵牛花美容院。当天上午，没什么动静。

下午，有几个老客户就在附近，真的跑到牛艳红美容院来侦察侦察，还说，咱们早就说你有这么好的手艺，早就该自己单干了，现在好了，挣多挣少都是自己的。说是侦察侦察的，结果趁鲜就躺到美容床上做起美容来了，牛艳红的手艺没的话说，牛艳丽和蔡玉芹只能站在姐姐旁边学着，牛艳红边做边聊，声音柔和，对客户情况一清二楚，让牛艳丽很羡慕，让蔡玉芹着急。

晚上，三人在附近饭店简单吃了饭，牛艳红说，我原来的租房退了，今天起，咱们就住在美容院天棚上。担心亏待了蔡玉芹，又说，对不起了，玉芹，受点委屈挤挤了。蔡玉芹没说什么，跟在牛艳红和牛艳丽后面从梯子爬上天棚。

天棚像个口袋，只有一个梯口能钻进去，上面地方不大，铺一矮床，与其说是床，还不如说是地铺，爬着进出，猫起腰，头就顶着楼板，除了躺下睡觉休息，不能有其他用处。

进了天棚，随着牛艳红盖上梯口盖板，封闭的空间显得逼仄且又温馨。牛艳丽和蔡玉芹一个被筒。开始对面坐在被窝里，牛艳丽要过蔡玉芹手机，下载了微信、抖音，指导蔡玉芹扫码添加她的微信。蔡玉芹说，我不想玩那些无聊的东西。牛艳丽说，小窟窿里爬出来的，不想玩是因为你没玩过，玩过了你就心心念念想玩。确认下载的东西足够用的，牛艳丽把手机还给蔡玉芹说，哎，我把你表哥的微信给你添加上了，你有什么话就在微信上对他说。蔡玉芹接过手机，倒下睡了。

牛艳丽却窝在被窝里看微信，灯光幽暗，眼睛盯着手机屏幕。

牛艳红和妹妹睡在一头，看见妹妹沉浸在自己的世界里，脸上洋溢着幸福的笑容，问，看到什么好东西，分享给我。

牛艳丽说，马总真逗，说话跟小孩子似的。

牛艳红一惊，他跟你聊天了？

牛艳丽回答，他一会儿像天使，一会儿像魔鬼，怎么回事？

牛艳红展开自己的被筒钻进去，什么天使魔鬼，都是平常人。

牛艳丽说，我看你就把他当天使，姐夫把他当魔鬼，我怎么看他像个孩子。

牛艳红撇嘴，你自己是孩子，还说马总是孩子，他对你说什么了，你说他像个孩子？

牛艳丽说，我问他为什么喜欢牵牛花，是不是因为我姐的微信名字叫牵牛花？你猜他怎么说，他说因为喜欢我姐。

瞎说，肯定是你瞎编的，我不相信他会对你说这样的话。

牛艳丽推搡着姐姐，是我瞎编的，他是没说这样的话。但是，从初二那天村头舞狮拜年我就看出来，他喜欢你。跟你进城这些天，美容院什么事情不是他操持的？材料、人工，都马大成出的。我在想，他为什么对你这么好？

牛艳红说，为什么？因为我跟他是同班同学，你还能分析出为什么！人小鬼大，睡觉去。

牛艳丽说，我睡不着，我拿他手机建群时看到你跟他的聊天了，你跟他说的话肉麻，比对姐夫好。

越说越叨不上筷子了，看我不撕烂你的嘴巴！我看你是对他动心了吧！牛艳红跟妹妹在天棚上闹成一团，闹得蔡玉芹把头缩进被窝里，像只巨蛹。

门前一阵脚步声，牛艳红警觉，立即停止嬉戏，小声说，路边说话，草棵有人，管住你的嘴巴，千万别胡说八道。我跟马大成什么关系没有，你要是对他有心，我给你创造机会。他真是一个好人，浑身正能量。不过，他这样的男人境界高，公道正派，但情商低，过日子不一定赶得上孟石头。

牛艳丽惊讶，那你在利用马大成？

没有，我跟他发乎情，止乎礼，算知己，不是恋人，就是这么回事。

我不相信，牛艳丽平静下来。

不相信拉倒，你以为世上男女都是只为那么一点事情相处的？好了，有的人你根本不懂，睡吧！牛艳红命令妹妹。

外面路灯映照着天棚下的玻璃门，光线幽幽照进天棚，城市的夜晚永远似睡未睡一样。不时传来的汽笛声，又像是一阵阵梦呓。尽管牛艳红和牛艳丽都躺下了，但各自并没有睡着。牛艳红想着下一步如何招揽生意。

牛艳丽则在被窝里玩着手机。她刚刚萌动的芳心就像春夜里的嫩芽，才刚刚顶开土皮就让姐姐发现，是就此打住呢，还是勇敢向马大成表白呢？姐姐家的梅子都快上幼儿园了，马大成为什么没有成家呢？是不是他很花心？他是不是已经有了心上人？牛艳丽在折磨自己。

突然有人敲门，蔡玉芹啊了一声，蒙着脑袋在被窝里浑身颤抖。牛艳丽吓得往姐姐怀里钻，姐妹俩抱在一起，大气不出，刚刚开张，半夜三更就有人上门骚扰。牛艳红在运东从来还没撞上，现在冷不丁听到敲门声，牛艳红顿时汗毛倒竖。

过了一会儿，敲门声再次响起，牛艳红壮着胆子大声问，谁？！

是我，外面传来孟石头的声音。

牛艳红松开妹妹，继续听了听，悄悄从梯口向下观察了一下，发现真是孟石头站在门外，说，深更半夜的，你来干什么？

你开门，我有话对你说。孟石头开始用拳头擂门。

牛艳红只好披上衣服，倒退着爬下楼梯，拨开门闩。

孟石头顺势推开门往里闯。

牛艳红挡住门问，你怎么来的？

孟石头说，我打的来的。

有事站这里说吧，牛艳红把住门。

梅子生病了，你知道吗？

什么病？我不知道啊，下午我还跟她视频，有说有笑的，怎么这么快病了。牛艳红有点慌了，一卖呆，让孟石头挤进了美容院。

孟石头转身抱住牛艳红，嘴巴吻进老婆的秀发，一口噙住了老婆的右耳环，吮吸着。

牛艳红知道丈夫的意思，但天棚上的牛艳丽还没睡着，仰脸大声说，艳丽，我跟你姐夫出去转转。没听到牛艳丽回话，自己却甩开孟石头走出美容院。

外面春寒料峭，牛艳红问，半夜三更不睡觉跑来干吗？

孟石头说，睡不着，有人花钱找女人玩去了，我不能去那些地方。

牛艳红说，这样也不是事，你一来，艳丽和玉芹就没躲没藏的，给她们租房子，浪费。你还是忍一忍吧！此时的孟石头早已不顾一切，疯狂亲吻牛艳红，牛艳红不再反抗，由着孟石头疯狂……

蔡玉芹听到了牛艳红在天棚下面和丈夫做爱的声音，吓得逃出了牵牛花美容院，在深夜的淮北明珠广场上徘徊，徘徊。

初春的深夜依然寒气袭人，蔡玉芹瑟瑟发抖，只能靠不停走路来激发自身热量温暖自己。她像一头饥饿且受伤的小鹿，既把这个广场当作一片水草丰美的大草原，几乎毫不设防地到处寻觅着芳草，又随时提防着虎狼出没。

那些靠广场吃饭的旅店拉客妇女影影绰绰地徜徉在广场各个角落，她们一眼就看出来了，这个贸然闯进城市里来的乡下女孩仅凭苗条的身材和稚嫩的脸蛋便能挣到大钱。有意无意跟蔡玉芹擦肩而过，还会跟蔡玉芹搭讪，比如住店吗，便宜，比如给你介绍一个拿大钱的工作好不好等等，但非常遗憾，均遭到蔡玉芹拒绝。因此，她们只好在不远处端详这个不速之客究竟要做什么，有点像猛兽窥探着不远处埋头喝水的麋鹿，伺机出击。

蔡玉芹掏出表哥送给她的手机，给家里打去了第一个电话。半夜三更的，她的电话吓着了牛铃山下蔡庄的妈妈。妈妈迷迷糊糊接起电话的惊恐让她听了心里一惊，要死，哪个？蔡玉芹说，妈，是我。妈妈问，闺女啊，怎么这时还没睡啊！蔡玉芹鼻子一酸回答，我睡不着——爸爸身体好点了吗？妈妈说，好个屁！脾气一天不改，一天好不了。还是老样子！蔡玉芹说，医生说过的，通过几次手术，爸爸能站起来。等我挣到大钱，一定给爸爸手术。妈妈在电话里叹了一口气说，没指望你挣钱给你爸手术，等你挣钱给你爸治病，怕是你爸都化成灰了，医生说你爸的病手术费要十来万，天哪，到哪弄这么多钱哪，闺女，这家可全指望你了。蔡玉芹听到妈妈在电话里呜呜哭，自己也流泪说，妈，我来想办法。

蔡玉芹重新徘徊在广场上，经过天桥时，迎面走过一个小伙子，蔡玉芹发现小伙子经过自己身边时丢下一个纸片。她弯腰捡起来，并且想追上去把纸片还给小伙子，但小伙子连头都没回。蔡玉芹低头看一下纸片，那是一张小广告，看一眼内容就脸红耳赤，原来是高薪求子的广告。她像扔掉一块烙铁似的扔掉小广告，决心不再去看这些乱七八糟的东西。但走不多远，从身后走过一个人不由分说又塞给她一张相同的小广告片子。那人翩然而去。蔡玉芹发现还是刚才迎面走过的那个小伙子。她不觉好笑。这座城市怎么了，怎么到处是这种乱七八糟的小广告，谁会相信这些纸片上的鬼话呢？我才不相信呢。真有人会去给人家生孩子吗？高薪，能有多高？

蔡玉芹把小广告拿在手里走了很久，随手扔掉太容易了，但她居然没扔，稀里糊涂装进了自己口袋。实在太冷了，她不得不返回美容院。牛艳红自知自己的行为影响了蔡玉红，为她开门后爬上天棚，没敢多问她到哪去了。

23

牛铃山群建立以后，马大成的手机比以前更忙了。平时没什么，乡亲们都在忙各自的工作，接打电话都不方便，更别说玩微信了。

群里最活跃的当数牛艳丽。一会儿发个搞怪抖音视频，一会儿发个段子，几乎占群里微信消息一大半，快霸屏了。牛艳丽整天手不离手机，即使给客人做着美容，眼睛还不时盯着手机，不失时机用小手指刷屏。手机里新鲜东西太多，她喜欢猎奇，但怎么也看不完。一发现她感觉好笑有意思的就想发到群里与大家分享，特别想与马大成分享。但在运东市里的乡亲哪个会像牛艳丽那样把时间花在不挣钱的事情上？再说了，他们的工作全靠双手在劳作，哪能腾出手来玩手机？除非等到晚上回到工棚里睡觉的时候。分享到群里的微信，得不到响应，牛艳丽就着急生气，在群里发各种愤怒的表情，吐舌头，咬牙，伸胳膊撩腿，把别人踢翻在地，再踏上一只脚。还是没有人出来接茬儿，牛艳丽就直接喊群主出来说话。

马大成比其他乡亲时间宽裕，但他更不愿意把时间浪费在玩微信上，虽然尊为群主，却几乎从不在群里发声，更不会弄权，也不会动不动就把不顺眼的踢出群去，显示群主权威。当然也就不会理睬牛艳丽。

没两天，牛艳丽在群里发飙了。扬言说，群主不作为，同意罢免群主的请支持我。结果等了好久也没人支持她。

当时姐妹俩和蔡玉芹就在美容院里。牛艳红在吧台招揽生意，没事眼睛也在手机上。蔡玉芹则坐在美容床边，一会儿手托腮想着心事，一会儿趴在美容床上打个盹，天天迷迷瞪瞪的。至于手机她一直装在口袋里，反正整天也没人找她手机，更没有人找她微信聊天。她的手机除了牛艳丽帮她加的几个好友，没有别人。牛艳丽却会爬上天棚窝着专心玩手机。自从牵牛花美容院开张，姐妹俩和蔡玉芹绝大多数时间就是这种状态。有事，牛艳红先揽着，蔡玉芹在一旁学着，需要牛艳丽上手，招呼一声，或在微信上吱一声，她就从天而降。牛艳红时刻关注着妹妹的动向，因为她发现，妹妹专挑一个人的毛病，肯定是心里装着那个人了。牛艳丽在群里发起罢免群主时，牛艳红在群外单独与妹妹私聊起来。一个天棚下，一个天棚上，距离不超过两米，却像遥远的朋友开始了无声的对话：

干吗，想造反？

建群就死群，群主领导不力，就是要撤掉群主。

哪个都像你没事，怎么开心怎么玩，别人累着哩，你就别给人家添乱了。

我看你怕罢免群主。

群主没犯错，凭什么罢免他？

不作为就是错，群众有权罢免他。

我看你没事找事。

你为什么护着群主？

拥护群主，维护公平，是我的责任。

哈哈哈！牛艳丽在天棚上夸张地学着男人的笑声，从出入口伸下两只脚来，像坐在河边濯足一样双脚踢来踢去，但就是不退下天棚。她威胁说，姐，我把刚才这段私聊截屏发到群里，你说会有什么反应？

牛艳红大声说，你还有事吗？唯恐天下不乱是不是！你再胡闹，我就撵你回老家去。

现代网络拉近了人的交流，却推远了彼此的距离。一不小心，网络就会暴露人的隐私。同在运东打拼的乡亲因为有了牛铃山群，交流更加方便了，但矛盾却也在频繁的交流中越来越多，越来越复杂。

牛艳丽发起罢免群主的这天晚上，马大成回到家里一看，群里上百条信息没看，一条一条刷下来，看到牛艳丽那条寻求支持罢免他的微信时不禁好笑，艾特了一下牛艳丽，对不起，忙，没看见信息，一人想罢免群主，得不到大家支持，成了孤家寡人，不难过吗？

牛艳丽回复很快，谢天谢地，终于把你吼出来了，请群主看看，你的队伍哪个听你的，人人都在潜水，那还要群干什么？

马大成说，牛铃山群是咱们老乡群，有事说事，没事聊聊天，大家联络感情，沟通情况，不是什么组织，群主更没有什么权力，你要是想当群主，你就当去。当上群主，你看谁不顺眼，就把谁踢出群。

牛艳丽说，我不想当群主，估计也当不了群主，但我对群主有意见，难道群主不容许别人提意见？未免独裁了吧？

马大成发了几个哈哈大笑的表情，然后打上几句话，想自由，就得先自律；没有自律，就没有自由。越自律，才越自由。今后在群里也不能口无遮拦，世间没有法外之地。

牛艳丽一看又来了气，教训我？是不是？你以为你是谁？不就是一个包工头嘛！

马大成回复，善意提醒一下，我没教训谁。不错，我就是一个包工头，我是一个良民，我骄傲！

牛艳丽退让一步说，谢谢提醒，但不要骄傲，骄傲使人落后。

马大成回复，你与你姐比，怎么差距这么大呢！说话能不能像个女孩子！

牛艳丽说，你想我嗲吗？我嗲起来也嗲嗲的哟，乖乖！跟后是一串嗲嗲的表情包。

一直潜水的孟石头跳出来说，在群里嗲声嗲气的，影响别人睡觉，私聊去！

牛艳丽艾特孟石头说，偏在群里聊，关你屁事！

孟石头不发声了。

牛艳丽再艾特马大成问话，人呢？出来！

马大成潜水不出。

牛艳丽跟马大成在群里斗嘴，群里的乡亲们都看见了。闲言碎语的闲话就生出来了。单调枯燥的农民工夜间生活有了滋味，有了生气。

同城的一处建筑工地工棚里乡亲们一下都来了精神。仿佛在老家村头现场围观小两口打情骂俏、拌嘴吵架。不，比现场围观更有味道，更富有想象空间！拌嘴的男女旁若无人，殊不知暗地里围着许多人在听在看。不同空间的人在同一时间通过现代通信技术发生奇妙的关系，真的令人匪夷所思。如今哪里还有隐私，牛艳丽对马大成刚刚萌生一点好感就因为在微信群里露光迅速被人知道了。网络版不便发声，现实版却可以尽情发挥。于是，你一言我一语地开起玩笑来。无非是男女那么一点事情，却有着无尽的联想和兴趣。开始只是含沙射影说说，很快就话撵话，越说越难听。

那个喜欢打野的马猴子推测，好一阵没看到马大成出来接话了，是不是开车接上牛艳丽到哪里车震去了。

孟石头实在听不下去，大声咳嗽几声。不料，话题正好转移到他身上。

马猴子更来劲了，撺弄孟石头，马上你跟马大成批发一家货了，你还是他将来小孩子的大姨父，你怎么也不能再跟咱们滚在一起，不弄个轻巧活干干，起码也不能再做抹墙的小工了吧。哎，我说你们三个老同学到底怎么处的，你老婆姐妹俩都跟马大成好，你就一点也不吃醋?

孟石头抓起身边的一块砖头扔过去,差点砸到口无遮拦的马猴子头上。接着又跃身扑上去,骑到马猴子身上,抢拳就打,我打死你,你看见我老婆跟马大成好了?!

马猴子一脚蹬飞了孟石头,孟石头跌坐在墙脚。马猴子说,哪个不知道你占便宜,你老婆装修美容院哪儿来的料子?你眼瞎呀,不都是从工地上拉去的,你想想,马大成是看你是他老同学的面子?

孟石头说,牛艳红不是那样的人,她不止一次说过,马大成也许算一个成功的男人,但他是一个不能过日子的男人,只有我懂得生活,懂得过日子。

马猴子大笑,女人不喜欢成功的男人,喜欢什么样的男人?你除了抠门过小日子,你算成功吗?牛艳红哪天拿你当个男人的?要是拿你当男人就不会让你跟咱们一起住工棚,你看哪家两口子在一个城市里打工不是住在一起?你们才多大?你在这里手捧卵子望天,你知道牛艳红现在在干吗?

马万年幽幽地说,积点德吧,非要看到人家小两口闹翻才高兴啊!

马猴子还在说着,孟石头却早已走出了工棚。

24

孟石头憋着一肚子气走出工棚。凉风一吹,脑子里火星直冒,径直往老婆的美容院方向走去。

接近深夜,运东的大街上依然车水马龙、流光溢彩。街边的夜店人进人出,不时传出浪声莺语。运东是一座不夜城,什么时候都有人在活动。只有孟石头这样的农民工白天累得筋骨疼,夜晚才渴望睡觉,以求尽快恢复体力,否则第二天就撑不下去。那些生活在运东各个角落的人们,特别是年轻人,盼望着夜色降临,释放各自的本性。从寂静乡村走出来的孟石头一直难以想象，始终像一口大锅在沸腾的运东为什么消停不下来，难道有人在锅底添柴加薪吗？自从跟着牛艳红到运东市里来，却又有一个念头一直困扰着孟石头，那就是马大成为什么对自己老婆那么好。世上没有无缘无故的爱，也没有无缘无故的恨。孟石头在各种不同的场合观察过，牛艳红看马大成的目光总是直直的，但始终没有抓到确凿的证据证明妻子与马大成有染，当然也从来没有得到过旁证。而今天晚上得到旁证了，那个可恶的马猴子公然说他头戴绿帽子。连外人都看出来了，怎么还不相信自己的眼睛，怎么还不相信自己的内心呢？孟石头纠结着、痛苦着，痛苦着、纠结着。

今晚，孟石头不想像上一次那样打的去牛艳红的美容院，只想独自一人徒步走到美容院，哪怕走到天亮也要走。孟石头急切想见到妻子，甚至迫切希望抓到妻子和马大成的现行，但是，他又不愿看到最不愿看到的那一幕。他宁愿用自己奔走的疲惫去寻访妻子的忠贞，同时让沉醉的春风吹醒自己的意识，他想拨开迷雾，找到真相。

走着走着，转过一个街角，孟石头居然失去了方向。

你现在哪里？

孟石头正准备用手机导航，恰巧接到牛艳红的电话，他非常诧异地反问，你怎么知道我出来的？

马大成去你们工棚查房，你不在，打手机告诉我的。你跑哪儿去了？牛艳红非常着急。

孟石头哼哼笑了，似乎离真相又近了一步，便大声责问，马大成找不到我应当打我手机，怎么打你手机啊？

牛艳红说，你脑子进水了，半夜三更往外跑，是想出去打野去了吧？

我找我老婆，犯哪家王法？正面回答我的问题！孟石头在手机里与老婆杠起来。

你老婆又没跟别人睡觉，你找她干什么？难道天天把我系在你的裤腰带上吗？你要有本事养活我和梅子，我就天天守着你，让你放一百个心。看你那点出息！还不赶快死回去，明天好有精力干活！你要我什么正面回答？牛艳红没给孟石头好声气。

孟石头边走边打手机，说话气喘吁吁的：牛艳红，我告诉你，我现在正往你那里走着，等到你那里我们再理论。你就是告到天王老子那里，我都在理。对，你说错了，我不是去抓你跟马大成。我虽然对你不放心，但还没那么小心眼。我只有一个要求，我跟我的老婆同床共枕！这是法律赋予我的职责和义务。

那我等着你，牛艳红猛地挂了手机。

当晚美容院关门打烊，还在打烊前，蔡玉芹给牛艳红说了声，我出去散散心。牛艳红说，外面天凉，有事吗？蔡玉芹回答，没事，随便走走。

牛艳红姐妹爬上天棚，各自玩着手机。牛艳丽光顾着继续给马大成发东西，马大成除了给她一个表情，几乎不回文字。牛艳红照例会在女儿梅子睡觉前与婆婆视频，逗梅子玩上一阵子。在离运东一百多里外的乡下，有牛艳红魂牵梦绕的牵挂。平时，梅子也会在这个时候盼着等着妈妈在奶奶手机屏幕上出现。不同空间里的母女俩在同一时间骨肉相连，朝思暮想。今晚出现在婆婆手机屏幕上的梅子，眼睛红红的，脸上还挂着泪痕，不时委屈地抽泣一下。牛艳红看着揪心，眼泪团团打转。梅子喊妈妈，牛艳红嘱咐梅子听话，等过完暑假，带梅子一起进城上幼儿园，梅子答应，但还是哭了，牛艳红眼泪涔涔的，忍住不哭，她如果也哭，梅子会更哭得厉害。牛艳红岔话让梅子分一下心，把手机递给牛艳丽说，你二姨跟你说话。牛艳丽接过手机说，梅子，想二姨了没有啊？二姨也想你！等你来了，二姨带你去吃肯德基，去云梦山看花海，好不好？梅子破涕为笑。哄好了梅子，牛艳丽就把手机还给姐姐。牛艳红又在视频里跟女儿说了许多承诺，梅子大概也听腻了，拧过脸去。婆婆随即出现在屏幕上说，梅子想睡觉了。牛艳红这才退出视频。就在这时，马大成打她手机告诉她孟石头不见了。没想到，孟石头居然徒步找她算账来了。牛艳红扔下手机就盘算如何迎接气势汹汹的孟石头。

姐姐和姐夫拌嘴，牛艳丽在身旁听得清清楚楚，形势骤然紧张，她一时不知所措，立即翻身起床。

牛艳红一把抓住妹妹，哪儿去？

姐夫要跟你同床共枕，我再睡你边上算是怎么回事？

谁跟他同床共枕？应付他一下完事。美容院男士止步，我怎么会允许他住在这里。

牛艳丽说，姐，别忘了，你是孟石头老婆！孟石头的要求一点都不过分，真的告到天王老子那里他都有理。除非你跟他出去！

什么？出去？我跟他哪儿去？噢，我现成的美容院不住，跟他去外面租房住？艳丽，姐不是富婆。姐在创业，咱姐妹俩在创业，艰苦一点吧。我不走，你也不走。

难道咱们姐妹俩共侍一夫？牛艳丽说话越来越难听了。

牛艳红哭笑不得，小心我撕烂你的嘴！男人就那么一点出息。他哪天不想来？他来，我下去应付他。你安心在天棚上睡觉。

牛艳丽已经穿好衣服。你以为我能睡着吗？上天他来，玉芹吓跑了，你们在下面撕扯，我就惭愧的。噢，因为隔着我这条银河，姐夫才跟你牛郎织女的。我和玉芹要是不横在你们中间，你们夫妻不是天天团圆吗？姐，我看出来了，什么咱姐儿俩创业，我看我和玉芹多余，我们碍事绊脚，干脆，我和玉芹出去租房住得了。

牛艳红说，你敢？！你有钱烧的？我又不是没租过房，挣点钱，交了房租水电费，攒不了几个。你长本事了，连姐姐的话都不听了？你出去租房，你哪儿来钱，还不是姐给你钱。我才不会花那份冤枉钱哩！

牛艳丽一看姐姐真生气了，刚才急着想离开的心也就收了收。但不跟姐姐犟嘴了，却在悄悄收拾自己的东西。

你还走啊？牛艳红问。

牛艳丽说，我不走，我下去睡沙发。姐夫来了，让你们在天棚上团圆。我想听就听，不想听就走。

牛艳丽倒退着退下梯子，刚在沙发上坐下，门外一暗，孟石头鬼影一般出现在玻璃门外。

孟石头先是趴在玻璃上向里面张望，鼻子眼睛都压扁了，什么都没看清。接着又把耳朵贴在玻璃上听了听，什么动静也没听出来。

牛艳丽却从暗处把孟石头看得清清楚楚，顿时心生厌恶，心想，孟石头就是姐姐的魔鬼！

咣咣咣，孟石头开始撞门。

牛艳丽故意大声问，找谁？

孟石头说，牛艳丽，我是孟石头，快开门，我找你姐。

牛艳丽上前拨开门闩，手指天棚说，跟我姐同床共枕去吧！

嘿嘿，你姐什么话都学给你听！

孟石头在幽暗的光线里龇牙咧嘴笑了笑，脚踏梯子，爬上天棚，刚伸进头去。

哎呀，牛艳红一声大叫，伸脚蹬向孟石头的头，你怎么爬上来了，这是艳丽的卧室。

孟石头吓得站在梯子上。进不得，退不得。进有老婆蹬脚，退有小姨子瞪眼。过了片刻，孟石头又伸进头去喊，牛艳红，要不你下来吧！

牛艳红说，你就在梯子上站着说话，你不是要跟我理论吗？

孟石头又嘿嘿直笑，理论什么，我就是想跟你在一起。你在哪儿，家就在哪儿，我不能满村打麻雀，家里丢了老母鸡。

你看你那副德行，脑子里整天就想着那点事情，牛艳红一脚蹬开凑上前来的孟石头说，我下去吧。

当牛艳红爬下天棚，开灯一照，不见了妹妹，急忙出门去喊，牛艳丽早已不见踪影。牛艳红哭着找孟石头算账，你半夜三更逼走了艳丽，她要有个三长两短的，我饶不了你！

孟石头说，牛艳丽肯定去找马大成去了。

牛艳红甩手给了丈夫一巴掌。

淮北明珠广场周围耸立着几幢高楼，高楼上的广告电子显示大屏闪闪烁烁，映照得广场光怪陆离、变幻莫测。淅淅沥沥下起了小雨。

虽是初春，但丝丝的雨丝还是像一根根银针那样扎人。

蔡玉芹在牵牛花美容院门前的路边树下稍稍站了一会儿，便拉起羽绒服的帽子戴在头上，心一横，冲向绵绵细雨中的淮北明珠广场，朝着口袋里小广告上写的那家宾馆走去。那家宾馆的招牌已经出现在夜空的前上方。

胆小怕事的蔡玉芹决计要做一件大事。

她独自敲开小广告上那个房间的门。没有人回应，但很快就有人上来开门。开门的人有点眼熟，正是那个塞给她小广告的小伙子。他们的交流短促而且神秘。

多大？

十八。

是否自愿。

自愿。

好，你去洗澡。

能给我多少钱？

不少。

究竟多少？

到时你就知道了。

小伙子起身走了，咣当一声，房间里只剩下蔡玉芹一人。接下来将发生什么，蔡玉芹没有多想，着了魔似的服从摆布。她真去洗了一把澡。

站在淋浴头下，对面一面墙的镜子里，蔡玉芹的胴体仿佛一尊玉雕，修长匀称，晶莹洁白。蔡玉芹异样地看着镜子里的自己，面无表情，双唇紧抿，眼神忧郁，额前一绺长发披在脸上，越加显得不认识了。蔡玉芹情不自禁抱住双肩，把鼓鼓的胸前压扁，对着镜子里的她说，你是谁？你还是那个乡下女孩子蔡玉芹吗？曾经欢快地在牛铃山下的田野上奔跑的小姑娘是你吗？曾经背着书包蹦蹦跳跳上学的是你吗？曾经咬着笔头睁大眼睛坐在教室里听课的是你吗？曾经跃跃欲试决心要考上大学把爸妈带进城里享清福的是你吗？不是，肯定不是，她怎么会有这么忧郁的眼神，她怎么会在一个陌生的地方赤身裸体，她怎么会相信高薪求子那么荒唐的广告，难道你心中没有自己的白马王子，难道你不知道青春的宝贵，难道你不想有一个幸福的人生？镜子里的她说，哪个不想，但受穷不会幸福。蔡玉芹坚信这一条。这一条认识原先没有，或者说有还不是十分强烈，自从爸爸摔残瘫痪，家里债台高筑，到处借贷无门时，她才开始意识到，钱，对于一个人来说，不仅关系到是否幸福，而且关系到自己生命能否延续。没有钱，一切都是白搭。她又对着镜子里的自己问，你怎么在这里？为了挣快钱。你知道这是什么地方？不知道，但我知道这里有人可能会给我十万块钱。什么大学，什么白马王子，什么青春，统统见鬼去吧，我要钱！

哗——，蔡玉芹拧开水龙头，闭上眼睛，让哗哗的流水冲涮胡乱的思绪，把自己的美丽胴体抛给疯狂的欲望。站在暴雨般的淋浴里，一根根细长有力的水柱击打着她，她渐渐感到身体里的热血在膨胀、在奔涌。她渴望得到什么，又突然感到两手空空。睁开眼睛，眼前烟雾缭绕，一片茫茫，近在咫尺的镜子蒙上一层水雾，镜子里的自己一下朦胧得仿佛远古的楼兰美女，只留下一个淡淡的轮廓，混沌得似有若无，如果有一阵清风就可以化作一缕青烟飘然而去了，但摸摸自己的身体，分明还实实在在是一个凡体，淋浴后的光滑温润，似乎是一卷绸缎，浑身散发出的淡淡幽香弥漫开去，她感到少有的轻松和舒适。她取了衣架上的一块洁白的浴巾披在肩上。

突然，一声门响，反锁的门居然让人从外打开了。蔡玉芹尖叫一声，啊——，她赶紧躲到浴室门后，从门缝里她看见刚才那个小伙子打开门，却闪到门外，随即走进一个胖妇，身体向后稍稍一仰，关上房门，走过来。

胖妇浓妆艳抹，脸白得像石膏面具一样，脸上的五官十分夸张，眼睛大得有点离奇，嘴巴红得刚吃过人似的，一身漂亮的裙子，却显得与她的年龄极不相称，装嫩装得像一个青春少女。蔡玉芹看见她老远把手里的包往床上一扔，接着就听见她说，出来吧，没有外人。

蔡玉芹迟疑一会儿，裹着大浴巾低着头走出来。

果真是个美人坯子，那个妇人站起来，眼睛盯在蔡玉芹身上，围着蔡玉芹转，像是欣赏一尊雕塑，不想放过每一个角度和每一个细节。蔡玉芹站在那里，心里直发毛，她的眼睛也跟着那个妇人在转，同时把浴巾裹得更紧了。妇人的眼神让蔡玉芹害怕，紧张，在蔡玉芹看来，对方不是在欣赏一尊雕塑，倒更像是一个屠夫观察一只羊，看从何处抄腿扳倒下刀。蔡玉芹的脸上开始抽搐，眼睛跳得厉害，她带着哭腔喊一声，阿姨——。

妇人一挥手说，不要叫我阿姨，看你这张脸蛋这身肉，我哪敢是你阿姨呀，说完脸色一变，猛地上前一步，双手齐上，猛地扯掉蔡玉芹裹着的浴巾。

蔡玉芹一丝不挂地展现在妇人面前，脚下是扯掉的浴巾，恰似一朵出水芙蓉，亭亭玉立，楚楚动人。蔡玉芹出自本能地双手捂住私处，因为妇人的眼睛一直盯在那里。

你是站街女，妇人突然指着蔡玉芹说。

不，蔡玉芹被羞辱得满脸通红，她大声否定。

哈哈哈，妇人哈哈大笑起来，居然像个男人那样，她说，不是就好，但你说了不算，哪个婊子都不会承认自己是婊子的，都认为她从事的是一种事业。我不会让我家男人跟一个婊子上床，我更不能花那么多冤枉钱给一个婊子。看你眼睛里单纯，我暂时相信你，但还必须经过科学检查，否则不能入选。不要以为钱是那么好挣的，两腿一张，钱就来了，哪那么容易。把衣服穿上吧。妇人把床头柜上的那套睡衣扔给蔡玉芹。

蔡玉芹听到一声一声婊子婊子的，心里刀绞似的，恨不得上去掐死这个女人，她凭什么污人清白怀疑她是婊子，她凭什么当面羞辱自己。蔡玉芹在心里骂道，你才是婊子，别看你活得趾高气扬的，嘴像插在茅厕里又臭又臊，说明你灵魂比什么人都肮脏。但是，蔡玉芹忍住了。她听出来了，面前这个胖女人是一个富人的老婆。富人做这事怎么会让自己的老婆知道？怎么会让一个小伙子掺和？她隐隐感到自已身处一个谜一样的怪圈。她很快穿好衣服，转身再去浴室梳理湿发，木然地对着镜子里的自己慢慢梳。她想，看来那个富人跳不出他女人的手心，一切都是这个女人在导演，这出戏才刚刚开始，后面还会发生什么，她感到后怕，有这个女人，能有好吗？

能给我多少钱？蔡玉芹大声喊着问。

胖妇说，钱肯定不少，要看你的表现。表现好，钱给到你扎手。

到底能给多少？

胖妇笑了笑说，我可丑话说在前头，这种事双方都是见不得人的，请你体谅我们的心情，我今年已经五十了，再也不能给男人家留下香火了，好在咱们有钱，可以找人代生。这是我和我男人商量好的。但是我一直坚持要高标准高要求，不能拉过一个女人都让她给咱们生个儿子，起码要有这样几条，一是一定要是处女，二是一定要漂亮，三是一定要自觉自愿。你知道，这种事强求不得的，弄不好会出大事的。哪怕花大钱，也要保证做到这三条，不然生个歪瓜裂枣的，接不了香火，不行。现在看来，你符合这三条，但请你原谅，咱们必须严格走完程序才能进入实质性阶段，咱们收拾收拾走吧？

到楼下，蔡玉芹才看到外面的雨已经停了，地面上水汪汪的。蔡玉芹打了一个寒噤，刚刚洗完澡的浑身毛孔突然草木皆兵地收缩起来，身体有点发紧。她茫然看到一辆车子从不远处的草坪边上开过来，缓缓停在妇人面前。妇人上了车，蔡玉芹跟着把脚放进车里，妇人叫她转到另一侧上车。当她坐到司机背后，从后视镜里看到司机就是那个喊她洗澡的小伙子。后视镜里的小伙子也看到她了，但没有任何表情。

车上三人谁也没说话。车子在城市的大街小巷间穿行，蔡玉芹看着窗外的街景，头脑里一片空白。车子从城市驶向城郊，在另一处城郊的一个医院里停下来。妇人走下车时就像执行一项庄严而又神圣的使命，一脸严肃，目光严峻，走进妇产科时，关上门。跟在她身后的蔡玉芹看到，富人老婆似乎和这里的医生很熟，彼此点点头，然后开始小声交流。

蔡玉芹站在一边认真地听，但她听不懂他们在说什么。这座城市里的人总是用两种语言在交流，一种是与外人交流用的普通话，一种是与本地人交流的地方话。蔡玉芹刚到这座城市里就发现这里人说话像鸟语一样好听，就是一句也听不懂，但当他们发现你是外地人时，他们的舌头就像一幅双面绣迅速换成你喜闻乐见的风景。现在，蔡玉芹又听到了一阵鸟语般对话。但她没有耐心从她们的只言片语中分析她们说的内容，因为她敢肯定，她们的对话与自己有关。她有点坐立不安。她们要干什么？蔡玉芹隐隐觉得，她们是想检查一下她是不是处女。

只露着两只眼睛的医生在与富人老婆交流中始终没有摘下口罩，但她的眼睛也始终没有离开过蔡玉芹的脸，只是当蔡玉芹的目光逼视口罩上方那双眼睛时，她的目光才折断似的避开。蔡玉芹看到富人老婆不断叹气，后来居然流下眼泪，掏出包里的面巾纸转过脸去擦泪。什么事会让她这么伤心呢？蔡玉芹想象不到。也许是医生感觉愧疚，不经意把她说哭了，就向蔡玉芹说了句普通话，躺到床上去。

蔡玉芹早发现医生身后布帘后面的高高窄窄的小床，与她所在的美容院的美容床差不多。她挑起布帘，躺了上去。没有什么神秘，更没有什么痛苦，差不多只有半分钟，医生就命令蔡玉芹，下来吧。起床时的蔡玉芹看到医生向妇人点点头，医生盘在脑后的长发有点丑陋。

妇人冷峻的脸上绽开了笑容，说了一声，谢谢。继续上车，车子在漆黑的深夜里左转右拐，在黄运湖畔的一片别墅里停下……

第七章　讨薪

25

一早，马大成终于在项目指挥部二楼堵到吴立仁。

吴立仁越来越神秘，神秘得都快要成为一个神话。想见到他很难。见到他的人也越来越少。手机很少打得通，打通了要么不接，要么说在外地，有时还会说在国外。听说他在某个地方，开车扑过去，转眼又不见了。总之，一般人很难找到他。

马大成有事喜欢自己扛着，也轻易不找吴立仁。实在憋不住去找，也不打算伤了和气，更不愿背上忘恩负义的罪名。自从节后开工，马大成越来越绷不住了。今天，马大成把找到吴立仁当面讨要说法当作一天的大事要事。没发微信，没打电话，连续扑了吴立仁几个办公地点，最后居然把吴立仁堵在项目指挥部的办公室里了。

吴立仁的项目指挥部办公室也非常宽敞豪华，古色古香。仿红木家具闪着柔和光泽，巨大的办公桌上有一道寒光直刺马大成的眼睛。那道寒光发自一把横架在吴立仁办公桌上的飞刀。马大成非常奇怪，吴立仁以快刀杀鸡发家，因此崇拜起飞刀了吗？但那把飞刀寒光闪闪，冷风飕飕，杀气腾腾，怎么驾驭得住？飞刀后面，吴立仁躺在老板椅子里晃悠，藏青色西服领子撮在后脑勺上，脖子上的紫红色领带在胸前簇成一个拱桥，跷在桌上一双北京小口布鞋摞在一起摇来摇去，正在抿嘴听着秘书小伙子汇报工作。从眼缝里看见马大成推门进来，吓着似的咯噔坐了起来。

你来得正好，我正要找你。吴立仁站起来，把马大成引到沙发上坐下。沙发前面是一个整木做成的茶海。自己坐到茶海后面的高背椅上，像一个熟练的茶艺师，摁开电水壶，挑一只茶叶罐拧开，从中取出一个球状柑普，撕去塑封，准确丢进一只紫砂茶壶里。目光全在茶海上摆的坛坛罐罐杯杯盏盏上，没抬头看马大成一眼。

马大成几次伸手要替吴立仁泡茶沏茶，都让吴立仁挡住他的手，执意要自己操作，不得不在一旁看着他洗茶泡茶。马大成心里早已憋得难受，此时却一言不发。他想知道，自己不找吴立仁，吴立仁从不找自己，怎么这么巧，自己来找吴立仁了，吴立仁居然也要找自己。他想知道吴立仁要找自己干什么。

喝茶，吴立仁把自己面前茶盘上的一盏浓酽普洱茶端给马大成，自己端起另一盏呷了一口说，我去你的工地看了，进度比合同约定的工程量慢了，你要加油啊！

马大成根本不知道吴立仁到自己的工地上视察，也没听工地上的乡亲说有人视察，十有八九是吴立仁在讲故事，但谎言因为身份关系不能戳穿，哦，对不起，不知道吴总光临，没能陪你视察，原谅。

吴立仁挥了一下手，赶走一只苍蝇似的说，自己人，不客气。大成啊，马上手续跑齐了，我近期打算预售，你的进度跟不上来，怎么办？

马大成说，进度慢是因为工程材料跟不上，许多赊欠的钱款没有到位，供应商不愿送货，钢管扣件租金也在催要。

吴立仁说，这么紧张了，听说你还把材料拉去给人装修美容院了，能不断货吗？

马大成心下一惊，知道吴立仁说的是派人拉些水泥沙子给牛艳红装修美容院的事情。什么人把这点小事捅给了吴立仁？马大成必须多留点心眼了。他急忙解释，那点材料不会算在工程款里的。

吴立仁说，噢，我不是责怪你，是提醒你集中精力处理好工程上的事情。

马大成问，吴总找我就为这事？

吴立仁摆手笑了笑，当然不全是。我是想告诉你，你我是命运共同体。房地产形势现在不是太好，我的银行贷款利息都快背不动了，给我逼破产了，你们也完蛋，懂吗？等预售证拿到，资金回笼了，暂时你自己再想想办法！

能想什么办法？郑姨说好这阵子就打工程款的，至今还没到账。我能想到的办法都用过了，现在真的山穷水尽了，吴总！马大成脸上快能拧下水来。

吴立仁背过脸去呷了一口茶水，大河没水小河干。我知道你难。但你再难能有我难吗？我这是多大的摊子？这个摊子就像一只大碗，里面盛着饭。你我还有其他包工头一起托着这只大碗。托住了，都有饭吃。注意，这只大碗还是玻璃碗，不是钢碗铁碗。托不住，一个人撒手摔碎了碗，哪个也吃不上饭。是不是这个道理？

马大成说，道理我懂。但我总不能老托着碗，一口饭不给吃吧。更不能只让我一个人托着这只大碗吧！

吴立仁大笑，怎么可能不给你一口饭吃？！又怎么可能是一个人在托着大碗呢？！只是现在碗里的饭不多，匀着吃，忍点饿罢了。放心，面包会有的。

马大成当面不愿跟吴立仁翻脸，只好又咬了咬牙，忍了。交恶容易，交好难啊！从吴立仁办公室走出来，他开车去了曾家胜的项目工地。几天前，三叔马万年告诉马大成，工地上的钢管扣件不够用了，抓紧去租。马大成跑了城郊几家钢模站，家家都租空了。有一家给他出个底，曾家胜一下租了很多，不妨从他手里转租。

曾家胜曾是马大成的包工头。自从马大成拉起自己的队伍做了包工头，曾家胜就疏远了马大成。难怪，同行是冤家，何况在一个老板手下包活？何况他曾在曾家胜手下当个瓦工，如今不仅平起平坐了，而且马大成的公司比曾家胜公司做得更大。事实上，船多不碍桨，除了在工程竞标时与曾家胜的公司会有竞争外，马大成没跟曾家胜产生过任何矛盾。有时发现可能会与曾家胜产生冲突，马大成宁可少做甚至不做也不愿跟曾家胜撕破脸皮。何必呢？做人永远是第一位的。

马大成在吴立仁的另一个楼盘项目工地找到了曾家胜。

哪阵风把马总吹来了，曾家胜头戴一顶蓝色安全帽，嘴里嗞嗞吐着烟，跟马大成打着哈哈。

马大成说，吴老板要提前预售楼盘，你这个项目我看才出地面，能预售吗？

预售？他没告诉我，这个项目想预售还早哩！接着，曾家胜先入为主地向马大成诉苦说，我干这么多年工程，没今年这么难的。不知马总你那里怎样，反正我是天天等米下锅都等不到了。

马大成知道他诡谲，肯定是揣摩到自己的来意，先拿话堵住自己的嘴。但马大成还知道曾家胜一个特点：无利不往，见利就回。只要有利，可以不讲情面。只要等价交换，必须有利可图，可以不讲原则。因此，马大成不能在他面前哭穷，越哭穷他会越瞧不起，还会躲得远远的。一路走来，曾家胜跟吴立仁多少有点像，从底层爬上来的，凫上水凫惯了。骨子里从来就是瞧不起穷人，生怕穷气扑上他，但嘴上从来不说。幸好，他对年轻的马大成还算高看一眼。因为马大成崛起比他晚，公司规模却比他大，可以预见，凭着马大成的能力魄力，在建筑行业深耕下去，一旦有机会，马大成与吴立仁平起平坐。此时马大成主动找到曾家胜，不能说俯身屈就，起码说还念旧情。

曾总，我那里日子还将就糊得下去。不过，最近楼盘越来越高，租的钢管扣件越来越不够用，周边钢模站我都跑遍了，都租不到。我想从你这里转租一些，请你支持。

借米不借柴，你这是要借我柴啊！曾家胜手指自己的工程说，你看，我哪里还能拆得下钢管扣件租给你？

马大成说，你的料场上还堆了那么多，躺着占钱，等于浪费。转租给我，等你需要了，我再还给你。

那不行，钢管扣件躺着占钱，站着也占钱。急用时没有，那就不是占钱那么简单，那就可能影响工程进度，损失更大。曾家胜继续把马大成的路堵死。

马大成脸有难色说，曾总说得有道理，但转租给我，我给的租金肯定比你从钢模站租高啊！

能高多少？曾家胜摘下安全帽，拎在手上，另一只手抹了抹头发。

马大成相信自己对曾家胜的基本判断，听出他松口，心想有戏，报了一个价：一米一件一天高一厘。

不行。起码高五厘。

马大成拍屁股说，曾总不想帮我啊！怪不得你一下租了那么多钢管扣件，原来是囤积居奇，等着做钢管扣件生意啊！

曾家胜认真说，锥子不能两头快，我怎么会去做钢管扣件生意？我没那么多钱砸到那上面去，然后天天盯着工地，天天盯着去要狗肉账。

那你也太黑了，你钢管一米一天一分租来，扣件一件一天七厘租来，要长我五厘，你拦路抢劫啊！

三厘，曾家胜竖起三根指头伸在马大成面前。

两厘，马大成伸给他两根指头，再多我可承受不起，宁愿停工也不割肉了。

买卖争分毫，看在你我这么多年情分上，我帮你这一把，两厘就两厘吧。

一言为定。我安排人来拖。马大成离开曾家胜工地。

回到自己的工地上，马大成停下车，戴上红色安全帽，打算检查工地干活情况，安排三叔马万年找车去曾家胜的工地拖钢管扣件，不料迎面看见牛艳丽在工地围栏的门口站着，似乎在等谁。

昨晚孟石头夜闯牵牛花美容院，执意要与牛艳红在美容院的天棚上同床共枕，吓得蔡玉芹和牛艳丽先后深夜逃出了美容院。一走上大街，牛艳丽就像一下掉进了大海，孤独无助，无处可去。手机握在手里，想向马大成视频求助。幻想着马大成出现在自己面前，自己一下扑到他的怀里。甚至幻想着一头钻进马大成温暖的被窝里。但看看时间，已经快十二点了，保持按时作息习惯的马大成早该睡了，又不忍心贸然打扰他。给马大成发微信试试，连发了十几条微信，居然没收到一条回复。牛艳丽在大街上徜徉，越走越远，越走越冷，双手抱肩。不时与路人擦肩而过，路人投来的侧目比春夜寒风更冷。一个幽灵一样的小个子向她迎面走来，歪歪斜斜直冲她撞过来，吓得她急忙躲开。失去保护，牛艳丽感觉到了危险，犹豫再三，还是给姐姐发去微信，发我二百块钱红包，我要住夜店。姐姐立即回复，赶快回到美容院。但同时发给牛艳丽二百块钱红包。牛艳丽给姐姐一个苦笑表情，拆了红包。就近拐进一家夜店猫到天亮。睁眼就找马大成，马大成不理，找孟石头打听工地在哪儿，就到工地围栏门口守株待兔来了。

马大成装作没看见，转身绕道走过去。牛艳丽跑上前拦住他，挺着胸脯看着他。

马总，我给你发的微信，你看了吗？

马大成只好走向牛艳丽，掏出手机，噢，最近太忙，没来得及看。哟，发这么多，还是昨晚十一点发的，那时哪个还不睡觉？那时发微信给我干吗？

明知故问，你看微信不就知道了。牛艳丽气鼓鼓的。

马大成凑近牛艳丽说，我看见了，你让你姐撵出来了，没地方睡觉了。你可以去住快捷酒店呀，可以去电竞酒店玩游戏呀，找我这个单身汉算是怎么回事？

你不理我，我当然只能去夜店玩到天亮了。

有钱快活，好啊！你姐给你不少工资吧，够住几次夜店？

你别跟我要嘴皮子，你在运东有房子，我要去你房子里住，别要我租金啊！

你想干吗？

我给你的微信上说得明明白白的。

我不要老婆。

你是不是男人？

我一人过得挺好，有老婆麻烦。

你不是男人！

还有事吗？没事赶快离开这里，到处都是眼睛，能挖死你，满天都是口水，能淹死你，你信不信？

我不信，牛艳丽见马大成向她努嘴，转身看见姐夫孟石头低头走过去，大声说，除了马大成，天下没一个好男人！

马大成跺脚，你快走吧！

我不缠你，你放心。向你表白过了，我心里敞亮了。你是什么态度，不急，想好了给我一句响话，我等你。

马大成突然一拍脑袋问，哎，昨晚你跑出来了，那玉芹呢？

玉芹比我早点就离开美容院的，不知道她后来有没有回去。牛艳丽手捂心口，说得自己慌慌的。

马大成一听更慌了。姑妈把玉芹托付给他，他进城就忙着项目开工，竟然一时没顾得上表妹。他喃喃自语，我该死！你都想起来到我住处去住，我怎么没想到让玉芹去住呢？你姐不是在城郊租了房子吗？

美容院装修好后，姐就把城郊租的房子退掉了，现在全住在美容院天棚上。

你们美容院天棚上能住人吗？不错，眼下天冷，挤挤还行。等天一暖一热，天棚不就成了蒸笼了吗？

牛艳丽跺脚抢过话头说，冷热不可怕，怕的是老有男人去骚扰。

啊，哪个男人这么不要脸？

还能有谁，孟石头。牛艳丽转脸抹泪。

哟，那挺难堪的。

有两个夜晚玉芹都跑出去了，不知她怎么熬的。

这怎么是好啊！深更半夜的，运东那么复杂，她一个女孩子能摸到东西南北吗？她怎么不找我呀！马大成掏出手机给蔡玉芹打过去。

蔡玉芹的手机通的，但响了几声，就挂断了。

马大成拨打牛艳红手机问，哎，昨晚玉芹离开美容院，你没找她吗？

牛艳红回答，找了，打她手机，她说在外面转转。她和艳丽都一夜没回，我急死了。艳丽天不怕地不怕，我不怕。玉芹那么胆小，我怕她出事。一早起来就给玉芹打手机。玉芹说她找到过夜的地方了，不用为她操心。我问她什么时候到美容院来上班，她说不来了。这话说得我心里发毛。你说好让她跟我学美容手艺的，这才几天就放弃不学了。我问她，不来美容院你能干什么。她说想干什么干什么，什么来钱快干什么。马总，玉芹这话说得我心里直发慌。我打工这么多年知道的，一个乡下女孩进城，哪有什么快钱可挣？除非……

别说了，马大成打断牛艳红的唠叨说，你问她现在在哪里了吗？

牛艳红回答，问了，她不说，叫我不要问。

马大成突然有一种不祥的预感，不敢多想下去，转而责备牛艳红说，你呀，挣钱不要命了！玉芹艳丽到现在没回美容院，你怎么一点都不着急啊！

牛艳红吞吞吐吐说，我，我想得太简单了。不是我不着急，我这心呀急得比笆斗还大。可我有什么办法呢？！

马大成愤然挂掉手机，迅速又拨打蔡玉芹手机。这次通了。但通了没听到蔡玉芹没说话。马大成喊了几声玉芹，我是你表哥，又一连问了几声你现在在哪。

蔡玉芹说话了，声音不是很响亮，但听上去也还平静，就像她平时蚊子叫的那样说话，表哥，你不要问我在哪，我现在很好，很平安，放心吧。

马大成听不出异样，但又哪能放心。因为搜遍了所有记忆他都想不出运东市里有哪门亲戚可供蔡玉芹落脚，如果不在亲戚家落脚又怎能让他放心。他说，你发个位置给我，我去找你。

蔡玉芹说，啊，位置？我不会发位置，也不要你来找我。

报了平安，又不要表哥找她，马大成心存疑虑，但也稍稍有所平静地问，你不想学美容手艺，你不告诉我，可以，但你给姑妈说了吗？

蔡玉芹及时回答，我昨晚给妈妈打电话说过了。她还要我告诉你一声，正好你打电话来了，那我就算告诉你了。

马大成还是说出自己的担心，玉芹，听说你一夜未归，表哥这心就像让摘掉一样。你知道吗？姑妈把你交给我，我要保护好你。你要是有什么三长两短的，我对不起姑妈呀！

蔡玉芹说，谢谢表哥！玉芹十八岁了，我对自己的行为负责。说完挂断了手机。

马大成平静了一会儿，思来想去，还是给姑妈家打去了电话。姑妈，玉芹跟家里联系没有？姑妈说，昨晚打电话说她找到一份满意工作，不打算学美容手艺了。怎么，她没告诉你？马大成说，说了，刚才我打她手机才听她说的——进城我就给她买一部手机，方便她和姑妈联系。姑妈说，谢谢大成，玉芹刚踏入社会，还得你护着。马大成眼泪涔涔地答应，嗯！

夜，死一样地寂静。惊恐焦虑中的蔡玉芹终于抵挡不住紧张和困乏而沉沉地睡去。

一觉醒来，蔡玉芹期待和担心的事情并没有发生。她呆坐在床头，头脑里似乎满满的。听一听外面，没有听到任何动静。断片似的记忆只想起昨晚做的一个梦，至此依然挥之不去，仿佛是真的。

梦中的爸爸绝望地向她伸出一双枯瘦的手喊，孩子，救救我！这声音一直萦绕在她耳畔，弥漫在空气里，包围着她。蔡玉芹相信，一定是爸爸在喊她，肯定是爸爸痛苦极了，受不了了，才那样绝望地喊她的。在她心目中，爸爸是一个顶天立地的男子汉，说死就断气，从不向任何人低头。但现在瘫痪在床，让病魔缠得生不如死，居然向女儿呼救了。女儿是别人吗？女儿不是别人，女儿是爸的骨肉。爸爸理应向女儿求救，女儿就应当舍生忘死地去挽救爸爸。但拿什么去挽救爸爸？蔡玉芹渴望马上用自己的青春换回一笔钱，但并没有她想象的那么容易。

汪汪汪，室外突然传来几声狗的狂吠打断了蔡玉芹对梦境的复盘，吓得她裹紧了被子。

虎子，别咬！一个男人呵斥住了狗吠。接着传来一声门响和一阵汽车的轰鸣声。

天地再一次复归寂静。

蔡玉芹穿好衣服，开门下楼。不料，胖妇正站在楼下笑着打量她说，等你下楼吃饭了。陌生人的热情仿佛宰牲前的面具舞蹈，蔡玉芹看不清对方的真实面目，因此不知道如何回答。和胖妇站在楼下的还有那只叫虎子的大狼狗，不停摇晃着大尾巴，居然和女主人一样对她热情欢迎。

当她走下最后一级楼梯，胖妇居然快步迎上前来，捞起她的一只手握住，摩挲了几下，捧起来看了看说，这手长得跟面捏的一样，走，去洗脸刷牙去。胖妇把蔡玉芹带到一楼的洗漱间，拿出一个塑料盒打开说，里面牙刷牙膏都有，给你专用的，化妆品就用我的吧。这个是雅诗兰黛爽肤水，这个是雅诗兰黛护脸霜，这个是雅诗兰黛眼霜，全是名牌产品，你用吧！说完就退了出去。蔡玉芹对着面前镜子里的自己刷牙，洗脸，然后只抹了一点护脸霜涂在自己脸上。转身走出洗漱间，抬眼看见胖妇在餐厅向她招了招手，又弯腰拍了拍身旁的椅背说，快来吃饭。

饭桌很大，吃饭人却只有两个，胖妇和蔡玉芹。早饭很简单，豆浆油条煮鸡蛋。但吃起来却不轻松。蔡玉芹像饭桌边的猫，喝一口豆浆，吸溜出声了，吓她心跳。咬一口油条，嚼出的咬肌咯吧一响，又吓她一跳。往桌上轻轻磕了一下鸡蛋，吓得她扔下鸡蛋。直到发现坐在她对面的胖妇对她弄出的响声并没反感，而且胖妇的吃相并不比她有多优雅，恰恰相反，胖妇拿起一根油条往豆浆碗里一杵，呼呼地连吃带喝，吃得那叫一个酣畅淋漓，蔡玉芹才再一次捡起刚才磕过的鸡蛋，轻轻剥开，慢慢吃了下去。

胖妇吃饭的嘴巴没有闲着，不停地问蔡玉芹是哪里人，家里还有什么人，蔡玉芹——小心翼翼地回答，绝不多说一句话。

胖妇问，叫什么名字？

蔡玉芹。

你知道自己应聘做什么的吧？

知道。

但我们不做伤天害理的事情。你是自愿的吧？

自愿的。

你不要害怕，没人吃你。不要紧张，没什么大不了的。不要拘束，就当在自己家里一样。我们会把你当作自家人，当亲闺女。以后你就喊我郑姨，走，帮我一起洗碗去。

蔡玉芹跟着郑姨洗完碗，正不知干什么，郑姨说，我今天带你去省城逛逛，给你买几身好衣服。今后再带你去国外旅游。蔡玉芹表情很不情愿，但也没抗拒，跟着郑姨坐上昨晚接她的那辆车去了省城，开车的仍是那个塞给她小广告的小伙子。

26

群里有人要造反！牛艳丽说得一惊一乍的。

牛铃山群里非常热闹。平时这个时间都在群里潜水装死，今天却纷纷在群里冒泡。好像围绕工资发放，分成两派在吵架。叫得最凶的是孟石头，煽动大家团结起来罢工，跟马大成闹，会哭的孩子有奶吃，马大成拖欠工资，逼得他们没了活路。牛艳丽读了一段群里的对话给马大成听，并且得出结论，有人要造反。

正在开车的马大成说，哼哼，我估计孟石头早晚会有这一出，看我怎么收拾他。

是不是因为你对我姐太好了，孟石头吃醋？

我对哪个不好？你姐和孟石头都是我同学，我没亏待过孟石头啊！

到了发工资时间，你怎么不发呢？牛艳丽实话实说。

哪里是不发！吴总的工程款迟迟不给我，我到处借钱发工资。孟石头才干不到两三个月就急眼了，是我逼他死，还是他逼我死？我看是他存心逼我死。

牛艳丽打个寒噤，难道你们到了你死我活的地步了吗？

马大成把自己手机递给牛艳丽说，你用我手机帮我在群里吼一下，劝他们集中精力干活，我马上就到工地。

牛艳丽照着马大成的话编了一条微信发到牛铃山群里，转眼就看到孟石头跟上一条微信说，终于把你给吼出来了，我们走投无路了，准备集体跳楼，而且现场视频直播，你马大成马上成网红了，要出大名了。牛艳丽一看慌了，怎么办，孟石头要跳楼。

哼哼，我看他没那个胆！马大成气得咬牙切齿，浑身发抖。

转过一个街角，马大成把车开到了牵牛花美容院门前路边停下，冷冷对牛艳丽说，下车吧！

牛艳丽这才回过神来，谁叫你把我送到美容院来的？

你不帮你姐创业，你想干吗？做人帮不了别人，千万别成累赘，你看我忙得焦头烂额的，你还想怎么样？马大成趴在方向盘上侧脸看着牵牛花美容院，门头招牌上的牵牛花依然那么娇艳，两个美女还是那么清纯，但现实中的牛艳红、牛艳丽却给他带来不少麻烦，他似乎想远离她们。牛艳红的身影在美容院的玻璃门上一闪，目光好像还在马大成的车子上停留了一下，但很快就消失了。如果不是心里窝火，说什么马大成也不会近在咫尺却不下车去看老同学的。中途绕道把牛艳丽送回牵牛花美容院，算是对老同学的帮忙，指不定牛艳红这一宿两天急成什么样子了。

牛艳丽说，我要跟你去看孟石头跳楼，看他怎么死在我面前，不死我就骂他个狗血喷头！

女孩别掺和男人们的事情，赶快滚下去！

牛艳丽赖在车上一会儿，打开车门时问了一句，你什么时候来接我？

马大成一声不吭。

马总，你什么时候来接我，你没听见吗？牛艳丽声音里带着哭腔。

你下去，等我电话。马大成心里想的是我凭什么接你，但又怕伤了牛艳丽。听到一声车门响，一踩油门，开车去了工地。

工地上的几幢楼房在车水马龙的大街边上。街上的车流堵塞了。远远近近站着许多看热闹的人。人们纷纷仰脸看着六号楼的楼顶。开始没人在意，因为整个小区楼房还在建设中，楼上有人走动，非常正常。后来孟石头在六号楼顶上大喊大叫，快来看呀，有人跳楼喽！让路人听到了，停下脚步仰头打量，果真发现危险。人命关天，打110，打120，甚至还有多事的人打了119。一时间工地周围严重堵车。

马大成看到堵车，绕到小路进入工地，把车停好，绕到六号楼楼下。

几个扬言跳楼的人像空中马戏团一般吸引人的眼球。孟石头拎着安全帽在上面走来走去，大声喊着马大成名字，目光朝下寻找着马大成。马猴子像个孩子，一直坐在楼边，像坐在自家床沿上双腿乱晃，身边放着一瓶矿泉水，不时拿起来喝两口，有人一推或自己一不留神就可能掉下楼来，最令人揪心。还有几人站在那里雕塑一般一动不动。

马大成心急火燎，迎着阳光打起眼罩，仰脸望了一会儿，清楚是哪几个人跟他对着干的。有两个一贯阳奉阴违的，不是看在沾亲带故的分上，马大成早撵他俩滚蛋。有两个是墙头草，从来没有主见，哪个给点好处就替哪个卖命，死都不知道怎么死的。只有孟石头像一个跳梁小丑在表演，上蹿下跳，笼络着马猴子等其他四五个人，想把事情闹大谋求个人利益，根本不是寻死觅活想跳楼的。马大成谅孟石头也没有跳楼的胆子。

马大成，你来了？你不是带一个女孩子去兜风的吗？谁喊你来的？孟石头在楼顶上跟楼下的马大成叫板起来。

孟石头，你下来！咱们是老同学，有什么话都好说，有什么事都好商量，用不着用这么极端的方式满足自己的要求。

我不下去。我们都不下去。我们只要你答应一个要求，给咱们按月发工资。你叫咱们给你卖命干活，你不给咱们工资，还叫咱们活不活了！

马大成生气说，孟石头，哪个不想按月发工资，我这不天天在跑工程款给你们发工资吗？你们下来，再给我两天时间，保证工资到位。

孟石头在楼顶上大笑，拿着手机，对准楼下的围观人群，连续拍了几张照片，然后专注编发到朋友圈和牛铃山群。马大成，别哄三岁小孩子了，你的话连放屁都不如，今天推到明天，明天推到后天，你那一套把戏不灵了！你不是乐于助人吗？你干吗不卖掉自己房子给咱们发工资？你不是与人为善吗？你为什么看到有人跳楼还无动于衷？你今天要出大名了！

马大成顾不上看孟石头发到群里的照片，仰头喊着，孟石头，你有什么个人恩怨直接找我，别挟持别人。你知道吗？你这不仅是在讨要工资，而且是扰乱社会公共秩序，触犯了法律。你看大街上已经堵塞了，马上公安消防急救都要到了，你赶快带着他们下楼吧，现在还不迟。

孟石头大喊，你别跟我讲大道理，更别想吓唬我，我不吃那一套，我不是吓唬长大的，我没有挟持他们，他们都是自愿上楼来的，他们早就憋着一肚子气了，是不是啊？

是！马猴子大声回应。

马猴子，你收回双腿，站到里面去，坐在那里太危险了！马大成双手罩在嘴上专门向马猴子喊话。

我没事。我听石头的，不听你的。

马大成一听，如此一个马猴子，当初带他到运东打工，嫖娼被派出所逮着，马大成拿钱赎他回来，差点给马大成跪下磕头，让马大成千万别传出去，传出去他就不活了。马大成答应他，至今没人知道这事。现在怎样？居然不顾死活地跟着孟石头闹事。马大成心里五味杂陈。没想到孟石头和马猴子如此忘恩负义。真是升米恩、斗米仇啊！反水的历来都是身边人。马大成突然手指楼上孟石头说，孟石头，你今天威胁我是不是？你有种就跳下来吧，摔死在我面前。

摔死在你面前就是你杀的。

我宁愿去坐牢。你有种跳呀！为什么不跳？怕死鬼！有能耐和他们一起跳下来，我马大成坐在这里看你们下饺子。我告诉你，恶人须有恶人磨。你以为我好欺负是不是？告诉你，痴心妄想！你问问，哪个老乡进城打工不是年底才领到工钱？我千方百计按月给你们发工资，噢，才拖了一两个月你们就受不了了。我看是我把你们宠坏了！想威胁我！哼！马大成转身对跟在他身旁的三叔马万年说，去工棚拿一把椅子来，我坐着等他们往下跳。只要我在现场，哪怕我面前摔成一座尸山，我都不怕。

马万年虽是长辈，但此时听了马大成命令，立即跑去找椅子。马大成从此不再发声，掏出手机翻看，牛铃山群里有上百条微信没看，滚动翻看一下，全是围绕孟石头跳楼发表意见的。有叫好的，有煽风点火的，有劝孟石头不要胡闹的，沸沸扬扬。但令马大成奇怪的是，居然没看到牛艳红一条微信。

牛艳丽只在群里艾特孟石头一次，给姐夫两个字，渣男！

很快，马万年搬来一把破旧藤条椅子，轻轻送到马大成屁股下面，马大成就势坐下来。马万年站在侄儿身后，像古装戏中忠诚的保驾老臣保护着马大成。叔侄俩此时空前抱团，真是打断骨头连着筋的血脉亲情。马大成跷起二郎腿，像一个坐在街边的小贩，侧脸看着地面上的一群蚂蚁在搬运一只苍蝇。蝼蚁惜命。孟石头等人为一点个人私利，拿命相搏。马大成既咬牙切齿恨他们，又可怜他们。造成这一局面自己也有责任，假如不是吴立仁拖欠工程款，那他也不会拖欠乡亲们的工资。何不借此机会请吴立仁也来看看热闹？

时间一分一秒过去，对峙僵持。一场好戏有点冷场，看热闹的人群渐渐解散，有人唏嘘离开，这都什么时代了，还有人拖欠农民工工资，犯法了！

马大成站起来向围观的人群外走去，走到一处没人的地方给吴立仁打电话，吴总，我向你报告，六号楼上有人要跳楼。为什么？因为他们没拿到工资。吴总，你没给我工程款，我当然没法给他们发工资了。什么？是我煽动他们闹事？不不不，吴总，我拿人格担保，再难我绝对不做那种下三烂的事情。完全是他们自发的行为。我现在就在现场。噢，你正在赶往机场的路上，半月才回来？我的意思当然是尽快按照合同支付一期工程款解决燃眉之急！好好，谢谢吴总！

呜呜呜，唧唧唧，公安车、消防车、救护车一路鸣笛而来，跳下十几个公安、应急和医护人员，身穿黑色警服的特警在向围观人群了解情况，身穿蓝色制服的应急人员急忙抬出充气垫子铺在马猴子脚下的地上，以防马猴子坠落，身穿白大褂的救护人员则站在一旁观望，等待处突。

一个特警向马大成招手，问，楼上是你的员工？

是。

劝他们下来，扰乱公共秩序。

劝到现在了，他们不下来。

为什么？

没等马大成回答，孟石头在楼顶上抢着回答，因为他欠我们的工资，悖理。

特警仰头对孟石头不客气地说，欠你们工资就跳楼啊？有话好好说，跳楼威胁人是吗？告诉你们，再在楼上胡闹，我们就要采取强制措施了。

孟石头僵在楼顶上，看着几个跟他跳楼的人有人后缩，有人浑身发抖，壮着胆子冲楼下大喊，你对咱们采取强制措施吧，咱们就是不下去！

孟石头哪里知道，一批特警早已悄然出现在他们身后，一拥而上，把他们扑倒在楼顶上。孟石头猝不及防，被一个特警扳倒后仰重重摔在水泥楼板上，顿时失去知觉。仅仅几秒钟工夫，特警就把他们几人制伏在地，反铐双手，仅凭自己难以翻身起来。特警把他们统统拎起来，押解下楼，押上警车，呼啸而去。

一场闹剧结束。

27

牛艳红打车赶到马大成工地时，跳楼闹剧已经结束。

她从牛铃山群里发现孟石头发的微信，一会儿是短视频，一会儿是语音，一会儿是照片。孟石头在楼顶上拍的视频和照片，看上去视野开阔，角度独特，一簇一簇楼宇雨后春笋般拔地而起，似乎还能看到远处的古黄河风景区。牛艳红从来没有从那么高的角度俯视过运东。但牛艳红没有兴趣欣赏从楼顶拍的视频和照片，她意识到事态的严重，没在群里发声，却一直在给孟石头单独发语音。但一直没有得到孟石头的回复。牛艳红不得不把牵牛花美容院交给牛艳丽看管，自己打的前往马大成工地。她真想狂扇孟石头几个耳光，然后拧着孟石头的耳朵把他揪下楼。孟石头简直太不像话了，今后还怎么面对马大成？

你来干什么？马大成看到牛艳红，冷冷地问。

牛艳红问，我找他算账，孟石头呢？

特警请去了，要找去派出所找他吧！马大成扭头就走。

什么？孟石头让特警抓走了？他犯什么法？是你报警抓他的？牛艳红急步上前拦住马大成，你别走！

马大成停下脚步说，我没报警，是看热闹的人报的警。孟石头犯没犯法，你找警察问去，我要去找钱给孟石头发工钱。

你不只是欠孟石头工钱，孟石头这个混账东西是狗急跳墙了吗？

马大成说，不管他是不是狗急跳墙，牛艳红，我提前告诉你，等孟石头结完工钱，我就叫他滚蛋。别怪我不客气啊！

牛艳红说，我知道你眼里揉不进沙子，但我现在就要找你要人，你跟我去派出所把孟石头弄出来。

马大成犹豫了一下，跟我走吧，坐我车去派出所。

上了车，牛艳红突然抽泣起来。马大成点火发动，不得不踩住脚刹，等着牛艳红平复心情。牛艳红说，我替孟石头给你道歉，他太自私，不该在你焦头烂额的时候火上浇油。你也不容易。身上背了那么多的债，又不想亏了乡亲们。可你自己也为自己想想，这样下去什么时候是个尽头啊！我知道孟石头给你添乱了。可你要真的撵孟石头走，我心就像刀扎一样疼。孟石头什么本事没有，只能回家种地去。那样早晚会把我也逼回家种地去。我求你行行好，别撵孟石头走。

别说了，咱们先去派出所看看。马大成开车去了附近的派出所。

工地附近的一家派出所设在社区的街道里，很不显眼，但它维护着运东城市一方的安宁和繁华。遵纪守法的公民一辈子也许没进过派出所，甚至不知道派出所在哪儿，但一旦触犯法律，即使不想进派出所也会被请进派出所。一群在运东市里打工的农民因为讨要工钱爬上楼顶威胁包工头，结果被特警送进派出所，一下就慌了，瘪了，急了，哭了。他们本来是安分守己的，不料在运东市里犯浑，惹上大事，而运东又不像在乡下老家那么人头熟悉，牢狱之灾的不祥预感笼罩着他们。在楼顶上被戴上手铐，下楼后又被塞进警车，警车呼啸驶离他们熟悉的工地，驶进社区派出所。从电影电视上看过的逮捕情景发生在自己身上，他们误以为自己转眼之间变成了坏人。还在警车上时，挑头的孟石头垂头丧气，被几个一起要跳楼的乡亲指责埋怨急了，孟石头举起戴着亮闪闪手铐的双手说，你们是三岁两岁呀，听我忽悠？你们光知道骂我，为什么不骂马大成！进入派出所，他们分别被关进了不同的审讯室，单独说明情况。

马大成自投罗网，走进派出所办事大厅询问情况，接警民警一听说是打听刚才跳楼警情的当事人，迅速报告派出所负责人。

一个中年警察带着一个辅警把马大成和牛艳红引到接待室，中年警察反问马大成，你是想来捞人，还是想来解决问题？

马大成说，当然两者都有。我是他们老板，他们向我讨要工钱是对的，他们是我老乡，我把他们带进运东打工，我要对他们负责。我想请问，他们不会被判刑吧？

中年警察笑了，你拖欠农民工工钱，你不知道有多严重吗？他们闹事，事出有因，你就是因。他们会不会被判刑，根据我这么多年从警经验，估计判刑的可能性不大。不过，他们要留下案底。作为社区不稳定因素，我们要随时掌握，便于以后及时处置。

马大成转脸看看牛艳红，意思是：你听懂了吗？

牛艳红一头雾水。她跟着马大成走进派出所时就两腿发软，担心丈夫被判刑，现在听了中年警察的话有点绕，小声问马大成，什么意思？

马大成解释说，就是不会逮捕判刑他们，但在派出所有记录。

中年警察纠正说，不光有记录，还要列入重点监控人员名单。

牛艳红慌了，带着哭腔说，求求你，警察大哥，他们都是好人啊！在派出所除了有户口记录，从来没有别的记录，能不能不记录他们？

中年警察摆手回答，不可能。好人和坏人，是可以互相转化的。他们目前算不上坏人。但为防止他们转化，我们必须留下他们的案底。

马大成说，不纠缠这个了，我想担保他们出去，你看行吗？

中年警察说，你不来，我们也会去找你，既然你主动来了，那我们就把人交给你带回去。不过，你要严格管理。城市不是农村，城市有城市的规矩。网格化管理，人人都在网格里，不能跳出网格，包括你们这些外来的务工人员。安分守己，就会非常自由。只要触犯法律，就会受到法律制裁。懂吗？

马大成连声说，懂懂懂。

中年警察伸手从一直在记录的辅警小伙子手里拿过记录本，推到马大成面前，这是对你的训诫谈话记录，你在这里签名吧，我们留下案底。

马大成正要签名，牛艳红拉过他的胳膊，你又没跳楼，你签什么名？马大成笑笑，不签不放人，没事，留下案底作个教训。然后在笔录下方签了名字。在辅警引导下，马大成又在几个表格上签名。

临近傍晚，孟石头等几个人一起走出派出所，被交给马大成。马大成上前一一拍拍他们的肩膀，大家没事了，明天给你们发工钱。拍到孟石头时，孟石头一把打掉马大成的手掌说，别拿自己当救世主！

孟石头出门就看到自己老婆站在马大成身旁迎接自己，心里的无名之火又一次腾腾燃烧起来。当牛艳红上前挽住他的胳膊时，孟石头抽出胳膊，抡起巴掌重重打了牛艳红一个耳光说，离开马大成你就会死吗？

没等大家回过神来，孟石头疯狂地跑了。

孟石头边跑边看着手机。牛铃山群里机枪射出子弹一般往外冒微信，全是围绕着孟石头跳楼在讨论，赞成的、反对的，针锋相对，非常激烈。孟石头根本来不及细看。接着迫击炮一样当当几声，跳出牛艳红的语音。孟石头摁住语音键，气喘吁吁说，牛艳红，你什么也别说了，我不要马大成工钱了，也不等马大成开除我，我自己滚蛋。我马上也退出牛铃山群。什么牛铃山群，一群狗男女争风吃醋的。你在运东扎根吧，我回老家带梅子种地。你要是感觉咱俩过不到一块去，咱们痛快离婚好了。

牛艳红脸上冒火，心里拔凉，突然跑向路边，拦了一辆出租车离开马大成。

28

工地上稍稍平静下来，马大成把三叔马万年叫来，当面交代，我去找找人催吴立仁给工程款，你对那几个重点人头多留点意。

放心吧。我说上阵父子兵，咱们打断骨头连着筋的，你偏吃里爬外帮着牛得草闺女创业，你看他家哪个不是白眼狼！大哥要是知道了，他非骂得你狗血喷头不可。他跟牛得草不共戴天啊！马万年话里带有挑拨的意思。

马大成却说，上辈人的恩怨能传代吗？我爸是我爸，我是我。做人格局要大，才能成事。牛艳红可从来没在我面前提过她爸的事。我不同他们计较。做事问心无愧就行。

马万年叹气说，真不知道你怎么想的。有事你就放心去吧！这世道，挣钱比吃屎都难。看你天天焦头烂额的样子，我都不好对大哥说，说了他肯定不让你在运东干，回家种地也比做这个包工头高强。

马大成心头一热，差点落泪。想起三叔喝酒歪鼻斜眼的，拖辇拉腥的，让自己蒙羞。又想起为承诺三婶截留三叔工钱，对三叔横鼻竖眼的，甚至讽刺挖苦的，内心真是惭愧。他又嘱咐三叔几句看好建筑材料的话，就继续跑钱找钱。

银行贷款，自己的那套房子已经做了抵押。民间借贷也拿了不少，再拿多了违法。之所以山穷水尽，归根到底是为工程垫资太多。一旦工程款结清，盈利还是可观的。眼下只求结算一部分工程款，维持公司运转。但吴立仁就是不松口。

工程款拖这么久，马大成始终没有动用老师王道远的关系。王道远在市政府办公室联系城市建设等工作，应当说话管用。虽然王道远有求必应，但是，马大成尽量不去麻烦他。感情是麻烦出来的。这些年，马大成在运东站稳脚跟，不能说全仰仗他的老师，起码王道远帮他摆平不少事情。如今，遇上吴立仁拖欠工程款，既违反合同，又违背国家清理拖欠农民工工资的规定。于公于私，王道远出面说话都很正常。马大成给王道远老师打去电话说，王老师，我现在遇上困难了，想来想去，还是麻烦你帮我一把。请你给吴总说一声，拖欠我公司的工程款尽快给我，不然我手下的农民工真的造反了。

王道远说，我正和吴总在格林咖啡馆喝茶打牌，999室，你过来吧。

马大成开车赶了过去。路上，马大成想想都感觉可笑。吴立仁不是说去了机场，半个月才能回来吗，怎么转眼又跟王老师在咖啡馆打牌呢？转念一想，去机场不是吴立仁经常挂在嘴上的吗？哪里真的就去机场了，平时躲猫猫，打游击，神出鬼没，今天答应得好好的，明天又不知藏在哪里了。别人骗你，你防备着就是了，用不着戳穿骗局。不是马大成越来越圆滑，而是马大成越来越珍惜自己的优良品德。他不是没做过那种当面揭短的事情，表示自己特别反感虚伪和欺骗。结果怎么样呢？人家不跟他交往了。

马大成根本没有为此前吴立仁说去机场的欺骗生气，而是有点兴奋，用不着担心吴立仁又一次跑掉了。因为下一个路口左拐就是格林咖啡馆，赶到那里会比吴立仁下楼还快。

走进格林咖啡馆999包间，立即闻到了浓浓的咖啡味道，马大成一眼就看见斜躺在沙发上打牌的王道远老师。

哦，大成来了，王道远迅速坐直了身子，但眼睛还盯着手里的扑克牌。背对着门的吴立仁什么话没说。

包间里四人打的是名叫"掼蛋"的扑克牌，据说比打麻将还考验智商。四人中马大成认识三人。王道远与吴立仁对门，曾家胜与另一个人对门。

吴立仁今天戴了乌黑浓密的假发，看上去年轻了不少。知道马大成赶到，他脸挂得快砸到了脚面，眼皮耷拉得快盖住了嘴巴。非常明显，他对马大成说去了国外是在撒谎，现在让马大成堵在咖啡馆，而且当着王道远的面。尽管他八面玲珑，脸皮比长城还厚，但还是尴尬得像剥了皮的狐狸，对马大成的出现视而不见。

曾家胜的目光早就瞥到马大成了，但也不与马大成打一声招呼。马大成知道曾家胜人矮鬼大，嘴紧，一肚子花花肠子。不像他马大成，光知道求王道远给姑父办低保，到处找吴立仁要钱，一心只想着帮着穷人办事。马大成清楚，有本事的人都像吴立仁、曾家胜这样，打打牌，喝喝茶，心平气和就把事情办了。而自己实在，做什么事情都是直来直去、真刀真枪的，情商太低。难怪吴立仁拖他，曾家胜不睬他。

与曾家胜对门的那个中年人六十岁左右，脸色灰白，两腮无肉，嘴唇青紫，戴一副眼镜，嘴唇一直抿着，只用鼻子呼吸，担心嘴唇一启就会露出天机一般。

大成，今天是什么日子，你还到处追要工程款？周末了，该轻松就轻松。王道远猜测刚才吴立仁可能从王道远接听的手机里听说了自己的来意，打破一下尴尬的局面。

马大成不好意思地说，王老师，我们农民工哪有周末啊！不受累到死，一辈子都别想轻松下来。不找吴总要钱，有人跳楼了。

人啊，越钻进钱眼里，越没有钱。有钱人都像吴总、曾总这样，打牌喝茶，享受人生。谈笑间，樯橹灰飞烟灭。王道远说了另一层意思，看似并没有直接触碰学生的关切。

吴立仁纠正王道远的恭维，炫耀起他的悲惨身世，不惜自揭家丑。我比马总吃苦受累的日子多了去了。祖父是财主，父亲是小婆子养的。

我小时候是四类分子，不给念书，抬不起头。在座的只有冯先生和曾总可能有点印象，王处长七〇后都不记得那些事了。长大了，不讲成分了，可错过念书机会，成了文盲。不是拿我姐姐换亲，我差点都找不到老婆。你说我家那时过的是什么日子！要不是赶上运东成立地级市，我哪有今天？先苦后甜。人人都是从这上面过来的。

王道远抬眼看一眼马大成说，你今天来得正好，吴总有一件私事托我找个专家，我介绍运东大笔杆子你认识一下，王道远打了一个头家，手里没牌，正好手指着正在打牌的下家戴眼镜的人说，这位是冯先生。

冯先生抬头看了看马大成。

马大成伸手去握他的手，冯先生的手居然冰块似的扎手，幸会幸会。

王道远向冯先生夸马大成，马总，我的嫡系学生，当初在牛铃山下的乡村戴帽小学教过的学生，作文写得非常棒，人很老实勤奋。对，你在晚报当老总时还发过他的一篇作文哩！

马大成不好意思地说，我老师到哪儿都夸我，我愧不敢当啊！没考上大学，也没给老师丢脸，还算是个有用的人。我那篇作文不是王老师推荐哪能发表啊！

冯先生嘴巴抿得更紧了，还是一个字没吐，生怕吐出一个字都会抬举了谁。

吴立仁说，夸你其实就是夸他自己啊！

王道远一边洗牌一边大笑。

冯先生突然从牙缝里挤出几句古诗古文，青出于蓝而胜于蓝，闻道有先后，弟子不必不如师嘛！

马大成一头雾水，这话是夸他呢，还是夸他老师呢？

吴总，我这学生是厚道人，你千万别难为他。王道远拿马大成的来意说事了，他的工程款给他结了吧，没多有少，早晚都要结的。不要因小失大。

吴立仁这才抬眼看了一眼马大成，说，王处长的话我哪敢不听，谈完今天的事情就给马总结工程款。

王道远说，听到了吧，吴总态度没有问题。吴总，我这学生的文笔也非常好，我看也能帮着冯先生做点下手工作，比如帮你去省城第二档案馆查一查你祖父的档案，开车带着冯先生实地考察一下你祖父去台湾的出海口。

马总天天忙得连轴转，就不麻烦他了。吴立仁转脸问，冯先生，你感觉有必要吗？

冯先生再次说话，而且是长篇大论，吴总的一部家族史就是一部中国近现当代史的缩影，为创作这样一部长篇纪实文学作品，必须占有相当多的第一手资料。我看了吴总主持修编的《吴氏宗谱》，脉络清晰，但只是吴氏家族千年以来的血脉史，相当于一条线。我的初步构思是，以吴总这一辈创业为重点，穿插祖辈奋斗成地主的历史。最有看点和卖点的还是吴总你的发迹史，充满传奇，充满智慧，充满艰辛，值得大书特书。不过，要想写好，按照吴总设想，能像《闯关东》《大宅门》《大染坊》那样搬上电视，进而评上全省乃至全国"五个一工程"奖，那可需要不小的资金投入啊！自从接到任务，我就惴惴难眠，感觉压力巨大。因此，如果王处长和吴总感觉我冯某人才气不足，难担大任，也可以另请高明。

王道远立即意识到问题严重，急忙摆手打断冯先生的话说，不是那个意思，冯先生，千万别误会，我只是护犊子，想让我的学生跟你们多浸染浸染，沾沾文气。我知道他从小就想当个作家，要不是偏科作文，怎么会考不上大学，落到当包工头的地步。既然冯先生大包大揽地说可以独自完成，吴总，你吴家辉煌的家族史就交给冯先生吧。大成，就当刚才我的话没说。

马大成大笑说，你们说的事情我听得一头雾水，我哪有水平帮助冯先生。到运东这些年，天天跟钢筋水泥沙子打交道，除了有空看看书，早就不做作家梦喽！

吴立仁说，冯先生，别跟我撂挑子啊！人过留名，雁过留声。我想给世上留下咱们吴家一点东西，请王处长帮忙物色人才。王处长想都没想就推荐冯先生，可见冯先生是个大笔杆子。平时我都说王处长是大笔杆子，他写什么，市长就讲什么。他就是市长的外脑啊！但王处长说，冯先生才是运东的大笔杆子。这话我信。听说你已经退休了，你就帮我这个忙。是不是给的钱少了？要不，你说个数，我绝不还价。我这辈子最崇拜文化人的。死人都能说活了，要多大本事啊！

冯先生说，不是钱的事，我怕吴总不满意。

满意满意，只要冯先生写的我都满意。吴立仁转脸又对曾家胜说，曾总，冯先生的经费从你的项目上走，在原来谈好的基础上再加这个数。吴立仁竖起三个指头在冯先生和曾家胜之间来回晃了晃。

曾家胜说，没问题。

过了一会儿，吴立仁心情明显好多了，眼盯着手里的扑克牌对马大成说，大成啊，你看我投的项目越来越多，涉及房地产、现代农业、影视业，将来还要进军矿产业、殡葬业、金融业，你那点钱算什么？你想想别的办法，再坚持坚持吧！撑到年底就宽裕了。

哎，怎么说着说着又绕回去了，王道远替学生拦住吴立仁的话头说，大成但凡能跑来钱就不会向我张嘴的，吴总给我点面子。

看完一局，又是王道远头游。吴立仁和曾家胜沉得住气，什么话没说。冯先生却有点发毛了，先是怪自己起了一把臭牌，后又怪曾家胜不配合他。眼看冯先生的情绪上来了，说不定会发生什么事情。王道远一连抬眼看了几次傻站在他对面的马大成，目光里有话。但马大成破解不出什么意思。最后，王道远不得不努了努嘴，挥了挥手。意思是赶快离开这里，不然冯先生感到有威胁，甚至可能摔牌撂挑子。马大成立即与各位打声招呼，退出包间。

马大成怎么也想不到，在他和他的乡亲们都拼了命地挣钱养家糊口的时候，吴立仁居然主持修了家谱，又请运东文化名人在写自己的家族史，甚至还要进军现代农业、影视业、矿产业、殡葬业、金融业。当财富积累到了一定程度，人的欲望便会膨胀起来，所作所为更为许多人不可理解。吴立仁分明与他和乡亲们之间形成了遥远的隔层，早已不在同一个阶层了。马大成想参透吴立仁的内心比登天都难。吴立仁那种欠钱不还却还能稳如泰山的气定神闲，那种没有文化却还能与文化人打成一片甚至赢得文化人尊重的能屈能伸，都是马大成学不来的。而他的老师王道远周末与吴立仁喝茶打牌同样令马大成难以理解，他心目中一身正气两袖清风的王道远如何处理好政商的亲清关系的呢？王道远是不是已经沦为一个捐客般的油腻官员？仅凭马大成的阅历和见识怕是理解不了他的老师了。

走出格林咖啡馆，马大成接到吴立仁公司财务总监电话，抓紧过来结算一笔工程款。马大成顿时感到一身轻松，对王道远给予的帮助充满感激。

蔡玉芹从省城回运东，穿着打扮，像是换了一个人。郑姨像个导演打扮着她，调教着她，安排着她的生活甚至人生。蔡玉芹慢慢熟悉了陌生环境，渐渐放下了戒备，融入这家人的生活。但她始终放不下恐惧和焦虑，渴望并且排斥着一个男人对她的伤害。而她像一只金丝雀被关进了笼子里，却迟迟没有发现这家的男主人。

她已经知道这家的男主人就是吴立仁。

当她从郑姨郑秋花看似对她不设防的介绍中知道吴立仁时，她心里咯噔一下惊住了。表哥本来介绍她给吴立仁家当保姆的，她拒绝了。做梦似的，怎么一转眼自己还是落入吴立仁家？虽然还是她一个人，但前后的角色似乎有所不同。难道这就是命？假如当初同意表哥的安排，那会怎样？既然还是走进了这个家庭，当初又何必拒绝表哥的安排呢？蔡玉芹恍惚感觉自己跳进了别人精心设计的一个圈套，悔恨交加。但事实上并不是她的错，是超越自身能力的强烈欲望驱使她无法避免社会潜规则的伤害。

这天晚上，蔡玉芹在寂寥中走出自己住的房门，发现二楼的另一个房间的门居然半掩着。这些天可从来没看到那个房间开门。她好奇地轻轻推了一下门，看到一面墙的书橱里摆满了书，整整齐齐的。前面的书桌边上坐着一个人，手捧着一本书背对着门口在看。柔和的灯光下，那人的秃顶像一块耀斑发出黯淡的光泽。但那人听到有人推门后把头一低，重新抬起头时却又变成了一头黑发。他应当是及时戴上的假发。蔡玉芹断定那人就是吴立仁，赶忙向外退。但那个吴立仁已经在转椅上转过身看到她了。

哦，是你呀，进来吧。

蔡玉芹脚下迟疑一会儿，挪进书房。

自从蔡玉芹进家，郑秋花不给吴立仁见她。吴立仁虽然说没有年轻时强烈的性欲，早把男女苟合之事看作是人之常情，何况他并不缺乏女人，但他还是把占有一个姑娘的青春并为他传宗接代当作非常神圣的大事来完成的。他抱定这样的想法，我是正派的，我没有强求姑娘做什么，一切都是她心甘情愿的。当然，即使她是心甘情愿的，我也不能理直气壮地占有她。我要让她心悦诚服地委身于我，只有这样，她才能生出我最聪明的孩子，否则跟日本鬼子强奸慰安妇后生下了孩子有什么区别。因此，吴立仁一路上就琢磨着怎么样能用自己的成熟和稳重征服一个涉世未深的乡下姑娘，他想在蔡玉芹面前打造一个智者的人设，便到蔡玉芹隔壁的书房里装模作样地看书。吴立仁走进书房，竭力把自己沉浸到书里去，可他就像不会游泳的人偏要捏着鼻子潜泳一样，憋不了几秒钟就浮出水面，他眼前的文字一片模糊，仿佛一群蚂蚁在蠕动，搅得他心烦意乱。他的眼睛在书上，耳朵却在谛听着门外的每一个动静。当他听到蔡玉芹迟缓而又轻快的脚步声时，他居然有点少年般的青春涌动感觉了。

过来呀，看着蔡玉芹低头站在那里，吴立仁喊她过去。他把书反扣在面前的书桌上，用脚蹬了一下转椅，他想让蔡玉芹坐到他的腿上。他想要那种红袖伴读的古代秀才感觉，哪怕不是红颜知己的感觉，起码也是青楼逢场作戏的感觉。吴立仁对这种感觉有点心驰神往。听说他的祖父就是这样诱奸了长工女儿生下了他的父亲的。

蔡玉芹并没有吴立仁想象的那么纯洁天真，但也不是他想象的那么庸俗下作。她这些天经过反复思考，对自己当初的选择进行了反复权衡，失去的，得到的，得到的，失去的，究竟谁大谁小，是得不偿失，还是得大于失，最后她坚信自己的选择是对的。她义无反顾地豁出去了。既然不是选择了保姆，而是选择高薪生子，就不能顾惜自己的肉体。父母给予自己的这副肉体不就像一片肥沃的土地用来孕育生命的吗？为谁孕育生命不是孕育呢？当完成这个罪孽的生命孕育，延续父亲的生命并能让父亲站起来，就等于她蔡玉芹救了两条命。而这一切都马上会过去的，一旦过去，她的这副肉体还是她的，她就把它带回老家休养生息。蔡玉芹把这一过程想得非常短暂，似乎还没有开始就盼着结束。因为盼着结束，所以对开始就非常急切。听到吴立仁招呼，蔡玉芹慢慢走了过去。

吴立仁拍了拍转椅扶手，示意蔡玉芹坐上去。

蔡玉芹的眼睛却在搜索，当她没看到她想看到的东西时，她扭头就走。

吴立仁一个箭步冲上去，从身后抱住蔡玉芹，两手紧紧扣在她的乳房上，两坨结实而又柔软的乳房唤起吴立仁的焦渴。他突然感到浑身的水分一下子被吸干，嘴巴喉咙都像干得起裂的河渠。他嘴脸搭在蔡玉芹的肩膀上，撮起嘴唇吮吸蔡玉芹嫩嫩的耳垂。

蔡玉芹第一次被人结结实实地拥抱，一下子僵住了。她不知所措。她闻到吴立仁身上香水味，有点恶心，想吐。更让她恶心的是吴立仁臭烘烘的口气。她扭动几下身子，想摆脱掉吴立仁。但摆脱不掉。吴立仁像一条蛇一样死死箍住她，她的力气太小了。蔡玉芹此时又气又急，她低下头去咬吴立仁的手，咬不到，双手去扳吴立仁的手，扳不开。甩不掉，扳不开，咬不到，蔡玉芹大骂，你个老流氓，你想干什么，你再不松手我就喊人了。

你喊吧，你喊呀，你说得对，我是老流氓，可你是自愿的，你总不能背信弃义吧。吴立仁没听出恐惧，反而听出高兴来了，他情不自禁地笑了，因为嘴里还衔着蔡玉芹的耳垂，所以他的笑声嗡嗡地送进蔡玉芹的耳鼓。

蔡玉芹没有喊人，但还在挣扎。她气喘吁吁地说，你才背信弃义呢，说好你先给钱的，你钱呢？

吴立仁这下松开箍着蔡玉芹的胳膊，走到蔡玉芹面前，挡住她的去路，饶有兴趣地看着面前这个乡下女孩说，原来是为这个，这么说你是看到钱才肯跟我喽。

本来就是嘛，蔡玉芹理直气壮。

吴立仁让开道，打开门，礼貌地做了个手势说，那好吧，请回你的房间吧。

蔡玉芹反而不走了，问，你想赖账呀？

吴立仁说，不是我想赖账，是你把咱俩的事搞得太俗气了，拿到钱才肯跟我，你想想你把自己当成什么人了？

你说我把自己当成什么人了？

难道你这样做不像婊子吗？

啪，吴立仁话音没落，脸上就重重地挨了蔡玉芹一巴掌。呸，你妈你老婆你姐姐妹妹才都是婊子哩，你有钱，你去嫖她们吧。蔡玉芹骂着走出书房，回到卧室，重重地反锁了门……

第八章　土地梦想

29

人还能让钱给憋死吗？

请王道远出面，吴立仁才给马大成结算了一笔工程款。马大成一时高兴，等到吴立仁公司的财务总监那里才知道，结算的只是拖欠工程款的小头。不能说杯水车薪，也只能说没拂了王道远的面子而已。马大成依然在为钱犯愁。实在走投无路，他想到了牛艳红。

很奇怪，平时为钱的事情马大成从来不会想到牛艳红身上。在他的心里，牛艳红就像他心湖中一座花团锦簇的小岛，他驾驶着自己的生命之舟劈波斩浪，即使在遇到风暴时宁可独自搏击风浪，也不愿抛锚靠泊那座小岛。因为那座小岛在风平浪静的湖面上是一处风景，他可以在岸上行走着欣赏，也可以荡起生命之舟在湖面上欣赏。而一旦踏上小岛，尽管可能看到风景中的每一个细节，但更有可能破坏了风景的美丽。因此，马大成一直把他与牛艳红的关系视为纯洁的友情，害怕掺杂进任何经济利益成分。不错，他在运东第一次邂逅牛艳红时就开口向她借钱投资，而且承诺利息丰厚，但是，后来一直没有真正再向牛艳红借钱。借钱如拾宝，要钱如寻宝。他不会赖账不还，但也不能保证按时归还。随着工程越做越多，资金占用越来越大，马大成举债也就越来越多，担心借了牛艳红的钱归还不及时，从而彻底破坏了彼此心中的那份纯洁感情。然而，孟石头带人上演了一场跳楼闹剧后，吴立仁只结了一小部分工程款，马大成还是捉襟见肘。

方便出来单独说话吗？我有事请你帮忙！马大成先给牛艳红发了一条微信，居然迟迟没有收到牛艳红的回复。

快到中午的时候才看到牛艳红回复，三个笑脸表情后面写着两个字，方便。

你从美容院出来，往淮北明珠广场西面的青海湖路上走，我从路边带你。马大成给牛艳红留下语音，开车去了青海湖路。他完全可以从牵牛花美容院门前的路口直接带上牛艳红，但他怕牛艳丽黏上。他还不想让借钱这件事弄得人所共知。而牛艳丽心里藏不住事，难免小喇叭不会到处广播。

远远看见牛艳红穿着天青色旗袍站在路边一棵玉兰花树下，亭亭玉立，马大成在摁开车窗同时把车子缓缓停在牛艳红面前。

牛艳红嫣然一笑，开门上车。怎么怕到牵牛花美容院的？那里有老虎吃你？

嘿嘿，艳丽黏人，让她黏上，我怕你出不来，事情又搅黄了。

牛艳红说，你讨厌艳丽？

不讨厌。喜欢一个人，就不想给她添乱。有的事情回避她会更好。

牛艳红不再作声，却在心底仔细琢磨马大成这话。这么多年来，马大成不给她添乱，是不是内心一直喜欢她？是不是有些事情回避了她？她不得而知。而她因为孟石头的小心眼，几乎快把她和马大成之间的纯洁感情闹得卑鄙肮脏而且世人皆知了，却还在不断地给马大成添乱。牛艳红想想就难过。马大成今天单独约她出来，有事请她帮忙，她没有及时回复，不是没有时间，而是在猜测，在犹豫，在思考，在选择。猜测马大成为什么单独约她，有什么事情请她帮忙，她能不能赴约，该不该赴约。当她思考成熟，果断选择回复了"方便"二字。牛艳红甚至做好了这次赴会被丈夫知道的思想准备，只要不做苟且之事，不怕别人风言风语。什么事情都怕，就没法活在世上了。

车子穿过淮北明珠广场，沿着西湖路向东，进入繁华的宝龙广场。宝龙广场周边聚集了众多的品牌商店和高档酒吧茶社。牛艳红曾经逛过几条街，只在品牌商店一饱眼福，并没有舍得花钱买一件品牌东西，更没走进酒吧茶社消费过。马大成有时光顾宝龙广场，大多是为了别人。他从一条街上左拐驶入古黄河岸边，在一家名叫听蝉居的茶楼门前停下来。

这里清静优雅，咱们进去喝杯茶。

牛艳红开门下车，眺望了一下古黄河对岸的林立高楼，俯瞰一眼清澈的古黄河水，转身先走进了听蝉居。这是一家茶楼兼民宿的单体独栋私家豪宅，牛艳红从没有到过这种地方。她推门进去，忽然听到潺潺的流水声。绕过前厅，面前出现一座拱形木桥。桥下是一湾流水，流水在细石间泻入地下，发出潺潺水声。一位戴眼镜的知性主妇笑着与她打招呼，问清只有两人后，引她进了电梯。电梯仅容四五个人，很快上到二楼。二楼走廊两边挂着运东书画名家的作品，进入一个温馨雅致的情侣包厢，她立即就平静了且充满期待。

不一会儿，马大成泊好车推门进来，坐到牛艳红对面。牛艳红问，你经常到这里来？

马大成说，我也是第一次。朋友圈里经常看到运东文化名流在这里活动，喝茶聊天，读书写字，悠闲自在。我估计这里肯定不错，果真是雅集的好地方。

牛艳红说，我们来这个地方是不是有点附庸风雅？

马大成笑了笑说，每个人的骨子里都有追求优雅浪漫的天性，只是我们常常俗务缠身，忘记释放自己的浪漫天性罢了。

牛艳红直视着他，不说话了。如此幽静，如此温馨，如此甜蜜，语言似乎多余。马大成不说，牛艳红还没有体会。马大成这一说，牛艳红真的意识到了。她内心的牵牛花语，她美容院门头招牌上的清纯姐妹花，还有她梦中实现城里人的小目标，不都是充满浪漫色彩的嘛！但是，这种优雅浪漫的天性怎么会像夜空划过的流星转瞬即逝，得不到持久的绽放呢？她真想再重温那段牵牛花语。

你怎么不说话了？

牛艳红回过神来说，啊，我接不住你的话了，不知道该说什么好。

戴眼镜的主妇端来泡好的龙井，轻声慢语地说了几句话，退了出去。

包厢里灯光柔和，温馨宁静。二人呷着龙井，一时真的不知说些什么。因为想说的话太多，又不知从何说起。牛艳红突然手托腮帮盯着马大成看，看得大胆，看得火辣，看得马大成有点发毛。

牛艳红向马大成求证那件浪漫且伤感的往事，哎，我一直想问你，你上高中那天晚上，你家门口树上挂一盏电灯，那么多亲朋好友在灯光下喝你的升学喜酒，你一人跑到路边向黑暗处张望什么？

马大成想了想说，哦，我记起来了，当时隐约听到你在喊我，跑到路边去听，结果只能听到风声。

牛艳红沉默了一会儿，有点难过地说，其实那天晚上我骑车去你家了，看到那个场面，我就站在离你没多远的路上，离你只有十多米远，你难道没看见我吗？

马大成回答，没看见。

我看你看得清清楚楚，你站在灯光下一脸茫然看向我，脸上没有任何表情，我掉头骑车回去，一路上都在流泪。

马大成说，哦，这么多年我是第一次听讲，对不起你！

牛艳红说，要说对不起，是我对不起你。因为我结婚，你不顾高考冲刺给我献花，还喝醉了酒。听说你爸到处告诉别人，他儿子为什么考不上大学，就是因为参加了牛得草女儿的婚礼，喝醉了酒，在宿舍里躺了一个星期没起床，烧坏了脑子，学过的东西全都忘掉了。我听了这话心里特别难过。假如不是因为我，你现在早已大学毕业，工作在大城市了。

人生没有假如，马大成打断她的话说，别听他们胡说，我不是那一次给你解释过了吗？我考不上大学是因为我偏科语文，当着学校学生会主席兼文学社社长，耽误了学习。不是因为喝你和孟石头的喜酒喝的。你千万不要自责啊！怎么又想起问这个问题？

牛艳红抽一张抽纸，擦了擦眼泪，破涕为笑说，你心里不怨我，我这心里是好受了。但是，一想起你那么优秀没考上大学，我就替你惋惜难过。

今后不准再揭那块伤疤，马大成无奈且严肃地说。

哎，你找我到这里来，是想向我借钱的吧？

马大成吃惊道，啊，你怎么神机妙算到的？我是打算向你张口借钱的。从那个冬天的早上跑步路上遇到你后，我就再也没在你面前提过借钱的事。不过，这一次真的山穷水尽了。吴立仁的工程款迟迟下不来，我找王道远老师出面说情，吴立仁才给我结了一小部分工程款。孟石头带着马猴子几个人跳楼威胁我，我再不兑现他们工钱，我怕政府部门要约我谈话了。怎么样，你会说我没有钱借给你吗？

牛艳红说，不会，你那么尽心尽力地帮助我，我还能对你见死不救吗！你要借多少？

多多益善，有十万二十万元就可以转过弯子了，再多一点回旋余地就会更大一些。

牛艳红说，这些年我省吃俭用攒了点钱，本来打算在运东首付订一套房，能在运东扎根的。不料，水涨船高，房价天天在涨，攒下的钱越来越付不起首付了。既然你急等用钱，那我全都借给你。放在银行也没意思。我估计能给你二十多万，哦，孟石头的工钱你暂时也不要给他，权当也算借给你了。那样就能凑个整数，三十万。

没等牛艳红用手机转账，马大成撕下桌上的一摞巴掌大印有听蝉居字样的便笺纸，给牛艳红写了一张借条，注明了利息，递给牛艳红。

牛艳红接过借条一看，这么高啊，早知道我攒的钱全投给你多好！但千万别吃沙子，拉砖头，背着稻草过河越背越重啊！

马大成苦笑一声说，逼到这一步，也只能走一步看一步，现在看来，还本付息还没问题。假如哪天资金链断掉，我就没活路了。眼下我最担心的是吴立仁，他是我最大的债主，他一倒掉，我也就趴下了。因此，我希望看到他好。

牛艳红说，吴立仁能撑到现在，在运东手眼通天，背后没有大树根本做不了这么大。但我也劝你，别在他这棵树上吊死。我感觉他表面上看像个正人君子，西装革履，油头粉面的，其实内心很肮脏。

哦，你怎么对他有这样的评价？你不认识他吧？马大成吃了一惊问。

牛艳红羞红了脸说，不瞒你说，以前我只听你说过吴立仁这个人，很羡慕他的。他从草根逆袭成富翁，实现了多少人都没实现的梦想。我要能打拼到他这一步就好喽！但我从来没见过他。就是在上周四吧，我出去上门给一个校长太太朱姨做美容，因为想巴结朱姨给梅子弄来上幼儿园，我都是上门给朱姨美容的。留下艳丽一人在牵牛花美容院里看门。就在我离开不久，一个中年男人闯进美容院，东张西望，还说，女子美容，男士止步，为什么？给艳丽吓得半死。正巧我给朱姨做完美容回来，他还没走。我就阴阳怪气轰他出去，他死皮赖脸不走，说是到附近酒店吃饭来早了，又说牵牛花美容院后面的小区是他开发的。我以为他在吹牛。喜欢在女人面前吹牛的男人多了去了。我才不会上他们的当。我就不理他。一听我和艳丽说把梅子带来运东上幼儿园，他又凑上来，大包大揽地拍胸脯说全包在他身上了。我当然不会轻易相信他。听我和艳丽的口音说是老乡，又递给我一张名片，原来这人就是吴立仁啊！天哪，名片上的头衔多得一张正反面印不下，名片是折叠式的。我一看他那双贼眼就知道他是花花肠子。当时我就多了一个心眼。在城里打工这么多年，我算识别了一些人了。别看有人衣冠楚楚的，很有可能就是衣冠禽兽；别看有人一本正经的，很有可能就是老不正经；别看有人笑容满面的，很有可能就是笑里藏刀。认识吴立仁，当时我还高兴了一阵子，终于见到大老板偶像了。我还介绍了与你的关系，他一点也不谦虚说，我是大成的贵人，没我就没他，不信你问问他。我还知道你这美容院是马大成给你装修的。当时我还抱着幻想，假如有一天牵牛花美容院不行了，我就到吴立仁开发的楼盘售楼部去当售楼小姐。可后来有一件事情让我彻底害怕他了。

他是我贵人，我到哪儿都不否认。但是，什么事情让你害怕他的？马大成警惕起来。

牛艳红说，这话不知该不该说。过了两天，我按照他名片上的手机号码加了他的微信，他的微信名字怪怪的，叫什么"黑五类"，不知道什么意思。我只知道"黑五类"是一款养生美容食品。哦，你说得差不多，他祖上是"四类分子"，他把自己微信名字起叫"黑五类"。当时他也添加了我的微信。接下来就给我一连发了几个视频，我打开一个链接看看，哎哟，妈呀，吓死宝宝了！全是赤身裸体的男女床戏！我立即拉黑了他。"扫黄"这么凶，不知他从哪儿弄来那么多黄色视频。平静下来我在想，哪天我要告诉你，你可要提高警惕啊！

姐，你在哪儿？是不是跟马大成在一起？这时，牛艳红接到妹妹电话，看了一眼马大成，马大成冲她摆了摆手，她立即答复妹妹，没有啊，我到银行办件事，马上回去。

马大成站起来说，那咱们走吧！到楼下结了账。

我从支付宝上转账给你，牛艳红说完跟着马大成离开听蝉居。

当天下午，牛艳红把所有积蓄都聚拢起来，通过支付宝转账给了马大成指定的账户上，解决了马大成的燃眉之急。

有牛艳红的几十万垫底，马大成又熬过了一关。在工地上，马大成又说服了几个乡亲，请他们暂时别急着结清工钱，到了年底一起结清。只给那几个跳楼威胁马大成的人结清工钱。马大成的态度也非常坚决。既然撕破脸皮了，那就别想再带着他们干了。孟石头不用说，在派出所抽了牛艳红一个耳光后跑回老家去了，算是自动除名。但是，马猴子拿到了工钱，却赖着不走。

不行。这么多年给你擦屁股，只怕你滑进牢里，想拉你一把。没想到你不懂感恩就算了，还反咬一口。我就是养一只狗还知道冲我摇尾巴哩。去吧，限你立即走人，不然我就把你的铺盖扔出工棚。马大成态度十分决绝。

马猴子说，我一回家哪个还要我，只能啃那几亩地了。

马万年在一旁一直替侄儿帮腔，还悄悄对马大成耳边吹风，养虎成患，留下马猴子早晚毁在他手里。一听马猴子装可怜，担心马大成心软，大声说，怕连那几亩地你也啃不到了，天天两眼望天吧！做人得讲良心，良心让狗吃了，什么事情都不敢交给你做了，你该滚多远就滚多远吧，这里没你什么事了。

马大成说，运东到处是工地，哪个工地能按月给你工钱你就去哪个工地。我一贯喜欢帮助别人，但我也一贯疾恶如仇。做人不能像你和孟石头这样过河拆桥。一个不懂感恩的人还不如禽兽。

马猴子乖乖拎起自己的铺盖离开了马大成的工地，临走还学着电影上的台词放个挺尸屁，呸，马大成，别看你现在闹得欢，小心将来拉清单，咱们走着瞧！

30

自从工地上有人跳楼，马大成就吃住在铁皮工棚里，害怕再有人闹出乱子。哪还有比人命更大的、比人心更复杂的事情吗？马大成再住在自己的那套高层住宅里早出晚归，怕会真的闹出人命官司。

天气逐渐热起来了，工棚里气味越来越难闻。汗味、臭脚丫子味、快餐面的味，简直恶心。一大早，马大成要求工友们把被子抱到外面晒一晒。有的工友不敢晒被子，一晒被子上全是乌云。工棚一头现成有洗澡的地方，也有洗衣机，但许多工友懒惯了，一周也不洗一次澡，一年也不洗一次被子。自己糟蹋自己，马大成也没有办法。

监督工友们尽快融入运东城市生活是马大成自定的任务，开会讲，见面单独聊，注意个人卫生和形象。给宿舍选定室长，排班轮值，有时自己晚上还会去检查宿舍卫生。为强化管理，还安排三叔马万年做总监督，只负责督促室长有没有履职。但三叔本身散漫惯的，不想舍了自己的老脸，加上见天喝得迷迷糊糊的，自律都成问题，哪有理由说服别人？因此，宿舍管理制度形同虚设。马大成这几天住进工棚又多一个任务，就是化解工友们的负面情绪，防止意外事件再次发生。刚住进来时，三叔马万年就提醒他，马上夏收了，人心不稳啊！收住人心最为重要。马大成有这个思想准备。做包工头这些年，农忙时往往也是工地最繁忙的时候，要想留住工友，只有一个办法，多加工钱。

没想到，还没有等到别人向马大成请假，马万年却第一个找马大成请假了。理由有点意思，不是回家忙收忙种，而是说儿子马大强来运东农民干部培训学院培训，打电话让他过去，改善改善伙食。马大成能不准假？

大强什么时候来运东的？怎么不提前给我打个电话？马大成不仅准了三叔的假，而且还要开车送三叔。不知什么原因，马万年坚决不让送。马大成就问，你知道农民干部培训学院在哪儿，离这儿有多远吗？

马万年翻眼想了想说，我哪知道在哪儿，大强也说不清位置，只说学校门口有公交车站台，我坐公交车去就可以了。

马大成说，农民干部培训学院在黄运湖边上，离这儿少说也有三十里路，坐几路公交车都不知道，你猴年马月能找到。还是我送你去吧！

开车上路，马大成打开车载电话，翻出马大强的手机号码，一边开车一边跟马大强对话，你怎么到运东来也不打个招呼啊？马蹄庄有人在运东好歹混得有房有车，就这么不招人待见吗？

马大强在电话里遭热饭烫了一般连连道歉，对不起哥，乡里集中过来培训，还没来得及打扰你

马大成说，我把三叔给你送来了，你到门口等我们。

运东农民干部培训学院在黄运湖新区的北边，是全省唯一培训农民干部的单位。每年都会与农业农村局联手，分批办班，培训农民。什么致富带头人培训班，什么职业农民培训班，什么家庭农场主培训班，什么农民经纪人培训班，什么新时代新农人培训班……五花八门，反正都离不开农字。马大成记得曾经路过那里，但从来没有专程去过。在手机上用北斗导航，一路开到了培训学院门口。马万年感叹，哎哟，这么远了，亏得大成送我。他们在车里没有下车，等了一会儿才看到马大强一路小跑过来。马大强胖了，但还是那样摇头晃脑、目光躲闪、心神不定的样子。马大成下车给三叔开了车门，父子相见，只互相看

了一眼，没有多话。

马大成问，这里吃住怎么样？

马大强说，培训包吃包住，还给补贴。自助餐，一顿几十个菜，随便吃。两人一间住宿，二十四小时热水供应，跟住宾馆一样。正好跟我一个宿舍的那位是附近的，天天晚上回家住，我想让爸爸过来享受两天的，没别的意思。

马大成说，嗯，怕三叔跟我后面饿着——看样子你们是全市性的培训，都培训什么内容啊？

我是今年全市农村致富带头人培训班学员。我也说不清培训什么内容，教授们满嘴的套话，中用的不多，马大强嘻嘻哈哈说，到我宿舍坐坐吧。

马大成想了想，虽说工地上的事情不少，但还是跟着马大强去了。来到马大强的三楼宿舍，桌上一摞新书吸引住马大成目光，有《土地法》，有《土地流转条例》，有《脱贫攻坚奔小康读本》，有《乡村振兴手册》，全是塑封的，还没一本拆封过。马大成说，都是好书啊，吃透一本就不得了了。

马大强笑了笑说，老师讲的都消化不完，我没来得及看。你知道的，我一打开书本脑袋都炸了，满眼都是蚂蚁乱爬，哪能看懂啊！

马万年说，妈的，小时候没念进去书，脑袋变成榆树疙瘩了。看不懂，给大成拿回去看去。

大强同意吗？

同意同意，马大强居然摞了摞书，塞给马大成，一点也不担心培训结束还要考试。要不怎么是农民培训，别说考试了，不给补贴还不来培训哩。马大成如获至宝，从抽屉里翻出一个无纺布手提袋，把桌上的一摞书装了进去，正好，我的书橱里正缺书哩！

大成哥，我想替爸向你请个假，眼看着就要三夏大忙了，我想让爸跟我回家忙一阵子，收清忙备了再回运东来跟你干。马大强眼睛看着窗外说话。

马大成听出马大强的声音很不自然，说，大强，你话里有话吧。

这么多年，三夏大忙时你都没指望过三叔，有时还说你家那几亩庄稼还不够你一人忙的。今年怎么这么着急？必定有其他事情吧？

马大强听到不同意见，或者心里藏着秘而不宣的事情就会避开对方目光，身子在原地打转。非常明显，马大成窥见他的心思，他又在原地转了几圈，又是摇头，又是摆手，嘴里衔了猪蛋似的，支支吾吾，不知所云。

马万年跺脚说，妈的，跟大成还有什么不能说的，看你那个熊样！站没有站相，坐没坐相，磨小能压麸吗？

马大强这才平静下来说，不瞒你说，大成哥。我从乡里流转几百亩土地，协议都签了，收完麦子就开种，让爸爸回去帮我照应照应。

马大成说，噢，我估计有事。一下拿下几百亩土地，想干吗？地都是哪庄的？

牛角庄的地。全是平整的水田，旱涝保收。哥，现在种粮大户都叫家庭农场主，也叫职业农民，或者叫新农人。我看你在城里混久了，快跟不上农村形势了吧！

那是，我肯定跟不上农村形势了，我又没经过农民干部培训学院培训！马大成涮了马大强一把后问，你流转牛角庄的土地，那咱们马蹄庄的土地呢？

马大强说，我也想流转咱们马蹄庄的土地呀，可我下手晚了，让一个老板签了下去，三千亩啊，老板一口吞下去了。听说那个老板是运东的，姓曾，叫曾什么的……

是曾家胜吗？

对，就是这个人，个子比我还矮，又瘦又黑。到乡里考察，胳肢窝夹个小包，收电费似的。乡长把他捧得高高的，通知我参加接待。乡长问我，怎么样？我说这人不像种过地的人。乡长说，现在种地靠资本和机械。你像种地的，你有钱拿地吗？他祖上是四类分子，对土地有感情，要不还不愿来流转土地呢！

马大成大吃一惊，啊，吴立仁的祖上是四类分子，曾家胜的祖上也是四类分子？怎么四类分子的后人个个都这么牛，都这么想踩代吗？

什么踩代？我看他们就是想占有土地。马大强说，我对乡长说了，不会种地要地干吗？人荒地，一季子，地荒人，一辈子，别耽误马蹄庄的人一辈子。但是，乡长说了，曾总后台硬，资金雄厚，拿地不差钱。看样子乡长跟曾总不是一般关系。从头到尾，曾总一句话不说，全是乡长在打圆场，曾总的大管家似的，什么他都知道。

马大成说，咱马蹄庄的土地就这么一下从农民手里夺走了，谁有这个权力？农民没了土地，喝西北风吗？

上面有政策，柳集乡政府有权处置。听听大成哥这脑筋，幸亏在运东市里混的，不然一听这话还以为从天外来的呢！上面早就说过了，土地流转了，农民每家的责任田算成股份，拿地亩钱。农民还在自己的土地上干活，拿工资，年底还能分红。多好啊！马大强对政策的解释很到位。

噢，我明白了，农民真能变股民吗？土地能炒吗？马大成真的钻进牛角尖里去了。

马大强着急得跺脚说，哥，没人说在炒土地。你离家时间长了，又快半年没回家了，你不了解老家情况，很正常。老家空心化严重，只有老人和孩子，一家一户的土地没法种了。你家没问题，我家也没问题，但马猴子家你知道的，他家那几亩地都撂荒好多年了。接着再上楼集中居住，原先家前屋后的土地就近刨一刨就行，将来变得路远了，哪个还为那三碗芝麻两碗油的去刨地种？再不集中流转给种粮大户去种，每年收成都没了。现在的农民在自己的土地上打工挣钱，还参与分红。能跟炒股是一样的吗？

难道有什么区别吗？有地种好歹还有粮食，现在农民连自己收种的粮食都不属于自己的了，然后再拿钱去买粮食吃，你说农民变股民了，呸，我才不信那一套鬼话哩！

马万年一看侄儿激动了，急忙拉场说，大强说的全是上面的话，大成你也别当真。管他是农民还是股民，只要老百姓的日子越过越好就行。转脸又问自己的儿子，大成说的不是没有道理，你弄几百亩土地在手上，你能忙得过来吗？

马大强说，我刚才不是说了嘛，雇人干活，上面给的项目资金就够租地雇人的了，然后还有种粮补贴，加上一年一季小麦一季稻，稳赚不赔的买卖。现在哪个村干部都在拿地，不拿地就是傻子！不拿地乡里也不让你啊！要你村干部带着农民干，做给农民看，你干部不带头，农民怎么会加油。土地流转不是我想当家庭农场主，是乡里派给我的硬任务，我想不当农场主都不行啊！

大强这话我听着有点玄。噢，有钱可以拿地，有权也可以拿地，然后国家再给你租地和雇人的钱，然后地里长出的粮食卖钱全归你。他们眼瞎了，做这种没屁眼的事情！这不明显是损不足而奉有余吗！为什么不把土地流转费和种粮补贴直接发到农民手里，而要给你们有钱有权的人。你们付出了什么？你们能保证一分不少地发给农民吗？这样做难道不是在剥削农民吗？！马大成更加激愤了，呼吸急促，眼皮在跳，脸上的肌肉在抽搐。

马大强大笑不止，又开始在原地转。

马万年冷静地上前拍了拍侄儿的肩膀，拉场说，大成，别扯那么远。只要咱们过上好日子，就行。大强说话不靠谱，几百亩地种不好就砸自己手里，别指望我啊！你有本事拿地，你就有本事种地。我这把年纪了，在大成工地上长眼盯着料子，看着别人干活，可以。回家再种地，你真拿我当牛使了？！

马大强说，你回去也是只帮我瞅瞅看看，哪个让你干活的？雇那么多人种地，出工不出力的、偷工减料的，什么人没有？在生产队那时候又不是没经历过的。没家里人长眼盯着，哪个敢放手扔给别人去干。

马万年动心了，也是，那牛角庄地里的麦子不是还没收完吗？等收完放水栽秧时我再回家，好歹在运东有一天大成给我开一天工钱，何必回家瞎猫等着死老鼠呢！

随你什么时候回去吧，马大强鬼得很，转向马大成说，听说王道远在市政府办公室当上处长了，我想趁着在运东机会拜访他。

处长只是叫着好听，其实还是科级干部，你拜访王老师干吗？马大成气还没消。

马大强笑了笑说，想从他嘴里套点政策，帮助牛铃山村招商引资，壮大集体经济。

马大成说，我把王老师手机号码给你，你约他去。

马大强掏出手机，听着马大成报出的手机号，同步输进自己的手机，随即就给王道远打手机，说了半天，王道远没听懂他是谁。马大强说是你教过的学生，班上那个最调皮捣蛋的。但是，手机那头的王道远还是没想起来。马大成你知道吧？我叫马大强，是他的弟弟。咱们班还有一个校花叫牛艳红，也在运东开了一家美容院。

王道远噢了一声，恍如隔世地想了起来，有事吗？

没事，就是想拜访老师，欢迎王老师再回牛铃山去指导工作。

马大成发觉马大强成熟了许多，一套一套的，基层干部果真锻炼人。

感谢！我真想回到牛铃山下看看，但我现在太忙，有机会一定去。王道远在手机里答应马大强。

挂了手机，马大强突然得寸进尺提出，大成哥，你看能不能趁我在运东培训，请王老师吃一次饭。你约，我付钱。

31

即使没有马大强提议，马大成也准备请王道远老师吃一次。在运东打工这些年，承蒙王老师关照，许多事情顺风顺水。王老师偶尔有合适的饭局还会喊上马大成，而马大成却从来没有回请过王老师。正好，马大强来了，加上牛艳红，把牛铃山脚下那所戴帽小学的几个同学都叫上，师生聚一聚，王老师一定会很高兴的。

马大强临回牛铃山村的前一天上午，马大成电话预约了王道远。果真，王道远一听非常高兴地说，好啊，教了几年书，终于有学生请我吃饭了。什么人请我，我也不去，我全程参加你们的活动。打算放在哪里？马大成想了想回答，订在黄运湖边上的湖仙楼酒店，怎么样？运东的饭店王道远哪家没吃过？他随口就说，好，那里安静，而且湖鲜多，好久没去了。

牛艳红接到马大成电话时更加高兴。和马大成在一起吃饭不止一次两次了，但自从王道远考到了运东市政府办公室，她还没有见过王老师一次。师生第一次在运东相聚，牛艳红当然开心。整整一个下午，推掉顾客，她都在对着镜子给自己化妆。平时精心美化城市女人的脸，今天决心也把自己的脸当作画布，精心画出一幅赏心悦目的作品。

牛艳丽感觉非常奇怪。几天前姐姐一声不吭溜出牵牛花美容院，回来只见满脸火烧一样地红，而且久久不褪。问姐跟谁在一起，姐姐就是不说。牛艳丽虽然有点大条，但女人的小心眼一点也不缺，她一直怀疑姐姐跟马大成搅和在一起了。偷鸡摸狗也许不会，但趁着姐夫孟石头不在，孤男寡女地互诉衷肠却极有可能。今天下午，姐姐又破天荒地往自己脸上涂脂抹粉，可见又要背着自己出门，女为悦己者容，怕是又要约会去了。牛艳丽心里憋得难受，抢过姐姐面前的化妆品，姐，你这是要演出吗？

今晚赴一个宴会，不能太寒碜。牛艳红夺回化妆品。

有马大成？

有。他是发起人。

我也去。牛艳丽缠上姐姐，我看你们瞒着我做些什么事情！

牛艳红在镜子里冲着妹妹生气说，在运东的同学请咱们老师王道远的，你去算什么？你又不是王老师的学生。我们没有什么事情瞒着你的，别把别人都想歪了。

牛艳丽转眼用微信向马大成求证，得到的答复与姐姐一致，才平复下来。摆脱妹妹纠缠，牛艳红从镜子里端详了自己半天，无一处不妥帖，连一根头发是捋在耳后，还是打弯定型在鬓角，都颇费了一番心思。相信自己完成了一件最满意的作品后，便不再敢低头弯腰，更不敢与妹妹打打闹闹，只等着向老师和同学奉献上一件完美的作品。

马大成开车接上她时立即被她身上沁人心脾的味道陶醉了，情不自禁说了一句，你今天真漂亮。

牛艳红更加陶醉。

到了湖仙楼，马大成泊车。牛艳红独自坐电梯到了三楼望湖厅，看到马大强站在窗口眺望傍晚的黄运湖，个子不高，双手后背，做伟人状。牛艳红叫了一声马大强的名字。马大强转身却认不出牛艳红来。你是，噢，牛艳红，校花就是校花，在运东还一样地鲜艳夺目！

牛艳红说，没想到咱们都成了你的臣民了，你说这世道变得多快！

马大强说，在乡下瞎混混，哪有你们在城里风光啊！

正说着，马大成陪着王道远进来了。马大强抢先一步上前与王老师握手，王道远一时叫不出马大强的名字，打了一个哈哈，迎着牛艳红上前握了握手说，你是牛艳红吧。

王老师不认识我了？我叫马大强啊！马大强蹦到王道远面前自我介绍，又抢过王道远的手去握了握。

噢，对，你前天还给我打过电话。听马大成说过，你现在是村主任了吧！好啊，牛铃山脚下那所戴帽小学还在吗？王道远岔开话题，消除了尴尬。

一片破瓦房还在，多年前学校撤并掉了。家里有点条件的都把孩子送到柳集中心校念书，条件再好一点的人家干脆在县城租房供孩子念书，村级学校招不到学生了。现在，那片破瓦房没门没窗，我估计要不了多久就要变成一片废墟。

王道远感叹说，噢，转眼十几年了，沧海桑田啊！牛铃山戴帽小学还一直留在我心里，你们的欢声笑语，你们放学飞出校园的样子，你们在田野上追逐嬉戏的样子，还有那回荡在清平湖畔上空的铃声，都深深地烙在我的心里。转眼就成追忆了。看看你们都三十岁人了，你们说老师我能不老吗？

牛艳红说，王老师一点没老，只是比在学校时发福了，更有派头了，像个大干部。

王道远哈哈大笑说，性格太直，十几年才混个科级干部，什么大干部哟！脑袋快顶着天花板喽！

上桌坐下聊吧，马大成拉出上座椅子，请王道远坐下，自己抢先到对面的陪客位置坐下，看看牛艳红和马大强说，你们随便坐吧。你们还不知道呢，我到运东来当时第一个想见的就是王老师，结果刚进市府广场就让警察给拦住了，盘问了半天，又要身份证登记，又要打电话联系，见到王老师真是不容易啊！哎，吉人自有天相，当时我的包工头曾家胜带我去国际饭店开会，巧了，是王老师办的一个市长会议，当晚留下我参加宴会，连曾家胜都上不了桌面。第一次长脸面，长信心了。王老师把我推荐给吴立仁，又一路帮我注册公司，解决许多实际困难。

王道远说，打住，不足挂齿，不足挂齿，我在你们家乡教书时间不长，但我对那里很有感情，我感觉你们那群乡下孩子都非常质朴，非常懂事，非常懂得感恩。许多事情都想不起来了，但马大成和牛艳红两人一起送我一个笔记本的事，我还印象深刻哩！

牛艳红咯咯笑道，王老师还不知道吧，当时马大成有那一份心，想送你一个什么礼物，因为你对他太好了，让他当班长，还一直夸他作文写得好。但他身上没钱，急得快哭了，还是我给垫钱买了那个笔记本，当时我记得马大成写了两句话，一身正气，两袖清风。

王道远又哈哈大笑说，对我从政的期望值很高啊，但说实话，人在世上，做到一身正气两袖清风，不容易啊！官场诱惑太大了！说了你们也不懂。

牛艳红寒脸说，王老师，我们虽然不懂，但我们相信老师你无论当多大官都是个清官，永远不会成为贪官。

谢谢，争取吧！王道远突然仰起头，两眼的泪光在灯光下一闪一闪，就像阳光在湖面上闪烁一样，不过，时间非常短。王道远突然漾出的泪水仿佛遇到了地漏，迅速被吸干。他取下眼镜，揉了揉发涩的双眼，笑了笑说，唉，我真想再回到那所戴帽小学教书啊！可惜，世界完全变了，回不去了。这些年，我真的身心疲惫啊！记得马大成第一次问我还写小说吗，我装聋作哑。其实那是我不想让人揭开我内心的伤疤。自从进入官场，我哪里还敢写小说哟！连一句真话错话都不敢说的。刚才牛艳红说我是个清官，又戳到我的敏感点了。你们的期望就是我的追求。只可惜我现在人微言轻，为百姓做不了什么大事啊！

空气一时凝重，马大成急着想把王道远从伤感的情绪中拉回来，王老师，为人在世，能为身边的人包括亲人、同学、朋友和熟人做点好事就很不容易了，哪能都有机会去为国家为人民大显身手呢？我从你身上学到了很多。最近我在思考一个问题，我想请教你，你说现在还有没有阶级？

这个，王道远一下陷入沉思，然后慢条斯理说，这个问题太敏感了，大成，还是别谈的好。

马大成又问，王老师，那你说土地流转后农民干什么？

王道远拧着脖子直直盯着马大成看了半天，然后转脸问马大强，啊，这个问题大强比我更清楚，大强说说，土地流转后农民干什么？

马大强正夹一块排骨在嘴里，急忙吐在面前盘子里，抓起餐巾纸擦了一下油嘴，嗫嚅了几句说，其实大成比我清楚，我昨天就对他说过了，土地流转后农民变股民，以自家的责任田入股，年底分红。平时还在自家地里干活，但可以拿工资。

马大成替他补充说，王老师，大强的意思是流转得到土地的大户叫家庭农场主，或者叫种粮大户，其他农民就叫职业农民。

马大强这才附和说，对对，就是这个意思。

王道远手指马大成说，你马大成脑子里都想些什么？你挣钱够用了吗？你整天想这些没用的干吗？

马大成说，王老师，不是我胡思乱想，今年回到运东做工程，我为讨要工程款被逼得快疯掉了。工友干了两三个月没拿到工资，跳楼威胁我。那天在格林咖啡馆扑到你和吴总，一看你为他介绍冯先生写他的家族史，我就想，吴总那是想干吗？不是你当场替我说话，吴总才让财务给我结算一笔工程款，加上好心人拿出她全部积蓄帮我渡过难关，我都没法活了。这事逼着我思考。思考什么呢？如果我像大强这样在老家种地，那我哪来这一大堆烦恼？如果我像王老师这样做个公务员，那我怎么会有这样的烦恼？现在，老家的土地就要流转了，我想回家种地也回不去了。

牛艳红听到马大成说她是帮助渡过难关的好心人，心里很受用。没等马大成说完，她就插嘴说，马总在运东有房有车都有难处，我在运东就像浮萍一样漂着，始终扎不下根来，那还怎么活啊！

错，有了房子你还是在漂。你让大成说说，他有房子就能说他是城市人了吗？你有城市户口吗？你有市民医保吗？你们现在有能力挣钱养家糊口，但到你们老了，你们怎么办？你们靠谁？子女？你们也是子女，你们给父母多少依靠？城市？你属于城市，但城市不属于你。土地？对，你们每人的父母都有几亩属于他们自己的土地。但是，你们有土地吗？大成，你有吗？哦，没有。大强，你有吗？没有。艳红，你有吗？也没有。都没有。你们是一代无地的农民。因为你们出世时没有赶上第一轮承包地调整。眼下，你们不依赖土地，照样生活得很好。其实，土地才是你们最忠实的依靠。一个人在世上假如没有一片属于自己的土地，你们想想是什么感觉？就像我，还有许多市民，曾经以没有土地为荣，但是，我敢说不久的未来我们会惶惶不可终日，会比你们拥有土地的父母的日子更加难过。因此，你们不要自卑，你们应当骄傲。我是农民，我骄傲！王道远滔滔不绝说下去，明显有点不知所云，甚至超出了牛艳红和马大强的基本认知。

王老师，王老师，你还像在课堂上那样侃侃而谈，但我想问的是，土地流转后我们这些在城里的第二代农民工怎么办？马大成竭力把王道远拉回到自己的话题上来。

怎么办？无非两条路，一条把自家土地流转出去，继续在城里打工挣钱，做个城里人；一条回家流转土地，做个家庭农场主、种粮大户或职业农民。哎，大成你还有什么值得纠结的？我在市政府办公室工作，虽然不负责农业农村工作，但我也了解一点。现代农业出现的新兴家庭农场和农业合作社，农民在家庭农场和合作社里打工入股，这是新时代新农村出现的新型社会关系。这一点你马大成千万别钻牛角尖，更不能有选择困难综合征。王道远说得斩钉截铁。

马大成说，王老师指出的这两条路，只能选择一条。我也这么想过，但我一直在纠结。鱼和熊掌，我都想要。

牛艳红打断他的话，马总，你有什么值得纠结的，在运东有房有车的，不必为其他选择焦虑。倒是我现在的处境才尴尬哩，进退两难，心有不甘。不想回乡当农民，又在城里漂着没扎根。我都快愁死了！

马大成看着牛艳红，右手在桌面上轻轻摆了摆，让她别多说话。牛艳红收住话头后，马大成才说，王老师，我喜欢钻牛角尖。是不是有什么老师就有什么学生？

王道远大笑，手点点马大成说，大成，你含沙射影说我爱钻牛角尖呗！

几个学生都跟着笑了起来。

牛艳红说，王老师教我们的时候有一件事情我还记得很清楚，牛铃山戴帽小学校长自家开个小店卖东西。王老师当着校长的面说他利用职权变相敛财，校长气得要死，发狠要开除王老师。王老师在我们班上发动全班同学不许去校长家小店买东西。

有这事吗？王道远说，我怎么一点也记不起来了。大成，你有点像在教书时的我，喜欢较真。吃亏就吃亏在这里。我已经碰得头破血流了，你还想步我的后尘吗？来，喝酒，喝酒，醉了就什么烦恼都没有了！

谁让我是你的嫡系学生呢！什么样的老师，教出什么样的学生。马大成自豪回答后举杯痛饮。

马大强一直没插上话，像个傻子坐在桌上。谁讲话他就冲着谁点头直乐，特别是刚才马大成和王道远关于土地流转后农民怎么办的争论，他听得明白，但心里又像喝了猪油一样迷糊。当桌上的话题终于回归到喝酒正题上时，马大强这才找到了感觉。他站起来说，王老师，在座只有我一人至今还在牛铃山下混着，你不嫌弃我，我敬你一杯酒吧！欢迎你再回牛铃山下指导工作！

没等王道远说话，马大成伸手把马大强拉坐下来，你逞什么能，又想在运东喝哭了自己，丢人现眼啊？

王道远问，喝酒喝哭了？大强这是什么酒风啊？

马大强说，大成哥就怕我喝哭了给他丢人。他不知道，那是老皇历了，当村主任这么多年历练下来，我早就喝酒不哭了。

今年春节在他家喝酒还哭得稀里哗啦的，扫了大家的兴。这么快就改了本性？马大成继续坚持不让马大强多喝，再说了，王老师平时不怎么喝酒，市长说有事，一个电话打来就得熬夜写材料，必须时刻保持头脑清醒。王老师今天高兴，与咱们一起喝了酒。既然大强想表达心情，那下面就这样，谁想喝多少就喝多少，王老师随便。

我想喝这壶好酒，马大强再一次端着酒壶站起来，生怕好酒便宜了别人似的，一仰脖子，咣当，一壶酒倒进肚子里，然后亮出壶底说，王老师你随意喝。

王道远得到马大成保护，心存感激，浅浅喝了两小杯，算是给足了马大强的面子。

王老师，刚才大成说得对，我酒喝高了不由自主地会大哭一场。至于为什么，我也说不清。就是大哭一场后心里舒坦，就像一场大雨冲走了地上的脏东西一样。后来我也感觉哭起来丢人，我找到了一个好办法，唱歌。跟大哭一场效果一样。

哈哈哈，我想起一个成语，长歌当哭，你难道是老庄再世？王道远笑得前仰后合。

牛艳红说，大强要是带着喇叭来给王老师吹一阵还行。王老师，你还不知道吧？初中还没毕业，大强就对着家里的水缸学吹喇叭，然后跟着小戏班到处鬼混，后来居然让他混到乡文化站里去了。嘿，再后来居然回牛铃山村当起村主任了。你说这世道变的！大强，你那破锣嗓子就别唱了吧，别给人都吓跑了！

马大强嬉皮笑脸说，老同学别揭我的短，别小看乡村小戏班的台柱子，你跟孟石头的婚礼上没我那班喇叭，肯定没那么热闹。大成哥不给你献花，你能用婚车给他送回县中？过来，我这首歌是男女声二重唱，牛艳红，你来唱女声。马大强取过墙角点歌台上的麦克风，伸手去拽牛艳红。

牛艳红推辞，我可从来没唱过歌。

马大成说，又不是演出，图个开心，能唱就唱吧！

王道远也说，前些年，运东遍地 KTV，吃完饭唱歌，哪个不会？牛艳红，你先唱，过会儿我也唱。

有王老师鼓励，我就抛砖引玉了！

马大强和牛艳红在飙歌。

王道远听了一会儿，悄悄起身走出门。马大成紧紧跟了出来。王道远径直走向走廊尽头，那里有个小门，直通晒台。晒台上凉风习习，一边是灯火辉煌的运东城市夜景，一边是渔火点点的黄运湖。王道远眺望着湖城交界处航运繁忙的运河，一言不发。马大成站在身旁随着王老师的目光望去。

在吴立仁手下做工程，感觉怎么样？王道远突然问。

马大成想了想说，挣钱是挣钱，就是结款不及时，感觉太累。

嗯，我跟吴立仁交往不多，感觉他越来越膨胀了。这人黑白两道都来，很危险。他经常找我要这样那样的，我只应付他一下，没有深交。但我提醒你，他欠你的工程款抓紧结清，防止夜长梦多。王道远说得非常严肃。

谢谢王老师提醒，我一直在追讨工程款。我想问，那天在格林咖啡馆里你让我离开是什么意思？

噢，没什么意思，是那个姓冯的老作家小肚鸡肠地容不下人，我怕你再待下去他会拍拍屁股走人。本来是吴立仁要我推荐一个文人为他写一部家族纪实的，答应给人家八十万元。姓冯的作家能让别人掺和分肥吗？他这一辈子的稿费怕也没有八十万元哩！

马大成跟着王老师回到望湖厅，马大强和牛艳红也吼累了。牛艳红把麦克风递给王道远，大家一起鼓掌，欢迎王老师唱一首。

王道远接过麦克风，饱含深情地唱了一首《为了谁》，"泥巴裹满裤腿，汗水湿透衣背……"唱完第一段后，示意牛艳红接唱第二段女声。

牛艳红拿过另一只麦克风，与王老师共同完成了这首歌。

马大成和马大强在一旁为他们不停地鼓掌。一曲唱完，王道远一挥手说，今晚就到这儿吧，怎么样？

马大成迅速招呼大家跟着王老师下楼。到了一楼总台，马大成和马大强争着结账，女服务员笑着告诉他俩，账已经由王道远结了。他俩转身追上王道远说，王老师，你这让咱们学生怎么好意思啊！

王道远说，你们打工挣钱不容易啊，让你们请我，我才过意不去哩！好啦，走吧，今后有空常聚。

32

儿子，你现在在哪儿？告诉你啊，我昨晚做了两个梦，醒来吓出一身冷汗。我想告诉你，我去运东找你。

一贯起早的马大成还没醒来，爸爸马万里就在手机里神经兮兮的，马大成一听咯噔从床上坐了起来，啊，你做两个梦跑到运东来告诉我，梦有什么好说的？手机里不能说吗？这梦的成本是不是太高了点。

就是赔上老命，我也要找你商量商量。马万里在手机里豁出去了，执意要从老家来运东。理由没有别的，就是告诉儿子他做了两个梦。简直太奇葩了！

马大成知道爸爸脾气犟，说死就闭眼的人，九牛二虎拉不回头。估计爸爸也只是拿做梦说事，肯定是想儿子想得快疯了，而近来有一段时间马大成又很少与家里联系。马大成说，既然你想来运东散散心，那你就来转转吧，正好云梦山的纳田花海、梨兰会正好看，我带你去看看。

什么山也赶不上咱们的牛铃山，什么田也赶不上清平湖的湖田，我看那云梦山的纳田花海干吗？我看我儿子就行。马万里还是流露出想看儿子。

马大成只得听父亲的。他跟父亲之间没有矛盾，但也有隔阂。从小到大，大矛盾没有，小摩擦不断。说到底，都不是什么大不了的原则性问题，无非是代际沟通不畅、认识水平有别。马万里夫妇想抱孙子快想疯了，到处求哥拜姐给儿子提亲，但马大成都不感兴趣。马大成也不是有意忤逆父母，就是想，自己的终身大事自己做主，不许别人干涉。马大成估计爸爸昨晚做的梦与他抱不到孙子有关。不管他，马大成生活照常，节奏依旧，一点没被即将到来的爸爸打乱。

跑步，冲澡，吃早餐，马大成生活极其规律，规律得有点机械教条。吃完早餐就在工地上检查，一会儿电话催送水泥，一会儿电话催要钢筋。反正，到了工地上他就闲不下来。人忙天短，一会儿半天就过去了。临近中午，突然想起爸爸今天过来，但至今还没接到爸爸的电话。坏了，忘了去车站接爸爸了，立即掏出手机主动给爸爸打了过去。

我早就到你家了，我都在沙发打了一会儿盹了。

马大成这才想起来爸爸身上装有他房子的钥匙，既然进了家，那就放心了。本来，马大成还想把三叔马万年叫上，让老兄弟中午在运东好好喝两杯的，但转念一想，三叔贪酒，喝大了收拾不了他，可别影响爸爸的好梦。于是，马大成迅速开车回家。路上叫了两份外卖，打算随便吃点就算了。父子没那么多客套。

进门就看到马万里咯噔从沙发上坐了起来，眼睛盯着儿子。马大成去卧室放包，他目光跟进卧室；马大成进了卫生间洗手，他目光跟进卫生间。马大成打开冰箱，取出两罐王老吉凉茶，扔一罐给马万里。马万里伸手接住说，甜歪歪的，我从来不喝这个。

马大成一口气喝完一罐王老吉，心里才算平复了下来，坐到马万里身边问，做了个什么梦啊，这么当真，值得大老远跑来运东告诉我？

马万里不好意思地笑了笑说，我开始梦见自己变成一头牛，被人赶着在水田里耕地，四蹄扎进泥水里，用尽浑身力气也拉不动犁。头顶上的鞭子噼噼啪啪直响，身上被抽出一道道口子，皮开肉绽。咣，我最后四蹄不稳，一下倒进水田里，怎么也爬不起来。抽鞭人把我扔在水田里，上岸走了。我活活被水给呛死了。

这梦有什么意思？你怕什么？牛呛死了，你醒来还活着，这不就说明梦是假的吗？马大成急着问。

我醒来回想回想，也感觉没什么意思，但是，变成牛，我不怕。呛水淹死了，我也不怕。我怕的是梦里那个抽鞭子的人，多凶啊！我都皮开肉绽了，他的鞭子还在我身上噼噼啪啪直响！你知道那抽鞭子人是谁？

我哪知道，梦里哪有真人？马大成拿过遥控器打开了电视，体育频道正播着《天下足球》，他把目光投到欧冠联赛上，目光跟着 C 罗奔跑。

马万里对电视里的足球比赛毫无兴趣。你千万别说梦里没有真人，梦是假的。我感觉我这两个梦都是真的，梦里的人都是真人。哎，举鞭子抽我的那人居然是大强。我最怕是他敢对我痛下毒手。你说他能不能拿鞭子抽我？

爸，大强怎么可能拿鞭子抽你呢。大强当村主任这些年锻炼得成熟不少了，上周到运东农民干部培训学院来培训，说话一套一套的。马大成有点不耐烦。

马万里摆手呵嘴说，你别烦，你听我说，我不是变成牛呛水淹死了吗，转眼我又变成一个地主，拾过马大强扔掉的鞭子，在我的土地上逼着雇农们干活。哪个偷懒，我就上去抽他几鞭子，也给他们抽得皮开肉绽的。哪个敢冲我龇龇牙，我也举起鞭子抽他。记得有一个人仗着身强力壮，冲上来要夺我的鞭子。我命令身后几个狗腿子冲上去，把他摁倒在地，逼他给我磕头。他不磕头，我就举鞭子抽他。他女人从村子里哭喊着跑出来，扑向我，被我的几个狗腿子拖着扔进小河里。你猜那人是谁？

我哪猜到他是谁？爸，你不觉得你今天有点神神道道的吗？

马万里得意地说，那人是牛得草。一点没错，我记得清清楚楚。剥了皮我也能认出他的骨头，烧成灰我还能认出他的牙齿。他那副熊样，闯进我的梦里还输在我手下。嘿嘿！

马大成已经听出来了，爸爸一连做了两个梦，一个梦里，自己变成牛，被自己的侄儿用鞭子抽打，呛水淹死了。一个梦里，自己变成地主，又夺过鞭子抽打牛得草，干吗不抽马大强呢？简直一点逻辑都没有。但是，爸爸怕什么呢？第一个梦里怕凶恶的马大强。第二个梦里自己变成地主拿鞭子到处抽打雇农了，还怕谁？马大成奇怪了，改革开放四十多年，从来没听说过有人想当地主，土地刚开始流转，怎么就那么多人想当地主呢？爸爸梦里享受了一把地主瘾，听爸的意思，当地主，举鞭子抽打别人，仿佛是一种痛快的享受。他突然问，爸，咱家祖上有地主吗？

马万里想了想回答，没有。记得你爷爷说过，他的爹爹、爹爹的爹爹都是给地主家当佃户长工的穷人。

那你的地主梦是什么时候埋下种子的呢？马大成关了电视问。

马万里说，我这辈子没想当地主啊！就是昨晚梦里做了一回地主，吓着我了。我想来想去，我当牛做马，被人拿鞭子抽打，可以。我怎么可能变成地主拿鞭子抽打牛得草呢？不错，牛得草跟我不共戴天，我俩斗了大半辈子了。他想喝口凉水把我吞下去，我想抱他一起跳油锅里炸成油条，但我们都是穷人的窝里斗，哪天也没想着变成地主用上狗腿子逼着他给我下跪磕头啊！所以醒来我怕了。

爸，你跟牛得草怎么就不共戴天了，居然梦里都要揍他？马大成想起牛艳红说过的话，很想知道上辈人之间的矛盾焦点在哪里。

马万里笑了笑说，其实都是为了争权夺利。现在他不当村干部，我也不当村干部了，见面虽然还不讲话，有时还互吐口水，但是，心里没过去那么恨他了。你不知道，他当村干部那阵子，他对咱家仇恨到什么地步！我在牛铃山脚下开一块荒地，他说要充公。不充公就得按地亩数缴纳三粮五钱。我在小河堤上栽两排杨树，那时候汴水邻县到处都是板材厂，兴栽杨树，杨树长得快，也值钱。要不了三五年就能砍掉卖钱。嘿，牛得草看着噌噌长的两排杨树眼红了，非说那小河堤是牛角庄的地盘，硬生生塞给我两排杨树的树苗钱，把碗口粗的两排杨树霸占去了。你说我能咽下这口气吗？噢，他不就是仗着当个村干部才来讹我的吗？我非把他的村干部搞掉不可。结果怎么样？他这边不当村干部，那边就变成龟孙子了，家里一下就穷得日不聊生的。我当了村干部还能饶了他？饶了他，那我不在世上白混了？我也要整得他吐血。他在牛角庄后的小河里前后有两里路长的地方打了拦水坝，说是他承包的养鱼塘。一连十几年没人敢龇牙动他。我不信邪，找他算账。问他，你承包河道养鱼，有承包合同吗？这么多年承包金都缴哪儿去了？你养鱼怎么没见你往小河里投放饲料？他一个也回答不出来。我说，你就是霸占了村里的河道和河道里的野生鱼虾，这是掠夺村里百姓的公共财富，是一种贪污行为。十几年算下来，你够逮捕法办的了。一吓，他把那条小河交出来，再承包出去。村里有了一笔集体收入。现在，冤冤相报都过去了。我没权整他，他也没权整我，咱们都是快入土的人了。只是这有生之年在心里结下的疙瘩怕是永远也解不开喽！

马大成听了感觉十分好笑，说，有机会我把你老哥儿俩的疙瘩解开。

你跟牛得草的大围女还鬼扯腿啊？马万里突然坐正了身子，挺直了腰杆说，你别忘了，你让她给坑苦了！你没考上大学时，我怕你想不开自寻短见，我就什么都没说你。其实，你自己心里应当有数，你要是不在高考前偷跑回家参加牛得草大围女的婚礼，还喝得烂醉，在宿舍里蒙被睡了一个星期，你能考不上大学吗？一班一大半人都考上大学了，你不感觉丢人吗？那阵子我的脸都没地方搁。

爸，谁跟她鬼扯腿了！你别冤枉人家好不好？我考不上大学是我成绩不好，怎么怨我参加人家婚礼呢？跟她一点关系都没有！

什么都成陈谷子烂芝麻了，不提也罢。马万里不想惹儿子生气，叹了一口气说，哎，上天大强到你这儿揩油来了？他对你说马蹄庄什么没有？

不算揩油，一起请王老师喝了一顿酒，最后还是王老师买了单。大强说了，说马蹄庄的土地流转给一个老板了，他自己在牛角庄也要流转几百亩土地，自己想当农场主，要拉三叔回家给他管理管理。三叔动心了，但还没走呢！

马万里说，我就估计他会找你，从运东回去后牛铃山村可就搁不下他了。到处吹牛说，市政府领导请他在黄运湖边的酒楼上喝酒，吃的是山珍海味，喝的是洋河梦之蓝，喝完了还一直唱歌。他还说，市政府领导说了，新兴农业合作社如雨后春笋般涌现出来，农民变成了合作社的社员，入股分红，是股民，根本不是什么雇农。他说除了牛角庄的几百亩流转到他手里，他还要从别的村里再拿土地。大强说的都是真的假的？

马大成哈哈大笑说，半真半假。他真会拉大旗作虎皮啊！什么市领导请他，是我们在运东的几个同学请王道远老师吃饭喝酒的，王老师是市政府办公室的一个处长。离市政府领导差远哩！

马万里说，我估计大强说话水分太大，狐假虎威，吓唬那些没见过世面的老百姓。不过，大成啊，我之所以亲自跑到运东来找你，不光是对你说做梦的事，更重要的是想搬你回去拿地。我看这个老板拿地，那个老板拿地，牛铃山村的头头脑脑、大小干部都拿了地。土地是千年不长、万年不缩的，越来越稀缺了。拿一块就少一块，你拿走了，别人就拿不到了。咱们要是再不下手，将来可就没地可拿了。我想，你把这房子卖掉，家里反正有石楼够住的，再把工程款扫一扫，估计拿他个几千亩土地不成问题。咱们不像大强那样空手套白狼，咱们就真金白银地买下几千亩土地，保证几辈子吃穿不愁。

马大成说，说了半天，原来是要劝我重新回到乡下去。爸，你这是短视行为啊！你就不怕我踩代呀？！我拿地干什么，我又不想当地主！别人拿地，拿多少我都不眼红。你要是还嫌这辈子种地没种够，你想拿点土地，填补填补心慌，你照拿，钱由我来出。

马万里起身去了一趟卫生间，出来就听到有人敲门，不敢独自开门，望着儿子去开门。原来是外卖小哥送餐来了。一摞七八个塑料饭盒往茶几上一放，然后坐下来掀开饭盒吃饭。马大成把红烧肉端到爸爸面前，自己面前留着几个素菜。马万里说，我听说这些东西都是垃坂食品，你可不能天天靠外卖活着啊！

马大成饿了，一口饭塞在嘴里，嗡嗡答应着爸爸的叮嘱，问，姑妈最近回家吗？

没有。自从你姑父瘫痪，你姑妈哪儿也走不掉了。听说玉芹开始往家里打钱了，你姑妈高兴得直流泪。玉芹跟你来运东做什么？

本来让她学美容的，她想挣快钱，不想学手艺。我带她到运东来没几天，她就一个人跑出去找工作。在哪，我知道。干什么，我也不知道。她一个从没出过远门的女孩，运东那么复杂，会不会出事？我急得要死。我给她买了一部手机，就想了解她的行踪，我赶紧给她打手机。她说让我放心，她找到了一份满意工作。我不相信，又打电话给姑妈，姑妈说她也给家里打去电话报了平安。我这才放了心。但是，这一去又有两三个月没她消息了。她从来没主动联系过我。

玉芹就是没嘴，什么都闷在心里，让人摸不透。不过，她毕竟是你亲表妹，你别光顾着忙挣钱，抽空还要替你姑妈保护好玉芹，不能放手不管。

嗯，马大成答应着，一时嗓子发黏，喝了一口汤。

吃完饭，马万里要回家，马大成挽留爸爸。马万里说，你妈一人在家怎么办？看到你，把该说的话说了，心里敞亮了，该走了。马大成要开车把他送回老家，马万里把头摇得货郎鼓一般，坚决不要。马大成只好把马万里送到车站坐车回老家去了。

马万里走过检票口后回头大声说一句，忘说你妈捎的话了，下次回家给你妈带个儿媳妇！

马大成嗳嗬了一声，回答得一点也不脆生，心里直想笑，明明是爸爸自己的心声，偏要借妈妈的话说。看着佝偻着腰的爸爸吃力地抓住大巴车的扶手，爬上大巴车寻找自己座位的背影，马大成心里一阵发酸，泪水模糊了双眼。心想，为一个梦，跑这么远告诉儿子，换成自己，能做到吗？

第九章　美容院恋情

33

孟石头跳楼闹事，自动离开运东，牛铃山群里一时清静许多。

牛艳丽梦想住到马大成的房子里，结果没拿到钥匙，住了几次夜店。马大成不是没给她钥匙，只是她没敢接钥匙。马大成手拎着钥匙问她，我都住在工地上，那房子空空荡荡的，万一出了什么事，你那副小肩膀担得起责任吗？牛艳丽眨巴眨巴眼睛，有点糊涂，反问，我只去那里睡觉，会有什么责任？马大成笑着说，我的债主经常半夜三更上门逼我卖房还债，万一房产证让他们抢了去，那房子就变成别人的了。你能睡得安吗？牛艳丽浑身一冷，抱紧双臂说，你怎么睡安的？马大成说，我火气旺啊，能驱邪，大鬼小鬼都怕我。牛艳丽忙说，那就算了，我怕鬼！正好孟石头跑回家去了，我还是回到牵牛花美容院的天棚上和姐姐住在一起。

牛艳红对妹妹回来住不冷不热的。噢，白天在美容院里做美容，到晚上就外出去疯，哪天疯出事来怎么得了！牛艳红开始还担心妹妹的安全，时间一久，发现妹妹天不怕地不怕，独自一人在外也没出什么事情，就放手不管了。还有一个不能与妹妹对质的隐情烙在心底，牛艳红说不清是高兴还是忧愁，那就是妹妹在大胆追求自己曾经的恋人马大成，没听到马大成的表态，却听到乡亲们的风言风语了。好事不出名，坏话行千里。不出意外的话，孟石头怕早把这事带回牛铃山脚下的老家去了。自从借钱给了马大成，牛艳红就又心挂两肠、心神不宁了。特别是参加完了马大成请王道远的宴会，牛艳红对马大成似乎又有了新的认识。他怎么会固执地相信土地流转损害的是农民利益呢？而自己又不愿意参与土地流转。看样子马大成是真的要在运东城里扎根了。借钱给马大成的事除了天知地知，她不打算告诉第三个人，包括丈夫孟石头和妹妹牛艳丽。不是要保守只属于两个人的秘密，而是避免不必要的麻烦。牛艳红没想到，本来她一人在运东做美容没事烦心，自从春节过后带着丈夫和妹妹一起来运东打工，烦心事越来越多。孟石头三天两头吵架，牛艳丽也不是省油的灯，接下来的路该怎么走，她有点迷茫了。

晚上，美容院关门打烊，姐妹俩爬上天棚躺下。牛艳丽问，姐夫不走，马大成真会开除他？

牛艳红说，肯定开除他，马大成眼里能揉进沙子吗？这次跟着你姐夫跳楼的马猴子那几个人都让马大成撵滚蛋了。

牛艳丽说，但我想他对姐夫不会撵的吧？不仅你们都是同学，而且打狗还得看主人哩，他对你那么好，怎么忍心往你伤口上撒盐呢？

牛艳红叹气说，唉，我求他放过孟石头，他都没松口。幸亏孟石头明智，自己先炒了马大成，不然我就丢死人了。

牛艳丽说，姐夫只认钱，不认人，别说你们是老乡同学，就是给不认识的老板打工，也不能跳楼逼着老板兑现工钱。这年头，听说打工都是到年底才能结账，马大成按月发工资还不知足，两个月发不出工资就跳楼威胁人家，可怕！

牛艳红说，孟石头抠是抠点，可还是实实在在过日子的人啊！

牛艳丽说，你是说马大成不能实实在在过日子吗？

牛艳红说，他心大，有理想，没情调。优点很多，缺点更多。这么多年没有女人，说明情商太低。女人需要一个疼自己的男人，需要在乎自己的男人，需要一个过日子的男人。马大成不是这样的男人，哪个女孩子嫁给他，哭的日子在后头哩！

牛艳丽沉默。

牛艳红问，孟石头来这儿过夜的那个晚上，你是不是跑马大成那里去了？

牛艳丽翻身背对着姐姐说，你胡说什么，我什么时候跑他那里去的，我不是向你要钱住夜店的吗？

牛艳红说，那你怎么坐着他的车回来的？

牛艳丽又翻过身来跟姐姐脸对脸，噢，姐夫要天天晚上来美容院胡闹，连蔡玉芹都跑了，这里哪还有我的立足之地？那天晚上我是去找马大成了，可我没找他住的地方，发微信也没回我。

牛艳红忙问，玉芹在运东干什么？情况还好吧？

牛艳丽说，干什么我哪知道？这么长时间，我天天早上给她发祝福微信，从来没看到她回复过。我给她拉进牛铃山群，她也从来没冒过一次泡。打她手机，一直关机。马大成送她手机时还说过的，要她不要考虑手机话费。她居然还舍不得开机。神神秘秘的，活得累不累啊？！

牛艳红说，女孩子离开家就得保护好自己，别把人想得太简单啊！天使只不过是披一身漂亮羽毛的魔鬼，魔鬼也只不过是褪去漂亮羽毛的天使！

牛艳丽大笑，翻身扑向姐姐，撮嘴亲了亲姐姐的脸蛋说，这话太精辟太经典了，姐，你太伟大了！

牛艳红推开妹妹说，伟大谈不上，比你多吃几颗盐罢了。等你经历了人生的酸甜苦辣，碰得头破血流，你就知道，世上不是只有天使和魔鬼，而是由常人组成的。一个人，既会是天使，又会是魔鬼，善恶不过是一念之差。比如，马大成，你当他是天使，可我看他有时就是魔鬼。他如果是天使，那他怎么能在运东混起来的？艳丽，你想过没有？你姐夫孟石头才是真实的凡人，所以，我更爱孟石头。

牛艳丽说，我把你这些话发给马大成，看他怎么回我。牛艳丽在微信上写出，天使是披一身漂亮羽毛的魔鬼，魔鬼是褪去漂亮羽毛的天使！你是天使还是魔鬼？转眼收到马大成回复，我有时是天使，有时是魔鬼。后面跟着五个笑脸表情。牛艳丽写道，你就是我心目中的魔鬼。马大成回答，但你是我心目中的天使。借着幽暗的夜光，牛艳红看到妹妹与马大成在微信上无声的对话，心里五味杂陈，翻身睡去。

　　日子照常循环往复。实实在在精打细算的牛艳红想把自己和一家的日子过得有滋有味。但她发现，日子却像一条绳子越来越紧地勒得她快喘不过气来。想在运东扎根的小目标八字还没有一撇，丈夫孟石头又赌气跑回老家，所有积蓄又都悄悄借给了马大成，除了一张借条攥在自己手里，那三十万元钱还属于自己吗？当然，为城里爱美女人美容挣的钱似乎养活她和牛艳丽没有任何问题，但再也不敢错花一分钱不说，更害怕老家的爸妈打电话要随礼的钱。原先，美容院里没有锅灶，全吃外卖，吃腻了，姐妹俩也会到附近的饭店里开开荤、解解馋。但一个月算下来，看上去挣了不少，实际上光姐妹俩吃喝就花去大半，加上网购换季衣服和各种日用品，连进产品的钱都捉襟见肘了。这怎么行，挣钱不能光填饱肚子，填饱肚子不能这么花钱，一天三顿买着吃，哪个受得了，挣点钱全扔给外卖小哥和饭店了。

　　不行，咱们做美容，不耽搁买菜做饭。牛艳红说服自己以后说服了妹妹，她从路边捡来几片石棉瓦在美容院外围出一个小空间，放着煤气罐开灶。于是，买菜，做饭，美容，三不误。一月下来，果然节省不少。

　　牛艳丽过着胳肢窝里的日子。饭来张口，衣来伸手，天塌下来有姐姐牛艳红顶着。除来顾客给人做美容，就在刷朋友圈，或在牛铃山群里发视频，喊群主出来说话，但十有八九没人搭理她。有时也会单独跟马大成私聊，但总是她扫过去一排迫击炮，收获的却往往只有零星的几发冷枪。偶尔也会跟几个在运东打工的同学伙伴们嘻嘻哈哈，打打闹闹。总之，青春期的牛艳丽精力无限，热情无限，活力四射。有时犯规越矩，比如牛艳红前脚走，牛艳丽后脚就会锁上门走人。她才不管牵牛花美容院生意好坏哩！

　　这天，牛艳红又要出门买菜。菜场就在门前街道斜对面，拐过一个小区就是。每天这个点上很少有顾客，牛艳红见缝插针地买菜，等顾客上门就手不识闲了。不过，自从姐妹俩自己开伙造饭，牛艳红已经觉察到牛艳丽偷懒，出门之前反复嘱告牛艳丽，开门不吃不喝给人家百十块钱的房租，一天不挣上个二三百块钱，全家人都要喝西北风。你要好好守着，来人要客客气气的。牛艳丽嘴上答应得脆生，可心里还是贪玩。牛艳红走不多会儿，牛艳丽就锁上门走了。

　　一个老主顾却在这时站在门口等了很久，进不了美容院。牛艳红拎菜回来了，一看顾客在门外焦急，笑脸迎上前去，一个劲给顾客赔不是。牛艳红脸上和和气气的，可心里却腾腾地冒火。给顾客洗了脸，又贴一张面膜上去。实在沉不住气了，出门去找牛艳丽。本来可以打妹妹手机，或者在微信里吼一声的，但牛艳红今天就是想抓个现行，教训一下妹妹。牛艳红知道牛艳丽有几个老窝，跑到附近那家饭店，进门就大声喊牛艳丽的名字，艳丽，你出来！

　　牛艳丽果真在那家饭店里与几个同龄女孩说说笑笑。听到牛艳红一声吼，吓得脸色都变了，咽下半截话，拔腿就跑下楼。正好让牛艳红堵在楼梯口。牛艳红黑着脸，怒睁着大眼，样子像是要喝口水把牛艳丽吞下去。牛艳丽脸上红一阵、白一阵的，突然像泥鳅，一个箭步，刺溜从牛艳红身边蹿下去。牛艳红跟后就撵，出门抓起地上一块小石子，狠狠掷向牛艳丽，差点砸到牛艳丽的脚后跟。

　　牛艳丽从小就不怕爸妈，却怕大姐。刚进城时受死牛艳红的罪了。牛艳红管小徒弟一样管束着牛艳丽。没事的时候，牛艳红没少开导妹妹，这人啊，从小不成驴，长大还是驴驹子。从小说话做事就得正，就得做什么像什么。你做起活来也挺出活的，手很细嫩，是块做美容的料子。可是就是不专心，不用功。我最讨厌这样的人了。自己是块宝，可自己不识得。别人识得，但关别人屁事。等自己回过味来，后悔晚了。我再不点拨点拨、管束管束，眼睁睁瞅着你将来挨饿受穷，我做姐姐是不是没尽到责任？作为师傅是不是失职？人，不打不成材。要不是自己的亲妹妹，我早就撵人走路，我才懒得惹狗生气，白送恶人仇哩。艳丽啊，难道还要我动手打你才长记性吗？你已经长大成大人了，我不能再动手打你了，再打你，你就会跟我记一辈子仇了。但是，这一次牛艳丽任性贪玩实在把牛艳红气着了。

不照顾客人，疯什么疯？牛艳红气喘吁吁追进美容院，当着顾客的面咬牙切齿对牛艳丽凶。

牛艳丽自知理亏，一声不吭，手忙脚乱给客人做美容。她不说话，但脸上却很生气。特别是想起脚后跟溅起的那块石子，心里又怕又气。噢，我偷空喘口气，你就恨不得一石子把我给砸死，有你这么狠心的姐吗？牛艳丽气得真想哭。

我告诉你，牛艳丽，你要想在城里扎住根，不学个手艺，做梦！学手艺，就你这态度，只能学个三脚猫，连自己都养活不了，别说将来成家立业了，到头来，还得回家刨你那二亩地去。牛艳红唠叨开了。

牛艳丽嘀咕，刨地没少吃一顿，比城里人还自在呢。

牛艳红竟然扑哧一声笑了，吃饱了，晒太阳，逮虱子，是比城里人自在，可那叫人过的日子吗？

那不叫人过的日子叫什么，都像你这样心高命不强，乡下人都死绝了。牛艳丽跟牛艳红斗嘴。

不死绝了，也就只比死人多口气罢了。

牛艳丽撇撇嘴。

牛艳红平静了许多，忙着洗呀抹呀，手不识闲，嘴里更不闲着。艳丽，我早跟你说过，人，想好才能好，不想好，永远好不了。你进城快一年了，还是那副死脑筋。我再嘱告你一次，你必须在城里扎根。

牛艳丽犟嘴，我没想在城里扎根。

从现在就想。牛艳红斩钉截铁说。

牛艳丽难为，我扎不了。

牛艳红给她打气，你一定能扎下来。

这时，顾客说话了，这孩子，你姐说得对，听你姐话。

牛艳丽回击顾客，对的话多了，是谁都能做到的吗？

顾客噎住了。

看你就那么点出息！牛艳红一看顾客不乐意了，上去用腿一抵，

232

把牛艳丽挤一边去，自己坐下给客人做美容。

牛艳丽不敢走，站在牛艳红身边看。眼睛在看，可嘴嘟囔得能拴住叫驴。看着看着，悄悄掏出手机来看。

坐在客人头前的牛艳红懒得再跟牛艳丽说话，突然变得和颜悦色，似乎把牛艳丽引起的不快全抛到脑后了。她操着普通话跟顾客说话，轻轻地，柔柔地，像春雨般点点入谷。顾客真的都是上帝，牛艳红小心伺候着她，连句大声的话都怕吓跑了她。做着做着，牛艳红的心情自然也跟着好了。看看手机上的时钟，时间差不多了才起身。

34

我想到牵牛花美容院看看。

看到马大成的微信，牛艳丽异常兴奋，早早就站在门口等马大成。牛艳红说过，她们做的是女人生意，轻易别让男人搅和。女人灵敏，除了自己丈夫，闻到别的男人味道就会吓跑了。当然不包括那些不三不四的女人。但是，牛艳丽清楚记得，除了姐夫孟石头，第一个闯进牵牛花美容院的男人是吴立仁。姐姐当时遇上救星一样，丝毫不顾牵牛花美容院的院规。凭着姐姐对吴立仁造访时的态度，牛艳丽相信，在美容院里迎接马大成算不上犯忌。因此没对姐姐通报一声，想给姐姐一个惊喜。牛艳丽很奇怪，自从姐夫回家，姐姐对马大成的态度冷淡了。

门前大街上的车流里有一辆车拐进人行道，停到美容院前。牛艳丽不记车号，还在左右张望。马大成已经从那辆车上下来，一摁遥控器，车子咔啦一声锁死，笑着向牛艳丽走过来。牛艳丽喜出望外，赶忙迎上去说，稀客，请进请进。把马大成引进美容院。

马大成却在门口站住了，指着玻璃门上的"女子美容、男士止步"说，不能进去，进去犯规，搅了你们的生意。

牛艳丽说，不碍事的，我有办法。

正在里屋收拾东西的牛艳红板着脸，像一条鱼侧身从马大成身边挤出去。

牛艳丽问声，姐要去哪儿？

牛艳红没睬她，站在门前不动。

马大成对牛艳红的态度一点也没放在心上，跟着牛艳丽就进了美容院。很香嘛。马大成到处看看。眼睛从墙上一张一张搔首弄姿的美女照上穿过去，撩开布帘，眼睛又顺着那架木梯看上来，问，天气热了，你们还住在天棚上面？

牛艳红推开玻璃门抢着回答，是的，不住天棚上还能去哪里住？又不像你在运东有房子有车。说完又顺手关上玻璃门。

马大成一时感到好笑，在古黄河岸边听蝉居里喝茶时，在黄运湖畔湖仙楼喝酒时，牛艳红对自己都是含情脉脉的，怎么今天一下变得如此冷漠陌生？哦，他和牛艳红之间不仅有情感上的共同秘密，而且有经济上的共同秘密。这两个秘密都只有天知地知你知我知，不可能也从来没想让任何第三人知道，牛艳红当然会担心自己泄露了他们共同的秘密，从而引起家庭和亲人之间的不和。想到这，马大成还是摆出一副惊讶的样子说，那上面到夏天不得闷死？

牛艳丽脸红说，习惯了，还好，闷死也比露宿街头高强。

马大成双手扶着木梯，脚搭上最下面一根木板，仰着头向天棚上张望，我看看两位美女的闺房怎么样？

马总，我给你美美容吧。牛艳丽有点心慌意乱，她要阻止马大成爬上顶棚。顶棚上面虽然收拾得不错，但在马大成看来可能就像狗窝。牛艳丽根本不想让心上人看到自己不体面的一面。马大成一听，来了兴趣，撤步退了回去，眼看着玻璃门外站着的牛艳红说，啊，你们不是专做女子美容吗，难道男子也可以美容？我还没做过美容呢。

牛艳红推门进屋说，艳丽逗你的，我们不做男子美容。

但牛艳丽偏偏拆姐的台，马总算是牵牛花美容院的恩人了，破例拿他那张粗脸练练我学的手艺，难道不行吗？

马大成说，既然你想拿我练手艺，那我就没什么难为情的了。我想起人家说徒弟学剃头拿葫芦头练手，累了把刀子往葫芦头上一剁，师傅说给真人刮胡子时累了，千万不能把刀剁人脸上啊！美容不用刀子剪子吧？

牛艳红牛艳丽都笑了。牛艳丽笑得前仰后合说，我们这里有刀子剪子，你那胡子我看有些日子没刮了，美容前刮胡子时我就学那个剃头徒弟。

马大成对牛艳红说，真的不会影响你们生意吗？

牛艳红瞥了一眼马大成说，艳丽高兴在你脸上练手，你就别得了便宜又卖乖了，生意就是让你搅黄了，我又能说什么呢！只要你们开心就好。

马大成说，你还生我的气啊，孟石头可是他自己跑回老家的，怨不得我。

牛艳红猛推一把马大成说，去里面躺着吧，躺下才能闭上嘴！

牛艳丽已经把靠外面的一张床展平，双手扯着一条洁白的毛巾被说，躺这上面吧。

马大成站到那张床边，看着牛艳丽说，我这不等于狼混羊窝里了吗，哪个女士还敢来呀！

牛艳丽说，披上羊皮不就成了羊了吗？

马大成笑了，那还是披着羊皮的狼啊！

牛艳丽把洁白的毛巾被打开，示意马大成躺下。马大成真的躺下了，像接受 CT 检查那样，直僵僵的。牛艳丽哧哧笑了，小声说，不要紧张，放松。要想容貌好，就得会休息。权当休息的。牛艳丽从头到脚把马大成盖得严严实实，只露一个头脸在外面，看不出是男是女。马大成还是呼吸紧张。牛艳丽坐到马大成的床头，打开落地灯。一束灯光柔和地照在马大成的脸上。那是一张大脸，因为躺下，腮帮下的肉铺到枕头上，五官挺周正。眼睛细长，直鼻梁，厚嘴唇，脸上毛孔很粗，有的已经有了黑头，唇上胡子又密又硬，好几天没刮过一样，鼻毛像从枯井里长出的疯草窜出井口。牛艳丽端详那张沧桑的脸，先从工具架上取得刮须刀，小心翼翼刮去马大成的胡子，用手在唇上摸来摸去。马大成想起刚才说过的话，不禁噗的一声笑出来。专心致志的牛艳丽突然吓了一跳，哎呀，千万别动，刀子飞快的。

马大成憋着不动。牛艳丽又取出小剪子把马大成的鼻毛修剪齐，然后用新毛巾沾着热水一遍一遍给马大成洗脸。确认那张脸看起来还算顺眼，就开始用她的纤纤十指给马大成按摩了。牛艳丽十根手指葱白一般细嫩修长，在马大成脸上轻轻游走，走到哪里，哪里就温润如玉。压下去，开窍提神；弹起来，舒筋活血。马大成闭上眼睛，享受平生第一次美容。

牛艳丽的双手拇指和食指夹住他的上下唇摩挲，同时其他六个指头在他的下颌按摩，他有点怕痒，忍不住从毛巾被里伸出手来去拿掉牛艳丽的一只手。一接触到牛艳丽那只绸缎般的胖手，他浑身电击一样激灵一下。与此同时，牛艳丽也僵住了，慌张了。但他们谁都没有抗拒，也没有说话。足足有一两分钟，马大成的粗糙的大手包裹着牛艳丽肉乎乎的小手，像握住一只战栗的小兔，惊慌的小兔像是无路可逃，又像是找到了温暖的兔窝不再逃离。最终还是马大成解除了下颌瘙痒便松开了手。

啊，真舒服，难怪女人都喜欢做美容。马大成提高嗓门感叹。

坐在吧台里的牛艳红接话，现在男士美容也很时尚的，只是男士必须有钱。

牛艳丽说，男人有钱喜欢洗脚。人美在脸。不知道男人怎么想的，脚有什么洗的？

马大成忍不住笑起来，你以为那是真的洗脚？

牛艳丽问，不洗脚还干什么？

马大成只笑不答。

牛艳红在外面说，这几十年来，先是遍地洗头房，到现在遍地足疗店，换汤不换药，都是女人挣男人钱的。像咱们这样女人只挣女人钱的干净美容院，运东越来越少喽！接着，牛艳红开始搬出她那一套美容理论给马大成灌输。马大成闭目静听，不作回应。牛艳丽按照女子美容的程序，一道一道，认真地给马大成美容。

咣当，玻璃门突然响了一声。牛艳丽一惊，找出一张面膜纸糊在马大成脸上。但马大成的脸太胖，或者是牛艳丽一时慌张，那张美容专用的面膜显得有点小，只盖住了他的五官的一半。牛艳丽附在马大成耳边小声说了句，不要说话。然后大声问，谁呀？自己却坐着不动。

　　噢，朱姨稀罕啊！牛艳红在外面报出了来人。

　　朱姨是附近带幼儿园的小学校长的太太，牵牛花美容院的常客。牛艳红为女儿梅子进城上学连续免费上门给她美容近一年，她牙关紧咬，没有松口，比丈夫还牛。她一副风风火火的样子，双手搓揉着自己的脸颊，粗声大气地对牛艳红说，哎呀，人活一张脸，真的不假。这张脸皮真娇惯，几天没护理，就给我颜色看。今天我家校长说，你看你那张老脸，都快成抹布了。朱姨站到镜子下面，扯扯眼皮，撇撇嘴，怎么瞧镜子里的自己怎么不顺眼。牛艳红听了没动心，更没给朱姨解释什么，只在鼻子里哼哼笑了几声。她讨厌朱姨这样用着人朝前、用不着人朝后的女人，噢，想美了，到这儿鬼话连篇的了，求你帮忙给梅子安排进幼儿园念书，你装死没人味了。现在又想蹭免费美容，没门。牛艳红不睬那一套，说，床位预约满了，改天再来吧。朱姨坐下了，那我再等一会儿。

　　牛艳红一看撵不走朱姨，大声问妹妹，艳丽，那位局长夫人电话里说什么时候到的？牛艳丽心领神会回答，说好十点半到的。也算是对朱姨的解释了，因此牛艳红就没再对朱姨说什么。朱姨坐着不动，也不吭声，看意思今天她非美容不可。但是，她心急吃不了热豆腐，坐了不一会儿，就站起来，向里面张望。牛艳红大声说，朱姨，最近来了高端新产品，包月三千，包半年一万五，包全年三万，优惠两个月的。你看看。说完从产品展示柜上拿下一款化妆品，递给朱姨。这么贵啊，朱姨接过产品看来看去，上面全是英文。

　　突然，一声呼噜声传出来。朱姨突然警觉，张大嘴巴看着牛艳红，什么声音？像有男人在打呼噜。

　　原来，牛艳丽担心朱姨发现马大成，慌忙拿过面膜盖在他的脸上之后，就再也没敢给他美容。马大成长期疲劳，如今浑身一放松，居然身不由己地睡着了。第一声呼噜响完，牛艳丽手足无措。在马大成再次发动油门时，牛艳丽就给他一个猛刹车，狠掐了一下马大成的耳垂。马大成呃的一声，醒了。牛艳丽又附在他的耳边说了句，不能睡着。

哎哟，怎么乱七八糟的！朱姨扔下新产品，拉开门闪了出去，转眼消失了。

牛艳红本来想拿捏一把朱姨，不料朱姨让马大成的呼噜吓跑了。牛艳丽昏了头，给男人美容，破了牵牛花美容院的规矩。牛艳红预感到了什么，不冷不热问了句，有完没完了？牛艳丽回答，好了好了。

马大成这才潜水员般地浮出水面，说了句，差点没把我憋死。但美容后的马大成容光焕发，一身轻松。他对着墙上镜子情不自禁说，真舒服。怪不得女人都爱做美容。走吧，到吃午饭的时候了，我请你们吃饭。

牛艳红说，我们午饭准备好了。

牛艳丽拉住姐姐的胳膊，走就走吧，给他美容，他不犒劳咱们，饶不了他！

马大成说，我来是找你说事的，正好边吃边说吧！

牛艳红说，好啊，我也正想找你说一件事哩！

35

三人来到姐妹俩原先经常当食堂吃的附近那家饭店，牛艳红进门就去点菜，马大成一把拉过她，你俩去找个包间坐下，我来。

牛艳丽从身后搂着姐姐上楼，说，今天宰一刀包工头。走上楼梯还回头望着马大成，正好逮住马大成仰头在看她，四目触电，电光石火，一下点燃彼此的心。

怎么了？牛艳红停下脚步问。

马大成大声说，你们想吃点什么？

牛艳红说，你点什么，咱们吃什么。

不行，我去点。牛艳丽撒开姐姐，跑到马大成身边看菜点菜。这个，这个，牛艳丽手一指，马大成就报个菜名给点菜小姐。牛艳丽一口气点了几个硬菜。

马大成笑了，只知道点贵的，不知道点对的，大鱼大肉不得配点素菜什么的？

牛艳丽说，宰你就要让你大出血，不然你请客哪天想着带上我？

马大成听出牛艳丽还在为上次请王道远老师时没带上她生气，哄着牛艳丽说，哪天到我家去，我亲自下厨露一手给你尝尝。

牛艳丽有给马大成美容时的肌肤之亲，突然大胆傍住他的膀子蹦起来，蹭着他耳朵小声说，说话算话，骗我你是小狗。

马大成浑身触电一般。此时正是饭点，进进出出的人都会勾头看着他俩。马大成小声说了声，保持距离！

牛艳丽不仅没放开搂住他胳膊的双臂，反而又把头靠在他的胸前，我偏不保持距离！

马大成的手机突然响了，牛艳丽才松手让他接手机。原来是牛艳红告诉他俩包间房号的。马大成刚挂了手机往楼上走，牛艳丽又傍了上去，直到包间门口才松开。马大成心想，这丫头，真的挺黏人！心里却甜甜的。

姐，我要喝酒！牛艳丽一落座就嘟着嘴撒娇。

牛艳红说，你哪天喝过酒？再说，马总开车，不能喝酒。

喝喝喝，我不喝，你俩照样喝。马大成招呼服务员拿一瓶双沟酒来，给姐妹俩面前的高脚杯里斟满酒。

你也喝，大不了找个代驾。牛艳红夺过酒瓶，要给马大成面前的高脚杯斟酒。

牛艳丽却又站起来去抢过姐姐手里的酒瓶，咚的一声，放在自己面前说，不给他喝。他那一份，我喝。

别逞能啊！牛艳红睨一眼马大成说，你看艳丽今天高兴的！

马大成说，咱们今天都高兴。来，菜快凉了，吃吧！当然，最高兴的是我，平生第一次享受到美容，真舒服。现在又能请到你姐妹俩喝酒，真的好开心好开心。

牛艳丽手捂心口说，你开心也没我开心。姐，第一次给一个男人美容，心里偷人似的惊慌兴奋，到现在这里还怦怦直跳哩！

牛艳红问，你是不是真偷了人了？偷了谁了？

牛艳丽拿眼剜了姐姐一眼，转而冲着马大成说，来，大成哥，敬我一杯。举杯碰了马大成手里的空杯，然后喝了大半杯酒，呛得连声咳嗽，憋得满脸通红，眼泪涔涔的。

马大成提了几张抽纸送给她。

牛艳丽接过抽纸，揉成一团，擦眼泪，抹鼻涕，傻笑着瞪着马大成问，我想吃你做的菜，你什么时候下厨给我露一手？

马大成说，随时欢迎。

牛艳丽转脸对姐姐说，姐，听到了吧，我今晚就跟马总去。

牛艳红绷起脸说，别做那种丢人现眼的事情，马总是正正派派人，不会同意你去胡闹的。

牛艳丽又转脸问，马总，你不欢迎我去吗？

马大成说，不是不欢迎，是没到时候。

噫——牛艳丽一头趴到桌上哭了起来。

马大成一时手足无措，怎么了，我没说不让你去呀！

牛艳红说，别管她，任性惯了！转脸马上又要笑了。

话音未落，牛艳丽抬起泪脸，双手向后捋了捋乱发，举杯喝干了杯中酒，大笑说，马总，你能告诉我，你为什么对我姐那么尽心尽力帮忙吗？

马大成说，不为什么，哪个有困难我都愿意帮忙。别人需要我，我感觉是一种幸福。我能帮到别人，我特有成就感。

牛艳丽抢白道，不，姐快乐，你幸福，是因为你暗恋着我姐。换句话说，我姐是你的情人！对吧？

艳丽！牛艳红大喝一声，举起手中筷子要打妹妹，但筷子却停在妹妹头上没有落下。

牛艳丽举手移过姐姐的手说，我看过姐姐的毕业纪念笔记本，那里有你送给姐姐的牵牛花和花语。到运东我才知道，你一直没有放过我姐。

马大成做了一个停的手势说，打住，我曾经喜欢过你姐，不错。但你姐后来有了家庭，而且丈夫是我们同班同学。我愿意为她牺牲，但我不会去破坏她的家庭！我尊重别人，也是尊重我自己。记住，为人在世，与人相处，千万不要彼此伤害。

牛艳丽说，你没破坏姐的家庭吗？姐夫临走时扬言要跟姐姐离婚了，你怎么解释？

艳丽，你还有完没完？！你喜欢马总，我没阻拦你，带你进城美容，就是让你来揭姐姐的伤疤的吗？！牛艳红快速提了两张抽纸，背过脸去擦泪。

马大成站起来说，还不快哄哄你姐姐，我去结账了。转身走了出去。

牛艳丽给姐姐赔了不是，对不起，姐，我爱上马大成了，不知道怎么的，我越爱他，我就越不能看到他对别人好，包括姐你。我看到他看你那眼神，我就受不了。我这是不是太自私了，姐？

牛艳红平复了一下心情说，我要是有你这么大胆，我也不会过上今天这样的日子。你大胆去爱马大成，姐不难过，马大成心眼好，正派，善良，简单，值得你去爱。姐支持你。但他尊重你，你更要尊重他。毕竟他是脸朝外的男人。一个家庭还是要靠男人顶天立地，千万别像我，你姐夫没什么本事，我一个女人又撑不起来。

姐妹俩说了一会儿体己的话。牛艳红嘱咐妹妹喊服务员拿打包袋来打包，点了这么多菜，一半没吃完，浪费太可惜了。打包回去，那咱们两顿不用买菜了。姐妹俩一个端盘倒菜，一个给塑料袋撑口，很快把桌上汤汤水水的剩菜全部打了包。走出包间去了一趟卫生间，洗了洗脸后才下楼。

马大成一直在楼下等着她们。三人一起向牵牛花美容院走去。几十米的距离，他们走得很慢。马大成问牛艳红，我想对你说的事是，我手头一时太紧，借你的钱别催我。你想跟我说一件什么事情？

嗯，牛艳红退后一步小声说，我想告诉你，艳丽爱你，你就接纳她吧！

爱是彼此接纳，我也爱她！

那我就放心了！牛艳红手捂胸口说。

啊，哪个这么缺德！走在前头的牛艳丽突然大叫了一声。

原来，美容院玻璃门上的"女子美容、男士止步"八个字被人撕掉了"女子"和"止步"四个字，变成了斜着的"男士美容"。女子专业美容是她们的特色和品位，莫名其妙乾坤颠倒，难怪牛艳丽大惊失色。

马大成说，别急，想想你抢了谁的生意，同行是冤家。

牛艳红想了想，没有啊！牡丹花美容院规模那么大，而且老板是我原先的东家，一直支持我开牵牛花美容院，不会做这种事情的。

牛艳丽上前撕下"男士美容"四个字说，干脆什么字都不要了，看人还怎么捣乱。

马大成拍掌，这样更好，男女不限。

牛艳红说，好什么？今后还不知道有多少歪心眼的男人上门骚扰哩。

马大成明白牛艳红的意思，想了想说，那就找人再打出那八个字贴上。

牛艳红叹了一口气，预感到美容院生意将越来越难做，艳丽说得对，什么都没有，别人就抓不住把柄了。

你们都吃过了？

这时，突然有人在背后问了一句，三人一起回头，看到孟石头抱着女儿梅子站在后面，放下梅子说，到你妈跟前去。

原来，妈宝男孟石头跑回老家就让妈妈臭骂一顿，说他少材没料，年纪轻轻的扔下老婆，东一榔头西一棒的，没一点定性，这样七晃八摇的，一辈子就晃荡过去了，还不带上梅子去运东一家团圆，我年纪越来越大，浑身上下哪儿都疼，没有劳劲再替你们带梅子了。孟石头总是会吃后悔药，又一次听从了妈妈的话，带上梅子悄悄潜入了运东。

牛艳红先是怔了一下，然后迅速扑上去，蹲下，张开双臂，迎接女儿，在梅子扑上来的那一刹那，猛然抱起梅子，高高举过头顶，在梅子吓得撇嘴想哭时又紧紧搂在怀里，叭叭亲着梅子的脸蛋。

冒失鬼！牛艳丽吓得搂住马大成的胳膊。

牛艳红逗着梅子说话，梅子，哪个叫你来运东找妈妈的？

梅子说，奶奶叫我来的。

梅子怎么来运东的？

爸爸带我来的。

来找妈妈干什么的？

跟妈妈上学。一家团圆。

牛艳丽在一旁生气说，一听就是姐夫教她这么说的。说不定玻璃门上的那几个字也是姐夫撕的。他什么事情干不出来？！

孟石头说，艳丽你说什么？我要撕那玻璃门上的字，我活不到明天早上。

那你来运东怎么不提前给姐姐打手机？

突然袭击，就是为了看到真相。孟石头的瘦脸扯出几缕诡谲的笑容，推了推眼镜说，没想到，你傍上我和你姐的老同学了？本事不小啊，梅子她姨！

你们一家谈吧，我回去了。马大成一听真想上去扇孟石头几个耳光，但还是选择离开是非之地。他将掉牛艳丽的双手，边说边向自己车子走去。

牛艳红在身后推了一把妹妹。

牛艳丽急跑几步跟上去，拉开车门，坐进去说，走。

你去哪儿？马大成问。

你去哪儿，我去哪儿。姐姐一家团圆了，我无家可归，不跟你走，我去哪儿？牛艳丽又把自己感动得哭了。

别哭！跟我走吧！马大成心一软，脚一用力踩下油门。车子消失在车水马龙的车流里。

啊，艳红，马大成成了你的妹婿啦？晾在美容院门外的孟石头一直看着马大成带着牛艳丽扬长而去，取下眼镜，捏了捏眉心，头脑一时没转过弯来，情不自禁地发问，但并没有得到回答。

此时，老婆牛艳红早已抱着梅子爬上了美容院的天棚。

36

我带你去云梦山玩一玩吧，我也好久没去了。马大成已经把车开上了通往云梦山的发展大道，驶上了运河大桥才告诉牛艳丽去哪儿。

牛艳丽一听激动得鼓掌跺脚，好啊好啊，我只听说云梦山好玩，至今还没去过呢，正好带我去开开眼。

运东没有云梦山。所谓云梦山其实是马陵山的余脉，海拔才七十二米高，早年叫嶂山，有个嶂山林场。年年栽树，漫山遍野全是树。最近几年，市政府把嶂山改名叫云梦山，投资四十多亿，硬是把一座不起眼的小山丘打造成一个风景区。马大成向牛艳丽介绍着云梦山的前世今生。

四十亿？有这么多钱去打扮咱们老家的牛铃山，不比云梦山更漂亮吗？牛艳丽听得瞠目结舌。

马大成说，亏你热爱家乡牛铃山。有四十亿打扮牛铃山，那肯定会比云梦山更漂亮。牛铃山有石头，山顶还有古庙，云梦山里除了成片的小老树，什么景点都是新的。只可惜呀，牛铃山生不逢地啊！云梦山长在黄运湖畔，运东城市郊外。牛铃山生在清平湖畔，远离城市，哪个会想到它？不过也难说，云梦山原来也像牛铃山一样，离运东城有一段距离。运东升格成地级市以后，城市摊大饼似的扩张，云梦山渐渐变成了城边丘陵，该它走运了。说不定哪天汴水县城南扩，牛铃山也能幸运变成城边山了。

牛艳丽说，你这一说我明白了一个道理，生长在哪里非常重要。同样是人，生在有钱有权人家，从小就泡在蜜罐里；生在农村贫困户，那就只能在苦水里挣扎。就像我们，拼命挣钱，想过上好日子。其实，咱们追求的好日子目标只不过是城里人家的日常生活。旧时王谢堂前燕，飞入寻常百姓家，也许有可能。但是，百姓家的燕子能不能飞进王谢堂前呢？估计就难了。就像咱们乡下人在运东打工，早晚还是乡下人。我看运东城里不少是征用了土地的农村人，他们就走运了。对不对？

就是这个道理。不过，云梦山真的值得去玩，把几千亩的山坡庄稼地分割成一块一块的，种上不同颜色和花期的鲜花，花枝招展，招蜂惹蝶，市领导真能别出心裁。现在正是鲜花盛开的季节，游客一定很多。哎哟，车子都停到三峰路上来了。

马大成的车子在离云梦山景区大门还有二三里路的地方就被堵住了，路两边停满了车，交警正在疏导行进中的车辆，指着马大成车靠边找个地方停下，不得再向前开。马大成只好就近把车停在路边，下车步行前往云梦山。

他们买票进入景区，并排坐上观光电动小火车。小火车像一条大蜈蚣，在起起伏伏的丘陵间爬行。一路上有很多下车点，小火车变得有点像城市公交车。一个下车点就是一个景点。有人下，更有人上。自从上车，牛艳丽就举着手机在拍，一会儿拍景，一会儿又调整成自拍。拍完就发到朋友圈，收获点赞和评价。马大成也手拿手机准备拍照，但他感觉牛艳丽一惊一乍的风景并不值得一惊一乍，因此很少拍照。他打开朋友圈点开牛艳丽发的照片说，眼睛就是相机，你看你拍的风景有什么特色？有的模糊一片。牛艳丽承认，真是的。但依然还在兴奋地拍照，还在发朋友圈。

牛艳丽很快就收到了老家爸爸牛得草的点赞，但也收到牛得草给她的私聊语音疑问，艳丽，艳丽，你和谁在游云梦山？你姐和梅子吗？把她娘儿俩拍给我和你妈瞅瞅，咱们想梅子了！

哎哟，我的妈呀！牛艳丽把手机送到马大成耳边重放了一遍牛得草的语音。

马大成笑着说，千万别乱发朋友圈，无意中暴露了自己的行踪，惹麻烦了吧！

接下来，牛艳丽只拍不发了，也不回爸爸的语音。其实她心里特想告诉爸妈，我跟男朋友在一起哩！男朋友是谁？拍给你看看，帅哥猛男一枚。但又害怕马大成反感，牛艳丽憋着，始终没敢把马大成收进自己的同框。

路过几个景点停靠站，牛艳丽都急着想下车。车一停，她就把腿伸下车。马大成都拉住她，不给下，这些地方没什么好看的，咱们到纳田花海和镜湖边上再下。

在一个上坡的十字路口，一辆电动小火车迎面下坡驶来，速度很快，每一节车厢里都挤满了人。两车会车过程中，居然真的像对开的两列火车一样叮叮当当响起了铃声，给人一种梦幻般的穿越感。随着最后一节车厢驶出，牛艳丽突然抱住马大成的膀子大叫一声：

蔡玉芹！

马大成转脸顺着她的手指看过去，根本没有看见表妹。但是，趁着上坡时车速不快，马大成捋掉牛艳丽双手，纵身跳下小火车，一路狂奔追赶下坡的那辆小火车。仗着平时晨练跑步，马大成拿出百米冲刺的速度狂奔了几百米，拼尽最后力气，疯狂地抓住最后一节栏杆，跃上小火车的车厢，直到小火车在下一个停车点停下。马大成跳下车，气喘吁吁地一排一排座位地寻找表妹，但没有找到蔡玉芹。又从下车的人群里一张脸一张脸地寻找过去，也没找到蔡玉芹。马大成掏出手机给牛艳丽打过去，你看错人了，没有蔡玉芹。我从这里租一辆双人自行车骑去找你。

俩人重新见面在接近纳田花海的一站。马大成骑着双人自行车，喊牛艳丽上车，牛艳丽居然嘟着嘴巴，迟迟疑疑不上车。

马大成说，我一路狂奔累个半死，你还不高兴哩！上车吧。

牛艳丽上车，坐在马大成胸前。马大成骑的双人自行车是情侣型的，一前一后两个脚蹬，一大一小，前面的脚蹬完全可以忽略不计，全靠后面的脚蹬驱动。牛艳丽上车后就撒娇说，你一听我喊蔡玉芹，就不顾一切地跳车狂奔，把我一人甩在车上，我好害怕哟。

马大成说，对不起，最近我一直想见到玉芹，我想当面问问她，她在哪里？她干什么工作？打她手机，她也接，但话不多。问十答一。只说她一切都好，天天给姑妈报平安，不用我操心。一个大活人在同一个城市里，却就这么见不上面。我这心啊，就像蒙上一层猪大油似的。她太让我担心了。你和你姐不都是反复提醒我吗，要我保护好玉芹。我总感觉我失职了。

牛艳丽突然又把头靠在马大成的胸脯上说，今后我再也不敢一惊一乍的了。

马大成心情沉重地说，玉芹好久没跟我们联系了，前几天你姐提醒我，我就打电话问过姑妈，玉芹给家里打电话吗？姑妈说，打。昨天还打电话问她爸身体好点了没有。我一听也就放心了一点，但从来没有像你和你姐那样，什么时候想见就能见到。

牛艳丽说，玉芹不会出什么事吧？

但愿不会。马大成不想让这件事破坏了他和牛艳丽的好心情，在一处存车站存好双人自行车，挎上牛艳丽转向纳田花海景区。远远看见一条七彩巨龙般的空中游廊盘绕在蓝天白云之下，纳田花海之上。游廊上往来漫步的游人仿佛走在天街上的仙人，如梦如幻。近处，一畦畦花田高低呈现在他们面前，一眼望不到边。一畦一个颜色，红的，白的，黄的，紫的，粉的，姹紫嫣红。清风扑面，空气中弥漫着浓浓的花香。

太美啦！牛艳丽兴奋异常，挣脱马大成跑进花田里，又转身等着马大成。或站，或蹲，或在花前，或在花后，笑靥如花，花如笑靥，摆着各种造型，让马大成拍照。马大成拿着手机，追逐着她，俨然一个随身摄影师，啪啪地拍着。随意从一条花径走上纳田花海上空盘龙一般的七彩游廊上，纳田花海顿时尽收眼底。花香幽幽，天朗气清，阳光明媚，云梦山绵延起伏，堆红叠翠，绿意葱茏。

我累了，还有好几个景点没逛，牛艳丽先是轻声叫了一声，见马大成没听见，往游廊边上一把长椅上一坐，又大声说了一句，我累了！

马大成蹲下身去，我背着你。

牛艳丽愣了一下，双手捂胸，心跳得厉害，感觉幸福来得有点突然。但她一贯是任性的，面对蹲在自己面前的马大成，想起小时候骑马游戏，突然纵身一跃，骑上马大成的后背，嘴里还说了一句，骑大马，然后大叫一声，驾！

马大成双手托着牛艳丽的臀部，自己浑身一颤，过了电一般。好大一坨肉啊！乖乖，死沉。马大成艰难向前走去，引起来往游客侧目。但马大成全然不顾别人的目光，继续背着牛艳丽走在游廊上，根本没有精力左顾右盼去看风景了。

牛艳丽趴在恋人的背上，高高昂起头，眼睛四处张望，一惊一乍起来。哟，左边那里一片房子，像老家的石屋。哟，你看，右边那里的一条小河，弯弯曲曲的。哈，一看就是人工挖的水沟。你看呀看呀！

我看过的，你看高兴就行。马大成累得喘着粗气说。

没走多远，背上的牛艳丽怕痒，咯咯咯大笑的同时直往下出溜。马大成放下她说，猪八戒背媳妇，越背越重啊！

牛艳丽说，你是猪八戒？谁是你的媳妇？

马大成只笑不答。

我饿了，没走多远，牛艳丽又喊饿了。

镜湖边上的客服中心里卖吃的，我去买点给你吃。马大成拔腿就要跑向镜湖边的客服中心，牛艳丽又一把拉住他，我不吃那些东西。然后往游廊边上的又一把长椅上一坐，不走了。马大成蹲在她的面前，盯着她看，发现她脸上通红，双眼含泪，问，累坏了，还是饿坏了？

牛艳丽说，累坏了，也饿坏了，一步都不想走了，只想回家。

马大成问，你家在哪儿？是想回清平湖畔的老家吗？

牛艳丽反问，你说我家在哪儿！你家在哪儿，我家就在哪儿。我回清平湖畔的老家干吗？我神经病啊？！

马大成站起来，伸手拉起牛艳丽说，你真黏人，走吧！

离开云梦山，马大成带着牛艳丽进城，路上问，你饿了，带你吃肯德基吧？

肯德基没意思。

去撸串？

不卫生。

有一家刚开的正宗火锅店不错，我带你去涮一涮？

太辣，受不了。

那你想吃什么？到了吃晚饭的时候了，总不能饿着肚子吧！马大成说。

我想吃你！话一出口，牛艳丽突然转脸向着窗外，一手紧紧捂着嘴巴。

马大成吓得也不吭声了。

我想吃你做的菜，你不是说好你下厨为我露一手吗？咱们回家自己做饭吃吧！牛艳丽终于把话说全乎了，差点把自己吓着。

马大成说，哎呀，好久没自己做饭了，上次我爸来运东我还点了外卖的。不过，老爸可以糊弄，新人上门，今天我可就不能马虎喽！这样，我们先到大润发超市买点菜，怎样？

牛艳丽拧着身子说，不嘛，我就想看看你的家，哦，也许是我的家，吃喝无所谓，冰箱里有什么就吃什么。

马大成说，好嘞，这个老婆好养活！

牛艳丽问，你说什么？谁是你老婆？你别自作多情啊！

马大成只好求饶，好好好，说女朋友总可以吧？

牛艳丽脸红说，包工头，别滑头，老婆不是女朋友。

马大成突然大笑，重复了一遍牛艳丽这句无厘头的话，嘿，艳丽你不得了，出口成诗啊！

牛艳丽说，这也算诗？那我是诗人了！

一路打情骂俏地回到家。一进屋，牛艳丽正在脱鞋，马大成突然把她拦腰抱了起来，我想吃你！

牛艳丽双手搂住马大成的脖子，送上深吻……

汪汪汪，一声车门响，狼狗虎子在楼下狂吠了几声，又哼哼唧唧扑向来人。那是对别墅主人的热情欢迎。

蔡玉芹反锁上门，坐在床边，眼睛直直地看着门被吴立仁轻轻打开，看着戴着浓密假发的吴立仁满脸堆笑地向自己一步步走来，直到贴着自己身边坐下。

蔡玉芹下意识地挪了挪地方，吴立仁跟着向她挤了挤。蔡玉芹挪到床头了，无处可挪了，吴立仁搂住她，像一头饿极了猪拱进了她怀里。蔡玉芹双手薅掉了他的假发……

第二天早上，郑姨端详着她，承诺每月给她六千元报酬，生孩子时一次性奖励二十万元。

说话算话，蔡玉芹伸出右手小拇指。

郑姨笑她，到底真是个孩子！但还是伸出小拇指钩住了蔡玉芹的小拇指，感受到了蔡玉芹来回拉动的劲很大。

拉钩上吊，一百年不准变。郑姨重复着儿戏童语，梦呓般地冲击着蔡玉芹年轻的心。

从此，蔡玉芹成为这个家庭的一员。但是，除了吃得好、穿得好，陪着郑姨说话，蔡玉芹还是生活在孤独寂寞甚至恐惧自责中。

一天晚上，蔡玉芹打开电视，摁下遥控器，节目跳到一个颁奖晚会，主持人正在声情并茂地讲述一个割肝救父的姑娘的故事，镜头不断出现姑娘和父亲并排躺在手术室里的画面，主持人感动得热泪盈眶。在一片热烈的掌声里，那位姑娘搀扶着父亲走上领奖台。主持人问那位姑娘，你决定给父亲换肝，你当初是怎么想的？姑娘说，没怎么想，就是要救爸爸。主持人问了一句让蔡玉芹听了有点气愤的话，你为什么要救你爸爸？姑娘回答得好，因为他是我爸爸，不为什么。蔡玉芹的眼睛模糊了，心里话居然说出口了，对，不为什么，就因为他是爸爸，难道救救爸爸还需要什么理由吗？

蔡玉芹像一只金丝雀关进了笼子，足不出户，整天看电视，睡觉，偶尔走上阳台眺望一下远方。站在阳台上，向西看，黄运湖上烟波浩渺，碧水连天；向东看，透过林立高楼的隙缝，看到飞越在运东市楼宇间闪亮的白鹭，那是她家乡清平湖上最多的水鸟，怎么会飞进运东市里来了呢？城市里会有肥美的小鱼小虾给你们吃吗？快快回去吧，回到清平湖上去，那里才是你们无忧无虑的天堂；向南看，她从不远处迎风招展的红旗上知道，那里肯定是一座学校，像她读书的中学那样，每天早上会升旗，响起国歌，课间还会响起眼保健操的口令。那是多么熟悉多么遥远的声音啊。蔡玉芹只能远远地听着，再也回不到那可爱的校园了。

蔡玉芹站在阳台上傻傻地想，有时一站就是半天。她害怕夜幕降临。反锁了的房门总会有人打开它。吴立仁可以打开，郑秋花可以打开，塞给她小广告的开车小伙子有时也可以打开。他们几乎可以随时走进她的卧室，而且不用打招呼。有时，她拉上窗帘睡觉，郑秋花会神经病似的破门而入，吓得蔡玉芹做了噩梦似的坐起来。郑秋花猎犬似的东张西望一阵子，然后问，吃东西想吐吗？蔡玉芹对这没头没脑的问话只回以摇头。郑秋花会怏然离开。要是自己有一把能控制住房门的钥匙多好，但蔡玉芹没有也不可能有这样一把钥匙。因此，当黑夜来临，蔡玉芹总在在床上瑟瑟发抖，在惊恐中睡去，从惊恐中醒来，反反复复，备受煎熬。

呃——，终于有一天，蔡玉芹条件反射性的反胃带给郑秋花一阵惊喜。

郑秋花带上蔡玉芹从黄运湖畔的别墅里转移到了别的住所，好吃好喝侍候着，不停地给蔡玉芹洗脑。此后又频繁外出旅游，有时飞往新马泰，有时飞往加拿大。

蔡玉芹非常享受。

第十章　流转疑云

37

进入六月，牛铃山群里有人突然转发一条消息，立马炸开了锅。

消息是老家汴水县里发的一份公开的红头文件，关于推行农民集中居住和土地流转的通知。开始在汴水发布的公众号里，后来才有人转发到牛铃山群里。

原先群里东拉西扯的，无主题变奏，现在话题一下迅速聚焦到这个文件上。平时他们不热心什么红头文件，只喜欢分享一些抖音短视频或者搞怪的段子。当然，他们也很少看得到红头文件。但这份普发红头文件的内容关系到他们每个人的利益甚至命运，他们不能不热心。

当晚，身处运东不同地方的他们在群里纷纷发声讨论。

真的假的？

真的，红头文件还能假了？我今天给家里打电话了，家里墙上都刷上大大的白字——"拆"。有人跟聊，跟着发了一张照片上来，一面红砖墙上，果真用石灰粉刷着大大的"拆"字，"拆"字周围还画了一个大大的不规则圆圈。庄重且有点滑稽。

接着有人就发上来一串捂脸偷笑的表情，更多人发的是泪水滂沱的大哭表情。

很快争议就从虚拟的微信群里转到现实的打工生活。先是马大成工地的铁皮工棚里炸开了锅。几乎所有人都给家里打电话，或接到家里的电话。家里要拆迁了，没窝蹲了。土地流转了，没地种了。地亩数还在小本子上，小本子还在自家箱底压着。拆迁必须当家的男人回家签字。如此等等，就像电影中的回放频闪，各种消息、各种态度都在直冒。他们的焦虑，他们的担心，他们的忧愁，城市不懂，城市也不热心。但是，他们真的成了城市铁板烧上的一群蚂蚁，不知道往哪个方向奔跑才能摆脱险境，除了牢骚，几乎没有任何办法。

妈的，天天在运东给城市人盖楼，乡下家里的草窝却让人拆了，真是满世界打麻雀，家里不见了老母鸡。有人骂骂咧咧，卷起铺盖，拎上行李就往车站跑，也不问晚上有没有公交班车，就烧香等不得魂了要回老家，结果只好在车站大厅里蜷了一夜才上路，幸亏天热夜短，不然难熬啊！

有人懂得规矩，给马大成打手机或发微信请假，马大成一时抓瞎，竭力挽留，差点给请假的乡亲磕头。因为工程正在最吃劲的时候，吴立仁催着进度，给他下达了死令，确保九月开盘。开盘简单，有个沙盘，有个房型图，就能开盘。但是，现在国家规定死了，开盘必须基本封顶，意味着买房人能看到现房，即使楼房裹在安全网里，为安全起见，只能看到样板房，但要让买房人起码看到房子的位置，说出自己要买的房号。就在这节骨眼上，有人却掉链子，直往老家窜。马大成哭都没有好声音了。

上阵父子兵。还是三叔等十多个马蹄庄的乡亲给力，坚定地留了下来。有人心里有数，这时候正是马大成加工钱的时候，挣一把巧钱没问题。

马万年更是心里明镜似的。他吃过的盐比别人吃过的米还多，走过的桥比别人走过的路还长，一把年纪了，什么运动没经过，还会被土地流转政策给吓着？别看他贪酒，而且酒品不咋的，但他脑子没坏，胳膊肘哪天都往里弯着。儿子马大强是村委会主任，当着牛铃山村全村人的家，还当不了自己的家？再说，政策有变，又不是专门对准哪一家的，完全是大家大事。就是跑回家去，你是能举锹把墙上的"拆"字铲掉，还是能躺在铲车前面冒着被碾成肉饼的危险阻止拆迁？因此，马万年仗着家里家外有人，相信家里什么事情占不到多大便宜，但也不会吃亏。再说了，大强正在流转牛角庄几百亩土地，脚踮老高等着牛角庄拆迁哩！不拆迁，在眼皮底下把农民手里的土地夺走，等于要了他们的命，他们不跟你拼命才怪！

但是，与此同时，再次回到运东的孟石头却又一次暴露出他从来不愿吃亏上当的小算盘性格，似乎比任何人更受不了这个刺激。因为他比其他人来往于老家和运东之间更加频繁，最近一次带上女儿梅子潜回运东时，家里的墙面上还没有刷上"拆"字，拆迁只是像过年时传说的那样瘟疫一般流传着，没见到动真格的，怎么转眼几天就他庄上家家墙上都刷上了大大的"拆"字？！他快崩溃了，他跳脚后悔了。早知道就在家里等着跟他们拼，跟他们斗，跟他们缠。看哪个孬种敢在咱家墙上刷上"拆"字。

牛艳红听丈夫一个劲唠唠叨叨，没完没了，就不耐烦说，掩耳盗铃，不刷上"拆"字就不拆了吗？要死一起死，要活一起活。拆的不是咱一家，大家大事。你急什么？

孟石头眼镜后面的眼睑都快睁裂开了，噢，你说是大家大事，那就不该有人出头去争喽！你不争，我不争，他不争，那就任人宰割？我估计刷"拆"字的肯定是马大强。他当那个熊村主任，上蹿下跳的，有本事也见得着的，也就是喜欢拿同学亲友开刀了。

牛艳红说，好，好，你争去。争那些没用的东西有什么用？人家该拆还拆，该流转还流转，你能争到什么？争一口恶气罢了。咱们不当弄潮儿，也不做绊脚石。世上能走的路多哩，说不定逼上梁山还能变成一条好汉。

三观不合，孟石头和牛艳红天生一对冤家似的，总感觉老婆说话不中听。牛艳红呢，同样感觉丈夫说话做事格局太小。为群里那条老家房子拆迁和土地流转的消息，小两口居然又吵得不可开交。

本来，孟石头听他妈妈的话，觍脸潜回运东，求牛艳红再找马大成收留他，牛艳红说，算了吧，他就是收留你，你还好意思去吗？你还是去足疗店做足疗去。孟石头去了几年前所在的那家足疗店碰碰运气，结果那家足疗店早已换了老板，找到一个曾经同为足疗技师的熟人问问，答复是，现在扫黑除恶，足疗店生意清淡，亏损亏得老板快要跳楼了。一连跑了几天没找到活干，晚上垂头丧气回到牵牛花美容院，抱过女儿，向牛艳红摊牌，天气越来越热了，整天把梅子放在蒸笼似的天棚上，浑身热得全是痱子。在家哪天受过这种洋罪？正好，我在这里没事干，我还是把梅子带回老家去吧。牛艳红一口否决，噢，你想来就来，想走就走，我这里是开旅社的？你自己要回去，没人拦你，把梅子留下。你——，孟石头一想起妈妈的话，又绝口不提回老家的事情，整天抱着梅子遮个身子，帮着牛艳红姐妹买菜烧饭，成了一个游手好闲的家庭妇男。牛艳红虽然替他着急，但也没有办法。牛铃山群里发出老家土地流转的红头文件，孟石头跳得最高。可让他踩到兴奋点上了。他是一个事事都想占便宜却处处吃亏的男人，面临老家被拆迁，想着父亲留下的宅基房产被毁，心里难过是真的。但他也清楚妻子说的道理，大家大事，损失不是他一家。既然都有损失，那就要谋求损失最小化、利益最大化。孟石头吃不香，睡不好，想来想去，算来算去，他还是要叫上牛艳红回家。

牛艳红说，天天跟家里视频，有什么话都能说开，何必要回家，来回路费不说，还耽误我挣钱。你就是回家，土地流转集中居住是大家大事，你能抗掉，还是能躲掉？

孟石头说，你想过没有，咱们农民祖祖辈辈就靠种地为生，房子一拆，土地一流转，两手空空，连走路都走在别人地上，住哪儿？吃什么？

牛艳红说，没地方住，进城来买房住，没地啃，就在城里找份工作。

说得轻巧，城里房子是咱们穷人盖的，也是卖给咱们穷人住的吗？运东顶多算上三线城市，听说房价一平方米一万以上，老家那宅子上的房子拆迁费能买运东几个平方米房子？城里人都长着三头六臂，听说一家囤积两三套房子，有的还有八九十来套。咱们连一寸都没有。你说乡下人进城找份工作就解决问题了，怎么可能！你爸进城能干什么？你妈进城能干什么？怕是看大门洗碗都没人要。孟石头越说越激动。

牛艳红生气了，你回家能阻挡住？

孟石头说，反正老家房子不拆，咱们不能外死外葬吧，早晚还有归宿。村庄拆了，土地没了，嘴巴贴上封条，只用鼻子吸西北风吗？你像蔡玉芹她爸长年瘫痪在床，除了喘气吃饭，怎么工作挣钱？

牛艳红说，胳膊拧不过大腿，迟拆不如早拆，早拆还能要价，最后不得不拆，给你赔多少你都哑巴吃黄连，凡事比人多根筋的人什么时候占过便宜，当时一头犟筋不跟别人吃一棵葱，过后成了众矢之的，连一根葱须都没的吃。你信不信？

孟石头说，我看你是让人迷魂汤灌多了，从过年回家就吵着要在城里扎根，现在政府把咱们老根刨掉了，你是不是非常开心啊？

是啊，我非常开心。我问你，石头，咱们那是什么老根？根本就是穷根，向上数数，哪辈人不是受穷的？现在政府帮助咱们拔掉穷根，你怎么还要护着穷根呢？你想守着老根受穷，我不想。我告诉你，拆迁赔偿款和土地流转款，统统拿来运东买房子，估计将就只够首付，而且还只能是不到一百平方米的房子，但有赔偿款总比没有强。

孟石头挑眼说，什么？拿去运东买房？！告诉你，房子还是我爸在世时盖的，赔偿款那是咱妈的养老钱，是咱俩的婚前财产，跟你没有关系。别忘了，家里那几亩承包地是我妈和去世的我爸的，你我和梅子都没地哩！

牛艳红说，算了吧，指望那赔偿款养老，是你妈说的？那我要问问她，那钱给她，今后她就不指望儿子媳妇养老送终了吗？

孟石头说，反正，阻挡不住拆迁，也要政府多赔偿几个钱，去年就疯传集中居住，有人就动脑筋，偷偷多盖了房子等拆迁，我们傻，光顾着在城里打工，没动那个脑筋。

牛艳红说，你做什么事情不是马后炮？你就只能看到眼前那么一点，既怕煳了饭，又怕烫了蛋，八辈也发不了财。你回老家，可以。顺顺当当签字拆迁，把拆迁款拿来运东，马大成还欠我一些借款，我打算凑一凑就够一套房子的首付了。要是有了房子，梅子上幼儿园也就不用愁了。

什么？！孟石头第一次听说马大成欠着他老婆的钱，睁大眼睛问，马大成怎么到处伸手借钱，你还有钱在他手里？难怪他对你那么好，原来你是他的债主。他现在背了一屁股债，到处是窟窿，你那钱还能不能要到？

牛艳红知道自己一时说漏了嘴，急忙说，马大成借钱不是吃喝嫖赌，全用在工程上，工程一结算，钱就出来了，我那点小钱打不了水漂。

孟石头说，反正，现在钱到谁手里跟谁姓，一天不还钱你都不能替他说这种大话，要是他真的赖账，你不找他算账，我都跟他没完。别看他现在把艳丽骗到手了。

牛艳红说，你给我省点心吧，别只认钱，不认人。有人在，不愁没钱。

孟石头答应牛艳红好好的，跟着几个年龄稍大一点的乡亲回老家去了。

消息比人跑得快。孟石头一到家，老同学马大强就上门了，说，老同学又回来了，婶子不敢签字，说等你回来，请你在拆迁协议上签字吧。

孟石头绷着脸，拧着脖子，不睬老同学，马大强，你别柿子专挑软的捏。我孟石头一家孤门小姓的，你就拿我开刀，谅我对抗不了你是不是？你有本事找那些大户人家头上动土去，谅你也不敢！

马大强说，不是不敢，是他们都签完了，就你这块硬骨头难啃了。

我是硬骨头吗？我难啃吗？我问你，我家多少平方米宅基？应当赔多少钱？

协议上都写得清清楚楚的，你自己看吧！马大强把协议递给孟石头。

孟石头一时激动愤怒，眼睛充血，眼前协议上的文字模模糊糊，一片蚂蚁在爬似的，看到几处用笔填写上去的数字。取下眼镜，张大嘴巴对着镜片哈了两口气，扯过衣襟擦了擦镜片。抬眼看一下马大强，马大强模糊不清。两颊到耳后是眼镜架长期留下的两条白痕，戴上眼镜才消失不见。他拿过协议仔细看了，知道那就是他家的宅基平方米和要赔偿的钱数，突然把协议扔出门去。我家就赔偿这么一点钱，大强你说说，拿着这钱去汴水县城买房，能买几平方米？去运东买房，又能买几平方米？这不明显坑人嘛！不拆，好歹有个遮风挡雨的地方，能住着。一拆了，我一家老小怎么办？

马大强不像过去那样转身拧腚了，而是浑身上下有一村之主的霸气，而且很有耐心地说，老同学，不是我要跟你过不去，这是上面的政策。赔偿是按标准来的，不是哪个随口说的。你想拿着乡下拆迁款去运东买房，那当然买不了几平方米。上面要求集中到柳集街上去居住，乡里给补助，自己花不了多少钱。

孟石头说，去柳集街上居住，跟在牛铃山村居住有什么两样？我不想凑那个热闹。牛艳红说了，我们要在运东买房。

在运东买不买房，都是你和牛艳红的事，村里管不了。你要是对协议上的数字有异议，可以申请复议，重新丈量，但赔偿标准上面有文件对照，谁也改不了。马大强寸步不让。

无论马大强怎么做工作都不行，孟石头就是不在拆迁协议上签字。

你呀，别看现在说大话，拉硬屎。我知道你是没得到老婆的话，你不敢答应罢了。简直活受罪，怕老婆怕得滴尿了。我现在就给牛艳红打电话。马大强知道孟石头当不了老婆的家，只是胡搅蛮缠，不得不给牛艳红打了电话。

电话里，牛艳红态度非常明确，没有额外要求，只求一视同仁，别看咱们小户人家，但决不拖全村拆迁的后腿。

这话漂亮，我爱听。挂了牛艳红手机，马大强转问孟石头，怎么样？签字吧！

哪个答应你签字的，你就找哪个去，反正我没答应。孟石头继续跟村里叫板。

马大强二话不说，扭头就走。一想协议没拿，一转脸回来，抓过协议，气昂昂地离开孟石头家，还扔下一句话，哼，不想吃亏，就会吃亏。

孟石头又在老家干耗着。他妈心疼他，地里的活没指望他干过。眼下房子拆不拆的，土地流转不流转的，庄上好多人都在观望等待，无心侍弄自家的土地了。他妈还不死心，像是没有拆迁流转那回事似的，照常去自家地里薅草打药。回家烧饭迟了点，孟石头还不高兴。他妈就抹泪说，你就是一个讨债鬼呀，我哪辈子欠你的债了！你成家立业了，还没一个定性，东一榔头西一棒的，怎么得了？孟石头无语，一心盘算着怎么对付马大强，争取多赔偿一点。

牛艳红天天在电话里催丈夫，赶快签字，千万不要牵着不走，打着倒退。拿上赔偿款，带着你妈进城来。

孟石头给她的回话是，我妈进城，在哪儿吃住？砸一根楔子挂到墙上去？你能找到砸楔子的地方吗？我妈病病歪歪快死的人了，你就让她老人家在老家安度晚年吧！

牛艳红意识到孟石头的话不无道理，遮风挡雨的老家一拆，拖家带口进城，城里哪里有她的立足之地？但事在人为，她坚信，她有能力在运东买房安家，给梅子上好的幼儿园。想起马大成手里的那笔钱，她问妹妹，你找个机会问问马大成，我想要回他借我的那笔钱买房，让他提前准备，别到时转不过弯子。

啊，马大成差你钱？牛艳丽惊讶，他怎么到处借钱啊！

38

坠入爱河的马大成每天接送着他的恋人牛艳丽，来往于居住地和牵牛花美容院之间，对即将面临的人生困境尚未做好任何思想准备。

在疯传老家拆迁不久的一个下午，马大成接到牛铃山村委会主任马大强的电话，他还只当是兄弟间的一次求助和帮忙。马大强这些年有什么事情就喜欢向马大成讨教，特别是在运东农民干部培训学院学习那次，马大成请在市政府办工作的王道远老师喝酒，给马大强长了脸。马大强回到牛铃山村一连炫了好长时间，说自己市里有人，牛铃山村的江山他坐定了，任何人休想撼动他。言下之意，牛铃山村那些对他歪鼻斜眼的人，那些威胁他地位的人，统统必须放弃对抗抵抗，包括他的大伯马万里。马大成听爸爸问过，你给大强引见什么人啊？牛铃山方圆十几里地现在都搁不下他了！马大成说没引见什么人，就是原来教过我们的王老师。上次马万里跑到运东来告诉儿子两个梦境时，马万里就把马大强回家后这段时间打了鸡血似的表现说了一遍，马大成听后心里直想笑，多大一点见识，拿着曾经的老师和自家兄弟唬人，也就只能吓唬吓唬牛铃山村那些没出过远门的老人了。你拿村委会主任当个香饽饽，以为别人也当香饽饽的？就那么一点出息！马大成经常嘲笑打击马大强。不过，这一次马大成却听出马大强电话里与众不同的火药味来了。

马大强说话让饭烫了一般火烧火燎的，大成哥，快快快，你赶快回家一趟。牛铃山村有一件事情我要与你当面商量一下。

你说的是牛铃山村还是马蹄庄，牛铃山村跟我没关系，马蹄庄的什么事情我也都不会掺和的。工地上千头万绪的，我哪能走开呀！什么事情，是不是你大伯又没给你好样子？

是马蹄庄的事，大伯不在拆迁合同上签字，骂我是个败家子，动手打了我，打得我鼻口蹿血啊！说他老了，不当家了，要签字等你大成哥回来签吧！

噢，他打你，你没还手吗？

没还手，大伯那脾气，我敢还手吗？还手我不是找死吗！再说，我要真的还手，他当然不是我的对手。但那我就不是人了。

谅你不敢！这样吧，我先问问我爸。

马大成知道马大强说话十言九谎，做事不靠谱，他说鼻口蹿血，估计皮毛都没伤到，因此就没有迅速答应他。马大成拨通爸爸马万里手机，还没等他开口，就听马万里在手机里大骂，是大强那个败家子搬你当救兵的吧！你别逞能回来替他和稀泥，两头当好人。两头当好人，就不是好人。我跟你妈只剩下一把老骨头了，守着祖祖辈辈留下的牛铃山，死也要死在老宅子这石楼里！

马大成不想两头当好人，但更不想让爸爸成为国家政策的绊脚石。人随潮流草随风，胳膊能拧过大腿吗？几十年来不是没有血的教训。当然，爸爸在村里工作多年，并不是胡搅蛮缠的人。这一次之所以拒不签字，大概不光因为恋土难移吧？！马大成决定回家看看，做做父母思想工作是一方面，另一方面更想看看父母和姑妈，告诉他们自己有女朋友了。毕竟又快半年没回老家了。

晚上，天气凉快了些。马大成挎着牛艳丽到古黄河水景公园里散步，说了回老家的想法。牛艳丽傍着他的胳膊，磨着要跟他车回家。马大成不肯。她又嘤嘤哭了起来。马大成哄她说，该带回见爸妈的时候我会带上你的。牛艳丽好哄。破涕为笑抱吻了马大成，回家告诉爸妈，我会像他们亲闺女一样孝敬二老的！马大成弯指刮了她的鼻梁，小甜嘴！

但接下来，牛艳丽的一个问题引起了马大成的警觉，我姐让我问你，你借她的钱她要买房，问你什么时候能还她。

马大成一惊，本来说好只有他和牛艳红知道的事情，如今怎么牛艳丽也知道了呢？说不准孟石头也知道他们之间的债务关系。马大成觉察到了什么，想了一会儿慢慢回答，钱全压在工程上，现在现金流不能抽血，抽血就会断气，告诉你姐，让她再想想别的办法。

牛艳丽答应了他，但是，她又忧心忡忡地说，我听姐姐的口气，好像孟石头也知道她借钱给你了，她怕孟石头到时跟你撕破脸胡搅蛮缠，你早有思想准备才好！

知道了，马大成果然意识到了问题，但没有责怪牛艳红的意思，他与牛艳红暗恋多年，阴差阳错未能走到一起，虽然遗憾，但彼此都珍藏着那份美好的情感。假如因为借钱反目成仇，那彼此都会伤到骨髓里。他自信只要假以时日，他完全有办法为保持那份纯洁美好的情感而不撕破脸皮。而眼下他急需做好思想准备的是，明天如何向爸妈公开他与牛艳丽的关系。噢，山不转水转，转来转去怎么还找了个牛得草的闺女。难道世上没有更好的姑娘可爱了吗？

你知道你爸不喜欢我爸吗？马大成突然问牛艳丽。

不知道。我爸为什么不喜欢你爸？难道你知道？我爸从来没在我面前说他的冤家仇人。牛艳丽大吃一惊。

我知道得也不多。上辈人为土地争权夺利的事情，早已过去了，再计较那些也没什么意思，更阻挡不住咱俩在一起的脚步。马大成宽慰着恋人。

难怪你不想带我回家见你爸爸，你爸爸会反对我们结婚吗？牛艳丽愁眉苦脸了。

不会，我的幸福掌握在我的手里，任何人都别想干涉！马大成拍了拍牛艳丽的脸蛋，把她哄得服服帖帖的。

第二天早上，马大成开车回了一趟老家。这一趟回老家，出现在他面前的另一番景象对他触动很大，简直触目惊心。

车子刚驶下新扬高速汴水南出口，拐过汴水县城西南角，驶入清平湖大堤的通湖大道。通湖大道是一条柏油路，两边还有步道。随着车子离家越来越近，马大成越来越傻眼了，心让人攥着似的一下一下地揪紧了。正值夏天，蓝天白云之下，不远处的清平湖溧河洼满眼碧绿，点点白鹭上下翻飞，湖滩草甸上，点缀着一群一群悠闲吃草的牛羊。但是，本来茫茫苍苍长龙般的清平湖大堤却像一条光光溜溜的长蛇，失去了原先茂密树林的一路掩映。大堤两面的护坡上到处留下长蛇鳞片般的树根。一片片树根仿佛一只只流干了眼泪的枯眼，眼泪濡湿了树根周围的泥土，有的树根还长出了一圈青青的嫩芽，仿佛一个个绿色的花冠。马大成一阵痛心。

这是怎么了？马大成在心底问。

车子驶下清平湖大堤，进入湖滩平原上的乡村水泥公路，转过牛铃山脚下，水泥公路两旁的行道树也被砍得一干二净，留下的树根像两排纽扣，又像两行长长的省略号。

抬眼看去，原本绿树掩映下的马蹄庄也已经变成一片光秃秃的石楼石房。短短半年不到的时间，村庄风雨飘摇，行将毁灭了。马大成又是一阵心痛。

车到自家石楼前停下，看到家院大门两边墙上用石灰写的大大"拆"字，与牛铃山群里有人发的图片差不多，马大成怔怔地端详了一会儿。

马万里夫妇正在二楼的阳台上晒着太阳。太阳正热，年轻人早躲着太阳了。但两个老人却愿意在阳光下曝晒，仿佛心里上了霉，永远晒不干。据说是一种养生方法。爸妈唯求长生，哪还求别的？往常马大成都会先叫一声爸，但这一次他没听爸爸的话赶了回来，担心爸爸生气，因此只叫了一声妈，就走进家院。但马万里似乎并没生儿子的气，看到儿子下车，平静的脸上泛起笑容，心情急切却行动迟缓地从二楼上扶梯走下来，问，不年不节怎么回来了？电话里不是让你别回来吗？

马大成回答，回来有点事，顺便看看你们和姑妈。

马万里脸子吭当撂下来，还是大强搬你回来的吧？

马大成笑了笑，没有直接回答。他不愿忤逆爸爸，但事关家庭前途命运，他不能无动于衷，更不能装聋作哑。必要时，他会出手的。但此时此刻，马大成打量着这处老宅和生活在老宅的父母，也难免心潮澎湃，感慨万千。

马万里站在院子里没有进楼，佝偻着腰杆，尽力昂起白发苍苍的头颅，慢慢挪动着脚步，让他的目光像一架摄像机的镜头慢慢从挂在锅屋门旁墙上的一把生锈镰刀上开始，移到门楼下的饭桌上，再移到堆放在西屋的一堆粮食和停在那里的手扶拖拉机上，最后落在了石楼一楼正厅正中的家堂上，那里墙上悬挂着开国领袖的画像，家堂长条桌上摆放着祖宗的亡灵牌位、香炉、祭品。与姑妈马万芳家的家堂摆放菩萨随时膜拜不同，父亲马万里心里只崇拜自己的祖宗。

马大成站在马万里身旁，目光几乎和马万里同步打量过家业。能有如此一片房产家业，是父子两代用了四十多年创下的。祖宗只留下一片老宅，听祖上留下的话说，老宅开始在牛铃山的山脚下，只有一个芦苇搭起来的窝棚，后来换成了泥墙茅草屋，一场山洪冲倒了茅草屋，换成了石头砌墙的茅草屋，再后来换成了石头砌墙的红瓦房，十年前，马大成高考落榜那年，村上还是一片石头砌墙的红瓦房时，马万里扒了后屋，起了两层石楼，又陆续拉起了院墙，盖起了锅屋和仓房。院子里的地面打上了水泥地地坪。老宅还是那个老宅，但老宅上的房屋却一直在变。种地种地，但种地的方式也在不断变化，耕耙耢耥，一样不能少。还在马大成念小学时购买的手扶拖拉机，开始都是父亲在开，后来父亲开不动了，种收两季等着马大成回家来开。日子还是那个日子，但人却变了，社会变了。父母老了，马大成挑起了大梁。人啊，一辈撑一辈，一代又一代，就是这么过来的。但再变，有的东西不能变。人能变，社会能变，地能变吗？岁月能变吗？做人的良心能变吗？

马万里突然快步走进一楼正厅，站在领袖画像和亡灵牌位下面，深深地鞠了三个躬。每一次鞠躬都间隔很长时间，仿佛跨过了十年二十年。当他把几乎九十度的弯腰直起来，似乎能听到他脊梁骨发出一阵咯吧咯吧的响声，就像一架老旧机械重新发动的声音。

马大成跟在爸爸身后，第一次看见爸爸这一举动，诧异的同时更有点惊慌失措。爸爸当着他面如此庄严神圣地上演这一出戏，是要为他补上一课吗？是啊，马大成快到三十岁了，除了小时候经常看到姑妈马万芳在菩萨面前烧香祈祷，几乎没有见过爸爸有什么祭奠行为，或许爸爸的祭奠行为没让他发现。而他生而为人却对家堂长条桌上的先人亡灵牌位从未祭拜过。惭愧啊！他情不自禁双手合十，闭目面对亡灵牌位默默祈祷了一小会儿。然后睁开眼睛，突然，清楚地看见了陈旧的亡灵牌位上的文字。上面并排刻着"显考、显妣"和祖父母的姓名，姓名下方是"神主"二字，落款是"孝男马万里"和"孝女马万芳"。马大成差点吓着自己，原来陈旧的亡灵牌位上还有文字，自己怎么从未发现过啊？！哦，家里原来似乎也没有先人的亡灵牌位，应当是爸爸这半年间现做的吧！

马万里突然擤了一把鼻涕，抬手抹了抹双眼，转身走出院门。马大成看到爸爸流泪了，心情沉重地跟上去扶着爸爸。马万里甩开他，走到楼后，手指着牛铃山说，马家祖宗和你爷你奶都埋在那里，我能丢下他们吗？马大成没有回答，也难以回答，咱们回楼里吧，搀扶着马万里回到楼里。

大成，你还没成家，老宅又要拆了，你打算怎么安置你爸你妈？妈妈手不识闲地擦抹家堂长条桌面和祖宗牌位，讨要马大成的话。

爸，妈，我这次回来就是想跟你们商量，几代人攒下的家业说毁就毁了，哪个不心疼？但又不是专门针对哪一家的。好在我在运东有房，我带你们去运东住。三叔家他们就要抓瞎了。马大成傍着爸爸坐到沙发上，手扶遥控器打开电视。

妈说，不会吃运东煎饼呢？

马万里生气说，去，矫情！不会吃煎饼就不吃，运东好吃的东西多着哩，有人硬逼你吃煎饼吗？要说到运东过不惯，还是太冷清，听不惯他们的侉话，没人说话。

听你姑妈说她巴不得拆迁哩，三间瓦房拆了，玉芹也带他们到运东去住楼房去，到时老兄老妹不就能说话了吗？

马万里说，有一口吃的就喘粗气说大话了，才过了几天好日子，说话不碜牙？！

马大成惊讶地问，姑妈家的日子好了吗？

马万里说，好什么？你姑妈那人你不知道吗？死要面子活受罪。玉芹打点钱回来，手头比以前宽松点，就到处搁不下了。生怕人家瞧不起她、诮评她，就到处说她日子好过了。等着吧，家里有个没底的药罐子，能好到哪儿去？

是的，你姑妈就怕人家瞧不起她。不过，各人过各人的日子，她日子好了，咱们也高兴。马大成妈妈岔开话题说，大成啊，家家都有一本难念的经啊！我跟你爸想在这老宅上给你成个家，楼上的大卧室作为你的新房，一直空在那里，看来新房里等不来新娘啦？

马大成笑了笑，妈，我有女朋友了，争取在楼上的新房里结婚。

妈妈拍着大腿直笑，一直笑到岔气，嘴里还自言自语，时断时续说，那就太好了！真的吗？我说我儿大成不愁媳妇，有人偏瞎操心。我儿大成多懂事啊，什么时候要爸妈操过心的。他说自己的事情自己做主，说到做到，不放空炮。我怎么说来着的，狼走千里吃肉，猪走千里食糠。我儿子就是有本事！女孩子是哪里的？长什么样？家里什么条件？

马万里起身站起来说，你看把你美的，笑岔气也还闭不上嘴。嘴巴像一把机枪似的，烦不烦呀，你问那么多干什么，你还指望着跟他们过啊？！

妈妈反问，我们就大成一个独种儿子，只要我们不死，不跟他们过，跟哪个过？

马万里猛地坐下，嘴巴却瘪了。

马大成掏出手机，搜出收藏夹里的牛艳丽照片给妈妈看，还说，她哭喊今天要跟我车回来，我没同意的。

这孩子，带回来给爸妈瞅瞅啊！妈妈接过儿子手机端详了一会儿说，嗯，这女孩电影明星似的，年龄不大。

嗯，小我能有十岁吧。马大成说，那是美颜过的，真人不像电影明星，也差不多。就是有点大条。

哎哟，你看这脸皮嫩得哟，快能掐出水来了！嘿，你看这水汪汪的大眼睛哟，快会说话了！嗯，嘴大，好，嘴大吃猪羊，你看这大嘴巴能吃得下整猪整羊了！哈哈，一看这个女孩子就没什么心眼，心直口快，好处，大条，我喜欢！妈妈用手上下滑着牛艳丽多幅照片，兴奋不已，然后把手机递给丈夫说，他爸你看看你儿媳妇漂亮不漂亮。

不漂亮你还能让你儿子不同意不成！马万里封建，拧过脸躲开。平时庄上哪家娶了儿媳妇，那家老公公就多了一个"灰头"的身份。灰头，就是爬灰老头的简称。马万里没少开人家的玩笑，包括同一房头的马万年。现在自己即将有儿媳妇了，心里美滋滋的。但让他多看一眼儿媳妇照片，他想看，但不能看，不敢看。

马大成收了妈妈手里的手机说，这下放心了吧！

马万里憋不住说，放心不放心，槽头买马看母子，女孩是哪儿人？

嘿嘿，马大成笑了，爸，说出来你别打拦头坝啊！我女朋友也是咱们牛铃山村的，是牛得草的二女儿。

马万里先是一怔，没有说话，然后从沙发上站起来向外走，刚走到门口又折了回来坐到沙发上，突然拍着巴掌大笑说，我说上天在柳集街上碰到牛得草怎么跟笑面虎似的，过去躲我远远的，可那天冲我笑着直直走过来，我装作没看见，他硬是用肩膀撞我一下，又递烟，又点火。我当时就想，今天太阳从西边出来了，牛得草想打我什么主意？聊了几句闲话，他说还要给外孙女买件衣服，走了。噢，今天我总算明白了，原来肯定是牛得草那个狗东西知道他二闺女跟你谈了恋爱。

马大成妈妈说，怎么，难道你又想阻拦他们不成？

马万里说，我再也不做那种傻事了！不做那种傻事，我早就抱上孙子或孙女了。我早想通了，哪家闺女都好，只有成了我的儿媳妇才知道孝顺不孝顺！大成啊，你打算什么时候结婚？要不要我找人去给牛得草提亲说媒？我不怕他抢起巴掌扇我这张老脸！

用不着提亲。我们打算明年春天结婚，什么都不用你和我妈操心。马大成正说着，手机响了，一看，是牛艳丽发起视频。他向爸妈亮了一下手机说，她打来的。

我早说过，儿子婚姻是缘分没到，缘分一到，山也拦不住啊！你看，大成不用咱们操一点心就把媳妇搞定了，还比他小十岁！我当初怎么说的？马大成妈妈拖起马万里，走，上楼去，让两个孩子聊去。

马万里却赖在沙发上不走，说，我知道你回来不是为告诉我们你有女朋友。反正土地流转，可以，拆老宅，就是不行。大强那小子怎么跟你说的？

马大成切断牛艳丽的视频请求说，大强没说你什么，就是说你不愿在土地流转合同上签字。

马万里拍着大腿说，牛铃山下的湖地流转出去，马蹄庄没人有意见。可他要把牛铃山卖给人开山采石，没门！马蹄庄哪个愿意签字？不是我不签字，是根本没有人签字。

还有这事？！马大成大吃一惊后一下子心情很乱，对爸妈说了一句，我去牛铃山上看看。便走出家门，同时回拨了牛艳丽的手机。

39

马大成一边与牛艳丽在微信里聊天，一边往牛铃山上走去。

山坡上芳草青青，青草间不时露出一棵刚砍伐掉树干的树根，还绽放着漂亮的牵牛花，一串串，一朵朵，在微风中摇曳，像姑娘撅起的红唇，似少女飘逸的彩裙，更像小伙吹奏的小喇叭。本来，山坡地与山脚下的湖滩平原一样，也分到一家一户的，可这些年，山坡地撂荒厉害，几乎没有愿意再种山坡地的了，于是，牛铃山便荒芜成一座青山。但恰恰成了杂树、野草和牵牛花的天堂。

马大成弯腰采下几朵牵牛花，送到鼻下闻一闻，一股淡淡芳香沁入心脾，顿时神清气爽。站在半山腰，遥望着留下美好少年记忆而如今已经荒废的那座牛铃山戴帽小学，曾经天天上学的那条小路也淹没在早已改变走向的田陌间，马大成想起了赠给牛艳红的那一束牵牛花。牵牛花，迎着朝阳绽放，伴着夕阳凋零，时间虽短，毕竟绽放过。虽然匍匐在地，但娇艳无比。她的花语至今还记得清清楚楚。

马大成拿出手机对准牵牛花拍了几张照片。红的拍一张，白的拍一张，紫的拍一张，粉的拍一张。又拍了两张以随风摇曳牵牛花为前景的山景，本来想凑成一个六宫格发到朋友圈的，转念一想，一个大老爷们儿留恋花花草草，会不会有人非议啊！干脆不发朋友圈，全部发到牛艳丽微信上。牛艳丽秒赞，并且迅速把马大成的牵牛花照片转发到朋友圈里。六宫格的牵牛花像一圈大花园。牛艳红也秒赞了妹妹。马大成在朋友圈里都看到了，而且知道姐妹俩肯定在一起。

马大成信步来到白龙涧旁，一潭碧水平静如镜，倒映出潭边的杂花生树和山顶的那座小庙，对面是曾经采石留下的崖壁，隐约可见山体的雄奇。一阵山风吹来，带着扑面的清新水汽，顿时凉爽了许多。马大成又一次举起手机拍下一张白龙涧，发到自己的朋友圈里。牛艳丽迅速在后面评论里说，白龙涧，漂亮！跟后竖起大拇指献上玫瑰花。

朋友圈里有人问，马大成回老家了吗？晚上请你吃饭。马大成找出那人的微信私聊回复他，谢谢！回老家有事，中午就赶回运东。欢迎到运东做客。

马大成继续沿着白龙涧边的林间小路走去，边走边想，牛铃山禁采多年，连马蹄庄人想在自家山地里挖一块石头都不可能，怎么会有人敢冒天下之大不韪买山采石呢？柳集乡和牛铃山村的当家人是怎么想的？简直难以想象。

站在牛铃山顶的小庙门前，马大成思绪万千。小庙的石墙上也赫然写着两个大大的白字，"拆"，"拆"字周围画了一个白圆圈，像古代兵俑胸前背后的两块补子，特别扎眼。好在小庙依然敞着门，隐约可见庙内的披着猩红袈裟的金身菩萨法相庄严地端坐在那里，安详地俯视着来人，并不知道自己即将自身难保。菩萨膝下的黄缎蒲团还留下某人跪拜时的双膝压窝。马大成情不自禁地双手合十，闭上眼睛，内心一下清空了凡尘，变得平静而旷远。当他睁开双眼，突见有一男一女两个小孩子从小庙里跑了出来，一路打闹着欢笑着跑下后山去。马大成不由得想起自己小时候跟着姑妈到小庙进香的情景，恍如隔世。转身回望山脚下那片石头砌墙的马蹄庄，尽管自己的胞衣不曾埋在那里的某一棵树下，但那里家家屋顶上升起的袅袅炊烟，那里留下的依依乡情，都令马大成依依不舍。很难想象，当牛铃山变成一座矿山天天炮声隆隆，山石崩裂而且马蹄庄荡然无存时，马大成的那些乡愁记忆和精神慰藉还将如何寄托！他也许没有伟人的忧国忧民的情怀，但他理应拥有对失去家园的痛心。

想到这，马大成不禁打了一个寒噤，忽然萌生了一个念头，无论如何都不能让牛铃山再变回成一座矿山，，我必须保卫牛铃山！

对，我必须保卫牛铃山！马大成大声说出来，并且攥紧双拳为自己加油。我一定要保卫牛铃山！！

走下山时，马大成听到身后有人喊，大成哥，你等等我！

原来是马大强在身后的山路上边跑边喊。马大成心里来气，背对着马大强站住。马大强跑到他的面前拦住他，抢过他的手握了握，然后丢下手说，大伯大娘想不通，搬你回来劝劝他们。现在形势摆在这儿，谁也阻挡不住。何必跟上边对着干呢？

马大成听了感觉刺耳，但一时又不便剥下马大强的脸皮，边向前走边说，我爸我妈都是开通人，恋土难移，人之常情，尤其是像我爸我妈这样的老人。我带他们到运东去生活，他们都不习惯，非得守着老宅，天天看着牛铃山，心里才踏实。你一下就让他们亲手把自己建成的家园给毁了，他们怎么能舍得呢？

马大强像跟随领导参观的摄影记者一样连连后退，既想拦下马大成说话，又不能阻挡马大成大步向前，他说，哥，道理我懂，但我也是执行上级命令。你是脸朝外人，在运东不算有权，但在家乡你不能算成功人士，起码算个有钱人吧！你在运东有房有车，大伯大娘不需要也没必要再买房子，比起其他人家不知高强多少倍。就比咱家也高强许多。说到底，大伯大娘还是老了，老要识时啊！分田单干那会儿，咱们都还没出生，听说大伯大娘年轻，浑身是劲，收种都不费力。现在年纪大了，不是你收种回来帮忙，你家那地就撂荒了。现在政策多好啊，一亩地流转以后，每年能得到接近一千元补贴，再有能力有体力到田里劳动，再挣一份工钱。

马大成停下脚步，一玩二笑说，家家有地，地里什么都能长出来。土地流转后，家家名义上有地，其实没地，心里不慌吗？能不能不用老虎钳子拔牙硬揪，让大家自觉自愿流转？想种地的还让他们种，流转那些不愿种地人家的土地，不好吗？

马大强嬉皮笑脸说，是这个道理。对呀，现在流转土地完全是自觉自愿的。

哈，你大伯就没自觉自愿。不错，你分析得对，土地流转，势在必行。多少代人在土里刨食啊，到了咱们这一代用不着面朝黄土背朝天了。我也不想再来回折腾了，一年两季收下来，刨去种子肥料和人工钱，种地其实没有什么收益。只是这牛铃山让人放不下啊！

马大强躲到路边不言语了。

马大成沿着山坡上的羊肠小道走着，小道两边几乎没有乔木。马大强又紧紧跟在他的身后，保持两三步距离，若即若离。马大成自言自语，当初咱们从这里来回奔跑着上学，这才过去多少年啊，眼前竟然变得快认不出来了。

马大强说，那时你认真，成绩好，我调皮，成绩差，你看你现在就比我有钱。

马大成说，钱多钱少说明不了什么，一辈子只为钱活着，有什么意思。人，还得活得有尊严、有价值。

马大强接不住马大成的话了，只默默跟着马大成走。

马大成回头说，大强，村里工作不好干，这些年你也不容易啊！

马大强紧追几步，上前背书一般说，过去最难的是掏腰包，自从取消农业税，加上放开二孩三孩，工作轻松多了。现在乡村振兴，包括产业振兴、人才振兴、文化振兴、生态振兴、组织振兴五大振兴，哪个振兴都够忙的。当务之急要集中居住，土地流转，实现产业振兴。村里工作又紧张起来了。最难的就是招商。

马大成一听就知道他说的是一些经常挂在嘴边的套话，一套一套的，其实未必理解某个振兴的深刻内涵。他停下脚步故意问，村里还要招商，招什么商？

马大强感觉瞒不住了，干脆挑明了说，招有钱人来村里投资流转土地呀！你看，咱们脚下的牛铃山就有一个大老板看上了。

马大成故意问，看上它什么？是不是看上它下面的石头？

对对对，你听大伯说了是不是？

大强啊，牛铃山禁采了，难道你不知道吗？

知道。乡里下达招商引资任务，咱们村年年完不成。这次有老板对开发牛铃山有兴趣，蔡风书记听说了，跑了几趟邀请老板来牛铃山考察。

败家子啊！为完成招商引资任务就让人挖祖宗坟山吗？

马大强搓手笑着回答，牛铃山村没有别的资源了。

马大成说，噢，对，这山，这地，都是资源。是资源都要拿来换钱吗？祖祖辈辈都守得住这山这地，怎么到你和蔡风手里就想着给卖掉呢？

哥，这不都是逼上梁山吗！

哪个大老板这么有钱，买得下一座山？

投资回报，分期付款。

哪个人有本事拿到矿山开采权？

蔡风书记说了，谁经营，谁跑手续，一切手续老板答应去跑。哦，这个大老板跟你熟，乡领导陪他来考察时听说我叫马大强，他问我认识马大成吗，我说马大成是我哥。他哈哈大笑说，我是马大成老板。

马大成打断马大强的话，吃惊地问，吴立仁？！

对，就是吴立仁，这人脑子好用，运东刚建市时他就到运东混去了，现在是老家乡里的座上宾。上次回老家来站在这山头上，双手叉腰，眼看着远处的清平湖大堤感慨，当初大雪漫天，我一手拎着被子，一手拉着老婆，就是从清平湖大堤上一路步行跑到运东的，路上渴了，走下大堤喝口湖水，饿了，拐下大堤去路边人家要口饭吃。没想到啊，走到牛铃山下遇上一个好心的姑娘带着一个小男孩在扫雪堆雪人，送我一炷香到眼前这座小庙里烧了，在菩萨面前许愿，今后哪天我发了财，我会让菩萨站起来的。当时以为我会外死外葬的，结果现在我真的又回来了。菩萨不在牛铃山顶上站起来，我对不起菩萨啊！哎呀，那副牛哄哄的样子真有点穷人乍富腆腰凸肚。后来他突然问乡里领导脚下这牛铃山卖不卖。乡里领导想了想，连忙点头，卖卖卖！

马大成打断马大强的话，卖卖卖，祖宗祖业都卖。山顶上的小庙也要拆啊？拆了，姑妈她们还到哪儿烧香拜佛去？

那是。但吴老板打算拆了小庙，在山顶上竖一尊一百米高的站着的菩萨，就像无锡灵山大佛那样的，佛光笼罩着牛铃山的亡灵，天天超度亡灵。

噢，一边开山采石卖钱，一边拿钱再在山头上竖一尊大菩萨？我爸说得一点没错，你们就是一群败家子！

从没见过马大成发火的马大强又犯起老毛病，原地转了几个圈，指天戳地，撩腿跺脚，大呼冤枉。马大成甩下他，又一次走上山顶。

翻过牛铃山，眼前出现的一幅画面吸引了马大成的目光。

在东山脚下停着一辆黑色闪亮的轿车，不远处，绿草如茵的朝阳山坡上长出一把大蘑菇似的遮阳伞，伞下躺着一个屈臂抱头的男人，男人身旁坐着花花绿绿的两个女人。一个女人身旁卧着一只狼狗。

只有在城市公园景区才能看到的这一幅画面让马大成怦然心动，他举起手机拍了下来。什么人发现牛铃山世外桃源一般自然美丽，什么人如此安享牛铃山夏日阳光？本不该打扰别人的幸福惬意，但马大成还是向那几个人走去。走没多远，看见遮阳伞下坐着的一个女子突然站了起来，一手牵着狼狗的狗绳，一手抻了抻连体长裙，嘴里似乎说了一句什么。躺在伞下一块毡布上的男人一跃而起，拍拍屁股站了起来，转身向马大成招手。

马大成先是怔了一下，很快便认出来了，那个男人正是吴立仁。而那个穿着连体长裙的女子正是自己的表妹蔡玉芹，此时正背对着自己，一只手搂着狼狗的脖子。狼狗的名字叫虎子。坐着不动的另一个胖女人正是吴立仁的老婆郑秋花。

马大成蒙了一阵，突然惊出一身冷汗。啊，表妹口口声声说找到了满意工作，怎么无巧不巧地还是落到了吴立仁手里？她不是不愿意给富人家做保姆吗？那她现在是什么角色？没人介绍，她是怎么自己找到吴立仁家的？这几个月她都经历了什么？马大成的脑海里一时翻江倒海，频闪出成串的问号。但此时此地他只能按捺住内心的翻滚，暂时撇开表妹，应对眼前的吴立仁。

在运东市里想找到吴立仁比登天还难，居然在老家的牛铃山偶遇上了吴立仁，而且刚才正听说吴立仁要买下牛铃山，马大成一时尴尬。最想见时，偏偏难见。最不想见时，偏偏遇见。此时想躲，已经来不及了。马大成硬着头皮走上去问，吴总，怎么有空到这里踏青啊？

吴立仁手指着站在不远的马大强说，我哪有闲工夫踏青，这不是来考察吗？我知道了，你家就住在山那边马蹄庄。刚才还看到你发的朋友圈白龙洞照片哩。马主任还是你本家弟弟，是不是？

是的，马大成点头回答，眼睛却望着表妹的背影，一袭直筒长裙罩在表妹身上，表妹显得发福了不少，乌黑油亮的长发瀑布一般披下来，遮住了表妹的半个脸庞。

那只狼狗扑向她，伸出长长的红舌舔她的脸，她不得不左闪右躲。

玉芹，见到你表哥怎么连一声招呼都不打？郑秋花像一条团鱼艰难地从地上爬起来，生气地对蔡玉芹说。

蔡玉芹这才木偶一般转过身来，两边耳垂上的耳钉闪闪发亮。跟表哥打了一声招呼，抿嘴笑了笑，脸红得有点发紫。

马大成上前小声问了表妹三个问题，你现在做什么工作？你不是不愿意做保姆的吗？他们怎么知道你是我表妹的？

蔡玉芹嗫嚅了一会儿，未置可否。

马大成没听到表妹对三个问题的明确回答，又问，回家看姑父姑妈没有？

蔡玉芹低头说，没有。

马大成直视着蔡玉芹，希望捕捉到表妹目光和表情里的微妙变化。但蔡玉芹目光躲闪，表情木然，浑身都不自在，仿佛随时都想离开表哥视线。

郑秋花这时在一旁喊，玉芹，到车里去吧！

蔡玉芹说了句，虎子，咱们走。一手提着长裙，一手牵着虎子，颠着碎步向着山脚下的那辆轿车跑去。飘飘洒洒的倩影很像一只翩翩飞舞的彩蝶。虎子摇摇摆摆地追逐着她。

马大成心里存下表妹的倩影，转身问吴立仁，吴总考察这里打算要上什么项目？

采石，吴立仁不假思索地回答两个字。

噢，马大成得到了验证，但仍然吃惊。

吴立仁说，你跟我从事建筑行业应当比我更清楚，运东市这些年建筑交通产业发展非常快，需要的水泥沙子石头的量很大。全市境内没有一座像样的石头山，石头全靠从外省外市调运过来。牛铃山多少年前就有汴水县采石场，后来亏损关停了。

马大成打断他的话说，不是亏损关停了，是国家明令禁采了。

吴立仁挥手一拂，赶走苍蝇似的笑了笑说，是的，禁采了。但是，县乡财政是吃饭财政，要发展地方经济，根本没有钱投资，只能招商引资。柳集乡招我来流转土地，我看好牛铃山开发。我感觉这个项目稳赚不赔。

马大成无语，但心底翻江倒海，说，吴老板，老家这绿水青山的确是金山银山，但是，过去开山采石已经在北坡留下了一个深坑，后来禁采了，绿水青山又回来了。不是你看出这个项目稳赚不赔，三岁小孩都能看出来。这么多年为什么没人打牛铃山的主意呢？

吴立仁说，那是因为没人能跑来营业执照、采矿许可证和安全生产许可证。但只要我想做，就没有办不来的。你跟我这么多年应当知道我做事风格的。不按常规出牌。越是禁止的我越做。我不怕红线高压线。不碰红线高压线根本就赚不到钱。

马大成说，你知道咱们村的村民会同意吗？

吴立仁说，他们同不同意跟我无关，工作由乡里村里做去，到时我只要一座干干净净的山，这里的树啊草啊花啊，统统砍掉铲掉。还要给我建一个碎石机厂房和一个炸药库房。我已经找一家大牌咨询公司开展前期工作了，环评工作即将展开，到时你和曾家胜来建设厂房和库房。

马大成哼哼笑了两声回答，哼，谢谢吴老板抬举，对不起，我不干！

吴立仁大笑说，兔子不吃窝边草，你不好在太岁头上动土，到时有人乐意来施工，我不信有钱找不到人来干活？！然后反问马大成，你怎么有空回老家的？

马大成说，老家要土地流转，爸妈想不通，大强搬我回来的。

吴立仁抬脚踏上一株牵牛花，一连踏碎几朵，然后手指着马大强说，我到时要的是一座净山，重新规划建设，山顶有一尊大佛，站着的，山下的村庄统统拆掉，但是，这些工作都是你们乡里村里的事情，与我无关。千万别让村民来找我。

马大强哈腰说，那是肯定的。

吴立仁说完向马大成伸出手来握手，我现在回运东了，你回不回运东？哦，对了，你在运东的项目完成以后抓紧把工程款结清，还想继续跟我后面挣钱，就为我开发牛铃山。不想继续跟我后面挣钱，你可以另攀高枝去。

马大成心里明白了，吴立仁终于要与自己撇清关系了。结清工程款，另攀高枝。这是在下最后通牒赶他走啊！哼，吴立仁太自负了，以为马大成离开他就完了。不错，马大成眼下还是他最忠实的包工头，不像他已经用资本流转土地，甚至用他自己的话说进军采矿业了。但是，吴立仁忽视了另一个现实，他没有马大成年轻。而立之年的马大成不仅有年轻的资本，而且更有丰富的智慧和崇高的境界，一点都不担心被吴立仁炒了鱿鱼，更不会被吴立仁的绝交吓倒。马大成默默记下此时此地吴立仁的话，却没有正面回答吴立仁，只说，到咱家门口了，我请你到家里坐坐，哪怕喝口热水，也算是我的心意。

没有威胁到马大成的吴立仁连忙摆了摆手，东张西望了一下，似乎在犹豫，该不该去马大成家去喝口热水。但是，他没向马大成作任何表示，拍拍屁股，丢下老婆，独自往山脚下车边走去。腆着的大肚子咣当咣当的，像是快要掉下来，滚下山去。

郑秋花卷起草地上的毡布，收了遮阳伞，跟着向着山脚下的轿车走去。

马大成和马大强快步跟上去，送吴立仁到了轿车边，隔着车窗玻璃，隐约看见坐在副驾驶座位上怀里抱着狼狗的表妹身影，像是隔着千山万水。

吴立仁打开车门挥手说，我回去还有事，今后这里有项目，说不定咱们还会合作。

看着吴立仁的轿车绝尘而去，马大成想起吴立仁一直绝口不提蔡玉芹和他的表兄妹关系，心里充满困惑。有一种不祥的预感袭上心头。

马大强蒙蒙地问了句，玉芹怎么像个受罪鬼？

大强，你这个败家子，你要是把牛铃山卖给人开采，我跟你没完！马大成甩下狠话，扔下马大强，一路小跑回家。

爸，你别在拆迁合同上签字！我去看看姑妈就直接回运东了！马大成一百八十度大转弯让他爸爸也吃了一惊。

40

马大成开车来到姑妈家。路上他就想，在牛铃山坡上看到表妹蔡玉芹这事该不该告诉姑妈？想来想去，他打算不告诉姑妈。一旦告诉姑妈，姑妈会伤心难过，会怨玉芹不懂事。大半年不见，难道不想爸妈吗？

让马大成意想不到的是，迎面看到姑父蔡传喜坐在一辆崭新的电动轮椅上，正缓缓驶在门口的场地上。地上的荒草压轧一圈圈轮椅的车印。马大成把自己的车停在路口，随手拎下早就准备好的几个食品礼盒，走上前去喊姑父。

蔡传喜蜡黄的脸上扯出几缕笑容，兴高采烈地说，你姑妈说你最近要来看她，你真的就来了。

听到丈夫说话的马万芳撣着衣襟上的面粉从屋里走出来，叫了一声大成来了，上前接下侄儿的礼盒，说，菩萨保佑，昨天跟你姑父还说，我梦见大成来看我了。

马大成感到好笑，姑父和姑妈分别说着同样的话，但都是对方的意思。如果是真的，那会是什么原因让姑父和姑妈不约而同惦念自己的呢？马大成一看姑妈梳洗得头脸干净，精神饱满，就说，对不起，姑妈，我本该早来看你。

马万芳笑着说，你那么忙，哪能走得开。我上个集日去柳集赶集，碰上你爸，问起你。你爸说家里拆迁的事情他不同意，估计大强会搬你回来说服他。我说你也别死脑筋，大家大事，人家都拆了，留你一家孤坟野鬼似的住在牛铃山脚下的石楼里，你不难过吗？听说河西有一家顶着不拆，最后公家把他家周围的地全挖成了鱼塘养鱼，他一家出不来，进不去，蹲了水牢一样。再哭着喊着找人去拆，没人去拆，只好自己扒房滚蛋，一分钱赔偿没拿到。这就是把头别进裤裆跟自己攒劲的下场。怎么样，你回来说服你爸了吗？

马大成听姑妈说话高高兴兴的，心里舒坦了许多。来时还预备着听姑妈诉苦，看来多虑了。他说，大强搬我回来动员我爸带头拆迁，说他是老村委会干部，不能做绊脚石。我听爸说得也有道理。我说不行跟我去运东生活去。

马万芳一拍大腿说，对，菩萨保佑，我也有这个想法，玉芹要是能在运东买起房，落下根，这里拆迁后，我跟你姑父也打算去运东一家团圆。

虽然听妈妈说过姑妈曾有到运东去住的念头，但当时没当真，现在听姑妈亲口说出来，马大成还是吃了一惊。姑妈居然有这种想法，而且这么开通，信心满满。想起姑妈曾经穿着几层单褂单裤可怜兮兮地到运东找自己借钱办低保，姑妈家哪有条件去运东生活？但转念一想，人往高处走，姑妈有这个想法也无可厚非。吴立仁会给玉芹开多高的工资，能在运东买起房子？

马大成说，那才好哩，都到运东去住，你跟我爸兄妹俩就不孤单了。我看姑父能下床了，气色不错，坐上轮椅了。

马万芳说，还不是多亏了你嘛，大成，真是一人有福带满屋啊！你给玉芹找了一份好工作，这几个月，玉芹月月都打五六千块钱来家，电话里嘱咐我给你姑父买个轮椅，还是电动的。还说等年底拿了奖金就给她爸做手术，让她爸站起来。

马大成又吃了一惊，噢，玉芹月月都打五六千块钱？

马万芳问，是啊，不是你给她找的工作吗？

噢噢，是的是的，没想到她有那么高的工资，更没想到做保姆到年底还会有奖金，而且可给姑父做手术。让姑父站起来的手术不是小手术啊！马大成有点手足无措，脸上显得慌张。他糊涂了。印象中，当初玉芹不愿意去吴立仁家当保姆，他给姑妈打过电话的，姑妈怎么又把玉芹找到的好工作功劳归在他头上呢？难道玉芹告诉姑妈她在吴立仁家做保姆？谢天谢地，终于还是做了保姆。但他不知道姑妈家突如其来的变化背后隐藏着什么。据他所知，运东保姆的工资顶多三四千块一月，根本没有奖金一说。但话到嘴边他都咽了回去。他想说，玉芹的保姆不是我给找的，是她自己找的。但他还是没说出口。

马万芳兴奋地说，你姑父的低保也批下来了，一月又有七八百的收入，够他自己吃药打针用的了，现在日子虽然还没赶上你姑父摔残之前水平，但也过得去了。你看看，不是你到处找人帮忙，你姑父八辈子吃不上低保。你拉的那些人情姑妈也不好替你去维持，你要是不嫌寒碜，我抓几只鸡给你送人去。

马大成更是大吃一惊，更糊涂困惑了，不得不连忙摆手说，不不，姑妈，我没拉什么人情，姑父身体残疾成这样，吃低保是应当的，不找人村里也该给报上去的。

马万芳说，哪里哟，村里才没有那么好心哩，巴不得看咱们家受穷挨饿，你姑父那脾气，人不能，嘴能。一辈子就坏在他那一张嘴上。人在矮檐下，不得不低头。他倒好，冷死迎风站。顶风拉硬屎臭自己。自来世上谁都欠他似的。看哪个当村干部都不顺眼，哪个都骂，自己又没本事。

马大成说，姑父做人心直口快，眼里揉不下沙子，靠自己本事吃饭，挣的钱干干净净的，我佩服姑父。

蔡传喜开着轮椅跟在后面说，听到没有，连大成都说佩服我。不是我吹牛，当初包产到户，哪家庄稼也没咱家庄稼长得好、收的粮食多。兴打工了，我提瓦刀，做大工，一天一百块钱，别人只能替我拎小桶，做小工，一天拿五十块钱，顶多六十块钱，不服不行。不服的叫他去砌墙角，结果上齐下不齐，左齐右不齐，横齐竖不齐。这是我吹的吗？我这是顶风拉硬屎吗？

马万芳说，好汉不提当年勇，你再有本事顶多做个大工，有本事像大成那样带人包工程啊！你那点本事也就是凭力气吃饭的本事，你要是有脑子能从脚手架上摔下来？前村后邻提瓦刀的人多了，有几个摔成你这副熊样的？

蔡传喜不吭声了。

马万芳急急忙忙从锅屋拿出米箩，到堂屋去米缸里舀米，说，乖，快中午了，大成有好几年没在姑妈家吃过饭了，小时候就喜欢吃我烧的杂鱼死面锅贴，正好昨天我到湖边买了两斤昂刺鱼，我这就煮饭烧鱼去。

马大成一步跨进堂屋，上前拦住，姑妈，我还有事，真的不能在这儿吃饭。哪天有空，我再单独来吃姑妈烧的杂鱼死面锅贴。

马万芳过意不去，嫌姑妈家穷的？姑妈现在过好了。

马大成说，真的不是啊，什么时候都没嫌过姑妈，姑妈的恩情都装在我心里了，何况现在姑妈家真的不穷，过好了。

那你还是嫌姑妈家穷，想替姑妈省着，马万芳坚持要留下侄儿吃饭。

蔡传喜在身后门外说，你这不是想撵大成走吗？他说有事，肯定有事，这年头谁还在乎吃喝，大成什么好东西没吃过，是不是啊？留他多坐一会儿，说不定他还不急着走。

马大成说，说真的，山珍海味都吃过，真的赶不上姑妈烧的杂鱼死面锅贴好吃！

蔡传喜说，哎，大成，我正想问你，你正月初三到我家来时说，你跟在运东一个房地产老板腚后当包工头，那个老板叫什么？

吴立仁，马大成回答完立即又问，哎，玉芹电话里没跟你说过他吗？

没有。这名字怎么这么耳熟？我在汴水县城那家工地上干活摔下脚手架，我好像听包工头说他的老板也姓吴，会不会与你的老板是同一个人？蔡传喜摇了摇头，说话迟迟疑疑，眼睛充满着警觉。

马大成想了想说，这几年我没听说吴立仁在汴水县城有项目，也许前些年有过，但我不知道。

也许。你是说玉芹在这个吴老板家当保姆？蔡传喜怀疑的目光投向远方，慢慢转过轮椅。

马大成说，是的。

噢，那你有事去忙你的吧！蔡传喜挥手撵人。

马大成本来还想再坐一会儿的，这下真的有点待不下去了。几个月不见，姑妈家变化太大了。家堂柜上那尊半人高的陶瓷菩萨光洁如新，法相慈祥。菩萨面前的香炉也换成了崭新的一个小小的金黄色方鼎。似乎一切变化都有赖于他马大成的帮忙，可他马大成并没有帮上这些忙啊！姑妈交代的事情，马大成从来都是尽心尽力的。带上表妹蔡玉芹去运东找份好工作，他没做到。姑妈以为他做到了。但吴立仁能对蔡玉芹那么慷慨？吴立仁到处做慈善，保姆家有困难，这点钱也许不算什么。此外无法解释蔡玉芹每月往家里打五六千块钱。为姑父吃低保求人帮忙，他找了老师王道远，不错，王道远满口答应了，可不久回话说村里不报，理由村里像姑父这种情况不止一家，姑父家人均收入超过低保线，不了了之了。马大成不敢给姑妈回话，不料，姑父的低保顺顺当当办下来了。村支书蔡风怎么放弃祖辈结下的仇气而放过姑父一马的？充满玄机。马大成感觉蹊跷。但不管怎么说，已经让这个濒临崩溃的家庭出现生机了，马大成充满困惑的同时也稍感欣慰。

临走，马大成掏出两千块钱塞给姑妈，马万芳流泪问，大成啊，哪次看姑妈都给姑妈钱，惦记着姑妈怎么疼你。可我哥我嫂这几年最操心你什么事情知道吗？

马大成说，知道，他们急着想抱上孙子。

马万芳笑出眼泪说，对喽，姑妈什么时候才能吃上你的喜糖啊？！

马大成说，快了。

马万芳问，哪家闺女？

马大成笑而不答。

蔡传喜说，刨根问底干吗？大成眼光高，攀到现在能找个乡下女孩子？

马万芳笑得非常开心，说，大成从小就仁义，长大也有本事，可我哥我嫂人前人后张不开嘴的就是你不成家，你看看你同学，哪个不是有家有口的？！要是你真能把你爸妈弄到运东去，到时我也跟玉芹去运东住，那咱们马家这辈就告别土里刨食了。大成啊，姑妈最怕玉芹一个女孩子在外遇上坏人，你可要多照看着玉芹啊！

我回去就去看玉芹，让她常给你打电话。马大成答应姑妈，心里一阵难过。告别姑妈上车，泪模糊了视线，还以为是挡风玻璃有雾，打开刮雨器刮了几个来回。

第十一章　暗中较量

41

惦记一个地方，往往因为一个或几个人。马大成和孟石头都离开了运东，牛艳红姐妹俩虽然身在城内，却都像丢了魂一样。她们守在牵牛花美容院里，调教着梅子同时，坐等着顾客上门，而她们的心却早已跟着两个男人跑到了牛铃山脚下。

自从玻璃门上的"女士美容、男士止步"的贴纸被人撕掉，美容院的生意越来越淡了。不是迷信，而是事实。奇怪。姐妹俩想靠自己的精湛手艺养活自己看来越来越难。但眼下还能艰难维持，勉强度日。她们各自盯着自己的手机，刷刷朋友圈，看看抖音和小视频。牛艳丽有时也会进入带货直播间瞅瞅，看看名人怎么忽悠的，看看有钱人怎么疯狂购物的，心里痒痒，却不敢下单。外面的世界就是靠巴掌大的手机屏幕了解，时间就在不知不觉间溜走了。迟迟没有顾客上门，牛艳红心里着急，时间的双脚在她心上胡乱踩着，她却没有一分钱进账。她主动给几个老主顾打电话，得到的回答不是最近忙，就是办了别的美容院贵宾卡，有人甚至埋怨牵牛花美容院不干净。开始牛艳红还辩解，说天天打扫卫生，床单每日一洗换，干净着哩，后来对方提醒她，再洗也有人能闻到男人的脑油味。牛艳红就有嘴难辩说不清了。坐等上门的生意难做。牛艳红叹完气，振作一下精神，翻开一本儿童画册给梅子讲故事。

梅子喜欢听故事，但不太喜欢听妈妈讲的故事。妈妈的故事没讲几句就是讲做人做事的道理，梅子当然不爱听。小姨牛艳丽讲的故事好听。牛艳丽讲故事时装猫变狗，一惊一乍的，绘声绘色。有时逗得梅子笑出眼泪，梦里还在咯咯直笑；有时又吓得直往小姨怀里钻，睡觉都撒呓挣。但梅子想要听到小姨讲的故事，可不那么容易，那要看小姨牛艳丽的心情。高兴了，一个接一个故事讲下去，听得非常过瘾。不高兴了，接过梅子送上的画册就扔到一边，去，别烦我！

这天，梅子从妈妈手里要过一本画册递给小姨，又遇到小姨不高兴。牛艳丽就啪啪啪玩着手机，眼风都没扫外甥女一眼，弄得梅子撇嘴委屈。梅子发现小姨的脸说变就变，忽冷忽热的，吓得躲起来，迟迟不敢靠近小姨。

其实，牛艳丽心里藏不住事。她沉浸在与马大成的热恋中，没有什么不高兴的，就是害怕梅子打搅自己，错过了掌握马大成的行踪。她依然想笑就笑，想哭就哭，完全不顾有没有生意和姐姐的心情，更不会考虑马大成有没有事情。不是对着镜子端详自己脸蛋，画眉描唇，就是盯着手机欣赏小视频。她特别喜欢家乡方言小视频，自己笑到岔气不说，发现一个就给马大成转发一个。马大成一时半会儿不回复，她就会追问，笑人不？！

你们什么时候结婚？傍晚没人的时候，牛艳红忍不住问妹妹。

牛艳丽反问，谁跟谁结婚？

嘿，你跟马大成都一床一铺的了，还没谈结婚的事？告诉你啊，我跟爸妈报告过你恋爱了。爸妈非常开明，没有意见。只问我男孩是什么人。我说是马大成，我的同学，就是年龄大点。爸妈早就知道马大成为人厚道，还担心你会欺负他哩！爸妈一再叮嘱我，叫我代他们看住你，别脱缰野马似的，弄个未婚先孕。

姐，你在说什么！谁跟我一床一铺的？怎么就弄个未婚先孕？噢，姐夫来了，你们一家三口挤在头顶天棚上，我去露宿街头啊！马大成收留我暂住，不要我房钱，还天天伺候公主一样伺候本小姐。我算是有个落脚的地方了。但是，他天天晚上给我洗完脚，哄我上床睡觉，他自己就去睡沙发。我拖他上床他都不上。我骂他还是不是个男人。他说要让我做新娘那天再同房，在那之前如果我反悔还来得及，免得生米煮成熟饭后在一起凑合一辈子，也免得给另一个男人戴绿帽子。哎，姐，你说马大成这是什么脑子？他是不是有病？

噢，真没占你？

真没。

那么强壮的男人，不会有病吧！他还跟你说过什么？牛艳红想起自己早早跟孟石头在省城打工同居，不禁有点脸红，而且后来还真有时会后悔，但妹妹的话给她打开认识马大成的又一扇窗，不禁好奇追问下去。

牛艳丽少心没肺，居然什么话都往外喷。她告诉姐姐，马大成说就喜欢我少心没肺的样子，就喜欢天天黏着他的感觉，但他还说，我没你好。你贤惠、精明，是会过日子的女人。有家撂给你，你能收拾得井井有条、和和美美的。什么男人都放心。我是公主，只会享受，是个月光族，吃了上一顿、不想下一顿的主儿。当然，马大成说我也有我的好，说我就像一碗清水，一眼就看到底，娶做老婆只要供钱给我花，男人没有任何压力。我问他那当初你为什么不追求我姐。他说当时想上高中考大学，担心找个农村老婆拖后腿。没想到你这块肥肉阴差阳错让孟石头叼去了，鲜花插牛粪上去了。一浪荡就耽误下来了。他说他在老家有一幢石楼，二层上留着一个大卧室，就等着迎娶新娘做新房的。他逢年过节回家都不在那个大卧室里住。这一次回家，我要跟他去，他说处理事情，不带上我。

牛艳红笑了笑说，一个人一个命。心高命不强。说他聪明，他连个大学没考上。说他笨蛋，他又能做包工头。艳丽，别小看了包工头，不是什么人都能做的。脑子不灵光，没个三头六臂，只能看人家风光。这些年，马大成在运东有房有车，有了自己的公司，怎么说也算是成功了。起码在咱们那一届同学中他是佼佼者。但是，别看他现在神气，他的难处在后头哩！他心善，把自己当伞，想给乡亲遮风挡雨；把自己当水，想让乡亲活得滋润；把自己当棵大树，想给乡亲们乘凉。现实吗？在这世上，谁是谁的救世主？谁又拿谁当救世主？就算你对人有恩，谁又懂得感恩？别犯傻了！自己救自己吧！你跟他过日子，我把话撂在这里，你笑的时候少，哭的时候多。你要有思想准备。你问了他什么时候还我那笔钱吗？

问了，他让你别急，他的钱全垫在工程上了。他打算跟吴立仁来一次最后的清算，清算出的工程款还清借款，就洗手不干包工头了。

牛艳红笑了笑说，包工头的确太难了。我怕你姐夫找他胡搅蛮缠，你告诉他，还是挤一挤把钱还我，我把咱们两家的拆迁款再凑一凑，够付个首付，在运东买一套房子。不然，你看现在我这一家四口，一家不一家、两家不两家的，老家留下老人，梅子跟我窝在美容院的天棚上，我整天心挂两肠的，什么时候是个尽头啊！

首付完了，还不要还贷款吗？你到哪儿弄钱还贷款去？牛艳丽第一次替姐姐正儿八经着想。

也是。没有稳定的收入来源，贷款怕是也办不到。唉，人一穷就真的翻不过身了？我真的就无路可走了吗？牛艳红叹气流泪。

哇——，梅子一听吓得撇嘴哭了起来。

牛艳丽却大笑起来，姐，你别愁，我找马大成帮你。哟，说曹操曹操到，马大成来电话了。说着把手机摁了免提。

喂，艳丽，最近玉芹跟你有联系吗？马大成的手机里呼呼的风声，还夹杂着汽车喇叭声。

牛艳丽说，没有啊！你是她表哥，还送了她一部手机，你应当有她的手机号码啊！

噢，我没有。你抓紧帮我与她联系一下。我感觉玉芹可能出了什么事情。马大成语气很急迫，但说得又很平静，你在你姐那儿等我，我刚下高速，马上去接你。

挂了马大成的手机，牛艳丽眨巴眨巴眼睛看着姐姐问，咱们是有好久没有玉芹消息了，马大成说得有点吓人，玉芹能出什么事情？

牛艳红说，玉芹家境太难了，她又太知趣懂事了。这几个月没她一点音信，马大成应当与她有联系吧。

玉芹是我的同学，是马大成的表妹，一定不能出事！牛艳丽双手合十，闭上双眼，仰天默默祈祷。

一声汽车喇叭响起，马大成的轿车已在门前的路上打着跳灯了。牛艳丽冲出美容院，跑上车就问，玉芹怎么啦？

马大成边开车边说，我回家在牛铃山上看到玉芹了，牵着大狼狗跟吴立仁坐一辆车。没跟我说话，眼神怪怪的，我感觉她变得有点奇怪。我们现在就去看看她。

啊，她不是不愿意到吴立仁家当保姆的吗？怎么自己又找去给他家当保姆了？哎哟，见到表哥哪有不理的道理？是不是你哪里亏待她，她生你的气啦？

马大成说，我担心的地方就在这里。我介绍她去当保姆，她不愿意。她现在当了保姆，而且还是在吴立仁家。这事就诡异了。吴立仁考察牛铃山带着她。她又白又胖，穿着长裙，还戴着耳钉。当时还冲我笑了笑，就是没说话。我后来去看姑妈，发现姑妈家这半年变化太大了。姑父吃上低保，坐上轮椅，姑妈用钱不愁，还打算到运东来买房养老，姑妈说这些都是玉芹带给他们的福气。我感觉这里有蹊跷。

牛艳丽大笑说，真是怪事。玉芹哪来那么大的本事。

马大成急于找到表妹，打算直接扑向吴立仁在黄运湖畔的别墅，看看玉芹到底是怎么回事。再一次开车到了黄运湖边的湖滨别墅区，吴立仁家的小楼大门紧锁。马大成趴在门上向里瞅，里面没有任何动静。牛艳丽上前砰砰拍门，门响震耳，但没人答应，连原先那条闻声狂吠猛扑叫虎子的大狼狗也没有冲出来。马大成慌了，回头眺望一下不远处落日辉映下波光粼粼的黄运湖，心生内疚和恐慌。

牛艳丽继续打门，同时大声呼喊，蔡玉芹，你开门啊！依然没有任何回应。

别打门了，吵人。有一两个月没看到他家有人进出了。牛艳丽的打门扰动了另一幢别墅里的人家。一个围着围裙的妇女站在那幢别墅门外打着眼罩看过来说。

马大成掏出手机给蔡玉芹打手机，刚响了一声就被对方挂掉了。再打，关机。又给吴立仁打电话，吴立仁手机也关机。打给郑秋花，郑秋花手机通了，但响到自动挂机也没接。重新再拨，郑秋花手机忙音。过了一会儿再拨，郑秋花手机也关机了。马大成脸色凝重，自言自语，玉芹肯定有事。都怪我！都怪我！她要有个三长两短，我可怎么对姑妈交代呀！

牛艳丽慌了，担心马大成出事，硬拉上马大成，连推加拖把他弄上车。

马大成坐进车里，趴在方向盘上，眼睛直视着暮色笼罩下的运东主城区，一言不发，脑子一片空白。

牛艳丽说，大成，你别自责。玉芹不会出什么事的。就是出了什么事，她也不是三岁两岁的孩子，她自己应当负责。再说，她是自找的，有福她享，有罪她受，怨不得别人。

马大成说，我不担心别人给玉芹罪受，我担心玉芹自找罪受，有意躲着我。

牛艳丽问，你这话是什么意思？

我不敢想，更不敢说，你就别追问了。马大成缓缓踩下油门，驾车驶进运东主城区。

玉芹失踪了，我来报警。对，赶快报警！牛艳丽紧张得浑身发抖，双手冰凉，拿过手机就要拨打110。

马大成夺过她的手机说，暂时不要报警，相信玉芹不会有生命危险。改天我当面找吴立仁要人。

42

马大成找到吴立仁的公司办公室，秘书说吴立仁陪同市领导外出考察去了。问哪天能回来，秘书摇头。马大成的心悬着，悻悻走出吴立仁的公司办公大楼，回到自己的工地。

这大半年来，马大成始终不敢呛着吴立仁，不仅因为吴立仁欠着他的大笔工程款，而且还因为吴立仁曾经帮助过他，他不想背上忘恩负义的恶名。无论吴立仁怎么挤对他，甚至曾经当着众人的面让他下不了台，放出一大把一大把苍蝇给他吃，他也敏感地意识到那是吴立仁故意耍弄他，但是，马大成都强忍着尊严之痛吞下了那些苍蝇或者苦果。马大成奉行的做人原则就是如此，宁愿委屈自己，也不愿辜负了别人。

但一天找不到表妹蔡玉芹的下落，马大成就一天心里不安。他可以保证自己与人为善，但他保证不了别人都能与他为善。他经常听说吴立仁一些令人不齿的事情，比如答应捐赠巨款扶贫，条件只要一本捐赠证书，但拿到受捐证书后却不了了之；比如赞助希望工程必须国家级报纸和电视上有字有像；比如为市政府垫资兴建一个形象工程，非得拿下市政府一块土地作为补偿不可。总之，雁过拔毛，唯利是图。但马大成常常推己及人地想去理解吴立仁，逐利是企业家的根本属性，没有必要也没有理由用社会公德去绑架一个企业家。他从帮助别人中获得快乐和幸福，吴立仁大概只从占有财富中获得快乐和幸福吧！但马大成也会时而想到吴立仁一路通吃的成功法则也许正因为高举着卑鄙的通行证，因为高尚和善良往往会为卑鄙让路。从二十多年前长途汽车站旁那家菜市场替建设局长家杀鸡起步，到天天往建设局长家送鸡鸭，再到摆平各方关系频频拿下运东市标王地段，闯关夺隘的背后究竟靠着什么通行？马大成根本想象不到。如今吴立仁能把公司做得那么大，没几把刷子早就趴下了。马大成最为后悔的是，不该把表妹蔡玉芹带到运东市来。如果说春节后和这一次在姑妈家见到的前后巨变的情景都是由于蔡玉芹带来的话，那么这里就必然有吴立仁的力量。什么样的付出才能获得唯利是图的吴立仁如此慷慨投资？难道——马大成不敢往下去想，他一心只想找到蔡玉芹，当面问个清楚。而现在根本没有蔡玉芹的下落，那么，只有找到吴立仁问个清楚。

又过了几天，马大成再次走进吴立仁公司的办公大楼，正在等电梯上楼，电梯门一开，吴立仁从电梯里走出来，看见马大成了，但脚下没有停步，而嘴里说的话却还是对跟在他身后秘书说的。

马大成转身赶上去问，吴总，我姑妈要我问你，蔡玉芹在你家怎么样？

很好，吴立仁随口回答，小姑娘话不多，但很懂事。

她现在哪里？马大成继续追问，而且语气很重。

吴立仁突然站住盯着马大成反问，在我家呀！哎，马大成，你这是什么意思？你怀疑我把你表妹吃掉了吗？

马大成尴尬地笑了笑，当然不是，只是姑妈好久没见到她了，想见见她。

吴立仁说，她陪郑秋花外出旅游去了，回来就让她回家。

噢！马大成疑惑了一下说，那我就放心了。

吴立仁一脚跨进自己的轿车，一脚还站在地上，斜着身子，手指马大成说，你建那个项目预售许可批下来了，马上开盘，你要给我确保九月份交付。最近抓紧把你的工程款结清，如果还想继续跟我干，明年就跟我转场开发牛铃山去。没等马大成回答，更不容马大成分辩，缩进车内，绝尘而去。

表妹蔡玉芹没找到，牛铃山又沉沉地压在马大成心头。马大成有点喘不过气来。牛铃山尽管在清平湖畔兀自矗立亿万年，但为什么能突然吸引吴立仁兴趣？吴立仁在运东苦心经营二十多年，积累的财富无人可敌，为什么一下想在有生之年开采牛铃山，并且流转牛铃山下的大片土地？吴立仁虽然识字不多，但他的精明常常令马大成望尘莫及，吴立仁的项目运作能力更令马大成望而生畏。财富绑架着权力，权力攫取着财富。吴立仁的神通广大背后隐藏着巨大的社会黑洞。马大成想与他较量，阻止牛铃山惨遭开采的厄运，无异于螳臂当车，能免遭吴立仁的铁蹄践踏和巨轮碾轧吗？马大成首先必须克服忘恩负义的心理障碍。不错，吴立仁给了他一点阳光雨露，让他有工程干、有钱挣。但当正义与邪恶较量，他会义无反顾地选择伸张正义，而不是助纣为虐。退一万步说，即使阻止了吴立仁开采牛铃山，吴立仁也不会破产。

马大成暗下决心，要与吴立仁展开一场争夺牛铃山的较量。

马大成回到工地上。三叔马万年迎上来说，大成啊，你三婶打电话来，说等着你还钱跟拆迁款凑一凑到县城买房，你给我准备好了。

要是马蹄庄不拆迁呢？马大成呛起马万年。

马万年眨巴眨巴眼睛，犯了一会儿傻说，不拆迁当然就不逼着你还钱了，但哪个能阻挡马蹄庄拆迁？你爸能，还是大强能？

马大成底气十足地说，只要马蹄庄百姓齐心协力，就能。

除非太阳从西边出来，马万年大笑几声就干活去了。

晚上，马大成回到住地，安顿好牛艳丽，自己钻进书房。平时，马大成都会坐在书房的电脑前上网查看新闻，记下当天的工程进度和材料消耗，当然还有借钱的小挂账。自从牛艳丽黏上，书房进得少了。但今晚他感觉这些东西都不重要，自从萌生就一直搅得他兴奋不已的一个念头让他根本无心与牛艳丽卿卿我我，甚至暂时搁置寻找表妹蔡玉芹。他打开电脑，敲响键盘，电脑屏幕上显示出一个标题：《关于开发牛铃山的建议书》。

写好建议书的题目，但不知道怎么破题。马大成把从农民干部培训学院马大强宿舍拿回来的《乡村振兴手册》等几本书打开翻看，从中找到灵感，才有了清晰的思路。

他兴奋地写道：牛铃山位于清平湖畔，海拔不高，但它是方圆数百里内唯一的一座山。我是生长在牛铃山下马蹄庄的村民，现在运东市承包建筑工程。我曾竭力挣脱牛铃山的怀抱向城市投奔，当我在运东有房有车，我和所有往来于城市与乡村之间的农民工一样来往于运东和牛铃山。在大力推进乡村振兴的进程中，家乡的土地即将流转到家庭农场主或种粮大户手中，一个个散落在湖滩平原上的村庄将要拆迁，腾出庄台宅基的土地而集中居住。这是推进城镇化和农业现代化的必由之路，我坚决拥护。但是，当我知道有人要把牛铃山卖给一个房地产老板开采时，我愤怒了！牛铃山早就禁采了，连山脚下马蹄庄村民想挖一块自家山地里的石头都不容许。马蹄庄的村民一起坚决反对把牛铃山开采得千疮百孔。牛铃山有着丰富的文旅资源。相传是老子骑着青牛出门时路过清平湖畔落下的牛铃形成的。有天然的白龙涧，有人类采石的遗迹，有石头部落的马蹄庄，这是多么得天独厚的乡村旅游资源啊！伴随着清平湖湿地的开发，位于清平湖大堤外的牛铃山无疑将成为湿地游的重要节点。游客登上牛铃山山顶，看湖滩平原上的滚滚麦浪和稻浪，看清平湖上点点白帆和日出日落，游客游览人类古老的采石坑，持钎叩问大自然的神奇，举锤敲击石头的坚硬，锻一盘石磨，在石头上雕刻下生命的年轮。徜徉在水雾氤氲的白龙涧边，聆听东海龙王一根龙须的传说，感受无源之水却源源不绝的山水神奇，采一束姹紫嫣红的牵牛花，拈在手上，戴在发际，嗅着清新淡雅的香味，抖落尘世间的一切烦恼和忧愁。走出白龙涧，走进石屋石楼错落在山脚下的马蹄庄，品尝清平湖小鱼锅贴，有时间和兴趣的游客，也可以在石屋石楼里留宿，仰望满天繁星，听着自己的心跳，寻找天人合一的那份简单和纯真，与天地齐美，岂不快哉！

这时，牛艳丽悄然推门进来，站在马大成身后看了一会儿说，你打算回老家去？

马大成停下打字，抓过牛艳丽放在自己肩上的手说，嗯，吴立仁要开采牛铃山，还打算交给我和曾家胜承建厂房。我爸不同意，我更不同意。绿水青山就是金山银山，咱们祖辈守着的牛铃山怎么能再遭破坏呢？我一定要保卫牛铃山。龙眼识珠，凤眼识宝，水只能认得稻草。不到一定境界就发现不了奇迹和美。牛铃山和马蹄庄那些石头房子就是城里人最想看到的。

啊，开采牛铃山，想钱想昏头了吧！

哼，有我在，开采牛铃山，做梦。我这次回家，看到我家石楼墙上刷上了大大的"拆"字，还有牛铃山顶小庙墙上的"拆"字，我的心啊，让人揪住一样疼。本来楼上新房还没迎娶新娘就要拆掉，哪个能受得了？

你能扳过来吗？

我跟你说过，我和你姐的老师王道远在市长身边工作，我找他把我的这份报告报给市长看，我相信市长看了会批示，不信扳不过来。只要市长批下来，我就杀回老家，把牛铃山打造成乡村文旅景区，一辈子守着牛铃山，你要是想过城里人的生活，也可以选择离开我。

我生是你的人，死是你的鬼，你到哪儿，我就到哪儿，你死我闭眼，牛艳丽发誓听起来嘻嘻哈哈的。

等着做石楼民宿的老板娘吧！

当晚，马大成先给王道远发个微信，迟迟没收到回复后又给王道远的手机打过去，王老师接了，但声音很小，正在外面陪着领导吃饭，微信看到了，明天上午到我办公室吧。

第二天，马大成从电脑里拷下建议书文件，开车到了一家打印社花钱打印两份，来到市政府大楼。但门禁识别不出他车牌号码，栏杆纹丝不动。门卫上来挡住盘查。他摁开车窗报出王道远名字。门卫打电话，没听到说什么，但车头栏杆缓缓抬起，他才开车进了市政府大院。

王道远在三楼办公。马大成从电梯口出来，立即感受到三楼的静谧和神秘。远远看见一个身影闪进办公室里，连一点声音都听不见。马大成左右看着门牌号码，找到王道远的办公室。轻轻叩门，响声不大，但吓得马大成不敢再敲第二次。听到一声"请进"后拧开房门，只见王道远迎上来，迅速又把门关死。王道远小声问，材料带来了吗？马大成从包里取出建议书递给他。

王道远埋头看他的建议书，开始眉头拧出一个疙瘩，不一会儿那个疙瘩就消失了，嘴角扯起了几丝笑纹。马大成坐在对面的班前椅上，看着王道远在看他的材料。王道远眼睛还在看着建议书，嘴巴却在自言自语，这样的文字功底，做个包工头可惜了。

马大成说，当初上学不是受你影响嘛，喜欢文学，做了汴水中学的文学社社长，天天忙着写小说，结果耽误了，没考上大学！

这么说，是我误人子弟喽！

不不，马大成连忙摆手说，我的意思是我一辈子也忘不了你对我的栽培，不是你，我在运东怎么待得下来，哪能挣这么多钱？

王道远抬头说，隔行如隔山啊，我哪有你潇洒，吃喝嫖赌没人管，你现在挣的钱够我一辈子挣的。

马大成说，当官不发财，发财不当官，你想脚踩两只船吗？！我有钱，但我不贵，苦命。你其实也不缺钱，但你贵，贵命。我再有钱，办事这不还得求你吗？！

嘿，这话我爱听啊！为人在世，不能一头扎进钱眼里去，还是要活出尊严，活得体面，不过，王道远咂嘴说，有的事我能办，有的事我办不了。你的这个创意很好，符合乡村振兴战略。放在山区，牛铃山连个山疙瘩都算不上，但在一马平川的清平湖畔，牛铃山就是一个宝贝疙瘩。怎么，吴立仁打算开采牛铃山？我怎么没听他说过？

马大成说，先前我也不知道，前天，因为牛铃山村土地流转的事情回了一趟老家，正巧遇到吴立仁在牛铃山考察，他对开采牛铃山信心满满，而且开始跑手续，找人设计了。

牛铃山村村民同意吗？

肯定不同意。村支书蔡风要完成招商引资任务，就想把家底子卖给吴立仁了。

胡闹！牛铃山尽管很不起眼，但绝对是一座百姓心目中的神山，不能遭到破坏。我赞成你建议书意见。

马大成说，那你看看我怎么能阻止人破坏牛铃山？

当然能。但要拿上尚方宝剑最好，不然，从吴立仁嘴里抢食，无异于虎口拔牙。凭你的能力，想跟吴立仁较量，无异于鸡蛋碰石头。但是，话说回来，其实，这么一点小项目县乡就能解决，用不着市长批。

要是有市长批示，那不更好吗？

王道远眉头的疙瘩又拧了出来，又低头看了一会儿马大成的建议书说，我可以报给市长，批不批我也吃不准。即使批示了，可惜，我明天去市委党校参加挂职培训，我也没法跟踪落实批示精神了。

又升官了，恭喜啊！马大成向王道远拱手祝贺。

王道远脸红说，哪是什么升官，补上基层经历罢了，没基层工作经验就不能提拔，这是新的规定。

不管你到哪儿去，我这张狗皮膏药就贴到你身上，你想撕也撕不掉，谁让我有幸是你的学生的呢？求你千万帮我这个忙。马大成跟老师越来越没尊没卑、无长无幼了。

王道远说，肯定要帮忙。我在你老家那所戴帽小学当老师时也去爬过牛铃山，那么漂亮的牛铃山怎么能再遭到采石破坏呢？但你想没想过，你要有多少钱砸进去，才能让牛铃山替你挣钱？

马大成说，短期肯定赔钱，但我不是要牛铃山为我挣钱，而是要留住牛铃山，拯救牛铃山，让子孙后代望得见山，看得见水，记得住乡愁。

王道远挑眼大笑说，你有这样的境界，我高兴。这样吧，建议书留下，你去忙吧，我来收拾收拾，这个办公室马上换主了。

马大成离开市政府大楼，掏出手机看看，有牛艳丽留的语音说，姐姐的婆婆打电话来说，孟石头拒不签字，让派出所抓了起来，姐姐把美容院和梅子都交给我，匆匆忙忙回老家捞人，让我别告诉你。你看怎么办。马大成突然感觉牛艳红和孟石头的事情真多，搅得他三天两头掺和他们的狗血情感矛盾，他们究竟要干什么？家里出了这么大的事，为什么牛艳红不想告诉自己？

他随即与牛艳丽视频通话，视频一出现，画面直抖，看不清任何东西，但同期声却非常清楚，听不到说话，只能听到一片哭声。马大成听出来了，梅子哭着找妈妈，牛艳丽也哭得稀里哗啦。马大成不禁好笑，好嘛，牛艳红还指望妹妹照看好美容院和梅子哩，简直就是两个都要人哄的孩子！

好在牛艳丽哭笑切换得快，抖动的镜头一稳定，出现在马大成手机屏幕上的牛艳丽就笑起来了。倒霉孩子，讲故事不听，给玩具不玩，一个劲要找妈妈，气得我牙根痒痒。我看她是欠揍。踹她两脚，好了，现在不哭了！

马大成说，梅子是你姐的心头肉，你可不能随便打人家的孩子。

牛艳丽说，管她哪家的孩子，就是我自己的孩子，不听话我也要搂。

马大成说，你的孩子你随便搂，别人的孩子可不能随便搂。怎么，美容院还有生意吗？

牛艳丽说，有梅子缠着，我哪有工夫照顾生意，来人都被我撵走了。

马大成说，那怎么得了，看你姐知道不剥了你的皮！这样吧，我去接你，中午带梅子去吃肯德基。

太好了，我好久没吃肯德基了！牛艳丽给马大成一个飞吻。

43

牛艳红那天一路心急火燎跑到车站坐车回家。孟石头被抓，婆婆六神无主。小户人家立即陷入瘫痪，牛艳红再不回家拯救，局面将无法收拾。坐上最后一班公交车，牛艳红平复一下心情，不停给丈夫打电话。通了，但孟石头没有接。牛艳红只好给丈夫留语音，当然没有好声气。

第一段语音说，我怎么对你说的，签字签字，你为什么不签字？

第二段语音这样说，你现在怎么样？派出所有没有打你？你在派出所里千万要规规矩矩的。我现在坐上公交车往回赶了，先到派出所里看你。

没等到孟石头回复，牛艳红不再发语音，也不打手机，只想着怎么才能把丈夫从派出所里捞出来。她想给马大成打电话，请他疏通疏通关系捞出孟石头。她还想求吴立仁出面说情，吴立仁当然又比马大成说话管用。但她又一一打消了念头。转念一想，她相信孟石头不会犯罪，肯定是拒不签字，乡里采取强硬措施教训一部分钉子户的。只要签字同意拆迁，什么麻烦都没有。政府机关哪个吃饱饭撑得慌去跟草民结仇？想到这，牛艳红的焦虑复杂的心情才稍稍平缓了一些。

从县城转车赶到乡派出所，派出所独立一个小院，门头悬挂着警徽，此时已经关门。牛艳红向值班的民警打听，得到的回答是，孟石头已经放回家了。牛艳红手捂心口长出了一口气，虚惊一场，转而又对婆婆和丈夫生气。做的这是什么事情，有头没尾的？放人了，怎么连个屁都不放一声，让人悬了半天的心？

此时已经等不到开往乡下的三轮车，牛艳红只好快步走回家。孟庄离乡镇还有四五里路。路两边的麦茬地本来应当上水翻耕了，但如今田间地头胡乱堆放着麦秸，偶尔还能看到丢弃的镰刀和草叉，一辆手扶拖拉机的机头像一只蜻蜓停栖在田埂上，那肯定是哪家收完最后一季麦子打算翻耕土地时留下的。通往村庄的路两边原先笔直的电线杆如今东倒西歪，而且失去了电线。屋舍俨然的村庄如今满眼残垣断壁，砖瓦遍地，变成一片废墟。

迎面有一辆搬家的拖拉机摇摇晃晃开出孟庄，站在拖拉机上的乡亲向牛艳红挥手大声打着招呼说，艳红回来了，再晚点回来，庄上什么人都没有喽！

牛艳红凄然笑了笑，问，你家搬到哪儿去？没有得到任何回答，大概因为拖拉机的响声太大，对方根本听不到她的问话。她转身走进村庄。

在一片废墟包围中，她家的三间瓦房孤零零的，有点扎眼。夜幕即将笼罩的孟庄毫无生机，也没有灯光闪烁。因为进村的电线早就被掐断了。跨过一堆堆瓦砾，看到婆婆手捧一盏油灯从堂屋里走出来，油灯的火苗在婆婆的手罩里飘忽不定，险些熄灭。

牛艳红上前叫了一声妈，灯光一晃，吓得婆婆差点丢了油灯。

婆婆眉开眼笑讨好说，早知道你回来，让石头从街上带一块肉回来烧吃。

牛艳红却没给她一个好脸色。电话里要死要活的，怎么转眼就只想着吃肉？眼屎大一点的境界！要我吗？

孟石头闻声迎出来抱怨说，哪个叫你回来的？

牛艳红实在太累了，走进堂屋坐下说，她奶打电话哭得像你就要被枪毙了一样，我能不回来吗？放出派出所怎么也不告诉我一声？

孟石头说，我又没让你回来。放我出来，我还是不同意拆迁。

牛艳红问，还有什么理由？你还想吃二遍苦，受二茬罪？

孟石头梗起脖子，歪着头，看都不看老婆一眼回答，理由就是我妈没处安放。

牛艳红一下消停了。是啊，她一家三口在运东吃住都在牵牛花美容院的天棚上，还将就能糊弄得下去。婆婆没了老家的房子住，能到哪儿去呢？自从得知老家拆迁，牛艳红注意留心集中居住政策。集中居住，政府补贴拆迁户购房。但拆迁后自行安置，有亲奔亲，无亲奔友。婆婆娘家已经没有五服近亲，无亲可奔。带到运东去，三代人挤在美容院的天棚上？绝对不行。再在县城或柳集乡集中居住区给婆婆买一套小房安顿？更不现实。牛艳红打算把拆迁赔偿款跟马大成的还款凑巴凑巴能在运东做个首付订一套房子，能不能做到贷款还没摸清政策，还不知道能不能变成现实，如果再把拆迁赔偿款分散抛撒掉，那势必一件事情都做不成。

精打细算的牛艳红在老家屋里度过了难忘的最后一夜。她和孟石头好久没得鱼水之欢，虽然心事重重，但是，他们还是用一时的生理需求满足忘记各种烦恼。但一阵兴奋过后，孟石头沉沉睡去，牛艳红却又自我折腾得一夜未眠。怎么盘算都无法破解这个小户人家遇到的难题。难怪丈夫会拒不签字。但大势所趋，同意拆迁的字什么时候都得签。牛艳红不想陷在老家耗着，只想快刀斩乱麻地了断这件事情。

第二天，牛艳红左思右想，突然灵光一现，兀自拍了一下巴掌，没跟婆婆和丈夫打一声招呼，就骑上摩托车回了一趟娘家。

牛得草夫妇正坐在家院门前树下乘凉，抬眼看到大女儿回来了，喜得忙站起来，端茶倒水，迎接远客一般热情。一晃又有半年多没见面了，只在手机里的视频里见面，等手机一关，思念继续流淌。而牛艳红这一次回家，事先没给爸妈知道，从天而降，令爸妈一时兴奋。一看牛得草佝偻着腰，牛艳红下车搂着爸爸，眼泪涔涔说，爸的腰更弯了。

牛得草抽了一声鼻涕说，爸老啦！

牛艳红又伸手摸摸妈妈的脸说，妈瘦了。

妈妈抬手抹一下眼睛说，哪天也没胖过啊！

牛得草问，不年不节的，你怎么有空回来的？怎么也没跟咱们说一声？

牛艳红说，孟石头不同意在拆迁合同上签字，让派出所抓去了，梅子奶奶哭天喊地叫我回来，我刚到乡派出所，他们又把孟石头放回家了。

牛得草抱怨说，这个孟石头，就是跟人不吃一棵葱，鸡蛋能碰得过石头吗？他不签字，你回来替他签字吗？

当然还是劝他签字。爸，妈妈，咱这村什么时候拆迁？

牛得草说，原先听说河南河北的村子一块拆的，怎么现在又不一致了。小河南的村子家家墙上都刷上了"拆"字，收完了麦子就不给放水栽稻了，高压电线也掐了。咱们牛角庄的墙上没刷"拆"字，还给放水栽水稻，电还没掐。但看这形势，咱庄早晚非拆不可。只是政府没腾出手来，也许是赔偿钱没那么多。

爸，妈，我想跟你们商量个事，咱庄都搬空了，就等着推土机进场了。只有咱家三间瓦房还竖在那里。孟石头赖着不签字拆迁，他怕他妈没法安放。我想，让梅子奶奶暂时搬到爸妈这来住，怎么样？

牛得草夫妇对看了一会儿，但在女儿面前，他们的眼神里也没有什么秘密。牛得草没有说话，但他的眼神却告诉她妈妈，我无所谓，你有什么想法对女儿说说。

妈妈笑了笑说，梅子奶奶为人不错，就是小户人家一手一脚地过惯了，怕她到咱家来住，这一家不一家、两家不两家的，怕她隔着肚皮，存心，委屈了她。

牛艳红说，其实你们不了解梅子奶奶，她虽然娘们过日子，有时宠着儿子，有时挟持儿子，但很有肚量，能吃死苍蝇，有事除了自己背地里淌点眼泪，一般从不多嘴多舌。只要你们不怠慢她，有点小委屈，她不会存心的。

妈妈说，舌头跟牙还有磕碰的时候哩，何况是两家人呢？俗话说，七十不留饭，八十不留站。梅子奶奶万一有个三长两短的，孟石头岂不恨咱们一辈子！

妈，能有什么三长两短？梅子奶奶身体还好，不会有什么不测的。退一万步说，即使有什么不测，只要不是你们坑害她的，孟石头岂会恨你们呢？不会的。他会感激你们的。牛艳红说得有点着急。

牛得草说，艳红啊，请神容易送神难，走这一步你要慎重啊！

牛艳红说，爸，我昨晚盘算了一夜，在这节骨眼上，这一步也是最好的一步。过上一个半年三五个月后，我腾出手来就带她到运东去。

妈妈冷脸说，你只想着带着婆婆，把你自己的爸妈扔下不管了？！

牛艳红上前搂住妈妈摇晃，妈，怎么会不管呢，等我和艳丽都在运东安家了，就接你们去城里享福。

妈妈问，哎，我跟你爸正要问你，艳丽跟马大成发展得怎么样？

难解难分，天天黏在一起。我看，你们该给艳丽准备嫁妆了。牛艳红说得自己脸红了。

爸爸嘿嘿直笑说，真是不是冤家不聚头！绕来绕去，我还是要跟马万里结成亲家。我这老脸还得去蹭马万里的冷屁股。

妈妈对女儿说，你要在运东买房，咱村什么时候拆迁还不知道，哪有多少钱陪嫁！他们想结婚就让他们旅行结婚，免得亲戚朋友来了难看。我就愁艳丽少心没肺的，马大成不嫌她不能过日子吗？

牛艳红说，艳丽少心没肺，可不缺心眼啊，妈，艳丽聪明得很。马大成多精啊，妹妹把他迷得神魂颠倒的，我看他俩性格互补，将来肯定比我和孟石头幸福。

妈妈说，你俩啊，整天叮叮当当的，哪天能安生一点就好了。孟石头呢，小心眼。你呢，也要多给他留点面子。毕竟他是个男人。

牛得草插话，我听说马大成在运东有房？

对，有房。不过，听艳丽说，马大成想在牛铃山下他老家的石楼里结婚，说他家石楼上的新房准备好多年了，平时不给人住，就等着艳丽了。

牛得草问，马蹄庄不拆吗？

牛艳红回答，拆。因为拆迁，马大成前一阵子还单独回来一趟，劝他爸支持拆迁。不过，听艳丽似乎说过，马大成回到运东后想法又变了。他又站在他爸一头，拒绝拆迁了。不知是什么原因。

我怎么听说有人要买下牛铃山做采石厂了？马大成是不是因为这个才改变想法的？牛得草哑嘴说，啧，牛铃山在咱们这方圆百里都有名，禁采这么多年，多好。再让采石那就把它彻底糟蹋了！

牛艳红说，我听艳丽学话，听马大成说是吴立仁要买牛铃山采石的，马大成跟他爸一起顶着不给卖。具体什么情况，我也不清楚。爸，妈，你们同意梅子奶奶临时搬过来住，那我就回去劝孟石头签字了。

爸爸叹口气说，事到如今，也只能如此了。告诉梅子奶奶，两家合一家，儿女亲家，亲家一样亲。咱们吃什么她吃什么，咱们什么铺盖她就什么铺盖，让她千万别存心。

爸妈一松口，牛艳红就放心了。但一看爸妈满头苍苍白发和一身朴素旧衣，心里又涌上一阵愧疚。一年一年在外打工，既没能给爸妈增添衣物，又没能陪伴在爸妈身边，如何对得起越来越年迈的爸妈？牛艳红里里外外打量着，她和艳丽留在家里墙上的明星海报还在，但已经蒙上一层尘土。她和艳丽曾经上学用过的桌椅还歪歪斜斜地靠在墙角，留在上面的青春岁月已经模糊不清了。牛艳红心急如焚，但还是留在家里帮着爸妈收拾收拾。惦记着留在老家屋里一只木箱底的初中毕业纪念册，翻找出来，一页一页地翻看，看着泛黄的学生青葱照片，一个个的面影浮现在眼前，与十几年后偶尔见面时的模样相去很远。纪念册上的留言不是豪言壮语，就是诗情画意，已经恍如隔世了。翻到马大成的留言那一页，几朵干枯的牵牛花滑落在地，颜色早已褪尽，只留下一片苍黑。耳畔仿佛又响起马大成出现在她婚礼上时背诵的牵牛花语。她撕掉了那一页，连同几朵干枯的牵牛花一起扔进灶膛，等待化为灰烬。回头把纪念册塞进自己的包里。告别过去，重新上路。牛艳红把娘家里里外外打扫干干净净之后，对爸妈说了声，我回去了。

牛艳红骑上摩托车再回到孟庄自己家里。婆婆正坐在家院大门外抹泪，看见儿媳妇回来，突然眉开眼笑起来，但分明还赤着眼睛。丈夫躺在卧室里床上唉声叹气，看见牛艳红进屋，咯噔坐了起来，悄然走出了门。时近中午，家里还冷水凉锅。牛艳红便知道她离开之后，母子俩在家肯定又吵架了。婆婆钻进锅屋打开煤气灶做饭烧菜，嘴里嘀咕，我说烧好饭等着艳红，偏说她不回来吃饭。牛艳红给婆婆打下手，婆媳俩边做饭边聊。

妈，咱家拆迁了，在运东买房子的事还没有着落。我今天去找我爸我妈商量了，你先搬到他们那里住一阵子。我爸我妈听了很高兴。牛艳红没跟丈夫商量，先征得婆婆同意。

婆婆说，那敢情好，只是给亲家添乱了，我哪好意思！

没事。一家人不说两家话，你暂时委屈一点，等我们在运东买了房就带你进城。

婆婆长叹一声，唉，没想到黄土埋到脖子连个窝蹲的地方都没有了，爬了大烟囱后还不变成游尸鬼吗？！

牛艳红好说歹说才打消了婆婆的顾虑，答应寄居到牛角庄的亲家那里。吃完午饭，牛艳红急着赶回运东，婆婆和丈夫都没挽留，因为他们的心头肉梅子丢在运东，他们更不放心。牛艳红嘱告丈夫，把字签了吧，你看原先好生生的村庄都变成什么样子了，没电没路了，还是人住的地方吗？大家大事，你能阻挡得了吗？你把有用的东西变卖变卖，不能用的就扔掉。你送梅子奶奶去我爸我妈家住一阵子，处理完了，你就带上赔偿款去运东。咱们一起再想办法。

孟石头同意了，但忍不住哭出声来说，几代人的血汗，家家都拆，变卖给谁？家里房子一拆，人就全在世上漂着了。你能有什么办法？

牛艳红噎得回答不上来，眼含泪水，转身离开家，跨过一片一片废墟，踏上进城的路，连头都没敢回。她害怕一旦回头自己的脚步将会停顿。因为她知道，从此再也回不到这里了，即使回到这里也再看不到过去的景象了。正月初六在庄头乡村公路上成群结队等车进城打工的情景历历在目，转眼就灰飞烟灭了。而远方的城市里哪儿又有她的安身之所呢？梦想尚未变成现实。她还有更长的路要走。

令牛艳红非常奇怪的还有，来来回回，无论从运东返乡，还是从老家赶回运东，每一次她总是在黄昏或傍晚抵达。难道这里有什么宿命吗？！

44

回到运东牵牛花美容院，牛艳红心神不宁。美容院生意清淡，梅子该上幼儿园，婆婆能不能住到牛角庄娘家，马大成欠她的钱能不能还上，该不该着手选一选小区下手买一套属于自己的房子，桩桩件件都迫在眉睫。焦虑，忧愁，紧张，各种情绪交织。自己的小目标实现了吗？没有。出路在哪里？不知道。

一天中午，牛艳红突然心血来潮，从微信黑名单中把吴立仁拉出来，并且给吴立仁发了一条微信，吴总，我能到你的售楼部工作吗？

出乎牛艳红意料的是，日理万机的吴立仁很快就回复了她，而且是用语音回复的。她大喜过望，急忙点开吴立仁的语音，只听吴立仁哈哈大笑后说，欢迎牛小姐加入我的售楼战队！好久没看到牵牛花了，我还以为你把我拉黑了。你能想到我就是我的荣幸。这么多年我的体会是，想成为大鱼，就不能与小鱼小虾在一起混。先卖楼，才能后买楼。你终于开窍了，哈哈哈！

牛艳红一连听了几遍，听得心惊肉跳，听得心潮澎湃。是啊，想挣钱，整天扎在穷人堆里，不跟有钱人挨边，怎么能挣到钱？她佩服吴立仁的高明，感激吴立仁的点拨。但是，吴立仁的比喻未免有点令她担心。想成为大鱼，就得跟着大鱼混吗？她一时不敢回复语音，依然打字回复吴立仁，谢谢吴总，不过，大鱼吃小鱼，小鱼吃小虾，哪敢跟大鱼混？没卖楼却买楼的人很多哦！后面一连是几个吐舌头的调皮表情。

这一次没有等到吴立仁的及时回复。牛艳红心里直犯嘀咕，是不是自己的小幽默冒犯了吴立仁？连续看了微信数十次都没有吴立仁的回复后，牛艳红直接又给吴立仁发了一条微信，你批准我什么时候去上班？不一会儿，吴立仁又用语音说，随时欢迎，下周一到售楼部去吧！牛艳红喜出望外，长舒一口气，发了一个谢谢的表情，立即又收到吴立仁的一个裸女搔首弄姿抛媚眼然后突然爆奶的表情。

但牛艳红从此再不敢也不能甚至不愿拉黑吴立仁。她像在大海上夜航的一条舢板，刚刚看到一星鬼火便以为是灯塔，急于驶向光明，自己怎么可能吹熄那一星鬼火呢？然而，她在焦虑、忧愁、紧张等复杂的情绪中又平添了奢望、期待、恐惧、惊悚。任凭接下来收到吴立仁多少条黄色链接，牛艳红都不拒收，她在心里告诉自己，不予理睬，他会收敛的。

牛艳红回到运东的第三天，孟石头也垂头丧气回到了运东，他眼睁睁看着推土机把他家的三间瓦房推成一堆瓦砾，抹着眼泪把妈妈送到牛角庄的岳父岳母家，自己回到运东依然还掉了魂似的。不时摘下眼镜擦擦镜片。但总算暂渡过了一个难关，一家三口又在运东牵牛花美容院团圆了。

周末，牛艳红心里装着吴立仁的承诺，浑身是劲，一时高兴说，好久没下馆子了，今天我请客。于是，招呼全家又进了牵牛花美容院附近那家饭店。看着其乐融融的一家子，牛艳红十分开心。酒过三巡，牛艳红拍拍桌子，把大家的目光全聚集到她身上。哎，今天不是请大家吃白食的，我有个想法，说出来，你们给参谋参谋。

孟石头说，你那头脑还要人参谋，谁参谋你能听得进去呀。

大事就得发扬民主。我想把牵牛花美容院交给牛艳丽经营。牛艳红冲着牛艳丽又拍桌子，听见没有？

眼睛盯着手机的牛艳丽抬起头，心不在焉说，什么什么？

孟石头一口菜堵在嘴里，把眼睛撑得更大了，他瞪着牛艳红，眼镜片后面的大眼珠子转了几圈没弄明白，最后憋出一句，你疯了！

牛艳红冲孟石头摆摆手，看着妹妹说，牵牛花美容院我不问事了，交给你，你听明白了吗？

牛艳丽这才听明白了。因为明白了，所以才更慌了。她脸上看不出是笑还是哭，笑比哭还难看。让姐姐没想到的是，牛艳丽说得非常可怜，姐，你不管我们了？

牛艳红说，不是我不管。我想啊，咱们都在美容院里穷耗着，哪辈子能把债还清？哪辈子能买起房子？哪辈子能给梅子买起钢琴？还看不出来吗，美容院越来越多，是人是鬼都能开美容院了，像咱们这么守规矩经营，不走歪门邪道的，发不了大财。

你想走歪门邪道？孟石头抓住只言片语诘难牛艳红。

牛艳红拂了一下手，掸掉孟石头的脏话，去，别瞎打岔。咱们牵牛花美容院什么时候都专事女子美容。这个宗旨一万年也不变。只是由你一人管理经营，我腾出来去干更挣钱的生意。

我管不了，牛艳丽说得干脆。

牛艳红严肃起来，怎么管不了？你现在手艺不比我差。人又长得漂亮，说话好听，大大咧咧不计较，顾客都喜欢你。只要你把嘻嘻哈哈的毛病一改，你一定能管好。起码挣钱够你自己花的吧。

你不做那还叫什么牵牛花？我又不喜欢牵牛花。牛艳丽嘟嘟哝哝。

孟石头关心的却不是美容院，急于想知道老婆有什么更挣钱的生意。不做美容，你做什么挣大钱的生意？好像牛艳红不做美容就只能去做风尘女。

牛艳红说，吴总开发的小区马上开盘，他叫我到他的售楼部当经理，月薪保底五千，加上销售提成，一月三五万都不在话下。吴总说得对，只有先卖楼，才能后买楼。不跟大鱼后面混，永远成不了大鱼。

牛艳丽张大嘴，不会吧，这么多啊！

梅子拍着小手起哄，妈妈当经理了。

牛艳丽说，你妈什么时候不是经理？现在就是牵牛花美容院的董事长兼总经理呀。

啪，孟石头突然把筷子一摔，眼镜差点掉下了鼻梁，斩钉截铁说，不去！天下没那样的好事。吴立仁是什么好人啊？

牛艳红瞪孟石头一眼，噢，你说不去就不去了。我知道你就那点出息。他不是好人，你是好人？人家吴总也是乡下人，开始就是一个菜场杀鸡的，后来手里攒了一笔钱，买下城里一块地皮，几手炒过，发了，现在是响当当的房地产老板了。你呢？你也是个男人，你怎么就没有那个头脑、那个魄力？有本事养活全家，我就整天守着你，大门不出、二门不迈地当你老婆。从今天起，这家你撑着吧。

我撑不了，孟石头被牛艳红奚落得灰头土脸地低下头，不得不承认自己担不起当家做主的重担。

牛艳红说，吴总叫我明天上班，艳丽，美容院请你多担当一些了。

一口一声吴总，明天起，你干脆跟吴总过吧。孟石头说完就站起来要走。

牛艳红脸突然血泼一样红，手颤抖着，指着孟石头，吃屎的东西，你说的是人话吗！好，你叫我跟吴总，我就跟他，给你戴顶绿帽子，看你怎么抬头做人！

孟石头这次没有服软，同样手指着牛艳红在嚷，我告诉你，那个吴总不是什么好鸟，你以为我不知道。马大成傍上他发了点小财，你以为你傍上他也能发财啊？我问你，他跟咱们非亲非故，凭什么对你那么好？你以为我眼瞎了，脑子也进水了？他到处假惺惺地做慈善，完全是到处作秀，欺世盗名。艳红啊，你在运东这些年什么没学会，就学会傍大款了。谁有钱，你羡慕谁。谁有钱，你傍谁。咱们不缺吃，不缺穿，为什么整天拼命挣钱？有钱一天过的是二十四小时，没钱也过的是二十四小时。咱们干吗到处撵兔子似的去追逐那些富人？你傍上吴立仁，你以为吴立仁会轻易放过你？什么售楼经理，不就是售楼小姐吗！哪个楼盘的售楼部不在天天招人？你拿着鸡毛当令箭，以为自己做个售楼小姐就能飞黄腾达了？

牛艳红理直气壮地说，对，我什么都没学会，就学会傍大款了。对，谁有钱，我傍谁。钱不是万能的，但没钱是万万不能的。你想过没有，你为什么天天像个瘪三一样直不起腰，处处受人拿捏？不就是因为你挣不到钱吗？你有钱养我吗？有钱养我，在运东买房，给梅子弄进幼儿园，我谁也不傍，就死死傍你一辈子。我没房，所以我必须先卖房，再买房。我没钱，我不傍有钱人，傍穷人有什么用？！你整天三不足、四不足的，这个也看不上，那个也瞧不起。你看不上、瞧不起的人哪个都比你有本事，哪个都比你有钱，哪个都比你活得潇洒。你看看你，晃来晃去，东奔西窜，有正当的职业吗？你处处怕吃亏，你哪处讨了巧？

好吧，别说那么多废话了。你跟他去当什么经理吧，梅子跟我回老家去。孟石头拖上梅子要走。

牛艳红赶紧摘下孟石头抓住梅子胳膊的手。牛艳丽去扯孟石头，要他坐下。孟石头头歪着，犟驴似的，拧不过来。

牛艳丽说，姐姐一肚子苦水，你就让她往外倒吧！别拿大话欺负我姐。告诉你啊，兔子急了还咬人哩！

你别装好人！孟石头对着小姨子翻眼。

牛艳红气得脸色由红变得青一块紫一块的，最后直至像一块铁板，眼泪在眼眶里团团打转说，你爱滚哪儿去滚哪儿去，梅子不关你的事。

哼，孟石头站不住，扭头走了。他总是说走就走，说来就来，做什么事情都没有定力，而他还自以为是。

这顿团圆宴吃得不进肚子，吃得不欢而散。孟石头一走，桌上没人再动筷子。餐厅里静静的。牛艳红一脸凝重，在思考什么。牛艳丽有点不知所措，更不敢任性嬉闹。她看姐姐像一头母狮，随时会扑向猎物，更像一堆干柴，喷上一粒火星就能燃起熊熊大火，毁灭世界。梅子睁大眼睛看着她妈，吓得没敢哭出一声。沉重的气氛像在考验着三个人的耐力。

牛艳丽悄悄站起身，拿过桌上的手机转身要走。

哪儿去？还不把饭菜都打包带回去。愤怒中的牛艳红没忘勤俭持家，哪怕是许久一次的家宴也心疼，不会浪费每一碟菜汁。

牛艳丽突然乖巧起来说，我就是喊服务员来打包的。果然，她招手喊来餐厅中年妇女服务员，拿来打包袋。

牛艳红瞅着妹妹和服务员动作笨拙，而且荤素不分，夺过妹妹手里的打包袋，自己与服务员一起折菜打包。然后拎回美容院留作下一顿吃。

生气离开妻子的孟石头游尸魂似的转到马大成工地上，找同村老乡聊天。无非是哪家拆迁赔偿多少，哪家去汴水买房，哪家在柳集买房。同村老乡手不识闲，嘴里有一句没一句地应付他。他只好知趣地走开了。傍晚，运东城里的路灯几乎在同一秒钟亮了起来。路旁的行道树上，倦鸟归林，叽叽喳喳。孟石头无路可走，还是回到了美容院里。他一赌气就想回家，但这一次赌气离开牛艳红他才发现，老家的村庄已经被夷为平地，他再也无家可回了！因此，他不得不觍着脸央求牛艳红开门容留自己，就差没在美容院门口跪下了。牛艳红心一软，开门放他进去。不断撕裂的情感在一次次修复中千疮百孔，消耗殆尽。

第二天，牛艳红起得很早，抖落昨天的不快，刻意打扮一番。本来就很漂亮的牛艳红，现在更加鲜艳夺目，楚楚动人了。牛艳红给牛艳丽交代几句，就义无反顾地去吴立仁公司售楼部上班了。

售楼部在一个十字路口的高楼底层大厅。进门就是一个楼盘模型，边上是一些茶座，供客人谈生意的。墙上挂着楼号，楼号后面贴满红五角星绿五角星。红五角星代表此号已经有主，绿的代表尚未出售。再向里就是办公区，半人高的隔板截成的一个个小方块空间，看得见坐在里面的人头，却看不见脸。牛艳红去的时候，售楼部大厅里一尘不染，寂静无声。买楼的还没有来，卖楼的彼此都默不作声。牛艳红转了几圈，没人理她。她就站到楼盘模型边上看楼。

牛艳红俯瞰整个小区，一幢幢楼房组成一个个楼群，一个个楼群组成一片住宅小区。小区里迂回曲折的道路上，几辆红黄绿白的私家小车，无人驾驶，却沿路缓缓慢行；霓虹灯光组成的一条绿莹莹的小溪，流水潺潺，叮咚悦耳；小区边上的宽阔马路车水马龙，流光溢彩，购物中心、金融中心、医疗中心、中小学，一应俱全。牛艳红依稀分辨出那些路名的位置，在脑子里与城市的某个区域对上号，并且放大成为一个实景。心想，在繁华的闹市区里，如果闹中取静在这个小区有一套自己的房子，那该多幸福啊！

可是，什么时候牛艳红才能买得起那套房子呢？

牛经理。

有人喊牛艳红一声。但是，牛艳红并没在意。似乎牛经理这个称呼跟自己没有关系。听到第二声时，牛艳红才循声看过去，在模型边的楼梯上，吴立仁站在那里居高临下地冲着牛艳红在笑。在牛艳红看到他的那一瞬间，他才颠着轻快的小步跳下楼梯，热情地伸出手来，牛艳红礼貌地去握她现在越级上司的手。

吴立仁伸出胳膊搂过牛艳红的肩膀向办公区走去。牛艳红浑身起鸡皮疙瘩，想抖掉吴立仁的胳膊，但吴立仁的手紧紧抠住她的肩胛，抖不掉，似乎有点不想抖。在办公区的门口，吴立仁才自动放开她，举起双手拍了拍巴掌。正在埋头办公的员工们纷纷转过脸来。我给大家介绍新来的客户经理，牛艳红女士。

牛艳红向大家弯腰说，请大家多关照。

站起来的人们交头接耳，眉来眼去，窃窃私语。

吴立仁把牛艳红安顿在一个小方格里。那里除去一张矩形桌子以外，什么都没有。吴立仁向跟在身后的一个浓妆艳抹的女人说，马上配齐电脑、电话、客户资料。说完又对牛艳红说，我那里还有客人，你有什么事情找她。吴立仁把牛艳红交给姓朱的经理。

上午，别人出出进进，帮着客户选房，办手续。牛艳红都在整理自己的办公室。地方小是小一点，但这辈子牛艳红还从来没有像模像样地坐在办公室里办公。因此，牛艳红既新鲜又高兴。一切都收拾停当以后，牛艳红坐在转椅上，悄悄转动转椅，从不同角度拍下金碧辉煌的售楼部，发给妹妹。

整整一个上午，牛艳红有点落寞，跟在别的经理后面听介绍、学工作。牛艳红那么聪明的人，不用人点拨，卖房子那点道道没多久就学会了。抬眼看到一个大腹便便的人走进来，牛艳红客客气气迎上去，很熟练地向客人推荐房型，介绍区位优势，投资回报空间。客人听得频频点头，决定订房。牛艳红把客人带到总服务台，办了手续。

第一单生意就这么简单做成了，牛艳红真的非常开心。

第十二章　唤醒梦魇

45

马大成开车带上牛艳丽出门，路上接到吴立仁电话命令，小区开盘了，你承建的那两栋楼必须加班加点，一周内封顶。

马大成说，一周内封顶没问题，关键是工程款什么时候付清？

吴立仁大笑一阵过后说，你那点工程款毛毛雨啦，我吴立仁不差钱。

自从有了要与吴立仁争夺牛铃山和山下土地的想法，马大成就急于想从吴立仁手里结清工程款，一刀两断，不想再与他有任何瓜葛和扯皮。一旦撕破脸皮，站到吴立仁的对立面，吴立仁当然不会轻易饶过马大成，极有可能会将马大成置于死地。吴立仁有这样的手段和能力。因此，今后无论是经济上，还是情感上，马大成都不想与吴立仁再有什么关系。谁胜谁负，很难预料。当前，马大成胜算不大。但他充满信心。

这是最后的斗争，马大成突然想起《国际歌》这句歌词，浑身热血偾张。他绕道把牛艳丽送到牵牛花美容院上班，车没熄火，摁下车窗与牛艳丽深情对望一眼，摆手再见，然后开车直奔工地。

此时的牵牛花美容院更多的功能是一个住所，牛艳红早出晚归，全无心思过问美容生意，只有牛艳丽一人独自撑着美容业务，而美容生意却因房子功能的逐渐改变而日见萧条。特别是孟石头带着女儿梅子在天棚上住着，尽管像穴居动物那样爬来爬去，自觉不带声响，但还是始终像有老鼠在头顶上跑来跑去，给顾客带来威胁和恐慌。守摊子的牛艳丽巴不得牵牛花美容院早日关门。

其实，马大成与牛艳红一样，都思考过下一步该往哪里去。

一夜过去，马大成的工地上空飘着数颗巨大的气球，几架无人机拖着条幅在蓝天下盘旋，站在下面却像钻进了马蜂窝，无人机的嗡嗡声直往脑子里钻。小区正门右边早已盖了一处临时两层小楼作为售楼部，今天披红挂花，自上而下悬挂起祝贺开盘的条幅，红的居多，黄的也有，还有紫的。条幅像一个巨大的帷幕严严实实包裹住了售楼部。条幅上写有祝贺单位，各大银行的，建筑公司的，供应商的，还有一些市直机关的，看得人有点眼花缭乱。马大成想到的、想不到的单位都有祝贺的条幅。当然也有马大成的大成建筑公司一幅。但马大成一点也不知道是谁出钱做了条幅。开发商自我造势已成习惯。

马大成站在远处细细打量，从悬挂的条幅上便能看出吴立仁的能量。那些条幅绝大部分是吴立仁手下从广告公司定制的，但没有得到祝贺单位领导点头也是不能随便悬挂的。吴立仁在运东编织起的关系网已经覆盖到方方面面。每一幅条幅背后都有人脉关系，都有利益纽带。

马大成走进售楼部，根本没有售楼小姐上来跟他套近乎。大概售楼团队的许多人认识马大成，知道他不是买房的客户。马大成习惯地张望张望。售楼部不是他装修的，但明显比他公司人装修得更上档次、更有气派。穹顶金碧辉煌，楼内弥漫着咖啡、花香、空气净化剂混合在装修甲醛中刺鼻辣眼的味道。冲门一个巨大的楼盘模型微缩了小区在运东所处的位置，还有楼号、房型等。声光电一体，特别诱人。正厅构筑成高低错落的三级平台，每个平台上都是一排茶座，顶上悬挂着"洽谈处"字样。

接待处的售楼小姐，个个浓妆艳抹，微笑着，奔忙着，外人看去像一窝忙碌的蚂蚁，但她们却忙得紧张而有序。她们都有自己的名片，随时向每一个走进售楼部的人发放，热情询问每一个人的购房愿望，顺势领着客人到楼盘模型旁边介绍起来。如果有人想看看实体房，那售楼小姐会更加兴奋，预示着这个客户具有买房实力和欲望，售楼小姐会爽快推荐去看样板房。不远处临街的六号楼不同楼层早已装修出几个户型的样板房在等着客户。

楼盘开盘，标志着取得了售楼许可，还标志着吴立仁的投资集中回笼。久拖不付的工程款有望兑现，马大成此时心里踏实不少。但马大成也平添了不少麻烦。楼盘还笼罩在防护网和脚手架内，像裹着睡衣的美人，略显臃肿，却有点朦胧，有点神秘，似乎充满诱惑。头戴安全帽的建筑工人还在高高的脚手架上干活，就不时有人前来看房子。脚下虽然坑坑洼洼，但阻挡不住看房人的脚步。防护罩上挂着"进出工地请戴安全帽"的牌子，但对看房人没有任何提醒作用。看房人急于想把手里简单的楼层房号变成实实在在的空间，确定真实空间的大小和布局，哪里还顾得上安全？马大成非常清楚，楼盘开盘后，这样不时有人造访就成了常态。他要求自己的工人坚守自己的岗位，不要驱赶看房人，不要向楼下扔东西，更不要随便与看房人攀谈。

马大成走过售楼部的最低一级平台的洽谈处，从员工通道去找吴立仁。因为这些年他知道，哪个楼盘开盘，吴立仁都会事先在售楼部的楼上装修一层富丽堂皇的办公室。从董事长、总经理到财务室，应有尽有。通过各种媒体把尚未开盘的小区炒作到了沸点，炙手可热。预付几十万的订金都难以保证买到房子，还必须现场摇号，也只能有十分之一的预订者可能买到房子。因此，捂在手里的楼盘就像一个巨大的气球在开盘那一天突然爆炸，炸得吴立仁心花怒放。此时，吴立仁带着他的团队会在售楼部及时处理各种问题，比如各路神仙的批条和电话，比如地痞流氓的骚扰，等等。吴立仁在售楼部楼上的这些办公室很像隐蔽的前沿指挥所，既有利于靠前指挥，又便于躲过债务追逃。马大成此时此地寻找吴立仁，就像小时候在牛铃山下的水渠边钓龙虾，一找一个准。

一个茶座沙发上突然站起了牛艳红，正在东张西望寻找着什么人，但她的目光却一下就被马大成的目光逮住锁定了。两人都怔了一下，马大成还愣站在那里，牛艳红却很快红了脸迎上来，你怎么到这儿来了？

哦，我从这里去找吴总，马大成手指着洽谈大厅上方说，你怎么调到这里来了？

嗯，这里即将开盘，人手不够，过来帮忙。

马大成问，怎么样？听说卖了几套房子了，提成不少吧？

牛艳红说，哎，比做美容高强百倍。我真后悔，进入售楼这一行太晚了，这些年，自己吃苦受累创什么业，做什么美容？早几年干这一行，我哪愁在运东买不起房，怕是三五套房都到手了。

噢，这么说盖房的不如买房的，买房的不如卖房的。马大成笑了笑说，有钱难买早知道，做什么事情都不要后悔，现在卖房还来得及。

我来售楼，事先也没告诉你。牛艳红不好意思地说。

马大成说，我听艳丽说了。只要自己开心，有钱挣就好。只是牵牛花美容院扔给艳丽，我怕她顶不起来。

我也有这个担心。哎，孟石头哪天要是找你，你别睬他，牛艳红说着就举手与马大成拜拜，然后大喊了一声某人的名字，又转脸对马大成说了声，对不起，有客户订房，我找人去了！一路小跑钻进了一个门口镶着"行政部"三个字的小房间。

不出所料，马大成在售楼部楼上的董事长办公室里找到吴立仁。吴立仁这一处的办公室与其他处的办公室一样，办公桌上横着一把寒光闪闪的飞刀。飞刀几乎是吴立仁的标配。马大成隔着那把飞刀站着，吴立仁瞥了他一眼，脸子咣当摞了下来，但转眼又哈哈大笑说，你不找我，我正要找你哩。小区开盘了，我打算把六号楼的一个单元都给你，够你的工程款了吧？！那十几套房子远远超过你的工程款。

马大成说，我不要房子。

吴立仁说，房子还在涨价，你赚大了。

马大成依然坚持说，房子在你手里是香饽饽，今天一个价，明天一个价，砸在我手里就成了烫手山芋，分给跟我打工的乡亲们顶工钱，一人分不到一个卧室，怎么办？转手变现，我求哥拜姐卖给谁？

吴立仁听了脸子又咣当摞了下来，只是这一次摞的时间很长，既不说话，也不抬眼皮。目光直直瞅了桌上横着的那把寒光闪闪的飞刀一会儿，摁铃把财务部经理找来交代说，挤点钱给马总的工程款全部付清了。从此咱们两不找了！然后冲着马大成挥挥手，像撵苍蝇一样把马大成赶出自己的办公室。

马大成跟着财务经理出门，吴立仁大声喊住他，马总回来。我听说你和你爸带头阻止牛铃山卖给我开采，我告诉你，你赶快收手，别死到临头不知怎么死的！

那咱们就走着瞧吧！

马大成以牙还牙回击了一句，几乎没有停步就又跟财务经理出门了。他血冲脑门，满脸通红。他真想上去揪住吴立仁，问他蔡玉芹在哪儿，更想提着拳头猛揍吴立仁一顿，揍得他七窍出血、满地找牙。但马大成不愿一时冲动输掉全局，他还欠着牛艳红和三叔等乡亲们的债没还完哩！

在财务结完一笔不菲的工程款，马大成收到银行的手机短信提示，浑身轻松了。他与吴立仁再也没有经济上的扯皮了。把他承建的两幢楼房封了顶，下一步该怎么办？按照做工程的常规做法，不等一个工程做完就应当投标下一个工程，不然等米下锅不行。马大成做完吴立仁这个工程就无米下锅了。但他一点也不慌张，他有他的主意。他要把工程建设上的赊账材料款付清，把拖欠的农民工工资付清，再把欠牛艳红、三叔等乡亲们的债务还清，开启人生一段新的征程。

马大成浑身轻松赶往工地。卡里有钱，抓紧兑现工钱，就是兑现人品。马大成宁可赔钱也不愿输掉人品。想起牛艳红说哪天孟石头找他的话，无非是讨要牛艳红的借款。在工地的工棚门口，马大成果真看到孟石头。孟石头在那里低头看手机，看样子在等人，而且等了很久了，有牛艳红的话记在心上，马大成认定孟石头在等着自己。避而不见，非常简单。回头走去，或者拐过墙角走去，都能避开孟石头。

但那不是马大成做人做事的风格。是福不是祸，是祸躲不过。他主动上前与孟石头打了一声招呼，老同学在这儿干吗？

找你要钱。孟石头说话直截了当。

马大成直瞪着他，半开玩笑说，你的工钱早就全结清了，我还差你什么钱？

孟石头躲开马大成的直视，仰脸看着天上盘旋的无人机，有点阴阳怪气地说，你不差我钱，但你差我老婆钱。现在老家房子被拆了，我妈还住在我岳父岳母家，哦，不，是你未来的岳父岳母家里，我老婆要在运东买房，听说你借了她的钱。你有什么理由不还钱？！

不错，我是借了你老婆的钱，但还没有到期，我怎么还钱？

到期不到期都得还钱。我说牛艳红怎么对你百依百顺的，原来她有钱攥在你手里，哼，借钱如拾到，要债如寻宝。现在逞英雄了，当初借钱时也这么割肉一样吗？

石头，你别得理不饶人，我是借了你老婆的钱，做工程必须先垫资，亲戚朋友的钱我都借遍了，这是行规，不是什么秘密。你问问你老婆，我欠过她的利息没有？我虽然借债了，但我不亏良心。哪家有急事，我拆东墙补西墙也要还清本息，根本不追究别人违约的事情。现在你们要在运东买房，这是大事，提前逼我还钱，没问题，但是，你们算过没有，七凑八凑能不能够首付？首付了能不能做按揭贷款？月供多少？稳定的收入怎么证明？这些问题考虑过没有？

孟石头用食指戳一下自己的眼镜，不耐烦地说，你别给我灌迷魂汤，我也不听你算账，你想到的，牛艳红都想到了，还钱，别废话！

马大成的态度跟着强硬起来，孟石头，你老婆那点钱在我这里只是九牛一毛，你要是这个态度，我今天要还也不能还给你，你能拿出借条吗？你让牛艳红拿我的借条找我。

孟石头拧着脖子给牛艳红打手机，我看你借给马大成的钱打水漂了，有本事你自己问他要吧！

哪个请你向他要的，还没到期有什么理由要钱？你听风就是雨的，狗肚搁不下四两油的东西，你赶快回来！牛艳红在手机里没给丈夫好声调。

孟石头刚挂了手机，马大成的手机就响了。没错，是牛艳红打的。马总啊，我想和你商量一下买房的事情。牛艳红的意思是，她刚摸清售楼里面的道道，手里就捂着一套房子，从楼层到面积，从价格到位置，都很满意，许多客户想选这一套房，她都说已经有人买下了。但她怕夜长梦多，纸里包不住火，捂在她手里不能时间太长，顶多三五天就得出手。现在要是有钱交了首付，那就距离实现自己的小目标不远了。

马大成瞥了孟石头一眼，缓步离开他，脸朝着小区外面的公路接听牛艳红的手机，听完牛艳红陈述的讨债理由后说，我支持你的决定，等我把外面的债务还一还，马上就把你的借款还你。不过，我劝你还是慎重为好。吴立仁这个小区风险很大，我感觉很有可能会出现烂尾楼，千万别让自己的全部心血套了进去。你听我一句话不会错，你不要真的以为先卖房就能马上买房，建议你多看几个楼盘。运东新开的小区非常多，你最适合买一处学区房，为了梅子念书，也带有投资的意味。马大成分析得头头是道，最后还强调说，哎，劝你缓一缓，绝对不是要拖你的借款，我拿到了全部工程款，还款不是问题，只是告诉你，买房这样的大事一定要理性。

那我再考虑考虑吧，你让孟石头回来吧！牛艳红平静了许多。

46

口袋里的手机又响了，马大成掏出来一看，显示爸爸的手机号码。马大成心里一惊，惊出一身冷汗。因为没有大事，爸爸绝少给他打电话。爸爸从来就不是儿女情长的男人。

我和你姑妈到运东车站了，你开车来接咱们。马万里命令的口气冷冰冰的，没有商量的余地。

马大成的心一下就沉了下去。还想问爸爸为什么要带着姑妈到运东来，爸爸却挂了手机。什么时候爸爸跟他说话都没有废话，更没有多余解释，只有命令。但听了爸爸这句话，足够马大成费心猜测，而且手忙脚乱了。全天的活动安排全部暂停，必须让路给爸爸和姑妈，没有比远道而来的亲人更重要的了。他把银行卡往包里一塞，急忙跑下楼，开车去了车站。

马万里兄妹俩佝偻着腰站在站前广场的树下到处张望。一片黄叶正好从树梢上飘落下来，落在马万芳蓬乱的白发上，但她浑然不觉。马万里伸手从她头上掸掉那片黄叶，她才甩了甩乱发。马大成在他们不远处的车位上泊好车，下车跑到他们面前，他们才看见。

马大成丢下爸爸，直接上前扶着姑妈上车。马万芳脸色灰白，眼窝深陷，双唇紧抿，一句话没说，在马大成拉开车门让她上车时，她猛地甩掉侄儿搀扶她的手，弯腰钻进车去。不料，一头撞到了车门上沿，砰的一声。一定撞得不轻，但马万芳居然还是一声没吭。马大成一阵心疼，感觉不妙，开车上路时小声问爸爸，你们有什么事情非要跑到运东找我，也不提前打个电话？

马万里说，别问了，到你家再说。

马大成更加意识到问题严重，但他也揣测到了八九分。平时和颜悦色的姑妈今天突然跟人赌气一般沉默寡言，肯定是为玉芹的事情来的。自从上次看望姑妈，马大成的心里就一直惦记着生死不明的表妹蔡玉芹，但七岔八岔却一直没有找到蔡玉芹的下落，心里一直愧对姑妈。如今姑妈亲自找来了，他该怎么办？马大成急得浑身来汗，打开车载空调，突然想起姑妈身体虚弱，不能受凉，没等空调发动又关了。摁下车窗通风，外面已是秋天，但依然热浪扑面。马大成从后视镜里看到，姑妈侧脸看着窗外，目光像固定的摄像镜头，始终平扫着车窗外流动的高楼大厦，对于新奇的街景毫无兴趣。爸爸则与姑妈侧脸方向相反，漠视着另一面车窗外的街景。

两位老人的心情与这个初秋的天气反差极大，给马大成构成了巨大的心理压力。他忐忑不安地带上两位老人回到自己住的楼房里。

当时，牛艳丽没有上班，正在厨房里做饭烧菜等着马大成。一声门响过后，马大成没有像过去那样喊她的名字，而是悄悄在门口找鞋套给爸爸和姑妈的鞋子套上。牛艳丽从厨房里走出来才看到门口站着两位老人，一时脸红，不敢称呼。

马大成说，爸，姑妈，这是我女朋友牛艳丽。

牛艳丽上前喊爸喊姑妈，伸手搀扶姑妈坐到客厅沙发上。

马大成还奇怪哩，爸爸姑妈那么关心自己的婚姻大事，怎么见着自己的女朋友竟然连一声招呼都不打了呢？爸爸贸然见到未来的儿媳妇，一时尴尬，不知所措就算了，可姑妈此前多次催促侄儿快点成家，见到牛艳丽也该打量打量未来侄儿媳妇，居然还是一副漠不关心的样子。马大成预感，姑妈憋的一口气还不知道怎么出哩！

少心没肺的牛艳丽从来不知道察言观色，全然不知这些，挤坐在马万芳身边，削了一个苹果，递给马万芳。马万芳摆手不吃。又剥橘子递到马万芳嘴边。马万芳还是摇头不吃。拿过纸杯倒一杯饮料放到马万芳面前，马万芳眼皮耷拉着，嘴唇嘟噜着，一声不吭。

大成，过来。坐在沙发上的马万里起身向里面的书房走去。

马大成跟了过去问，爸，姑妈这是怎么了？

马万里坐在儿子平时坐的转椅上说，怎么了？昨晚你姑父接到玉芹电话，哭了一夜。你姑妈今早就跑到咱家逼着我陪她来找你要玉芹。大半年了，玉芹经常打电话回家报平安，打钱回家给你姑父姑妈花。但活不见人，死不见尸。你知道，你姑父姑妈都是最要面子的人，他们就玉芹这一块心头肉，万一有个三长两短，你还让你姑父姑妈怎么活在世上？我说我到哪儿给你找玉芹去，我带你到运东找玉芹。我不信共产党天下能把一个大活人弄没了。告诉我，玉芹在哪儿？你找来给你姑妈见见！

马大成问，玉芹都打电话回家了，她在哪里还能没告诉姑父？还用得着跑到运东来找我要人？过年的时候，姑妈死活要玉芹跟我出来打工，到了运东玉芹又不听话，自己跑了。早知好事变成坏事，我当初就不该带玉芹来运东。

马万里说，你姑妈也没怎么责怪你，就是想见见玉芹，好给你姑父一个交代。你知道你姑父那人死要面子活受罪，越穷越要面子。要是玉芹在运东做了什么见不得人的事情，你姑父还能有脸活吗？

马大成难为说，我上次回家，在牛铃山东坡见到玉芹了，当时她跟吴立仁两口子在一起，没说什么话。从家里回来，我已经找了吴立仁几次了，他说玉芹陪他老婆外出旅游去了，我还说什么呢？

那你告诉你姑妈，玉芹陪女东家去旅游去了。马万里说完走出书房。

客厅里，马万芳和牛艳丽抱头在哭。原来，牛艳丽把玉芹到运东来的情况实捧给了马万芳。她是玉芹同班同学，跟着马大成一起来运东学做美容，玉芹嫌做美容来钱慢，想挣快钱。大成介绍她去吴立仁家当保姆，她不愿意。可她自己从美容院跑出去居然自己找到吴立仁家做了保姆。大成送她一部手机，从来没见她跟咱们联系过。年轻人哪个不上网玩微信，玩抖音视频？咱们在运东的老乡建了一个名叫牛铃山的微信群，什么人都在群里说话，就是玉芹不冒泡。马大成上次从老家回来说，看到玉芹跟吴立仁牵着狼狗在牛铃山东山坡上踏青，感觉不对。伙我去吴立仁别墅里找过，吴立仁不在那里住了。我要报警，马大成没同意。他说吴立仁那么有钱有势，还做慈善，能把玉芹怎么样？马万芳听着听着，把脸埋在双手里抽泣起来。一见马万芳流泪，牛艳丽搂过马万芳大哭，哭得比马万芳更伤心。

马大成忍不住单腿跪在马万芳面前，眼泪汪汪地说，姑妈，我错了，我当初不应当把玉芹带到运东来，我现在就打电话给吴立仁要人。

马万芳突然浑身筛糠一样直抖，牙齿像两排钢板上下打架，咯吧咯吧直响，嘴唇乌青，手脚冰凉。

姑妈你怎么啦？马大成吓坏了。

啪！

马大成脸上挨了马万芳重重一巴掌。

牛艳丽一把抓住马万芳再次举起的手，不然马万芳又一巴掌打下来。

马万芳不知哪儿来那么大的力量，又一脚踹向侄儿怀里，把马大成蹬得仰脸倒在地板上。

马大成连滚带爬躲到一边。

马万里在一旁平静地说了句，万芳，你打大成能见到玉芹？还不住手！

马万芳突然双手变拳连续击打起自己的胸口，胸腔像一只小鼓，发出砰砰的声音。伴着砰砰的击打自己的声音，马万芳声嘶力竭地一遍又一遍哭喊，哥，我心里堵得难受啊！说完，便号啕大哭起来。

马大成又急忙扑到马万芳面前说，姑妈，我没有保护好玉芹，我该打！姑妈，你就狠狠打我吧！

马万芳击打自己胸口的双手却突然合成一块砖，竖在自己胸前，似在祈祷。双眼一下闭成两条蚕，眼角直流泪水，双唇也抿成一条线，嘴角不停抽搐，牙齿却在嘴里咯吧咯吧直响。

马大成还想摇醒姑妈，却被马万里伸手拉了过去，示意他不要火上浇油。马大成急忙后撤了一步，但还是跪在姑妈面前。

此时，空气仿佛凝固了。一种不祥的预感突然袭上马大成心头，祸不单行，姑妈一家将不可收拾。世间仿佛有一股力量在摧毁着姑妈一家。那是什么力量呢？那么善良的姑妈，那么无辜的表妹，那么可怜可气的姑父，为什么会遇上了这样一股力量？马大成想不明白，更说不清楚。

马万芳依然闭着眼睛，竖在胸前像一块砖头一样的双手慢慢松开，变成两只手在空中抚摸着什么，像盲人寻路。马大成双膝爬上前去，把头送到姑妈的手下。马万芳双手抚摸侄儿头说，大成啊，姑妈疼你像亲儿子啊，从没动你一个指头啊！今天姑妈实在是气急了啊！你把姑妈一家坑惨喽！你把玉芹这辈子给毁喽！我跟你姑父哪还有脸面活在世上啊！

马万里在一旁早憋得难受了，趁机撂出一句话，什么屎盆子都往大成头上扣，玉芹和你们就没有责任？

马万芳放开侄儿，身子一软，滑下沙发，瘫坐在地板上，双手啪啪拍着自己的大腿说，我的命怎么这么苦哟！老天爷啊，快来给我收去吧，你何苦要我在世上受罪呢？日子才刚刚好过了几天，家里房子又要给扒了，玉芹又不知是死是活。我活着还有什么意思？！

马万里幽幽地插话，我跟你嫂子说过了，你家房子要是扒了，搬回娘家来住。

娘早死了。那是你家，不是娘家。你让我到你家去住，我还嫌不够丢人吗？再说，你家又能撑几天不拆？马万芳稍稍平静了下来。

马大成哪壶不开提哪壶问，姑妈，玉芹昨晚打电话说什么了？

马万芳把头勾进自己的双腿之间，蜷成一团，嗡嗡说了句，她说她怀孕了，喝一口水都吐出胆汁来了。她害怕，成夜成夜地睡不着觉！

啊！

除了马万芳，在场的人全震惊了。马万里也是第一次听说自己的外甥女怀孕，悲愤化作一声叹息以后走到阳台上抽烟。牛艳丽吓得不顾场合抱住马大成。马大成站立不稳，左摇右晃了几下，幸好有牛艳丽支撑才没有晕倒。

表妹蔡玉芹遭人强奸了？谁？运东街头流氓？表妹胆小，从不出门乱逛。即使遭遇流氓强奸，玉芹早该报案。吴立仁？对，肯定是那个恶棍和他的毒妇郑秋花联手干的！他们用金钱收买了玉芹的贞操和青春。否则，姑妈家的境遇为什么突然大变？玉芹为什么不报案？吴立仁无儿无女，一直想找小婆子，造人继承遗产。但受不下蛋的母鸡郑秋花紧盯挟持，不能得手。没想到他们联手对玉芹下手了！马大成追悔莫及，是他把玉芹带进运东市来，尽管后来是蔡玉芹自己选择的，但也算他间接亲手毁了表妹啊！马大成脑子里像放电影一般回想起玉芹从小到大的可爱模样，无论如何都想象不到表妹会在花季遭遇如此摧残。回想起吴立仁那令人恶心的无赖言行，无论如何都想象不到吴立仁能做出如此伤天害理灭绝人伦的事情。

这个恶魔，我饶不了他！

马大成抹去泪水，回到书房，反插上门，用手机拨打了110。

不到十分钟，有人急促敲门。马大成箭一般射出书房，抢在牛艳丽前面打开房门。一老一小两个警察出现在他面前。马万里和马万芳从沙发慌张站起来，眼睛盯着马大成。马大成不是第一次与警察打交道，没有老人那么紧张。

刚才是哪个报警的？两个警察进屋，张望了一下又问，怎么回事？

是这么回事。来，我们到书房去谈，好吗？

两个警察跟着马大成进了书房坐下，马大成把表妹蔡玉芹的情况介绍后说，我怀疑吴立仁涉嫌强占民女。年老的警察提醒他，不要随便冤枉一个好人。马大成说，那也不能轻易放过一个坏人。年轻的警察说，不是你一个人反映吴立仁情况了，我们会尽快给你一个结果。说完向外走。

送走警察，马大成回到客厅对马万芳说，姑妈，我刚才报警了，玉芹马上就有下落，你等着吧！

我等什么！我还嫌不够丢人啊！马万芳说着就往外走。

马大成一把拉住马万芳，姑妈吃完饭再走。

马万里站在客厅大声说，吃完饭回去，跟到家里一样，客气什么？！

你到家了，我家在哪儿？马万芳用劲甩开侄儿，开门下楼。

马大成发现姑妈的劲很大，拉不住，转脸向爸爸求援，爸，你留住姑妈。

马万里急忙追下楼，兄妹俩在楼下吵了几句，没声了。牛艳丽从窗口看下去，发现姑妈马万芳和马万里一前一后走出小区，慌忙喊，大成，姑妈走了，快追！

马大成开门下楼，开上自己的轿车，追出小区。马大成看着爸爸和姑妈佝偻的背影，一阵心酸，急忙摁开车窗玻璃，姑妈，我送你回家。

马万芳扭过脸去回答，不用，车站有车。

马大成又说，姑妈，我送你去车站。

马万芳说，不用。我有脚，能找到车站。

马大成慢慢开车跟着马万芳，再三央求要送马万芳，马万芳干脆不理他了。马万里挥挥手说，你回去吧，我陪你姑妈，没事！

路过一个十字路口，马万芳扭脸从马大成的车头走过绿灯，没瞥马大成一眼。马大成此时无法停车，只好左拐离开。

此时他已泪流满面。

47

马大成回到家，轻手轻脚走到客厅，浑身瘫软地窝进沙发里，泪痕还挂在脸上，眼睛却已经明亮地看着面前的电视。电视并没有打开，只不过是一块挂在背景墙上的长方形黑色屏幕。但它像一个拉上大幕的舞台已经或正在上演着许许多多五彩斑斓的人间活剧，只等着面前的遥控器轻轻一摁。过去，马大成一坐到沙发上，都会习惯地拿过遥控器打开电视，哪怕什么也不看，也要把电视打开。但是，今天他对这个习惯非常反感。他只想静静地回想回想自己的经历和感受。

这大半年，自己都做了些什么？为什么善良的姑妈凶起来像是要吃人？为什么懂事的表妹为钱迷失了自我？为什么没想到风光无限的吴立仁、郑秋花却卑鄙下流龌龊不堪？牛艳红只为自己的小家庭和小目标在拼命挣扎，最后也不得不投靠了吴立仁，而自己又是一个怎样的人呢？在姑妈眼中，他先是好人，后是坏人，肯定还是表妹心目中的坏蛋一枚。是什么维系着人与人之间的关系？亲情。不错，亲情永远埋在每一个人的心底，温暖着人心，滋润着亲缘关系，几乎无可替代。但亲情为什么有时会破裂得痛彻心扉？改变甚至撕裂亲情的究竟是什么东西？金钱，对，是万能、万恶的金钱。在金钱面前，尊严可以不要，贞操可以不要，亲情似乎也可以不要！因为世上人们把金钱作为衡量一切的硬核标准。你有钱，你就成功了。你有钱，你就体面了。你有钱，你就可以为所欲为。你有钱，你就可以呼风唤雨。你有钱，你就可以为非作歹。你有钱，你就可以左右别人。有钱，就有力量。有钱，就有能力。有钱，就有智慧。有钱，就有世界。但是，人活一世，难道只为了金钱？马大成思索着，纠结着，痛苦着。

马大成似乎明白了，在这个世界上，你想有人爱你，难。但想没有人恨自己，更难。有人爱你，就会有人恨你。越爱你的人，就往往会越恨你。因为你不可能满足他们所有的欲望。你想世上每一个人都喜欢你，除非你是无限满足所有人欲望的上帝，或是对任何人都不构成威胁却又能取悦于任何人的小丑。马大成无疑只是一个心地善良的凡人，既做不了普度众生的菩萨，又不愿做不劳而获的可怜虫。他想做一个诚实善良对社会对他人甚至哪怕只对身边人有用的人，但他收获了什么呢？马大成收获了心安理得，收获了问心无愧，收获了家人的和睦安宁。哪怕身心疲惫，哪怕内心千疮百孔，哪怕万箭穿心，他都无怨无悔。不料，付出的代价却真的是身心疲惫、千疮百孔和万箭穿心。

牛艳丽从卧室里出来，带着惺忪的睡眼和满脸蒙眬的睡意慵懒地依偎在马大成身旁，马大成伸出胳膊把她搂进怀里，抚摸着她的头脸。彼此谁也没说话。牛艳丽不知道如何安慰受伤的恋人，小鸟依人地给予马大成一丝慰藉。马大成从牛艳丽的温柔里稍稍平静了下来，但内心流血的伤口却并没有愈合。牛艳丽仰望着他的脸，伸手替他抹去眼角的泪痕，挣脱他的抚摸，起身去卫生间里取出洗脸毛巾，为他洗了脸。然后又去冰箱里给他取一听王老吉，打开送到他的嘴边。马大成喝了一口，摇头不喝了。牛艳丽一时吓得六神无主，跑到阳台上哭得稀里哗啦。

一阵手机铃声响起，牛艳丽接到姐姐打来的电话，声音既小又急促，快告诉马大成，两个女警察把他表妹送到我这儿来了。她寻死觅活的，吓死我了。说什么我得赶快把她送给马大成！

原来，马大成报警的后半夜，平静的牵牛花美容院突然响起敲门声。如果是胡乱打门，牛艳红还不会害怕。因为时常会有夜游的醉鬼胡乱打门。但这一次的敲门却很有礼貌，先是三下，又是三下。躺在天棚上的牛艳红从妹妹微信语音知道马大成报警的消息而惊魂未定，听到有人打门，立即吓了半死。爬下天棚看了看，居然是蔡玉芹突然从天而降地出现在牵牛花美容院门口，身旁站着两个女警。一个女警问，你叫牛艳红吗？蔡玉芹要我们把她交给你，你要保证她的安全，签字吧。牛艳红一时没回过神来就签了字。但蔡玉芹怎么会投奔自己？放进瑟瑟发抖的蔡玉芹，问她什么话，蔡玉芹都紧咬嘴唇，不吐一个字。急得牛艳红跺脚转圈。突然，蔡玉芹一头撞向玻璃门。牛艳红眼疾手快，一把搂住了她。蔡玉芹左甩右甩，都没挣脱牛艳红的怀抱，直到牛艳红把她摁在沙发上发呆。牛艳红担心出事，这才给妹妹打了电话。

你赶快送来吧，牛艳丽答应姐姐，转身告诉马大成，玉芹被解救出来了，姐姐马上送过来，你不用担心了。

马大成从沙发上起来去卫生间洗脸，对着镜子，调整一下情绪，不想让玉芹看出自己的沮丧和难过，更不想在此时去揭玉芹的伤疤，批评和责备玉芹。他对站在他身后的牛艳丽说，玉芹来了，你好好陪她散散心，千万别提她伤心的事。牛艳丽答应，开始对镜补妆。马大成则站在门口等着为玉芹开门。时间过得很慢，门外迟迟听不到脚步声。终于听到一阵杂沓沉重的脚步声由下而上传来，马大成迫不及待从里面打开门。蔡玉芹果真在牛艳红的搀扶下出现在他面前。与其说是牛艳红搀扶着蔡玉芹，不如说是牛艳红拖拽着蔡玉芹。

玉芹回来了，快进屋吧！马大成强装笑颜，后退一步说。

遭人绑架一般的蔡玉芹被牛艳红使劲推进屋，脸色苍白，嘴唇干裂，头发凌乱，目光呆滞，站在表哥面前一动不动，听到表哥再次喊她进来，她居然手扶门框，扭头就想跑出门，幸亏身后的牛艳红堵住了门。

牛艳丽忍不住跑上去，张开双臂抱住蔡玉芹，失声痛哭，玉芹，你跑哪儿去了？你表哥到处找你啊！

蔡玉芹一脸麻木，满眼愤怒，没有眼泪，也没发出一点声音，连一声抽泣都没有，异样地看看马大成，又看看牛艳丽，似乎明白了什么，但依旧站在门口一动不动。

艳丽，说好不哭的，怎么回事？马大成难过得背过脸去说，快带玉芹去卧室休息。

牛艳丽用力硬拖着玉芹去了卧室。

砰——，牛艳红转身离开，随手从外面关上了门。

马大成听到门声才想起来，迅速开门去喊，进来坐一会儿吧！没有回应，只听牛艳红下楼的脚步声略一停顿，很快就远去消失了。马大成只好反锁了门，回到书房里枯坐。

对门卧室的门虚掩着。牛艳丽搂着蔡玉芹坐在床沿上，抹着眼泪。蔡玉芹狠狠瞪她一眼，目光里满是仇恨。牛艳丽浑身一颤，迅速挪开了一点，但双手还紧紧抓住蔡玉芹的一只手，生怕蔡玉芹跑掉。

突然，蔡玉芹挣脱牛艳丽拉扯跑了出来，马大成一个箭步冲出书房，在蔡玉芹扑到门口时一把拉住表妹。

你让我去死吧！死了干净！蔡玉芹大声哭喊，声音嘶哑，瘫坐在地上。

马大成含泪说，年纪轻轻的死不得。

蔡玉芹完全疯狂了，脚踢表哥，正好踢在马大成的小腿骨上，疼得钻心。手抓表哥，在马大成胳膊上抓出几道血痕，还嫌不解恨，又张大嘴巴一口咬表哥的胳膊，死死不松口。马大成咬牙强忍着疼痛，一声不吭。吓傻了的牛艳丽急忙上去阻拦，试图掰开蔡玉芹的嘴巴。马大成说，让她咬，她怎么解恨都行。蔡玉芹却松开了嘴巴，继续往门外扑去。

牛艳丽彻底生气了，一贯嘻嘻哈哈的她居然也发火了，跺脚说，真是可怜之人必有可恨之处，玉芹你就这么恨你表哥吗？

蔡玉芹要么不开口，开口就一句一颗炸弹一般伤人，她歇斯底里地说，你们别给我装好人！你们都不是好人！我凭什么不恨他？他为什么报警？他为什么要告吴老板？吴老板哪方面亏待过他？没有吴老板，哪有他今天？他既然带我来运东，那就不应该反悔，更不应该恩将仇报！说完，哇——，吐出一口酸水，脸色唰的一下变成一张白纸。酸水涨满了她的口腔，她伸了伸脖子，强咽下酸水，噎得双手捂住撕痛的胸口，好久没有说话。

要想人不知，除非己莫为。既然你是心甘情愿的，干脆就瞒到底呀！那你干吗还打电话告诉你爸你妈说你怀孕了。你知道你爸你妈听到是什么心情吗？死的心都有了！你妈来找你表哥，恨不得一口把你表哥吞掉！你知道吗？牛艳丽说话也不客气了。

蔡玉芹幽幽地说，我吐得实在受不了一不小心才说出来的。

玉芹，别一口一声吴老板吴老板的，听你的意思，你完全享受吴立仁对你的侮辱和伤害喽？

马大成彻底蒙了。他怎么也想不到，千方百计解救出来的蔡玉芹不仅不迷途知返，而且还怨恨起亲人来了。他完全不能接受蔡玉芹的态度。

缓过神来的蔡玉芹平静地回答表哥，吴老板对我很好，郑姨也对我很好，他们全家对我都很好，每月给我六千块钱，答应年底还发我一大笔奖金。千方百计找关系帮我爸办了低保，你没办成的事情他帮咱家办成了。他们把我当闺女一样呵护，根本没有侮辱和伤害我。他们没有孩子，只是哄我给他吴家传宗接代，答应我和孩子继承他的家产。有了他的家产，我就再也不会踩代了，我就能让爸妈过上城里人的好日子。突然，蔡玉芹浑身一软，瘫在地上，号啕大哭起来，现在我一切都完了，马大成，你是坏蛋！都怪你，都怪你！我恨你，我恨死你！

玉芹，你醒醒吧，别做那个美梦了！我看你的三观有问题，拿丑不当丑了。马大成气得浑身发抖。我听明白了，你想不踩代，想过上有钱人的幸福生活，甘愿替吴立仁当小婆子。他父亲就是小婆子生的。他又想玩小婆子。你成了他的玩物了，知道吗？！你想过没有，你一旦替他生了孩子，他就会一脚端开你，你还怎么活在世上？

是是，你这一闹，我更没脸活在世上，让我去死吧！蔡玉芹又一次冲向门外，马大成和牛艳丽合力把她拉了回来。

这一次，马大成没有再陪着表妹，蔡玉芹的话把他彻底气坏了。他怎么也没想到，从小到大，他和爸妈心目中的乖乖女玉芹，居然心甘情愿为富人代孕，居然梦想继承富人的家产。金钱可以剥夺一个贫女的贞操，难道同时还可以剥夺一个人的尊严？当一个人的意志为金钱左右，大概贞操和尊严便无处藏身了。人生在世，生而平等，任何人都不愿意甘愿受穷吃苦，任何人都有通过诚实劳动获取幸福生活的权利，但是，任何人不择手段地获取非法利益都会为人所不齿。越贫穷，便越渴望富裕。但越富裕，便能越同情并且帮助贫穷吗？蔡玉芹，这个被侮辱和被损害的姑娘，居然幻想着为吴立仁生下一个后代而彻底改变自己和父母的命运，简直是痴心妄想！而这时，表妹在卧室里与牛艳丽的对话更激起了马大成的忧虑。

玉芹，你表哥送给你手机，我陪你去移动公司办了手机号，也拉你进了牛铃山群，你怎么就不与我们联系一次呢？

跟你们联系什么？有什么话可说？你们哪个是富人？郑姨说得对，不要跟穷人搭话，小心穷气扑脏了自己。吴总说了，千万不要跟小鱼小虾一起混，要想混出个人样，就得跟富人在一起。富人的一根汗毛都比穷人的一条大腿还粗。你们哪个值得我联系。我陪着郑姨坐飞机飞来飞去，你们坐过吗？我陪着郑姨去过香港，去过新加坡，去过加拿大，去过美国，你们去过吗？我怀孕反应时，海参、鲍鱼、帝王蟹天天当饭吃，你们顶多吃过几回清平湖大闸蟹，听说过这些东西吗？他们早就是加拿大永久居民了，正在给我办移民，生下孩子，我们就移民加拿大生活。

慢，玉芹，你这大半年过上了天堂日子，但是，我一点都不羡慕。你越炫耀，我感到你越悲哀、越可怜。作为一个女人，你得到的是物质和虚荣，失去的是贞操和尊严。你想过没有，你这一辈子还怎么过？你有这样的思想，难怪你不跟我们联系，难怪你表哥在牛铃山上见到你，你红脸跑进车里躲起来了。玉芹，假如你还有点廉耻心，你早就应当向你表哥求救了！真是可怜之人必有可恨之处。不是我说你，玉芹，我越来越瞧不起你了。贫穷不是罪过。人，不怕穷，只怕没骨气。难道你家真的穷到逼良为娼的地步了吗？

哈哈，你笑话我卖淫是吗？我只把贞操献给了吴总，并且死心塌地要为他传宗接代，没有人逼我，我更没有人尽可夫。我进屋就看出来了，你快成为我的表嫂了吧！其实，早在到运东来的第二天，咱俩吃肯德基时我就看出来了，你表面上嘻嘻哈哈的，内心早就对我表哥有意思了。你不也是看我表哥做包工头有钱才黏他的吗？咱们大哥不说二哥，你能比我好到哪儿去！

马大成从书房里冲出来，站到卧室门口说，玉芹，你太让我失望了！我和艳丽是你情我愿的自由恋爱。

哈哈，什么恋爱，我根本不相信世上有什么纯洁爱爱，无非都是屁屁屌屌那点事情。蔡玉芹说完又一个反胃，哇——，只不过这一次她没有强忍着咽下酸水，而是直接吐在了床边木地板上。卧室里立即弥漫着浓浓的酸腐味道。

牛艳丽手捂鼻子，从床头柜上的抽纸盒里连续抽出一大把抽纸，盖在蔡玉芹吐出的臭物上，反手抓起来，揉成一团，擦干净地板，扔进垃圾桶里。

艳丽，出来！马大成在外面大声喊了一声。

牛艳丽走出来，马大成在身后反锁上卧室的门，牛艳丽反身再想推开卧室门，被马大成推进了客厅。牛艳丽担心蔡玉芹跳楼自杀，马大成说，她说那些话，你还担心她会自杀，她不会的。但是，牛艳丽还是担心说，我还是去陪着玉芹过夜，你赶快打电话告诉姑妈，让姑父姑妈放心。

啪，马大成一拍自己脑袋，后悔怎么没想起来及时把玉芹的消息告诉姑妈。他走到客厅，却没有迅速给姑妈打电话。他在思考该如何把玉芹获救的消息告诉姑父和姑妈，才能既不伤害到玉芹，又让姑父和姑妈放心。姑妈现在可能还在气头上，未必能理解自己的苦心，更不知道玉芹会发生如此惊人的变化，弄不好姑妈还会把玉芹的遭遇全部怪罪到自己头上。他做了两次深呼吸之后，平复了慌乱的心，认定自己可以用平静的语调与姑父或姑妈说话，才从手机通讯录里调出姑妈家的座机电话号码拨打出去。

手机只响了一声，马大成就听到姑父蔡传喜的声音，哪个？声音很大，更很冲，就像一颗子弹射进了马大成的耳朵。马大成头皮一麻，不仅知道姑父和姑妈一定守在电话机旁等着玉芹消息，而且想起姑父一贯说话就冲，急忙回答，姑父，我是马大成呀，这么晚给你打电话是告诉你和姑妈，玉芹找到了，现在就在我这里，你们放心吧！

马大成听到姑妈在一旁抢夺话筒说，大成，你把玉芹送回家来！没等姑妈说完，蔡传喜又在电话里呼呼喘着粗气说，大成，你让玉芹接电话，我问她为什么给我丢人！马大成又是一惊，担心让蔡玉芹真的听到跑过来抢接手机，迅速躲到阳台上，关上推拉门，然后小声说，姑父，玉芹已经睡下了，不方便接电话。不过，姑父，玉芹被人洗了脑，你千万别怨她，她是无辜的。蔡传喜在电话里颤抖地吼道，告诉她，我不想见到她，她外死外葬吧！我没有她这个闺女！姑妈夺过电话说，大成，你别听你姑父的，明天就把玉芹送给我吧，告诉玉芹，她永远是爸妈的心肝宝贝！马大成答应了一声，迅速挂了手机。

这一夜，马大成蜷缩在沙发上辗转未眠，怎么也想不通表妹会变成这样。

48

大成，赶快回来，你姑父死了！

凌晨，还没等把玉芹送回家，马大成就接到爸爸马万里的电话，咯噔从沙发坐起来。他彻底傻了，呆坐不动，眼泪直淌。上次回去看姑父，姑父坐着轮椅好好的，还问自己的老板叫吴什么，昨晚在电话里还活灵灵的，怎么说死就死了呢？一定不是好死。真是祸不单行，屋漏偏遭连阴雨啊！姑妈从小就烧香拜佛，祈求神灵保佑，怎么会如此多灾多难呢？命运之神为什么不会怜弱助困，偏会损不足而奉有余？难道其中有什么奥秘吗？马大成一时想不通，只能对姑妈一家人的命运可怜同情，却又爱莫能助，因此也就有一种万箭穿心的疼痛。

牛艳丽从卧室里悄悄走出来，一看恋人无声流泪吓得直哭，忙问是怎么回事。马大成把姑父的死讯小声告诉了她，牛艳丽哇的一声大哭起来，马大成慌忙捂住她的嘴巴说，千万别让玉芹看出来，现在当务之急是带上玉芹回去奔丧，等到了路上再慢慢告诉她。牛艳丽听话，擦了擦眼泪，回到卧室喊醒了还在熟睡的蔡玉芹。

　　折腾了一天一夜没有休息，蔡玉芹居然睡得很沉很沉，以至于都没有听到马大成和牛艳丽说的话。但是，醒来后依然恍恍惚惚，浑身发软，看见表哥，视而不见。看见牛艳丽，低头不语。径直走进卫生间，关上门，在里面哇哇干呕了几声，声音凄惨吓人。马大成想起姑父死了，玉芹还蒙在鼓里，心里难过得要死，目示牛艳丽赶快去看看。牛艳丽站在卫生间的干区洗漱间，看着蔡玉芹泪汪汪地从卫生间出来，就找出马大成从宾馆里带回的一套一次性洗漱用品给她洗漱。蔡玉芹拆开塑料包装，用拇指摸了摸牙刷毛，嫌牙刷档次太低，戳手，就随手丢进面盆下面的垃圾桶里，改用在农村家里的习惯，用手指在牙床上擦了擦，对着面前的镜子端详自己的脸，眉宇间尚未脱了稚气，但布满血丝的眼睛分明只有沉郁和悲戚，原先白嫩的脸皮像是经过了一场冰霜而萎黄了。哗——，一阵秋风撩起了卫生间的百叶窗，发出一阵响声，蔡玉芹突然浑身一颤，仿佛秋风吹进了骨子，打了一个寒噤。急忙走出洗漱间，看到表哥和牛艳丽收拾得浑身整洁在等着她，她转身去了卧室看了看，发现这里没有她任何东西。她只是一个人匪夷所思地出现在了这里，就跟着表哥下楼了。

　　路上，马大成旁敲侧击对蔡玉芹说，玉芹，姑父昨晚突然病情加重，你要有思想准备啊！

　　蔡玉芹没有理解他的潜台词，依然呆呆地看着窗外飞逝的秋景。

　　高速公路两边的田野一片金黄，稻子即将收割。同一条路上，同一辆车上，春节过后的初六，马大成带上表妹蔡玉芹开往运东市，欢声笑语犹在耳畔。那是蔡玉芹第一次外出打工，尽管拘谨胆小，但还算开心。如今，马大成又带着表妹蔡玉芹从运东市开回汴水县柳集乡牛铃山村蔡庄老家，心情沉重，听得见呼呼的风声和车轮与路面的摩擦声。一往一来，一去一回，他们城乡之间往返流转。还是这条路，还是这辆车，除了牛艳红，车上还是这几个人，然而，岁月却早已把每个人塑造成了彼此陌生的另一个人。变化最大的当数蔡玉芹，几乎是脱胎换骨了。在这即将收获的季节，各人收获了什么？马大成收获了升米恩斗米仇，牛艳丽收获了爱情，蔡玉芹收获了梦碎。马大成一边开车，一边思考着这大半年来历经的事情，心里五味杂陈。

牛艳丽紧挨着蔡玉芹坐在后排，默默守护着她，发现马大成的话没有引起蔡玉芹的警觉，便抓住她的胳膊摇晃着说，玉芹，不管家里发生了什么，咱们都要坚强，是不是？

蔡玉芹还是木痴痴的。

车下高速，沿着光秃秃的清平湖大堤行驶，随着车子越来越接近姑妈的村子，马大成没能唤醒表妹，又想起姑妈的善良和遭遇，情不自禁地无声流泪，视线一时模糊。

还没到村头，远远看见姑妈家的瓦房门口高高挑起的白幡随风飘扬，蔡玉芹才大惊失色意识到家里出了大事，吓得大哭。没等轿车停稳，她就开门下车，连滚带爬奔回家。还没到大门口，就扑通一声跪倒，两膝和双手当脚，一路爬过丧棚，爬进堂屋。

牛艳丽一直紧紧跟随着她，保护着她。

堂屋里满是农药和花露水混合的味道。

蔡传喜脸上蒙着一张黄黄的草纸，身穿黑黑的棉衣，平静地躺在铺满麦草的冷铺上。生死同室，阴阳两隔，人间悲喜原本轮番上演。

马万芳蜷坐在丈夫的身旁，披头散发，鼻涕拖到了麦草上，一声不吭，不时往丈夫头前的烧纸老盆里添着冥币。自从丈夫喝农药死了，马万芳就一直守着丈夫的尸体，什么事情都撒手不问，任由哥哥马万里带着娘家一帮人和蔡姓同门人一起打理，连她的宝贝闺女蔡玉芹爬进堂屋，她都没看见似的。

半年多不见爸爸，再次见面已是生死两重天。蔡玉芹接受不了残酷的现实，伸手去揭父亲脸上的草纸，想看父亲最后一眼。马万芳突然打掉女儿的手，不给女儿看。蔡玉芹滚到妈妈怀里，搂着妈妈号啕大哭，几近气绝。蔡玉芹的大哭带动了盘坐在冷铺上的至亲们，一时间，哭声大作。一直坐在冷铺上守灵的马大成妈妈和三婶边哭边喊着蔡传喜，你睁开眼看看吧，你的心肝宝贝女儿玉芹回来了！但是，任凭女儿和至亲们怎么呼喊，怎么摇晃，马万芳都始终木木的，只是眼睛盯着火盆里摇曳明灭的火苗，往老盆里添着冥币。蔡玉芹就手捂着脸蜷缩在爸爸尸体旁哭得死去活来。牛艳丽怎么拉她都拉不动。

此时，除了马大成妈妈盯着牛艳丽打量，已经没有更多人顾及陌生的牛艳丽是哪门亲戚、什么身份。马大成妈妈心里有数了，这个漂亮的女孩子与上次儿子手机里看到的女孩子一模一样，就是自己未来的儿媳妇。但此时无论如何都不能多嘴相认。

马大成先是在丧棚给姑父跪下磕了四个头，并没有急着去堂屋里给姑父亡灵添纸、安慰姑妈，而是起身走到满脸愁容的爸爸马万里跟前。从一开始他就意识到，姑父撒手归西，姑妈家没了顶梁柱，丧事一定需人筹办。而姑父在世时性格耿介，人脉稀少，做什么事情都举步维艰，因此马大成必须挑起这个重担。

昨晚后半夜，马万里接到妹妹马万芳电话，说蔡传喜喝农药了。马万里慌忙起床，骑上电瓶车赶到妹妹家，只见蔡传喜鼻口蹿血，脸色黑紫，已经气绝身亡。马万芳六神无主，只顾哭喊。马万里通知侄儿马大强，马大强通知支书蔡风，天不亮聚到马万芳家商量蔡传喜的后事处理。但是，直到马大成带着蔡玉芹奔丧回来，蔡传喜的后事处理还是群龙无首，莫衷一是。马万里提出，如果蔡姓没人出头料理，他马家绝不装孬。而蔡风说，蔡传喜生是蔡姓人，死是蔡姓鬼，后事怎么可能由外姓人料理，难道蔡姓没有能人了吗？但是，蔡风又有言在先，他要到县里参加一个秋收秋种会议，三天才能回来，自己不能主持料理。马万里心里明镜似的，蔡风明明是阳奉阴违在搅事，但又不能撕破脸皮戳穿他。马万里撇下蔡风，又跟蔡姓家族其他有头有脸的人商量。支书找理由不帮，那几个所谓有头有脸的蔡姓人也都纷纷后退，摆手推辞。马大成的出现给了马万里希望和信心。

马大成凑上去听了一会儿，在为姑父做人失败感到痛心的同时，更为蔡姓人的冷酷无情愤懑。一贯喜欢和稀泥的马大强一看马大成回来了，就嬉皮笑脸把蔡姓人一一介绍给马大成，同时把马大成介绍给蔡姓人，这是我哥马总，在运东搞房地产，绝对的成功人士。

瞎说，我就是一个包工头，马大成严肃否认，并出手捣了马大强一拳，便一一与蔡姓人握手点头。其中那个支书蔡风眯着眼一直在笑。亲戚或余悲，他人亦已歌。蔡风是姑父上辈人结下怨仇没出五服的四类分子孙子，蔡传喜惨死，他正好出一口恶气。马大成心里已经有数了，指望蔡风操持姑父的后事，等于瞎了眼了。蔡风见到马大成，掏出一包中华烟来，抽出一支递给马大成。马大成摆手说，不会抽烟。蔡风又把那支烟插进了烟盒，居然没散给其他任何人。

但马大成顾不上对蔡风的评判，急忙拉过马万里问，爸，姑父是怎么死的？

马万里抠掉眼角的眼屎，说，喝农药死的。

马大成又问，姑妈怎么没看着？

马万里茫然看了看门前树上的白幡，幽幽地说，人想死，谁能看得住？你姑父也不知道他什么时候藏一瓶敌敌畏在床肚子里，想死不是一天两天，你姑父是个吃不了死苍蝇的人哪！这下一了百了喽！唉！

马大成还在追问，姑父的丧事哪个操持的？

马万里收回目光，咂嘴说，正在商量哩，看样子，蔡姓没人出头。支书幸灾乐祸哩，他不发话，没人敢出头。死人头上有糨糊。我们做亲戚的也不好出头啊！十处到了，一处不到，那蔡姓都会不服的。但是，我们不出头，这里里外外的快乱出一锅粥了。

爸，蔡姓不出头，我们可不能让姑妈为难。你挑头操持吧。

马万里又咂嘴，啧，没钱铺底子，好多事情没法办。

马大成说，爸，你操持吧，铺底子的钱我出，怎么也要姑父体体面面地走啊！

得到儿子的话，马万里有了底气，重新回到蔡风面前说，既然你们蔡姓没人，那我马姓就只好出头了。但我有言在先，什么事情都得听我姓马的。

蔡风对其他蔡姓人说，都听他的。该租灵车租灵车，该举重举重，花钱都找马家去支。说完，转脸就走了。直到蔡传喜的丧事结束，也没见到蔡风。

蔡风一走，作为牛铃山村村委会主任的马大强也站不稳脚步了。先是盯着支书的背影看了一会儿，然后原地转了几圈，满脸焦虑，一副重任在肩却又非常为难的样子。走到大伯马万里面前，嗫嚅了几句。马万里没拿眼风扫他。他又蹦到马大成身后，扯了扯马大成的衣襟。

正在抽空看一下手机微信的马大成猛一回头，干吗？

马大强苦瓜皱脸说，哥，姑父的丧事全权拜托你和大伯操持了，蔡支书有事，走了。我也有事，我也告辞了。你有什么事情找我爸我妈。

马大成对他不客气地说，姑父生前待你不薄吧，你怎么连送姑父最后一程都不行吗？姑父虽然不是好死，但我还想请你带着戏班子来吹一吹的，驱驱邪。

马大强又原地转了几圈，左脚踢几下地面，右脚踢几下地面，身子扭来扭去像个害羞的大姑娘说，哥，不是不行，实在是官身不自由啊！我早就不吹喇叭了，你要小戏班来吹一吹，我打一个电话他们就来了。但我不能留在这里。

马大成一听他说官身不自由，猛地向地上啐了一口唾沫，呸，恶心，拿个村主任当官做，真的六亲不认了？你不吹那就算了。

马大强双手一摊说，你别小看村主任，牛铃山村几千号人吃喝拉撒，几万亩土地耕种收打，哪样不要我去操心。刚才曾家胜又打我手机，说他过几天调来几台联合收割机收稻子，让我看好马蹄庄的村民，不准闹事。他还扛着吴老板的旗号逼我，赶快把马蹄庄拆掉，腾出牛铃山来开采。我总得对吴老板有个交代吧。看看，吴老板是你的老板，马上也成为我的老板了。两件事情都关系到牛铃山村几千号百姓的福祉，我能不着急吗！

马大成挥手撵走一只苍蝇似的，去吧去吧。

马大强骑上摩托车飞驰而去。和蔡风一样始终没再出现在他姑父蔡传喜的丧事现场。

马大成难以理解马大强见风使舵，六亲不认。

开多大的盘子？马万里凑过来问儿子。意思是打算大操大办，还是小操小办。

马大成幽幽回答，姑父活着时最要面子，死后让他风光一回吧！既不大操大办，也别冷落了吊唁的人。

得到儿子的话，马万里还是为难。尽管他在十几年前当过村里干部，但毕竟没有操持过婚丧嫁娶的具体事务。加上年纪不饶人，一时头昏脑涨，当即把操持丧事的大支事务推给了儿子马大成。

马大成当然更没有料理过此类事情，但他却清楚办事流程和职责分工。他无人可推，更不想让蔡姓人看自家笑话，就勇敢挑起料理姑父丧事的重任。他找来纸笔，开出了姑父丧事的清单，即他爸所说的盘子。凡来吊唁者皆有黑布袖章，亲戚除有黑布袖章，另加孝巾，只是孝巾按远近分出尺寸长短，按辈分分出白绿红三色。按照当地的乡村丧事风俗，停灵三天，接受亲友吊唁，三天后入殓，大宴亲友。蔡传喜喝药当晚已算一天，余下只有整整两天时间，要完成马大成开出的丧事盘子，必须兵发几路。一路报丧，一路联系灵车和殡仪馆，一路迎来送往。至于埋锅造饭，开单买菜，全交给柳集街上的一个厨子家庭团队。自从蔡传喜一咽气，柳集街上的厨子就赶过来张罗揽生意了。几里外的柳集街上扎花圈的生意人开着三轮车停在门前不远处售卖花圈，有纸花，有鲜花，现扎现卖。最后还需要一个识字人登记掌账。马大成抓差了马蹄庄一个喜欢书法的同辈中年人。虽是农家凡人丧事，但比起《红楼梦》里的贾府丧事一样也不少。马大成长年在外，姑父生前亲友谋面很少，一时手下无人可用。他找来姑父叔伯兄弟，向他们要人，很快得到十多个人。但有人又未必都能有用，马大成就往各路人马里掺沙子。事情以蔡姓男女为主，各路均有马蹄庄的马姓男女主持，以便马大成联系对接。

从运东匆忙赶回来的三叔马万年得到儿子的话，一直鼎力支持侄儿马大成主事。像在运东工地上替马大成监工干活那样，与马万里一起成为马大成的左膀右臂，并且迅速形成了金字塔式的丧事组织架构，保证了各路人马出工出力，尽心尽力。凡是需要花钱的地方，都从马大成一人手里进出。

到了傍晚，各路人马回复，丧事准备就绪。

马万里看着儿子独撑危局，有条不紊，稳重大方，非常欣慰。

晚上，里外亮着灯，照得像白天一样。马大成才得空来到变成灵堂的堂屋守灵。农药和香水味道依然很浓，家堂上半人高的陶瓷菩萨在灯光下泛着柔和的光泽，用似笑非笑的慈眉善目自始至终地打量着地上的活人和亡灵。活人和亡灵只隔着一层纸和一口气。马大成盘坐在麦草铺上，解开堆成小山一样的一摞草纸，向姑父头前的老盆里添着冥币。一张烧着了，又添一张。时间就在这一张一张的冥币燃烧中消失，活人的情绪也在冥币的明灭微光里渐渐平息下来。

开始一直在身后搂着蔡玉芹的牛艳丽见到马大成拖着疲惫的身子进来，便松开了蔡玉芹，转到马大成身后搂住他，闭上眼睛，把脸紧紧贴在他的后背上睡去。

到了后半夜，灵堂死寂无声，守灵的马万里夫妇、马万年夫妇等亲友横七竖八地倒在麦草铺上睡去，只有马大成依然陪着姑妈和表妹往老盆里续着草纸，据说老盆的火苗就和长明灯一样不能熄火。熄灭了对生者不好。

你怀的是不是吴老板的孩子？一天没说一句话的马万芳突然幽幽地问了女儿一句。

蔡玉芹点了点头。

你爸咽气前就问我这句话。他说他就是给吴老板盖楼摔残掉的，咱家哪辈子欠了吴家的债了吗？让两代人都被他坑了！到阴间也饶不了他！说完，嘴里喷出一股血水，人就没了。马万芳说得非常平静。

蔡玉芹一听，突然扑到爸爸身上又是一阵大哭。一下惊醒其他守灵人，纷纷醒来吵棺，一时间哭声大作，在乡村的深夜里传出很远。

马大成跟着大哭了一场。不料，泪水居然冲刷了心头的块垒和身体的疲劳，一时头脑清醒，全无困意了。

马万里一一劝说亲戚不要再哭了，抓紧时间睡觉，明天还有很多事情等着。特别对儿子耳语，大家都指望你主事哩，别哭坏了身子。妈妈和牛艳丽也跟着苦劝，马大成这才收住眼泪。

一连三天三夜没有合眼，马大成按照活人的规矩把姑父从这个世界上送走了。带着姑妈、牛艳丽和蔡玉芹从墓地回来，丧棚和灵堂早已拆除，堂屋里打扫得干干净净。马万芳从女儿怀里接过蔡传喜的遗像摆放到家堂上的菩萨旁边，点上一支香，然后盘腿坐在地上，双手合十，虔诚膜拜。屋里弥漫着浓浓的檀香味道。

马大成挎着牛艳丽与爸爸妈妈告辞说，这一次我就不往家里去了，等运东的事情处理完，我就回来陪爸妈。

马万里夫妇没听出儿子这话的定力和决心，只顺口答应一声。他们对始终黏着儿子的牛艳丽早已猜到了十分，而且满心喜欢。虽然是第一次见面，本该送上"三金"等什么见面礼的，但第一次见面不是地方，也不是时候。此时此地既然儿子不挑明，那他们就是不跟牛艳丽搭话，只是眉眼里的喜欢早就让牛艳丽幸福无比了。他们看似只心疼儿子，其实往往一语双关，说话一直在用"你们"。一再嘱咐，你们回去好好洗个澡，睡个安稳觉啊！马大成一一答应后又与姑妈道别，姑妈还是不理他。他非常难过，一时眼圈发红。爸妈劝他说，理解你姑妈吧！马大成含泪说，我有负罪感，我怕姑妈怨我！爸妈都说，不会的，你姑妈心地善良。

马大成最后嘱咐蔡玉芹，你在家陪陪姑妈，等姑父过了五七再作打算。

不料，蔡玉芹却执意要跟着表哥再回到运东。说出的理由令在场所有人都非常震惊，我要去告那个老流氓！

一回到运东，马大成直接把蔡玉芹带到公安机关报案。

第十三章　回归牛铃山

49

一条微信消息刷爆了运东市许多人的朋友圈，震惊运东全城——房地产大亨吴立仁夫妇涉黑，外逃加拿大时在浦东机场被抓获。

运东市民仿佛听到了咣当一声，吴立仁建立的财富帝国轰然倒塌，各种耀眼的光环瞬间化为无形。一夜之间，吴立仁的所有资产被查封，湖滨别墅和几个楼盘的售楼部统统贴上了封条。只是身份卑微的马大成和牛艳红他们处于各种讯息传递的神经末梢，有价值的讯息总是在事后才能获悉，包括事关他们切身利益的讯息。

当牛艳红第二天一早骑车赶到售楼部，发现大门上已贴了封条，并且获得吴立仁被逮消息，大惊失色，慌忙把消息转发给马大成时，正在赶回运东的马大成只说了一句话，多行不义必自毙！

很快，坊间就有传闻，吴立仁夫妇发家起于早年的砍砍杀杀，胆大妄为。但他们苦于无儿无女，识字不多，担心积累的财富无人继承。夫妇密谋诱骗一个农家少女为其传宗接代。当有人报案寻找失踪少女，警察上门，他们乖乖交出那名少女，以为事态平息了。但是，政法机关早已掌握了他们非法敛财的证据。为了拿地，他们打压竞争对手，不仅涉黑，染指了几起命案，而且到处诈骗和非法融资。因此，吴立仁一直是法院、检察院的常客。但非常奇怪，他久在河边走，就是不湿鞋。频繁应诉，频繁化险为夷。是什么力量在左右？不得而知。这一次，扫黑除恶斗争席卷运东，吴立仁早已成了惊弓之鸟，惶惶不可终日。那个农家少女告发了他，他连忙带上老婆仓皇出逃，结果在浦东机场被拦截逮捕了。

于是，吴立仁开发的项目所有工地停工。万幸，马大成完成了工程量，并且侥幸结清了工程款，否则将彻底陷进旷日持久的债权债务纠纷，直到被拖垮为止。但伴随着吴立仁在运东的突然消失，一大批寄生或依附于吴立仁的人们瞬间也失去了工作和生活来源，有的血本无归，有的家破人亡，有的梦想破灭。其中，牛艳红就像做梦一般，正为没能早点进入售楼行业后悔不已，做梦都想挣快钱，完成在运东买房扎根的小目标，一夜过去，耳畔仿佛听到咣当一声，她的梦想像摔碎了的玻璃罐子一样一下就破灭了。

当牛艳丽一惊一乍地向蔡玉芹读了这条信息，蔡玉芹捂脸痛哭。尽管结果正如她所愿，但是，她还是悔恨交加，痛不欲生。她心里留下永久的伤痛在撕咬，身体里还留下孽种在肆虐，刚刚扬帆的生命之舟陷入了无尽的泥淖，无边无岸。牛艳丽不住拍打她的后背，陪着抹泪，但根本不知道如何安慰她，只是害怕蔡玉芹轻生。马大成嘱咐牛艳丽，抓紧带上玉芹去医院做人流，铲除孽障。

下午，蔡玉芹顺顺当当跟随牛艳丽去运东第一人民医院做了人流手术。走出手术室，阳光刺眼，满脸苍白，一阵头晕，险些栽倒在地，多亏牛艳丽搀扶。

接下来，蔡玉芹何去何从，全靠马大成安排，她自己又一点主见没有了。

马大成对自己的职业发展逐渐有了明确的规划。这次返回运东，即使吴立仁不倒，他也不准备在运东城市里发展了。他已下定决心要踩代，坚决回归牛铃山，但是他没有把这个计划透露给任何人。一连几天，他都在缜密地思考着回归牛铃山是为了什么、怎么办。他反复自问自答，问，我踩代了吗？答，踩代了。但你看似踩代了，其实没有。不是沿袭着代际传承，你是在完成着对上一代人的逆袭和超越。问，为什么？答，因为城乡的二元结构逐渐打破了，农村已经不是过去的农村，农民也不是过去的农民。连你的爸爸马万里都希望你踩代回家置地，你还有什么值得纠结的？噢，马大成欣慰地自答，那我就放心了！但是，他又问自己，放弃城市今后安逸的生活，我究竟是为了什么？答，当然是为了牛铃山和牛铃山下那片土地，为了那片土地上的乡亲们，还有深深烙在记忆深处的那一缕乡愁。但是在日益凋敝的农村他又能做什么呢？恢复即将消失殆尽的农耕文明？留住日渐衰弱的风俗民情？又或振兴日益衰落的乡村经济？他没有那么大的能耐，也不想做一个空头梦想家。马大成更加务实地想到要用在运东打工创业挣来的钱投资，拉上乡亲们入股，做点对别人有意义的事情。

不过，眼下当务之急是把运东的公司注销，债权债务处理清，可变现的资产变卖光，才能与城市彻底脱钩，真正回归牛铃山，做个在将来可能令人羡慕的地地道道的职业农民。在牛艳丽带着蔡玉芹去医院的时候，马大成到运东市政务服务中心的"便民方舟"办事大厅申请注销公司。

最让马大成为难的还是表妹蔡玉芹该何去何从。在为玉芹惨遭吴立仁糟蹋彻骨痛心的同时，他最怕蔡玉芹破罐子破摔，一蹶不振，失去做人的信心。当他听到门响从书房里走出来，看到手扶门框的表妹一脸愁容，决心帮助她重新树立起做人的尊严和信心。马大成轻松地笑着说，艳丽，我下楼买点好吃的，你照顾好玉芹！

接下来的一连三四天，马大成和牛艳丽一起好吃好喝地照顾蔡玉芹。

玉芹，你对自己的未来有什么规划？

一天，马大成把牛艳丽送到牵牛花美容院去以后，在外奔波了半天回到家里，看到蔡玉芹脸色泛红，身体恢复得很快，拉过椅子坐到蔡玉芹的床头，打算与蔡玉芹长谈一次。

我没有未来，我还听表哥的。背靠床头的蔡玉芹转过脸去回答。

马大成沉默了一阵说，玉芹，人生没有一帆风顺的，摔了跟头，不怕，怕的是丢掉尊严，失去信心。你还年轻，未来的路还很长。你不是没有未来，而是有着光明的未来。只要自力更生走正路，未来一定是光明的。既然你还愿意听表哥的，那我还是建议你去学一门技艺，靠手艺吃饭。咱们是乡下人，浮食吃不得，也没有浮食给咱们乡下人吃。我想你还是回到牵牛花美容院跟着牛艳红学美容，怎么样？牛艳红现在也回去重新搞美容了，只要学得精，坚持下去，挣钱没问题。

蔡玉芹哽咽着答应马大成，然后问，艳红姐愿意收我吗？

她会收你的，马大成松了一口气，如果你感觉身体好了，那我带你去牵牛花美容院怎么样？

蔡玉芹仗着年轻，身体并无大碍，梳洗得头脸干净，跟着马大成下楼。马大成边走边给牛艳丽打手机说，你姐在美容院里吗？我把玉芹带去跟她继续学美容。

你带玉芹来吧，我姐正好让我找你。

马大成一时奇怪，自己明明是要找牛艳红有事，怎么偏偏通过牛艳丽传话呢？更让他奇怪的是，自从他和牛艳丽恋爱，牛艳红就跟自己联系很少了，有什么事情都要经过妹妹传话。孟石头逼他还钱，未必不是牛艳红的意思。自从吴立仁闯进牵牛花美容院，牛艳红就像捞到一根救命稻草，是不是死死缠上吴立仁，马大成还不知道。但不声不响甚至瞒着妹妹牛艳丽突然宣布去吴立仁的售楼部工作，起码说明牛艳红开口求过吴立仁。难怪渐渐疏远了他。原先美好的同学记忆如今渐渐模糊远去了，留在彼此心中的伤痕却越积越深。仿佛森林中的两棵树，幼苗时期的彼此守望和各自成长是那么美好，一旦成材便在急风暴雨中彼此拍打得遍体鳞伤。也许这就是成长的代价，也许这就是人生。为了彼此的生存和目标，珍藏起美好的情感和记忆，戴上面具，披上战袍，随时准备战斗。没有永远的友谊，只有永远的利益。这句经典名言似乎一直在提醒每一个人为自身利益而战。伤害自己的永远是身边的人甚至骨肉亲人。但无论怎么样，马大成都想呵护好身边人与人之间的那份真诚，彼此守望相助。

马大成带上表妹蔡玉芹赶到牵牛花美容院。孟石头听说马大成要来，拉上梅子去对面的超市里闲逛去了。他已经很久不想与马大成正面交锋，甚至在内心看不起马大成，以为他尽管比自己有钱，但未必有自己幸福。夏虫不可语冰的满足让孟石头活得非常滋润，与妻子牛艳红不再争吵，倒也省了牛艳红的心。牛艳丽挂了手机就跑到路边等着，马大成一下车就黏上去。

牛艳红则在吧台里坐着，目光瞥到马大成进来才站了起来。艳丽，我有话单独跟大成说，你带玉芹出去吧！

什么事瞒着我？

不是瞒你，是与你无关。

反正你们说什么，他都会一五一十学给我听的，好的，你们谈吧！牛艳丽摇着马大成的胳膊说，不许瞒我！

马大成说，那要看你姐谈什么事情，只要为你我好，该瞒你还得瞒你。

你敢！我今天就要听听两个初恋情人的悄悄话。牛艳丽嘴上发狠，眼里却含着眼花笑着，伸手把一直愣站在门口的蔡玉芹拽进屋，挑开布帘，推到美容床上，来，我教你美容。

马大成急着问牛艳红，什么事？

牛艳红脸上发烫，对口无遮拦的妹妹实在没办法，只好当着大家的面把心事说出来了，听艳丽说你打算回老家牛铃山去，你想过没有，一旦放弃在运东的产业，再想回来可就难了。艳丽能跟你回去吗？

我愿意。我生是他的人，死是他的鬼，他到哪儿，我就到哪儿，我不后悔。牛艳丽在里面接话抢着回答，害怕外面发生了什么，又挑起布帘瞥了一眼姐姐和马大成。

马大成笑问，牛艳红，你别拿别人说事，你告诉我，你想说什么吧？

我想说，你看我一家现在挤在美容院的顶棚上，老家也回不去了，眼看着快开学了，梅子上幼儿园的事本来指望吴立仁的，现在吴立仁成了罪人，我打算把娘家的拆迁款都挪来在运东买房，但还是不够买一套像样的楼房。我想要回我借你的钱。

马大成想了想说，你不要，我也正要还你。我的工程款全部结清了，账上有钱。自从石头逼我还钱，我也就一直替你想着这事。在运东有了自己的房子，户口就可以迁来，凭着房产证户口本就可以给梅子上幼儿园，今后还可以上小学中学。但是，我替你算过了，别说牛角庄的房子还没拆，就是拆了，拿到的拆迁款到乡里将就买一小套楼房，到汴水县城都买不起，到运东就大概只够买一个客厅。即使我把借你的钱全部还你，你在运东还是全款买不起房。你没有正式工作，凭什么办贷款？买房只能全款。你想过没有？

我想过，这要憋死我啊！牛艳红长叹一声。

马大成爽快地说，憋不死。你是艳丽姐姐，咱们又是同学，咱们之间没有矛盾，也不应当有矛盾。抱团取暖，互相成全，不然还算什么亲戚同学？我早就为你想到一个办法，我把我那套房子过户卖给你，你就什么问题都解决了。

牛艳红瞪大眼睛同时张大嘴巴，她从来没有想过以这种方式实现自己的小目标，简直是天上掉馅饼的好主意。但是，短暂惊讶过后又立即冷静下来说，那怎么可以？你把房子过户给我，你将来进城住哪儿？

在运东打拼了十来年，我早已身心疲惫了。倦鸟思归。我回归牛铃山，你担心我会后悔再也回不来了。我干吗还要回来？城市跟我们有什么关系？

那是你和艳丽的新房，艳丽不会同意的。

马大成转脸对着里面的牛艳丽说，人不能太自私，帮助别人，就是帮助自己。艳丽一直支持我，她会同意的。

我同意。我们的新房在他老家的石楼二楼上。牛艳丽对恋人百依百顺，扯出一张面膜贴在蔡玉芹脸上，挑开布帘，靠着产品展柜听话。

牛艳红不知如何是好，没想到愁肠百结大半年的事情让马大成一句话解决了，但如此大的恩德，想想孟石头对马大成的计较，想想自己险些掉进吴立仁的陷阱，不禁有点愧疚。她说，对不起，大成，过去的事情请你别记在心上，大人不计小人过，宰相肚里能撑船。

马大成说，忘不掉，只是不愿提起，更不想恨谁。人来世上，谁都不容易。做人嘛，别太自私，问心无愧就行，对人有用就行。我还替你想过，我把房子过户卖给你，我又变成你的债主了，我会不会像石头一样逼着你还钱？我想不会。但你必须始终记着，你不仅欠着我的人情，更欠着我的钱。咱们签个协议，房子过户到你名下，你欠着我的房款，分期还款，多就多还，少就少还，没有也可以暂时不还，反正，人不死，债不烂。你不还，我不到万不得已也不会逼你还钱。做人全靠自觉。你记着就行。

牛艳红说，大成，你真是菩萨心肠，处处替人着想。

马大成说，谁让你是我同学，又是未来的大姨子。这辈子你想撇清关系都难了吧。

上次回家，我从箱底翻看了毕业纪念册，你送的牵牛花一撞就碎掉了。牛艳红有点忘情，幽幽地说。

马大成眼泪涔涔说，心里有一朵牵牛花开着，美好就会永远相伴。沉默了一会儿才回过神来又问，下面你有什么打算，还想去售楼吗？

我想明白了，我还是做我的美容，再也不三心二意的了。牛艳红说得有点惭愧。

对！走得远了，回头看看，还是当初的选择正确。任何时候，人都要脚踏实地走正路。现在你不用为房子发愁了，慢慢积累客户，恢复女子美容业务，相信牵牛花美容院很快又会兴旺起来的。马大成笑笑说，我成全你，请你也成全我。艳丽马上跟我回牛铃山下了，你缺了一个帮手，请你收玉芹为徒吧！玉芹是个苦孩子，交给你，我就放心了！

嗯，你放心，我一定带好玉芹。你们什么时候离开运东？要不今天我和石头给你们饯行吧？

马大成说，饯行不急，等我把房子办完过户手续给你，咱们好好聚一聚。你留城市我回乡，多好啊！咱们城里有人，乡下有人。但工程队解散了，牛铃山群名存实亡。东边不亮西边亮。等我们回到老家，再建一个真正的牛铃山大群，把牛铃山的乡亲都拉进群。到时候我还让艳丽把你们都拉进群里，到哪儿你都是牛铃山村的人。

正说着，孟石头搀着梅子回来了，看见马大成的车子还在门前路边停着，转身又往一边晃荡。牛艳红突然跑出门大声喊，石头，回来！把身份证给我。

孟石头走到老婆面前梗着脖子说，给你那我就是没身份的人啦！

马大成一听大笑着走出来，石头，没想到你还幽默了一回，把梅子交给她小姨，咱们上车，去房产交易中心。

好啊！牛艳红一怔，没想到幸福来得这么突然，下意识地摸了摸头，低着看了看自己的着装，发现可以外出。

孟石头一时摸不着头脑，盯着老婆看，怀疑，困惑，但不说话。

牛艳红从他手里解开女儿，送进门里说，艳丽，帮我照看梅子。转身推着孟石头上了马大成的轿车。坐上车才告诉孟石头，马总要回老家创业，把他运东的房子过户卖给咱们啦！开心吧？要你身份证，是我打算在房产证上写咱俩的名字，怎么样？

第一次坐上马大成轿车的孟石头居然冷静问了句，噢，是这么回事。我们帮了马总，那房价打折吗？那过户费还要我们出吗？

牛艳红打了他一拳头，你怎么说话的，是马总帮了我们，不是我们帮了马总。

别一口一声马总，咱们是老同学，听了怎么这么生分！马大成插话。

孟石头笑了笑，噢，房价要是打了折，那我们出过户费也行。老同学葫芦里又卖的什么药，在运东做得风生水起的，别人都往城里钻，你怎么卖房回老家？

因为老家需要我。马大成手握方向盘，目视前方，目光坚定。

孟石头又想投机说，我发现老家有句话没错，狼走千里吃肉，猪走千里食糠。你到哪儿都能挣到钱，我为什么就不行？难道你是狼，我是猪吗？我能跟你回老家吗？

牛艳红笑岔了气，拍打着丈夫说，对，你就是一头蠢猪！

我想你们会有那一天的。尽管我的胞衣没有埋在牛铃山下，但我的根还在那里。我回去种地，看上去踩代了，但其实是一种超越，因为时代完全不同了。等着瞧吧，农民将来会是令人羡慕的职业！马大成的话立即让孟石头和牛艳红安静下来，不说话了。

50

就要离开打拼了十多年的运东了，马大成给老师王道远打了一个电话，王老师，我今天就要返回牛铃山下的老家了，今后不打算出来打工了，就在牛铃山下做个职业农民。你很忙，我就不当面向你告辞了，感谢你这么多年对我的关心和帮助。

王道远在手机里说，好啊，是该结束在城乡之间流转的生活了，不然什么时候是个尽头。我支持你。吴立仁倒了，你虽然没有遭受多大的损失，但也肯定感到身心俱疲。运东不属于你，你属于牛铃山。农村天地广阔，完全可以大有作为。把牛铃山建设成金山银山，不久的将来它会成为人们向往的地方。在城市待久了容易迷失自己，只有亲近土地才能找到自我。说不定不久我们师生还能在牛铃山下见面。

马大成感谢老师的鼓励，没有多想，带上牛艳丽开车上路。在高速公路上，牛艳丽感慨说，这次回家，不知什么时候能再来运东。马大成说，没事不会再来运东了。王老师说得对，我们算是二代农民工，从记事起就知道父母打工的城市，父母就在城市和老家农村之间流转奔波。等到我们长大成人，又踩代重走了父母的老路。与父母不同的是，他们在乡下相亲成家，到城市打工挣钱。我们在城市里恋爱，回乡下老家结婚，然后再回城市里打工讨生活。但我们的后代将和父母的后代我们一样成了留守儿童。有人挣了钱，回家建房，就像你爸我爸；有人挣不到钱，还迷失了自我，就像孟石头和玉芹；有人还把命给送了，就像我姑父和孟石头爸爸。到头来将会怎么样呢？还得像我们的父母一样回到老家等着慢慢老去，直到化为骨灰。与其少小离家老大回，两手空空，不如趁着年轻就回老家创下自己的家业。艳丽，不是我给你姐一家泼冷水，他们虽然有了房子，但没有归属感。他们虽然能够维持日常生活，但没有安全感。他们虽然不再种地，但没有幸福感。我有预感，你姐一家迟早还得像我们一样回到牛铃山下。与其迟回，不如早回。我回去就参与土地流转，做新型农场主。有地，心里踏实。那时你就是新型农场主夫人啦！

两人一路有说有笑返回牛铃山。从清平湖大堤上驶过，已经被砍光了树的大堤就是一个分水岭，一面是烟波浩渺的清平湖，一面是稻浪滚滚的湖滩平原。清平湖上风平浪静，水天一色。湖滩平原上机声隆隆，一派秋收繁忙景象。牛铃山像滚滚稻浪中的一座黛色岛屿，山上的石屋小庙，还有山脚下马蹄庄错落有致的农家石屋石楼，加上秋叶即将落尽、尚未拆迁的部分村庄在稻浪间点缀，构成一幅意境开阔的田园山水画。

马大成摁开车窗，深深吸了一口家乡弥漫着稻香的清新空气，情不自禁哼了起来，谁不说俺家乡好，咿呀哟哎！

牛艳丽干脆冲着窗外大喊，牛铃山，我们回来啦！

停！在离马蹄庄还有不到一里路的地方，马大成突然发现车前路中间有几个人，大声叫停了牛艳丽的大吼大叫。那几个人有站着的，有躺着的，还有蹲着的，但都一色裹着一身黄大衣，头戴棉帽，手拿棍棒，跟秋天的天气一点都不搭。听到有车开来，纷纷站起来，挤成一团，对着来车怒目而视。马大成缓缓停下车，趴在方向盘上端详了一会儿。他已经认出了那些人，全是老家马蹄庄的，领头的是马大强。

牛艳丽吓得紧紧抓住马大成的衣襟说，他们想干什么？！

马大成反掌拍了拍她的手安慰道，不怕，他们肯定是熬夜看守庄稼的。然后开车慢慢靠近人群，只见个个眼睛赤红，满脸愤怒。

马大强上前弯腰，一手打着眼罩对着玻璃瞅了瞅。与马大成在车里瞅他的目光一碰，他一下扔掉手里的棍子，摘掉头上帽子，露出笑脸说，是大成哥！

于是，人群纷纷围拢上来。马大成推开车门下车，顺手从手包里掏出一包烟来给他们散烟，我以为遇上拦路打劫的劫匪了哩。

有人接过香烟，但眼睛却滴溜溜地盯着车里的牛艳丽看。

马大成说，看什么看，她是你嫂子，长得还凑合吧！

有人认出牛艳丽来了，说，她不是牛角庄的牛得草二闺女吗，怎么长得水葱似的，运东的水土养人吗？

马大成没有回答那人的奉承，向车内招手说，艳丽，下车让大家看看。

牛艳丽这才推门下车，羞红了脸，让马蹄庄这帮壮年人垂涎欲滴。

马大成手指着各位问，你们一个个跟土匪似的，这是在干什么？

马大强把马大成拉到一边说，是这么回事，我带几个兄弟在这里设岗查哨，还有几个躺在曾家胜装稻车上睡觉，就是防止曾家胜把咱们马蹄庄地里的稻子卖掉，然后卷钱逃跑。

马大成竖眼问，不是有合同管着吗？

合同管屁用！马大强一拍屁股说，从土地流转给他到现在，咱庄人不仅没拿到他一分钱流转费，而且给他累死累活地干活也没捞到他一分工钱。他还大话说得漂亮，吴老板几十亿家底子还差你们这几个小钱？！现在，听说吴老板携款外逃被抓起来了，他还指望拿什么给咱们？不是没有先例，清平湖那边乡镇的土地流转搞得比咱们早，有的村民忙了一季，麦子让新型农场主卖了，没拿到一分钱，农场主却跑了。我带人在这里守了两天两夜了，看曾家胜能把咱们地里的稻子卖哪儿去！不给每家每户结清土地流转费和工钱，就别想把稻子从地里拉走！

马大成给他竖起大拇指，你当村干部这么多年没做过一件人事，就这件事做得像个人样子。我给你点赞！

嘿嘿，在你眼里，我马大强是无能之辈，我认。但农村工作只能这么混，大家都是这么混的。马大强说。

混？浑水摸鱼？你就知道混？哪天才能堂堂正正做人？马大成又批评自家弟弟。

马大强不恼，只笑。但说话也软中带刺：你不也是在外混的吗？你混得那么风光，怎么还三天两头往回跑啊？！

马大成说，我回来就是要阻止你把牛铃山卖给吴立仁开采的。牛铃山下的良田你逼着村民流转给曾家胜了，还有什么你不敢卖的？

马大强又像不倒翁似的一脚点地，原地转了一圈，然后换成一张苦脸面对着马大成，双手一摊说，那都是柳集乡上一个党委书记做的，支书蔡风卖的。跟我没关系。我在村里跳不出蔡风手心。让大伯和你这么一闹，县委把上一个党委书记调走了，听说马上市里要下派一个党委书记来。吴立仁又被抓了，这牛铃山和山下的土地是个什么结局，哪个也说不清。

姑父丧事上我就看出来了，你跟在蔡风腚后跑，自己一点主见没有。大是大非面前，你还是一棵墙头草。

人随潮流，草随风，我就是一棵墙头草，风往哪儿吹，我就往哪儿倒。傻子顶风拉硬屎，只能臭自己。马大强脱掉黄大衣说。

马大成说，你不傻，但没骨气，当干部都像这样没原则，老百姓可就遭殃喽！好了，我先回家去了，晚上有空咱们兄弟喝酒聊聊，我有事问你。

马大成上车一脚油门开到了自家石楼的大门口，轻轻摁了一声喇叭，但没像往日回家那样看到奔跑出来的爸妈。下车搀着牛艳丽走进院子，爸，妈，我们回来了！仍没看到爸妈露面，锅屋里有一阵响动，一阵热气冲出门来，飘过一阵饭香。马大成站在锅屋门口看着正在做饭的爸妈问，你们还没吃早饭？

妈妈赶快擦了擦手，笑着出来捞起牛艳丽的手拍着，眉开眼笑说，艳丽回来了！好，好，好啊！

牛艳丽抿嘴直笑，不知该说什么好，依然箍着马大成的胳膊，生怕丢了自己。昨晚还请教过马大成，见到你爸你妈我该喊什么？马大成告诉她，叫爸叫妈呀！我还不是你媳妇怎么叫爸叫妈呢？马大成挑眼问她，你见我回老家种地，还想另攀高枝啊？当时牛艳丽急哭了说，谁想另攀高枝的，既然你让我叫爸叫妈，那我就叫爸叫妈呗！但是，真的再一次见到马大成的爸妈了，她又叫不出口了。马大成小声催促她，快叫妈！

妈！牛艳丽突然扑上去，张开双臂熊抱了未来的婆婆，而且一抱就抱得紧紧的，久久没有松开。

哎——，妈妈浑身一下就酥掉了一地，憋着呼吸。老太婆哪天让人如此结实地拥抱过哟，一时有点头晕目眩。急忙喊叫道，哎哟，老头子，我们又多了一个闺女！快来听闺女叫你一声爸。

爸，牛艳丽又大叫了一声，兴致正高，目光寻找着马万里，张开的双臂还没放下，似乎还要给未来的老公公一个拥抱。

马万里在锅屋里不仅不出门，而且连一声都不吭，就差找个地缝遁到地下去了。因此，牛艳丽想拥抱他，必须走进锅屋。但就在牛艳丽向锅屋门口挪步时，突然听到锅屋里传出一大声咳嗽，哼——。哪像是咳嗽，分明是恐吓。牛艳丽急忙退了回来。

马大成想起车上带回来的书和衣物，就与牛艳丽一起把东西搬进了楼内，来回跑了几趟。只留两箱酒放在车上。那两箱好酒是留着带给准岳父牛得草的。

妈妈看着两个年轻人跑来跑去的，眼睛里全是带泪的笑。趁着儿子和准儿媳妇忙着搬东西，她钻进自己卧室，从床头箱子里摸出一包东西揣在口袋里。趁着牛艳丽放慢脚步，一把拉住，从口袋里掏出那包东西往牛艳丽手里塞，艳丽啊，这是"三金"（金项链、金耳环、金手镯），早就备在家里的，你拿着。说完就钻进锅屋。

牛艳丽接下"三金"，直直看着马大成问，怎么还给我买"三金"啊！

给你就拿着，现在农村女孩子找对象，城里有房，还要"三金"。爸妈什么都要按老家风俗走。

马大成发现爸妈一直在锅屋里烧饭没出来，还听到叮叮当当的锅响，就再一次走到锅屋门口说，爸，妈，我们早吃过了。今后你们早饭也不要吃这么晚。年龄越大，生活越要有规律。

我们也早吃过了，这是给你姑妈做的饭。妈妈在锅屋里送出回答。

马大成吃了一惊，高兴地问，啊，姑妈回咱家来了？怎么没跟你们一块吃早饭？

妈妈叹一口气说，哪里回咱家来了！你姑父过了头七，她就一人悄悄钻进山顶小庙里，不吃不喝地拜菩萨，找了一两天才找到她。这几天，不是你爸天天给她送饭，她能饿死在小庙里了。

马大成一听，黯然神伤，悄然落泪，沉默不语。想想姑妈半生遭遇，心里五味杂陈，唯有沉默。牛艳丽紧紧抱住他的胳膊，陪着他伤心。马大成半晌才转脸问马万里，爸，姑妈削发为尼了吗？

没哩，只是没了凡心，马万里也叹了一口气。妈妈把做好的饭菜装进马大成在县中念书时的饭盒里，外面裹了一层他的旧棉衣，送给马大成说，你去看看你姑妈吧！

还是我去吧，她还能跟我说几句话，她不会理大成的。马万里抢过饭盒，放在挎篮里，提着走出家门。

马大成撵出门，拐过石楼墙角，对着佝偻着腰杆往牛铃山上爬的马万里喊，爸，告诉姑妈，我有空再去看她。

她不想见任何人！

马大成又是一阵恍惚。如果不是牛艳丽黏着，他说不定就跟着爸爸上山去了。

正在锅屋里刷锅的妈妈说了句，大成，快带艳丽去楼上看看你们新房去。

牛艳丽逮住妈妈的话，摇着马大成的胳膊说，走，带我上楼看看咱们的新房。

马大成这才回过神来，抖擞一下精神，带着恋人从楼外的楼梯拾级而上。

牛艳丽第一次走进未来的家，什么都感到新鲜。石头砌的墙，怎么能盖成楼？问得马大成都难以回答。

马大成想起高考结束回家遇上家里盖楼上梁时的情景，想起姑父蔡传喜炫耀自己瓦匠手艺的精湛，历历在目。但如今楼在人逝，恍如隔世，顿觉岁月无情，人生无常。唯有活在当下，珍惜当下，让人生出彩，才是成功人生。他推开二楼后窗。一阵清凉的山风扑进来，浑身一爽。牛铃山披着阳光。山路上已经看不见爸爸了。山顶的石屋小庙露出半个厦檐。姑妈虔心向佛，想削发为尼，不食人间烟火，应当解脱了！马大成不敢眺望山顶的小庙，急忙又关上窗户，对牛艳丽说，这边风大，小心着凉。于是，带着牛艳丽并排站在二楼的阳台上向南眺望。

眼前是一片金黄的稻田，稻田间有几排灰黑的瓦房像几艘破船触礁搁浅在那里。那是马大成和牛艳红念过书的牛铃山戴帽小学。但现在再也看不到稻田间田埂上奔跑着上学的孩子们了。远处的清平湖大堤逶迤在天地之间，巨龙一般游向远方。原先大堤上茫茫苍苍的树木消失了，大堤仿佛一下矮了许多，更瘦了许多。回望马蹄庄，一座座石楼和石屋依山矗立，高低错落有致，别有一番味道。只是墙上的一个个"拆"字扎眼，坏了风景。马大成心目中的石头部落岂能被毁于一旦？

牛艳丽手指着不远处的牛角庄，蹦跳着说，我看到我家啦！

马大成说，怎么样，背靠牛铃山，面朝清平湖，比运东的楼房好不好？

好！我想我爸妈啦。

你给爸妈打个电话，吃完午饭就去看他们。

上午，在牛铃山顶小庙里劝慰妹妹马万芳半天，马万里没能劝动妹妹下山，说大成带着媳妇回来看你了，马万芳不动声色，面无表情。说玉芹听大成的话安心跟人学手艺，将来能嫁个好人家。马万芳依然无动于衷，冷若冰霜。马万里枯坐了一会儿，留下饭食说了句，既然不肯下山，六亲不认，那就哪天我让大成给你在小庙边上搭个小屋吧！马万芳双手合十给哥哥道了万福。到了中午，马万里下了山，到家正赶上吃午饭，马万里心里憋闷，又遇上准儿媳第一次上门，真想喝两杯。马大成开了一瓶从运东带回来的洋河天之蓝，但并不陪爸爸喝酒。说，我吃完饭去牛角庄。

马万里说，该去，礼品准备好了吗？

牛艳丽说，不要礼品。

马万里没与准儿媳搭话，还是一直对儿子说话，大成，她不要，不代表她爸妈不要。得草生了两个闺女，大闺女嫁给姓孟的了，他送多少礼，咱姓马的只能比他的礼多、比他的礼重，不能比他少、不能比他轻。在运东结婚，你们怎么做，我管不了。既然回来结婚，过帖，下礼，合日子，一步不能少。少了我这老脸没地方搁。

马大成听着，不往心里去，只说准备了些礼品，但不想攀比，也不想完全按照清平湖畔乡村的婚俗结婚。

马万里还能说什么呢？越来越感觉到自己的话逐渐没人听了，自己的权威逐渐丧失了。自己真的老了吗？从儿子料理蔡传喜的丧事以后，他就越来越感觉到家主位置岌岌可危。今天，儿子处理了运东的房子，注销了运东的公司，事先连跟他知会一声都没有。马万里心里正窝着一团无名火，但也只好喝了几杯闷酒。

不料，正在吃午饭的时候，外面一阵杂沓的脚步声传来。啪，马万里把筷子往桌上一拍，起身走出去。不知为什么，马蹄庄突然一下闹腾起来，乱哄哄的。村民们纷纷跑出家门，拿着扁担塑料袋子，跑向湖滩上的水稻地里。

原来，租来的联合收割机手没拿到租金，罢工不干了。投靠曾家胜当马仔的马猴子到处找不到曾家胜，打手机，关机。他一时私心作怪，扛起一袋稻子就往家里走。马大强拦住马猴子，你大白天抢大家的稻子，放下！马猴子梗着脖子说，我也是马蹄庄人，家里的土地让你给流转了，一分钱流转费没拿到，跟在曾家胜屁股后面忙乎了几个月，一分钱工钱没拿到，你想把我全家饿死啊！没想到，跟着马大强阻拦曾家胜偷走水稻的几个兄弟突然掉转枪口，一致赞成马猴子的做法，纷纷扔下手里的棍棒，跑向联合收割机扒稻子。马大强一看势头不妙，立即给爸爸马万年打手机，爸，快带上妈妈和我媳妇去收咱家地里的水稻，慢一慢就让人抢完了！马万年问清怎么回事，他一边向自家地里跑去，一边气喘吁吁说，妈的，是流转呀还是流失呀！大步流星走过马大成家门口时，马万年拍了拍马大成的轿车，脚不停步，丢下一句话，大哥，抢稻子去，快走快走！

抢？白日抢？你们是强盗吗？马万里看着从眼前跑向水稻田去的

一个个乡亲，简直不敢相信自己的眼睛。马大成三婶跑过来，刹车一般停下脚步，冲着随后出门的马大成妈妈拍响巴掌喊，大嫂子，快去自家地里抢收稻子，迟一迟没你家的份喽！

妈的，我就估计会有这一天，马万里终于弄明白了，原来是土地流转开局不利，曾家胜的靠山吴立仁垮了，自己无力支付土地流转费和农民工钱，脚下抹油，溜了。他骂骂咧咧，毫无准备，急得在院子里团团转。家里镰刀是有的，但自从土地流转给了曾家胜，就刀枪入库，马放南山，不知扔到哪里去了。找到两把锈迹斑斑的镰刀，把一把镰刀扔在儿子马大成脚边，说，快，丢下饭碗去抢稻子！

马大成早看出眼前的乱局是一场闹剧，阻止马万里说，爸，什么时代了，还兴抢稻子！三叔不动脑子！咱们不凑热闹，你和我妈都不许动，都老老实实在家里待着。该是咱们的，一粒少不了。不该是咱们的，一粒也不去抢，抢到手也会被没收。天下不会这么乱套的。

马万里心里又憋着一股气，但一想起儿子在蔡传喜丧事上的深明大义和周全安排，又一次听从了儿子，拾起地上的镰刀扔到楼梯下面。

马大成转身回到楼内，不动声色吃完午饭。叮嘱牛艳丽帮助妈妈收拾收拾，独自走出家门。他突然感到一阵寂寞。即将开始的乡下生活也许就是这样单调寂寞，但在经历了十多年城市打拼生活的身心疲惫后，这种单调寂寞在马大成心目中却是难得的清闲舒适。

头上是湛湛蓝天，蓝天上挂着一轮可以直视却不太耀眼的太阳。正是秋高气爽的时节，到处弥漫着泥土的芬芳。眼前牛铃山下金黄色的水稻田里停泊着几台联合收割机，到处出没着一个个人影，像大海的落水者在奋力泅渡。似乎到处响着唰唰的割稻声音。不远处牛铃山戴帽小学那几排破旧瓦房随着稻浪似乎在摇晃，正如触礁搁浅的几艘破船。他对眼前的这一幅景象并不陌生，每年夏秋收获季节都会重复出现在牛铃山脚下的湖滩平原上，根本不值得大惊小怪。

然而，今天马大成眼前这一幅秋收图景却有点怪异。因为土地的经营主体发生改变，而土地的真正主人在自己的土地上收获着本应属于他们自己却被人巧取豪夺去的果实。马大成相信眼前看似正常的景象隐藏着滑稽可笑的荒诞逻辑，看似理直气壮出现在水稻田里的乡亲们其实违背了起码的契约精神。明明土地像一张白纸，自从分田到户就把这张白纸裁剪成满地碎屑，而土地流转后又将满地碎屑拼接起来，一家一户耕种的分界线已经被抹平，连成了大型农机可以纵横驰骋的大田。但是，今天他们偏要在已经抹平了分界线的大田上收获由别人栽种却又理应属于自家的那一份稻子，谈何容易。秩序一旦建立很不容易轻易打破。任何破坏秩序的行为都将承担不堪设想的后果。

看着眼前的景象，马大成心急如焚。他很想大声告诉乡亲们，你们不能这样做！但由于他只是马蹄庄一个刚刚返乡的普通青年农民，而且是一个无地的农民，根本无权干涉乡亲们的行为。他只轻轻自言自语了一句，大强就会胡闹！

51

按照回家的行程安排，马大成打算下午带上牛艳丽去牛角庄。尽管距离不远，也曾在牛艳红的婚礼上去过牛角庄，甚至可以说牛角庄是马大成的伤心之地，但是，今天去牛角庄却非同寻常。这一次应当是马大成第一次以牛得草未来女婿的身份出现的。因此，不仅马大成早有准备，在车子的后备厢里放了两箱双沟生态苏酒，而且马万里夫妇为儿子去牛角庄也早就有所准备。

早在几个月前，马万里与牛得草听说两家儿女谈情说爱时就已经化干戈为玉帛，以年龄大小互称兄弟了。他们共同盼望着儿女们尽快结婚成家，绵延香火。找到马万里做亲家，牛得草心有顾虑，但一想起马大成那么优秀，就心里踏实了。马万里夫妇却不愿意捡了便宜似的，依然按照清平湖畔农村定亲风俗为迎娶儿媳妇做好了准备。"三金"的见面礼早备下了。在上一个集日就备下了双刀火腿、鲤鱼、糕点、公鸡的"四色礼"。其中公鸡是自家养的。今天早上一大意，拔了鸡圈的砖头门，等一窝公鸡母鸡飞出家院才想起来儿子回家少了一道礼。不要紧，抓上一把米撒出去，咯咯咯，又把公鸡母鸡都唤到面前。趁着它们埋头啄米时一把拎起一只红袍大公鸡，吓得其他公鸡母鸡惊叫着四下逃散。过了一会儿，又经不住米粒诱惑，再一次慢慢聚拢到马万里面前。马万里趁其不备，又上前一脚踩住了另一只早已看中的紫袍大公鸡的爪子，弯腰拎起，缚住双腿，掷到红袍大公鸡一处。"四色礼"全有了。加上两箱好酒，马万里相信马家出手肯定比多年前的孟石头娘出手大方。放心目送儿子和未来的儿媳妇上车远去，马万里夫妇又盘算着儿子婚礼。

此时，牛得草也早已在家里准备迎接未来的二女婿了。他一直掌握着两个闺女的行踪，一天少说也要给她们打上两三次电话，其中必有一次会视频聊天，听听可爱的外孙女梅子叫他外公，心里喝了蜜水一般。两个闺女就像他的小棉袄一样贴心暖胃。一个知冷知热，掏心掏肺地劝他少喝酒，喝酒伤身。一个大大咧咧，没心没肺地惹他哭不得，笑不得，喜得泪水盈眶。几天前，马大成把自己的房子过户卖给了大闺女一家，他听了真的动容了。一方面真为大闺女实现自己在城里安家的小目标高兴，亲自把寄居在他家的孟石头妈妈送上车去了运东，算是悬着的一头落了地。另一方面又真的为马大成的胸怀感动，如此为人着想，解人之困，成人之美，将来对二闺女一定不差。跟着两个闺女的人生起伏和喜怒哀乐，牛得草又开始操心起跟着马大成回到马蹄庄的二闺女了，他根本弄不明白现在的年轻人是怎么想的。虽然为二闺女未婚就与马大成同居时常感到有伤风化，但更为两位年轻人瓜熟蒂落结婚成家的牢固关系感到高兴。马大成从运东还没动身回来，牛得草就得到了消息，骑车去柳集街上买了鱼肉，打算跟马大成好好端两杯。马大成今天下午刚从马蹄庄出发，牛得草就同步与二闺女视频，手机摁了免提，大声说着话，站在自家大门口，眼睛却在东张西望，渴望庄上有人听到他在与二闺女说些什么。

只有几分钟的车程，牛得草居然如此隆重，因为牛马两家的全新关系开篇了。

马大成把车子稳稳开到了牛得草夫妻俩面前，牛艳丽下车分别拥抱了爸妈，拥抱得那么自然，没有一点违和感。一点也不像拥抱马大成妈妈时带给人家的紧张和惊吓，更没有马万里那样拒绝拥抱的恐吓和羞愧。牛艳丽和爸妈一起等马大成停好车下车，把马大成介绍给了爸妈。

马大成叫了一声，叔叔阿姨好！

牛艳丽立即不高兴了，虎脸逼着马大成说，快改叫爸妈，我都叫你爸你妈是爸妈了，你怎么还叫我爸妈叔叔阿姨呢？

牛得草同样虎脸对她说，哎，大成叫得对，结过婚再叫爸妈才对。

牛艳丽还是不依不饶，伸手拧了一下马大成耳朵说，咱们早就生米煮成熟饭了，结婚只是一张纸的事，你快叫爸妈。

马大成正在打开后备厢搬酒，笑着大声喊了一句爸妈。

哎——，平平常常的一声爸妈，怎么听了一下甜到了牛得草夫妇心底去了呢？正像马万里夫妇听到牛艳丽叫自己爸妈一样，牛得草夫妇也高兴得有点头脑发晕，眼泪都快出来了。他们终于又听到有一个男子喊自己爸妈，心底泛起的酸水比马万里听到有一个女子喊自己爸妈更多。想起自己这辈子只生了两个丫头片子，没少被人诅咒断子绝孙。最让他们难过的是牛家叔伯兄弟邻居因为屋檐滴水溅到了他家宅基吵架磨牙，居然叫板牛得草，几十年后你的宅基地都是我的，你信不？这不明显嘲笑自己没有儿子继承宅基的吗？如今听到一个男子叫他们爸妈，怎么能不甜到心里去呢？难道大女婿孟石头没喊过他们爸妈？哼，想起这事牛得草就鼻子发酸。要不是大闺女艳红自作主张，牛得草什么时候看中孟石头过？孟石头天天喊爸妈他们都不稀罕，因为孟石头是个废物，只会小肚鸡肠地打着自己的小九九，不能替大闺女遮风挡雨，有什么用？马大成是个成功人士，嘴巴一点都不金贵，今后一个女婿半个儿，养老送终，一点问题没有。牛得草用编排的方式表达对未来女婿的喜欢。艳丽这孩子，少心没肺的，大成你别往心里去。

马大成说了句让牛得草夫妇更暖心的话，我就是喜欢艳丽少心没肺的。

坐下喝茶，并没有多少共同语言。马大成问牛得草，牛角庄的土地流转给大强种得怎么样？

哪有那事？大强一人吃不下上千亩地，加上庄子没拆，村民们不愿流转，今年还一家一户种着哩！要不是你们今天回来，我打算租两台收割机把几亩稻子收了，现在好了，稻子一脱粒，地头就有人买去了，这季稻子刨去成本，估计够给艳丽陪一套嫁妆的。

马大成说，卖稻子的钱你们留着买吃买穿的，我们用不着你们花钱。

不行，陪我姐姐多少，也得陪我多少，不然，爸妈偏心！牛艳丽抢白了马大成，引得大家大笑起来。

你们打算什么时候结婚？牛得草急切地问。

马大成沉着回答，明年春暖花开的日子，给艳丽办一个终生难忘的婚礼。正说着，口袋里的手机响了，一看显示，脱口说了一声，啊，王道远老师，急忙摁了免提。

大成，你在哪里？

我在牛角庄。

听说马蹄庄村民抢收水稻，我现在正赶往那里，请你赶快配合村里做好村民工作，跟我会合。

马大成一时有点发蒙，但突然想起王道远前不久说挂职培训的事，迅速明白过来，喜出望外问，你下派做柳集乡党委书记了吗？

对，上任第一天就遇上这事，你是地头蛇，你得帮我灭火啊！

挂了手机，马大成对牛得草夫妇说声对不起，安抚一下牛艳丽，出门开车，掉转车头，开回马蹄庄。在一片水稻田头停下车，看到马大强正和三叔三婶在原先自家地段收割稻子，大声喊，大强，大强，还不快叫大家住手，你还敢带头抢收稻子？

马大强直起腰，打起眼罩看了他一眼说，曾家胜跑了，我收我自家地里的稻子，碍谁什么事啦？！

乡里王书记马上到了，看你怎么交代！

马大强一听，扔下镰刀跑上田头问，哪个王书记？是王道远老师吗?

对,马大成手点他的脑门说,你还长点脑子吗?马蹄庄的土地流转过了,小田变成了大田,哪里分得清你家我家的?赶快发话,让他们都停下来等候处理。

马大强沿着水稻地的田埂来回跑了几趟,叫停抢稻。但是,没几人听他的,该怎么抢还怎么抢。

三叔三婶,你们凑什么热闹,还不赶快回家去!马大成先拿三叔突破。

但是,马万年听到马大成喊话,站起身前后左右张望了几圈,两腿泥水从水稻田里走上田埂。

不一会儿,王道远带着乡里一班人赶到,把车子停在马蹄庄路口,切断抢稻人的后路。马大成和马大强走着迎了上去。马大成大步流星走在前面,马大强身为村委会主任,本该抢先一步迎接王道远的,但他没能顾全大局,自知理亏,心里惭愧,搓着手走在后面。

王道远作为处级后备干部培养对象下派挂职锻炼,一上任就碰到这个突发事件,虽然没有农村工作经验,但是还算沉着冷静。他没有大呼小叫,而是招手喊过躲在马大成身后的马大强,想问清楚事件的来龙去脉。马大成找准自己位置,转身把马大强推到王道远面前。马大强脸红脖子粗,一口一声王老师,检讨自己工作不力。王道远边听边思考,没有急于表态。当听说有一个叫马猴子的第一个把稻子扛回家去了,他立即勒令随行的乡里干部说,去,让他怎么扛去的,还怎么扛回来,一粒稻子都不许少。我来带路,马大强说了句,急于想摆脱尴尬处境,跟着几个乡干部跑进庄子。

很快,乡里干部和马大强押着马猴子把稻子扛回来。王道远问他为什么抢稻子。马猴子还是那一套理由。王道远挥手说,没你什么事,你回家去吧!放走了马猴子,王道远命令马大强,去把大家招呼到地头来,我给大家说几句。马大强得令又在稻田埂上来回喊,乡里新来的王书记训话,赶快上来集合。一听说乡里党委书记来了,大家陆续丢下稻子,围拢到地头。

王道远找了一个高地站上去说，我是新来的柳集乡党委书记王道远，曾经在牛铃山戴帽小学教过书，大成大强都是我的学生，你们中可能还有我的学生。今天刚来报到就遇上这件事，是我没想到的。我理解大家的心情。马蹄庄在全乡率先完成了土地集中流转，但是，现在变成了夹生饭。大家没拿到土地流转费，也没拿到工钱，所谓的种粮大户又跑掉了。出现的这些问题根本不是土地流转政策的问题，而是极个别所谓的种粮大户的欺诈行为。还没来得及与班子成员们商量，我在这里向马蹄庄的村民们保证：一、土地流转费一分钱不少你们的；二、在流转后的土地上劳动所得一分钱不少你们的；三、类似损害农民利益的事情下不为例。但是，大家也要给我保证，不要哄抢水稻，回去该干什么干什么吧，给我留点时间。

马大强一听激动，双手举过头顶，带头鼓掌，引来大家一片热烈掌声。大家纷纷到路边水沟里洗脚，然后上岸回家。那几个从联合收割机上扒稻子的乖乖倒了回去。

接下来，王道远安排乡里几个干部驻点马蹄庄，抓紧时间收割水稻，保证颗粒归仓，落实好他的三项承诺。

跟我走，王道远临走时招呼马大成。马大成开车跟在他的车后，一路跟到了乡党委、政府机关大院。王道远临时找了一间办公室坐下，招呼马大成坐在他的对面，说，牛铃山村乱了套，集中居住搞成了半拉子工程，土地流转弄成了夹生饭。你正好回归牛铃山了，又有抱负，我想让你来接盘。

马大成激动地说，谢谢王书记，我在运东创业挣了钱，打算回乡创业，把牛铃山打造成石头部落的乡村旅游打卡地，与国家 5A 级景区清平湖湿地保护区形成山水互动。还想流转村里的土地发展现代农业，振兴乡村。

王道远打断他的话说，好！但是，理想很美好，现实很残酷，你的打算很好。我看过你写给市政府的那份建议书，知道你对牛铃山早有打算。但季节不等人。你先把秋季水稻收上来，估计这一季你要亏本，等于代人受过，替曾家胜擦屁股。

我记住了，王老师！我还要向你检讨，在你打电话之前，我已经看到马蹄庄人抢收稻子，但我只阻止住了我的爸妈没有参加，其他人我就没有干涉。我还缺乏斗争精神。

王道远站起来，搂着马大成的肩膀往外走，说，不在其位，不谋其政。这不怪你。现在有几个驻村干部把守，秋季稻子一粒也不会糟蹋。你答应接盘，我心里就有底了。我初来乍到，还摸不到锅灶，行李还在车上，连办公室在哪里还不知道。我得抓紧进入角色，你先回去吧。

马大成迅速与王道远握手告别，手还攥在彼此的手里，王道远突然往回拉了一把马大成，问，哎，你是党员吧？

是。马大成坚定地回答说，我在汴水中学读书时做学生会主席兼文学社社长，成绩耽误了，但我入了党。

与王道远分别，马大成从乡政府开车刚出大门，看到马大强骑在摩托车上等着他，停车一揿车窗玻璃问，有事吗？马大强说，我来向王老师检讨的，我不该去抢稻子。马大成一听又气了，冲着马大强说，看王老师怎么批评你。一脚油门，开车走了。

路上，马大成打开手机，发现牛艳丽视频不通给他留了三段语音，一段说爸妈夸你长得高大威猛，英俊潇洒。一段说爸妈问我你最喜爱吃什么，我说你是一头猪，什么通吃，从来不挑食，哈哈哈。一段说爸妈杀了家里的芦花大公鸡，从清平湖渔船上买了两斤野生昂刺鱼，炖在煤气灶上快两小时了，就等着你回来陪着爸爸喝酒了。牛艳丽在这一段语音说，我说，爸，你把大成送咱家的公鸡杀了不省事吗，干吗满庄追杀那只芦花大公鸡，累得喘不上气？爸说，去，你什么都不懂，马家送的那两只鸡不能杀的，等你们结婚时配上咱家的两只母鸡，还要打伞抱着它们送回马家的。啊，我一听傻了，这是为什么？是不是把咱们比作公鸡和母鸡啊？！哈哈哈！

马大成听一段笑一段，但在通往马蹄庄和牛角庄的岔路口，方向盘一打，却直接开回了马蹄庄。

马万里一听门口汽车声音，跑出来一看，儿子屁股一拧又单独一人回家来了，心里咯噔一下，还以为儿子与准儿媳闹起别扭，急忙问是怎么回事。

马大成一脸着急说，乡里新来的王书记是我的老师，他让我接盘马蹄庄的流转土地，我答应了。

马万里一听就跺脚，脸上拧得下一盆苦水，大声说，人家留下的烂摊子你也敢接盘，曾家胜捅出那么大窟窿，你有那么多钱往里面填吗？

马大成说，没有。但我可以想办法。说白了，不就是钱的事吗！凡是用钱能解决的问题都不是问题。事在人为。只要大家心往一处想，劲往一处使，没有办不成的事情。现在乡里几个干部在护着稻子，但收割机还停在地里没动。季节不等人，我得先去把收割机的租金付了，让他们把地里的稻子全部收割完。说完就往外走。

马万里又急又不知儿子葫芦里卖的什么药，加上此前憋在心里的话，此时一股脑地倒给儿子，大成，你眼看过了而立之年了，千万不要一时头脑发热，做那些不靠谱的事情，世上没有卖后悔药的。你想充当救世主，是吧？你瞒着我，偷偷把运东的房子便宜卖给了牛得草大闺女，你以为我不知道啊？牛得草说得眉飞色舞的那个熊样，气得我肺都要炸了。但我不说你，钱是你挣的，房子是你买的，没要我花一分钱。你愿卖给谁就卖给谁。一人做事一人当，反正我和你妈黄土埋到脖子了，能伴你在世上多长时间！但是，子不教，父之过。你懂农村什么？说是马蹄庄人，可你出生在东莞，胞衣没埋在马蹄庄。长这么大我让你种过地吗？啊，我吃苦受累供你上学，巴望你在城里扎根。噢，不错，我是动员你回来置地过，但没让你卖掉运东城里的房子，没让你答应接下人家扔下的烂摊子。你倒好，心血来潮，跟运东彻底脱钩，不留后路，一头扎回老家来。你踩代了，没有退路喽！到时撞得头破血流可别怪爸爸没提醒你啊！

爸，别说了！人不能太自私。成全别人，才能成全自己。一代人有一代人的活法，一代人有一代人的责任。我不想像你们那一代一样把儿子的胞衣丢在打工城市。我没踩代，我是在超越。我有退路，我知道我该怎么做。马大成有点不耐烦了，顶了爸爸几句。但是，既然爸爸反对，那他就暂缓垫付收割机的租金。话不投机，也不打算在家里多待一会儿了，马大成开车去了牛角庄。

牛得草正备下好酒好菜等着他哩！

52

第二天一早，停在牛铃山下稻田里的几台联合收割机发动了，不过，不是收割稻子，而是开出稻田，准备离开。

马大成昨晚在牛角庄喝了酒，留在牛得草家休息。一早醒来，车子放在牛角庄，正挽着牛艳丽往马蹄庄走。漫步在秋收的田野上，想起记忆中牛铃山戴帽小学那帮年轻老师田间漫步的情景，不禁感慨时光如梭，转眼自己也到了他们当时的年龄了。当他发现几台收割机开出稻田，急忙丢下牛艳丽，跑上去拦下领头的一台，喊下收割机手。

请你们把牛铃山村的稻子收完再走。

收割机手是一个刚刚成立的农机合作社社员，领头的机手苦着脸对马大成说，黄金铺地，老少弯腰，收种就只有这几天当口，在马蹄庄干耗一天了，咱们耗不起啊！高抬贵手饶了咱们吧！

马大成问，曾家胜差你们多少钱？我给！

几个机手围住马大成，领头的机手从身上掏出他们与曾家胜签订的租用合同。

马大成看完说，这个合同给我吧！我现在就用手机支付给你们全部租金，你们抓紧回到地里把稻子收完再走。

既然有人给钱，在哪儿收割不是收割，何况还有合同必须兑现。领头的机手主动加了马大成微信。马大成立即微信转账付了全部租金。

几台联合收割机掉转机头，一字排开，一支舰队似的破浪前进，向着一望无垠的金黄色稻田里开去。所经之地，地毯一般的稻子服服帖帖地排队钻进收割机肚，留下稻粒后又一排排躺在地上。

马大成看着沉甸甸的收成，兴奋地对牛艳丽说，你就要成农场主夫人喽！

啪，趁着马大成不备，牛艳丽突袭亲吻了他。

马大成走向自家的石楼，打算招呼爸妈和三叔三婶一起帮忙照看收上来的稻子。不料，他家院子里已经塞满了马蹄庄村民。大多是一些老人和孩子，只有马猴子还算壮年。马大成不知家里又发生了什么，一脸紧张走进家门。原来，他们是来向马大成讨债要钱的。

马大成站在人群中间说，不错，我差你们的钱。这次回来，本来打算挨家挨户结清借款和利息的。但是，回来就碰上眼前这件事情。

有人打断他的话，别找理由拖着不还钱。一码归一码！土地流转与你欠钱是两码事情。

马大成说，我理解大家心情。土地是咱们的命根子。大家对国家的政策还不理解，正常。土地流转是大势所趋，也是人心所向。大强应当知道，哎，三叔，大强呢？

马万年回答，大强去乡里开会了。

噢，那就由我来告诉大家吧。出现马蹄庄这种事情是个特例。马大成底气十足地说，昨天，新来的王书记找我谈话，要我接盘马蹄庄的流转土地，我答应了。我想，我是马蹄庄村民，我有权利接盘。另外，我有钱，不会欠流转费，我有能力接盘。我打算牵头成立牛铃山农业合作社。全村村民都是社员，也是股东。加入合作社，咱们绑在一根绳上。有饭大家吃，有难大家当。共同劳动，共同富裕。我马大成就是一条龙也吸不完清平湖的水，就是一只虎也吞不下牛铃山。每家的土地流转费由我出，早期借你们的钱和利息就算股金。借钱有多有少，有多少就算多少股；还想多入股的就再添钱；不想入股的，我就把钱还给你们。反正，全凭自愿，年底分红。怎么样？

没等乡亲们反应过来，马大成冲破人群，走进自家一楼，从刚搬来的一堆书里找到一个笔记本，右手握笔说，根据国家规定，合作社起码要有五个发起人作为理事，社员多少不论。我想，我的合作社不能只是咱们姓马的，还要有姓牛的、姓蔡的，总之，牛铃山村的家家户户都是合作社社员。当然，加入不加入合作社，全凭自愿。来来来，有愿意加入合作社的，现在就报名登记。我打算今天就去申请登记，过期不候啊！

牛艳丽夺下马大成手里的笔，掏出手机说，哎呀，什么时代了，还拿笔登记，咱们面对面建一个群不就完事了吗！

马大成反夺下笔，笑着说，你当他们都是你啊，智能手机玩得滴溜溜的。都是三八（妇女）六一（儿童）九九（老人）部队，怎么面对面建群？

牛艳丽扫了一眼，果真有很多人都没听懂她的话，于是拍着巴掌笑弯了腰。

此时，石楼前的人群推来搡去，乱哄哄的，又不知道马大成的葫芦里卖的是什么药。说什么的都有。有人说，大成是为咱们着想，这账算得一清二楚的。有人说，马大成为他们算的是一笔糊涂账，胳膊肘净往里弯。在大家面前丢了脸的马猴子手指着马大成说，噢，真金白银借给你的钱，现在变成抓不到、看不见的股金了，不等于又回到你的腰包里吗？不行，这账不能这么算，桥归桥，路归路，你借我的钱，还我。我想入股，再给你股金。

这不是一个账吗？马大成双手一摊，推了马猴子一把，掏出手机说，你早被我删除了微信，现在再扫我微信，我马上把钱转给你。你想入股，我还要研究研究。

鬼迷熟人，三婶嘀咕一句，也从人群里走出来说，不是三婶信不过你，是咱家真的急等着用钱啊！你就手头紧一紧，把咱家那钱连本带利都还了吧。等你的合作社成立了，你三叔和大强再考虑入股的事。

三婶态度一变，人群里的老年妇女都一条声地跟着三婶叫嚷。马大成头皮一麻，第一次尝到三婶的厉害。三婶仗着认识几个字，把马蹄庄的老人几乎全拉到她家做礼拜，唱耶稣，号召力比村民小组长都大，力挺儿子进村委会工作，比马大强说话管用。但是，如果三婶一直坚持讨债，那马大成的资金链很有可能断裂。因为接下曾家胜的烂摊子要花一部分冤枉钱，而合作社的注册资金必须首先确保。马大成

366

犹豫了一下，搂着三婶的肩膀小声说，三婶凑什么热闹呢？踮脚向着人群寻找马万年，三叔，你和大强是这么想的吗？

马万年在人群里接话，不是的，别听你三婶的。我和大强肯定是你合作社的大股东，不是大股东我不饶你。

好啊，三叔，那你赶快叫上我爸，去照看着稻田里的收割机，那可都是咱们合作社的稻子了，别抛撒了一点。

马万年转身走出去，伸手去拉一直站在人群外面的马万里。马万里昨天跟儿子斗嘴，肚子里的气还没消完，一大早就让村民围上门讨债，心里正堵得透不过气来。一直站在人群外面听着，听着听着，心里似乎敞亮了一些。如果按照儿子的计划实施，有了大片土地，不愁家里不能发财。但他还是为儿子捏着一把汗，着急上火了。他甩掉马万年的拉扯，反而钻进人圈，拉扯一把马大成说，你吃不下这么多地就吐出一些，拉上他们干吗？你看哪个是省油的灯？

爸，你跟三叔赶快去，收割机的租金我刚才都付清了。我不仅要吃下咱们马蹄庄的土地，我还要吃下牛铃山村全村的土地，吃下牛铃山。放心吧，爸，大家都绑在一起，土地还是咱们的，收成也还是咱们的。不久，大家就会尝到甜头的。

马万里一脸为难地跟着马万年走出家门，马万年诡谲地说，大哥，你不一定有我了解大成。我在运东跟大成干这么多年知道，大成做事靠谱。他心里想着别人。跟他干，不吃亏。马万里听了不高兴地说，合着你们净让大成吃亏了，你们当然不吃亏。马万年说，大成又不是傻子，他净吃亏，这么多年能攒下那么多钱？吃亏是福，别看大成年轻，比咱们老人都懂得做人道理啊！马万里说，不是这么倒腾，指望只打自家的小算盘，真的挣不了那么多钱！就是没考上大学，踩代了，有点可惜。马万年说，前庄后村考上大学的，有几个现在超过大成的？别在大成面前逞能了，长江后浪推前浪，把你拍在沙滩上，跟在他后面干吧！马万里心里喝了蜜水似的，骄傲地说，大成听万芳的话长大，小时候就懂事。

眼瞅着马万里、马万年兄弟往稻田里走去，陆续有人跟了上去。

马大成追出门，一一叫喊着乡亲们的名字和称呼。有的老人吃不准，推说不当家了，回答要给在外打工的孩子打电话。马大成干脆当着他们的面亲自给他们的孩子打电话，征求意见。奇怪得很，当初看到家乡的墙上画了"拆"字一时难以接受，纷纷像孟石头一样跑回老家来抵制集中居住和土地流转，转眼在外打工的人居然纷纷盼着集中居住和土地流转了，几乎没有不同意加入合作社的。不论辈分高低，马大成最后都会说上一句，哪天在外干不动了，或者不想干了，回到合作社里来咱们一起干。牛铃山和山下这片土地还在咱们手里，保证比在外累死累活的高强。登记完一个就走一个，最后，只剩下马大成、牛艳丽和妈妈一家人。

这时，马大强骑着摩托车回来，迎面看到他的爸爸和大伯领头往地里去，在不远处就下了车，跟大伯马万里打了一声招呼，侧目打量着熟悉的人群，脸上有点灰溜溜的。他推车停到了路边，怯怯的。要是路边水沟里没水，他都能躲到沟底去。刚收到马大成还款的马猴子跟在下地的人群后面，一把揪住马大强，哎，你是村委会主任，现在马大成插上一杠子，算是怎么回事啊？！

我现在是乡文化广电体育和旅游综合服务中心副主任，不是牛铃山村委会主任了。有事找大成哥去，我回家吹喇叭喽。马大强甩掉马猴子，重新骑上摩托车回家去，丢下马猴子没摸着头脑。

原来，鉴于牛铃山村两委班子软弱涣散，在集中居住和土地流转过程中组织不力，出现夹生饭和半拉子工程，柳集乡党委召开紧急会议，研究决定，任命马大成为村支部书记，代理村委会主任，兼牛铃山农村合作社理事长候选人，提请村民和社员大会选举通过。免去蔡风的支书职务，安排到乡工业办做副主任；提名免去马大强村委会主任职务，安排到乡文化广电体育和旅游综合服务中心做副主任。

一天之内，牛铃山村两委班子完成了一次大换血。

伴着消息传来的同时，乡里驻村干部奉命在村部召集全村党员、村两委干部和各村民小组长在位于蔡庄庄头的牛铃山村支两委办公楼开会。由于许多人在外打工，加上通知仓促，到会人员并不多。蔡风和马大强垂头丧气参加会议。

王道远亲自到会宣布党委决定并讲话。乡组织委员宣读党委决定后，王道远讲话，他表达了对马大成的祝贺和希望后说，新一届党委政府有个打算，马蹄庄不仅不拆，而且要成为柳集乡另一个居住集中区重新规划，在保留石头部落的风貌基础上形成稻米文化特色田园乡村。牛铃山村的土地集中流转后，希望马大成带领乡亲们把牛铃山和山下这片土地打造成新时代新农村的样板。

最后，马大成表态发言。他说，乡亲们都知道，我出生在东莞，我的胞衣丢在了东莞。三岁时回到了老家牛铃山马蹄庄。我是由姑妈带着长大的，对牛铃山和山下这片土地充满感情。我从牛铃山戴帽小学考上了汴水中学，爸妈都希望我能成为马蹄庄第一个大学生。但是，我热心社会活动，别人害怕影响学习成绩，不愿做学生会主席和文学社社长，我做了。结果我没有考上大学，辜负了爸妈的希望。和上辈人一样，我只能踩代走上了进城打工的路。我选择了去运东市打工，因为运东市有我的老师。城市再大，名气再响，如果那里没有亲人没有熟人，那对我们来说都是空的，都是别人的。在运东，多亏有王老师的帮助，我从泥瓦匠做到包工头。多亏乡亲们的借钱支持，我才能有钱维持下来。十多年来，我越来越意识到，我们一代一代这样在城乡之间流转，失去的东西太多了。看上去在城里挣钱是为了后代读书，但后代失去了陪伴和管教，得不到很好的教育。看上去在城里挣钱回来盖了楼房，但盖好的楼房却一年没能住上几天。看上去在城里挣钱谈了恋爱，但还得回到老家乡下结婚。哪天老得拿不动砖头、提不动小桶，我们又得像爸妈那样踩代回到牛铃山下慢慢等死。我完全可以大言不惭地说，当我挣到钱足够在城里过上衣食无忧的生活时，我在城市与乡村之间流转中维系着亲情，维护着公正，维持着乡亲们的利益。在牛铃山村的居住集中和土地流转过程中，许多人都经历了过山车般的复杂感情。有人拍手称快，有人极力阻挠，有人空手套白狼，乘机拿地。但我却一直无动于衷。因为当时我并不以为集中居住和土地流转与我有什么关系，因为我在运东有房有车，生活富足，完全可以摆脱踩代回乡当农民的宿命，永久做一个城里人。但是，大家知道，今年以来发生在我和我身边人身上的几件事情让我彻底清醒过来了，这是一场特殊的斗争。牛铃山差点又要被人炸山开采，山下这片土地正在变成个别人骗取国家补贴和剥削乡亲们劳动的道具。于是，我毅然决然地选择了另一条路，那就是放弃城市生活，回归牛铃山，为大家夺回牛铃山和这片土地，取得最后的胜利。现在，乡党委任命我为牛铃山村支书兼代理村委会主任和合作社理事长人选，我深感责任重大，使命光荣。我决不辜负党委和乡亲们的希望，带领乡亲们把牛铃山村建设成新时代新农村的样板。

散会后，蔡风跟上王道远小声问，王书记，工作现在移交吧？王道远拂了一下手说，工作移交稍后进行，我下面还会派乡纪委监察办的同志对你和马大强同志进行离任审计。蔡风和马大强匆匆告别离开后，王道远手指着不远处稻田中那一片破旧的校舍对马大成说，咱们去牛铃山戴帽小学看看去。

马大成跟在王道远身后边走边说，好啊，我正想向乡里汇报，牛铃山戴帽小学废弃好多年了，但留着牛铃山村几代人的梦想和记忆。我想掏钱把它整修整修，作为牛铃山农村合作社的办公地点，同时辟出几间教室作为展厅，把清平湖畔乡村快要消失的老物件收集起来。镰刀，锄头，石磙子，草叉，扫帚，扬粮锨，风箱，火钳，煤油灯。多少代人的乡情乡愁，把它们留下来，一定很有意义。

嗯，好主意，王道远表示赞成，突然问，你回来了，牛艳红怎么没回来？

马大成笑着回答，她的目标就是在城里扎根，不想踩代。不是我把我在运东市的房子过户卖给她，怕她这辈子都难实现她的小目标。

我看她早晚还会回来的。

秋高气爽。王道远和马大成漫步在破败不堪的牛铃山戴帽小学校园，脚下衰草萋萋，眼前几排瓦房基本上没了门，破了窗，缺瓦少砖。他们指指点点，哪间是教室，哪间是宿舍，脑海里又回荡着曾经在这里教书念书时的欢声笑语，但眼前的景象让他们心里五味杂陈。这才过去多少年啊，这里就已经面目全非了！怎么不让人感慨万千？

不远处的马蹄庄上传来时断时续的喇叭声，如泣如诉。那是马大强在重操旧业。

马大成说，王老师，记得你考上运东市政府办公室秘书，临走前我和牛艳红送你的笔记本上写了两句话，一身正气，两袖清风。这么多年下来，我感觉你做到了。

我做得还远远不够，王道远说，大成啊，你我现在不仅要一身正气，两袖清风，更要为官一任，造福一方啊！

嗯！

分手时，王道远握住马大成的手说，大成，牛铃山村交给你，我就放心了。

送走王道远，马大成掏出手机看，发现有一条牛艳丽的语音留言：姑妈下山了，你快回家来吧！

马大成心里一阵高兴，疾步赶回家去。

马大成家的两层石楼的一楼客厅里已经坐着许多亲戚和庄邻，像一组形态各异的群雕出现在马大成面前。有的掩面低头，有的仰面瞪着楼顶上的吊灯发呆，有的玩着手机，有的双手托腮沉思。一时间，几乎没人说话，也许是想说的话都已经说完了。

牛艳丽搂着姑妈的腰，脸上挂着泪痕，生怕姑妈跑掉似的。姑妈则趴在饭桌上，头脸埋在双臂间，一点动静没有。马万里独自坐在门边小板凳上，拧头望着门外，看着儿子走进楼，还一声没吭。

马大成赶到之前，三叔马万年夫妻俩像在唱双簧似的劝说马万芳。三叔旁敲侧击对马万里说，哥，万芳下山就好。听我的，把万芳接回马蹄庄来住吧，别让她再回蔡庄那伤心地了。反正，万芳的承包地还在你家种着哩！

马万里没吭声。因为这话他已经悄悄对妹妹说过无数遍了，但妹妹牙关紧咬，始终没有松口。更主要的，马万年拿妹妹的承包地当理由，马万里不想扯这个话头。扯起来容易得罪人。兄妹关系好的时候，那承包地谁种都一样，何况兄妹两家的日子过得流油。而后来马万芳家的日子一落千丈，如今马万芳还对侄儿马大成憋着一肚子气，马万年这么一挑，说不定她就能撕开脸再拿承包地说事。

还好，马万芳连头都没抬，一声没吭。

三婶接着附和说，他姑妈啊，你下山就好。山上小庙多冷清啊！除了一尊泥菩萨，还有什么？你三哥说得对，你回娘家来住，别去吃斋念佛了。念那个没用。有用你家还能遭那么多的事？今后跟我一起跟主吧，主能保佑平安。咱马蹄庄哪个星期没几十个妇女到咱家做礼拜啊！你有文化，帮我领诵领诵。

马万芳浑身一颤，又一声没吭。

正在这时，马大成回来，大声喊了一声姑，砰的一声，扑跪到马万芳身边，眼泪涔涔地说，爸，把姑妈接回家来住吧！

儿子和老一辈都想到一块去了，马万里吃惊地抬头看了看儿子说，咱家楼上楼下这么多房子，哪里腾出一间房也够你姑妈住的。我就等你说这句话哩！你现在是村支书了，这家今后就你当家。

马大成抹泪站起来，急于想打破沉闷的气氛说，那我这就和艳丽一起去收拾，三叔三婶晚上就在这陪姑妈喝两杯吧！

马万年搓了一下双手说，好啊，正好给大成祝贺祝贺。三婶迅速起身，撂下脸子，伸手逮住马万年的一只手说，你见酒就走不动步，大成村里工作还没上手，你让他好好捋捋，你又掺和什么！走，大强媳妇又跟大强磨牙了。等哪天请万芳到咱家做礼拜再留她吃饭。马万年听出老婆话里有话，自己的儿子马大强当着牛铃山村的村委会主任，让新来的乡党委书记王道远给捋下来了。虽然不是侄儿马大成的责任，但马大成做了牛铃山村的支书兼村主任，毕竟隔着一层，没自己亲儿子当家想干什么干什么。因此，马万年的心里也不好受。他就顺势起身说，也是，那咱们回家去了。马万里不留。

几个庄邻随即也告辞离开，马大成送到门外。

马万芳听到外人陆续走了，才像从水底浮上水面，抬起头，双手拢了拢头发，直腰坐起来。两唇焦干，双眼迷离，仿佛不知身在何处。

牛艳丽起身端来一杯纯净水，马万芳接下咕噜一气喝完。

马大成招手喊出牛艳丽，他妈也跟了出来。马大成对妈妈说，打算让姑妈在楼下住还是在楼上住？妈妈说，楼上是你俩的新房，不方便。你姑妈还是住楼下吧！还不知你姑妈同意不同意哩。她这辈子哪样都不想落在人家后面，愿意在娘家受人家的下眼皮扇风吗？

没等马大成说话，只见马万芳冲出门来，大步流星直往外走。人高马大的马大成上前一步，双臂一展，铜墙铁壁一般拦住马万芳。姑妈别走！牛艳丽更是一下抱住她的后腰，喊了声，姑妈不走。马万芳说，我走，我有家！我回家！我丢人现眼还嫌不够啊，我来娘家住干什么啊？嫁出的闺女泼出门的水。有地没地，我都生是蔡庄人，死是蔡庄鬼。要不是那个死鬼快过五七了，天王老子劝我，我也不会下山的。撒手！快撒手！让我走！

牛艳丽的手让马万芳抓得生疼，但就是不撒手。

马大成心疼地说，姑妈，这话说得生分了。娘家娘家，有娘是家，没娘还是家。玉芹在外，你一人回蔡庄是一人，不回蔡庄也是一人。姑父的五七，我和爸爸都惦记着哩！到时咱们都会早早去他坟上烧纸望山（遥望亲人的灵魂）。你就留下吧，我求求你了。哪怕经常去蔡庄看看也行，就别天天在蔡庄守着难受了。

马万芳不言语了。

马万里这时居然踱出门来，而且居然说出了跟儿子唱反调的话，大成，别拦她，让她回去吧。你姑父五七咱们都去帮你姑妈。只是我跟你说啊，万芳，回去该干活干活，该吃饭吃饭，别信那些阿弥陀佛什么的。

哪知哥哥最后这句话戳到了马万芳的心，断了她的念想，不知哪来的劲，一头撞开侄儿挡道，左右甩掉准侄媳拉扯，气狠狠走了。

马大成跟在后面喊，姑妈，我开车送你。

马万芳头都不回。

马大成听到爸爸嘀咕一句，你姑妈听说你当村支书才下山的，没回应爸爸就陪着牛艳丽上楼去了。

哎哟哟，没想到大成表哥回村当支书了，我来瞧瞧！突然，像一阵风似的把一个女人的声音送进了马家石楼里。

女人拎着一棵大白菜上门了。进门就把大白菜往门口一靠，喊马万里大舅，喊大成妈叫大舅妈。进屋就东张西望，到处寻找马大成。

马大成在楼上就听到有人叽叽喳喳说个没完，听到爸爸大声喊自己才又下楼来。

女人应声跑出楼门，站在楼梯口迎接马大成和牛艳丽，拍着巴掌，哈哈大笑。站在楼梯高处的马大成顺着阳光看到蔡玉芬一脸白粉。没等马大成跨下最后一个阶梯，她就上前一步握住马大成的手说，大成表哥，牛铃山村的大救星啊！

马大成听了浑身鸡皮疙瘩直冒，这都哪对哪呀，大救星的帽子是能帮乱戴的吗？但又不好驳了她的面子，就说，不敢当！你是——，看到女人对他直闪眼，他不敢直视对方抛出的媚眼。

我叫蔡玉芬，真是贵人多忘事啊！年前你回来在蔡书记办公室缴党费时我还跟你打招呼的。我跟万芳姨家的玉芹同辈，现在是牛铃山村妇女主任。女人介绍自己干净利落，而且拐弯抹角总能与马大成搭上亲密关系。

牛艳丽上前抹掉对方继续握住马大成的手，挡住她问，你谁呀？蔡玉芬说，哎哟，表嫂真俊哦，脸像鸭蛋剥壳似的，身材像根水葱似的，这手啊滑溜溜的，是咱村牛角庄得草表叔家的一枝花吧！

马大成听得没头没脑的，连忙央蔡玉芬进到一楼客厅坐下。蔡玉芬坐下了，嘴却还是停不下来说，我这就算是向大成表哥报到了。咱们牛铃山村两委里就我一个女人，今后还请大成支书多多关照。对，大成支书肯定会关照我的。咱们是什么关系啊？大舅大舅妈在这里，我小时候大舅大舅妈最疼我了，吃一只蚂蚱少不了给我一根大腿。大成表哥那时还小，是万芳姨妈一手带的。万芳姨妈嫁到蔡庄，对我也是当亲闺女一样疼的。唉，万芳姨妈苦命啊！马大成一听她不知哪句话该说不该说，哪句真哪句假，心里早给她打了一个不及格，但还是耐心听她说下去。毕竟伸手不打笑脸人。人家热情送上门来，怎能不给人一个台阶。

蔡玉芬坐在马大成身边，本来还有点距离，哪知她一会儿向马大成挪一挪小板凳，一会儿又向马大成挪一挪小板凳。马大成闻到她身上散发的一阵阵香水味道。眼看着她快与马大成并排坐到一起了，牛艳丽拿个小板凳塞到他们中间坐下，逼得蔡玉芬不得不挪了挪屁股下面的小板凳。

隔着牛艳丽，蔡玉芬还是没停下说话。她说，大成书记，我向你汇报，牛铃山村可不太平啊！这么多年，开始马蹄庄人当家，后来牛角庄人当家，这几年蔡庄人当家。哪庄人当家都巴望哪庄人好。现在你当家了，马蹄庄又要翻身了。我呢，既是蔡庄人，也是马蹄庄人。老娘舅家，哪还有比这更亲的吗？我会全力支持你的工作。你挥手，我前进。你丢个眼色，我就扑上去。放心，有咱表兄妹绑在一起，管他什么妖魔鬼怪都不怕。还有，大成书记，牛铃山村的矛盾积累太多，你得慢慢来，别想一口吃成一个胖子。几个自然村庄，哪庄都有难缠户，哪庄都有难剃的头，哪庄都有不省油的灯。但咱们不怕，一正避百邪。哦，你以后就知道了。

马大成听她扳着指头数哪庄有哪些难缠户，有哪些难剃的头，有哪些不省油的灯，说得有鼻子有眼的，但对马大成来说都如听天书。他迅速打断蔡玉芬的话说，别说那么多，多了我记不住。今后在一起共事，共同维护好团结，共同让牛铃山村居民过上好日子，至于工作中出现这样那样的矛盾，避免不掉，我也早有思想准备。

蔡玉芬沉默了一下，掏出手机说，哎，我还没有大成书记的微信，来，给我扫一下，以后我好随时汇报请示工作。马大成把手机的二维码打开，正准备递给蔡玉芬，牛艳丽夺下他的手机说，扫我的手机二维码吧，然后我把他的微信推送给你，这样咱们三人就都有微信了。蔡玉芬大笑说，这样也好，伸手扫了牛艳丽的手机二维码，看到牛艳丽的微信名，夸张地大笑说，哟，这名字好啊，牛铃山马，有牛有马还有山，有男有女还有爱。没人理她，牛艳丽也并没有及时把马大成的微信推送给她。她也没有急要，只是给牛艳丽发了自己的手机号码和三朵玫瑰花。

蔡玉芬离开时，马万里抢先一步把门口的那棵大白菜拎起来塞给她，她不要，在门口推来搡去的。蔡玉芬说了多多少少，什么孝敬大舅大舅妈的，什么送给表弟清清白白当官的，什么自家地里长的一点小意思，直说得马万里再也不好意思退还给她，欠了人情似的说声，谢谢玉芬！

回屋马万里就告诉儿子，她妈是马蹄庄马猴子的姐姐，嫁到蔡庄去生下的女儿，她按照马猴子的辈分称呼我，没错。在蔡庄做小大姐时没看出什么能耐，嫁给本庄一个异姓男人才没几年就长了本领了。越来越会打扮，模样也越来越俊，调珠弄粉的，不化妆不出门，整天浑身香喷喷的。说话也刀响水快，一套一套的。这个女人不好惹，见巧就上，无巧不占，吃屎都要吃屎尖子的。哪山高往哪山攀。荤的素的都来。就像一张狗皮膏药，啪，一旦贴上你，撕都撕不下来，撕下来你得剥一层皮下来。防着她。马大成说，感觉她心直口快的。马万里说，听说她缠着蔡风闹离婚，俩人在村部里狗吊油子，开会时她能坐在蔡风怀里。村里干部都睁不开眼，今后你可不能让她扑上你。马大成不以为然地说，爸，不要只看到人家不好的一面，他们能在自己的岗位上站得住脚，肯定有他们过人的一面。人都要活着，活着总想活得比别人好点，有点私心，很正常。只要诚心待人，公平做事，他们那点私心算不了什么。马万里不说什么了。他还能说什么呢？比起儿子的胸怀，他那点见识就太有点私心杂念了。

第十四章　新挑战

53

午后，位于蔡庄庄头的牛铃山村村支两委办公楼里，即将进行一次最基层的权力移交。

马大成把车停在办公楼前的广场上，打量了一下自己即将入主的村支两委办公楼。此前多次到蔡庄的姑妈家来，知道这幢孤零零的楼房是牛铃山村村支两委办公楼，也几次在这里来找村支书蔡风交过党费，领过党员学习资料，但从来没有以主人的身份关注过这幢楼房。通体米黄色的办公楼一共三层，体量不算太大。做了十多年包工头的马大成一眼就能算出这楼的面积和成本。虽然放在运东市里算不了什么，但放在蔡庄庄头就显得威严庄重。看来，村支两委的办公条件比起他爸爸马万里争当村三大员时早就鸟枪换炮了。

原村支书蔡风、原村主任马大强和姓秦的会计早就等在办公楼里。看到马大成在楼前下车，蔡风转身回到自己的办公室，马大强则跑出来迎接。

马大成以新主人的姿态坚定地说，我先楼上楼下看看。马大强把他引进楼里，一直陪在他左右，嘴巴啪啪不停地向他介绍着。

站在一楼大厅门内观望。东边一半是村民办事服务大厅，一排大理石柜台隔开，柜台上方悬挂着医保、养老、户籍等几个有机玻璃牌子，对应牌子下面分别放着几张办公桌。桌上都有电脑，但是没人。马大成问，设施这么好，能有多少人办事？马大强说，有，不多。但不多，也得有。没有，就得往乡里县里跑。现在都联网了，证件网上发来，村民办事服务大厅照样能发。一楼西边的另一半就是村支两委三大员的办公室，门上也都有牌子。

推开支书的办公室门，坐在里面抽烟的蔡风站起身来，举手打了个招呼，脸上笑得有点难看。退出来后，马大强捂着嘴巴对马大成耳语，他很不开心。马大成说，你也不开心。马大强说，我无所谓，你干我干，都一样。马大成说，鬼才相信！马大强在他面前拧脚转了一圈，带他去了二楼。

二楼中间是一条走廊，一眼望得到头。走廊两边是各种活动室。走进一个活动室看看，墙上挂着几块展板，展板上是配着文字说明的一张张照片。有省市县领导视察牛铃山村的照片，有村民参加各种活动的照片。居然还有已经被逮捕的吴立仁在蔡风和马大强陪同下考察牛铃山的照片。照片下面的说明文字是：牛铃山村招商引资项目投资人吴立仁董事长考察牛铃山。马大成用手指了指那张照片，没有说话。马大强尴尬地笑了笑说，骗子，大骗子，把我们骗苦喽！马大成说，不想贪便宜就不会被骗。马大强连连说，那是那是。马大成看到另一面墙上还挂着一台电视，问马大强留作什么用。马大成打开电视，开始滚动播放村里的各项工作专题片。马大成问，拍这样的专题片要花不少钱吧？马大强说，哪个片子没两三万拿不下来。马大成说，一个村里花那些冤枉钱干什么？马大强回答，什么工作不是落到村里头上，不要展示出来？下面你就知道了。马大成发现二楼虽然房间不大，但麻雀虽小，五脏俱全，基本上是专门应付上面各种检查用的。

三楼是一个会议室兼党员培训中心，能坐下几十人，马大成问，咱村有多少党员？马大强回答，老老小小十二个。那要这么大会议室干吗？马大强说，召开村民代表大会能用上，不过，我做村主任至今没开过村民代表大会。平时呢？平时就这样闲着，一年也用不到一两回。

马大成转身走下楼。

在一楼大厅里看到正在徘徊的柳集乡组织委员，二人握手。组织委员拍了一下另一只手里的公文包说，咱们开始移交吧？马大成跑到车里，拿出笔记本回来，跟着组织委员走进蔡风的办公室。

乡组织委员坐镇监督移交。蔡风和马大强各自先解下办公室的钥匙递给马大成。马大成接下放在桌上，并没急着收起来。他想，一把钥匙开一把锁，但一把锁可以配有几把钥匙。不换锁，我要钥匙有什么意义？因此，没打算留着原来支书和村主任的钥匙。

蔡风拉开抽屉，拿出一枚支部公章，自带印泥的那种，交给马大成。马大成接下来放进自己的公文包里。马大强早有准备，从身上掏出一枚村委会的公章，也是自带印泥的那种，交给马大成。马大成同样放进自己的公文包里。蔡风说，牛铃山村账上还有多少钱，还欠多少钱，请秦会计汇报汇报。

秦会计戴着一顶灰色的帽子，长长的帽檐下面，两只小眼睛来回看着蔡风和马大成，似乎在说话，却又一直没有说话。听到蔡风要他汇报汇报，他看着马大成说，等马书记有空我再单独汇报吧！蔡风咣当一下撂下脸子说，为什么？怕我知道？一人为私，二人为公，牛铃山村那点账目当着咱们的面汇报清楚！马大成和颜悦色说，对！当面讲清楚，彼此心里有底。现在不讲清楚，小心我赖账哦！秦会计简单汇报一遍。但只报了截至当天账上支出多少，尚余多少，还有多少账款没有支付。蔡风听了没有吱声。马大成却听出来了，如果账款全部支付，那账上还是负数。心想蔡风真败家，有一花俩，窟窿不少，一点家底没留给他。他心里有数了。

集体收支的明细表给我看看。马大成接过秦会计手里的账本，发现集体收入主要来自于溢出的土地流转收费。几个所谓的种粮和养殖大户，有人名下缴了钱，有的名下还是空白。其中蔡风包了一段河塘养殖螃蟹，连续两年没有缴纳费用。马大成招手让秦会计过去，手指着账本上的蔡风问，怎么回事？秦会计说，以后向你汇报。马大成心领神会，不再追究。再看集体收入的支出，简直五花八门，不是请客，就是送礼，不是开会，就是迎接检查。审批人当然都是蔡风，经手人居然不少是马大强，更离谱的是经手人居然也还有蔡风。不看还好，一看马大成气不打一处来。这都怎么当支书主任的？拿着集体的收入当唐僧肉啊！但马大成耐住性子看完了账本，算是心里有了数，但并没有发火。

这时，蔡风和马大强两人一人手里拿着一摞发票交给马大成，不谋而合，似乎早有准备。

蔡风说，这是村里欠我钱的欠条，陆续还了一些，剩下的由你负责归还。

马大成接过来一看，是一摞大大小小、长长短短、花花绿绿的欠条。有写在文头纸上的，有写在白纸上的，有写在手纸上的，还有写在烟盒纸上的。有签名的，有摁红指印的。时间落款更有意思了。有欠"三粮五钱"的，有欠农业税的，有欠"两保"（医保、养老保险）的，有欠"四议两公开"（提议、商议、复议、决议，事前公开、事后公开）的，时间跨度十大几年。但笔迹大多是马大强的，还有其他村民的。马大成笑了笑说，自己当着牛铃山村的家，村里居然欠着当家人的钱，这是哪家道理？哪门子工作方法？能给我解释一下吗？蔡风说，你质疑得没错。但是，之所以超出了一般思维逻辑，是因为农村的现实情况就是这样。我来告诉你这欠条是怎么回事。县里乡里布置什么工作都有限定完成时间，不可能无限期拖下去。但是，村民长着双腿到处跑，不可能待在家里等你上门去要钱。有的村民外出打工十年八年都没回来一次，但是，三粮五钱、农业税、新农合医保和养老保险都要按照人头地亩数来缴。对，打手机，发微信，打了不止一次，发了不止一条，但人家就是不回。你说怎么办？不给他们垫钱，等着他们回来再要，那村里就完不成乡里任务。于是，我和大强只好自掏腰包把钱垫上，这就等于村里欠着我和大强的钱。马大成转脸问马大强说，如果我没猜错，你手里拿的是蔡书记写给你的欠条。

马大强递上手里的欠条说，是的，欠我的比欠蔡书记的少点。马大成接过他的欠条说，那我能不能这样说，这些欠条其实是村民欠你们俩的？马大强点头，蔡风却摆手说，不能这样说，是村民欠村里的。马大成问，村里替村民还钱，那缴钱的村民今后谁还愿意缴钱？我认为，还是村民欠你们俩的钱。假如你们还在位上，你们就不向欠钱的村民要钱了吗？蔡风说，那肯定会要的。马大成说，欠账还钱，天经地义，既然你们是真金白银替一部分村民垫上的钱，而且这些钱今后受益的是村民自己，那他们就没有理由和责任不归还你们的钱。新的村支两委不可能承担这笔欠账。说完，把二人的欠条塞给了二人。

蔡风从蔡传喜的丧事上领教过马大成的厉害，接下欠条，苦着脸说，这钱算是打了水漂了！马大强说，大成哥，这账不能不认，不认咱俩吃亏！而且今后你就知道了，说不定你比咱们欠得还多。马大成说，好账算不折，十几年形成的呆账死账拿来让我处理，你们在台上没有办法处理，我刚上任又怎么处理？不是我新官不理旧账，是你们在位时就没想认这笔账。或者换句话说，你们压根就不在乎这笔账，但凡在乎这笔账能不追缴上来吗？那我问一问，秦会计，你的账本上有他俩这笔欠款没有？秦会计支支吾吾，看着蔡风说，我看这事就算了吧。蔡风和马大强都不说话了。

这真是一场较量。不仅是新旧力量的较量，而且是公私之间的较量。日积月累的矛盾在这一刻暴露，新的矛盾却也在这一刻得以加深。马大成拒不接受蔡风和马大强的欠条，看上去似乎是新官不理旧账，但其实是对前任工作的不满和否定，更是与农村长期积累的矛盾告别。作为在牛铃山村长大的青年，马大成懂得农村工作的复杂性，也懂得农村千百年来逐渐形成的宗族矛盾，每当上级组织部署工作时，村支书和村主任都会面对复杂的宗族关系和矛盾，哪怕是一个普通的村民都会把这些关系和矛盾作为衡量对错的标准，因此，农村工作的复杂且无序会消解着干部们的意志和品质。马大成虽然担心自己的坚定意志和顽强品质会在错综复杂的关系和矛盾中逐渐丢失，但是，他更相信真理和正义的力量。他不顾情面据理力争，蔡风本来以为他会因为自家叔伯兄弟马大强吞下他塞给马大成的苦果，结果马大成连自家兄弟的情面都不给，他更没有脸面坚持要回那些不明不白欠条上的钱了。

乡组织委员提醒马大成说，王书记说了，乡纪委还会对蔡风和马大强同志进行离任审计，建议欠条的事情放在审计过程中按照有关规定处理。

我同意，马大成当即表态。

蔡风二话没说，起身走了。脚步趔趄，背影落寞。

乡组织委员说了句，权力交接就算完成了，马书记就算正式接手牛铃山村村支两委工作了。下面你理理思路，准备大干一场吧！我还有事要回乡里。

送走组织委员，马大强也打算跟着离开。马大成叫住他，你找人来把这办公室的门锁换掉。这事不难，马大强给柳集街上一个锁匠打电话，然后对马大成说，大成哥说得对，他和我手里的欠条都会找村民去要，你接下来就麻烦了。马大成说，我这点脑子都没有，在外这些年白混了。不过，你也要挺直腰杆做人，别老跟在别人后面蹚浑水，能捞到几条小鱼？马大强脸红脖子粗，拧脚转了一圈，像个变脸演员，转脸就换了一副面孔说，接受大成哥批评。

秦会计一直没走，似乎有话要对马大成说。马大成从包里掏出自己的印章和身份证复印件，他在城里做包工头时就常备的东西，喊来秦会计说，现在工作移交了，我的印鉴交给你，你要替我把好财务关。马上乡里派纪委来对他俩开展离任审计，你要积极配合。眼下要注册成立牛铃山村农民合作社，注册手续麻烦你跑一下。我想村民自愿入股，村支两委干部为发起人。请你根据农民合作社章程规定抓紧注册，越快越好。

秦会计领命离开。

不一会儿，一辆面包车开过来。一个脖子上挂着配钥牌子的小伙子拎着一个方方正正的工具箱走进一楼。马大强从窗户看到小伙子，急忙跑出去把小伙子领到马大成面前说，换锁师傅来了，我走了。说完转身离开。马大成还有话想对马大强说的，结果他不好意思离开了，马大成只好独自与换锁师傅沟通。

专业配钥的，很快就把办公室的门锁换掉了。小伙子丢给马大成一串四把钥匙。马大成解下一把挂到钥匙串上，其余三把放进抽屉里。用手机扫了小伙子的收款码，付了钱。

送走换锁师傅，马大成坐下掏出手机看看，发现有牛艳丽发的两条语音留言说：我在咱们新房里躺着了，妈不让我干活。看妈那眼神，老爱盯着我肚了看。我肚子上有什么？我抠了抠肚脐眼，抠出来一小团泥巴。我拧了拧，拧成老鼠屎大小，送到鼻子上闻闻，哎哟，臭死了。妈妈眼睛真尖，怎么看到我肚脐眼里有老鼠屎一样臭泥的？你猜我现在在想什么？我想着怎么布置婚房哩！楼顶上要贴一个双喜字，大大的，圆圆的，剪纸的那种。躺在床上天天就能看到。床头的白墙上要挂一幅咱俩的巨幅婚纱照。我身披洁白婚纱，你穿着唐装小褂站在我身后当我靠山。神仙眷侣，嘿，那才像个洞房哩！马大成听了不禁说了句，傻丫头，妈妈瞅你肚子那是想孙子的！第二条语音留言说，妈妈刚才喊我问了，你什么时候回家，晚饭在不在家里吃？我说我来问问，哎，你们交接完了没有，回不回家吃晚饭？

马大成不喜欢用语音，要么打字交流，要么直接打手机。回复牛艳丽两条留言，打字不方便，最好直接打手机。打通手机，就听到牛艳丽还哼哼呀呀地唱歌，突然听到马大成说话才停止唱歌。马大成说，你傻啊，妈妈瞅你肚子那是看到你肚脐眼里有臭泥吗？那是看你的肚子里有没有她孙子孙女。牛艳丽在手机里惊讶，啊，那我不能让妈失望。马大成说，想在新房里的床头挂婚纱照，那是必须的。等到春暖花开时节，我带你去拍婚纱照。我看到哪去拍都不如咱们牛铃山风景美。到时我们请婚纱摄影公司就到牛铃山来拍婚纱照，怎么样？我现在交接完成了，但还在办公室里思考下一步工作。晚上我打算去姑妈家看看，陪她吃晚饭。不然，我到她家庄头了，不给她说一声，她不心寒吗？你说呢？牛艳丽说，应该。但你要早点回来啊！马大成答应。

马大成拉开门，正打算离开，蔡玉芬一头撞到他怀里，把他顶回了办公室里。马大成往旁边一趔，伸手拍亮了灯，你来干什么？蔡玉芬扭动着腰身，不停抛着媚眼，嗲声嗲气说，马书记，我来向你汇报工作。马大成说，哦，我下班了，明天吧！蔡玉芬上去抓住马大成的一只手说，来嘛，坐下聊会儿。马大成甩掉她的手，心慌意乱说，我还急着有事，没空跟你聊天。蔡玉芬说，哟，新官上任三把火，真的火气不小啊！马大成想起爸爸介绍这个女人的话，果真是水水歪歪的狐狸精，急忙跺脚说，请你放自重点！不要自找难看。

蔡玉芬侧身一挤挤进门，猛地转身反锁上门，又啪的一声拍灭了电灯开关，一下扑进马大成怀里。马大成被这突如其来的举动吓住了，居然像一棵树桩戳在那里一动不动。蔡玉芬双臂紧紧搂住马大成的腰，本来想十指相扣在他背后的，结果由于马大成虎背熊腰，她像抱住了一棵大树，双手根本搂不过来。她就势仰脸送上自己的嘴唇。可惜她的个子不高，怎么上蹿也够不到马大成仰脸的嘴巴。马大成一条胳膊一条胳膊地往外拽她，拽下一条，另一胳膊又箍上腰。蔡玉芬就像一条双头蛇，死死缠住马大成。年轻的马大成哪里经得住这种纠缠，很快就头脑发涨，身子发软。蔡玉芬趁其不备，腾出一只手一把抓住他的阳具。马大成浑身一激灵，身子僵直，愣住了，而且不敢出声了。女人很快身子发软在向下滑，向下滑，继续往下滑，眼看着头脸就要滑到马大成的腰间，伸手拉开他的裤子拉链。接下来她要干什么已经再明显不过了。

马大成突然清醒过来，抬起一脚，踢向她的小腹。只听哎呀一声，蔡玉芬跌倒在地，狐狸精似的在地上翻了一个身，爬起来，夺门跑掉了。

仙人跳！绝对的仙人跳！多么惊心动魄的一幕啊！马大成难掩心慌意乱，简直太意外了！他一再提醒自己，提高警惕！提高警惕！

刚刚经历了老家乡村政治较量的马大成又突然遭遇了美色考验。看上去这不是一个精心设计好的剧情，而是乡村社会赤裸裸的人性现实。在权力资源稀缺的乡村社会，底层百姓对权力的攀附和恐惧远比官场更有过之而无不及。卑鄙丑陋甚至令人发指的行为屡见不鲜。从小生活在乡村社会里的马大成高考落榜即外出打工，并没有品尝到乡村社会的人际复杂和人性混乱。他对家乡的美好记忆完全是建立在距离产生美的基础之上的。他从在运东做包工头的社交圈一下跳进了老家乡村社会的社交圈，看上去不过是前庄后邻的亲戚邻居，重新回到了看似可以自由施展拳脚的熟人社会，但恰恰隐藏着最赤裸裸的人性考验和亲情掣肘。如果说他从高考落榜就跳出老家的熟人社会是凭着一腔热血在外打出自己的一片天地，那么重新跳回到老家的熟人社会他又将凭什么开辟一个新天地呢？他会迅速被这乡村社会的生存逻辑吞没吗？

马大成在办公室里平静了一会儿。心想，这幢办公楼里曾经上演了多少男盗女娼的好戏，又演绎出多少人性善恶的活剧，真是一言难尽啊！难道这里不是为村民排忧解难的场所？难道这里不是村民议事当家做主的舞台？难道这里不是政策落地的温床？马大成整理了一下思绪，庆幸自己在紧要关头战胜了生理欲望。哼哼，看你蔡玉芬今后还怎么好意思面对我？但与此同时，他今后又将如何与蔡玉芬共事呢？

天将擦黑，马大成才走出村支两委办公楼。牛铃山早已隐藏在了夜色里看不见了。蔡庄异常宁静，连一声犬吠都听不见，似乎什么都没有发生。马大成向姑妈家走去，一再警告自己，千万提高警惕啊！

姑妈家早早关上了大门。寂静的小院里只有锅屋里亮着灯。听到喊声，马万芳走出来给侄儿开门，一见马大成，转脸回到锅屋，因为锅屋的灶底还烧着柴火。马大成知道姑妈还因女儿被自己带进城里被人欺骗对自己心存芥蒂，连忙帮姑妈烧火。大多数人家用上罐装燃气，姑妈家却又回到了用柴草烧饭。姑妈家过山车一般的境遇令他感慨。

直到吃饭的时候，马万芳的心情才好转过来。

马大成说，姑妈，我现在是牛铃山村村支书了，今后没人敢欺负你家了。姑妈叹口气说，早两年回来当支书就好喽！马大成心里一阵难过。是啊，早两年回来，表妹不会去运东市打工，当然也就不会落入吴立仁魔爪；姑父蔡传喜就不会喝农药自杀。但是，人生哪有假如？一切过往都是序章。命运无常，一切尽在人心。听爸爸说姑妈是听说他当了村支书才愿意下山的，但他又怀疑，吃斋念佛的姑妈怎么会念及世俗观念呢？

马万芳依然心静如水地看着侄儿说，大成啊，为人不做官，做官都一般。你要不吃馒头争口气，别像蔡风那样不干正事。你要干正事，为老百姓干正事。

马大成说，我回来就是干正事的，姑妈放心。

54

听到马大成在手机里说晚上去姑妈家吃饭，牛艳丽下楼告诉了妈妈，问妈妈还有什么事要帮着做，妈妈眉开眼笑说，家里早用上煤气灶，不烧草不烧煤的，你想到哪玩去哪玩去。想起大成要在牛铃山南坡上拍婚纱照，牛艳丽说，我去牛铃山上玩玩。妈妈叮嘱，山上风大，小心着凉。天快晚了，别走太远。

牛艳丽带上手机自拍杆，沿着石楼后面的山坡上山。她虽然生长在不远的牛角庄，也曾跟着姐姐牛艳红爬过几回牛铃山，但是，对牛铃山始终没有什么印象，更不像马大成那样有感情。早听说春天牛铃山的山坡上到处盛开着牵牛花，而且牵牛花成为马大成和姐姐初恋的信物，但眼下正值深秋，牵牛花早已结果甚至衰败了。她有点想不通，牵牛花好看是好看，但既不高贵，也不漂亮，只不过是匍匐在地或者攀枝缠篱且随处可见的一种野花，怎么就能成为马大成心目中美好的象征的？想起跟随姐姐去运东城里开办牵牛花美容院，难道牛铃山上就没有更美更有价值的东西值得他们永久怀念吗？

深秋的牛铃山苍翠墨绿，像一架巨幅山水彩屏耸立在马蹄庄后。山势不高。既不雄奇，也不险峻。苍松翠柏之间的山坡上，由人踏出的一条条山路延伸出去，若隐若现，弯弯曲曲，仿佛一条条经络。沿着一条山路上去，穿过一片松林，眼前豁然出现一大片无树的山坡。斜阳西照，秋草渐黄，仿佛一幅巨毯铺下山脚，真想就地躺下，滚下山去。但仔细观察一下秋草覆盖下的平缓山坡，其实山坡并不平整。

不仅长着一丛一丛棘藜，而且秋草下面还有许多砾石，一旦躺下就有可能划破皮肉。因此，只能远观，不能近看。远观是画，近看是疤。但这丝毫不影响牛艳丽的美好心情。她迎着习习山风，一路爬上了山顶。

山顶一块巨石上的小庙只不过三间瓦屋，屋内供着一尊菩萨。姑妈就是在这三间瓦屋里烧香拜佛一个多月，怎么熬过来的？牛艳丽绕着小庙转了一圈，往山下眺望。远处是苍茫的清平湖，近处是棋盘一般的农田。农田间的牛角庄、蔡庄、乱庄，还有许多牛艳丽叫不上名字的自然村庄星罗棋布，而山脚下的马蹄庄则石屋俨然，错落有致，别有一番自然风味。

太美啦！牛艳丽情不自禁自言自语。她把手机放到自拍杆上，点到摄像功能，拉长自拍杆，对着镜头，还有点气喘地说，亲们，我现在是在牛铃山山顶。多美的牛铃山。牛铃山不高，但这里有美丽的传说。看，不远处的石头砌成的村庄叫马蹄庄，就是我未来的家。欢迎亲们来牛铃山游玩，到我家来做客。牛艳丽缓缓移动自拍杆，几乎拍下了牛铃山全景。取下手机，找出一首《谁不说俺家乡好》的背景音乐配上，发了抖音短视频。

不一会儿，姐姐就第一个在评论区评论：山美水美人更美，牛铃山会在大成手里弄出名。牛艳丽回复：春暖花开的时候，欢迎姐姐来牛铃山看牵牛花！姐姐没了下文。

呜哇，呜哇，呜呜哇哇，山林里突然传来了一阵唢呐声。牛艳丽先是一惊，很快就想到那大概是马大强在练习吹唢呐的。但她还是顿时毛骨悚然，汗毛一根根竖了起来。喀——，她大声干咳一声，壮了壮胆子，快步跑下山。

到家一看抖音视频，又有人评论了！牛艳丽点开一看，评论就两个字：臭美！仿佛迎头浇了一盆凉水，心情降到了冰点。

气愤！谁给的差评？

按说牛艳丽不该这么脆弱。但她偏偏就这么脆弱。臭美就臭美呗！这年头，女人无论老少，公称美女。哪个女人不臭美？至于吗？

有时自己还说自己臭美哩，怎么别人说自己臭美就受不了了？但牛艳丽就是受不了了。她点开那个人的抖音头像和昵称。头像是一棵绿叶白帮的玉白菜，古代的玉雕；昵称却叫"阳光玫瑰"，引进的一种日本葡萄名。哼，白菜加葡萄，还当宝贝啦！搜！挖！不信搜不出实名，不信挖不出真人。虚拟背后都有真人。猫给耗子当伴娘，这个世界太疯狂。人人都戴着一副虚拟的面具生活在网络世界，有说有笑，有打有闹，喜怒哀乐，不亦乐乎。真实世界倒仿佛也变得假了。牛艳丽一时化身侦探，决心要揪出说她"臭美"的人。很简单，在虚拟世界留下脚印就像野兽在林海雪原上留下了趾痕，无论是虎狼，还是狐狸，只要沿着趾痕追去，就总能找到真身。点开这人的脚印。有了，"阳光玫瑰"有微信，没有抖音账号，但有朋友圈。点开"阳光玫瑰"朋友圈。哈哈，哪里逃？真人现身了！

原来是那天加了她微信的牛铃山村妇女主任蔡玉芬。

蔡玉芬也爱臭美！她的朋友圈里晒了不少照片。一帧一帧看看吧。有开会的，有披红挂花领奖的，有拿着笔记本装模作样走访农户的，更多的是穿着不同衣服的自拍。哼，还说别人臭美，你比谁都臭美。你不仅臭美，还臭不要脸！牛艳丽自言自语，你看你第一次见到大成那样，看你那眼神，听你那浪声，就差没搂进怀里吞了大成。当着那么多人的面，你美在哪里？

女人的天敌还是女人。牛艳丽随即回复了蔡玉芬对她的评论：臭不要脸！

接下来就等着对方来互撑。谁不互撑，谁孬种！牛艳丽决心奉陪到底。出了一口恶气，心里舒坦了。但没等到对方冒泡撑她，"臭美"的评论却提醒牛艳丽，自己的视频没拍好。

自从跟着马大成回到老家，牛艳丽就没回牛角庄去。马家没她什么事干。本来就手机不离手的，这下更玩嗨了。玩抖音，拍视频，刷视频，看上去忙得很。在城里跟着姐姐牛艳红学做美容那一年，姐姐管得严，比妈妈管得都严，想偷懒看一会儿手机都不行。不是打，就是骂。打得她哪哪都疼。回老家来了，那真叫一个天不管、地不收了。

自己爸妈不管，快出嫁的闺女，心疼还来不及哩，管啥？大成爸妈更不管，没进门的儿媳，多个可心闺女，捧在手心里还怕化掉哩，管啥？大成爸妈不仅不管，而且还好吃好喝哄着她，像供着一尊菩萨一样供着她。

大成妈心里只装着一件事，但从不说出来。不过，眼神早就泄露出她的心事了。但凡见着牛艳丽，目光总盯在牛艳丽的肚子上。平时做菜，总爱多淋点醋。吃饭的时候，又总爱挑点酸的给牛艳丽吃，看她想不想吐酸水。其实说白了，就是巴望她早点怀孕，老两口好抱上孙子或孙女。马大成三十岁了，本庄同村的同龄人哪家不生了两三个孩子了？连同宗弟弟马大强的孩子都快上一年级了。马大成还无事人似的。没女朋友就算了，想孙子或孙女等于搬石头砸天。有了女朋友，而且天天狗吊油子似的黏在一起，生米都煮成熟饭，就差一张结婚证了，而准儿媳的肚子还没一点动静，说让大成妈不去胡思乱想，那怎么可能呢？

什么时候有喜嗨？急死人喽！大成妈没少在老头子跟前嘀咕。马万里撑她，瞎操那闲心干什么，孩子似的还没玩够哩！

的确，牛艳丽还像个孩子贪玩。本来就是一个大条，风一阵，雨一阵，说哭，哭得稀里哗啦。说笑，笑得四仰八叉。少心烂肺，主打一个任性。一点不像她姐姐那样心活，处处争强好胜，顶门立户的。她本着一条，怎的？天塌下来有地等着，烦那么多神干吗！两头老人放手不管，她没当客气，反而当作福气，玩得更嗨了。大成在，黏着大成。在二人世界里黏，黏成什么样，别人不知道。当着大成爸妈的面还黏，黏得老两口子脸上发烫，眼都睁不开，心里却喝了蜜水似的。大成不在，没人黏了，自己就嗨玩。想起一出是一出，想到哪做到哪。一会儿跑牛铃山上去拍，一会儿跑山下水沟边拍。眼睛盯着山上的树草，目光寻找着水沟里的鱼虾。看到她认为值得一拍的东西就伸出手机去拍。有时看到路上一群蚂蚁搬家都能蹲下拍半天哩！一天少说也要拍发三五条抖音。但是，拍了发了几十个短视频，积累的粉丝才几十人。掐指算算，粉丝里除了一个个叫出名字的亲友同学，没几个外人。换句话说，也就是她拍的视频不是亲友同学架势就吸引不到外面的人。而且除了姐姐点赞好评外，其他人都是潜水路过，连动动手指都吝啬。好不容易等到一个评论居然还是"臭美"。

怎么才能吸引眼球涨粉呢？牛艳丽很苦恼。

拍那些东西当饭吃吗？大成不在家，他妈看到牛艳丽竟然举起手机对准自己，慌忙躲闪后问。

牛艳丽说，不当饭，好玩！妈，你别动，我看你穿着围裙端着簸箕喂猪的镜头很美。

大成妈羞红了脸说，一脸老皮，不知道美在哪里！

美在发现！哎，妈，你能不能当一回演员，听我导演？

大成妈大笑说，好啊！活了大半辈子，光看电视上的演员风光，做梦也没想到当过演员。艳丽进家来就让我当演员，这是天上掉下来的福气！好吧，我演。你导吧！

牛艳丽说归说，真的让她导演了，她又慌了。该怎么导呢？演员毕竟是准婆婆，大话都没敢说过一句，更连一根指头都没碰过准婆婆，怎么拉准婆婆说戏？她想了想说，这样，妈，你看电视剧里那些人怎么演你就怎么演。

不说演还好，一说演，大成妈居然放下簸箕，抓起围裙擦了擦双手，抹了抹花白的双鬓，连手脚都不知怎么放了。迈开左腿，迈不开右腿。没走几步，差点同手同脚在走了。

牛艳丽笑弯了腰说，你不是要去猪圈喂猪吗？还把簸箕端在怀里。本色出演，不用化装，不用道具，你就像平时一样喂猪，唤猪。别紧张。别看我。我在一旁拍着就行。

大成妈说了句，那行，就弯腰再端起一簸箕猪饲料去了楼前的猪圈喂猪。牛艳丽猛跑几步，回头举着手机，聚精会神拍摄。边拍边后退。镜头随着大成妈走近，弯腰往猪食槽里倒食，嘴里喽喽地唤着猪。只见猪圈里呼呼蹿出两头猪来，扑向猪食槽，哼哼哈哈抢食。一头白猪，一头黑猪。两头猪的个头差不多大。

镜头转向猪圈。

猪圈的墙全是石头砌的，顶上苫了石棉瓦。猪圈分前后两区。后区高、干，是猪睡觉的地方。前区洼、湿，是猪拉屎撒尿的地方。猪吃饱了就在后区睡觉，睡醒了就哼哼再要吃，有屎有尿就屙在前区。猪真有福，吃饱了睡，睡醒了吃。牛艳丽对喂猪一点都不稀罕。过去牛铃山村哪家不喂猪？她从小还放过猪哩！和庄上的小伙伴各自赶着自家的猪会聚到一起，撵过清平湖大堤，往大堤外的大草甸上一放，任猪拱食去。她之所以突然想拍大成妈喂猪情景，完全是心血来潮，突发奇想。因为越来越多的人住到城里集镇上去了，喂猪这件事可能会成为乡愁记忆，要是拍下来发出去，肯定涨粉。

拍这个也能当饭吃吗？等牛艳丽把喂猪的过程拍完，大成妈又问了一句。

这话的潜台词是想点醒牛艳丽，做点正事，学点技能，不然就得喝西北风。但牛艳丽心眼实，转不过弯，破解不了大成妈这话的潜台词。大成妈第一次问的时候，牛艳丽只说好玩，不当饭吃。这第二次又问，牛艳丽就把话实捧出来说，怎么不当饭吃？是一碗好饭哩！不刷抖音你不知道，抖音上拍视频发财多了去了。有人以此为生，有人发了大财，百万千万的赚。流量就是钱。粉丝多了，商家就会找上门，做广告，直播带货，不出家门就能赚大钱。别人能玩着发财，我怎么不能？

大成妈拍着巴掌大笑说，好啊，要是动动手指就能发财，那是巴不求得的喽！只是别看人家吃豆腐牙快，轮上咱们就没钱赚喽！

妈，不会的，等我蹚出自己的路子就好了。牛艳丽说完就跑上楼去编辑视频，似乎忙得有头有脑的。

牛艳丽编辑视频还处于初级阶段。设备简单，画面简单，想怎么丰富，根本不可能。但她只是像千千万万年轻人一样，玩玩自拍，开心就好。然而这一次牛艳丽不敢马虎了。她是导演，未来的婆婆是演员。导得怎样？演得怎样？虽然都不怎样，但起码还得讲究一点。农家主妇的本色出演，农家准儿媳的初次导演，称得上是婆媳二人的处女作，马虎不得。她还是配上一首《谁不说俺家乡好》背景音乐，又起了个题目《婆婆日记》。题目刚起好，又撤掉了。她和大成还没领证，大成妈还称不上婆婆。但不称婆婆又称什么呢？想来想去，心一横，早晚会成婆婆，还是叫《婆婆日记》好。从自拍到他拍，是不是还应当说几句？牛艳丽撇着普通话说，亲们，《婆婆日记》今天上线了，欢迎评论！感谢有爱心的盆友给个小红心。然后发了出去。

晚上，马大成开车回来，情绪有点不佳，先是向爸妈报告了姑妈情况，然后就上楼了。牛艳丽跟上楼，像一只小猫闻着他身上的味道，嗯？哪来的一股骚味！马大成心里一惊，想起在办公室里迎面撞上蔡玉芬，就扯起自己衣袖闻了闻说，除了汗味，哪有什么骚味。牛艳丽说，我鼻子尖得很，这是一种香水混合了汗味的怪味，你可千万别拈花惹草啊！我看那个妇女主任看你的目光就不周正，爸爸说她不好惹，你不会惹上她了吧？马大成说，没有。我行端站正，哪个敢惹我！牛艳丽搂住他脖子亲了又亲说，我下午去牛铃山拍视频，回来又拍了一条妈喂猪的视频，怎么没看到你点赞评论啊？马大成掏出手机说，哦，我忙得一直没来得及看手机。怎么样，在牛铃山上拍婚纱照不比风景名胜区差吧？牛艳丽说，我看有几个取景点都很好，南坡上的大草坪，山顶巨石上小庙里的菩萨，还有白龙涧的山泉边，真不少。马大成说，现在是深秋，等来年春暖花开，牛铃山更美。牛艳丽说，那时是不是满山遍野开满了牵牛花？马大成听了岔开话题问，哎，你拍《婆婆日记》，当真天天拍妈妈啊？谁说日记要天天拍的？有好的素材就拍呗！你喜欢文艺。等我的粉丝多了，到时我写短视频剧本，你给我修改润色啊！牛艳丽说着说着，又绕回到在牛铃山上拍婚纱照上去了，她不用脑子说，到时把姐姐也喊回来拍，她最爱牵牛花，她说你也最爱牵牛花。马大成说，是啊，我就喜欢牵牛，你就是一头小花牛！牛艳丽面色潮红，操了马大成一把说，快去洗澡吧，妈妈等着看我的肚子哩！马大成说，你当真是妈想看你肚脐眼里的臭泥吗？牛艳丽说，我逗你玩的，你当我真傻啊？我当然知道是二老想孙子喽！马大成上去弯起手指刮了一下她的鼻梁说，你还真的不傻！

牛艳丽一激动又吊到恋人脖子上就不下来了。马大成不得不像个大袋鼠似的把她吊来吊去，直到重新放到床上。马大成说，咱们不能老这样同居，非法，影响不好，对你也不公平。咱们抽空去领证吧！牛艳丽激动得千娇百媚。

55

一夜秋风吹过，牛铃山下的田野上又抹上一层枯黄。

早已废弃的牛铃山小学校舍仿佛一处遗址静静矗立在田野上。再也看不到师生出没的热闹，再也听不到上下课的铃声悠扬和书声琅琅。几排没有门窗的平房教室多像几只口风琴在秋风中呜呜呜响。教室前后的空地和西面操场上衰草遍地。自从村级小学撤并以后，早年有人在那里喂牛放羊，后来居然连牛羊都没有了。原先的操场和校舍之间都被附近叫乱庄的自然村庄村民种上了庄稼。寒来暑往，年复一年。如今稻子收掉了，麦子还没有种上。三个篮球场的篮板和篮筐还矗在田野里，只是东倒西歪，锈迹斑斑，仿佛古代帝王陵寝前神道上的残破牌坊，依稀分辨出当年小学操场的轮廓，可以推测当年这里是多么热闹，承载了牛铃山村起码两三代人的美好记忆。岁月的脚步给人留下了皱纹和白发，给大地留下的却只能是风化和轮回。

一早，马大成带上爸爸和三叔，开车来到牛铃山小学。王道远突击任命他接手牛铃山党支部和村委会的时候，他就陪王道远到牛铃山小学来察看过。王道远同意他把废弃的校舍改造成牛铃山村农民合作社。但这事肯定不会那么简单。很多东西，你不碰，坏了烂了，没事。你一碰，哪怕你花了大钱，准有人找事。马大成明白这个道理，但他想在尽快改造牛铃山小学校舍同时，再协调做好校舍边上乱庄承包户的工作。

我要把牛铃山村农业合作社放在这里，让这里恢复生机和活力。爸，三叔，请你们把两排平房修好门窗。教室当仓库，宿舍做办公，周边拉上围墙，今后合作社有家当就有了收揽，收下的粮食就有了堆场。马大成站在校舍外对爸爸和三叔展望着他心中的合作社图景。

马万里不无担心地提醒儿子，你能保证乱庄人不会阻挠？

什么人阻挠都没用，马大成雄心勃勃说，猴子不上套，多敲几遍锣。你们先干起来，有人阻挠我再想办法协调。

马万里马万年兄弟都曾在城里做过瓦匠盖过楼，改造修缮平房不算什么。但巧妇难为无米之炊，当务之急是要买砖瓦等料子。马万里相信儿子有权力有能力摆平村里的事情，便跨着大步沿着校园周围开始丈量。

马大成在这里念完小学和初中，一晃十几年过去，发生在这里的天真烂漫和懵懂初恋早已化作记忆。他目光跟着爸爸追去，手指着爸爸的前方说，再往前走，我记得操场有县城体育场那么大，光篮球场就有四个。那三个篮球板西边还有一个。

马万里就沿着操场的方向丈量过去。走了一圈，心里默默计算着围墙所需要的红砖水泥沙子，回来给儿子报出一个大致数字。

马大成说，这个不用你们操心，我马上就让人送来。说完，掏出手机翻出几个号码就打了过去。一听就知道，都是他在运东市做包工头十来年的建筑材料供应商。热情寒暄了几句，就进入正题。几个人都听说他跟吴立仁闹翻后回老家来当了村支书，对他的信誉都很赞赏，纷纷答应给他送货。马大成把位置发给了他们后留言说，我还有事，不能在这里等着。我爸和三叔在这儿。你们放心送货。货到付款。

马大成所说的有事，正是柳集乡党委政府的工作例会。他是第一次参加，不敢马虎。

柳集乡党委政府正常情况下每周至少召开两例会，而且都会在周一和周五的上午。

参会人员除了乡直机关干部，还有各村村支两委负责人。牛铃山村村支两委班子负责人刚刚换过，现在是马大成一肩挑。此前例会是什么样子，马大成不知道。乡党委书记王道远也不知道。在市直机关待久了的王道远并不喜欢开长会，更不喜欢说大话套话，而是有事说事，没事别乱生事。马大成呢？包工头养成了务实作风，更不喜务虚功。昨晚接到乡党委秘书电话通知，今天上午参加例会，马大成就在心里嘀咕，农村工作当面锣对面鼓的，靠会议能解决什么问题？但他非常清楚，召开例会不是一个简单的工作问题，而是一个严肃的政治问题，不能有丝毫马虎。他必须而且确保提前到会。

马大成提前半小时开车赶到乡里。

柳集乡政府办公大楼五层，体量比牛铃山村部办公楼大十倍不止。楼前的广场上空飘扬着一面鲜艳的五星红旗。楼后是一个停车场，再往后就是乡直机关干部的宿舍区和食堂。马大成在门卫的指引下停好车，找到王道远宿舍。

王道远埋头在笔记本上准备例会上的讲话，见马大成进屋就合上笔记本问，工作移交顺利吗？合作社什么时候能完成注册？马大成一一汇报后说，王老师，我感觉农村工作太复杂了，幸亏我生长在农村，不然真的不知道工作从哪里抓起。王道远说，农村工作非常复杂，也非常重要，不仅要有一腔热情，而且更需要耐心和智慧。原先的各村支书主任年龄偏大，文化普遍不高，工作靠家族拳头势力。现在不行了。土地流转以来，越来越需要更多像你这样有理想有文化有胆识有干劲的青年人挑大梁。根据上级文件要求，各村的支书要逐步更新调整为年龄不超过四十岁具有大专及以上文化的年轻人。马大成说，我还不知道现在乡里的主要任务是什么哩！王道远拿起茶杯和笔记本站起来说，我在例会上会说到的，走，咱们开会去。

乡里的会议室在五楼，比村里会议室更加气派，像个小剧场。主席台上，麦克风，电子显示屏，一应俱全。课桌式阶梯会议室能容纳二三百人。马大成走进会议室，发现会场已经坐了许多人，全是陌生面孔。每人面前都有席卡。不是个人姓名席卡，而是村名和单位席卡。马大成找到牛铃山村席卡坐了下来。

主席台上只坐着书记、乡长两人。会议由王道远书记主持。乡长先总结上周工作，然后王道远讲话。

马大成埋头做着记录，不想漏掉一句话甚至一个字。

王道远说，柳集乡近期的主要工作有：一、继续征收医保和养老保险金。这项工作从上任党委书记8月份布置以来，各村完成超过一半。但我们知道，工作先易后难，越往后越难征收，难啃的骨头都在后面。医保个人缴纳的部分今年提高到了400元，国家补助600元，从缴纳后的第二年1月起就享受医保；养老保险金从300元起征，分12个档次，缴纳得越多，国家配套得就越多。各村要加大宣传、征收力度，确保11月底前全部完成。二、干净彻底完成土地流转和集中居住。我乡是全省乃至全国率先整乡推行土地流转和集中居住的。土地是农民的命根子，把他们从土地上解放出来，分片集中居住，不仅是农村改革的现实需要，而且是实现中国式现代化的必由之路。这项改革是历史性的，是颠覆性的。小田变大田，有利于农业机械化和现代化。分散居住变集中居住，有利于城镇化和人的全面发展。大家要解放思想，奋力推进这项改革彻底完成。为此，经过乡党委政府研究，全乡打算增加两个集中居住特色片区：一个是牛铃山特色片区，致力于打造成山乡文旅景区配套项目；一个是湖滨特色片区，致力于打造成水乡文旅景区。其中，牛铃山山乡文旅景区依托牛铃山自然资源，引进经验丰富的文旅龙头企业开发和管理。乡里只求所在，不求所有。这里透露一下，乡党委已向县委打了开发牛铃山的请示，我已到县文旅局谈了两次，请他们尽快拿出牛铃山山乡文旅景区建设规划。

马大成听到这里，心潮澎湃，热血沸腾，突然听到王道远喊了自己的名字，他激动地站了起来。

王道远手指着他说，大家认识一下，他叫马大成，马蹄庄的。年轻有为的企业家。现在是牛铃山村党支部书记兼村委会代主任。会场上的目光纷纷投向马大成。马大成转着圈子向大家拱手致谢。王道远在主席台上摁了摁手，示意马大成坐下后说，大成，你回去以后要立即做好牛铃山山乡文旅景区开发的启动准备工作。首先要封山，不许任何人动一个草节一颗石子。其次要选择一块既不影响景区建设又不破坏农田的地块作为集中居住区的选址。乡里相关部门要积极配合做好征地等手续办理工作。听明白了吗？

马大成再次站起来回答，听明白了，王书记，我回去就抓紧落实。

王道远继续说，三、加快农业合作社建设，促进乡村全面振兴。土地流转了，农民集中居住了，那农村还是农村吗？农民还是农民吗？我说，农村还是要像农村的样子，农民还应当是农民。只是农村不再是一家一户的小农经济，而是连片耕种的共享经济，农民不再只在自家承包地上劳作，而是在农业合作社劳作并参与分红的股民，有的农民还将变成股东新农人。各村要加快农业合作社建设步伐，已经完成注册的，要尽快运作起来；尚未注册的，要抓紧完成注册。王道远又讲了其他几项工作后宣布散会。

马大成刚坐到车里，掏出手机开机，听到牛艳丽语音留言：爸爸让你给拉砖瓦沙子的人说一下，别往牛铃山小学送砖瓦沙子了。改造校舍遭到马猴子和乱庄人阻挠，差点打起来。马大成答应一声，迅速给材料供应客户打电话暂停。坐在车里静静想了想，感觉自己想得太简单了，还可能太自负。从现在起，自己面对的看上去是乡里乡亲，实质上是全新的挑战。工作不能盲目决策，要学会弹钢琴，不能摁起葫芦浮起瓢。牛铃山小学校舍改造出师不利，眼下看来还不是最迫切最重要的。当务之急还是迅速开会落实刚才王书记布置的各项任务。他马上给秦会计打电话，要求通知村支两委班子成员和村小组长到村支两委办公楼会议室开会。

秦会计答应后火急火燎说，你快回来吧，有人在村部找你告状呢！

原来，马大成去乡里开会，前脚刚走，后脚马猴子就骑着电瓶车赶到牛铃山村小学。

快来看啊，马大成霸占咱们村小学了！马猴子扎下电瓶车就大声嚷嚷起来，像跳大神一样疯狂蹦跳。

正在卸沙子的马万里和马万年兄弟听到双双骂了句，这个孬熊唯恐天下不乱，哪天能不闹腾！

马猴子大声嚷完就往小学校里走。敞怀的秋衣随风飘舞，破了几个洞的红色内衣勒在裤子里，一副得理不饶人的架势。

马万里拄着铁锹，看着马猴子走近自己说，猴子，我家大成哪天拉屎在你家锅里的吗？

没有，马猴子梗着脖子说，但路不平，众人踩。你家大成没得罪我，但你家也不能仗势讹人霸占牛铃山小学。

马万里呛他说，猴子，你睁大你的狗眼看好了。小学废在这里多少年了，七倒八歪都快成一堆破瓦烂砖了，大成打算修缮修缮做村农民合作社，哪个霸占的？你血口喷人！

对呀，小学校废弃这么多年为什么没人敢动？因为这是公共财产。我印象当时还是牛铃山大队时盖的。县里乡里给钱，大队出人出力。我提瓦刀的手艺就是盖牛铃山小学学的。马猴子说。

拉沙子司机看不过去，上前递一支烟给马猴子。马猴子接过烟，低头让司机点火，猛吸一口，还打算跟马万里理论下去。一看马万里不吱声了，他便靠近拉沙子司机说，你赶快别拉了，没人给你钱的。司机说，我们跟马总合作多少年了，他从没欠过我们拉沙钱。马猴子说，我不是说他欠你钱，这事没你想的那么简单。我是说这里用不着你的沙子，过一会儿不让你拉回去就算不错了。

马万年一看马猴子挑拨离间，停下手里的活说，猴子，你尽他妈喜欢挑事，喜欢窝里斗啊！一天不闹腾你就会死啊！小学又不在马蹄庄地盘上，关你屁事！

马猴子又梗着脖子跳向马万年说，不在马蹄庄地盘不关我屁事，也不关你屁事！你凭什么动小学的脑筋？好，既然在乱庄地盘上，那我把乱庄人喊来评评这理。

哪里还要等着马猴子去喊，乱庄方向已经走出几个中老年人。人人扛着铁锹，眼看就要围上来了。他们比马猴子更早看到有人在牛铃山小学挥锹动土，早在庄上活动了起来。

看架势，一场械斗似乎不可避免。

马万里一看急眼了。本来对马猴子就讨厌得像踩到一泡狗屎，现在又在他眼皮子底下恶心他，便气不打一处来。他二话没说，趁其不备，举起铁锹向马猴子的头上劈去。

马猴子眼疾手快,闪身一躲。不是躲闪及时,脑袋开花是跑不掉的了。欺软怕硬的马猴子转身跑到电瓶车边,骑上电瓶车向蔡庄方向驶去,又打算到村部去闹。

乱庄的一群人围住马万里马万年兄弟,七嘴八舌,夹枪带棒,说话越来越难听。一个村的,平时抬头不见低头见,不是沾亲,就是带故。哪天一起坐过席、喝过酒,哪天一起上过河工、扒过窝棚,都还记得清清楚楚。但是,哼哼,在利益面前,什么沾亲带故都没用。小学校舍在乱庄地盘上。先到先得,乱庄不仅占理,而且人数占优,迅速形成了压倒性态势。

马万里马万年兄弟给乱庄人一个一个散烟,不停解释。

乱庄人烟照接照抽,但解释不听。不仅不听,而且也不跟马姓兄弟俩讲理,就动起手来。动手不是打人。一根毫毛都没动马家兄弟。谁都知道打人犯法。马家兄弟年纪不小了,说不准手指碰一碰,兄弟倒地讹上你。动手就是向沙子动手。你不是卸沙吗?不准你卸,装卸下来的沙子不准你用不就完了。乱庄人处理问题不仅直截了当,而且毒辣有效。

一个秦姓老头带头铲起一锹刚卸在地上的沙子,身子一拧,把那一锹沙子抛撒到稻茬地里去了。其他几个人跟着模仿。你一锹,我一锹,把卸下来的一堆沙子很快抛撒进稻茬地里,不可收拾。抛撒时还有说有笑的,像往自家地里抛撒家杂肥一样轻松。很快,卸下来的沙子抛撒完了,一个年轻一点的人又把铁锹伸向车上。拉沙子司机上前阻止说,哎,别丧良心啊!车上沙子不碍你们事,我这就拖回去。

沙子抛撒进地里还有什么用?对呀,要不怎么说乱庄人做法毒辣呢!眼里揉不下沙子,土里却能揉得下沙子。沙子一进入土里就不可收拾,就变成废物了。这一招比动手扇马家兄弟两个耳光毒辣多了。

马万里心疼得直揉眼,真像沙子揉进了他眼里。明知乱庄人多势众,更知道乱庄之所以叫乱庄,就因为乱庄村民在任何形势下都会乱来,根本不服从上级安排,更不跟你讲道理。好汉不吃眼前亏。马万里咽下一肚子气,赔着笑脸,拦住这个,觍脸说着好话。

他秦表大爷，你们误会了。这事不是马蹄庄要占乱庄便宜，是乡里王书记安排的。马万里拉过抛撒第一锹沙子的老人说。老人不听，哪个书记安排的都不行。宁愿小学烂在乱庄地里，也不能改造。

马万年拉住另一个人，也是觍脸说着好话，他表哥哎，沙子是钱买来的，你撒到地里不当肥料，还影响庄稼生长，何苦呢？人家也不听，就是周边的地废掉，也不能改造小学校舍。

你们会后悔的！马万里看到沙子没了，心疼得大声吼起来。乱庄人齐声说，我们不后悔。马万里认真起来，问挑头的秦姓老人，我问你，你们打算加入牛铃山村农民合作社吗？

秦姓老人竖起眼睛瞪着他说，你说什么？合作社？解放初期兴合作社，怎么现在又要办合作社？你做梦的吧！

马万里大声告诉他，不是我在做梦，是你还在梦里没醒。现在都什么时代了？土地流转，集中居住，成立农民合作社早就是大势所趋了。你儿子秦会计没告诉你？

秦姓老人说，没告诉我。告诉我，我也不相信。我只听说你家大成回来当支书了，是不是他出的馊点子？

马万里苦笑说，大成敢出这个馊点子吗？这是上级要求！

秦姓老人说，反正，不管哪个出的馊点子，不管他什么合作社，乱庄地盘上的东西，马蹄庄休想动。

马万年拉开马万里，走，回家去！看还敢不敢动。有人踏平你乱庄！

打发走拉沙的人，兄弟俩扛起铁锹回家。在回家的路上，马万里用老人机给儿子打电话，想告诉儿子，改造牛铃山小学校舍受到乱庄村民阻挠，半车沙子被撒进了稻茬地里。还没运到的砖瓦让他们不要再送来了，防止让乱庄村民抢了去。但儿子开会手机关机了。马万里着急。到家对准儿媳牛艳丽一说，牛艳丽兴奋说，好办，我给大成语音留言。

56

等马大成回到位于村支两委办公楼，既没看到谁在告状，也没看到有什么异样。走进一楼，没等掏出钥匙开门，什么时候蹲在他办公室门口的马猴子突然站了起来，把他拦在门外。

大成，有人霸占牛铃山小学，你管不管？马猴子一头犟筋在叫板。

马大成一见到马猴子就反感，知道他去阻挠爸爸和三叔修缮牛铃山小学校舍，就没好声气地说，猴叔找事是吧？马猴子说，我就找事，难得你有事给我找！马大成挑眼大声问，我有什么事给你找？马猴子说，你当支书就霸占牛铃山小学，安排你爸你三叔去修理改造，你经过哪个同意的？马大成哼哼笑了笑，手指马猴子大声说，猴叔，你算老几，我做事还要经过你同意？你这辈子就是跟我犯戗是不是？牛铃山小学废弃这么多年了没人问，我当了牛铃山村农民合作社理事长，利用废弃校舍作为合作社的生产办公场所，造福全村村民，难道错了吗？不错，我让爸爸和三叔去修缮小学，爸爸三叔不要工钱。我让你去，不给你工钱，你愿意吗？马猴子说，门都没有！这年头出力就得给钱，没工钱我凭什么去给你干。马大成说，这不就得了吗？我为合作社谋福利，自己往里搭钱拱人力，我怕什么？马猴子说得有点无厘头，别看你当支书了，舍得一身剐，敢把皇帝拉下马。我不信拉不下你。马大成拱手笑了笑说，好啊，欢迎监督，哪天拉下我，我还给你磕头哩，猴叔！马猴子说，别跟我耍贫嘴，我说到做到。马大成说，你说到能做到，我哪天放过空炮？我带你到运东干活，你就跟我捣蛋。我回来了，你还跟我捣蛋。你是我克星还是怎么的？鬼怕恶人，我今后就由不得你歪门邪道的！咱们骑驴看唱本走着瞧。

赶来开会的蔡玉芬听到舅舅的吼声跑过来，拉过马猴子说，舅舅，你这是干什么？牛铃山小学是你家的？哦，不是你家的。谁爱占谁占，谁能占谁占，疼你大腿哪条筋呢！反正你又没本事占。马猴子横鼻竖眼对着外甥女说，照你这么说，天下还没公理了！这个不疼我大腿哪条筋，那个不疼我大腿哪条筋，那我活在世上还有没有良心？你舅舅不是糊涂蛋，你以为我胡搅蛮缠是不是？我就看不惯马大成那有钱大三辈的熊样，现在又回村当了支书主任了，怎的？他当什么我都不怕。蔡玉芬说，你听你都瞎说些什么！越扯越没谱了！大成通情达理，不跟你计较的。但凡跟你计较，你那点水平替他拎草鞋都不够格。马上开会了，你快离开这里吧！马猴子还说，他不处理，我去乡里告他去！蔡玉芬跺脚虎脸说，马猴子，你听不听人劝？你想不想让你外甥女在村里混了？你还是我舅吗？马猴子一听外甥女喊他外号，为老不尊了，先是一怔，后是突然往自己脸上扇了一巴掌，我这老张脸都没处搁喽！蔡玉芬用力推着马猴子往外走，小声说，舅，你别听那个曾家胜瞎挑拨，人矮三分必鬼。他又不是当地人，把你当枪头使，你还不知道。你上蹿下跳能捞到什么好处？快到大门口时，马猴子还口出狂言说，我真去乡里告他，不扳倒他，我就不算人！

话撺话，没好话。马大成突然从办公室里跑出来，撂下几句话，你还以为你是个人的？你连一条狗都不如！扔一根骨头给狗，狗还知道摇摇尾巴。你爱到哪告去哪告！

马猴子气哼哼地离开，骑上电动车真的往柳集乡方向开去。

马大成一上任就有人告他，扬言扳倒他，令他大伤脑筋。但马大成毫不畏惧。他坚信一条：走正路，不怕鬼欺。有马猴子外甥女蔡玉芬那天的拉扯骚扰，马大成对今天蔡玉芬的表现还算满意，但他还是不愿正视蔡玉芬的暧昧眼睛。倒是要治服马猴子，蔡玉芬能起到很大作用。他对跟着的蔡玉芬说，你舅就交给你管了，再跟我胡搅蛮缠，我就找你。蔡玉芹答应得非常爽快说，他就是属猴的，别人一挑拨，他就上蹿下跳。其实没能耐。交给我你就放心吧！马大成笑笑，不太相信一个外甥女能管住长辈舅舅。

第一次召开村支两委班子和村民小组长会议，马大成往主席台上一坐，看到台下没几个人，心里直犯嘀咕。

牛铃山村好歹两千多口人，十个自然村，也就是十个村民小组。村支两委班子少说也有七八个人，加上村民小组长怎么也有十七八个人。即使眼下支书和村主任是马大成一肩挑了，那也该有十五六个人参会。但眼前坐着还不到七八个人。先别说人数少，开会没劲。单就这熟悉程度说，马大成心里也还是凉了半截。前庄后邻的，看上去似乎面熟，但除了秦会计和蔡玉芬，其他人马大成都叫不上名字，也不知道什么身份。难怪，自己长期在运东市做包工头，虽然每年少说也要回来几趟，但毕竟与其他自然村上的人很少打交道。幸亏他在与蔡凤、马大强交接工作时拿到了村支两委和村民小组长的花名册，他不得不用点名的方式先熟悉一下人头。

马大成对照着花名册点了第一次名。蔡庄组村民小组长是蔡玉芬，乱庄村民小组长叫秦家财。点到谁，谁喊一声到。原来，秦会计就叫秦家财。还有五个村民小组长没有到会。点完名，马大成没好声气地问秦会计，到齐了吗？秦会计回答，没到齐，只到有一半。马大成双手一摊说，那怎么开会？秦会计笑了，过去都这样开的。马大成奇怪地追问，不来开会的人怎么完成任务？秦会计低头解释，许多人都在外打工，开会通知的时间太短，他们根本来不及赶回来。马大成又问，马蹄庄村民小组长是谁？秦会计回答，是马大强兼任的，通知他了，他说有事来不了。马大成有数了，下台村委会主任，再以村民小组长身份参会，怕是丢不起那个人吧！

坐在马大成正对面的蔡玉芬一直肆无忌惮地紧盯着马大成，眼睛连眨都不眨一下。两个嘴角，一个上扬，一个下抿，就像两个画歪掉的约等于号；两束目光，一束暧昧，一束羞涩，在她和马大成之间交叉形成一团迷雾，在马大成眼前绕来绕去，时浓时淡，若隐若现，躲躲闪闪，扑朔迷离。

有蔡玉芬的直视，马大成的眼前就像晃着一面镜子，怎么躲也躲不过去似的。但他一直回避着蔡玉芬的目光，紧盯着左侧的秦会计和另外三个村民小组长在说话。开场白没有废话。今天的会咱们像正常一样开，我把乡党委王书记的指示传达一下，大家分头去落实。于是，他对照笔记本上的记录逐一传达下去。传达完了又提了几条要求。

宣布散会后，马大成却又突然叫了一声，大家别走。已经起身的几人又坐了下来。马大成想了想说，我第一次开会就遇到挑战，人少一半。这是我没想到的。我只知道农村工作复杂难做，但没想到连人都抓不到。没人还怎么做工作？我想建立几个群，一个村支两委群，一个党员干部群，一个村民小组长群。可能有交叉，但分别建群有好处。今后再开会，找不到人来开会不要紧，我们就用手机上发群公告，再重要的会议还可以在线上开。不管他们在哪打工，只要在群里冒泡，有什么意见群里都能看到。怎么样？

蔡玉芬举手回答，好！微信群里开会，省钱省时又省力。我早听说大城市的白领蓝领金领们开会都在线上开。我有个姨妹春节从上海回来过年，正喝着年酒，她突然说了声我去开会。我姨一愣，这孩子去哪开会？赶得上吗？人家说你们喝着，我就在里屋开会。我姨不相信，耳朵贴在门上听听，里面真的有人在作报告。原来姨妹是在线上会议系统开会。听我姨说姨妹还在会上讲话了，口气可大了！千里之外，天各一方，既不耽误团圆，又不影响开会，真好！今后要是能在牛铃山村推行线上开会，那咱们牛铃山村又走在全乡前头了。

是啊，线上开会已经不是什么新鲜事情，但眼下乡村估计还开不起来。马大成听了蔡玉芬的插话很是欣慰，自己的动议毕竟有人懂有人支持了。但他依然没有正眼去看蔡玉芬。她马屁拍得自己很舒服，但有她第一天蝎子一般蜇过一次，马大成看她一眼就像看到蝎子一样恶心害怕。别看她面容娇嫩，身材傲人，真的可能就是一条美女蛇啊！

马大成雷厉风行，当场建群。先是参加会议的面对面建群，然后让他们把没来参会的人一个拉进群里。蔡玉芬总能找到话说，群主是马书记吧？马大成笑着说，做不做群主无所谓，关键是要能保证信息畅通。蔡玉芬专挑马大成听着舒坦的话说，你不做群主，哪个敢做群主？马大成严肃回答，你们不想做群主，那我就来做群主。我不怕得罪人。但是，请用实名啊！改实名啊！

各人手机都唧唧响着，很快就建起了三个群。村支两委群简单，都拉齐了。村民小组长群也很快拉齐了。只有党员干部群没有现场拉齐。因为有的党员年纪大了，用的是老年手机，有的党员连老年手机都没有。但能拉多少就拉多少。农村工作，丁是丁，卯是卯的，很难做到。蔡风和马大强虽然是本村党员，但他们都调整到乡里做了部门副职，组织关系会不会转移到乡直机关支部。秦会计请求马大成，拉不拉他俩进党员干部群？马大成回答非常干脆，拉。

马大成对秦会计说，年底前要完成的医保和养老保险金征收，有没有收款码？秦会计说，有，是县医保和养老保险金的专用收款码。马大成说，你转发给我，我在群里发给各村民小组长。

临下楼的时候，马大成又叫住秦会计说，我想跟你商量一件事情，牛铃山小学在乱庄地盘上，废弃很多年了。乡里要求每个村成立农民合作社，作为流转土地的运作实体和农民增收的主要渠道。合作社不能成为皮包公司，要真正成为运作实体，就要有办公和机械场所。王书记在牛铃山小学教过书，而且感情很深，他想把小学校舍整理改造成为牛铃山村农民合作社。上午我派我爸和我三叔去整理，结果乱庄部分村民出来干扰阻拦。我想请你回去做做乱庄村民工作。主要讲清我们不是侵占公共资产，而是盘活闲置资产，壮大集体经济，促进全村村民共同富裕。你感觉有困难吗？

应当没有困难，干扰阻拦的人估计都是小学周围土地的承包户。我们念书时的小学多大一个操场啊，后来小学撤并了，操场就让人种上庄稼了。乱庄有人为这事心理一直不平衡哩！工作包在我身上，放心吧！秦会计难得工作打了包票。马大成激动，谢谢你的支持！

第十五章　结婚　离婚

57

这天，县文旅局、农业农村局、文旅集团的负责人乘车赶到柳集乡政府大院，换乘一辆柳集乡政府租的考斯特，前往牛铃山考察。他们是为落实县委周书记的批示而来，标志着牛铃山山乡文旅景区开发即将正式启动。

这是王道远挂职上任后的第一个大手笔。

此前，王道远向县委周书记报送了一份开发牛铃山为山乡文旅景区的请示和方案，周书记随即批示：文旅局牵头，农业农村局配合，柳集乡和文旅集团落实，县乡联手把牛铃山打造成农旅融合示范点和乡村文旅基地。县委办很快把周书记的批示传到柳集乡党委和相关部门单位。

拿到了尚方宝剑，王道远对开发牛铃山信心满满。

在全乡干部的又一次例会上，王道远把县委周书记的批示和开发牛铃山的推进方案宣读一遍。推进方案要求，一期开发核心景区项目，时间半年；二期开发文旅项目，时间一年；三期开发农文旅融合拓展项目，时间三年。按照这个推进方案，不出意外，挂职一年的王道远只能完成一期开发，顶多完成二期项目一半。乡里有的干部当场就挤眉弄眼，交头接耳，心照不宣地认为他好大喜功，轰轰烈烈开头，潦潦草草收场，肯定会留下一堆烂摊子。但王道远最后说，功成不必在我，功成必定有我。规划要变成计划，计划要变成行动。一期开发时间最紧，任务最艰巨，因为一期既要全面规划，又要与土地流转和集中居住配套衔接。牛铃山村的任务很重，马大成同志从现在起就要做好土地流转和集中居住工作，为开发牛铃山创造必要条件。

像第一次参加例会一样，马大成听了既热血沸腾，又感觉压力山大。土地流转和集中居住还没彻底完成，牛铃山开发又迫在眉睫，再不学会弹钢琴，他的小命就要玩完了。但他还是当场表态，保证完成任务。

例会第二天，乡里包片的组织委员就来到牛铃山村，协助马大成和村支两委班子布置现场。同时单独把马大成拉到一边透露一个消息：乡党委政府、乡人大研究决定，适时召开牛铃山村村民大会，选举村委会主任。马大成问，进入选举年了吗？组织委员说，还差一年，但你是代主任，去代转正，越快越好。

这是一个重磅炸弹般的消息！

马大成立即就明白了，他现在只是村委会代主任，只有通过选举才能成为合法的村委会主任。村民自治，选举是村民最高政治权利和待遇。必须充分发扬民主，尊重村民个人意愿。

乡组织委员说，但是，从过去村委会主任产生过程来看，无论是等额还是差额选举，都会受到宗族势力的干扰甚至破坏。牛铃山村各庄都有宗族势力，长期积累的矛盾很多，从来就不太平。因此，选举工作一定要慎之又慎。

马大成说，我不会为当村委会主任去串连拉票，我只想为全村村民共同富裕干正事、干实事。至于村民选择谁当他们主任，那完全尊重村民的意愿。我想先把牛铃村的土地流转和集中居住抓好再召开全村村民大会，怎么样？

乡组织委员思考片刻回答，你接手牛铃山村村支两委工作，工作能力，工作作风，工作热情，工作成效，大家有目共睹。相信村民的眼睛是雪亮的，选你去代转正应当没有问题。为更好履行职责，我建议村民大会不宜拖得太久，最好与土地流转和集中居住工作同步推进。恰好这两项工作涉及千家万户，需要村民共同参与才能完成。

这个想法好！马大成给组织委员竖了个大拇指说，那我们就抓紧筹备。眼下还是先向你汇报接待县乡考察组的事吧。打算在牛铃山的南坡下放置一块展板，展板上有牛铃山的现状和特色优势介绍。然后带着县考察组一行沿现有上山线路踏勘，最后回到牛铃山村支两委办公楼三楼会议室座谈，研究敲定开发事项。

乡组织委员对这一方案没有意见。但还是干什么吆喝什么补充说，村委会要向乡人大提交一个村民选举方案，获得批准后才能择日召开村民大会。这个方案由你本人亲自起草报送，严格保密。

马大成忙得不可开交，点头接受任务。但他依然放不下的还是接待县乡考察组的事。告别乡组织委员，他按照接待方案，安排村支两委人员分工。但手下可用的人不多，一时拉不开栓子。

秦会计年纪较大，做事循规蹈矩，划个圈子就不会出圈，鸡毛蒜皮的事情都请示马大成，弄得马大成很烦，以为他是不是故意的。交办给他的事情只能是扳倒树捉鸟的事情，一点创新没有，有交办的工夫自己就办完了。

蔡玉芬成了马大成得力助手。做事水响刀快，干脆利落，而且肯动脑筋。组织村民大扫除，她招呼一声，蔡庄来了十几个中老年人，楼前楼后、楼上楼下打扫得干干净净。制作展板任务交给她，她骑上电动三轮车跑去柳集街上打印社制作展板，忙而不乱，有板有眼。展板小样通过手机发给马大成审阅。马大成一看，文字照片排版大小适中，错落有致，很满意。回复说，定稿。做好的展板放在电动三轮车上拖回村支两委办公楼，架在一楼大厅又让马大成过去看了实物，她介绍说，到时我提前拖到牛铃山南坡下面摆放好，你放心。

马大成点了点头。几件事情办下来，他对蔡玉芬渐渐刮目相看了。不是那天在办公室扑进他怀里的场景一直烙在心底，马大成可以判断，蔡玉芬是个有本事的女人。但他只是想不通，做事那么靠谱有能力，为什么要做那种恶心的事情呢？难道是想急于拿下自己，进而拿捏自己？万一得逞，他们该如何共事？如今彼此藏着一个秘密，保持距离，各自安好，清清白白的，多好。

接待县乡考察组的工作一切就绪。

大成啊，我现在陪着县文旅局、农业农村局和文旅集团的领导正赶往牛铃山考察，你要全程陪同并负责介绍情况。王道远上车就给马大成打了手机。

马大成接到手机就带着村支两委班子提前赶到牛铃山南坡。

秋高气爽，牛铃山南坡的秋草随风起伏。引目向上，山顶的小庙像只大火柴盒。左顾右盼，西坡东坡的树木飒然作响。

沉睡万年的牛铃山啊，将在马大成这一代人手里旧貌换新颜了。

蔡玉芬眼里有活，发现提前放置好的展板随风晃动，弯腰捡起几块石头压住展板支脚。

马大成心细，趁着考察组没到，又熟悉了一下展板上的介绍文字。居然发现一张图片下面的说明文字有一个错别字。但没说出来，因为蔡玉芬用手机发给他审时他没发现，现在说出来也来不及更改了。但站在他身旁的蔡玉芬还是跟着他的目光默读介绍文字，并且也发现了那一个错别字，拍着屁股检讨，哦，有错别字，对不起，表哥。马大成摆摆手说，没什么，公开场合叫我支书或大成。蔡玉芬脸红了。

考察组乘坐的考斯特车在展板的不远处缓缓停了下来。王道远上前欢迎，引着客人走向展板，对着展板向大家介绍。

不料，县里的三个单位负责人对他的介绍似乎不感兴趣。文旅局长是一个圆脸短发的中年妇女，米黄色的齐腰呢子外衣，黑色的筒裤，看上去精明能干。她把站在她侧前方的马大成拉开，手指着展板上的白龙洞景点说，上周我还带着女儿到这里打卡了。农业农村局负责人年龄偏大一点，风衣飘飘，看上去有点随意，接着文旅局长的话说，夏天我也带孙子来牛铃山玩过。他俩这么一打岔，马大成不知道该怎么介绍了，看着王道远书记。

王道远还没彻底改掉好为人师的老师心理，见缝插针指了指展板上那张图片下面说明文字中的错别字。马大成顿时脸红说，王老师火眼金睛，发现晚了，没来得修改。凡事不能得过且过，要追求尽善尽美，王道远说了一句，又转脸举起双手拍了几拍大声说，既然大家对牛铃山这么熟悉，那我们就上山再看看吧。

考察组一行沿着弯弯曲曲的山路上山，边走边听马大成介绍。

走过一片树林，听到一阵如泣如诉的唢呐声传来。王道远先是一怔，寒脸看了看马大成。马大成跑上去汇报，那是马大强在练习唢呐，为景区建好后展示地方戏曲表演。王道远拍了他肩膀一下说，超前安排，好！就是要充分挖掘乡村文旅资源，有看的，山在这儿；有听的，故事在那儿，唢呐在这儿；还要有吃的，有玩的。都要配套起来。然后把马大成介绍给县里三位部门负责人说，马大成马书记，我学生，在外创业成功，回报家乡，有头脑，有能力，有情怀，有作为。

县里三位部门负责人纷纷附和说，有马书记，牛铃山开发会省很多劲。

考察组一行站在牛铃山顶上。王道远感慨说，山不在高，有仙则名。牛铃山真是一块宝地啊！县里三个部门负责人都记得《陋室铭》，跟着背上几句。王道远又向他们介绍说，牛铃山虽然海拔不到一百米，但在全县乃至全市境内是唯一一座真正意义上的石头山。方圆不足十里，但地理位置特殊。北距县城二十里，南依清平湖，东傍古汴河，山下一马平川，而且盛满了故事传说。王道远说了一个当地百姓关于牛铃山形成的传说。文旅局的女局长说，哟，这个传说我还没听说过哩，王书记是怎么知道的？王道远说，你虽然是本县人，但未必有我对牛铃山更了解。我在山脚下那所小学当过几年教师。噢，难怪对牛铃山这么有感情。王道远的功课做得很足，又指着牛铃山顶不起眼的小庙说，别看庙小，菩萨可灵。山下附近村民但凡有个头疼脑热的，上山烧炷香，磕个头，许个愿，不打针，不吃药，准好。附近村民哪家有孩子要中考高考了，都会上山烧炷香祈祷祈祷，都能如愿。一个个故事传说吸引住了文旅集团负责人，不停说，嗯，文旅就是要有好故事，讲美故事，这些故事传说独一无二。山脚下的村庄很有意思，马蹄庄，全是石头砌成的房子和院落，如果保留这种自然甚至原始的风貌，肯定能激起游客的好奇。

站在一旁听的马大成心里美滋滋的，眼前仿佛出现一座花果山，到处花果飘香，流水潺潺，游人如织，生机盎然。

考察座谈会在牛铃山村村支两委办公楼三楼会议室召开。会议室已经布置成回字形，桌上摆了席卡，对号入座。会议由王道远书记主持。先是由马大成介绍牛铃山村经济社会发展情况和对开发牛铃山的建议。然后是县里三部门负责人发言。

三部门的负责人都有备而来，各人都准备了发言稿。但没讲空话套话，不讲条件理由，全讲从本单位职能出发怎么支持牛铃山山乡文旅景区开发。有哪些项目可以争取，县里如何配套，通过什么渠道支持，哪个单位是开发主体。马大成听出来了，开发牛铃山不是能不能或该不该，而是已经箭在弦上了。根据县委周书记批示精神，文旅局牵头，农业农村局给予项目支持，文旅集团承建。有了路线图，还要有时间表。规划设计图一出来，随即可以动工。

王道远最后表态，柳集乡特别是牛铃山村会积极配合开发，保证提前做好征地拆迁等工作。

真是上面千条线，下面一根针啊！

马大成刚送走考察组，王道远书记派来的两名乡纪委干部又在楼下等着他了。

他们是来对蔡风和马大强进行离任审计的。

马大成把村支两委干部留下来，说是接待完了乡纪委干部就开个村支两委会。村支两委陆续回到自己的办公室去。没有办公室的就在大厅里坐一会儿。马大成带着两名乡纪委干部回到自己办公室，翻开笔记本记下某年某月某日某时，问清楚两名乡纪委干部姓名职务记了下来，又问清楚需要现任村支两委如何配合。两名纪委干部说，根据《中华人民共和国村民委员会组织法》规定，村委会主任离任要进行经济责任审计。主要是查账。以往经验，在村里查，干扰较多，来回也不方便。我们打算把上任在任期间的所有账目带到乡里去，需要走访时再请村里配合。马大成喊过秦会计，陪同纪委干部去财务室，打开铁皮柜，把蔡风和马大强任期的账本全部搬上停在楼前的轿车。纪委干部打了一张收条交给秦会计。

村支两委的人不多，马大成就招呼到自己办公室里开会。他提议，根据乡里工作安排，牛铃村要召开一次全村村民大会，主要任务是选举村委会主任。马大成说，我想在选举过后，随即正式启动全村的土地流转和集中居住工作。

秦会计刚才精神挺好，账本一搬走，变了一个人似的有点蔫。本来就话少，听到马大成说要开村民大会，就更没有话说。

蔡玉芬却卡在缸底也要说话的，马书记，现在想召开全体村民大会，难度很大。我从进入村里工作就没开过一次村民大会。上次你说在群里发公告，我感觉挺好的。

马大成说，群公告解决不了群众思想问题。因为这两项工作涉及每一个村民，单纯在群里公告，层层传达，政策宣传容易走样变形。我想来想去，还是当面锣对面鼓地发动村民参与土地流转和集中居住。不然，我们也在外打过工，对老家的工作不太上心。能够真正坐下来盯着看手机的人很少。况且，群里说话说不透，容易引起误解。有的工作必须本人到场。土地流转与否需要本人签字确认。通知开会时就说清楚，会议时间不长，一次解决全年问题，个别因在外没缴"两保"费的也要补缴。下周二上午九点在三楼会议室开怎么样？

蔡玉芬等几人同意。

第一次召开全村村民大会。会议主题通知上说得很清楚。一是选举村委会主任，二是启动全村土地流转和集中居住。通知发到各个群里，要求相互转告。实在不能参加的，要求委托人参加，并能代表家主签字。进入会议倒计时了，马大成不能没有准备。村支两委会议结束后，他就在办公室里电脑上整理村民大会的讲话提纲。

静下来梳理一下，马大成满脑子事情。哪一件事情都不是凭一己之力可以完成的。如何才能完成任务？只有发动群众。几件民生大事已经迫在眉睫。医保和养老保险"两保"缴费进入扫尾阶段，土地流转和集中居住还不彻底。当务之急是土地流转，因为季节不等人，稻子收上来了，麦子还没种下去。人误地一时，地误人一年。马大成必须抢在霜降前后完成土地流转，否则就耽误一季麦子播种了。

讲话提纲列好，转发到手机上，看看电脑上显示的时间，拎包锁门下班。刚出门，蔡玉芬像在什么地方一直盯着他似的从大厅一个角落里走出来，迎上他，似乎有话要说。马大成快走几步，出了楼门，向停在楼前的车子走去。蔡玉芬紧追几步，走近马大成小声说，玉芹昨晚回来了。马大成噢了一声，站住了。稍稍怔了一会儿，打开车门，把包扔进车内，向姑妈家走去。蔡玉芬看了一会儿他的背影，低头从另一条路回家。

路上，马大成掏出手机看看，有一段牛艳红发的语音：大成，玉芹请假回去了，说是明天是她爸五七。这是大事。自从你要她跟我学美容，感觉她还是有点心不在焉。她走时把换身衣服都带上了，不知是什么意思。不会不回来了吧？我没苦留她，也没敢多问。什么时候她才能走出阴影，愁死人！马大成只回复了几个字，知道了。

想想真有点苦恼。自从回乡当了村支书，忙得焦头烂额，错过了许多信息交流，总是马后炮似的后知后觉。是不是真的忙得四爪朝天，六亲不认？似乎也不是。但又的确顾不上照顾家人感受，维护各方关系。又有几天没去姑妈家看看了。现在表妹蔡玉芹回来准备给姑父烧五七纸，更要去看望一下。

59

蔡玉芹的确是在昨天傍晚悄悄回到蔡庄的。她只在庄头遇到过蔡玉芬，没有遇到其他人，而且进门就再也没有出门。但只要经蔡玉芬着眼，蔡庄老老少少很快就都会知道了。其实，知道了又能怎样？无非背后嚼嚼舌根，添油加醋拿着穷人家的女孩嘲笑一番。平时，蔡庄的猫狗还互撕哩！

看到女儿没吱一声回来，马万芳先是一愣，很快就转悲为喜。因为她已经意识到了，蔡玉芹这次突然回来正赶上明天是她爸蔡传喜的五七。

相传，人从咽气那天算起，七天一个流转轮回。经历七七四十九天，灵魂还在天地阴阳之间漂泊。五七这天凌晨，注意，一定要在凌晨，家人至亲备下饭菜烟酒上坟，透过烧起的冥币火苗向着东方晨曦望去，可以看到天边的亡人隐隐约约在与家人至亲挥手告辞。至此，灵魂才算真正归位，天各一方，阴阳两隔才从此真正拉开无限距离。

马万芳独自烧完头七到四七纸，正在准备五七的纸钱和祭品。五七这天与一至四七不同，要留上坟的至亲吃饭。她在心里码算一下，五七那天，蔡庄的蔡家亲房近门有一些人，马蹄庄的娘家有一些人，七七八八凑在一起有两桌人。马万芳正愁着怎么料理，本来想去庄头村支两委办公楼里找一下侄儿马大成的，蔡传喜的丧事多亏大成周全料理，可又怕大成太忙，就没有张嘴。恰巧女儿蔡玉芹回来了，娘俩抱着蔡传喜的遗像哭一阵子后，默默用金银两色的彩纸叠着金银元宝，预备着烧给蔡传喜。马万芳叠，蔡玉芹拿针引线穿，把一枚枚金银元宝串成一串一串。马万芳说到明天留下至亲吃饭的事，玉芹居然木痴痴的，不知可否。唉！马万芳叹一口气，估计指望不上女儿。

马大成来到姑妈家，满脸笑容跟表妹打招呼。不料，蔡玉芹一声没吭，起身躲到里屋去了。马大成一时尴尬，转而坐下对姑妈说，这些天一直开会，没来得及看望姑妈。马万芳埋头叠着金银元宝，幽幽重复说了那句话，为人不做官，做官都一般。马大成心里咯噔一下，这话是不是说明姑妈讨厌当官的呢？村支书算什么官呢？好在姑妈没说他要干正事那句话。但马大成看出来了，表妹回家，姑妈心情不错，就把村里最近两办的几件事情说给姑妈听。姑妈说，没要蔡玉芬上门来催，我和玉芹的"两保"都缴了，不拖你后腿。马大成说，我还打算替姑妈垫上的。姑妈说，用不着。咱家就只有死鬼一人的地，流转不流转我也不想种了。流转给你的合作社才好。唉，你姑父受人欺负，一个人的地却分在几处。边边角角，东一块西一块的，不好耕种。马大成答应收下姑父的承包地。姑妈接着又问侄儿，蔡庄什么时候拆迁？马大成回答，快了！县里乡里打算开发牛铃山，增加马蹄庄作为集中居住区，牛铃山村几个自然村庄拆迁后就安置到牛铃山下去。姑妈说，我不去马蹄庄，我拿拆迁款去柳集街上买房住。马大成猜到姑妈不想娘家人看到她整天愁眉苦脸，劝姑妈说，那又何苦呢？集中居住区规划在咱家石楼的东边那片平缓山地上，离马蹄庄还有一段距离。以后马蹄庄不光是姓马的村庄，而是更多人的村庄。住在楼上，你爱下楼就下楼，不爱下楼就在楼上待着。爱理谁就理谁，不爱理谁就正眼别去看他。我劝姑妈还是选择回马蹄庄去住，上山烧香也方便。对喽，马上牛铃山开发了，听说山顶那座小庙不仅保留，而且还要新建大雄宝殿和钟楼鼓楼，成为某某寺下院，估计会用一些义工，到时姑妈可以去做义工。姑妈说，我只求心安，不求功名，做不做义工无所谓的——玉芹，出来跟你表哥说说话呀！

蔡玉芹从里屋迟迟疑疑走出来，苦脸倚着门框站着。马大成问，跟牛艳红学美容发你工资吗？蔡玉芹回答，发。发多少？不多。你在运东住在哪里？美容院里。怎么吃饭的？点外卖。牛艳红和孟石头关系怎么样？叮叮当当还那样。

如此问答式交流，姑妈听了都费劲，更别说马大成了。彼此心里结着疙瘩，交流肯定不畅。不仅不畅，而且肯定是剃头挑子一头热。马大成站起来说，姑妈，明天有人，要不要我帮忙操持操持？姑妈站起来，一时腰还直不起来说，那敢情好，我们娘俩都推搡不出去，指望大成了。你在姑妈家吃饭吧！马大成说，我又是一天没归家，还是回家吃去。

姑妈没留他。远香近馋。朝朝见面，就没那么多客套了。离开姑妈家，马大成心情沉重。

第二天天没亮，马大成带着爸妈和牛艳丽来到姑妈家。

朦胧的晨光里，农家小院里一时人影幢幢，七嘴八舌。马大成清点完人头，发现三叔三婶和马大强来了，居然发现蔡风也来了。

蔡风主动和他握了握手，莫名其妙说了句，谢谢马书记！

马大成回了他一句，谢谢你能来给姑父烧五七纸。心里结着疙瘩，彼此保持距离，心照不宣。马大成想起姑妈反复说过蔡风和姑父的父辈恩怨，难解心中的疙瘩。蔡风在姑父葬礼上甩手离开，如今在姑父五七来弥补，是不是就抛却了父辈恩仇，很难说。但是，风物长宜放眼量，马大成权当他捐弃前嫌的。其实，马大成心里明镜似的。蔡风自知已经是过时凤凰，虎落平川，借此机会寻求与姑妈和解。而姑妈对他的到来并不欢迎。出来进去就没跟蔡风打过招呼。蔡风主动叫她嫂子，她眼风一扫，一声没吭。

一切准备就绪，马大成搀着姑妈，与马蔡两姓至亲结伴走出蔡庄。在姑父蔡传喜的坟头下点燃纸钱。姑妈和蔡玉芹坐地大哭，引起至亲的女性跟着大哭。牛艳丽不会哭诉，眼泪满面，拖着护着哭得最伤心的蔡玉芹。

东方泛起鱼肚白，太阳还没升出地平线，但光芒万丈的阳光却早已把头上的幽幽蓝天映照得湛蓝湛蓝，一碧如洗。

马大成站在一群亲人和亲戚后面，遥望着东方，听着亲人和亲戚近似呓语的哭诉，仿佛置身于一个无尽的时空，隐隐感受到了生命的渺小和岁月的无情。直到太阳升起，他们只看到天边一派苍茫，并没有看到所谓亡人在挥手告别家人。看不到预示着不祥。活着的人难免失落。

蔡风从马大强身边走到马大成身边说，你姑父是个善人。

人善被人欺，马大成意味深长说，姑父死没瞑目！

蔡风浑身一颤，离开马大成，转眼消失在晨曦下的田野里。

马蔡两家至亲烧完五七纸，纷纷各自回家，并没有留下吃饭。马万芳拉住这个，走了那个，终究没能拉住几个人。只有马大成和爸妈以及三叔一家留了下来。马万芳寒脸流泪说，都给我省的？我日子再难，凉水变热水总是有的。怎么就不让我娘俩要点好看啊？

没了操持留饭的必要，马大成摘掉挽着胳膊的牛艳丽双臂，上前安慰姑妈说，各人回家都还有事，姑妈别往心里去。我们也回家去了。

哇——，牛艳丽在石楼的二楼突然哇哇大哭。

马万里老两口一听吓得脸都黄了，慌了手脚。马万里刚冲到楼梯一半，赶忙又退了下来，把老伴推上前去，快去看看是怎么了，刚才吃饭还好好的哩！

大成妈捂嘴小声说了句，嘻，八成是大成忙得顾不上黏她了！然后爬上楼，推开二楼的房门，只见准儿媳趴在床上哭，哭得伤心欲绝。可怎么劝准儿媳呢？大成妈只听说这孩子心直口快少心没肺的，可没领教过这么一出啊！站在床边问，艳丽啊，哪里不舒服吗？

牛艳丽停哭了两秒钟后又大哭起来。一般情况下，哭到牛艳丽这种程度的女人都会伴有诉说，发泄情绪，因为伤心得上气不接下气了。但牛艳丽哭得很伤心，却一句也不诉说。这就让人丈二和尚摸不着头脑了。

大成妈说，艳丽啊，在咱家是不是受了什么委屈？你可千万别憋在心里，光哭不说。你说出来，咱们改。咱们哪里怠慢你了，哪里做错了，你都说出来，咱们坚决改。牛艳丽还是不说，只是一个劲地哭。大成妈又猜着说，这孩子，是不是大成欺负你了？告诉妈，等他回来妈教训他。

牛艳丽咯噔坐起来，脸上满是泪水，抱住大成妈说，妈，就是他欺负我的！他忙得天天不沾家，我这心啊，又堵又慌。我刚才睡着了，梦见大成跟着一个女人跑了！

大成妈拍着她的后背笑着说，我说是什么大不了的事情，原来是做了个梦。梦还当真啊，来没影去没踪的。大成是什么样的人，我还不知道？什么女人会跟他跑了？他长得那么丑。

牛艳丽一听却不乐意了，谁说大成长得丑的？

大成妈笑着说，除了妈说哪个敢说他丑。好好，大成不丑，大成帅。艳丽啊，大成是个诚实人，做人一点虚头没有。他会带什么女人跑？不会的！他心里只有你一个，快把爸妈都忘掉了哩！

牛艳丽又委屈说，我拍妈喂猪的视频点赞转发的人很多，大成连个脚印都没留下。不是我说他，他还不看我拍的视频哩！他的心跑了！

大成妈哄着牛艳丽，要不咱娘俩再去拍一个。你当导演，我当演员。当演员真好，我有点上瘾了。

牛艳丽居然突然来了兴趣说，好啊，这次我拍你钻地窖拿山芋怎么样？大成妈说，哟，那山芋刚窖上，伸手就够着了，用不着钻进去啊！牛艳丽说，不钻进地窖也行，肯定有意思，走！下床就去洗手间洗把脸，拿上手机下楼。

大成妈顺手拎起一只菜篮子跟在后面，发现马万里在一楼门口闪眼，吐了一下舌头，扮一个鬼脸说，这孩子做梦吓哭了。马万里紧抿着的嘴巴笑开了。

马家石楼前面确实有个地窖。这在牛铃村也不多见了。年年秋后都会把山地里收回来的山芋窖起来。山地的山芋淀粉含量高，面，吃着有点噎人。但经过一场霜打，最好窖上一段时间就变得稀甜，过了冬天更甜。今年的山芋刚收上来，马万里老两口就一个在窖门口，挑那些齐整的山芋一筐一筐地推下去。一个在窖里一筐一筐接住端下去堆好，直到堆平了窖口。等到地面上的山芋吃完，就开始吃地窖里的山芋了。自从包产到户，山芋早已不再是农家的主食。但是，传统老派农家还会每年窖上一窖山芋，焯了喂猪，人想吃也吃一些。窖山芋的时候，牛艳丽没看到。前两天大成妈从地窖里拿山芋的情景让她上眼了，她当时就有了灵感，但没好意思举起手机去拍。

一场伤心的大哭过后，牛艳丽雨过天晴，居然还想着要拍一条大成妈拿山芋的视频。她的理由是，多少人有过这样的经历啊，可现在有几家还有山芋窖？还有几人钻过地窖向外扔山芋呢？这不是最好的乡愁吗？先前拍的大成妈喂猪的视频就小火了一把。有人留言说，想起了自己的妈妈，想起自家曾经的猪圈。还有人留言说，进城这些年光在市场肉案上见过猪肉，可没见过猪是怎么喂的，开眼了！姐姐牛艳红的留言更有意思：艳丽，问问大成，一白一黑两头猪是不是留着你俩办喜事用的？牛艳丽回复姐姐：我俩又不是猪！弄得牛艳红莫名其妙。如今要拍大成妈从地窖里拿山芋的视频，肯定还火，说不定能大火一把。

你导啊！大成妈把堵在地窖门洞的一捆稻草拽出来。

地窖里向外冒出热气，可见天气越来越凉了。

牛艳丽说，妈，你再把那捆稻草塞进门洞。大成妈照做了。牛艳丽又说，妈，你平时怎么拿山芋的，现在还怎么拿。好，开始！大成妈再次拽出那捆稻草，然后趴到门洞口，像个匍匐前进的战士穿过铁丝网，身子左摇右晃地向门洞里游进去，游进有半个身位，嚯嚯地说，我要拿山芋了。牛艳丽不应声，已经开了录音，她怕后期剪辑不方便。大成妈反手扔出一块红皮山芋。牛艳丽给红皮山芋一个特写。又反手扔出一块白皮山芋。牛艳丽又给白皮山芋一个特写。很快就扔出有十几块。牛艳丽全拍了下来，然后说，够了，妈，出来吧！

大成妈退出身子，站了起来，脸憋得通红，拍了拍前胸上的泥土，然后弯腰把扔出来的山芋捡进篮子里，挎上胳膊肘向厨房走去。牛艳丽又追拍了她的背影后停机。回到二楼房间开始剪辑，背景音乐还是那首《谁不说俺家乡好》，然后操着汴水普通话配音说，亲们，《婆婆日记》第二辑来喽！吃过烤红薯，吃过薯条，你们吃过山芋窖里的牛铃山山地山芋吗？想吃就在评论区给我留言，地址发我，要多少，我给你寄多少。想吃就到牛铃山来玩，我在牛铃山脚下的马蹄庄石楼里等你！

视频发出去了，说好她在马蹄庄石楼里等人的，没过半小时，牛艳丽自己却在石楼里待不住了，悄悄下楼，笑哈哈对大成妈说，妈，我差点忘了。大成说要去领证，我得回牛角庄家里拿户口本。说完就往楼外走去。大成妈追出门喊，艳丽，等一下，我打电话让大成回来，开车送你回去。不用，牛艳丽头都没回就走了。

大成妈目送她走出去很远，心里一个困惑冒了出来：这代人天天忙的是什么？今后能不能过日子？

傍晚，马大成开车回家。上楼没找到牛艳丽，转身跑下楼问妈妈。

妈妈说，她说回家拿户口本去领结婚证，没告诉你？马大成看了看手机，居然没有牛艳丽的微信和留言，也没有未接电话，皱眉说，没有。妈妈说，你们是该把结婚证领了才放心。婚礼倒可以迟一点。明天就去领，我家的户口本找给我，我放到车上，有空就带她去领证。妈妈已经把户口本找出来放在家堂上了，很快就拿出户口本递给儿子。

马大成出门开车，直奔牛角庄。

牛艳丽的确闹了点小情绪。干柴烈火的热恋期，三天两头见不到爱人，再是大条一个也经不住相思煎熬，再没有情绪就没有人味了。回到牛角庄的家里，牛得草夫妇发现哪里不对劲，但又看不出什么破绽。牛艳丽有说有笑的，眼睛盯着手机对妈妈说，看看，有粉丝要买牛铃山的山地山芋了。嘿，钱都私发给我了。那我一定要给人家发货去。她妈莫名其妙，不知道她说的什么意思。她说，我当导演大成妈当演员拍的短视频有收获了。还没直播带货哩，就有人要买山芋。怪不得有人说在网上就是一泡狗屎都有人买。正说着，门外一声车喇叭响，马大成在门口停下车。

马大成伏低做小的情商不高，但他笨拙的情感表达方式却往往能赢得人的信赖。他拿起放在副驾驶座位上的户口本下车，冲着在门前低头玩手机的牛艳丽说，你回来怎么不跟我说一声？牛艳丽说，跟你说干什么，你又走不开。马大成说，我知道了好开车送你呀！牛艳丽笑了笑说，整天见不到你人影，指望你送我，我自己早跑到家了。一旁的牛得草说，别不懂事，大成工作为重，你不做他的帮手，也别拖他后腿。马大成说，艳丽没拖我后腿，只是还不理解我现在的处境。牛艳丽瞅他一眼问，自从我们回来，我发的抖音你点赞最晚，我的语音发十条你能回一条就算不错了。你是不是让狐狸精迷住了？马大成哭笑不得说，你一贯大大咧咧的，现在怎么也变小心眼了？牛艳丽鼻子一酸，差点又哭说，我再不小心眼，别人把我卖了，我还帮人家数钱哩！马大成搂过她拍着肩膀说，谁敢卖我的宝！牛艳丽伸手夺下他手里的户口本，撒娇问，你打算什么时候去领证？明天，可以吗？马大成牵住牛艳丽的手抖了抖。牛艳丽破涕为笑，转身拉着马大成喊，妈，把我家的户口本找给我。哎，我来拿，像大成妈一样，她妈也对拿户口本激动不已。

两个户口本到手，预示着又一个小家庭即将诞生。

牛艳丽把两个户口本交给马大成，马大成又塞给她，你拿着。牛艳丽说，你当家，你拿着。马大成说，那你在牛角庄住吧，我回马蹄庄准备开会材料。牛艳丽扭着身子不同意，你来不是带我的吗？我跟你一起回去。我还要给粉丝快递山芋去。哦，拍妈钻山芋窖的视频有收获了？那当然，今后我还要搞直播带货，自己养活自己！好啊，我早想好了，牛铃山村农民合社里留一个直播间给你，你给合作社带货，带动全村共同致富。牛艳丽一激动亲了马大成一口，弄得爸妈躲闪不及，连忙闭眼。马大成冲着牛得草夫妇笑着说，那我们回马蹄庄喽！牛得草夫妇挥手说，去吧去吧！

回到马蹄庄，牛艳丽真的给外省一个粉丝快递寄去了一包牛铃山的山地山芋。大成妈新鲜激动得不得了，帮着挑些又大又光滑的山芋打包。

第二天，马大成开车带上牛艳丽，去了汴水县民政局婚姻登记处，拍了结婚照，领了结婚证。

拿到两本红色结婚证，世上一对男女被法律绑定，也受法律保护。

牛艳丽兴奋之余第一件事就是拍照发朋友圈，然后转短视频，而且置了顶。今天是什么日子？当然值得永久纪念。结婚证预示着什么？两人结婚合法，当然值得广而告之。两人的人生全新的开始，此事不置顶还有什么事可以置顶？牛艳丽早想好了，选配的音乐居然是一首黄梅戏《树上的鸟儿成双对》。

在车上，牛艳丽反复播放置顶的视频，把手机音量放到最大，伴着节奏唱起来，树上的鸟儿成双对。马大成跟着对唱，绿水青山带笑颜。完整唱完一遍后，牛艳丽突然又唱上了花鼓戏《刘海砍樵》，刘海哥，你是的夫呵，你把我的比作什么人啰？马大成和唱一句，胡大姐，我的妻呵，我把你比织女，不差毫分哪！刚唱完一句，马大成发现了问题说，哎，怎么两首歌都有牛郎织女？牛艳丽调皮回答，你现在不就是牛郎吗？！

　　回家途中，路过石楼旁。马大成停下车说，我去上班，你回家去。牛艳丽说，我是你合法妻子了，我去你办公室看看。马大成笑说，我不去办公室，我去牛铃山小学看看改造得怎么样。牛艳丽这才下了车。马大成摁了一声喇叭，开车去了牛铃山小学。

　　牛艳丽美滋滋把结婚证拿给马万里夫妇看。马万里不看。大成妈接过来看了说，哟，现在的结婚证这么漂亮，我们结婚时就是两张硬花纸。马万里说，咱们那是什么年代，现在是什么年代！有证就行。大成妈说，今天开始，艳丽这就跟咱们是真正的一家人了。咱又多了一个闺女。收好吧！依大成的话办，等春暖花开的时候给你们办一个热热闹闹的婚礼！牛艳丽说，我的婚礼要全程直播。大成妈说，你爱怎么播就怎么播！

　　整整一天，牛艳丽都在刷朋友圈和视频，看看谁在给她点赞，谁在给她献花，谁在给她留言。点赞献花的真不少，留言的不多。不是亲戚，就是同学，更多的是陌生人送上的祝福。"阳光玫瑰"居然也送上了祝福。最难得的是蔡玉芹不仅点赞献花，而且还留言祝福：祝表哥表嫂新婚快乐！

　　牛艳丽突然发现一个问题，她忠实的粉丝姐姐牛艳红居然没给她送上祝福，连点赞献花都吝啬给她。她心里嘀咕，嗯——？

60

　　马大成赶到牛铃山小学察看。

　　由于秦会计回家做了他父亲工作，废弃的牛铃山小学校舍改造工程不再受阻，很快就重新启动。

　　马大成说到做到，工程由乱庄人施工，料子和人工费全由他自掏腰包。工程质量自然由他爸和他三叔监督把关。校舍有一定基础，修修补补，没几天就焕然一新。斑驳的砖墙一色刷白，破烂的瓦片一律换成了蓝色玻纤大瓦，丢失的门窗重新安装上新的。校舍周围拉起的正四方形围墙，而且也刷成白色。乡村振兴核心内容"五个振兴"的大红标语格外醒目，面东的大门建起了两个门垛，门垛上的钢架横梁上悬挂着"汴水县柳集乡牛铃山村农民合作社"的牌子。

马大成走进合作社院内，一间一间察看。心里盘算着，这间盛粮食，那间盛农具，这间堆肥料，那间放种子。董事长办公室的隔壁一间，他打算留作牛艳丽的直播间。购置直播设备，让牛艳丽施展拳脚，说不定能帮上大忙。别看年轻人捧着手机在玩，有人玩废了人生，有人玩得发了大财，有人玩得出了大名。马大成相信牛艳丽能玩出名堂。一高兴，他举起手机拍了那间空房子，发给牛艳丽说，你的直播间，等着直播达人入驻。牛艳丽秒回，谢谢老公！直播达人我做定了！马大成给她三个大拇指。

骑着电动车从乱庄出来的秦会计看到马大成的车，便停下来找到马大成汇报说，合作社注册完成了，还有银行账户没开。你什么时候和我一起去农商行开户啊？马大成自然懂得开户流程，必须法人代表到场，不到场起码要有委托书，就说，那我们先到班上去看看再说，你等我通知。

秦会计答应，随口又看似漫不经心地汇报说，蔡风不愿加入牛铃山村农民合作社，蔡庄人有一半不愿加入。他们要另起炉灶成立一个合作社，怎么办？

马大成听了根本没当一回事说，好啊，完全自愿，不加入也可以，另起炉灶也可以。只要为大家着想，只要符合注册条件，经营主体多元化。我们不勉强。秦会计担心说，那不乱套了吗？马大成回答，乱不了套，竞争呗！自负盈亏。经营不善，大鱼吃小鱼，小社并大社，完全正常。有农户不愿加入任何合作社的，那就一家一户单干。单干长了就落单了，落单了再想加入合作社，合作社大门还对他们敞开。秦会计总能找话套住马大成说，咱们村里的"两保"缴纳情况还算乐观，接着报了一组数据，马大成听了很满意。

回到村支两委办公楼，蔡玉芬上门汇报两项工作。一是召开村民大会选举村委会主任工作，二是全村土地流转工作。

村民大会选举，乡人大怎么说？马大成问。

蔡玉芬说，书面通知刚刚发来，同意我们的时间安排，就定在下周二上午，要求我们通知到每一户村民，最好每个符合法定年龄的村民都参加。

马大成说，那就把书面通知拍照发到村民小组长群里，让他们充分发动，按照乡里要求组织人员参加，我们抓紧筹备会务。

至于土地流转工作，马大成让蔡玉芬别说了，他心里有数。抓紧去筹备召开全村村民大会。马大成对全村的土地流转工作一直高度关注，紧紧抓在手上。是流转，还是不流转？谁愿流转，谁不愿意流转？至今还是一笔糊涂账。总盘子上，马蹄庄、孟庄和牛角庄的土地都流转过，只不过夹生了。只有孟庄的土地流转得还算彻底。马蹄庄的土地流转给了曾家胜，曾家胜如今不知所终。牛角庄的土地流转给马大强，结果马大强眼大肚皮小，没吃得下去，吐了出来。

还找不找外面人来流转牛铃山村土地？

马大成心里渐渐有底了。牛铃山村农民合作社注册成立了，根本不需要流转给外面什么所谓的种粮大户，合作社就是流转经营主体。他带着乡亲们继续在自己的土地上耕种收获多好。乡里已经发放了《农村土地承包经营权流转登记表》，每一户村民都要凭着《农村土地承包经营权证》拿到村支两委办公楼一楼便民服务大厅登记签字，然后由马大成签字确认才有效。牛铃山村的土地流转权在村支两委手里。这项工作非常具体琐碎。一户一个想法，一人一个想法，想把每个村民的想法捏到一起，难。而季节不等人，眼看稻子收上来了，麦子还没有种下去。人误地一时，地误人一年。再也耽误不起了。否则全村大部分土地就可能撂荒。

马大成早就想好了，既然乡里通知召开全村村民大会，何不趁此机会把土地流转的具体工作一并完成了呢？至于牛铃山文旅景区开发和集中居住工作，都在村民大会上过一过，争取支持，效果肯定更好。为了形象展示土地流转和集中居住的工作规范，马大成打算再做两块展板。一块展板展示土地流转的法规政策和操作流程，一块展板展示集中居住的规划设计方案。他亲自选定内容，通过手机转发给蔡玉芬，安排蔡玉芬去柳集街上找打印社制作。

蔡玉芬来到马大成办公室，规规矩矩说，呀，我看到你发的牛铃山集中居住区规划设计图，从县城下来的那条进山公路怎么直冲你家石楼啊？

马大成笑了笑说，我家石楼当拆。但请你保密。快去制作展板，拖回来就放在一楼大厅，留着召开村民大会用。蔡玉芬刚出门，马大成突然想起秦会计说合作社要开设账户的事，又说，回来回来，喊上秦会计坐我车，我也去。

于是，马大成开车，蔡玉芬和秦会计第一次坐他的车去了柳集。

路上，秦会计转头看着窗外，一言不发。坐在副驾驶位置上的蔡玉芬摩拳擦掌说她也想去练车拿驾照，打算买辆小车开开。马大成说，现在买车容易，开车也不难。只是考驾照还挺难的。蔡玉芬又问，你家表嫂有驾照吗？没有。蔡玉芬见窍撺窍说，那我陪表嫂一起去练车考驾照。马大成说，她有专车司机，没打算学车。

蔡玉芬似乎把她不久前扑进马大成怀里的尴尬抛在了脑后，马大成也渐渐放下了对蔡玉芬的防备。和谐共处，彼此尊重，才能赢得彼此信任。

心顺事顺。马大成感觉工作越来越顺，当天在农商银行开设牛铃山村农民合作社账户也很顺。

牛铃山村村民大会召开的前一天下午，牛艳红带着女儿梅子回到家，进门就找妹妹牛艳丽。

见到外孙女的牛得草居然这样回答大闺女，艳丽回来就住到大成家去了。

妈妈一听老头子实捧的这话不好听。怎么能这样说呢？噢，没领证没举行婚礼就跑去婆婆家住，那自己闺女成什么人了？连忙拉被盖脚补充一句，反正都领了证算是马家人了。

牛艳红笑到脸红。爸爸说得没错，她看到妹妹晒出结婚证才前两天的事情。但这年头的婚姻何必追究是同居在前还是领证在前呢？放下行李就帮着妈妈理菜做饭。

妈妈目光到处寻找着问，孟石头没一起回来？

一起回来的，在柳集街头下车去他妈那里了。牛艳红回答得平平静静。

娘俩在忙饭办菜，吱吱哽哽地聊个没完。自从牛艳红初中毕业外出打工，除了逢年过节回来，娘俩也就是手机里聊聊天，再奢侈一点就多费点流量视频聊天。不到想外孙女想得难过不行，妈妈也不找女儿视频。反正，母女连心，难得承欢膝下，那份亲情像春水般漾满了农家小院。

妈妈把马大成家送礼的事又当作笑话一样说给大闺女听。你看大成他爸马万里那人有钱烧的吧！两个年轻人自由恋爱，咱家没说要什么。只要两人情投意合，艳丽日子过得舒心，什么彩礼不彩礼的。他马万里倒老封建起来了，偏要按照牛铃山村的老风俗办不可。过帖，下彩礼，一道不能少。说是不能留话把子给别人抓着，更不能让人说牛家闺女没要一分钱彩礼跑进马家了。嘿，大成这孩子居然听他爸话，一样不少地把彩礼送咱家来了。

牛艳红说，马大成做事就是敞亮。听他爸话，没错。我看啊，彩礼对他来说九牛一毛，不要白不要。送来你该吃吃，该喝喝，别省。

妈妈还没说一件什么事情就早笑弯了腰，险些笑岔了气。回过气来才说，哎哟，艳丽那孩子更有意思了，快出门的人了，还尿屎不懂。我说一件谁都想不到的事情你听。那天，大成不是送彩礼来了吗？新女婿上门，十碟八盆。丈母娘疼女婿，肉埋碗底下。我正忙饭菜，你爸到处撵咱家的公鸡杀了招待大成。艳丽下车一看她爸跑得满头大汗，累得直喘，伸手把大成手里的红冠大公鸡拎给她爸说，现成的公鸡不杀，到处撵什么，看给爸累喘的。她爸撂下脸子训她，去，狗屁不通！那是长命鸡，等你们结婚时家里还要配上两只母鸡送回马家的。她还问为什么。你爸说，就这风俗，我也不知道为什么。

牛艳红笑出了眼泪说，艳丽就是一个大条，什么事，该懂的，不该懂的，她都懵懵懂懂的。永远长不大！哎，马大成就看中她心里不装事的。要是艳丽心眼子多，说不定马大成还不喜欢她哩！

妈妈说，一个人一个命。憨人有憨福。我看，艳丽肯定比你有福。这不懂，那不会，整天就知道拿着手机到处拍视频臭美。见什么都新鲜，对花说话，对树说话，对风说话，对羊说话，什么都能说上几句。大成妈惯着她，听说她还拿大成妈当演员，拍什么《婆婆日记》？

嗯，我看到了，粉丝涨了不少。牛艳红说。

妈妈说，我就说她嘛，拍那些视频当饭吃还是当衣穿啊？她不听，还拍。真是天塌下来有地等着的想法。哎，遇上能干的大成给她遮风挡雨，什么都不要她操心，多好。你呢？你不操心，孟石头能给你顶什么事？是给你遮风啊，还是替你挡雨啊？不给你添乱就算烧高香了。我这辈子生了你和艳丽两个闺女，其实我最放心不下的还是你啊！

牛艳红眼圈红红地说，我但凡认命也就算了，但我就不信命由天定。我命由我不由天。不信我就在城里扎不下根。现在好了，大成临走前把他城里的房子折价卖给我，要我有钱就还，没钱先住着。我想，在城里有房住算是站稳了脚跟，但这房钱不能不还。再是亲姐妹也不能不还。没多有少的，一年还上三五万，总之要还。城里挣钱的门路多，手头紧点，牙缝省点，一年还上三五万没问题。做人可不能做那种升米恩、斗米仇的事情。大成好心把城里房子折价卖给咱们，咱们不能做白眼狼翻脸不认人。妈说是不是？

妈妈说，做人亏什么都不能亏良心。你和大成同学一场，他处处帮衬你们，你们要懂得感恩，起码不能给他添乱。我感觉你这不年不节往家里跑，是不是石头又有什么鬼点子？我怕他点子多不赢钱，摸到的全是瘪十（牌九中最多点对应的却是零）。

牛艳红不吱声。

妈妈突然又问了一句，石头呢？怎么没跟你一起回来？

牛艳红憋了半天还是刚才一样的回答，石头回来了，在柳集街头下车去他妈那里了。但是说话声音明显带着哭腔。

妈妈发现哪里不对劲，看了看女儿脸色问，你俩是不是又吵嘴磨牙了？都多大了，梅子都上幼儿园了，还整天叮叮当当的。过日子哪有什么理可讲？眼睛往前熬呗！哪家锅底没灰？日子就是熬出来的。能忍就忍忍吧！

牛艳红早含了两包眼泪说，妈，我也想忍，但我实在忍不下去了。三观不合，怎么忍？他走下坡路，怎么忍！忍无可忍啊！今天我是跟他一起回来的。各庄都通知回来参加村民大会的。我们走汴水县民政局把离婚证拿了。从今往后，他是他，我是我，我和他一毛钱关系没有！

啊，这么大的事情怎么没听你吱一声？怪不得这两天没听你打电话视频给你爸。什么时候闹翻的？为什么？妈妈听了着急得直蹦，没听到女儿回答又自言自语，我不是说你，艳红！当初你俩在省城打工恋爱，我和你爸就没看好他家。他妈过日子还行，可小窟窿能爬出什么大螃蟹？劝你不听。你说孟石头对你好，你进门就能当家。好了，这些年你那过的叫什么日子？爸妈哪天都替你揪着心啊！现在好了，还是离婚了。早知现在，何必当初。你爸呢？你爸知道吗？噢，不知道。我来打他手机。说完就给牛得草打手机。

自从大闺女娘俩进门，牛得草就抱着梅子亲了又亲，梅子一声声外公喊得他心都酥掉了。他早就带着梅子去村头转悠去了。看似无心，实则在迎马大成和小闺女。大闺女回来了，不用他通知，二闺女两口子知道了还不回来？听到老伴火急火燎打手机，就搂着梅子转身回家。到家才知道牛艳红不中不响回家是离了婚的，脸子咣当就摆了下来。但没有发火，似乎早在他意料之中。只是轻轻问了一句，为什么？

牛艳红幽幽回答，跟他性格不合，总犯戗。我说东，他说西；我打狗，他撵鸡。他说大话使小钱，满脑点子，没一个点子赢钱的。今天要这样，明天要那样，一夜能上十八吊，不知哪一吊能吊死。

这不是理由，牛得草打断大闺女的性格说。

牛艳红又说，听说大成回家当了牛铃山村村支书，他可得了狗头金子似的。缠着我要回村求马大成调整承包地。说他和马大成一样，都是无地的一代农民，马大成肯定也想有属于自己的承包地。我说你少脑子，你给马大成拎草鞋都不够格！你是无地的一代农民，长这么大又没饿死你！国家没政策，天王老子也不能调整承包地给你。爸，他的想法靠谱吗？调整承包地是大成的事吗？但凡能调，那咱们没赶上第一轮包地生下来的人，不都早有承包地了吗？我说你想调整承包地，做梦！瞎了你的狗眼了！他又说要不就找马大成做点工程项目。他好歹还是土生土长的乡下人，没吃过猪也见过猪走。老家这里铺一条路，那里挖一条水渠，哪年都有。上面拨的钱，谁干不是干？过去都是村里干部亲戚包下去干的。干了还能白着村干部？村民想得眼睛滴血都别想拿到工程项目。现在好了，大成当家了，当家就说话算话。咱连襟亲戚，比谁关系都硬实。大成手里那么多钱，哪条手指缝里漏下一点也够他吃的。爸，我能找大成说这些事吗？

扯远了。这也不是离婚理由，牛得草又坚定地否定大闺女的调整承包地说。

爸，你还想听到什么理由？实在憋不住，牛艳红急得哭出声来了。

有没有你的责任？牛得草黑了脸问。他担心大闺女心活，在运东市做美容久了，三教九流，什么人遇不上？怀疑大闺女自身有什么问题。

牛艳红听出爸爸的话外音说，爸，我没有任何责任。你相信你的女儿！要说我有责任，那就是离婚是我主动提出来的。

为什么？

因为我的日子再也过不下去了！他在外面嫖娼被抓。派出所打电话给我，我怕丢人，缴了五千块钱罚款领他出来。

牛得草沉默了。男人嫖娼，不可原谅。但牛得草没说。

因为他不仅嫖娼，而且他出来还说警察冤枉他了。他那不是嫖娼，是婚外恋。自从他家房子拆迁后再回到运东，他鬼使神差就跟那个女人鬼混上了。那个女人缠着要跟他结婚！爸，妈，你们说我这日子还怎么过？

牛得草咬牙说，男人干出那种龌龊的事来，丢人！

妈说，不能过，离！

我一咬牙，离！他又装孬熊，跪地给我磕响头。哭得鼻涕一把泪一把的，说看在梅子分上不离。这次再心软我就不是人！我说他就是一个渣男，从此我再也不跟渣男在一起过日子了。梅子跟我，不会受罪的。正好接到群里通知，明天选举村委会主任，我带上户口本结婚证，揪着他一起回来，走汴水县民政局办了离婚手续。忍了这么多年，再也不忍了。说死就闭眼，跟他一刀两断。我怕这事说出去丢人，但我说出来感觉浑身轻松了！牛艳红机关枪似的说完，长长出了一口气。

噢，他走下坡路，该离！牛得草态度明确了。

傍晚赶来一起吃饭的马大成听说牛艳红和孟石头离婚了，心里有点怅怅的，但没说什么。

牛艳丽拍着巴掌说，怪不得这两天没看到姐姐给我的视频点赞，原来跟孟石头闹离婚的。他就是一个渣男，早晚得离！全家支持姐！

第十六章　村民大会

61

　　牛铃山下的田间水泥路上，各个自然村庄里陆续有村民走出来，共同向着蔡庄庄头的村支两委办公楼走去。

　　这道久违的风景出现在 2018 年的深秋，实在难得一见。

　　散落在牛铃山脚下清平湖畔的自然村庄就像一座座城堡，在岁月的风尘中摇摇欲坠，即将风化解体。早已走出城堡的年轻人像一只只小鸟飞了出去，又倦鸟投林般地一只只飞了回来，再飞出去。如此循环往复地在时代的洪流里完成着城乡之间的频繁流转。

　　曾经同为自然村庄的孟庄因为土地流转和集中居住搞得最彻底，如今已经变成一片平平整整的田地。除了附近村民路过时还会想起那里曾经有一片庄圩，庄圩上有一个村庄，名叫孟庄，孟庄里有哪些人，发生过哪些事，其他人只会把那里当作亘古未变的一片农田了。原先的村民有的进城买了房，有像孟石头妈妈那样在柳集的集中居住区买了房，从世代居住的那片庄圩上分散消失在了城镇的楼宇间，留下那片刚刚用旋耕耙翻耕并且种上麦子的稻田在深秋的寒风里默默无语。那里曾经的袅袅炊烟，那里曾经的柴门犬吠，那里曾经的乡里乡亲，如今都变成了村民们的记忆。而剩下的其他自然村在即将到来的集中居住工作推进中也会与孟庄一样化为平整的农田。

在这个深秋走出城堡般自然村庄的村民们是要参加一次难得的村民大会。

他们有骑着电动三轮车的，有骑着自行车的，有单独人背手独行的；有三五成群边走边聊的；有拎着小板凳小马扎的；有搀着小孩的。男女老少都有。到了村支两委办公楼前，先是东张西望，后是找到同一村民小组的人聚在一起。很多人走进办公楼里跑上跑下，钻来钻去，瞧个新鲜。别看同一个村村民，而且住的距离村支两委办公楼不算太远，有人还真的没有进过这个办公楼。有人在外打工甚至多年没有回来过。三层楼很快跑完，有人忽然内急，跑进厕所解了手，再回到楼前场地上或站或坐。

马大成算过了，办公楼三楼会议室根本坐不下那么多村民。会场只能设在牛铃山村村支两委办公楼前的场地上。一楼的门楣上悬挂着红底白字会标。从会议室搬下来的几张条桌一字排开作为主席台。主席台两侧放置两个纸糊箱子在椅子上，面朝会场的一面都贴着大红"投票箱"三字。楼前场地上有用石灰粉写着的村组名字，以便村民对号入座。

召开村民大会的方案报给乡里获得批准。各项筹备工作都在乡人大主席和乡组织委员的指导下进行。尽管选举的时间很短，但准备工作却不短。事关村民权利，任何一个细节都不能放过，做好了随时应对突发事件的准备预案。选举总是形式大于内容，流程重于时间，并且随时都可能有意想不到的事件发生。因此，组织者不得不像明明知道只能吃一颗鸡蛋却偏要捧着满满一筐鸡蛋那样小心翼翼。而那些看到一筐鸡蛋的人们总会兴奋异常，跃跃欲试，仿佛自己就是被吃的那颗鸡蛋。其实，任何临时抱佛脚的投机心理都是徒劳的。为保证选举顺利成功，马大成等村支两委班子成员全身心扑在上面。

马大成有在县中竞选学生会主席的亲身感受，对这次村委会主任选举心态非常平和，一点也不担心自己落选。他甚至还想，落选才好哩！支书主任本来就是分设的，两副千斤重担一肩挑，压力山大。如果选出一个好搭档分担压力，那又有什么不好呢？但事实上乡党委政府乡人大并不是这么想的，必须确保马大成当选。因此，这次选举是等额选举。等额选举候选人也未必就能当选。县乡选举年里出现这样的异常还少吗？政治生活的异常往往源于人性的平常。而乡村选举则又叠加了宗族势力的影响。

早在召开村民大会选举的消息一传出，牛铃山村就暗流涌动，骚动不安，差点地动山摇了。

马大成已经是村委会代主任了，懂得起码组织原则的人知道，代主任去代转正只不过是时间问题，一般情况没什么大问题，但依然有人在他这个"代"字大做文章。既然是代，那就可能代而不转，就有空可钻。在外打工的年轻村民并不看好一个什么破村委会主任，操心劳肺的，根本没有做个普通村民天不收、地不管的自在。但那些曾经做过村干部尝到过甜头的居家中老年人却对选举兴趣盎然。长期乡村宗族政治熏陶出来的他们仿佛一下嗅到了落寞宗族权力死灰复燃的机会，纷纷骚动起来，企图借选举之机一举取马大成而代之。但马蹄庄的马万里马万年兄弟也不是吃素的。他们坐在一起商量，摸排全村哪些人蠢蠢欲动，哪些人摩拳擦掌。分析来分析去，对马大成威胁最大的只有下台不久的蔡风，其他人都是阴沟里的泥鳅翻不起大浪。牛角庄的牛得草也担心未来女婿去"代"不保，夜夜敲门入户，悄悄做着牛姓家族的思想工作。可以毫不夸张地说，由于马大成身上这个"代"字，牛铃山村迅速形成了几股潜在的宗族势力。只等着投票选举那天决出分晓。但长辈们的背后使劲给力，马大成却一点都不知道，知道了一点也不感激。因为农村这种以宗族利益为标准的政治几近原始，不仅有失公允，而且破坏公平，与全体村民的共同利益将产生激烈冲突。马大成在用自己的实际行动抵制和消解着宗族势力的影响，还村民以公平公正，与全体村民一道实现共同富裕。

一天，马大强手提唢呐紧张地对马大成说，蔡风在村里到处拱火，打算提名蔡玉芬参选村委会主任，你知道吗？马大成说，不知道。蔡玉芬有能力，肯干，真的不错，她参选好啊！说不定我还投她一票。

马大强撇嘴说，哥，千万不能啊！你支书主任一肩挑，权力还在马家手里。你一抖肩膀，丢了主任，那你就多了一个对手，而且是姓蔡的对手。蔡风当支书时把我当对手，拿捏得我死死的。活有我干的，得罪人的事情把我攘在前头当枪使，他做好人。姑父还跟他一房蔡哩，他能把姑父往死里整。说到底，他就是地主的狗崽子，对穷人后代恨之入骨！找不到别的根源。蔡玉芬也不是什么好鸟。她跟蔡风穿一条裤子。你不要被狐狸精的迷魂汤灌晕头啊。马大成讨厌背后说别人坏话，反感说，谁好，谁不好；谁能，谁不能，标准是什么？完全站在自己和自己家族的立场上，异姓家族就没有好人能人？能不能公允去评价一个人！马大成不给马大强好脸色。马大强用怀疑目光看了看马大成，灰溜溜走掉了。马大成想，政治果真是极其狭隘极其自私的东西。乡村政治还额外受到乡村宗族势力的裹挟，往往变得更加丑陋狰狞。马大成渴望为村民共同富裕奋斗，失去宗族势力的支持，他又如何开展工作？他能怎么选择？他在村委会主任选举这件事情上还真的没有过多考虑宗族和个人利益。在乡人大主席找他征求意见时，他推荐蔡玉芬参选村委会副主任。但这事他一直守口如瓶，没有向任何人泄露一点口风。而马大强居然告诉他蔡风到处活动提名蔡玉芬为村委会主任。他心里有数，这不是空穴来风。也许风从乡里来，并且早在村民间吹开了。

其实，马大成更想借助这次难得的村民大会，全面启动整村土地流转和集中居住工作，几乎淡化了这一次村委会主任选举。因此，他准备好在当选后的就职演说和这两项具体工作的部署。他提前给村支两委班子成员分了工。选举结束后，蔡玉芬到一楼大厅负责核实每户村民《农村土地承包经营权证》，做好《农村土地（耕地）承包经营权流转登记表》填写工作。这项工作事多人少，时间集中，交给别人马大成不放心。交给蔡玉芬，她能有办法完成。马大成不当甩手掌柜，起码可以省心不少。秦会计负责跑集中居住的征地手续和项目资金；民兵营长负责维持牛铃山开发的秩序维持，防止有人提前刨树挖石头。而这些工作在马大成看来事关全村民生，要远比选举更为重要。冲着选举而来的村民绝大多数并不知晓马大成的想法。

马大成还有一个举动没告诉任何人。在乡组织委员要他提供选举监票人总监票人时，他推荐牛艳红作为总监票人。这事他连牛艳红姐妹都没告诉。这些举动让后来许多人说他政治成熟，做人靠谱，做事沉稳。

会前，马大成早早就到了办公室里，一边准备材料，一边等待乡人大主席和组织委员的到来。

窗外开始喧嚣，室内还算安静。但不多会儿就听到有人在楼上楼下跑来跑去，喧天哗地。有人仰头看一看门口的门牌，推开门张望一眼。有的却留在了一楼马大成的办公室里。张望一眼的大多不是同龄人，打招呼的顶多和马大成熟悉，真正赖在他办公室里说说笑笑打打闹闹的都是他的小学初中同学。但真正关系亲密的同学却又不在他办公室里。马大强、牛艳红、孟石头都是马大成同班同学，可他们三人却都在楼前会场上坐下来了。他们都因各种恩怨和关系没有走进马大成的办公室，连一直想到马大成办公室看看的牛艳丽也不想在这个节骨眼上给丈夫添乱。倒是在外打工很少回来的同学格外亲切地在跟马大成说说笑笑。同学之间哪有什么大小？哪管你有事没事？既然马大成坐上了支书交椅，那就可以没大没小地开玩笑。荤的，素的，没底没帮的，什么玩笑都能开。而马大成居然也跟他们聊得特别开心。不仅说得出他们在哪个城市打工，而且还能说出他们做什么工作，养成了什么习惯。很简单，一个村长大的同学，什么秉性，什么能耐，什么家庭情况，不说了如指掌，起码知己知彼。因为哪个同学结婚时其他同学不会凑到一起海侃胡吹喝大酒？有挣到钱变阔的，有没挣到钱成瘪三的，有挣钱玩了婊子的，有挣钱一天三酒的。总之，从走出校门那天起，同学就像同一炉烧出的瓷器，有人登堂入室供上了宫殿，有人沦落成了水缸尿壶，有人却彻底摔成了残片瓦砾。马大成仗义，从不会去揭别人的短。一样粮食吃出百样人来，一人头上一颗露水珠子，人怎么活不是活？活得像人就行。

马大成见到那么多同学回来参加选举，非常开心，正好想把有的同学留下来一起工作。出任支书以来，他越来越感觉乡村人才振兴的重要。没有人才什么事都做不成。他跟同学表面上说说笑笑，瞄着几个能干的同学，大多是当年在校时的班干，心里却已许以他们适当的位置，争取他们回来。但在这个场合只能笼统邀请，真正物色好的人选肯定要单独谈话的。

一个在外发了点小财的同学说，咱们这一代人有意思啦！胞衣埋在老家，父母留在老家，但老家没有咱们的承包地。咱们是无地的一代农民。农民没地，还叫什么农民？不过，没地也好，那就不种地。有地能干什么？祖祖辈辈没见有人种地发财。大成，不是我说你，你在运东做得那么大了，要是我，打死我也不回来当什么支书主任。整天操心劳肺的，能挣几个钱？

马大成大声回答，是啊，你们胞衣埋在老家，我的胞衣还被爸妈丢在了东莞哩！咱们这一代的确是无地的农民，但有父辈祖辈留下的土地给咱们耕种，足够了。咱们依然是挺直腰杆的一代农民。我在外做包工头也的确挣钱不比你们少，但我回来才找到了存在价值。我不后悔回乡创业。当村支书主任，的确挣钱不多，干干净净的几千块钱死工资。但是我天天忙得非常充实。现在家乡正需要人才，你们有兴趣回来咱们一起干。牛铃山开发了，工程上要人，今后管理要人。牛铃山村农民合作社成立了，今后还要成立农机合作分社、农产品销售合作分社、养殖业合作分社、种业合作分社，哪哪都需要人。哎，苟富贵，勿相忘。勿谓言之不预，别说我马大成不带着你们发家致富啊！我在这里郑重向你们发出邀请，请你们回来帮我。

这话一出口，办公室里一下安静了下来。同学都知道，马大成实诚，邀请值得选择。

突然有同学说，那好啊，同学时你是班长，咱们回来还跟着班长干，没亏吃。马大成拍胸脯说，跟我干，稳赚。看家守舍的，老人孩子都照顾得好好的，比在外打工高强百倍。有敏感的同学问，你这不是在为自己拉票吧？马大成说，哈哈，我还用着拉票？你小子不投我票就没良心！看了看手机上的时间，轰鸡似的把同学往外轰，去去，马上开会了，我再看看就职演说，别到现场出了洋相。临上轿才扎耳眼啊，哈哈！有同学嘲笑他。马大成说，临阵磨枪，不亮也光。

同学挤着离开马大成办公室。

62

会场上坐满了人。

以自然村命名的十个村民小组，一组坐在一片。队不成队，阵不成阵，高高低低。有坐长凳的，有坐小板凳的，有坐小马扎的，更多的人是席地而坐。

马蹄庄一片。马万里马万年马大强打头阵。马大强最活跃，嘴巴没停，一直在说着什么。

牛角庄一片。牛得草牛艳红牛艳丽一家打头阵。牛艳红嫁到孟庄，本来该坐到孟庄组，但她没有。有人悄悄看出端倪来了，很快从她坐的位置判断她已经不是孟庄人了。而孟石头一人坐在孟庄那一片里，眼镜后面的一双乌鸡眼一直盯着牛艳红的一举一动。牛艳红却根本不看他一眼，故意和妹妹大声说笑。

蔡庄一片。蔡凤坐在一把小椅子上，跷着二郎腿，双手抱着一个膝盖，着地的那只脚不停地颠着，浑身颤抖。胖脸本得像一只皮鞋底。马万芳蔡玉芹母女坐在一起。彼此不说话。蔡庄一片是会场上最安静的一片。

乱庄一片，秦会计父子坐在最前面。其他各自然村庄都由村民组长打头。

会场上，外出打工回来的年轻人很多，低头玩着手机，基本上不与身边人交流。村民们像赶集听书，多年没有开过这样的会议。年龄大的说，还是在生产大队时开过，不过那时不是批斗会就是开宣传会，今天这会听说是村委会主任选举，看好谁就投谁一票，当真行使一次民主权利，兴奋之情难以言表。更多人不愿多提选举话题，而是更关注事关每户每人利益的土地流转和集中居住。从外地打工赶回来的少壮派村民议论，新的村支书魄力不小，敢开这样的大会，不怕村民闹事？村民凭什么闹事，有什么事要闹，村务对你完全公开了，不像过去藏藏掖掖的，有利的，村干部私吞了，没利的，村民扛着。再闹就真的没良心了。人多嘴杂。随着会议临近，所有目光都像探照灯似的平扫着会场前面的主席台。

马大成走出办公楼看看会场，蔡玉芬迎上来向他汇报了参会人员情况。

不一会儿，乡人大主席和组织委员掐准开会时间坐车过来了。马大成迎上前去，直接引他们坐上主席台。由于整个会务都是蔡玉芬负责的。在开会前几分钟，她对着麦克风说了会场纪律，要求大家安静。由各村民小组长清点人数并报数，一个个村民小组报上来，汇总成一个总数由蔡玉芬交给乡组织委员。

乡组织委员清了清嗓门，拍了拍面前的话筒，正准备按照主持词宣布会议开始。抬眼看到一辆中型面包车停在会场外面，车上走下四五个人。主席台上的人大主席认识其中下车的县乡纪委干部。

节外生枝的情况立即给会场带来了不安气氛。

众目睽睽之下，乡组织委员停止讲话，人大主席站起身迎上前去。没等人大主席搭上话，其中一县一乡纪委两个干部走向坐在小板凳上的蔡风。其中乡纪委干部拍了拍蔡风肩膀小声说，有事请你出来一下。

蔡风左右张望了一下，一抬头，认识乡纪委干部。迅速扳下二郎腿，差点连屁股下的小椅子一起倒地。幸亏县纪委干部用腿顶住了他。他踉跄了几下才站起来，跟着乡纪委干部走出会场。县乡纪委干部分别上前一步，走在蔡风两侧，伸手抓住他两只胳膊，连拖带拉走向中型面包车。

与此同时，另外一县一乡纪委两个干部走到秦会计身后，同样拍了拍秦会计的肩膀小声说，跟我们走一趟。

有蔡风在眼前被带走，秦会计早吓得尿了裤子，一时从地上爬不起来。两人抄起他的双臂架鸡似的架了起来，押着走向了中型面包车。

会场一时鸦雀无声。所有目光都聚焦并追随着蔡风和秦会计而去。不知怎么回事，但明显感觉到二人是被押出去的，此去不妙，此去大快人心。

随着中型面包车开走，会场上突然响起一阵掌声。原来是马万芳带头拍了巴掌，引来一片掌声。掌声过后立即爆发一片嗡嗡声，开始骚动起来。蔡风、秦会计二人的至亲突然大哭着奔跑出去。其他人议论开了。

马大强驼鸟似的把头勾在腿裆里，手脚冰凉，没敢抬头。

还用问吗？两人在牛铃山村这么多年干了什么勾当，村民的眼睛是雪亮的。光盖这栋办公楼就藏着多少猫腻，有人亲眼所见，二人虚开材料费私分。至于为村民办低保吃拿卡要，做买卖似的，那就更说不出口。只以为没人敢怎么他们，不料，多行不义必自毙，还是在离任审计后暴露了。

突如其来的插曲令马大成惊出一身冷汗。想起乡纪委两人来村取走账本后秦会计的表现，隐隐感觉他魂不守舍，工作疲于应付，肯定心虚了。如今和蔡风一起被带走，案情有望不久公布。既然当官，那就不应当发财。姑妈说过，为人不当官，当官都一般。难道就跳不出"都一般"的怪圈吗？恪守做人本分，坚持为民干正事，不取不义之财，又怎么会触犯党纪国法？警钟常鸣，前车可鉴。马大成低头在选举结束后的就职演说稿上增加了拥护乡党委纪委对蔡风等人的查处决定，做到一身正气，两袖清风，自觉接受村民监督。

惊险的插曲如同一声警钟，久久回荡在人们的记忆里。

主持会议的乡组织委员要求大家安静，然后开会选举。乡人大主席对选举提出了要求。乡组织委员又对投票进行了说明。然后举手表决总监票人和监票人。

总监票人牛艳红。

牛艳红突然听到乡组织委员宣读到自己的名字，并且要求到会场前面查看票箱，监督投票，感到十分意外。第一次在这么隆重的场合露脸，估计是马大成提前安排的。但怎么也不提前告知一声？她从牛角庄组选民里站起来，整理一下头脸走出来，接受乡人大一名工作人员的指挥，麻利地做好了规定动作。又从工作人员手中接过密封好的选票，当场拆封，分发各小组，当场发放选票。

水红色选票上面共三栏，村委会主任候选人一栏，马大成；副主任候选人一栏，蔡玉芬；其他候选人一栏，空白。三栏后面的空格留着填写的。选票下面有说明，内容和乡组织委员说的一样。可以打钩，可以打叉，另选他人必须在候选人姓名后面打叉后再填写其他人姓名。

蔡玉芬接过选票，看到选票上自己的名字，心里咯噔一下，激动不已。从村妇女主任到村委会副主任是提拔啊！怎么马大成从来没对自己说过这事啊？保密工作真是做到家了。此前倒是蔡风还在她面前要过情，说要争取选她当主任。政治意愿就像掠过心头的一股风，来无影，去无踪。她当时一阵高兴，但很快就感觉蔡风的话不靠谱。现在看来是蔡风在捕风捉影，可能听到了什么风声。还是马大成有政治头脑，做事规矩沉稳靠谱。工作上信任你，关键时刻想到你，你想胡来就往你小肚子上踹一脚，让你疼得长了记性。这就是公道正派的人。

村民们领到选票后议论纷纷，会场上一时有点混乱。不少人对蔡玉芬候选副主任提出质疑。特别是马大强，提笔就先在蔡玉芬后面的方框里打了一个叉，毫不含糊。牛艳丽也不留情面地在蔡玉芬后面的方框里打了一个叉，还扭头对爸妈说，她是狐狸精！马万芳和蔡玉芹却都打了钩，没有另选他人。

乡组织委员重新打开麦克风，大声要求大家尊重自己的权利，独立思考，独立选择，不要干扰别人，也不要受别人干扰。很快宣布进入投票环节。乡组织委员又要求排队有序投票，结果两边票箱周围挤得水泄不通。投票结束，进入记票环节，要求大家原地休息，结果还是有人东跑西蹿，纷纷有人内急直往办公楼里跑。牛艳红带着几个监票人抱着两个投票箱到一楼大厅，分两组唱票记票。不到半小时，记票结果出来。毫无悬念，马大成当选主任，蔡玉芬当选副主任。另选他人的有，马大强三票，蔡风一票，孟石头一票。孟石头那一票是自己投给了自己，且叉掉了马大成。此时表达自己的最真实意愿，无可厚非。还有人投了全村知名的傻子一票，瞎操蛋，引来一片哗然。乡组织委员宣布选举有效。

最后，请当选主任马大成讲话！马大成起草了讲话稿，照着稿子念下去，文采飞扬，激情澎湃，但许多村民听了一头雾水，好在稿子不长，很快就结束了。

主持人宣布牛铃山村村民大会选举取得成功。

选举会议结束，乡人大主席和组织委员过来与马大成和蔡玉芬握手祝贺，撤离会场。村民有人想离开会场，蔡玉芬对着话筒喊，不能走，请都别走，下面还有你们最想听到的内容。会场重新安静下来。送走乡人大主席和组织委员，马大成回到主席台坐下。

接下来就是蔡玉芬主持，马大成讲话。

63

没有乡领导在场的村民大会开得轻松热闹。

马大成讲话很短，很干脆。归纳为三件事。一件牛铃山山乡文旅景区开发；一件土地流转；一件集中居住。但哪一件事都触动村民神经。因此，村民们全神贯注听马大成讲话。

关于牛铃山山乡文旅景区开发，马大成说，由县文旅集团承建，乡里村里配合。但是，建设过程需要大批劳务人员参与，建好后需要大批保洁养护和管理人员。希望全村村民积极投身牛铃山山乡文旅景区开发。在家门口轻松挣钱，比在城市里打工高强多了。我想起一句老话，满庄打麻雀，家里不见老母鸡。牛铃山即将成为能下蛋的老母鸡。牛铃山村村民不吃鸡蛋，还能便宜别人吗？

会场上群情激昂。牛艳红牛艳丽姐妹摩拳擦掌，兴奋不已。牛艳丽说，姐，回来在牛铃山做个导游，挺好！牛艳红说，没想过，不是矫情，已经不习惯乡下生活了。牛艳丽撇嘴。

说到土地流转，马大成说，牛铃山村土地流转做成了夹生饭。孟庄组土地全部流转了，其他庄还没有。马蹄庄流转了，村民又没拿到流转费。土地是咱们农民的命根子，不是有钱人掠夺财富的"唐僧肉"。土地流转完全自愿。现在，牛铃山农民合作社注册成立了，是自负盈亏的经营主体，可以承接流转的土地。谁有权力流转你们手里的承包地呢？法律规定，村民委员会。因此，无论你们愿不愿意自家的承包地流转，都请你们散会后拿着自家的《农村土地承包经营权证》到一楼大厅去填写《农村土地承包经营权流转登记表》。愿意流转的就填，不愿意流转的可以不填。表上会有详细说明。蔡玉芬会在一楼大厅指导帮助你们填写。没带《农村土地承包经营权证》来的，散会后赶快回家去拿。

孟石头突然站起来说，我在城里没工作，我要回来种我自家的承包地。

马大成一怔后回答，可以。孟庄的土地流转得彻底，等全村土地流转后期单独与流转孟庄土地的大户商量吧。

一个在外打工的蔡庄小伙子跟着站起来说，我不加入你们的合作社。我组织蔡庄人成立一个合作社，参加土地流转，行不行？

没等马大成回答，马猴子站出来大声说，我哪个合作社都不入，我要一人单干！

行。符合合作社注册条件都可以成立。船多不碍桨。好事！有人愿意把承包地流转给你，你们可以自行商量。猴叔不入社，想单干，都行。马大成给出的答复让蔡庄小伙子满意，小伙子欢天喜地坐下去。马猴子坐下后还骂骂咧咧的，不知道他想怎么样。

看到会场上没有其他人对土地流转有更多意见，马大成再次强调说，我希望有实力有能力的乡亲回来流转土地。现在种地机械化了，收种都不累人，国家还给补贴。总之，近期就完成全村的土地流转，不影响播种麦子。

重头戏放在最后。马大成最后才说到第三件事集中居住。

他说，现在我最头疼的当数集中居住。是先建后拆，还是先拆后建？乡里王书记给我的回答是：先建后拆。我听了心头一热，正中我下怀。先拆后建，不人道。马上进入冬天了，窝都扒掉了，人往哪去？孟庄就是一个先例，不管死活把村庄拆了，村民到处投亲靠友，那叫一个遭罪啊！但先建后拆就不一样了，就容易多了。等集中居住的楼房盖好了，搬进去后再拆老宅。哎，蔡主任，去把牛铃山村集中居住区规划设计展板抬出来。

蔡玉芬起身跑进一楼大厅，与一名工作人员抬出上周制作好的牛铃山村集中居住区规划设计展板，转身又去抬出了先前向考察组展示过的牛铃山山乡文旅景区开发展板，分别放在主席台的两侧，立即吸引住了村民的目光。

马大成起身来到牛铃山村集中居住区规划设计展板前，向村民们介绍说，省市县在柳集乡试点村庄集中居住，委托专业规划设计人员，根据牛铃山村地形地貌、土地质量和人员分布情况，按照"有利生产、方便生活"的原则，结合村庄的自然肌理，把全村分为集中居住区、工业集中区、规范化标准良田区和现代农业产业园。建筑布局风格上"五统一"：统一施工图纸、统一建设标准、统一楼层高度、统一外立面、统一前样式，体现田园风光和生态底色，展现具有地方特色和文化内涵的现代农村风貌。基础设施建设上，高标准规划交通路网、集中建设供水、电力、污水处理、光纤宽带等项目设施。看看效果图，多漂亮！

不少村民猫腰站起来看展板，但由于距离太远，根本看不清展板上的文字和图案。

马大成说，洗脚上楼是咱们几代人的梦想。早在祖辈就口口相传说，楼上楼下，电灯电话，耕地不用牛，点灯不用油。经过几代人的努力，陆续实现了。但是，每一次变革到来之时，都会有利益损失，都会有观念更新的痛苦。大账算起来，激动人心。小账算到每家每户，又可能家家揪心。肯定有不少人想打退堂鼓。为什么？世世代代盘下的宅基，生活惯了，有感情。家前屋后种点青菜萝卜，成月不用上街买菜都能对付。更重要的，泥草房翻盖成砖瓦房，有的人家还砌起了二层小楼，集中居住势必把原来积累的财富全部毁掉，谁不心疼！但是，为了更大更长远的利益，牺牲掉那点利益算不了什么。

三叔马万年猛地站起来，三婶直拉他的后襟，他甩掉三婶说，大成，我问你，马蹄庄拆不拆？

会场一下鸦雀无声。三叔叫板侄儿，有好戏看喽！有人嘀咕，千万别打起来啊！有看二层不嫌局大的人正等着看马大成的笑话，眯着眼睛看着马大成。

有拆，有不拆，马大成模棱两可回答了三叔。

这话怎讲？马万年手指着侄儿问，你说清楚。这些天有许多话我都闷在心里。大成上台你这玩的是哪一出啊？又是改造小学成立合作社，又是彻底流转土地，又是搞集中居住。我跟我哥商量过，他也纳闷，大成回来搞的这些东西是不是倒退啊？

马大成回到主席台座位上站着回答三叔说，三叔你坐下。首先声明，这不是倒退，是继承，是创新，是前进。你听说的过去那个合作社和现在的合作社根本就是两码事。现在成立的农民合作社，还会有各种专业合作社，都是新型农村经济经营主体，不仅承接土地流转，而且还可以自主经营其他产业。集中居住是为了腾退更多土地，提高村民生活质量，与你印象中的合作社和大集体完全是两码事啊，三叔！

你说马蹄庄有拆有不拆又是什么意思？马万年步步紧逼。

马大成笑了笑回答，根据县里规划，马蹄庄整庄保留。不是我当支书主任有私心保住了马蹄庄，是马蹄庄与众不同的村容村貌决定的。马蹄庄全是石头砌成的房屋，风味独特。我们天天看在眼里无所谓，外面人一看就稀罕了。县里规划设计时把马蹄庄作为山乡文旅景区的一个重要节点规划的。计划命名为"石头部落"，将来做农家乐，搞民宿，留着给人寻找乡愁。但在整庄保留前提下还有要拆的。

马蹄庄人提长脖子瞅着马大成，要拆哪家？

马大成看着爸爸马万里说，马蹄庄只有一家房屋要拆。爸，我还没敢告诉你，规划设计图上，咱家的石楼正好在拓建的进山公路上，要拆！

马万年满意地坐下了。但马万里却站了起来，手指点了点儿子，一句话没说，扭头走出会场。大成妈追了出去。

马大成心里一阵难过，坐下说，请大家抓紧回家取《农村土地承包经营权证》来一楼大厅登记吧！

散会后，许多村民涌进一楼大厅登记承包地流转，一时没有带着《农村土地承包经营权证》的村民回家去取了。牛艳丽陪着爸妈和姐姐完成了承包地流转登记，挽着姐姐打算离开。没走几步，牛艳红推开她说，快去看看你老公！牛艳丽听话，撒手回头跑进办公楼，找到马大成的办公室。略显疲惫的马大成望着她说，今天你都看到了吧，我多难啊！

64

马万里回到家，往床上一躺，不吃不喝。

这年头，大道理谁都懂，但触及到谁的利益，谁都糊涂，谁都跳脚。马万里说好这家给儿子当的，如今看来还不能撒手。儿子都能当牛铃山村的家了，还当不了自己小家的家吗？但是，儿子上任后的前三脚踢出来，头一脚就踢到他马万里的小腿骨上，疼得钻心。再撒手，这家就完蛋了。马万里自问，咱这大半辈子是那种不讲理的人吗？长短也做过村委会主任，好歹也知道当干部就得执行上级政策，但咱当干部时本着一条，再怎么着也得胳膊肘往里弯啊！儿子倒好，专门窝里横。凡事先拿自家开刀。妈的，怎么马蹄庄全庄不拆，就偏要拆咱一家？说是以身作则，做给群众看，带着群众干，但拆了自家，群众只能当笑话看，该不干还是不干。当然，想不通的事情多了去了，马万里也没好意思做儿子工作的绊脚石，会场上给儿子留足了面子，没有当面顶撞儿子。但态度扔给儿子了。拍拍屁股走人，不听你瞎咧咧了。

午饭烧好了，老伴喊他两遍。他哼哼两声，没动静。老伴知道他心里搁着拆迁的事情，就扔下一句，有屁就放，憋在被窝里臭你自己！

端起饭碗，马大成看着妈妈问，爸爸呢？妈妈没好声气回答，不管他！牛艳丽放下饭碗，跑到一楼卧室里喊，爸，吃饭啦！没人答应。走近了一看，床边有鞋，床上有被，就是不见人。马万里早把头蒙在被子里。牛艳丽掀开被角看看，马万里大叫一声，干什么！扯住被角又把头蒙住，吓得牛艳丽拔腿就跑进餐厅说，爸是不是病了，你快去看看。

马大成丢下碗筷，来到马万里床边喊，爸，吃饭了。你哪里不舒服，要不要去医院看看？

马万里掀开被头，露出头脸，眨巴眨巴着眼睛，像河塘里遭了连阴雨的一只蛤蟆。

马大成伸手摸了摸他的额头，凉凉的，没发烧；又拽出他一只手，热乎的，没潮热。马大成说，是心疼咱家这石楼的吧？

马万里眼角流下两滴浊泪回答，你爸半辈子积蓄，你高考落榜那年盖的石楼，打算做你们的婚房的。现在你让我再亲手拆掉它，那不是拿刀割我自己身上的肉吗！

马大成说，别人家都盯着咱家哩！咱家不带头拆了石楼，那牛铃山山乡文旅景区开发和集中居住就不容易推进下去。

马万里说，问题不是做榜样的事啊！马蹄庄全庄不拆，就只拆咱一家，这是有人故意使坏，还是你自伤八百的？

马大成回答，都不是。咱家的石楼在村口，靠路。规划设计上这里是一条进山的双向四车道公路，不拆不行。我也争取过，但县规划局技术人员说，公路线形不能改。要改会增加许多投资。他们实地踏勘过了，马蹄庄石头房屋有味道，但咱家的石楼戳在村头，年代近，与全庄的石头房屋不搭，有点不伦不类，夺味。因此，为牛铃山山乡文旅景区开发和土地流转整体利益，拆掉咱家石楼更好。我就同意了。

马万里问，拆了石楼，打算搬哪去住？

马大成说，我想好了，咱家石楼肯定会先拆，到时候就把家搬进合作社的空房里先住着。等集中居住点楼房盖好了，咱们再和其他村民一起上楼。

　　马万里心里敞亮了许多，但他还替儿子捏一把汗。上午会上蔡凤被带走了，秦会计也被带走了，村支两委班子缺胳膊少腿的，你就是一条龙也吸不干清平湖的水，赶快用人啊！

　　马大成说，爸，我比你着急。我单独找过几个回来开会的同学谈了。他们有的愿意留下进入村支两委班子工作，有的根本看不上村干部那点工资。我还在做他们工作。等村支两委班子配齐配强了，我就省心省力省事多了。

　　大强还能再用吧？马万里什么时候都惦记着宗族利益。

　　马大成摇头说，大强墙头草，定力不够。适合吹吹唢呐，玩玩文艺。——爸，村里的事你就别多操心了，走，起床吃饭去。

第十七章　沸腾的牛铃山

65

秋播到来之前，牛铃山村村民的承包地实现了绝大部分流转。

马大成为董事长的牛铃山村农民合作社主要流转了马蹄庄和牛角庄的整庄承包地。蔡庄和乱庄的承包地主要流转给了另外两个合作社。其他村民小组的承包地被外来的种粮大户承接去了。马大成代表村委会与合作社和种粮大户签订了《农村土地（耕地）经营权流转合同》，以法律的形式固定了合作社和村民的权利和义务。

孟石头在村民大会上叫嚷着回来耕种自家承包地的。马大成根据他家持有的《农村土地承包经营权证》上的地块和亩数，好不容易协调了原先流转孟庄土地的种粮大户，七死八活腾出几亩不影响大田耕种的一块小田给孟石头。孟石头一听很兴奋，但站在地头张望张望，徘徊了一阵子，最终还是望洋兴叹，决定放弃独自耕种的念头，去运东市找工作。马大成接到他电话时还说，什么时候在城里真的找不到工作了，再回到我的合作社来打工。

嚷着要单干的马猴子也与孟石头类似。村民大会后在村支两委办公楼一楼大厅里差点跟外甥女蔡玉芬吵起来。登记可以，拒绝流转他家的承包地。蔡玉芬劝他，不听。大嘴巴噼噼啪啪的，小算盘打得叮叮当当的。没两天，喝凉水吃狗肉他又回过味来了，自己主动找到马大成补签《农村土地（耕地）经营权流转合同》。蔡玉芬当面说他，牵着不走，打着倒退。这辈子没干过一件正事！

不光孟石头、马猴子，村民们哪个不会算账呢？当年的流转费九百块一亩，今后还会水涨船高。掐指算算，现在不是包产到户那阵子了，承包地自己耕种早就不划算了。收种都得雇人。刨去种子化肥人工费用，一年两季收成，累死累活，到手净利可能也就九百块钱左右。只能落个自家吃粮不用买。

在外打工的村民会算账。打工一月挣个四五千块钱，没有问题。承包地流转给合作社一年尽落一亩地九百块钱收入，还免得一年几次往家跑，牵肠挂肚的。一翻一覆，一年就划多少收入？好账算不折。收好《农村土地承包经营权证》，什么时候家里有地，没有后顾之忧，一劳永逸。

留在村里的村民不仅也会算账，而且眼前就尝到了流转的甜头。承包地流转后，人落个清闲不说，还能在合作社里干活挣钱。马大成一点不抠搜，只要招呼村民干活就发工钱。打工按月领工资，在合作社务工，还按天结算工钱。一天少的五十，多的八十，带点技术含量的都是一百向上，而且不拖不赊。一月少说挣个两三千块钱。整整地，薅薅草，撒撒肥，手别裤腰带上就能干完，玩似的。看家守舍的，这不也挺好吗？怎么叫带着村民共同富裕？这不就是！

马大成哪来那么多钱？有的村民困惑。

有人说，马大成在运东市做包工头挣了大钱，至今存在银行里，光利息够吃两三辈子。有人说，羊毛出在羊身上，合作社流转了那么多村民承包地，拿到银行一抵押，大钱不就出来了吗？反正，想通想不通的村民都明白一个道理，马大成是个有头脑、善经营、会管理的青年才俊。没办法，别不服气。人家装龙像龙，装虎像虎，干一行成一行。牛铃山村土地流转煮成了夹生饭，这个想流转土地，那个想单干。放给别人头都大了，马大成一接手，很快都能摆平。上面政策吃得透，村民意愿捏得准，关键还是时时处处为他人着想，才能摆布得开局面。那些只顾个人私利和眼前利益的人，哪个比得上马大成？

马蹄庄还有人说马大成是个大愣种哩！因为他做了一件冤大头的事。他回来不是正好赶上流转给曾家胜的土地没支付流转费吗？马大成替人擦屁股，垫钱收了马蹄庄一季稻子。这事能忘吗？谁忘马猴子也不会忘的。等马大成开过村民大会，马猴子就找到他伸手要承包地的流转费。马大成说，我记着这事的。猴叔不说，我腾出手来也要支付乡亲们的流转费。他卖掉了垫资收割的稻子，挨家挨户结算了马蹄庄付上年的土地流转费。同时，他又把当包工头时的借款连本带利全部还清了。

马大成理顺了村民的心气，理顺了村民与土地的关系，理顺了自己与村民的关系，清清爽爽开始奔赴共同富裕的征程。

秋播到来了。牛铃山村农民合作社开始了流转土地后的第一季播种。马大成这一代自称无地的农民在父辈祖辈留下的承包地上撒下希望的种子。

租用来的十几台大型旋耕机和播种机奔驰在牛铃山下的田野上，很快将原先百衲衣般的一家一户小田连缀成沟渠井然的大田，适时播种上了小麦，静待着麦苗破土而出，苗壮成长。

66

不久，一支施工队伍进驻牛铃山西山脚下，搭建起一排简易板房。在外建楼盖过房的村民一眼就认出来了，那是工棚。又拖来一车车施工围挡，丢手绢似的把一片一片围挡扔在山脚周围。又一片连着一片栽下地去，沿着山脚把牛铃山合围起来。那是准备封闭施工。牛铃山像戴上了一个大大的项圈，只在马蹄庄头的马大成家石楼后面留下一个可以开合的门，因为这里是规划中的一条进山公路。绿色围挡上贴有规划中的牛铃山山乡文旅景区效果图。一张全貌，数张景点，张张看了喜人。由于前期马大成做了大量村民思想工作，封闭施工的准备工作没有遇到任何阻拦。

一天，在牛铃山东南方向的一块平缓山地上，又要举行一场牛铃山山乡文旅景区暨牛铃山集中居住区项目开工仪式。

寂静的牛铃山迎来了唤醒时刻。

气球腾空，彩旗飘扬。临时搭建起来的舞台上，马大强带领的锣鼓队和小戏班轮番暖场。一时锣鼓喧天，热闹非凡。舞台背景板上描绘的是牛铃山未来的美景。舞台的正前方是待命的两台打桩机。舞台两侧，一侧整齐停放着十几台挖掘机，一侧整齐停放着十几台推土机。机手们穿着工装，戴着安全帽，在机械旁列队待命。

舞台正前方，临时拉起的警戒线外，马大成组织来的村民按照十个村民小组列队站好。人人脸上洋溢着幸福的笑容。蔡玉芬和几个刚配上来的年轻村干部在村民队伍前面维持着秩序。马大成一直在协助县乡工作人员协调村民行动。他对自己一手配齐的年轻村干部表现很满意。

暖场锣鼓歌舞声在马大成的一个手势下戛然而止。

一辆考斯特车缓缓开过来，汴水县和柳集乡的领导走下车。马大成迎上去，与县委周书记握手。王道远在一旁向县委周书记介绍了马大成。周书记拍拍马大成的肩膀说，辛苦了，好好干！然后县领导自觉按照级别大小排队走上舞台。随着县委周书记在中间站定，又中间开花般地向两侧站成了一排。仪式由常务副县长主持，柳集乡党委政府、县文旅局、乡村振兴局（农业农村局）、城乡建设局、交通运输局的负责人先后发言，然后县长讲话；最后县委周书记宣布牛铃山山乡文旅景区暨牛铃山集中居住区项目正式开工。话音一落，鞭炮齐鸣，机器轰鸣，天地一片沸腾。

从此，牛铃山沸腾了，牛铃山村沸腾了。

牛铃山下的绿色围挡内，十几台挖掘机、推土机日夜不停施工。通往牛铃山脚下的公路上，运输材料和土石的卡车络绎不绝。举行开工仪式的东南平缓山地上，打桩机的打桩声一声声传来，地动山摇。

很快又有几台塔吊矗立了起来，一片片脚手架也噌噌地矗立了起来。

山上山下，就是一个沸腾的庞大工地。

工程需要大量人力。正好秋播结束。马大成组织牛铃山村村民参与两项工程建设。在外打工的村民纷纷闻讯赶了回来。马大成做包工头时的手下队伍主要在集中居住区项目上干活；其他包括妇女在内的村民主要参与牛铃山山乡文旅景区施工。一时间，牛铃山村村民人人在家门口打工，像在城市打工一样胸挂证件，天天拎着瓦刀小桶，或扛着铁锹扁担箩筐，进出绿色围挡或集中居住区简易围墙，按时上下班。马蹄庄当然靠锅先焬，近水楼台，有更多的人在工地上务工。马万里当仁不让地成为景区务工村民的头头，负责点名、记工和监工。马万年则又在集中居住区干起了看管材料的工作。

喜忧参半的是，马家的石楼紧挨着公路，受到运输车辆的日夜干扰，根本不敢开窗。不仅噪声很大，而且扬尘弥漫。

原先排斥石楼拆除的马万里如今着急了，对儿子嘀咕，石楼什么时候才让拆？

马大成给不出答案。

看着天天走过石楼下的村民有说有笑的，牛艳丽也想走进绿色围挡挣点自己的零花钱。马大成说，你用手机去记录牛铃山变化还可以，干活可能不行。那活又累又脏，一天不到你准哭鼻子。牛艳丽说自己不是楼上小姐，没那么娇贵。马大成笑着答应让她吃点苦头。但马万里夫妇不同意。大成妈说，你还当你的导演，不去挣那份辛苦钱。你不是说手机玩好了也能挣大钱吗，你就变着花样玩手机吧！需要我当演员，我还给你演。其实大成妈没说出口的意思是，你快快给马家增人添口吧！

终于，拆除马家石楼的答案来了。因为交通工程施工此时也开始了。

几台挖掘机由远及近地在原有的公路两边备土，很快推进到了石楼下。晚上，马万里收工回家，发现挖掘机已经把石楼下的地基挖露了出来。要不是停工，石楼险些成为孤岛。吃饭的时候问儿子，石楼要拆，赔偿怎么说的？

马大成说，乡里王书记说了，跟集中居住楼房盖好后的牛角庄蔡庄拆迁标准一样赔偿。

马万里挑眼说，那能一样标准吗？咱石楼是因道路施工拆迁的，赔偿标准肯定高啊！

马大成说，爸，怎么又想起这一出的？不能老想着占公家便宜。拓建这条公路是乡里工程，没有那么钱赔偿咱们。我看就别在赔偿上动脑筋了。

马万里窝一肚子火，没处诉说，只能忍着。但他又退而求其次说，石楼不能让他们强拆，找个黄道吉日我和你三叔自己拆。拆下的料子搬到马蹄庄西头，照着"石头部落"的要求盖个石屋。等你们去集中居住区上楼，我和你妈就住石屋，没问题吧？

马大成笑着说，等集中居住区楼房盖好了，我想替姑妈买一套咱家对门的房子，你们老兄妹串门聊天方便。你和妈不上楼，姑妈不说我娶了媳妇忘了娘？

马万里说，你姑妈住你对门，你方便照顾她就行了。我和你妈能行能动的。等牛铃山火了，说不定在石屋里还能做点小买卖。

牛艳丽不高兴说，那不行！爸妈要跟着我们上楼。不然，大成上班，我搞直播，没人帮我们带孩子。

马万里夫妇笑得差点岔了气。因为儿媳说话太搞笑了，孩子在哪？但想想也是，孩子总会有的。

第二天，马大成找来马大强等几个同庄兄弟，七手八脚就把石楼里的家什搬进了牛铃山村农民合作社里安顿下来。无巧不巧的是，临时安顿家的空间居然就是他和马大强曾经同班念书的那间教室。两人还回忆了当年的趣事。一墙之隔的为牛艳丽准备的单独一间直播室。马大成带着爸妈整理家什，牛艳丽却跑进直播室构思直播间布置和第一期直播方案。再走出直播室就交给丈夫一个采购清单。

马大成接过一看，大桌一张，转椅一把，手机支架一个，多机位一体的；外接麦克风两只（无线和领夹各一只）；补光灯两台（环形和桌面各一台）。

好嘛，武装到牙齿了！像个美女主播的样子。马大成问，打算什么时候直播？要不要我给你助场？

牛艳丽回答，当然需要你为我呐喊助威喽！至于什么时候直播，那要看设备什么时候到位，直播带什么货。

走，上车去买直播设备去，马大成掏出车钥匙冲着牛艳丽摇了摇。

牛艳丽跺脚说，主播买设备不从网上直播间买，老外了吧！这事不要你操心，你只负责给我手机上转钱。

马大成承认自己一时没转过向来，迅速给她手机转账一万块钱，还说，不够再转给你。

牛艳丽说，第一次直播带货，我想还带咱家山芋窖里的山地山芋，反正，石楼要拆了，山芋窖肯定也保不住了，一窖山芋没处放了。

好主意！我本来想给合作社注册一个"牛铃山"系列商标，把全村的农产品加工包装上市，你直播正好有货可带。但现在产品还没出来。明年春暖花开的时候肯定出来。哎，你替合作社直播带货，有分成，但比例不能太高。

牛艳丽说，那我的直播都打"牛铃山"的牌子，我先把山地山芋推出去吧！

年轻人谋划着未来，老年人则苦恼着如何拆旧。既然马万里愿意自找苦吃，想着自行拆除石楼，那马大成也没有办法。但马大成容不得爸爸拖延时间，催他不要影响进山公路的铺设。马万里卖了猪圈里的一白一黑两头肥猪，烧香拜辞了老宅神明和祖宗亡灵，含泪把亲手垒砌起来的石楼一点点拆除。

陪他一起拆除的马万年想起十年前骑在石楼大梁上看到马大成高考结束回家时的情景，对哥哥说，大成要是考上大学，今天也许不会拆除石楼。

马万里不以为然说，这不是大成的事。旧的不去，新的不来。风水轮流转，今天到我家。时代走到今天，谁也挡不住。

67

牛铃山村村民在沸腾的工地上度过了一个繁忙的暖冬。

2019年的春节即将到来，马大成一家只能在牛铃山村农民合作社里度过了。他给每一个房间的门上都贴上了春联，在大门口挂上两只大红灯笼。曾经的牛铃山小学一下又恢复了生机。

春节之前，马大强带领的小戏班已经在排练，准备春节一过就再一次走村串户给大家拜年。呜呜哇哇的唢呐声，咚咚锵锵的锣鼓声，在牛铃山下清平湖畔的村落间一阵阵回响。在牛铃山山乡文旅景区暨牛铃山集中居住区项目开工仪式上一展风采的小戏班先后参加县里几次重大活动，队伍不断壮大，收入越来越多。马大强雄心勃勃，计划把小戏班演出市县，申请牛铃山锣鼓和唢呐为市级非遗，得到马大成的支持。但是，他们都知道，过完这个春天，牛铃山村村民就要上楼集中居住，自然村庄就要拆除了。马大强的小戏班走村串户给村民拜年将成为绝版。

今年马大成没有像去年返乡过年那样为马大强客串舞狮，小戏班略显寂寥，缺了灵魂角色一般。马大成不是不愿意客串舞狮，而是村里各项工作忙得他实在分身无术。牛铃山山乡文旅景区施工矛盾协调，集中居住区建设中矛盾协调，进山公路拓建占地矛盾协调，边边角角，鸡毛蒜皮的，都不是什么大不了的事情，但是，发生在牛铃山村这片土地上的，愿意不愿意都找到马大成头上。马大成不会踢皮球，不会和稀泥，只会一是一、二是二地公正处理。他本着一条，谁影响工程建设，谁就得挨板子。谁泼皮无赖想占公家便宜，谁就得偷鸡不成蚀把米。别怪他马大成不客气。

接近年关，马大成又集中精力陪着乡拆迁办的人紧张忙着整村拆迁的丈量登记工作。

不破不立。同步推进自然村庄拆迁是保证集中居住的重要一环。

除了"石头部落"的马蹄庄不拆，牛铃山村的其他自然村庄就真的都要拆除了。而这一次拆除不像孟庄那样强行拆除引起村民抗拒，由于是先建后拆，而且村民们已经切身感受到了牛铃山村的巨变，得到了真正的实惠，因此拆除变得容易多了，几乎没遇到什么阻力。

但是，一庄一庄地丈量过去，马大成却又发现了不少问题。

还是从去年春节开始，未经允许，全村各庄都有精灵鬼在自家宅基地上偷偷搭起了石棉瓦偏房，有的还用红砖红瓦盖成了像样的偏房。目的很明显，无非是想获得更多拆迁赔偿款和新居折扣面积。但马大成毫不留情，凡是去年春节后搭建的房屋一律不作为赔偿面积，根本不给任何人钻空子。

马大成有这个权力。

村民们在观望。观望马大成会不会一碗水端平。

腊月二十九这天，丈量到牛角庄。马大成身后尾随了许多村民。那些村民嘴上说笑，眼睛却盯着马大成手里的紫外线尺子，心里掂量着马大成用权的尺度，同时参考着复杂的社会关系去衡量马大成内心的天平。某某家与他家或岳父家什么关系，某某家有什么人在县里或乡里工作，某某家在外打工的孩子与他是发小同学，无一不是左右村民对马大成处理问题评价的砝码。但是，好戏还在后头。尾随看热闹的村民希望在牛得草家看到一出好戏。

因为牛得草在去年传言拆迁后也搭建了一个石棉瓦偏房。前有车，后有辙。前面丈量的临时搭建的偏房都不算面积，牛得草家搭建的偏房算不算面积？利益面前，马大成的胳膊肘会不会往里弯？

其实，马大成早已知道岳父家有违规搭建，心里早打定了主意，肯定会一视同仁不算面积。但是村民们不知道，牛得草也心存侥幸。

马大成带着乡拆迁办人来到岳父家门口。早上回家过节的牛艳丽正与姐姐在门口嗑着瓜子，晒着太阳。看到马大成和拆迁办人上门，牛艳丽举起手机拍摄。马大成出手让她不要什么都拍，拍了也不要发出去。牛艳丽收了手机。正在院内锅屋里蒸馒头的牛得草走出来，掏出烟来散给拆迁办人和跟着看热闹的人抽，脸上堆满笑容。

马大成等于到家了，瓜田李下，就把手里的紫外线尺子交给拆迁办人丈量，自己在一旁观看。门口看热闹的村民对他的放权有了自己的看法，是想睁一只眼闭一只眼了。牛得草也对他的放权表示满意。但还是要拿话拴住女婿，听艳丽说，你家石楼拆了，你爸要用石楼料子盖石屋。到时候要我去帮忙吗？马大成说，不要。我爸也就那么一说，马蹄庄还不一定给新盖石屋哩！马大成脚下没动，但眼睛却一直跟着拆迁办人在走。拆迁办人丈量了堂屋，又丈量偏房。东偏房是锅屋，丈量没问题。但西偏房明显是临时搭建的，拆迁办人却也丈量了。

　　看马大成没有阻止丈量，门口看热闹的村民就公开嘀咕了，人心都是偏的，说上天也不会端平一碗水的。不料，马大成眼里揉不下沙子，夺下拆迁办人手里的登记表，拿出钢笔，直接把丈量好的西偏房面积在登记表上抹掉了。然后扬了扬登记表说，爸，妈，这西偏房临时搭建的，不算啊！牛得草连忙点头说，不算就不算吧。

　　送走马大成和拆迁办人，牛得草还笑着对回来过节的俩闺女说，一碗水端平了就行。牛艳红说，马大成会一碗水端平的。

　　过完春节，初二早上吃过饺子，马大成推掉马大强预约的年酒，步行到牛角庄去接牛艳丽。步行，一是距离合作社不远，二是中午肯定喝酒。开车还不如步行方便。虽然领过结婚证了，但毕竟还没举行婚礼。因此，牛艳丽还是娘家人。但又是马家新人，初一大新年，不能接。初二，怎么也要第一个接回马家。比接姑妈还重要。这是风俗。但对牛家来说，马大成又是新年上门的新女婿，是要七碟八盆招待的。

　　整整一个上午，牛家小院里欢声笑语。才一年过去，这里已经没有了孟石头。梅子成开心果，牛家依然热闹。马大成准备了压岁红包，梅子磕头，但不会说吉利话。牛艳丽在一旁教她说，祝小姨父身体健康，工作顺利。梅子又增加一句，祝小姨父小姨早生贵子。一下笑翻了在场每个人。

　　另一个大开心果就是牛艳丽。爸妈和牛艳红都没想到，大条一个的牛艳丽居然成了网红。网红给他们最直接的感受是有点不可思议。说话没心没肺的，居然有人相信。马家石楼拆除，一窖山芋没处放，让牛艳丽在直播时一忽悠，被人抢购一空。就是一个奇迹！牛艳丽找来簸箕，模仿婆婆第一次当演员不知道迈哪条腿，同手同脚走路，逗得一家人乐不可支。

马大成夸说，艳丽现在粉丝几十万，是真正的直播达人了。今后合作社的"牛铃山"牌农产品就主要靠艳丽直播带货。牛艳红问，那分成比例是多少？牛艳丽也问，对，给我多少提成？马大成回答，肉烂在锅里。合作社还没多少积累。股东还没分红。要是你分成多了，那合作社就亏了。到时再核算核算，保证直播达人不吃亏。牛艳红说，艳丽，亲兄弟还明算账！到时要签带货合同的。不然，大成不好对股东说话。牛艳丽却说，我听老公的。牛艳红推她一把说，傻子！

中午喝年酒。一高兴，牛得草喝高了，胡言乱语一通，倒床上就呼呼大睡。马大成到底年轻体壮，喝得比岳父还多，跟没喝似的。下午，马大成手挽着牛艳丽回家。两人一路上轮番对唱着《树上的鸟儿成双对》《刘海砍樵》，欢欢喜喜回到临时住的合作社里。

初三一早，马大成才开车带着牛艳丽去蔡庄接姑妈。

牛艳丽下车就跟蔡玉芹热络起来，两人同学，说着她们感兴趣的话题，特别开心。

马大成发现表妹心情好了，也替她和姑妈高兴。但催促姑妈和玉芹上车，姑妈却说，你家石楼拆了，你们还在小学校里住着。家不像个家。今年我和玉芹就不去了。等搬到楼上，我天天陪着哥嫂。大成，你能帮我买到跟你家门对门的房子吗？马大成说，能。我早想好了，认购的时候我给姑妈留下我家对门房子，只是根据你家这房子的面积分，可能会是小套。姑妈说，玉芹将来出嫁，就我一个住着，我要大套没用。就是想住在你家对门，有个头疼脑热的好有人照顾。马大成听了鼻子发酸说，嗯，姑妈放心，我会照顾你的。

牛铃山村的村民们都在做搬迁到集中居住区的准备。

68

春回大地。牛铃山上,景色一新。山下豁然出现二十栋粉墙黛瓦的五层楼房。楼后的南坡上,绿草如茵,新移栽来的稀树点缀其间,桃红柳绿,姹紫嫣红。盛开在绿草间的山地牵牛花五颜六色,白的,红的,紫的,粉的,随风摇曳,仿佛山地吹起一支支小喇叭。

马大成兑现自己的承诺。带上牛艳丽在县城一家全县有名的婚纱摄影公司先拍了室内婚纱照,又到室外来拍。马大成提出拍室外婚纱照到牛铃山去拍。于是,他们提前进入即将开园的牛铃山山乡文旅景区,在不同景点,从不同角度,拍了千姿百态美好甜蜜的婚纱照。

大成,你的婚礼要成为山乡文旅景区开园和集中居住区乔迁仪式的一个节目,我给你们证婚。你们的婚礼正好串起两个项目,有看点,有亮点。你们全程听从安排就行。王道远给马大成打电话,提出把个人婚礼纳入公共活动。

回家一说,牛艳丽兴奋,到时我请直播达人到场全程直播,让全国人民都看到我们结婚。

马万里却嘟哝说,光彩是光彩,可亲朋好友怎么宴请呢?

马大成回答,你还想大操大办啊?党员领导干部禁止借婚丧嫁娶敛财,除非我不想干了。两家至亲坐到一起见证一下就行了。

个人的婚事融入公共活动。新鲜是新鲜,可费劲不小。马大成既是活动的组织者之一,又是活动的一个主角。时间和流程都不需要马大成考虑。但马大成也不能闲着。接下来,他尽力完成开园和乔迁的牛铃山村的各项准备工作,同时,也在紧张筹备着自己的婚礼。

集中居住区的楼房陆续交付,村民认购踊跃。有人根据自己的财力和喜好在装修新居。更多人家看过只刮了大白的新居就很满意,不打算装修,或者装修不起。马大成一家装修新居倒是显得更为迫切,也更有想法。仗着在运东做包工头的经历,马大成决定按照简约中式风格装修新家。一时间，布置新房，购买家电，购买三金。公事私事交织，体力心力交集，忙得马大成有点身心疲惫、面容憔悴。爸妈焦虑，妻子心疼。

2019年"五一"黄金周这天，牛铃山山乡文旅景区开园暨牛铃山村集中居住区乔迁仪式如期在进山大门口的公路上举行。

马大强的锣鼓队和小戏班又一次为仪式暖场。

闻讯赶来的各地游客，还有牛艳丽请来的直播达人，柳集乡请来的大牌直播达人，在山门前汇成人海，等待着山门打开。

牛铃山的村民们列队站在最前头。只有他们心里清楚，脚下宽敞的公路曾是马大成家的石楼，公路两边停车场曾是哪家山地。

马大成不在现场，蔡玉芬带着村支两委班子成员在配合着县乡警察维持秩序。

一早就去县城化妆的马大成和牛艳丽乘车回来了，一下吸引住了所有人的目光。两位新人身穿大红婚服，仿佛两道彩霞耀眼夺目。马大成长袍马褂，牛艳丽凤冠霞披，完全是中式婚礼着装。他们和家人们站在舞台的一侧候场。

开园和乔迁仪式结束，县领导离开。

司仪手拿话筒走上舞台，开始了激情四射的婚礼主持，立即把现场气氛调动起来。马大成携手牛艳丽走上舞台，马万里夫妇和牛得草夫妇携手走上舞台，他们真的都成了演员，跟着司仪的口令做着动作。一拜天地，二拜高堂，夫妻对拜。喝改口茶，给改口费。马牛两家老人早有准备。最后，王道远上台证婚。他高度评价了新郎马大成在牛铃山山乡文旅景区开发和集中居住区建设上的贡献，衷心祝福新郎新娘新婚快乐，百年好合，早生贵子。司仪宣布婚礼结束，请大家跟着新郎新娘进山游园。

走下舞台，牛艳红第一个迎上前去，深情地说了句，祝你们新婚快乐！向妹夫妹妹献上一束鲜艳的玫瑰花，花间缠绕几株洁白的牵牛花。令马大成想起了自己十年前献给牛艳红的那束玫瑰花。

马大成挽着牛艳丽随着人群走进牛铃山，沿着弯弯的山路游去。

柳集乡请来的几个大牌直播达人跟踪拍摄，现场直播。他们做足了功课，在移步换形的直播解说中，把牛铃山的各种故事传说、山下村民的风土人情都串连起来，神乎其神。新郎新娘只不过成了一个线索人物，借此把牛铃山山乡文旅景区宣传出去。喜欢搞笑的新娘牛艳丽自始至终抿嘴直乐，没敢说话。怕说错了，直播出去麻烦。

走到山顶，早早上山进香的姑妈从扩建后的小庙里走出来，双手合十，给侄儿侄媳送上祝福。

马大成一时热泪盈眶，百感交集。

2020 年 9 月 10 日初稿

2021 年 2 月 18 日二稿

2023 年 8 月 26 日定稿

2025 年 4 月 15 日增订

图书在版编目（CIP）数据

流转 / 王清平著 . -- 北京：作家出版社，2025.
8. --（新时代山乡巨变创作计划）. -- ISBN 978-7
-5212-3640-8

Ⅰ. I247.5

中国国家版本馆 CIP 数据核字第 2025VD4102 号

流转

作　　者：王清平
责任编辑：田一秀　　杨新月
装帧设计：天行云翼·宋晓亮
出版发行：作家出版社有限公司
社　　址：北京农展馆南里 10 号　　　邮　　编：100125
电话传真：86-10-65067186（发行中心）
　　　　　86-10-65004079（总编室）
E-mail:zuojia @ zuojia.net.cn
http://www.zuojiachubanshe.com
印　　刷：河北尚唐印刷包装有限公司
成品尺寸：152×230
字　　数：408 千
印　　张：29.5
版　　次：2025 年 8 月第 1 版
印　　次：2025 年 8 月第 1 次印刷
ISBN 978-7-5212-3640-8
定　　价：79.00 元